Jago Prinz

Mozarts letztes Requiem

Jago Prinz

Mozarts letztes Requiem

Kriminalroman

VERLAG ANTON PUSTET

IMPRESSUM

Bibliografische Information der Deutschen Nationalbibliothek
Die Deutsche Nationalbibliothek verzeichnet diese Publikation
in der Deutschen Nationalbibliografie; detaillierte bibliografische
Daten sind im Internet über http://dnb.d-nb.de abrufbar.

5020 Salzburg, Bergstraße 12

Coverbild: Joseph Lange, ©Internationale Stiftung Mozarteum

Grafik, Satz und Produktion: Tanja Kühnel
Gesetzt in der Minion Pro/Myriad Pro
Gedruckt auf Munken Premium Cream 90 g

Lektorat: Beatrix Binder, Simone Lettner
Druck: Těšínská tiskárna, a.s.
Gedruckt in Tschechien

ISBN 978-3-7025-0969-9

Auch als eBook erhältlich:
eISBN 978-3-7025-8075-9

www.pustet.at

da der tod |: genau zu nem̄en :| der wahre Endzweck unsers lebens ist, so habe ich mich seit ein Paar Jahren mit diesem wahren, besten freunde des Menschen so bekan̄t gemacht, daß sein bild nicht allein nichts schreckendes mehr für mich hat, sondern recht viel beruhigendes und tröstendes! – und ich danke meinem gott daß er mir das glück gegönnt hat mir die gelegenheit |: sie verstehen mich :| zu verschaffen, ihn als den schlüssel zu unserer wahren glückseeligkeit ken̄en zu lernen.

[…]

– und für diese glückseeligkeit danke ich alle tage meinem Schöpfer, und wünsche sie vom Herzen Jedem meiner Mitmenschen.

Wolfgang Amadé Mozart
Brief an seinen Vater vom 4. April 1787

1

Nicht etwa im althergebrachten Gewande mit schwarzer Kapuze und scharfer Sense, weder mit Engelsflügeln voll himmlischer Hoffnung noch auf Bocksfüßen zwischen pestilenzialischen Schwefelschwaden, auch nicht komödiantisch mit zähneklapperndem Schädel auf zuckendem Skelett, nicht einmal sachlich betäubend im weißen Kittel – nein, mit der Musik trat er ein, unsichtbar und geruchlos, spürbar, aber spurlos. Als ob er sein Opfer sorgfältig wählen wollte, durchschwebte er mit den zeitlosen Klängen des Requiems von Wolfgang Amadé Mozart die Menge der Anwesenden, die sich am Abend des 5. Dezembers in der Stiftskirche Sankt Peter versammelt hatte, um des Salzburger Genies an dessen Sterbetag mit der Aufführung der Totenmesse bei Kerzenlicht zu gedenken.

Wie entsprungen aus dem Notengespinst der mozartschen Partitur auf dem Dirigentenpult, ließ er zunächst die Flamme einer Kerze über dem Notenständer mit einem schneidenden Hauch erlöschen, noch bevor der in sich gekehrte Kapellmeister der Salzburger Philharmoniker Isaac Löwenstein, die spitze Hakennase und den strengen Blick unter der schlohweißen Mähne wie gebannt auf die Noten gerichtet, seinen Stab in der allgemeinen Stille aufheben und den Orchesterkörper zum Schwingen führen konnte.

Dann ging der Tod weiter.

Beflügelt durch die sanfte Imitation der tieferen Holzbläser über dem seufzenden Begleitsatz der Streicher, streifte er zu Beginn des *Introitus* am Chorleiter Samuel Libeskind vorbei, gerade als dieser, wachsam gebückt im Schatten einer dem Publikum verborgenen Ecke der Vierung, die Arme ausbreitete und in einem stummen Schrei den Mund in Richtung Chor aufriss, um die Kaskade der kurz übereinander hallenden

Requiem-Rufe der Bass-, Tenor-, Alt- und Sopranstimmen auszulösen.

Und suchend schlich er weiter.

Vom forte ertönenden *Et lux perpetua* angestachelt, ließ er das Doppelkinn des jovialen, genüsslich die Hände reibenden Präsidenten des Mozartianums Theodor König in der Kanzel über den Gang vom Haupt- zum rechten Seitenschiff leicht erbeben, bis Schweißperlen auf der massigen Stirn und den schlotternden Rotbacken des mächtigen Mannes dessen Freude an der Masse zahlender Besucher leicht versalzten.

Aber auch dort machte er nicht halt.

Als die berühmte Sopranistin Cecilia Vinci mit seidiger Stimme beim Solo *Te decet hymnus* einen Strahl von Wärme in den kühlen Dunstkreis von Lang- und Querhaus entsandte, hatte er bereits die erste Reihe der Kirchenbänke mit den Stadthonoratioren durchstreift, unter denen die bildschöne Gestalt der Sekretärin des Mozartianums, Magdalena Rosenthal, von der überirdischen Klangwelle auffallend heftig erschüttert wurde.

Und schon war er fort.

Einige Plätze hinter ihr brachte er zu Beginn der streng erhabenen Fuge des *Kyrie* den in eine Taschenpartitur des Requiems vertieften Emeritus der Musikwissenschaft und geachteten Mozartspezialisten Martin Heinrich Schneiderhahn kurz aus der Fassung.

Doch auch bei ihm verweilte er nicht lange.

Kaum hatte der greise Professor seinen irritierten Blick hinter der goldumrandeten Brille wie auf der Suche nach einem unsichtbaren bösen Geist um sich herum schweifen lassen, hatte sich Letzterer noch vor der kontrapunktischen Entfaltung des *Kyrie* in das rechte Seitenschiff fortgestohlen, um neben dem Reliquiengrab des heiligen Rupert Pater Ägidius, Erzabt des Stifts St. Peter und Leiter des *Ordo Sancti Benedicti* in der Salzburger Provinz, einen Besuch abzustatten. Zu spät verhüllte der hagere Mönch das verfinsterte Gesicht unter der spitzen Kapuze seiner schwarzen Kukulle, war der Spuk doch längst an ihm vorbei in die zitternden Schatten des Gewölbes entschwunden, beschwingt von der immer dichter werdenden Stimmführung der Kyrienfuge.

Wähnte ich mich auf der letzten rechten Bank des Mittelschiffes in Sicherheit, irrte ich gewaltig. Zwei Wogen tiefsten Frosts und sengender Glut schlugen mitten im Stimmengeflecht des *Kyrie* jäh über mir zusammen. In einem Atemzug schwankte ich zwischen einer nie empfundenen, unheilvollen Verzweiflung und einem unwirklichen, übermütigen Freudentaumel, ohne einen erkennbaren Grund für die plötzliche Gefühlserschütterung finden zu können. War es die klangliche Wirkung des archaisch anmutenden Adagios am Ende des *Kyrie*? Die modale Schlussformel hatte ich doch schon früher bei anderen Aufführungen des Requiems gehört, ohne auch nur annährend in ähnliche Wallungen zu geraten. Vielleicht war es aber auch die hinreißende Interpretation unter der Leitung von Isaac Löwenstein? Er schien an dem Tag zwar mit ungewöhnlicher, befremdlicher Besessenheit zu dirigieren, aber sein bewegender, nie banaler Führungsstil war mir vom Besuch zahlreicher Konzertveranstaltungen der Salzburger Philharmoniker durchaus bekannt. Oder war es die suggestive Atmosphäre der prunkvollen Peterskirche im flackernden Schein der Kerzen? Auch diese war mir nicht neu, galt die Aufführung des Requiems bei Kerzenlicht an Mozarts Gedenktag doch seit Jahren als festes Ritual des Salzburger Konzertlebens. Oder war es womöglich nur die überdurchschnittlich strenge winterliche Kälte? Gegen das Frostwetter, sei es auch durch das feuchte Mauerwerk der Kirche verschärft, war ich mit warmer Bekleidung hinreichend geschützt. Nein, etwas anderes, etwas Unheimliches, ja etwas Übersinnliches, da war ich mir sicher, lag in der Luft, ungreifbar zwar, aber stets präsent. Und doch – vielleicht wollte der

Tod mich verschonen, damit ich die schaurigen Ereignisse erzählen konnte, die unsere Mozartstadt in den folgenden Tagen erschüttern sollten; möglicherweise war ich ihm zu unbedeutend; wahrscheinlicher war meine Zeit schlicht und einfach noch nicht gekommen – auf einmal war er verflogen, noch bevor ich ihn fassen konnte.

Beim *Dies Irae* schlug er schließlich zu. Isaac Löwenstein schien als Erster sein Kommen geahnt zu haben, ja ihn beinahe heraufbeschwören zu wollen, indem er den Einsatz zu Beginn der Totensequenz erst nach einer langen, atemverschlagenden Pause mit weit ausholender Schlagfigur gab. Wie viel Absicht hinter der etwas theatralisch wirkenden Geste des Dirigenten steckte, ließ sich nicht genau eruieren, denn im Verlauf des *Dies Irae* sah er so aus, als ob er allmählich in eine andere Klangsphäre entrückt werden würde und die Kontrolle über das musikalische Geschehen verlöre: Er hielt keinen Blickkontakt mehr mit Orchester und Chor, krümmte sich immer bedrohlicher zur Partitur auf dem Dirigentenpult hin, und sein Schlag ging bisweilen sogar gegen die musikalische Richtung des *Dies Irae*, quasi als dirigiere er eine andere Passage – wenn nicht sogar ein anderes Werk. Bei der Verlangsamung des Tempos am Schluss des Stückes ging es noch dramatischer zu. Was zunächst wie die zwar etwas abenteuerliche, aber doch künstlerisch vertretbare Einführung eines nicht vorgeschriebenen Rallentandos anmuten konnte, artete wenig später in ein kühnes Musikexperiment aus, als dieses in ein monumentales Ritardando mündete, und geriet zuletzt zum klanglichen Affront gegen das Publikum, als der Dirigent die Taktschläge so ausdehnte, dass das ursprüngliche Tempo nicht mehr zu erkennen war. Kaum waren Orchester und Chor rat- und atemlos verstummt, kappte der Tod mit einem Schlag die unsichtbaren Fäden, die Isaac Löwenstein noch lose an die Partitur banden. Der taumelnde Kapellmeister versuchte noch einmal mit einer Hand den Stab emporzuheben, griff mit der anderen schwerfällig nach dem Dirigentenpult und sank, Notenständer und Partitur in einem schallenden Krachen mit sich nach unten reißend, rückwärts auf den Schachbrettboden vor der rotmarmornen Balustrade des Presbyteriums.

2

Wenn es einen Zuhörer gab, dem all dies nichts anzuhaben schien, dann wohl mein Sitznachbar zur Rechten. In einem abgewetzten Parka undefinierbaren militärgrünen Farbtons gemächlich nach vorne gerutscht, Stirn und Blick mit einer flinken Handbewegung unter der Kapuze verborgen, die Beine über den Rücken seines am Boden leise schnurrenden Hundes lässig ausgestreckt, war er in tiefsten Schlaf gesunken, kaum hatten die Einleitungstöne des Requiems die letzten Wölbungen des Langhauses erfüllt.

Der stachelige Dreitagebart, die abgetragene Kleidung und die Gesellschaft des großen falben Labradors zu seinen Füßen wiesen ihn auf den ersten Blick als einen hiesigen Obdachlosen aus, der sich mit seinem vierbeinigen Lebensgefährten auf der Suche nach einem warmen Unterschlupf in die Peterskirche eingeschlichen haben dürfte und wohl den Wortlaut des Requiems auf eine sehr konkrete Art und Weise umzusetzen gedachte. Aus der zwar nicht ewigen, aber doch unerschütterlichen Seelenruhe vermochte ihn jedenfalls weder die feuchte Kühle der Kirche noch die ergreifende Intensität der Musik zu bringen, schon gar nicht die schwebende Todesahnung: Als ob er seinen Gleichmut unter Beweis stellen wollte, fing er gleich beim *Introitus* an, in einem rossinischen Crescendo zu schnarchen, das der tiefgehenden Klangsteigerung der mozartschen Einleitung eine durchaus ebenbürtige, wiewohl stilistisch ungleiche Konkurrenz machte.

Requiem aeternam dona eis, Domine ... Unruhe breitete sich schon beim ersten Vers des *Introitus* unter den Zuhörern um uns herum aus. Als Sitznachbar fühlte ich mich irgendwie für die Lage verantwortlich und versuchte, ihn mit dem Ellenbogen, am Anfang sanft, dann aber immer energischer, zu schubsen, um wenigstens das kehlige Geräusch zu dämpfen. ... *Requiem aeternam* ... Vergebens. Einige aufgebrachte Zuschauer im Stehen hinter uns schickten hörbar missgestimmte Zischlaute in seine Richtung. ... *dona eis* ... Nichts. »Banause!«, fauchte eine wutentbrannte Dame unbestimmten Alters von der vorderen Sitzbank. ... *Domine* ... Wieder nichts. Beim *Et lux perpetua luceat eis* meinte sein rechter Sitznachbar, ein etwas biederer, betagter Mann in altmodischer Tracht, ihm mit einer Flüsterpredigt über die fromme Tugend des Schweigens ein Licht aufstecken zu müssen. ... *Et lux perpetua* ... Fehlanzeige. ... *luceat eis* ... Ein Licht ging indes jemandem aus der hinteren Reihe auf: Beim anschließenden Solo *Te decet hymnus, Deus* schickte sich ein gewitzter Pensionist hinter mir an, dem gemütlich weiter schnarchenden Mithörer durch liebevolles Pfeifen leicht anbiedernd entgegenzukommen, in der Hoffnung, der alte Kniff möge den Herrn milde stimmen. ... *Et tibi reddetur votum* ... Das tat es wohl, fing mein gnädig weiter tief schlummernder Nachbar doch an, selbst jedem Schnarcher einen friedlichen Pfeifton folgen zu lassen, während der Labrador zu seinen Füßen ab und zu gelassen knurrte. So entfaltete sich parallel zum Requiem für Soli, Chor und Orchester ein kunstvolles Pfeifduett mit tierischer Begleitung, zu dem sich immer wieder weitere Mitwirkende mit zornigen Zwischenrufen, zermürbenden Zischlauten und zaghaftem Zetern gesellten. Pfiff ein Nachbar, ruhte der Schnarcher und brummte der Hund. *Requiem aeternam dona eis* … Pfiff der Schnarcher, schwieg der Pfeifer und stöhnte ein Nachbar: »Hören Sie auf, Herrgott noch mal!« … *Domine* … Schnarchte der Schnarcher, ruhte der Hund, flehte ein Zuschauer: »Ich bitte Sie!« … *Exaudi orationem meam* … Sosehr die Menge ihn zerfleischen mochte, sägte der eingefleischte Schnarcher weiter. … *Ad te omnis caro veniet* … Ohne Erbarmen. … *Kyrie eleison, Christe eleison* …

Als der Zorn der Zuhörer am Schluss des *Dies Irae* kaum noch zu bändigen war, fand das postmoderne Parallelkonzert zeitgleich zum polternden Sturz des Dirigenten ein abruptes Ende. In perfektem Einklang kamen Hund und Herrchen blitzartig auf ihre sechs Beine. Ersterer huschte flugs über meine Füße in den Gang des Mittelschiffes, Letzterer schwang sich mit einer Hand auf der Banklehne agil über mich hinweg, wobei er mit der anderen Hand die pelzgefütterte Kapuze seines Parkas herunterstreifte. Noch bevor ich mich ducken konnte, eilten beide zum Podium hin.

Fast mehr erstaunt über das kuriose Gespann als über den gefallenen Kapellmeister, stand ich hastig auf und lief ihnen hinterher. Der Labrador bahnte uns mit seinem bissigen Gebell den Weg durch den Auflauf der Schaulustigen, die sich bereits vor der Balustrade des Altarraums versammelt hatten. Kurz vor dem Podium ertönte hinter ihm die kräftige, mir seltsam vertraute Bassstimme seines Herrchens mit unverkennbarem Wiener Akzent: »Chefinspektor Stiller, lassen Sie mich bitte durch.«

3

Der plötzliche Einbruch des Todes hatte das Ensemble im Presbyterium in zwei Lager gespalten. Blankes Entsetzen herrschte unter den dicht aneinandergedrängten Chor- und Orchestermitgliedern im Halbkreis hinter dem regungslosen Dirigenten: Noten wurden mit aufgerissenem Mund fest an die Brust gedrückt, die Blicke versteinert auf den Toten geheftet; Flöte, Oboe, Klarinette oder Fagott ließ man in der einen Hand trostlos liegen, während man sich entgeistert mit der anderen über Stirn, Mund oder ans Kinn fuhr; mancher klammerte sich starr vor Schreck an seiner Geige oder Bratsche unter dem Arm oder an seinem Bassetthorn und seiner Posaune auf den Knien fest; andere umschlangen pietätvoll das Violoncello, wieder andere den Kontrabass.

Einen markanten, quasi grotesken Kontrast dazu bildete der ekstatische Gesichtsausdruck von Isaac Löwenstein: Wie in tiefster Trance sah der etwas abseits daliegende Kapellmeister mit träumerischen Augen und seligem Lächeln in weite Ferne, als ob er eine überirdische Vision empfangen würde. Sein Körper lag vollkommen gelöst auf dem Boden unter der achtseitigen Vierungskuppel, die Arme friedlich auf der Brust verschränkt. – Die ewige Ruhe in Person.

Zwischen dem friedvollen Toten und dem erschütterten Kreis der Lebendigen hatte sich die Sopranistin Cecilia Vinci niedergekniet. Sie richtete ihre tränenfeuchten, dunklen Augen in unergründlicher Trauer fest auf Isaac Löwensteins bleiches Gesicht und hielt seine kreideweiße Rechte zärtlich in ihren feinen Händen, indes sich ihre langen schwarzen Haare geschmeidig mit der schlohweißen Mähne des Dirigenten verflochten und das Spiel von Licht und Schatten auf dem rotweißen Schachbrettmuster des Kirchenbodens ohne Unterbrechung weiterführten. Auf den Boden neben sie legte sich der Labrador mit traurigen Kulleraugen und flaumigen Hängeohren, und sie begann ihn geistesabwesend zu streicheln.

Als der Chefinspektor sich über Isaac Löwenstein beugte und nach seinem Puls tastete, blickte sie ihn an. Etwas Unergründliches flackerte in ihren großen dunklen Augen. Für eine flüchtige Weile, die kein Ende finden wollte, verlor er sich wie gebannt in der unruhig lodernden Schwärze und konnte seinen Blick von ihrem nicht lösen. War es die Trostlosigkeit im Angesicht des Todes, die durch die undurchschaubare Tiefe ihrer Pupillen schimmerte? Würdevolle Standhaftigkeit? Aufrichtige Zuneigung? Unterdrückte Wut? Sie musste leise vor sich hin summen, denn zwischen ihren veilchenfarbenen, leicht gekräuselten Lippen vernahm Stiller einen melancholischen, hypnotisierenden Sirenengesang wie aus fernen Zeiten sachte ausströmen:

Ei non respira più … fredde ha le membra …
Padre mio … caro padre … padre amato … io manco … io moro …

Je länger das Herz des Dirigenten stillstand, umso lebhafter spürte Stiller, wie sein eigenes unter dem Einfluss der trauervollen, seufzenden Melodie immer heftiger raste. Je kälter sich die Hand des Toten anfühlte, umso heißer wurde es ihm unter dem eindringlichen Blick der Sängerin. Erst als er bemerkte, dass ihr Tränen über die Wangen liefen, erwachte er aus seiner Trance. Er stand gefasst auf, zog sie mit sich hoch, nahm ihren Arm und geleitete sie, gefolgt von seinem leise winselnden Hund, zurück zu den anderen Musizierenden. Sie ließ sich willenlos führen und sank im Halbkreis ihrer Kollegen aufgelöst zu Boden.

Erst dann fiel es ihm auf: Ein fast unmerklicher weißer Hauch stieg gleich einer dünnen Rauchfahne langsam aus Isaac

Löwensteins Mund empor, den Frieden seines verträumten Lächelns in befremdender Weise störend. Er mochte seinen Augen nicht trauen und näherte sich rasch der Leiche des Dirigenten, doch der schmale Dunstfaden war schon verflogen. War es eine Halluzination oder hatte er gerade die Seele eines Verstorbenen entschwinden sehen? Unwillkürlich blickte er zu den goldenen Statuen der Salzburger Patrone Rupert, Vitalis, Virgil und Amand vor dem monumentalen Hochaltar empor, als suche er bei ihnen einen spirituellen Rat für eine wunderliche Erscheinung, die nicht ganz in seinen kriminalpolizeilichen Erfahrungsschatz hineinpassen wollte. Sein detektivisch geschulter Verstand gewann jedoch bald wieder die Oberhand: Mit einer energischen Handbewegung bat er alle Anwesenden in der Kirche, und insbesondere die Schaulustigen an der Altarbalustrade, wieder auf ihre Plätze zurückzukehren und auf weitere Anweisungen zu warten. Dann rief er den Leiter der rechtsmedizinischen Abteilung direkt von seinem Handy an und begann, den Toten gründlich zu untersuchen.

4

Gehöre ich zu den einfachen Konzertbesuchern, oder bin ich doch etwas mehr als ein bloßer Zuschauer?, fragte ich mich, während ich noch unschlüssig den Schaulustigen folgte, die, widerwillig und ohne ihre Enttäuschung zu verhehlen, zurück zu ihren Plätzen strebten. Schon vor der ersten Kirchenbank kramte ich Notizbuch und Stift aus der Tasche meines Mantels, versteckte mich dann im rechten Seitenschiff hinter der nächsten Säule und fing an, fieberhaft in das kleine Heft hineinzukritzeln. Etwas sagte mir, dass das, was sich gerade ereignet hatte, nicht nur eine journalistische Sensation war, die die ersten Seiten der morgigen Zeitungen füllen würde: Das war der Beginn einer Geschichte, die – bereichert durch die gebotene Zutat literarischer Fiktion – ein echter Kriminalroman werden konnte. Und dass gerade ich, ein Journalist mit langjähriger Erfahrung in der Polizeiberichterstattung der Stadt Salzburg, in der letzten Reihe neben dem künftigen Hauptermittler gesessen hatte, musste mehr als nur Zufall sein: Es war ein Wink des Schicksals.

Einen Roman zu verfassen war schon immer mein Traum gewesen. – Welcher Journalist hofft denn nicht insgeheim, irgendwann ein echter Schriftsteller zu werden und jenen qualitativen Sprung vom kurzlebigen Tagesbericht zur hohen, unvergänglichen Literatur zu schaffen? Ob es nun meine dem Berufsethos verpflichtete Wahrheitsliebe gewesen war, die mich bisher davon abgehalten hatte, oder doch ein gewisser Erfolg als Reporter, konnte ich nicht mit Gewissheit sagen. Vielleicht fehlte mir das Talent für eine literarische Laufbahn. Oder ich hatte noch nicht die richtige Inspiration gefunden, den entsprechenden Rahmen, die passende Story. Letztere hatte ich aber jetzt definitiv vor Augen: Ein toter, höchstwahrscheinlich ermordeter Dirigent während der Aufführung des berühmten Requiems von Mozart war nichts Alltägliches; dieses unerwartete Ereignis schien wie gemacht für die Entwicklung einer spannenden Kriminalgeschichte. Und einen Krimi zu schreiben war durchaus eine Aufgabe, die ich mir zutrauen konnte. Denn letztlich bewegt sich der Kriminalroman immer innerhalb der engen Grenzen der wirklichen Welt, ist an reale Bedingungen und konkrete Umstände gebunden, muss stets Sachlichkeit und Realitätsnähe wahren, um glaubwürdig zu wirken, steht also als literarisches Genre der journalistischen Reportage nahe, und ganz besonders natürlich der Polizeiberichterstattung, meinem Fachgebiet.

Wollte ich also den literarisch vielversprechenden Vorfall in der Peterskirche zu einem Kriminalroman werden lassen, der den Leser durch seinen Realismus überzeugen und in seinen Bann ziehen konnte, brauchte ich im Prinzip, so dachte ich in der unbedarften Naivität des unerfahrenen Literaten, nur die Grundregel jeder guten Reportage zu beachten: Fakten und Akteure für sich sprechen zu lassen und zugleich mich und meine Persönlichkeit möglichst zurückzunehmen. Das Erzählideal eines außenstehenden Beobachters, der sich möglichst aus dem Fall heraushält, um sachlich darüber berichten zu können, stand allerdings in krassem Widerspruch zu den unabdingbaren Voraussetzungen für das Entstehen des Kriminalromans selbst. Um die Geschichte überhaupt erzählen zu können, musste ich an Informationen kommen, die nur Insider auf Ermittlungsebene haben konnten. Wollte ich als objektiver Erzähler den Fall aus allen möglichen Perspektiven ausleuchten, Hintergründe und Zusammenhänge zutage fördern, die Gedanken- und Gefühlswelt der Figuren glaubhaft darstellen, musste ich möglichst dicht am Geschehen bleiben, mit den beteiligten Personen in Verbindung treten, mich quasi in sie und ihren *Modus Operandi* hineinversetzen – kurz: Ich musste mich in die polizeiliche Untersuchung einbringen.

Dass ich auch dafür prädestiniert war, verrät ein Detail aus meiner beruflichen Vergangenheit, über das zu berichten ich noch keine Gelegenheit hatte. Ich kannte Chefinspektor Stiller bereits länger, verband mich doch mit ihm eine zwar lange zurückliegende, dennoch durchaus fruchtbare Kooperation: Ich hatte früher bei seinen Ermittlungen als inoffizieller Informant gearbeitet, zunächst in Wien, als ich meine Journalistenkarriere bei einer kleinen lokalen Zeitung begonnen hatte, später in meinem Heimatort Salzburg, als ich in der Polizeiberichterstattung dieser Stadt eine fest etablierte Größe geworden war. Ich hatte ihn damals immer wieder mit zuverlässigen Informationen und wertvollen Hinweisen zu möglichen Straftaten versorgt, auf die ich bei meiner Tätigkeit als Reporter der Verbrechens- und Unfallmeldungen unvermeidlicherweise gestoßen war. Manche dieser Auskünfte hatten sich sogar als entscheidend für die Aufklärung des jeweiligen Falles erwiesen. Allerdings hatten wir uns mit der Zeit aus den Augen verloren – ich selbst hatte ihn nicht wiedererkannt, als ich mich neben ihm auf den freien Platz in der letzten Kirchenbank gesetzt hatte, während er mit dem Gesicht unter der Kapuze seines Parkas langsam in Morpheus' Arme glitt. Auch war unsere damalige Zusammenarbeit nicht ganz reibungslos verlaufen – was zwischen einem Ermittler und einem Journalisten wohl unausbleiblich ist. Nichtsdestoweniger war ich zuversichtlich, die alten Beziehungen ausspielen zu können, um meine literarischen Pläne in die Tat umzusetzen. Gelang es mir, wieder in meine alte Rolle als Informant hineinzuschlüpfen – was auch dem frisch aus Wien gekommenen Chefinspektor angesichts meiner Erfahrung in der Salzburger Polizeiberichterstattung als nützlich erscheinen dürfte –, konnte ich meinerseits vielleicht in die Ermittlungsarbeit miteinbezogen werden und so einen Blick aus der Nähe auf den Kriminalfall werfen. Dass ich darüber hinaus Stiller auch persönlich kannte, würde es mir umso leichter machen, mich in ihn hineinzudenken, seine Vergangenheit ins Spiel zu bringen, wo es narratorisch sinnvoll war, und, das war das Wichtigste, sein Vertrauen zu gewinnen.

Als der Chefinspektor sich über den leblosen Körper des Dirigenten beugte, beobachtete ich ihn daher mit angespannter Aufmerksamkeit und lauerte mit Stift und Notizbuch in den Händen auf meine Chance, mit ihm wieder in Kontakt zu treten und meine Dienste als Informant anzubieten. Zu meinem Erstaunen flossen mir die Worte inzwischen nur so aus der Feder, sodass ich dem erzählerischen Schwall in meinem Kopf mit dem Stift kaum nachkommen konnte. Mochte der Kriminalfall noch in den Anfängen stecken, der Kriminalroman hatte schon längst begonnen, in meinen Gedanken Gestalt anzunehmen.

5

Memento moreris ... Hieß es nicht anders?, fragte sich Chefinspektor Stiller, die feine Schrift auf dem perlweißen Seidentuch näher betrachtend, das er in der Fracktasche des toten Dirigenten gefunden hatte. Schon der Wortlaut des Requiems war ihm schleierhaft genug vorgekommen, soweit er im Schlaf etwas davon hatte mitbekommen können, aber hier war er buchstäblich mit seinem Latein am Ende. Noch rätselhafter mutete ihn die Zeichnung über dem lateinischen Motto an: zwei verschnörkelte M nebeneinander, Ersteres als Großbuchstabe in Form eines Lesepults, über dem ein offenes Buch lag, Letzteres als Kleinbuchstabe zu einem breiten Grinsen in einem großen Totenkopf stilisiert ... Er überlegte kurz. Das erste M unter dem Buch stand wohl für *Memento*, das zweite m im feixenden Schädel für *moreris* – das leuchtete ihm schon ein; aber was hatte dies alles überhaupt für eine Bedeutung, ja was könnte das mysteriöse Symbol überhaupt sein – ein Wappen, ein Siegel, ein Emblem? Jemand musste es abgebildet haben, indem er das feinfaserige, durchscheinende Tuch über das Original gelegt und dessen Konturen mit einem schwarzen Stift nachgezogen hatte – wahrscheinlich der Dirigent selbst ...

»Überlassen Sie die irdische Hülle des ehrwürdigen Maestros der Fürsorge des Leichenhüters, verehrter Kollege!«, riss ihn eine sonore, mit einem humorvollen Unterton gewürzte Stimme plötzlich aus seinen Gedanken. Hinter ihm streifte ein vierschrötiges, kahlköpfiges Mannsbild in einem weißen, zum

Bersten knappsitzenden Kittel ein Paar kobaltblaue Latexhandschuhe mit einem lauten Schnalzen genüsslich über die Hände. »Thilo Horvath, von Beruf Primarius der Totenchirurgie, aus Berufung Alchemist des Todes«, präsentierte sich der Hüne, ohne die Hand zu drücken, die ihm der verblüffte Chefinspektor gereicht hatte. »So sehr ich auch meine Verbundenheit für Ihren Anruf durch einen kräftigen Händedruck zum Ausdruck bringen möchte, verehrter Kollege, muss ich meine Hände leider möglichst jungfräulich für die bevorstehende Berührung mit dem Tod bewahren«, rechtfertigte er sich etwas blumig und beugte sich über den Dirigenten, während sich die hinter ihm abwartende Mannschaft von drei bis vier Weißkitteln gleichmäßig über das Podium verteilte.

»Endlich eine Leiche, die ihren Namen verdient!«, rief er begeistert aus und fuchtelte theatralisch mit den Fingern in der Luft, als ob er sich vor lauter Aufregung nicht entscheiden konnte, wo er mit der Untersuchung des Leichnams anfangen sollte. Sein Wortschwall war nicht zu bändigen, und so verzichtete Stiller darauf, Fragen zu stellen, in der Hoffnung, aus dem Redefluss doch noch wertvolle Hinweise zum Todesfall herausfiltern zu können. »Haben Sie eine Ahnung, verehrter Kollege, was es heißt, in dieser Stadt einem honorablen Metier wie meinem nachzugehen? Immer wieder nur Selbstmörder, die sich von einem der beiden Stadtberge gestürzt haben – leider mit Vorliebe direkt vom Mönchsberg auf die asphaltierte Müllner Hauptstraße. Nichts bleibt übrig. Fleischklumpen in bunten Kleidungsstücken, wie unser Thomas Bernhard – Gott hab ihn selig, verehrter Kollege, auch wenn er nicht an ihn glaubte – es mal passend formuliert hat. Aber hier ist es anders. Ganz anders, Verehrter … Schauen Sie mal her: Alles perfekt konserviert, dazu noch in dem tadellosen Frack gewissermaßen schon für die Bestattung angekleidet. Wie übernatürlich die durchsichtig bläuliche Blässe des Antlitzes, wie ekstatisch angespannt die verglühten Augensterne … Können Sie sich eine erhabenere Art vorstellen, dem Schnitter Tod entgegenzutreten, als mitten in der transzendenten Harmoniesphäre der Musik, ja diese sogar in der andächtigen Kulisse der Peterskirche selbst am Dirigentenpult zum Leben erweckend, verehrter Kollege? Ich habe einmal davon geschwärmt, irgendwann wie Gustav von Aschenbach im leicht fauligen Dunst der Lagune von Venedig sanft an Cholera dahinzusiechen, aber eine so kunstreiche Manier hinzuscheiden wie diese übertrifft bei weitem jegliche Wunschvorstellung! Kein Wunder, dass sich in seinem Gesicht noch dieser Ausdruck höchster Verzückung abzeichnet, als hätte ihn eine mystische Vision, die göttliche Offenbarung, das Nirwana erlöst … Dunkle Stigmata auf den Handflächen hat er sogar davongetragen … Die Natur kann hier auf jeden Fall nicht allein am Werk gewesen sein …«

»Wie meinen Sie das?«, konnte Stiller die Nachfrage nicht unterdrücken.

»Eine Kraft außerhalb des natürlichen Ablaufs der Ereignisse scheint ihn ins Jenseits befördert zu haben …«

»Können Sie bitte etwas präziser sein?«, drängte ihn der Chefinspektor zunehmend angespannt. Horvath hielt abrupt inne, blieb einen Moment lang still, hob schließlich seinen Blick vielsagend auf und antwortete sichtlich pikiert: »Präziser? Herr Chefinspektor, ich kenne die Menschen Ihres Schlages allzu gut: Kaum hat man eine bloße Vermutung geäußert – eine unter vielen möglichen, die freilich noch eines endgültigen wissenschaftlichen Nachweises bedarf –, machen sie aus ihr im Handumdrehen eine unwiderlegbare Wahrheit, um sich gleich auf die Jagd nach den Tätern begeben zu können. Aber ich bin nach vielen Jahren als Facharzt für Rechtsmedizin bei der Kriminalpolizei dieser Stadt zum Glück gegen Ihre Berufskrankheit gänzlich immunisiert. Daher lasse ich Ihnen nur die Wahl: Entweder gebe ich Ihnen die nüchternen, für Sie höchstwahrscheinlich nichtssagenden klinischen Befunde aus dieser ersten, notgedrungen noch ganz oberflächlichen und deshalb wenig aufschlussreichen Beschau mit wissenschaftlicher Exaktheit wieder – Hyperpigmentation der Gesichtshaut, überdurchschnittliche Erweiterung der Pupillen, Hyperkeratose an den Handflächen, Mees'sche Nagelbänder … oder Sie lassen meiner poetischen Ader freien Lauf und geben sich mit den so wunderschön vagen wie kriminalistisch unbelasteten Abschweifungen einer ästhetisch empfindsamen Seele zufrieden. Denn wenn ich Ihnen rein hypothetisch sagen würde, die Leiche scheine aus einer ersten flüchtigen Beobachtung, die freilich nie den Anspruch wissenschaftlicher Gewissheit erheben könne, mögliche Anzeichen – und ich meine wirklich mögliche – einer eventuellen Vergiftung aufzuweisen …«

»Also Giftmord«, konnte sich der Chefinspektor nicht zurückhalten. Das »Ich wusste es!« des aufgebrachten Leichenbeschauers überhörend, drehte er sich rasch zum Publikum hin, ließ seinen scharfen Blick durch die drei Kirchenschiffe und das Querhaus schweifen und fing gleich an, mit einem routinierten Automatismus gedanklich auszurechnen, wie viele mögliche Ausgänge die Kirche haben konnte und entsprechend wie viele Polizeikräfte benötigt würden, um sie zu bewachen. Noch bevor der Chefinspektor seine Gleichung abschließen konnte, tat sich wie bestellt die Seitentür zur Sakristei am Ende des Querschiffes zu seiner Rechten geräuschvoll auf, und ein junger Mann in dunkelblauer Uniform trat ungestüm ein, gefolgt von einigen Kollegen der nahen Polizeistation.

6

Vom blitzartigen Entree der Ordnungshüter überrascht, wich ich hinter die Säule zurück und lauschte angestrengt dem Gespräch zwischen ihrem Anführer und Stiller. »Gibt es einen besseren Weg, einen neuen Chefinspektor willkommen zu heißen, als ihm gleich eine Leiche auf dem Präsentierteller zu servieren?«, stellte sich der Neuankömmling im Überschwang jugendlicher Verwegenheit vor, zog seine Dienstkappe und nahm straff Haltung vor seinem Vorgesetzten an. »Das nenne ich wahre Gastfreundschaft, Chef, und da kann uns Salzburgern keiner das Wasser reichen, wahrlich nicht. Denn wenn schon, dann lassen wir es richtig krachen: Da sind wir nicht so knauserig wie die Wiener. Und für Sie haben wir dazu noch ein erstklassiges Willkommensgeschenk ausgesucht: Wie ehemals Guido Brunetti dürfen Sie gleich mit einem Dirigenten hier bei uns debütieren, und das in der Mozartstadt …« »Brunetti?«, fragte Stiller irritiert. »Commissario Guido Brunetti, *Venezianisches Finale* … der allererste Krimi von Donna Leon … auch ein Stardirigent bei der Aufführung …«, versuchte der junge Polizist etwas verunsichert zu erklären. »Donna Leon?«, unterbrach ihn der Chefinspektor barsch. »Das hier ist kein Kriminalroman, Herr …« »Gruppeninspektor Biba Franz, stets zu Diensten, Chef.« »Gut, Inspektor Biba: Stellen Sie vielmehr sicher, dass jeder Gang der Kirche von einem der Kollegen der Stadtpolizei bewacht wird«, wies Stiller mit energischem Ton den geknickten Gruppeninspektor zurecht. »Niemand darf die Kirche ohne mein Wissen verlassen!«

Als Biba den Chefinspektor vor der Balustrade des Altarraums endlich allein ließ, um die Wache mit den anderen Polizeibeamten aufzustellen, sah ich meinen Moment gekommen. »Das ist leider bereits geschehen, Stiller«, schaltete ich mich ein. Geduldig hatte ich hinter der Säule zwischen Mittel- und rechtem Seitenschiff auf die Gelegenheit gewartet, den Chefinspektor anzusprechen, in der Hoffnung, für mein Romanvorhaben mehr über den Fall zu erfahren, ja vielleicht sogar wie in früheren Zeiten als Informant in irgendeiner Form an den bevorstehenden Ermittlungen beteiligt zu werden. Viel Konkretes anzubieten hatte ich noch nicht, doch das, was mir in der Kirche aufgefallen war, dürfte nicht ohne eine gewisse Brisanz sein. »Ich wusste, dass Sie irgendwann wie ein Aasgeier hier auftauchen würden, aber so früh hatte ich Sie nicht erwartet«, empfing mich Stiller eher kühl. »Eigentlich haben wir während des Konzerts nebeneinander auf der letzten Kirchenbank gesessen, aber Sie haben die ganze Zeit – mitten im Tathergang – tief und felsenfest geschlafen …«, entgegnete ich und versuchte zugleich, ihn durch relevante Hinweise zum Fall milder zu stimmen. »Deswegen haben Sie vielleicht manches nicht bemerken können …« Stiller zog die linke Augenbraue hoch. »Zum Beispiel?« »Zwei prominente Gäste sind nicht mehr an ihren Plätzen«, begann ich und sah in mein Notizbuch, als hätte ich ihre Namen dort notiert. »Der eine hat sich klammheimlich vom Tatort durch die Sakristeitür entfernt, um sich einige Zeit später unauffällig wieder unter den Sängerchor zu mischen«, fuhr ich fort. »Der andere hat die Kirche kurz nach Löwensteins Tod verlassen, ohne zurückzukehren.« Stiller tat so, als ob ihn meine Hinweise nicht sonderlich interessierten. »Richtig verdächtig sind mir eher diejenigen, die alle naslang ohne Befugnis am Tatort herumschnüffeln – ganz unabhängig davon, welche vermeintlich handfesten Informationen sie zu haben glauben oder ob sie früher für die Polizei als Informant gearbeitet haben«, sagte er spitz und warf einen missbilligenden Blick auf den Notizblock in meiner Hand. Ich ließ Heft und Stift schleunigst in meiner Manteltasche verschwinden. »Es ist nicht so, wie Sie denken, Herr Chefinspektor …«

»Wirklich? Ich wette, Sie haben bereits den Titel für die morgige Ausgabe Ihrer Zeitung notiert.«

»Da irren Sie sich: Ich glaube hingegen, ja ich bin mir ziemlich sicher, dass ich nicht mehr für die Zeitung schreiben werde, jedenfalls nicht über das, was in der Kirche geschehen ist.«

»Ich habe noch nie von einem Journalisten gehört, der darauf verzichten würde, in der Presse über einen solchen Fall zu berichten. Wozu verstecken Sie sich sonst hinter der Säule und machen sich die ganze Zeit Notizen?«

Ich überlegte kurz, ob ich mein schriftstellerisches Unternehmen nicht doch lieber verschweigen sollte. Ich wusste aber, dass er es früher oder später herausfinden würde, daher entschied ich mich, mit offenen Karten zu spielen. »Ich glaube, dass hinter diesem Fall mehr steckt als der einfache Tod eines berühmten Dirigenten ...«, deutete ich vorsichtig an. Stillers Augen wurden zu Schlitzen. »Jetzt machen Sie sich aber wirklich verdächtig ...«, sagte er argwöhnisch. »Ich meinte nur, dass der Fall durchaus literarisches Potenzial hat, und es wäre schade, wenn dieses nicht ausgeschöpft werden würde ...« Stiller schnaubte mürrisch. »Mir scheint, ich bin hier von lauter Literaten umgeben: Soeben hat mein Gruppeninspektor mich mit dem Commissario eines venezianischen Krimis gleichgesetzt, der Leiter der rechtsmedizinischen Abteilung redet wie aus einem Buch von Thomas Mann, und Sie möchten offenbar alle übertreffen und sogar einen ganzen Roman darüber schreiben. Und ich dachte, Sie wollten mir wie in alten Zeiten nur als Informant behilflich sein ...«

»Natürlich, primär möchte ich als Informant für Sie arbeiten«, beeilte ich mich zu versichern, »der Roman war nur so eine Idee ... Und wie Sie selbst wissen, könnte ich dank meiner langen Erfahrung als Polizeiberichterstatter der Stadt ...«

»So einen wie Sie kann ich in der Tat hier in Salzburg gut gebrauchen«, sagte Stiller etwas versöhnlicher, »besonders jetzt, da ich, frisch aus Wien, gleich mit einem solchen Fall konfrontiert werde. Ich habe jedoch die Befürchtung, dass Ihre neuen schriftstellerischen Ambitionen auf Kosten Ihrer Qualität als zuverlässige Quelle gehen könnten …«

»Wie meinen Sie das?«

»Dass Sie nicht mehr richtig bei der Sache sind, wenn Sie ständig überlegen müssen, wie Sie den Fall literarisch verwerten können.«

»Ganz im Gegenteil: Gerade aus der literarischen Perspektive kann man einen anderen, neuen Blick auf den Fall werfen und ungeahnte Verbindungen ans Licht bringen, die vielleicht sogar zu dessen Lösung führen könnten – ganz abgesehen davon, dass ich aufgrund meines Romanvorhabens nie in Versuchung geraten werde, meiner Zeitung Informationen zuzuspielen …«

Stiller kratzte sich kurz den leicht ergrauten Stoppelbart. »Meinetwegen können Sie machen, was Sie wollen, soweit Sie wie früher nützliche Informationen liefern, und natürlich nichts in die Zeitung durchsickert«, sagte er schließlich. »Sie gehen aber ein großes Risiko ein. Solche Fälle finden meistens, wie Sie selbst wissen sollten, eine relativ rasche, ganz unspektakuläre Erklärung, was der Spannung eines Romans nicht unbedingt förderlich ist. Ich mag mich nicht wiederholen, aber das ist nun mal kein Krimi, mein lieber Herr Schriftsteller, sondern die bittere Wirklichkeit, und ich glaube nicht, dass sie eine fruchtbare Inspirationsquelle für literarische Ergüsse sein kann. – Und jetzt her mit den Namen!«

7

Ich begann weit ausholend zu berichten, wie dem Chorleiter Samuel Libeskind als Erstem aufgefallen sei, dass mit Isaac Löwenstein etwas nicht gestimmt habe. Bereits am Anfang des *Dies Irae* – der Herr Chefinspektor habe zu diesem Zeitpunkt immer noch neben mir auf der letzten Kirchenbank des Mittelschiffes dem Schlaf des Gerechten gehuldigt – habe Libeskind mit besorgtem Blick wiederholt auf den Dirigenten geschaut. Zwar könnte seine Aufmerksamkeit auch durch Löwensteins ungewöhnlich eigenwillige Orchesterleitung erregt worden sein, die möglicherweise angefangen hatte, von der Generalprobe stark abzuweichen. Kurz vor Löwensteins Zusammenbruch sei Libeskind aber aufgestanden und, mit seinem Chorpart in der Hand, von seiner Nische auf der linken Seite her in Richtung des Kapellmeisters gelaufen, quasi als ob er dessen Tod vorausgesehen, ja, fast könnte man sagen, erwartet hätte. Nebenbei bemerkt, fügte ich im Flüsterton hinzu und legte dabei eine Hand vor den Mund, um sicherzugehen, dass meine Lippen nicht von Außenstehenden abgelesen werden konnten, sei Libeskind ursprünglich nur Posaunist bei den Salzburger Philharmonikern gewesen und erst vor kurzem von Löwenstein selbst zum Chorleiter ernannt worden. Stiller legte ebenfalls seine Hand vor den Mund und flüsterte noch leiser zurück: »Es ist nicht so, dass Sie ihn mir verdächtiger machen, indem Sie plötzlich die Stimme senken, und auch für die Leser Ihres hypothetischen Romans wird seine Figur dadurch nicht unbedingt interessanter …«
»Das lassen Sie nur meine Sorge sein, Herr Chefinspektor«, erwiderte ich erbost und setzte meine Schilderung der Ereignisse in möglichst neutralem Ton fort. Nachdem der Leiter der Salzburger Philharmoniker plötzlich nach hinten zusammengesackt sei, habe Libeskind sich ihm genähert und versucht, ihn

von dem auf ihn gefallenen schweren Notenständer zu befreien, wohl um Erste Hilfe leisten zu können – Letzteres hatte ich nicht genau sehen, sondern nur mutmaßen können, da sich inzwischen viele Zuschauer vor der Altarbalustrade um den Toten versammelt und mir die Sicht versperrt hatten. Als wir durch die Menge hindurch den Tatort erreicht hätten, sei Libeskind aber nicht mehr da gewesen, sondern an seiner Stelle habe neben dem regungslos liegenden Dirigenten nur die Sopranistin Cecilia Vinci gekniet. Erst einige Zeit später sei der Chorleiter von der Tür der Sakristei neben dem Maria-Säul-Altar wieder aufgetaucht und habe sich klammheimlich dem Halbkreis der Chor- und Orchestermitglieder angeschlossen, gerade als dort die Sopranistin aufgenommen wurde – der Herr Chefinspektor werde sich gewiss erinnern, wie er selbst die völlig aufgelöste Sängerin am Arm genommen und von der Leiche des Dirigenten weggeführt habe …

»Und der zweite Verdächtige?«, unterbrach mich Stiller etwas barsch.

Während der Herr Chefinspektor Cecilia Vinci zurück in den Halbkreis der Musiker begleitet habe, fuhr ich fort, hätte ich im Augenwinkel gesehen, wie in der Kanzel über dem Übergang zum rechten Seitenschiff ein zweiter, weit prominenterer Zuschauer seinen Platz verlassen habe – ihn brauchte ich jedoch nicht weiter zu erwähnen, sein Fehlen werde sicherlich auch dem Chefinspektor nicht entgangen sein …

»Doch, doch! Erzählen Sie ruhig weiter«, forderte mich Stiller ungeduldig auf.

»Ach, Sie wissen schon, wer …«, versuchte ich auszuweichen. Eine plötzliche Furcht hatte mich erfasst.

»Wollen Sie wieder als Informant arbeiten oder wegen Behinderung der Justiz angeklagt werden?«, reagierte Stiller unwirsch. Als er aber merkte, dass meine Angst doch stärker als seine Drohung war, zeigte er sich zuvorkommender. »Sie haben nichts zu befürchten«, versicherte er mir. »Selbstverständlich werde ich die Quellen meiner Informationen wie immer streng geheim halten – als Journalist wissen Sie selbst, wie wichtig das ist …«

Ich schaute mich vorsichtig um. »Manche Namen sollte man lieber nie erfahren …«, flüsterte ich ihm verstohlen zu.

»Jetzt tun Sie nicht so geheimnisvoll«, forderte er in energischem Ton. »Wenn es Ihnen hilft, denken Sie an Ihren Roman«, fügte er mit einem leisen Lächeln hinzu. »Jeder Krimi braucht eine Lösung: Wenn Sie mir nicht helfen, den Fall zu klären, werden Sie also auch Ihren Roman nicht schreiben können.« Dann beugte er sich zu mir und wies mit dem Zeigefinger auf sein rechtes Ohr. »Und sollte die ganze Zögerlichkeit wieder nur ein erzählerischer Trick sein, um die Spannung aufrechtzuerhalten, dann reicht es, wenn Sie den Namen hier hineinflüstern: Niemand wird ihn erfahren, nicht einmal der Leser Ihres Romans …«

Jetzt hatte er mich auf eine Idee gebracht, wie ich den bereits etwas schlaff gewordenen Bogen der Story wieder spannen konnte. Ich überwand meine Angst, näherte mich und flüsterte ihm den fürchterlichen Namen ins Ohr. Seine Miene – so meinte ich zumindest in meinem schriftstellerischen Drang – versteinerte. Doch er kam überraschend schnell wieder zu sich. »Und jetzt versuchen wir, die Geschichte in Gang zu halten«, sagte er bestimmt und wies mit einer ausholenden Geste auf das Publikum. »Ich würde zum Beispiel mit einer möglichst breiten Befragung der Zuhörer anfangen …« »Wo?«, fragte ich perplex. »Hier in der Kirche, wo sonst? Ein geeigneter Platz wird sich schon finden, der Raum ist groß genug.«

8

In der überfüllten Kirche einen angemessenen Ort für die Befragung zu finden schien nicht so leicht zu sein, wie es sich Stiller wohl vorgestellt hatte. Alle Bänke im Mittelschiff waren dicht mit Konzertbesuchern besetzt, die Seitenschiffe und -kapellen von stehenden Zuhörern. Die Mariazellerkapelle an der rechten Seite des Querhauses war geschlossen. Alter Kapitelsaal und Veitskapelle waren wegen Restaurierungsarbeiten nicht zugänglich. Die Sakristei hinter der linken Seitenwand des Querhauses mit dem Maria-Säul-Altar stand ebenso nicht zur Verfügung, da dort Chor- und Orchestermitglieder zusammen mit den Solisten warteten. Der Altarraum vor der Balustrade war gänzlich von der Spurensicherung eingenommen, das Orgelgehäuse sowie der Oratoriumserker und die Kanzel im Hauptschiff vor der Vierung zu eng und zu umständlich zu erreichen, ganz abgesehen davon, dass jedes Wort zumindest von der Orgelempore und der Kanzel durch den Nachhall in der Kirche mitgehört werden konnte. Ein Umzug ins benachbarte Kloster oder in den Peterskeller wäre mit noch mehr Umständen verbunden gewesen, da jeder potenzielle Zeuge aus der Kirche geführt werden müsste.

»Wie wollen Sie denn alle befragen?«, versuchte ich Stiller auf die Unmöglichkeit des Unterfangens aufmerksam zu machen. Ohne zu antworten, wandte er sich vom erhöhten Presbyterium direkt zum Publikum hin und sprach mit klarer, sonorer Stimme in die Menge: »Meine sehr verehrten Damen und Herren, mein Name ist Stiller – Nathan Stiller. Ich bin Chefinspektor des Landeskriminalamts Salzburg. Ich möchte jedem von Ihnen mein aufrichtigstes Beileid aussprechen für den unermesslichen Verlust, den Sie, liebe Musikfreunde und Mozartbewunderer, mit dem plötzlichen Ableben von Isaac Löwenstein erleiden mussten. Es ist immer tief erschütternd, mit dem Tod eines Mitmenschen direkt konfrontiert zu werden, besonders aber dann, wenn er einen hochgeschätzten Musiker und unvergleichlichen Künstler wie unseren beliebten Isaac Löwenstein dahinrafft.« In wenigen Sätzen war es ihm gelungen, die Gesamtheit der Zuhörer in seinen Bann zu ziehen. »Es liegt nun an jedem von Ihnen«, fuhr er fort, »dieses traurige Erlebnis zu verschmerzen und dem Verstorbenen die letzte, ihm gebührende Ehre hier zu erweisen, indem auch Sie bei der Aufklärung seines Todes mithelfen. Ich möchte Sie daher bitten, Ihren Platz nicht sofort zu verlassen, sondern vorher die zwei leeren Blätter auszufüllen, die meine Kollegen in Kürze jedem von Ihnen aushändigen werden: Neben Ihren Personalien auf dem ersten Blatt können Sie auf dem zweiten Blatt alles eintragen, was Ihnen vor, während und nach Isaac Löwensteins Tod aufgefallen ist, einschließlich freier Kommentare jeglicher Art, sodass Ihre Anmerkungen im getrennten Blatt anonym bleiben können. Bevor Sie die Kirche verlassen, geben Sie bitte beide Blätter getrennt an die Polizeibeamten vor den Gängen.« Leises Flüstern verbreitete sich unter den Zuschauern, doch Stiller ließ es gleich verstummen. »Wer schließlich persönlich mit mir reden möchte«, lud er die Anwesenden in höflichem Ton ein, »wird auch das tun können an einem noch näher zu bestimmenden Ort, den ich Ihnen so bald wie möglich mitteilen werde. Jeder Hinweis, so unbedeutend er auch scheinen mag, kann zur Erhellung dieses tragischen Ereignisses beitragen. Aus diesem Grund möchte ich mich im Voraus bei jedem von Ihnen für seine unersetzliche Hilfe herzlichst bedanken. Das schulden wir unserem teuren Isaac Löwenstein für all das, was er uns und der Tonkunst überhaupt mit seinem unermüdlichen musikalischen Engagement in all den Jahren gegeben hat.« Beifälliges Gemurmel und Kopfnicken signalisierten die Zustimmung der meisten Zuschauer.

Gruppeninspektor Biba meldete inzwischen die vollzogene Aufstellung der Wachen an den Kirchengängen. »Großartig, Chef, einfach großartig! So werden wir nicht nur die Personalien aller Anwesenden aufnehmen, sondern gleich auch ihre Fingerabdrücke von jedem Blatt abnehmen«, bemerkte er mit unverhohlener Bewunderung. »Ich frage mich nur«, fügte er aber etwas unsicher hinzu, »wo Sie die Beichtwilligen unter ihnen persönlich ausquetschen möchten …« Vom direkten Ton seines Assistenten etwas irritiert, schaute sich Stiller kurz um und fuhr sich nachdenklich über den graumelierten Dreitagebart. Dann drehte er sich wieder zu Biba und zeigte mit einem Kopfnicken auf den dritten der sechs rechteckigen, massiven Beichtstühle an der Wand des niedrigen linken Seitenschiffs. »Herr Inspektor, ich mag zwar Ihre etwas gewöhnliche Ausdrucksweise nicht«, sagte er mit einem nachsichtigen Lächeln, »aber dieses Mal muss ich zugestehen, dass Sie ausnahmsweise ins Schwarze getroffen haben: Ihre Beichtwilligen werden wir wohl genau dort vernehmen, wo sie hingehören.« Der Gruppeninspektor konnte seine Begeisterung abermals kaum in Grenzen halten. »Genial, Chef, einfach genial!«, rief er. »Wie in Alexander Benras *Der Engel des Herrn* …« »Schon gut, Inspektor Biba«, wiegelte der Chefinspektor die Komplimente ab, »jetzt schicken Sie bitte den Mesner, Papier und Stifte im Kloster zu besorgen, und kommen Sie dann mit mir zu den Musikern in die Sakristei.« Dann wandte er sich zu mir: »Und Sie können mir inzwischen durch Ihre guten Verbindungen in der Stadt die eine oder andere Prominenz auskundschaften, die vielleicht ein Gespräch unter vier Augen mit mir im Beichtstuhl führen möchte …« »Gerne, Herr Chefinspektor«, antwortete ich beflissen und machte mich sofort auf die Suche nach prominenten Konzertbesuchern, die vielleicht auch gute Charaktere oder gar vorzügliche Verdächtige in meinem noch zu verfassenden Kriminalroman abgeben konnten.

9

»Was gibt's da zu lachen, Inspektor Biba?«, fragte Stiller seinen Assistenten barsch, als dieser sich ihm mit einem breiten Grinsen anschloss, um mit ihm die Musiker in der Sakristei zu besuchen. Biba lächelte ihm verschmitzt zu. »Wussten Sie, Chef, dass ich mal als Oboist bei den Salzburger Musikanten gespielt habe? Da sind mir ein paar Musikerwitze in Erinnerung geblieben, die ganz zu unserem Fall passen würden, etwa …« »Ich will nichts hören«, schnitt ihm Stiller das Wort gleich ab. Zu spät. »Der Orchestermusiker über ein gelungenes Konzert: Der Dirigent leistete keinen nennenswerten Widerstand …« »Zum Totlachen, Biba, zum Totlachen …«, bemerkte der Chefinspektor sarkastisch und schritt forsch mit seinem vierbeinigen Begleiter zur Sakristeitür neben der Kunststeinstatue der Maria Säul im linken Seitenaltar des Querschiffes. Der Gruppeninspektor trottete eilfertig hinter ihm her. »Warten Sie, Chef, der da ist wirklich lustig«, wollte er schnell noch einen reißen. »Was ist das Idealgewicht eines Kapellmeisters?« Ohne sich umzudrehen, drohte Stiller in vollem Ernst: »Ich warne Sie: Noch so ein platter Jux, und Sie sind vom Dienst suspendiert – und das ist kein Witz, Herr Inspektor!« Biba senkte zerknirscht den Kopf. »Sorry, Chef, ich wollte nur die trübe Stimmung etwas aufheitern …«

In der Tat herrschte in der Sakristei eine gedrückte Atmosphäre, zusätzlich beschwert durch die bleierne Stille, die bei der Ankunft des Chefinspektors schlagartig eintrat. Die meisten Musiker warteten neben ihren Instrumenten oder noch mit ihren Noten in der Hand, ohne ein Wort miteinander zu wechseln. Vergeblich bemühte sich Stiller, mit ihnen ins Gespräch zu kommen; seine Fragen prallten jedoch gegen eine Mauer des Schweigens, die er, so entgegenkommend er sich auch zeigte, nicht zu durchbrechen vermochte. Als er nach einiger Zeit bereits ans Aufgeben dachte und die Sakristei verlassen wollte, um die Befragung im Beichtstuhl anzufangen, hörte er Gruppeninspektor Biba hinter sich: »Liebe Kollegen, ihr seid stiller als ein Gitarrist, dem man Noten vorgelegt hat ...« Der Chefinspektor rollte mit den Augen. »Das hat mir gerade noch gefehlt!«, dachte er. Doch der unerschütterliche Frohsinn seines Assistenten schien wieder Leben in die stummen Musiker zu bringen. »Oder stiller als ein Bratschist, der in der vierten Lage spielen muss ...«, fügte der Konzertmeister unter dem zögerlichen Lächeln seiner Kollegen hinzu. »Soso, wenn es darum geht, abgedroschene Witze über Bratschisten zu reißen, findet jeder sofort die Sprache wieder«, erwiderte ein anderer Orchestermusiker, der wohl der erste Bratschist sein musste, sichtlich pikiert. »Dabei kenne ich so viele andere Kollegen, die es genauso verdient hätten ...« »Zum Beispiel Dirigenten«, griff Biba geschickt in das Gespräch wieder ein. »Man braucht nur an den Spruch des unvergessenen Celibidache zu denken: Ein Dirigent ist ein verkappter Diktator ...« »... der sich glücklicherweise mit der Musik begnügt hat«, führte ein weiterer Geiger den Satz zu Ende. »Ich hatte die Ehre, Sergiu Celibidache als Dirigenten zu erleben, als ich bei den zweiten Geigen der Münchner Philharmoniker am Anfang meiner Karriere gespielt habe«, erklärte er. »Er war schon in seinem Dirigierstil durchaus streng, vor allem in den aufreibenden, unendlichen Proben, aber bei Weitem kein Wüterich wie Löwenstein ...« »Ein Wüterich?«, hakte Stiller nach, einen für die Ermittlungen relevanten Punkt witternd. Die Musiker nickten schweigend. »Und das ist schon ein Euphemismus, Herr Chefinspektor«, sagte ein kleinwüchsiger Kontrabassist hinter seinem bereits in der Tasche verstauten Instrument hervor. »Wäre nicht der Respekt vor dem Verstorbenen, würde ich sogar sagen, es herrschte unter ihm seit seiner Ernennung zum Generaldirektor der Salzburger

Philharmoniker der reine Terror …« »Ich glaube, er hat uns einfach nicht als Mitmenschen betrachtet, sondern nur als ein Mittel zum Zweck, das ihm bedingungslos ergeben gehorchen sollte«, versuchte eine junge Klarinettistin zu erklären. Und ein Kollege aus den zweiten Geigen pflichtete ihr bei: »Er selbst hat immer wieder behauptet, das Orchester sei bloß ein Instrument zur Vermittlung musikalischer Gedanken. Nicht die Interpreten, sagte er, sondern einzig und allein die Musik zähle …«

»War er heute anders als sonst?«, fragte Stiller, bevor das Gespräch in eine abstrakte Diskussion über den Sinn der Musik und des Musizierens abschweifen konnte. »Und wie!«, riefen einige Musiker fast synchron aus. »Zunächst erschien er bei der Generalprobe erstaunlich gut gelaunt, fast fröhlich, was bei ihm noch nie der Fall gewesen ist, und schon gar nicht kurz vor einem Konzert«, erzählte der Konzertmeister. »Im Laufe der Probe aber hat er uns dann regelrecht schikaniert: Bei jedem Takt hat er das Spiel fast schadenfroh unterbrochen und jedem einzelnen von uns vor allen anderen vorgehalten, die falschen Töne zu spielen – was natürlich nicht stimmte, denn letztendlich haben wir das Requiem von Mozart bei den Salzburger Philharmonikern so oft aufgeführt, dass jeder seinen Part mittlerweile in- und auswendig kann.« »Was ich da blase, hat er zu mir sogar gesagt, habe mit Mozart rein gar nichts zu tun«, zitierte ein Hornist, immer noch gekränkt. »Und dabei war er es selbst, der dann im Konzert alles falsch dirigiert hat«, fuhr der Konzertmeister fort. »Seine Schlagfiguren wurden während des Konzerts immer eigenwilliger, fast als ob er uns absichtlich in die Irre führen wollte.« »Völlig unberechenbar war er auf einmal«, ergänzte der erste Cellist. »Wie wenn Sie das Requiem von Mozart spielen müssen, und der Kapellmeister dirigiert das deutsche Requiem von Brahms, verstehen Sie?« Stiller nickte zustimmend, auch wenn er den Vergleich nicht ganz nachvollziehen konnte – den Namen Brahms hatte er wohl zum ersten

Mal gehört. »Bei der Aufführung haben wir praktisch nur noch auf den Konzertmeister geschaut und seinen Schlag ignoriert, es ging nicht anders«, erklärte schließlich der erste Bratscher. »Natürlich wussten wir nicht, dass er so krank war …«, versuchte die Klarinettistin zu beschwichtigen. »Ja, im Nachhinein, wenn man die tragischen Umstände seines Ablebens sieht, erscheint sein Verhalten durchaus nachvollziehbar. Aber wir konnten es ja nicht ahnen …«, pflichtete ihr der Konzertmeister aufrichtig betrübt in der allgemeinen Stille bei.

Wieder versuchte Biba, die Stimmung nach einem Moment beklommenen Schweigens zu heben. »Na ja«, kommentierte er gelassen, »immerhin können wir jetzt schon sagen: Falls er ermordet wurde, dann dürfte hier wohl jeder ein Motiv gehabt haben …« Stiller schaute verblüfft zu seinem Assistenten. »Nein, nein, was denken Sie, wir haben ihn trotz allem für seine bedingungslose Hingabe an die Musik bewundert, sosehr wir auch darunter gelitten haben«, rechtfertigte sich der Konzertmeister. »Ohne ihn wären die Salzburger Philharmoniker nicht zu dem geworden, was sie jetzt sind: neben den Berlinern und den Wienern wohl eines der besten Orchester Europas«, ergänzte der erste Cellist mit einem gewissen Stolz. »Ich verstehe, aber vielleicht gibt es jemanden, gegen den er seinen Zorn mehr als gegen die anderen gerichtet hat …«, versuchte Stiller nachzuhaken. Die Köpfe der Musiker drehten sich fast synchron in Richtung des Chorpräfekten Samuel Libeskind, der etwas abseits unbeteiligt in seinem Mantel in einer Nische der Sakristei stand, seine dicke Mappe unter dem Arm, als brenne er darauf, endlich die Kirche verlassen zu dürfen. Das Gesicht des Chorleiters verfinsterte sich, bevor er sichtlich angespannt antwortete: »Was schaut ihr alle auf mich? Ich habe nichts zu sagen. Lasst mich in Ruhe.« »Vorher möchte ich Sie jedoch zu einem kurzen Gespräch unter vier Augen einladen, während der Inspektor Ihre Kollegen weiter befragt. Ich warte auf Sie im dritten

Beichtstuhl, Herr Libeskind«, forderte Stiller den Chorleiter mit Nachdruck auf und verließ mit seinem Hund die Sakristei.

Gerade vor dem dritten Beichtstuhl wartete ich auf Stiller mit meinem Notizbuch in der Hand neben den nicht wenigen Personen, die sich eingefunden hatten, an dem ungewöhnlichen Ort als Zeugen das Gespräch mit dem Chefermittler zu suchen. »Könnte ich während der Vernehmung in der anderen Seitenkabine des Beichtstuhls Platz nehmen, Herr Stiller?«, fragte ich ihn unter vier Augen. Ich wusste nicht, wie stark sein Vertrauen zu mir war, doch einen Versuch war es wert. Immerhin hatte er mich früher schon das eine oder andere Mal in die Ermittlungen mit eingebunden, wenn es ihm nützlich erschienen war. »Sie wissen schon, der Kriminalroman …«, rechtfertigte ich mich. »Und wer weiß, ob sich unter den Zeugen auch unser Mörder befindet …« Er sah mich sichtlich widerwillig an, überlegte kurz und zeigte mit einem Kopfnicken auf die Schlange vor dem Beichtstuhl. »Denken Sie nicht, die Befragung so vieler Menschen würde Ihre Leser abschrecken? Ich möchte nicht, dass sie kurz nach Beginn der Lektüre Ihr Erstlingswerk gleich vor Langeweile beiseitelegen …« »Nicht, wenn ich im Roman nur die Personen erwähne, die später unter Verdacht geraten oder eine bedeutende Rolle spielen werden«, erwiderte ich entschieden. Stiller lächelte listig: »Die Geschichte Ihres Romans verlöre doch gleich an Glaubwürdigkeit, wenn der Chefinspektor darin seinen gerade angeheuerten Informanten in die Ermittlungsarbeit miteinbeziehen würde, noch bevor sich dieser bewährt hat.« »Ich habe mich doch schon früher als Informant bewiesen …«, versuchte ich einzuwenden, doch er kramte gleich ein kleines Heft aus seiner Manteltasche hervor und wedelte kurz mit ihm vor meiner Nase. »Ganz abgesehen davon, dass Sie sich die ganze Kritzelei sparen und die für Ihren Krimi relevanten Aussagen aus meinem Polizeibericht am Ende der

Ermittlungen herausfiltern können«, fügte er grinsend hinzu und öffnete entschlossen die mit undurchsichtigem Rauchglas ausgestattete Holztür der Mittelkabine im dritten Beichtstuhl. »Ich verspreche, Ihnen einen Blick in meinen Rapport zu gewähren, wenn alles vorbei ist«, sagte er beschwichtigend zum Schluss, bevor er mit seinem Hund hinter der Tür verschwand. »Ansonsten lassen Sie Ihre Fantasie arbeiten!«

10

Obwohl die Heizung der Kirche vor Beginn des Konzerts voll aufgedreht und die elektrische Beleuchtung unmittelbar nach dem Tod des Dirigenten eingeschaltet worden war, herrschte im Beichtstuhl eine feuchte, bis in die Knochen durchdringende Kälte, begleitet von einer dumpfen, dämmrigen Atmosphäre. Vor Ersterer konnte sich Stiller durch die wohlige Wärme schützen, die der Labrador zu seinen Füßen großzügig spendete. Von Letzterer erhoffte sich der Chefinspektor gar Hilfe bei der Befragung der Zeugen, dürfte doch das Halbdunkel das Mitteilungsbedürfnis der Befragten begünstigen.

In der Tat erschien der Chorleiter Samuel Libeskind, der sich als Erster im rechten Seitenraum des Beichtstuhls mit seiner abgewetzten Mappe auf dem Schoß niederließ, deutlich mitteilsamer als vor seinen Kollegen in der Sakristei. »Glauben Sie ja nicht, ich sei hierhergekommen, um den Mord an Isaac Löwenstein zu beichten, Herr Chefinspektor«, stellte er sofort klar. Stattdessen fing er an, seinen musikalischen Werdegang bei den Salzburger Philharmonikern zu schildern: Wie er ursprünglich, vom Mozarteum frisch diplomiert, die Stelle des ersten Posaunisten im Orchester bekleidet und nur nebenberuflich

Liedertafeln und kleinere Laienchöre in der Stadt geleitet habe, bis Isaac Löwenstein ihn völlig überraschend zu seinem Assistenten und Chorpräfekten bestimmt hatte. »Wie Sie sehen können, hätte ich keinen Grund gehabt, ihn zu töten«, schloss Libeskind seine Ausführungen ab. »Im Gegenteil: Ihm habe ich es zu verdanken, eine Leitungsposition bei den Salzburgern innezuhaben. Ohne ihn wäre ich nur ein Posaunist geblieben, zwar in einer Solostelle, aber immer noch bloß Posaunist.« »Nach dem zu urteilen, was Ihre Kollegen in der Sakristei über Löwensteins Charakter und Dirigierstil berichtet haben, dürfte Ihre Assistentenstelle alles andere als beneidenswert gewesen sein«, erwiderte Stiller hinter dem metallenen Beichtgitter. »Und wenn ich richtig verstanden habe, waren vor allem Sie die Zielscheibe von Löwensteins Zornesausbrüchen.« Als ob er auf diese Frage gewartet hätte, stimmte Libeskind ein leidenschaftliches Plädoyer für die Musik an. »Wenn ich Ihnen sagen würde, ich habe es für die Kollegen des Orchesters getan, als Blitzableiter von Löwensteins Wutanfällen alles auf mich zu nehmen, werden Sie mir wahrscheinlich nicht glauben. Daher versuche ich vorher, Ihnen Einblick in meine musikalische Welt zu geben, wenn Sie erlauben.« Libeskind machte eine kurze Pause und überlegte einen Moment still, bevor er antwortete: »Sehen Sie, Herr Chefinspektor, ich glaube nicht wie Isaac Löwenstein, dass die Musik etwas Absolutes, ganz und gar Übermenschliches ist, und der Musiker hingegen bloß ein unvollkommenes, aber unentbehrliches – Löwenstein würde hier … hätte hier hinzugefügt: leider unentbehrliches – Werkzeug zu deren Vermittlung, das ständig unter Kontrolle gehalten werden sollte. Nein, die Musik bleibt für mich immer noch in erster Linie die Frucht menschlicher Bemühungen, ein menschliches Werk, ja der höchste Ausdruck der Menschlichkeit. Nicht die Noten auf dem toten Papier, und mögen sie auch aus der Feder eines Mozart stammen, sondern erst die Musiker, die Interpreten, die Menschen mit ihren

Stimmen und Instrumenten hauchen ihr Leben ein. Die wundersame Macht, aus einem Stück Blech oder Holz die reichste Palette an Klangfarben zu erzeugen, die kleinen Unreinheiten, die beim Anblasen oder bei der Berührung eines Streichkörpers mit den Pferdehaaren des Bogens unvermeidlich hervortreten, die innige Schwingung einer Singstimme, das ständig anzupassende Zusammenspiel der Bewegungen und Stimmungen: Dafür, für das Menschliche in der Musik, habe ich mich bei den Salzburger Philharmonikern stets eingesetzt, was auch bedeutete, die ungezügelten Wutausbrüche, die offenen Beleidigungen und die ständigen Demütigungen des Chefdirigenten ganz auf mich zu nehmen und mit stoischer Gelassenheit zu ertragen, um den Orchester- und Chormitgliedern den Rücken freizuhalten. Niemand, auch Isaac Löwenstein mit seinen Tiraden über die Unzulänglichkeit der Interpreten gegenüber der Vollkommenheit der Tonkunst nicht, wird mich, so sehr ich ihn auch als Dirigenten schätze, von diesen Idealen abbringen. Wenn Sie mal in einem Laienchor oder in einer Liedertafel gesungen oder gespielt hätten, würden Sie mich ohne Weiteres verstehen.« »Was ich wohl heraushören kann«, konterte Stiller kühl, »ist, dass derart divergente Vorstellungen von Kunst unvermeidlich zu einem kaum lösbaren Konflikt führen, und wenn keine Schlichtung mehr möglich ist, wird die Versuchung groß, dessen Ursache auf anderen Wegen zu beseitigen. So wie mir scheint, hatten Sie unter Löwenstein nie eine reelle Chance gehabt, Ihre, wie Sie sagen, musikalischen Ideale zu verwirklichen.«

»Stimmt, aber ich galt als sein Nachfolger: Ich brauchte nur geduldig auf seinen Rücktritt zu warten, und …«

»… und eventuell seinen Abschied aktiv fördern …«

»Ich hatte keinen Grund dazu, Herr Kommissär. Denn er hatte bereits angekündigt, im nächsten Jahr das Amt des Chefdirigenten niederlegen zu wollen. Das gab mir die Kraft, alle Demütigungen vor den Kollegen standhaft hinzunehmen.«

»Bei so starken Differenzen nicht nur persönlicher Art, sondern vor allem auch in künstlerischer Hinsicht habe ich meine Zweifel, dass er Ihnen sein musikalisches Erbe anvertraut hätte …«

»Warum nicht? Er selber hatte mich doch zu seinem Assistenten und Chorleiter gemacht.«

»Zu seinem Assistenten, was aber noch nicht heißt, dass er Sie auch für den Posten des Dirigenten geeignet hielt. Durch seinen Tod sind Sie hingegen automatisch zu seinem natürlichen Nachfolger aufgerückt.«

»Hören Sie, Herr Chefinspektor, er war für mich wie ein Vater, ein strenger Vater zwar, manchmal launisch, oft ungerecht, aber eben wie ein Vater. Ich hätte ihm nie was angetan … Aber wenn Sie mich unbedingt beschuldigen wollen …«

Stiller schwieg kurz. »Wenn er Ihnen so nahestand, verstehe ich nicht, warum Sie ihm nicht Erste Hilfe geleistet haben, als er zusammengebrochen ist«, sagte er scharf.

»Ich bin doch als Erster zu ihm geeilt, als er am Boden lag, und habe ihn vom schweren Notenständer befreit!«, entgegnete der Chorleiter und drückte mit beiden Händen seine dicke Mappe gegen die Brust, als wolle er damit seiner Erwiderung Kraft verleihen.

Libeskinds Entrüstung schien echt, doch Stiller hatte den starken Verdacht, dass der Chorleiter etwas zu verbergen versuchte. »Gewiss, aber Sie haben ihn auch dort liegen lassen und sind in die Sakristei geflüchtet«, insistierte er.

»Ich wusste nicht, wie man Erste Hilfe leistet«, rechtfertigte sich Libeskind wenig überzeugend. »Daher bin ich in die Sakristei gelaufen, um mein Handy zu holen und die Rettung zu rufen. Aber wenn Sie mich wegen unterlassener Hilfeleistung anklagen wollen, dann bitte sehr …«

»Mag sein, Herr Libeskind, aber ich habe immer noch das Gefühl, dass Sie mir nicht die ganze Wahrheit sagen …«

Stiller wurde durch ein leises Klopfen am verdunkelten Glasfenster der Mittelkabine unterbrochen. Eigentlich wollte ich ihn damit nur diskret auf die ziemlich lange Schlange aufmerksam machen, die sich inzwischen vor dem Beichtstuhl gebildet hatte. Ich machte mir Sorgen, dass viele der Wartenden, falls der Chefinspektor die Befragung jedes Einzelnen allzu sehr in die Länge zog, die Geduld verlieren und die Kirche verlassen würden, ohne mit ihm gesprochen zu haben. Ich gebe zu, dass ich insgeheim vor allem auch an die prominenten Persönlichkeiten unter den Wartenden dachte, die ein größeres erzählerisches Potenzial zu bieten hatten als der etwas fade Chorleiter, der sich seit einigen Minuten in der Seitenkabine des Beichtstuhls befand. Wie dem auch sei, Stiller schien meine Bedenken nicht im Mindesten zu teilen. Im Gegenteil. Er öffnete hastig die Tür der Mittelkabine einen Spalt breit, guckte grimmig hervor und fauchte mich im Flüsterton an: »Was fällt Ihnen denn ein? Erst lenken Sie den Verdacht auf eine bestimmte Person, und dann, wenn ich versuche, etwas daraus zu machen, unterbrechen Sie mich gerade im spannendsten Augenblick!« Ich machte eine nickende Kopfbewegung in Richtung der wartenden Konzertbesucher hinter mir. »Wer wirklich mit mir reden möchte, wird auch warten, bis er an der Reihe ist«, entgegnete er schroff. »Und ich warne Sie, noch so ein Fauxpas, und Sie können Ihren Roman vergessen!«

Noch bevor Stiller sich wieder in die Mittelkabine zurückziehen konnte, trat Libeskind aus der Tür der Seitenkabine, die große Mappe vor der Brust, und wandte sich ihm entschlossen zu. »Was ich sagen konnte, habe ich Ihnen gesagt, Herr Chefinspektor. Ich kann nur noch hinzufügen, dass ich hoffe, es wird Ihnen bei Ihren Ermittlungen helfen und zur Aufklärung des Mordes an meinem Meister und Mentor beitragen. Jetzt möchte ich nur noch nach Hause, wenn Sie erlauben, und allein um ihn trauern.« Während der Chorleiter schleunigst die Kirche verließ, ohne sich von den Musikerkollegen in der Sakristei zu verabschieden, nahm mich Stiller wutschnaubend zur Seite. »Sie werden doch nicht im Ernst glauben, dass ich Besucher schneller abserviere, nur weil sie Ihnen zu langweilig vorkommen, und nur denjenigen den Vorrang gebe, die unterhaltsamer für Ihre Leser sein könnten!« Er nahm mich am Arm und schob mich mit einigem Druck in Richtung Ausgang. »Ich schlage vor, Sie gehen jetzt auch nach Hause und fangen an, Ihren Roman niederzuschreiben, während ich hier mit meiner Befragung weitermache. Ich bin sicher, dass Sie zu Hause viel freier und kreativer an ihrem literarischen Erstlingswerk arbeiten können. Eine klare Arbeitsteilung kann übrigens nur von Vorteil sein: Ich werde auf diese Weise den Fall rascher lösen und Sie Ihren Roman flotter fertig schreiben!«

11

Die Vernehmung von Samuel Libeskind hatte mehr Fragen aufgeworfen als Antworten gegeben. Schon die Eile, mit der der Chorleiter nach Löwensteins Zusammenbruch das Presbyterium verlassen hatte, erschien dem Chefinspektor suspekt. Hätte Libeskind wirklich keine Erste Hilfe leisten können und den Notdienst anrufen wollen, wie er behauptete, hätte er schneller jemanden im Orchester oder aus dem Publikum fragen können, ohne selbst in der Sakristei nach seinem Handy zu greifen. Wenn es also nicht um den Notruf gegangen war, was hatte der Chorleiter in der Sakristei zu suchen? Sosehr sich der Musiker auch bemühte, jeden Verdacht gegen sich auszuräumen: Er hatte nicht nur ein klares Mordmotiv, sondern offensichtlich auch etwas zu verbergen.

Vertieft in seine Überlegungen hatte Stiller nicht bemerkt, dass das linke Abteil des Beichtstuhls inzwischen wieder besetzt war. Das leise Rauschen eines Kleides ließ ihn zu sich kommen. Das Gesicht, das im Schattenspiel der spärlich beleuchteten Kabine durch das Rautengitter des Beichtstuhls mehr zu ahnen als zu sehen war, mutete ihn etwas befremdlich an. Die graziösen, etwas rundlichen Züge, der leicht gekräuselte Mund, ein im fahlen Licht des Beichtstuhls golden durchschimmernder und kess über die Augenbrauen fallender Pony, die langen, scheu gesenkten Wimpern deuteten auf den ersten Blick auf ein junges Mädchen hin. Als der neue Gast aber blitzartig hochsah und mit einem provokanten Blick durch das Beichtgitter hindurch den im Schatten der Dunkelheit verborgenen Chefinspektor durchdringend fixierte, erkannte dieser mit Benommenheit, dass es sich um eine reife Frau handelte. Die breiten Wimpern waren üppig getuscht, die glatten Haare mit platinblonden Strähnchen getönt, das fleischige Rot des spitzen Lächelns war Lippenstift, das matte Karmesin der zarten Wangen Puder. Der Duft eines betörenden Parfüms mit orientalisch-fruchtigen Noten strömte zusammen mit ihren ersten sinnlich geflüsterten Worten zu ihm durch das Gitter: »Eine Dame gleich beim ersten Mal vor sich hinknien zu lassen, ist nicht gerade gentlemanlike, mein lieber Kommissär – um nicht etwas Verfänglicheres sagen zu müssen …« »Eine Wand aus massivem Holz steht doch zwischen uns …«, rechtfertigte sich Stiller, während er mit all seinen Kräften einen imaginären Wall gegen weitere, nicht ganz keusche Fantasien zu errichten trachtete. Als ob sie seine Gedanken lesen könnte, zwinkerte sie ihm lasziv mit ihren im Zwielicht des engen Gelasses flimmernden, himmelblauen Augen zu. »Hätten Sie lieber nichts dazwischen?« »Sehr geehrte Frau …«, fing der Chefinspektor vor Verlegenheit an zu stammeln. »… Magdalena Rosenthal, aber den Nachnamen können Sie ruhig weglassen, wenn Sie mögen …«

Stiller hatte sich schnell gefangen. »Frau Rosenthal, das ist nur eine Befragung, und ich bin hier der Leiter der Ermittlungen zu einem möglichen Mordfall«, sagte er nüchtern.

»Aber doch ein Mensch von Fleisch und Blut wie alle anderen.«

»Was Isaac Löwenstein auch mal war, Frau Rosenthal.«

»Von sehr heißem, quasi kochendem Blut sogar, wenn Sie es genau wissen wollen …«

Stiller wurde stutzig. »Meinen Sie … ein Wüterich?«, fragte er, während er an das Gespräch mit den Orchester- und Chormitgliedern in der Sakristei dachte.

Magdalena Rosenthal lächelte vielsagend. »Schlimmer, viel schlimmer, lieber Kommissär … Oder glauben auch Sie wie die meisten Kunstliebhaber wirklich, jeder große Künstler sei ein Heiliger?« Sie blies ihren Pony nach oben und senkte ihre Flüsterstimme weiter. »Nehmen Sie zum Beispiel den größten Musiker aller Zeiten, Wolfgang Amadé Mozart. Sie werden denken, ich erwähne ihn nur, weil ich die Sekretärin des Mozartianums bin. In Wahrheit bin ich zutiefst davon überzeugt, dass es kein Zufall ist, wenn sich heute gerade der Tag seines Todes jährt …« Sie machte eine kurze, bedeutungsschwangere Pause, dann zählte sie demonstrativ an den langen rotlackierten Fingernägeln ab: »Die Bäckerstochter Maria Ottilie Feyerl, die Cousine Anna Maria Thekla, die Schwägerin Aloysia Weber, die Baronin Martha Elisabeth von Waldstätten, die Schülerinnen Therese von Trattner und Magdalena Hofdemel, die Sängerinnen Caterina Cavalieri, Nancy Storace, Henriette Baranius und Josepha Duschek … Fast glaubt man Don Giovannis Katalog vor Augen zu haben:

V'han fra queste contadine,
cameriere, cittadine,
v'han contesse, baronesse,
marchesine, principesse …

Dass er sich angeblich an der in Wien grassierenden Syphilis angesteckt hat, soll nicht weiter verwundern. Neulich wurde mit durchaus stichhaltigen Argumenten sogar die Annahme ins Feld geführt, er sei beim ungeschickten Versuch, dieses Geschlechtsleiden durch hochgradig quecksilberhaltige Präparate eigenhändig zu kurieren, an einer Vergiftung gestorben. Musikalisch ein Genie, charakterlich ein Don Juan, medizinisch ein Volltrottel.«

»Nun ist Mozart nicht gerade der heißeste Verdächtige in unserem Fall, auch schon wegen des zeitlichen Abstands ...«, versuchte Stiller, das Gespräch auf die Gegenwart zu lenken.

Sie lachte höhnisch. »Sparen Sie sich allzu billigen Sarkasmus, Kommissär – wiewohl, wenn ich Ihnen dies in der Intimität dieses Beichtstuhls gestehen darf, Ihre Ironie Sie noch attraktiver macht. Das war nur ein Beispiel: Natürlich bezog ich mich auf die Zeitgenossen.«

»Jetzt reden Sie im Plural ... Wen meinen Sie genau? Löwenstein ... oder etwa den Chorleiter Samuel Libeskind?«, hakte Stiller nach.

»Gewiss auch die beiden.«

»Noch jemanden also?«

Sie seufzte demonstrativ, als ob sie dem Chefinspektor zu verstehen geben wollte, wie langweilig sie seine Nachfragen fand. »Ich habe Ihnen doch gesagt, Kommissär: Im Kunstbetrieb leben auch nur Menschen mit ihren Makeln und Schwächen, da brauche ich keine Namen zu nennen, denn die Liste wäre länger als bei *Don Giovanni* ...« Ein Anflug von Schadenfreude, ja Rachsucht blitzte plötzlich aus ihren Augen. »Sie sind der Kommissär: Nehmen Sie den ganzen Betrieb unter die Lupe, stellen Sie ihn auf den Kopf, fragen Sie alle, forschen Sie weiter. Sie werden staunen, welche Abgründe an Verdorbenheit sich hinter der schönen Fassade der Musik auftun ...«

»Im Moment würde es mir auch nur reichen, etwas mehr über Löwenstein und Libeskind zu erfahren«, versuchte Stiller, sie zu konkreteren Angaben zu bewegen. Er konnte sich des Eindrucks nicht erwehren, dass sie ihn auf eine heiße Spur bringen wollte, zugleich aber Angst davor hatte, sich selbst zu sehr zu kompromittieren.

Magdalena Rosenthal wartete einen Moment, als wolle sie genau überlegen, was sie preisgeben sollte. »Die klassische Hassliebe-Beziehung, Kommissär«, sagte sie knapp. »Der Erste hat den Zweiten weidlich gequält und konnte dennoch nicht ohne ihn, so als ob ihn die Quälerei immer süchtiger machte. Dieser hing dafür nicht nur völlig an den Lippen seines Schinders, sondern hegte freilich auch gegen ihn wiederum einen heimlichen tiefen Groll …«

»Ich sehe da keine Liebe, sondern eigentlich nur Hass«, widersprach Stiller.

»Die gemeinsame Leidenschaft für die Musik Mozarts, wohl noch mächtiger als die gegenseitige Abneigung, hat sie wie in einer Art künstlerischer Zwangsehe zusammengehalten. Und es war mehr als Liebe – denn Liebe ist letzten Endes unbeständig, kann verfliegen, manchmal früher, manchmal später, oder gar in Hass umschlagen. Es war Besessenheit. Im Übrigen werden Sie in unseren Kreisen kaum jemanden finden, der nicht, auf seine persönliche Art und Weise, ja in manchen Fällen in perverser Manier, unter dieser krankhaften Mozartmanie leidet … Beide waren von der Idee getrieben, den originalen Klang von Mozarts Musik durch Orchester und Chor der Salzburger Philharmoniker wieder zum Leben zu erwecken, und haben dafür auf eigene Faust unermüdlich nach den historischen Quellen seiner Werke geforscht, letztlich ein unmögliches, aussichtsloses Unterfangen, wenn man bedenkt, dass die Autographe vieler Kompositionen Mozarts nach mehr als zwei Jahrhunderten unwiederbringlich verloren sind. – Das bekannteste Beispiel haben wir gerade heute Abend gehört, wenn auch nur bis zum *Dies Irae* …«

»Sie meinen, sie haben nur wegen Mozart zusammengehalten?«, fragte Stiller ungläubig. Frau Rosenthal lächelte süffisant. »Wenn man betrachtet, wie grundverschieden, ja gegensätzlich sie charakterlich und musikalisch waren, kann man die vereinigende Kraft von Mozarts Musik besser begreifen. Kein Wunder, dass beide sich auch seinen Lebensstil zum Vorbild genommen haben – wenn man hier noch von Vorbild sprechen kann –, was im Konzertleben einer alten, dekadenten Musikstadt wie Salzburg nicht allzu schwierig gewesen sein dürfte, wo sich so viele junge Künstlerinnen aus Ehrgeiz oder ältere Damen der gehobenen Gesellschaft aus Langeweile gerne auf ein Abenteuer einlassen …«

»Also sind sie vielleicht wegen einer Frau in Konflikt geraten …«, suggerierte Stiller und schaute der Sekretärin direkt in die Augen, als ob gerade sie diese gewesen sein könnte. Zum ersten Mal zeigte ihr herausfordernder Blick einen Anflug von Verlegenheit. Doch sie ließ ihn sofort geschickt hinter ihre Verführungsmaske gleiten. »Wer weiß?«, flüsterte sie geheimnisvoll zurück und schlüpfte schnell aus ihrer Beichtnische, bevor Stiller die nächste Frage stellen konnte.

12

»Ich nehme an, Sie sind auch, wie wir alle, ein Liebhaber von Mozarts Musik …«, versuchte Stiller, noch unter dem nachhaltigen Eindruck des aufreizenden, rätselhaften Gesprächs mit der Sekretärin des Mozartianums, die lähmende Stille vorsichtig zu brechen, die nach dem Eintreten seines nächsten Gastes wie ein eisiger Hauch den engen Raum des Beichtstuhls erfüllt hatte. Ein dumpfer Knall, als ob jemand mit einem Stock gegen den Holzboden des Beichtstuhls schlüge, ließ ihn zusammenzucken. »Liebhaber? Junger Mann, Sie reden gerade mit einem – das Gebot der Bescheidenheit verbietet hier den bestimmten Artikel – der bedeutendsten lebenden Mozartexperten: Professor Doktor Martin Heinrich Schneiderhahn, wenn Ihnen mein Name ein Begriff ist.« Hinter dem Beichtgitter stützte sich ein hagerer, vor Empörung bebender Greis mit goldumrandeter Brille auf seinen Gehstock und starrte den Chefinspektor mit erbostem Blick an. »Mein ganzes Leben habe ich der Erforschung von Mozarts Gesamtwerk gewidmet, und Sie setzen mich mit irgendeinem beliebigen Zuschauer gleich, der nie im Leben die originalen Quellen seines Schaffens zu Gesicht bekommen, geschweige denn quellenkundlich erschlossen und kritisch bewertet hat?« »Ich bitte um Verzeihung, Herr Professor, in der Dunkelheit hatte ich Sie nicht wiedererkannt …«, log Stiller, der dessen Namen noch nie gehört hatte, mit ausgesuchter Höflichkeit. »Liebhaber! Pah, nicht Liebe, junger Mann: Respekt, Hochachtung, Ehrfurcht gebührt dem wohl größten kompositorischen Œuvre aller Zeiten. Jede KV-Nummer, was sage ich, jeder Satz, jedes Notensystem, ja jeder Takt, jede Note, alles, was Wolfgang Amadé in seiner feinen, sauberen Handschrift zu Papier gebracht hat, ist ein Kleinod unübertroffener Tonkunst, dem man nur voll Demut und Bewunderung für die unerschöpfliche Schaffenskraft seines Urhebers begegnen und mit unermüdlichem Fleiß, bedingungsloser Hingabe und höchster Disziplin nachforschen sollte!«

Der alte Professor schlug nochmals mit seinem Gehstock gegen die Holzwand des Beichtstuhls. »Was wird stattdessen heutigentags aus Mozart gemacht? Eine Marke, die es kommerziell auszuschlachten gilt. Ob Mozartkugel, Mozarttorte, Mozartlutscher, Mozartkutsche, es fehlt nur noch, dass jemand einen Mozart-Krimi schreibt … Aber wehe, wenn sich einer die Mühe gibt, sein Werk anhand einer historisch-kritischen

Quellenbewertung tiefer zu ergründen! Nein, junger Mann, alles Denken richtet sich hier und heute leider Gottes nur noch darauf, diese historisch einmalige Figur auszubeuten. Und was die Lage noch desolater macht, ist, dass gerade diejenigen, die verantwortungsvolle Positionen bekleiden, diesen dekadenten Umgang mit Mozart vorantreiben, anstatt ihm Einhalt zu gebieten.« Stiller brauchte nicht nach Namen nachzufragen, der Professor hatte sich in Fahrt geredet. »Nehmen Sie etwa Fräulein Rosenthal, mit der Sie sich hier gerade prächtig unterhalten zu haben scheinen. Als Sekretärin des Mozartianums steht sie vor einem Riesenberg noch unkatalogisierter Quellen aus dem Nachlass der Familie Mozart, die in verstaubten Regalen den Holzwürmern zum Fraß überlassen werden, und was tut sie? Sie vergeudet ihre wertvolle Zeit mit Führungen durch den Autographenkeller für Prominente, Touristen oder Sponsoren. Für sie sind die altehrwürdige Bibliotheca mozartiana und der Autographentresor nur ein Vorwand, um zu Ansehen zu kommen, Beziehungen zu knüpfen und dabei ihre maßlose Eitelkeit zu befriedigen!« Der Professor schnaufte vor Entrüstung. »Oder sollen wir über Libeskind sprechen, der, wenn ich richtig gesehen habe, bereits die Ehre hatte, in diesem unbequemen Beichtstuhl befragt zu werden? Ein kleiner Chormeister ohne Eigenschaften, für den der Name Mozart nur als Sprungbrett für eine Dirigentenkarriere dienen sollte. Zum Glück hat Isaac Löwenstein erkannt, dass Libeskind das Zeug dazu nicht besitzt und ihn von seiner Nachfolge ausgeschlossen. – Was für ein Schicksalsschlag! Die ganze Zeit die Wut des Chefs auf sich genommen zu haben in der Hoffnung, irgendwann seinen Platz nehmen zu können, um am Ende mit leeren Händen dazustehen …« Der Professor rückte seine Brille auf dem Nasenrücken zurecht, bevor er mit seiner Tirade fortfuhr. »Löwenstein selbst war übrigens nicht ohne. Ihm ging es nur darum, sein grenzenloses Ego zu befriedigen. Nicht um Mozarts willen hat er die Salzburger Philharmoniker mit solch einer schonungslosen Härte auf Trab gehalten, sondern nur, damit er sich selbst als größter Mozart-Interpret aller Zeiten etablieren konnte. Kein Wunder, dass ihn jetzt der Schlag getroffen hat, es scheint doch so etwas wie eine ausgleichende Gerechtigkeit zu geben ...« Ein Hauch von Schadenfreude zeigte sich auf Schneiderhahns Gesicht. »Aber den schlimmsten von allen habe ich noch nicht erwähnt, junger Mann ...«, setzte er nach einer kurzen Verschnaufpause fort. Stiller versuchte, seine Anspannung zu verbergen. »Ich sehe schon, Sie wissen bereits, wen ich meine. Den sollten Sie sich nun mal gründlich vorknöpfen, junger Mann. Seiner Geldgier und seinem Machthunger hat diese geschichtsträchtige Stadt zu verdanken, ihre musikhistorisch unvergleichliche Würde unwiederbringlich eingebüßt zu haben und ein moderner Vergnügungspark für Musiktouristen geworden zu sein!« Stiller hätte gerne etwas mehr erfahren, verzichtete aber auf weitere Fragen, um den Wortschwall des Professors nicht zu unterbrechen. »Was all diesen vermeintlichen Mozartfreunden – Mozartliebhabern, wie Sie sie wohl nennen – fehlt«, redete sich Schneiderhahn in Rage, »ist jeglicher Respekt vor der Autorität. Sie sind wohlbehütet im Wirtschaftsboom der Nachkriegszeit aufgewachsen, profitieren von der Aufbauarbeit ihrer Eltern und Großeltern und haben keine Ahnung, was es wirklich heißt, sich von Null auf mit Disziplin und Entbehrungen einer guten Sache zu widmen.« Schneiderhahn schlug ein letztes Mal mit dem Stock gegen das Beichtgitter, als wollte er den Chefinspektor selbst treffen. »Aber was können Sie davon schon verstehen, wenn Sie nicht einmal auf die sakrale Funktion eines Beichtstuhls Rücksicht nehmen und dazu noch einen altverdienten Wissenschafter hier in der Kälte stehen lassen! ... Ich weigere mich, vor Ihnen niederzuknien. Wenn Sie mich anhören wollen, kommen Sie zu meiner Zelle im Kloster St. Peter oder fragen Sie am Institut für

Musikwissenschaft der Paris-Lodron-Universität nach Professor Martin Heinrich Schneiderhahn, jeder wird Ihnen sagen können, wo Sie mich finden. Auf Wiedersehen!«

13

Mit einem kräftigen Wedeln seiner langen Rute kündigte der Hund des Chefinspektors zu dessen Füßen einen neuen, verheißungsvollen Gast in der rechten Kabine des Beichtstuhls an. Als er seine Besucherin durch die Rautenlöcher des metallenen Beichtgitters erkannte, begann Stillers Herz in rhythmischer Symbiose zum Wedeln seines tierischen Begleiters so heftig zu pochen, dass er befürchtete, die mächtige Schwingung in seiner Brust könnte sich durch die Luft auf den Hohlkörper des Beichtstuhls übertragen, der sie wiederum wie durch eine riesige Herzkammer aus Holz und Glas vervielfacht nach außen in die Kirche ausbreiten würde. Was war nur mit ihm los? Es war schon das zweite Mal an diesem Abend, dass sein Körper außer Kontrolle geriet. Vergeblich versuchte er, dem wilden Herzrasen durch tiefes Durchatmen Herr zu werden. Aus den sinnlich zu einem Kringel geschürzten, dunkelviolettfarbenen Lippen von Cecilia Vinci glaubte er, untermalt von seinem pochendem Blut, eine leise hingehauchte, quasi lautlose Melodie zu vernehmen, die unterschwellig in die verborgensten Regionen seines Geistes eindrang und ihn bis ins Mark erschütterte – und wohl die Ursache seiner unkontrollierten Reaktion gewesen sein musste:

Padre, germani, addio!

Ohne ihren stillen Gesang zu unterbrechen, hob Cecilia Vinci langsam ihre Rechte und legte sie an das kleine bogenförmige Sprechgitter. Mit Erstaunen sah Stiller, wie sich auch seine eigene Linke, durch eine fremde, unsichtbar in der Luft vibrierende Kraft gelenkt, hin zum vergitterten Fensterchen an der Trennwand bewegte, sodass seine Fingerkuppen durch die rautenförmigen Lochbohrungen der Gitter mit den ihren in Kontakt kamen. Dann versank sein Blick in der unergründlichen Schwärze ihrer trauervollen Augen, und er verlor jedes Zeit- und Raumgefühl.

Wie in weiter Ferne sah er aus dem tiefen Dunkel ihrer unruhig leuchtenden Pupillen verblasste Bilder einer verdrängten Vergangenheit emportauchen und allmählich Konturen gewinnen. Er sah an einem sonnigen Frühlingstag einen kleinen, schmächtigen Knaben auf der Veranda eines alten Landhauses vor einem dampfenden Tafelspitz sitzen, den ihm seine Mutter mit einem fürsorglichen Lächeln gerade serviert hatte – sein Lieblingsgericht. Er sah, im Schatten ihrer Augen gefangen, wie sich seine Mutter außer Atem am schweren, grob geschnittenen Holztisch auf den Stuhl neben ihm fallen ließ, blass, vor Schmerzen gekrümmt, ihre einmal strahlende Figur durch lange Krankheit aufgezehrt, und doch noch die Kraft fand, zärtlich seine Hand zu streicheln und ihn in aufmunterndem Tonfall zum vertrauten Spiel herauszufordern, als ob alles noch wie immer wäre: »Nun rate mal die Zutaten, mein kleiner Detektiv!« Wie Stolz und Rührung ihre dunkelbraunen Augen erfüllten, als er seinen Kopf nach vorne beugte, seine Lider senkte, über dem Gericht mit einem langen Atem möglichst viel Duft in sich einsaugte und in sicherem Ton anfing, die Ingredienzien aufzuzählen – geröstete Zwiebeln, Lorbeerblätter, Petersilienwurzel, Schnittlauch und Lauchstange, Knollensellerie, gekochte Karotten, Apfelkren, Dillfisolen, Rösterdäpfel, Pfeffer, Wacholderbeeren … »Bravo, Nathan, aber eines hast du vergessen«, spornte sie ihn weiter an. Und wenn er anfing, hektisch alle möglichen Zutaten bis hin zu den unwahrscheinlichsten und exotischsten aufs Geratewohl zu nennen, forderte sie ihn geduldig und doch geheimnisvoll auf: »Schärfe deine Spürnase, Detektiv! Du siehst den Wald vor lauter Bäumen nicht …«

Umwölkt vom samtenen Timbre einer fremden melodiösen Stimme hörte er, wie die Mutter den Knaben mit warmen Worten tröstete, ohne jedoch die fehlende Zutat preiszugeben: »Was zählt, ist, dass er schmeckt. Wenn du größer bist, wirst du ihn auch kochen können, aber auf deine Art. Dann wirst du auch die letzte Zutat finden …« Er wollte widersprechen, doch sie streichelte seinen Kopf zärtlich und schaute ihm tief in die Augen. Ein schmerzlicher Schatten trübte ihren lächelnden Blick. »Wenn ich nicht mehr da bin«, sagte sie in einem plötzlich ernsten und doch irgendwie friedlichen Ton, »wirst du deinen Weg allein finden müssen. Ich werde weder unter die Erde, noch in den Himmel gehen, sondern für immer in deinem Herzen bleiben. Und ich bin sicher, wenn du ihm zuhörst, wirst du auch ein großer Detektiv werden!«

Er wollte weinen, doch das plötzliche Glucksen eines Säuglings in der Holzwiege neben der Mutter hielt seine Tränen zurück. »Da ist jemand aufgewacht!«, rief sie freudig aus und hob mit sichtlicher Mühe den Säugling in seinem rosafarbenen, mit gehäkelten Spitzen besetzten Strampler hoch. »Kann ich es halten, bitte?«, fragte er wie immer. Zum ersten Mal gab sie seiner Bitte nach und legte ihm das Baby auf den Schoß. Er umklammerte es etwas unsicher mit dem linken Arm und hielt dessen winziges, pummeliges Händchen in seiner Rechten. Das Baby juchzte und bewunderte ihn lächelnd, während seine Mutter sich vor Schmerzen krümmte. »Versprichst du mir, dass du auf dein Schwesterchen aufpassen wirst?« Er nickte erschrocken und spürte, wie ihm die Tränen in die Augen stiegen.

Stiller schloss fest die Lider, um die Tränen zu unterdrücken, und horchte innig dem fernen, lautlosen Gesang. Als er sie wieder aufschlug und nochmals in die tiefe Schwärze der ihn unheimlich anstarrenden Augen hinter dem Gitter hineinsah, fand er sich plötzlich mit einem neuen Zeitsprung vor einer breiten Grube, während ein großer, zum Fußende hin verjüngter Sarg aus hellem Lärchenholz in die Erde hinabgelassen wurde. Er hielt immer noch die knubbelige kleine Hand seiner Schwester im Kinderwagen neben ihm, als ob er sie nie losgelassen hätte, doch dieses Mal schaute der Säugling mit traurigem, verängstigtem Blick zu ihm empor. Eine böse Vorahnung beschlich ihn, als sich die dunklen Augen der Schwester unheilkündend verfinsterten, bis sie die schwarze Schattierung des Blickes hinter dem Sprechgitter annahmen. Ihre Hand fühlte sich jetzt länglicher, feingliedriger, kräftiger an, als halte er die andere Hand hinter der Trennwand in seiner. Und die leise Trauermusik war plötzlich dem wilden Rauschen eines Flusses mit Hochwasser gewichen. Er wusste genau, was jetzt kommen würde und versuchte mit allen Mitteln, es zu verdrängen. Er hielt mit beiden Händen die Ohren fest zu, um die aufbrausende Wasserflut nicht hören zu müssen. Doch die herzzerreißende Stimme, die sein tiefes Schuldgefühl zu einem unerträglich grenzenlosen Schmerz trieb, kam aus seinem Inneren: »Lass nicht los, Bruder!« Als er den Tod im dunklen Blick seiner Schwester Dorothee sah, hielt er den Schmerz nicht mehr aus und riss die Augen auf. Schwer atmend, schweißgebadet, mit flatterndem Herzen erkannte er die halbdunklen Holzwände des Beichtstuhls um sich herum wieder. Bedrückende Stille herrschte im Innenraum des Holzgehäuses. Als er sich schließlich fasste und einen Blick durch das Sprechgitter warf, standen die linke wie die rechte Seitenkabine leer, sodass er nicht mehr sagen konnte, ob alles nicht doch nur ein böser Traum gewesen war.

14

Das fahle Licht, das aus den hohen Fenstern des Mittelschiffes in die dunkle, stille Leere der Kirche drang, kündete bereits die erste Morgendämmerung an, als die krähende Stimme einer älteren Frau Stiller aus einem unruhigen, von Albträumen heimgesuchten Schlummer riss: »Pater, vergeben Sie mir meine Schuld, denn ich habe gesündigt!« Wie lange hatte er wohl im Beichtstuhl geschlafen, fragte sich der Chefinspektor, während die Alte ihre unendlich lange Liste völlig harmloser, in ihrer Kleinlichkeit fast lächerlicher Vergehen herunterleierte. Er erinnerte sich nur noch an die Schlange der Zeugen vor dem Beichtstuhl, die langsam, allzu langsam, immer kürzer wurde, an das müde Gesicht von Dr. Horvath, als dieser in seiner blumigen Diktion – »der Leichenbeschauer bittet nach vollbrachtem Bußwerk den Beichtvater um Erlösung« – mit seinem gespenstischen Gefolge von Weißkitteln den Tatort verlassen hatte; wie sich die Kirche allmählich geleert hatte, wie er sodann die Polizeikräfte in den Gängen und den laut auf einer Bank schnarchenden Gruppeninspektor Biba nach Hause verabschiedet hatte, wie er schließlich nach der letzten Befragung noch eine Weile im Beichtstuhl geblieben war, um seine Notizen zu ordnen, die unerschöpfliche Wärme seines Hundes zu seinen Füßen, bis er wohl eingenickt sein musste.

Die Auflistung der Sünden schien bei der Alten kein Ende nehmen zu wollen. »Haben Sie Isaac Löwenstein umgebracht?«, unterbrach Stiller sie etwas abrupt. Die alte Frau fasste sich erschrocken ans Herz. »Wen? Umgebracht! O Gott, o Gott, wovon reden Sie?« »Dann vergebe ich Ihnen alle vergangenen und zukünftigen Sünden und erteile Ihnen hiermit die absolute Absolution im Namen des Vaters, des Sohnes und des Heiligen Geistes, Amen.« »Und die Bußgebete?« »Zwei Ave-Maria und ein Paternoster.« »Aber ich bete sie bereits jeden Tag bei den Vespern, und zwar 20 Ave-Maria und 10 Paternoster.« »Dann 40 Ave-Maria und 50 Paternoster hinzu«, versuchte Stiller, sich des Kuhhandels zu entledigen. »Und die Bußwerke?« »Noch 40 Ave-Maria und 50 Paternoster«, verabschiedete er sie schroff und wartete, bis die etwas verwirrte Frau aufstand und den Beichtstuhl verließ.

Nachdem er gehört hatte, wie sich hinter ihr das Haupttor der Kirche schloss, raffte Stiller in der Mittelkabine des Beichtstuhls seine Notizblätter zusammen, die über seinem schlummernden Hund verstreut waren. Dann spähte er vorsichtig durch das Rauchglasfenster der Mittelkabine hinaus und schlich sich mit steifen Gliedern zusammen mit seinem noch schläfrigen, sich nun streckenden Vierbeiner aus dem Beichtstuhl. Im dämmrigen Morgenlicht wirkte der stattliche Innenraum der Kirche etwas unheimlich. Die vielen lebensgroßen Heiligenstatuen am Hochaltar, über dem Schalldeckel von Oratoriumserker und Kanzel im Mittelschiff sowie über dem Orgelprospekt vor dem Haupteingang vermittelten ihm den beklemmenden Eindruck, von allen Seiten beobachtet zu werden, obwohl die Kirche menschenleer zu sein schien. – Weder auf den Bänken in Lang- und Querhaus noch in den Emporen an der Vierung war jemand zu sehen; nur noch auf den mächtigen Bronzeleuchtern links und rechts des Presbyteriums brannten einige Kerzen und warfen ihren flackernden Schein auf den Schachbrettboden der Kirche. Doch plötzlich – er konnte nicht sagen, ob es nur eine Täuschung war oder ob sich tatsächlich etwas schnell bewegt hatte – glaubte er aus dem Augenwinkel ein leichtes Flattern der grauvioletten Leinengardine hinter dem verdunkelten Glasfenster der Mittelkabine des dritten Beichtstuhls wahrgenommen zu haben. Hatte sich jemand in den Beichtstuhl geschlichen, während er sich in der menschenleeren Kirche umgeschaut hatte? Auch sein Hund spitzte argwöhnisch die Ohren und bellte kurz in Richtung des Beichtstuhls. Während der Chefinspektor sich instinktiv des kalten Metallgriffs seiner Dienstwaffe an der Innenseite seines Parkas versicherte, kehrte er zusammen mit seinem leise knurrenden Vierbeiner zurück und näherte sich wachsam dem Beichtstuhl, den Blick fest auf das durch die Gardine verdunkelte Bogenglasfenster der Mittelkabine gerichtet. Als er nur noch wenige Meter davon entfernt war, leuchtete plötzlich der runde gelbe Leuchtknopf am oberen Türrahmen des Mittelteils auf. Wollte ihn jemand zur Beichte auffordern? Als ob der mysteriöse Beichtvater seine Frage beantworten wollte, schaltete sich plötzlich auch der rote Leuchtknopf über der rechten Kabinentür ein. Mit einem Kopfnicken befahl Stiller seinem Hund, sich auf den Schachbrettboden vor der Tür zum Mittelraum des Beichtstuhls zu setzen. Dann trat er, nachdem er den Revolver in der Innenseite seines Parkas entsichert hatte, in die rechte Seitenkabine – dort, wo kurz vorher die Besucher gestanden hatten, die er selbst zum Verhör eingeladen hatte.

Fast hätte er die Waffe gezogen, als sich das hölzerne Schiebetürchen des Sprechgitters mit einem scharfen Ruck öffnete. Hinter den Rautenlöchern des Metallgitters zeichneten sich im Halbschatten die Konturen eines mageren, knochigen Greisengesichts unter einer spitzen schwarzen Kapuze ab: eine narbenreiche Hakennase, ein grimassenhafter, fast zahnloser Mund, rissige Backenfalten hinter einem rauen Stoppelbart. Eine harsche Flüsterstimme brach das eisige, beklemmende Schweigen. »Was die alten, vom Zahn der Zeit zernagten Eisengitter der sechs Beichtstühle dieser Kirche über die Jahrhunderte alles an Sünden mit angehört haben, dürfte Ihre kühnsten Fantasien wohl übertreffen, Chefinspektor – lässliche Vergehen, die in Gottes Schatten als beichtwürdig empfunden wurden, perverse, schmutzige Laster auf der Suche nach einer reinwaschenden Absolution, Lebensbeichten haarsträubender Bildhaftigkeit, obszöne, ungeheuerliche Wunschvorstellungen, deren

Verwirklichung kein Bußgebet oder Bußwerk vergeben könnte … Aber dass Sie hier, unbefugt in die Rolle des Beichtvaters hineingeschlüpft, jetzt das historische Sündenregister in diesen altehrwürdigen Beichtstühlen mit einem Mordgeständnis zu vollenden hofften, verlangt selbst der göttlichen Vorsehung zu viel ab …«

»Vielleicht können Sie der göttlichen Vorsehung helfen, dem Urheber dieses Verbrechens in Gottes Haus die gerechte Sühne aufzuerlegen, Pater«, erwiderte Stiller, ohne den Griff von seiner Dienstwaffe zu lösen.

Der Benediktiner drehte den Kopf zu ihm und starrte ihn durch das Beichtgitter lange still an, die Augen immer noch im Schatten der Kapuze verborgen. »Es gibt so viele Sünden, die Gott auf dieser Welt ungestraft gelassen hat, mein lieber Chefinspektor, dass ich mich manchmal frage, ob Er sie bei seiner unermesslichen Weitsicht doch gebilligt oder gar gewollt haben könnte …« Ein vielsagendes Lächeln umspielte seinen schiefen Mund. »Die Wege des Herrn sind unergründlich …«

»… Aber sie würden nie die eines Mörders kreuzen … oder irre ich mich, Pater?«

Der Geistliche zuckte mit den Schultern. »Wer sind wir gewöhnlichen Sterblichen und armen Sünder, dass wir uns ein Urteil über Gottes Plan erlauben könnten?«

Stiller fing langsam an, die Geduld zu verlieren. »Mit Ihrer Haltung machen Sie sich selbst eines Verbrechens schuldig, falls Sie Informationen haben, die für die Ermittlungen relevant sein könnten, oder auch nur einen einfachen Verdacht …«

»Menschen zu verdächtigen gehört sich nicht für einen Diener der Kirche, Herr Chefinspektor«, schnitt ihm der Mönch schroff das Wort ab. »Geschweige denn, sie gegenüber einem Außenstehenden zu denunzieren, der darüber hinaus die sakralen Bauten geistlicher Obrigkeit rücksichtslos für ganz und gar profane Zwecke missbraucht!«

»Schon mal von Behinderung der Justiz gehört?«

»Schon mal vom Beichtgeheimnis gehört?«

»Verzeihen Sie, Pater, aber so ein Verbrechen vor Gottes Augen schreit doch wahrlich zum Himmel ...«

»Dann lassen wir den Himmel sein Urteil fällen. – Wer keine Schuld hat, der werfe den ersten Stein ...«

Stiller verschränkte kämpferisch die Arme vor der Brust. »Ich habe den Eindruck, dass Sie sich mit all Ihren Sentenzen nur die Hände in Unschuld waschen wollen, Pater ...«, sagte er herausfordernd.

Der Mönch zeigte die wenigen Zähne seines Mundes bei einem lauten, höhnischen Lachen. »Eschatologisch betrachtet, war Pontius Pilatus noch mehr als Judas Ischariot ein wahrer Segen für Gottes Pläne, denn ohne ihn hätte Jesus Christus nicht gekreuzigt werden können, um die Menschen von der Erbsünde zu erlösen. Manchmal kann das Gute eben erst durch das Böse zustande kommen ... Aber was verstehen Sie von den Geheimnissen des Glaubens ...«

Stiller wurde stutzig. Er hatte den vagen Verdacht, der rätselhafte Benediktiner wolle in seiner theologisch verdrehten Anschauung Löwensteins Ermordung quasi rechtfertigen. Andererseits, wenn er ihn vorhin gewissermaßen zur Beichte eingeladen hatte, warum verweigerte er ihm jetzt so hartnäckig jede Auskunft? Es musste einen Weg geben, den starrsinnigen Geistlichen aus seiner Abwehrhaltung herauszulocken. »Sie haben recht, Pater«, sagte er nach kurzem Nachdenken in möglichst demütigem Ton. »Die Geheimnisse des Glaubens sind nicht mein Bereich. Als ganz und gar unkundiger Laie frage ich mich aber, ob es Zufall ist, dass gerade ich – ein Vertreter der weltlichen Ordnungskraft – zugegen war, als Isaac Löwenstein in diesen heiligen Hallen eines nicht natürlichen Todes starb. Vielleicht bin auch ich in meiner Wenigkeit ein ahnungsloser Teil der unergründlichen Pläne Gottes, vielleicht wollte die göttliche Vorsehung gar, dass wir uns in diesen Gott geweihten Wänden unter dem heiligen Schutz des Beichtgeheimnisses begegnen, vielleicht hat sie mich hier zu Ihnen geschickt, damit Sie mir helfen, Pater …«

Der Mönch begann, das grob geschnittene Holzkreuz an seinem Hals wie unter Zwang zu befingern, führte es mehrmals unter der Kapuze an seine Lippen und küsste es flüchtig, während er unverständliche Worte vor sich hinmurmelte. Noch bevor Stiller überlegen konnte, ob es sich um ein inniges Gebet oder um unaussprechliche Verfluchungen handelte, drehte sich der Geistliche abrupt um und näherte sein Gesicht dem Sprechgitter, sodass das fahle Licht der Mittelkabine schließlich auch auf das Gesicht unter der spitzen Kapuze fiel. Der Chefinspektor zog vor Schreck seine Waffe. Etwas Unmenschliches, Monströses lag in der wie durch Wahnsinn entstellten Miene des Mönchs: Dem linken Auge neben der krummen, knotigen Nase fehlten Iris und Pupille, sodass der hervorquellende, unruhig rollende Augapfel ganz weiß schimmerte. »Wollen Sie, dass ich Ihnen helfe, Chefinspektor?«, flüsterte der Pater wie von Sinnen. »Dann sollten Sie, anstatt das Haus Gottes durch sinnlose Befragungen zu entweihen, endlich der Spur folgen, die Ihnen der Allmächtige vor Augen, ja vor Ohren gelegt hat!« »Welcher Spur?«, fragte Stiller perplex. Der Mönch schaute sich misstrauisch um, als wolle er sich vergewissern, dass niemand sie hören konnte – was dem Chefinspektor ziemlich absurd vorkam, denn schließlich befanden sie sich gerade im abgeschirmten Raum eines Beichtstuhls. Dann raunte er, das unheimliche Gesicht ganz dicht am Sprechgitter: »Die Musik ist es, Chefinspektor, die Musik!«

Stiller sah ihn sprachlos an. »Suchen Sie nicht nach dem Täter«, forderte ihn der Pater geheimnisvoll weiter auf, »sondern spüren Sie erst einmal den Tönen nach, Chefinspektor, und Sie werden Ihren Täter finden!« Stiller gewann immer mehr den

Eindruck, der Mönch sei nicht ganz bei Verstand. »Die Musik kann doch keinen Menschen umbringen, Pater ...« »Warum nicht, Chefinspektor?«, schrie der Benediktiner plötzlich schrill und aufgeregt. »Unterschätzen Sie die Macht der Musik nicht! Denken Sie an Wagner, Hitlers Lieblingskomponisten und wahre Inspirationsquelle des Bösen: Ohne seine Musik – ein richtiges Teufelswerk, wenn Sie mich fragen – wären die abscheulichsten Verbrechen der Nationalsozialisten wohl nicht begangen worden ...« Stiller wollte etwas einwenden, doch der Benediktiner ließ ihn nicht zu Wort kommen. Er drückte seine knorrige Nase fest an das Sprechgitter, funkelte zornig mit seinem leeren Augapfel und senkte seine Stimme wieder zu einem kaum hörbaren Raunen: »Und jetzt überlegen Sie mal, wozu eine so verführerische, berauschende Musik wie die von Mozart animieren könnte, Chefinspektor!« Stiller lächelte nachsichtig, wie man es gegenüber Geisteskranken zu tun pflegt. »Seien Sie mir nicht böse«, sagte er in mildem Ton, »aber Sie sind nicht der erste, der heute versucht, den Verdacht auf Mozart zu lenken, Pater ...« Der Mönch schnaubte vor Wut und rollte so heftig seinen weißen Augapfel, dass der Chefinspektor fürchtete, er könne aus der Augenhöhle herausspringen. »Was verstehen Sie!«, schrie er. »Nicht Mozart, sondern seine Musik meine ich! Die Musik ist es, die Musik! Verstehen Sie nicht?« »Schon gut, Pater ...«, lenkte Stiller ein, um ihn zu beruhigen. Doch er erreichte damit genau das Gegenteil. »Denken Sie etwa, ich bin verrückt, Chefinspektor?«, schrie der Mönch weiter und sah Stiller mit grausig verdrehtem Blick erbost an. Dieser erwiderte lieber nichts. »Dass ich nicht lache!«, stöhnte der Geistliche. »Ich bin nie klarer gewesen als in diesem Moment!« Dann erhob er drohend seinen Zeigefinger und richtete ihn auf sein Gegenüber. »Sie sind eher derjenige, der hier nicht klarsieht, Chefinspektor!«, brüllte er noch lauter. »Und Sie werden es bereuen, mir nicht geglaubt zu haben!«

Stiller musste die Tür seiner Seitenkabine aufmachen und sich zu seinem laut bellenden Hund vor der Mittelkabine beugen, um ihn davon abzuhalten, gleich über den Mönch im Beichtstuhl herzufallen. Er zog den Labrador am Halsband zu sich und kraulte ihn besänftigend zwischen den Ohren. Als er sich wieder zum Gitter wandte, den immer noch widerwillig knurrenden Hund am Halsband neben sich haltend, war der Mönch plötzlich verschwunden. Nur noch dessen letzte dunkle Worte hallten von fern nach, wie in einem geisterhaften Echo: »Die Musik ist es, die Musik!« Stiller trat hastig aus dem Beichtstuhl und schaute in die drei leeren Schiffe der Kirche und im Querhaus, doch von dem Geistlichen fehlte jede Spur. Sein Hund knurrte immer noch böse in Richtung Beichtstuhl. Mit gezogener Dienstwaffe näherte sich Stiller wieder dem Beichtstuhl und riss die Tür der Mittelkabine mit einem festen Ruck auf. Doch der Platz war leer. Hatte sich der rätselhafte Mönch plötzlich in Luft aufgelöst? Nur noch der Name des Beichtvaters stand auf einem emaillierten Schild über der Tür zum Mittelteil des Beichtstuhls: *Erzabt P. Ägidius.*

15

In der Nacht hatte es heftig geschneit, denn als Stiller die Kirche durch den Haupteingang verlassen wollte, musste er mit seinem Hund den äußeren Hof der Erzabtei St. Peter im tiefen Schnee durchqueren. Dickes Flockengestöber im dämmrigen, gedeckten Morgenhimmel erschwerte den Gang des Ermittlergespanns über den menschenleeren Hof. Im dichten Schneetreiben, durch das die dunklen Umrisse des massiven, den äußeren Stiftshof bedrohlich dominierenden Mauerwerks nur erahnt werden konnten, fiel Stiller Licht in den zwei Bogenfenstern am Ende der obersten Etage des Peterskellers links vom Kirchenausgang auf. Wieder konnte der Chefinspektor das unbehagliche Gefühl nicht loswerden, heimlich von jemandem beobachtet zu werden, obwohl hinter den Gardinen der beleuchteten Fenster niemand zu sehen war. Erst dann bemerkte er an der Pforte des Kellers einen kleinwüchsigen, leicht buckligen Mann in sandgrauer Livree, der, als ob er seine Gedanken gelesen hätte, ihm von Weitem zuwinkte. »Sehr geehrter Chefinspektor, Sie werden erwartet«, rief ihm der Pförtner zu und zeigte mit einer Hand auf die Fenster im Obergeschoss. Stiller näherte sich mit seinem Hund argwöhnisch dem Haupteingang. Der Türhüter verbeugte sich etwas affektiert. »Folgen Sie mir bitte«, sagte er mit übertriebener Höflichkeit und öffnete das Tor zum Peterskeller.

Durch den schmalen, spärlich beleuchteten Flur im Untergeschoss gelangten Stiller und sein Hund hinter dem hin- und her wankenden krummen Rücken des Pförtners über eine Marmortreppe ins Obergeschoss. Am Ende eines langen Korridors öffnete ihr Begleiter mit einer ausladenden Geste die Flügeltür eines großen Saals. Erleuchtet vom funkelnden Licht zweier majestätischer Lüster aus Muranoglas, die von der mit verschnörkelten Stuckarbeiten verzierten Decke hingen, tat sich vor ihnen ein prächtiger Tanzsaal barocken Stils auf. Prunkvolle Blumenarrangements wechselten mit goldenen Kandelabern an den vier Ecken des Saals. Nur die Wände waren, bis auf die fünf hohen, von dunklen Samtgardinen umrahmten Bogenfenster, von schwarzen Vorhängen gänzlich verdeckt, als ob sie weitere Kunstschätze – eine Gemäldegalerie vielleicht? – verwahrten, welche dem Blick des fremden Besuchers verborgen bleiben sollten, was dem Saal die Atmosphäre einer großen Geheimkammer verlieh. Sanfte, wohltönende Streichmusik ertönte, ohne dass ihre Klangquelle sichtbar wurde. Das Ende des

Raumes nahm eine reichlich gedeckte Tafel ein. Am Kopf des Tisches saß der Gastgeber, ein stattlicher Mann mit rundem Gesicht, in Tracht gekleidet, auf einem imposanten Thronsessel aus goldlackiertem Holz mit rotem Samtpolster. Er lauschte der wundersamen Musik mit geschlossenen Augen, wobei er ab und zu von seinem Teller genießerisch naschte, eine fein verzierte Tasse Melange in der Hand.

Stiller hatte genügend Zeit, den prächtigen Salon mit seiner kostspieligen Ausstattung und den schwarzen Behängen von der Türschwelle aus zu bewundern und dabei den Streicherklängen zu lauschen, denn erst nach einer gefühlten Ewigkeit schlug der Herr gnädig die Augen auf und lud den mit seinem Hund wartenden Chefinspektor, ohne sein reiches Frühstück zu unterbrechen, mit einer knappen Handbewegung ein, Platz am anderen Ende der Tafel zu nehmen. Auch lange nachdem sich Stiller gesetzt hatte, kaute der Gastgeber gewissenhaft weiter, während er sein Gegenüber mit kalten, aschgrauen Augen und unergründlich ernster Miene taxierte, als wolle er ihn zusammen mit den Leckereien zermalmen.

»Exquisite Tonkunst, unser Mozart, nicht wahr?«, versuchte Stiller, die unangenehm angespannte Atmosphäre aufzulockern.

»Mozart? Das ist Schubert, Chefinspektor«, korrigierte ihn der Gastgeber streng, während er einen Berg Salzburger Nockerl mampfte, ohne den eisigen Blick von Stiller abzuwenden.

»Ach so … Schubart …«

»Schubert, Chefinspektor, Franz Schubert: *Der Tod und das Mädchen*, Streichquartett Deutsch-Verzeichnis 810, *Andante con moto.*« Mit einer dezidierten Geste ließ der massige Herr den Chefinspektor verstummen. Dann schloss er wieder die Augen und begleitete genüsslich mit einer sachte schwingenden Handbewegung den gleichmäßigen Duktus der Musik. »Hören Sie nur diese Passage: Wie das daktylische Ostinato der tieferen

Streicher die Trostlosigkeit des sich unaufhaltsam nahenden Todes in reinem Klang offenbart ... Und hier, im Gegenzug, die aufreizend zärtliche Stimme der ersten Geige – das Mädchen natürlich, leichtfüßig über dem bleiernen Pizzicato des Violoncellos dahinschwebend: Wie sie es schafft, durch ihre alles andere als unschuldige Schönheit den Sensenmann in einem verführerischen Tanz für eine Weile aufzuhalten, wie sie ihn kühn bezirzt, ihn plötzlich mit gespielter Keuschheit von sich abstößt und kurz darauf voll Verlangen wieder zu sich zieht, bis sie ihm endlich mit Körper und Seele ganz verfällt, mit ihm eins wird, ihn abgöttisch liebt – und sanft dahinstirbt. *Amor* und *mors* in einem letzten sinnlichen Tanz vereint ...«

Während sein Gastgeber dem ergreifenden Andante con moto in andächtiger Stille weiter lauschte, bereitete sich Stiller in Gedanken auf dessen Befragung vor. Dass er sich bei dem mächtigen Präsidenten des Mozartianums und Ex-Bürgermeister Theodor König befand – in der Stadt besser bekannt als »König von Salzburg« –, dessen gefürchteten Namen selbst Professor Schneiderhahn nicht auszusprechen gewagt hatte, war ihm von Anfang an klar. Er fragte sich nur, ob sich der einflussreiche Politiker bei den Ermittlungen kooperativ zeigen würde – was nach dem kalten Empfang zu urteilen eher unwahrscheinlich erschien – und vielleicht doch – vorausgesetzt natürlich, dass er nichts mit dem Mord zu tun hatte, was er aber schon jetzt bezweifelte – manch wertvollen Hinweis zum Fall geben wollte, denn letzten Endes hatte er selbst ihn zum Gespräch in den prachtvollen Tanzsaal des Peterskellers geladen.

Als die letzten Töne des Andante im Nachhall des Raums verklangen, öffnete König seine Augen wieder und zeigte mit einer Hand auf das üppige Frühstück, das auf der Tafel aufgebaut war. »Aber ich habe Sie nicht hierher eingeladen, um mich mit Ihnen über Musik zu unterhalten, Chefinspektor – ganz abgesehen davon, dass ich ein ganz schlechter Gastgeber wäre, wenn ich Ihnen nichts anböte«, sagte er jovial und nippte genüsslich an der Melange. Stiller erkannte sofort das schwarze Emblem des *Memento moreris* auf der Tasse seines Gegenübers wieder – das zum Lesepult stilisierte große M unter einem offenen Buch und das kleine m als Grinsen eines Totenkopfes. Doch er verbarg seine Verblüffung und tat so, als ob er nur unentschlossen sei, ob er das Angebot seines Gastgebers annehmen solle. »Danke, Herr König, aber ich möchte nichts«, sagte er schließlich. »Für ein Frühstück ist es noch zu früh …«

»Sie versäumen etwas Besonderes, Chefinspektor: Hier bietet man Ihnen nicht das miserable Menü, mit dem die Touristen in den unteren Stuben des Kellers abgespeist werden. In diesem Saal, der freilich nur für besondere Anlässe und Gäste reserviert ist, werden so ausgesuchte kulinarische Schmankerl aufgetischt, wie sie Ihr Gaumen sich nur erträumen kann: Kaffee aus handverlesenen Arabica-Bohnen, feiner Pistaziengugelhupf, zarte Mozartknödel und kräftige Mozartbisse, unvergleichliche Salzburger Nockerl – und natürlich nur handgefertigte Mozartkugeln …« König schmunzelte vergnüglich, doch sein Blick sprühte nur so vor unterdrückter Aggression. »Sie sollten das Angebot nicht so leichtfertig ablehnen, Chefinspektor; denn es könnte nicht nur das erste, sondern auch das letzte Mal sein …«

»Ich verstehe nicht …«

Der Gaumen des imposanten Herrn mahlte noch verbissener, während sich seine Miene weiter verfinsterte. »Spielen Sie nicht den Ahnungslosen, Chefinspektor. Sie wissen genau, was Sie diese Nacht alles angestellt haben.«

»Ich habe nur meine Pflicht getan, Herr König …«

Der hungrige Ex-Bürgermeister verschlang gerade eine Portion Palatschinken, ohne seinen funkelnden Blick vom Chefinspektor zu lassen. »Pflicht?«, brüllte er plötzlich mit vollem Mund und schlug zornig mit der Faust auf die Tafel, sodass die fein bemalten Tassen und Teller gefährlich klirrten. »Kommen Sie mir nicht mit solchen Kibererersprüchen, Chefinspektor! Ihre Pflicht wäre es gewesen, einer prominenten Gesellschaft ehrenwerter Damen und Herren, die nur eine historische Konzertveranstaltung der Stadt besuchen wollten und gegen ihren Willen Zeugen eines tragischen Unfalls geworden sind, mit dem ihnen gebührenden Anstand und Respekt gegenüberzutreten. Stattdessen haben Sie eine der bedeutendsten Salzburger Kirchen regelrecht beschlagnahmt und zu einem Verhörraum herabgewürdigt, Salzburgs Honoratioren und Bürger wie gewöhnliche Kriminelle behandelt und über Nacht unter Arrest gehalten, eine ganze Stadt – meine Stadt – ohne den geringsten Beweis einer abscheulichen Gräueltat verdächtigt, für die ebenfalls jedes Indiz fehlte. So was dürfen Sie sich vielleicht in Wien erlauben, aber hier in Salzburg kann ich es nicht dulden, dass ein x-beliebiger fremder Inspektor eine ganze Stadt in Angst und Schrecken versetzt, nur weil er überall Schwerkriminelle und Mörder wittert!«

»Es gab da einige klare Verdachtsmomente …«, rechtfertigte sich Stiller, seinen Kontrahenten bewusst im Unklaren lassend, worum es sich genau handelte.

»Verdachtsmomente? Welche denn?«, knurrte König und schnitt sich eine große Scheibe Gugelhupf ab, als interessiere ihn die Antwort nicht sonderlich. »Von mir aus sah es eher nach einem gewöhnlichen Schlaganfall aus.«

»Na ja, die Anzeichen einer vorsätzlichen Vergiftung«, sagte Stiller immer noch vage. »Aber vielleicht wissen Sie mehr?«

König hielt kurz inne, dann warf er seine Serviette erzürnt auf den Tisch. »Was soll ich wissen? Verdächtigen Sie jetzt etwa mich?«

Stiller tätschelte kurz seinen Hund, der zu seinen Füßen leise zu knurren angefangen hatte. Dann schaute er König provokativ in die Augen. »Wenn man so schnell den Tatort verlässt …«

Der Präsident des Mozartianums lachte voller Hohn. »Halten Sie mich für so dumm, Chefinspektor? Hätte ich wirklich Löwenstein umgebracht, hätte ich nie den Tatort verlassen. Denn dadurch hätte ich mich erst recht zum Verdächtigen gemacht.« Er hob die Tasse mit dem Emblem des *Memento moreris* und nahm leicht schlürfend noch einen Schluck Melange. »Ich habe nichts zu verbergen.«

Stiller glaubte ihm kein Wort. »Mag sein«, sagte er. »Vielleicht aber haben Sie eben darauf vertraut, dass man Sie genau aus diesem Grund nie verdächtigen würde …«

»Vielleicht fand ich es einfach entwürdigend, meine Konzertveranstaltung in ein polizeiliches Verhör verwandelt zu sehen«, versetzte König in festem Ton und stopfte noch eine Handvoll Mozartbisse in sich hinein, die er aus einer großen Porzellanschale fischte. Dann verschränkte er die Arme und schmatzte gelassen. »Aber hier können Sie mich ruhig alles fragen.«

Stiller holte Notizbuch und Kugelschreiber aus einer Tasche seines Parkas, als ob er tatsächlich beabsichtigte, eine Routinebefragung vorzunehmen.

»Von Ihrem Platz auf der Kanzel aus konnten Sie alles besser beobachten«, begann er in einem möglichst sachlichen Ton. »Ist Ihnen etwas Besonderes aufgefallen?«

»Nicht wirklich«, antwortete König abweisend, während er noch eine Scheibe vom Gugelhupf schnitt. »Das Einzige, was mich etwas irritiert hat, war, mitanzusehen, wie dem armen Löwenstein im Laufe des Requiems die Führung von Orchester und Chor langsam entglitten ist. Aber das wird auch Ihnen wie den meisten Zuschauern aufgefallen sein …«

»Was ist geschehen, nachdem Löwenstein zusammengebrochen war?«, fragte Stiller.

König zögerte kurz, als ob er überlegen wollte, was er dem Chefinspektor sagen – beziehungsweise verschweigen – sollte, und nahm sich die dicke Scheibe Gugelhupf auf den Teller.

»Samuel Libeskind, der Chorleiter und Vizekapellmeister, ist als erster zu ihm geeilt, hat ihn vom heruntergerissenen Dirigentenpult befreit und ist kurz danach in Richtung Sakristei geflohen …«

»Haben Sie nichts Verdächtiges in seinem Verhalten bemerkt?«, hakte Stiller nach. Er hatte den Verdacht, der Präsident des Mozartianums war nur darauf bedacht, ihm nicht mehr und nicht weniger zu verraten als das, was er selbst schon längst durch die Befragung in der Peterskirche erfahren hatte.

»Doch, doch«, erwiderte der König von Salzburg, als ob er einen ermittlungsrelevanten Hinweis geben wollte. »Dass Libeskind den Raum verlassen hat, ohne Erste Hilfe zu leisten, fand ich schon ziemlich suspekt, vor allem wenn man bedenkt, welch zwiespältige Beziehung zwischen ihm und Löwenstein bestand: Der arme Libeskind, immer nur die Nummer Zwei im Bunde – aber davon werden Sie mittlerweile sicher bereits erfahren haben … Was noch niemand weiß, ist, dass Löwenstein längst entschieden hatte, den Chorleiter nicht zu seinem Nachfolger zu küren …« Ein hinterlistiges Lächeln stahl sich auf sein Gesicht. »Aber ich möchte nicht, dass Sie denken, ich versuche mit meiner Aussage den Verdacht von mir abzulenken …«

Stiller überlegte kurz, wie er den Mann aus der Reserve locken konnte. »Sind Sie ihm gefolgt?«, fragte er unvermittelt.

Zum ersten Mal seit Beginn des Treffens hörte König plötzlich mit dem Kauen auf. »Wie kommen Sie auf die Frage?«, sagte er argwöhnisch. »Natürlich nicht, Chefinspektor«, antwortete er dann. »Ich habe Sie mit Ihrem Vierbeiner kommen sehen und Ihr Eingreifen von der Kanzel aus beobachtet, bis Sie aus heiterem Himmel angekündigt haben, die ganze Gemeinde in der Kirche verhören zu wollen. Dann habe ich lieber den Ort verlassen, als Ihrem entwürdigenden Spektakel beizuwohnen.«

»Und doch habe ich den Eindruck, dass Sie mir etwas verschweigen …«

»Vielleicht haben Sie einfach die falschen Fragen gestellt«, versetzte König mit leichter Häme.

»Dann sagen Sie mir, welche die richtigen sind.«

König lachte verächtlich. »Sie sind hier der Ermittler – wenn auch nur noch für kurze Zeit…« Er schaute Stiller herausfordernd in die Augen und nahm eine Mozartkugel aus der Porzellanschale zwischen ihnen, ohne seinen eindringlichen Blick von ihm zu lassen. Eine böse Vorahnung beschlich den Chefinspektor. »Ich kann Ihnen nur sagen, was jetzt passieren wird«, setzte der mächtige Ex-Bürgermeister mit eisiger Miene fort, während er die runde Praline sorgfältig aus ihrem Stanniol wickelte. »Egal, ob Sie die richtigen Fragen finden, Sie werden meine Stadt bald verlassen müssen, Chefinspektor«, verkündete er. Stiller wurde plötzlich klar, warum man ihn zum Frühstück eingeladen hatte. »Daher brauchen Sie im Grunde genommen genauso wenig die richtigen Fragen zu stellen wie Sie Ihren Koffer auszupacken brauchen, Chefinspektor.« Der massige Gastgeber ballte die Hand mit der Mozartkugel zu einer Faust und zerdrückte die große runde Praline langsam, bis ein dunkelbrauner Batz zwischen den Fingern herausquoll. »Und noch weniger brauche ich rücksichtslose Schnüffler in meiner Stadt: Ich gebe Ihnen noch ein paar Tage Zeit, dann werden Sie die Ankündigung Ihrer Versetzung auf dem Tisch finden.« Er schnippte zweimal laut mit den Fingern der anderen Hand, und kurz danach erschien aus einem Geheimgang hinter den schwarzen Behängen der kleinwüchsige Pförtner. »Begleiten Sie bitte den Herrn Chefinspektor zum Ausgang, Malko«, befahl er dem Bediensteten und wies mit der freien Hand zur Flügeltür. Bevor Stiller angewidert mit seinem Hund den Tanzsaal hinter dem buckeligen Türhüter verließ, konnte er aus den Augenwinkeln noch sehen, wie der ungekrönte König von Salzburg die Faust mit der Mozartkugel wieder öffnete und die breiige Schokolade lächelnd aus der Handfläche schleckte.

16

Die Polizeiinspektion befand sich diesseits der Salzach unweit des Peterkellers, sodass Stiller sie mit seinem Hund trotz des hohen Schnees zu Fuß erreichen konnte. Nachdem er seine Ankunft bei der Wache im Erdgeschoss des alten, aber frisch verputzten Stadtpalastes gemeldet hatte, ließ sich der Chefinspektor den Weg zu seinem Büro zeigen. Über eine verwinkelte Metallstiege erreichte er dieses im letzten Stock des Gebäudes, begleitet von seinem getreuen Vierbeiner. Wegen der frühen Stunde war noch kein Kollege da, und so konnte er sich seinen neuen Arbeitsplatz in aller Ruhe anschauen und zu eigen machen. In der Höhe durch die schräge Decke aus mächtigen Holzbalken direkt unter dem Dach begrenzt, in der Breite durch das Licht aus zwei niedrigen, bis zum Parkettboden reichenden Fenster beschienen, hatte sein neues Arbeitszimmer das anheimelnde Flair einer alten Mansarde. Durch die schmiedeeisernen Gitter an den Fenstern, die direkt auf den Kranzlmarkt blickten, konnte man schräg über den Dächern der Altstadt die verschneite Festung erspähen. Die Inneneinrichtung war eher spartanisch: ein schwerer, von Holzwürmern angefressener Tisch aus dunklem Eichenholz mit Telefon, Computer und übersichtlichem Bürobedarf auf der linken Seite, dahinter ein breiter Lehnstuhl mit abgewetztem Lederpolster, an der Wand gegenüber ein gelbliches altes Sofa und links daneben ein leeres Holzregal.

Zu dieser leicht angestaubten Ausstattung passte auch das einzige Bild des Büros über der Couch: Dort, wo man in einem gewöhnlichen Amtsraum vielleicht ein Kruzifix, ein Schutzheiligenbild oder das Porträt des Bundespräsidenten erwartet hätte, blickte kein Geringerer als Wolfgang Amadé Mozart mit neugierig hervortretenden großen Augen in den Raum. Auf seinem Brustbild hatte sich eine feine Staubschicht abgesetzt, sodass seine Puderperücke mit seitlichen Rollenlocken, der rote Rock und das blasse Antlitz im Morgengrauen silbrig zu schimmern schienen. Umso lebendiger wirkte das Salzburger Genie mit seinem unergründlichen Lächeln durch die matten Schattierungen, die das dämmrige Licht seinem Bildnis verlieh. Stiller dachte unwillkürlich an einen märchenhaften Genius, der wie ein Flaschengeist aus dem Rahmen heraustreten und ihm bei der Lösung des Falls beratend zur Seite stehen würde, sobald er sein Bild leicht mit den Fingern gestreift hätte. Daher traute er sich aus Aberglauben vorerst auch nicht, den Staub von dem Bild zu entfernen. »Du bist hier in Salzburg wirklich überall, Mozart!«, begrüßte er ihn wie einen alten Bekannten. »Ich hoffe, es macht dir nichts aus, wenn ich mich ein bisschen in meinem neuen Büro umschaue.« Er nahm Platz auf dem Sessel hinter dem Schreibtisch, platzierte die gestreckten Beine lässig auf der Tischplatte, verschränkte die Hände im Nacken und ließ seinen Blick weiter durch das Zimmer schweifen.

In der freien Ecke rechts des Sofas, etwas versteckt hinter der offenen Tür, befand sich neben dem Heizkörper noch eine Kochplatte über einem niedrigen Kühlschrank. Da im gleichen Stock auch das kaum benutzte Bad mit Toilette, Dusche, Waschbecken und Spiegel zur Verfügung stand, das für die seltenen Gäste der Arrestzelle gebraucht wurde, taugte die Mansarde durchaus zu einer Bleibe – was weder Stiller, noch seinem Labrador, der sich gemütlich unter dem Tisch ausruhte, zu missfallen schien. Eine freie und vor allem bezahlbare Mietwohnung in einer vergleichbar zentralen Lage zu finden war in dieser Stadt kaum möglich, zumal Stiller seine Zeit eher in die Ermittlungen investieren wollte als in das Studium der Kleinanzeigen der lokalen Zeitungen auf Wohnungssuche – abgesehen davon, dass er nach der Begegnung mit Theodor König nicht mehr wusste, ob er noch lange dableiben würde. Die Polizeiinspektion bot auf jeden Fall ein viel komfortableres Obdach als die Peterskirche, in der er bei seiner Ankunft in Salzburg mangels eines freien Hotelzimmers provisorisch nächtigen wollte, ganz zu schweigen vom Vorteil, direkt in der Schaltstelle der Ermittlungen zu logieren. So entschied sich der Chefinspektor gleich am ersten Tag nach seiner Ankunft in Salzburg, sein neues Büro zu seiner vorläufigen Unterkunft zu machen. »Du hast doch nichts dagegen, wenn ich mich mit meinem Hund hier einquartiere?«, fragte er mit gespielter Höflichkeit seinen Zimmergenossen an der Wand und deutete das zu erwartende Schweigen des Salzburger Genius Loci als Zustimmung.

Als ob man ihm den kurzen Moment Rast nicht gönnen wollte, schrillte das Telefon. Ohne seine legere Stellung zu ändern, nahm der Chefinspektor nach einigem Zögern den Hörer ab, wobei er mit der anderen Hand seinen mürrisch knurrenden Labrador unter dem Tisch hinter den Ohren kraulte. »Chefinspektor Nathan Stiller?«, meldete sich die neutrale Stimme einer Sekretärin. »Bleiben Sie bitte in der Leitung, der Herr Landespolizeidirektor Dr. Haas möchte mit Ihnen sprechen.« Stiller fand kaum Zeit, die Füße vom Tisch zu nehmen, als sich ein Schwall von Flüchen aus dem Telefonhörer in sein Ohr ergoss. »Was ist Ihnen eingefallen, Stiller? Eine ganze Stadt eine ganze Nacht in Gewahrsam zu nehmen, dazu auch noch bei der wichtigsten Konzertveranstaltung des Jahres, in der prominentesten Kirche der Stadt, an Mozarts Gedenktag! Ich will keine Ausrede hören, denn für so ein Verhalten gibt es keine Entschuldigung. Auch wenn es einen Toten gibt, ja selbst bei einem Mordverdacht wäre da ein Mindestmaß an Taktgefühl geboten gewesen. Denn auch der letzte Depp weiß es: Sie können den Salzburgern alles nehmen – die Nockerln, die Kugeln, den Salzberg, die Salzach, den Trakl, den Thomas Bernhard gar, das Marionettentheater –, aber einen sollten Sie unter allen Umständen aus dem Spiel lassen: Mozart. Und was tun Sie? Kaum angekommen, platzen Sie mit Ihrem Köter mitten in dessen

Gedenkfeier und versetzen eine ganze Gemeinde in Angst und Schrecken. Man hatte mich schon aus Wien vor Ihnen gewarnt, aber so etwas übertrifft meine schlimmsten Befürchtungen! Ich erwarte sofort einen detaillierten Bericht über den ganzen Vorfall auf meinem Tisch. Da ich Sie formell vom Fall nicht suspendieren kann, habe ich Ihre Versetzung direkt beim Innenministerium beantragt. Bis dem Antrag stattgegeben wird, dürfen Sie tun, was Sie wollen. Sobald die Genehmigung da ist, können Sie aber Ihre Sachen packen. Adieu.«

Solch ein Wutausbruch des Leiters der lokalen Polizeibehörde, von dem man eher Interesse an einer schnellen Lösung des Falls erwarten würde, hätte viele aus der Fassung gebracht – nicht aber Stiller. Zu oft hatte er in Wien erlebt, wie die Politik der Wahrheitsfindung im Wege stand. Die Willkommenstirade seines Vorgesetzten entsprach dem Frühstücksgespräch mit König im Tanzsaal des Peterskellers so auffallend, dass man fast hätte denken können, der Ex-Bürgermeister selbst habe sie dem Landespolizeidirektor diktiert. Erstaunlich war nur, wie schnell der König von Salzburg seine Beziehungen ausspielen konnte. Wenn Stiller den Kampf gegen das politische Establishment aufnehmen sollte, war er jetzt erst recht, nach der Ankündigung der Versetzung, dazu bereit. Er hatte sowieso nichts mehr zu verlieren, da seine Strafversetzung feststand. Zum Glück konnte er immer noch mit der österreichischen Bürokratie rechnen, die ihm in ihrer Behäbigkeit sicherlich vor der offiziellen Bestätigung der Versetzung einige Zeit verschaffen würde, um weiter zu ermitteln.

»Haben Sie gut geschlafen, Chef?«, unterbrach die jugendliche, erfrischende Stimme von Gruppeninspektor Biba an der Schwelle der offenen Zimmertür seine Überlegungen. »Wie denn?«, erwiderte Stiller in einem Ton, der zwischen belustigt und missmutig schwankte. »Ich habe nicht einmal eine Wohnung hier in Salzburg, und der Beichtstuhl war wohl noch weniger bequem als die Kirchenbank, auf der man Sie die ganze Zeit hat schnarchen hören, Biba …« »Dann brauchen Sie bestimmt Stärkung«, sagte Biba mit einem spitzbübischen Lächeln und stellte eine Tasse Kaffee sowie einen Teller mit Vanillekipferln und Nussbeugeln auf den Tisch. »Ich hätte lieber Verstärkung gehabt, indem Sie mir die persönlichen Sachen von Isaac Löwenstein gebracht und sich schon an die Auswertung der Fragebögen der Konzertbesucher gemacht hätten «, versetzte Stiller mit eher gespielter als ernstgemeinter Strenge. »Aber Kaffee und Kipferl können trotzdem auf dem Tisch bleiben, Biba. Und Sie dürfen sich vorher auch etwas stärken«, fügte er milder hinzu und reichte ihm den Teller, wobei er selbst mit Nonchalance ein Kipferl angelte und gleich eine Spitze davon unter dem Tisch verschwinden ließ. »Ach, noch eins hätte ich beinahe vergessen«, fügte er beiläufig hinzu, während sie das Frühstück schnell wegputzten, »wenn Sie mit der Auswertung der Fragebögen fertig sind, schreiben Sie bitte einen ausführlichen Bericht zur gestrigen Nacht für den Landespolizeidirektor …«

Als Biba mit den in transparenten Plastiktüten verwahrten Asservaten zurückkam, hatte Stiller das Frühstücksgeschirr weggeräumt und wartete mit Latexhandschuhen im Stehen vor dem Tisch, auf dem nur noch das Telefon in einer Ecke lag. Er fächerte die Mitbringsel Bibas sorgfältig auf dem Tisch auf und legte dazu noch den kleinen Plastikbeutel mit dem seidenen Ziertuch aus Löwensteins Frack, den er in seiner Manteltasche aufbewahrt hatte. Als erstes nahm er sich der Dirigierpartitur des Requiems an, eines Bands der Neuen Mozart-Ausgabe im charakteristischen weinroten Umschlag mit dem Titel in goldenen Buchstaben. Die einzigen sichtbaren Spuren im Notenband waren Aufführungshinweise und Unterstreichungen von dynamischen und agogischen Zeichen mit Bleistift, die vermutlich der Dirigent selbst bei den Proben vorgenommen hatte. Was Stiller dabei auffiel, war die Tatsache, dass die Eintragungen nicht wie erwartet bei den Orchesterstimmen, sondern fast ohne Ausnahme im Chorpart erfolgt waren. Waren sie nur als Zeichen einer besonderen interpretatorischen Absicht zu bewerten, etwa den Chor beim Dirigieren musikalisch herauszustellen, oder traute Löwenstein möglicherweise der Vorbereitung des Chors durch seinen Chorleiter Samuel Libeskind nicht? In der eleganten, ledergebundenen Agenda des Dirigenten, die ebenfalls unter Löwensteins persönlichen Sachen auf dem Tisch lag, waren auf jeden Fall zahlreiche Proben des Requiems von Mozart vermerkt, sowohl mit dem Orchester allein als auch zusammen mit dem Chor und dessen Leiter Samuel Libeskind, was auf eine sorgfältige Konzertvorbereitung in Zusammenarbeit mit dem Chorleiter hindeutete.

Nur einen Termin in der Agenda konnte sich der Chefinspektor nicht erklären. Unter dem ersten Dezember, nur vier Tage vor dem Konzert, hatte Löwenstein um 22 Uhr wiederum das Stichwort »Requiem« notiert, jedoch ohne daneben »Probe« oder »Konzert« und ohne Hinweis auf Orchester oder Chor wie in den anderen Fällen zu vermerken. Stattdessen folgten einige durch Kommata getrennte Großbuchstaben: L, K, R, S und »Peterskeller«. Wenn der Ort wohl als Treffpunkt für den Termin zu verstehen war, dachte Stiller, könnten die Buchstaben möglicherweise als Initialen für die Namen der Teilnehmer stehen. Dann wäre auf jeden Fall der erste Name nicht allzu schwer zu erraten gewesen: Libeskind. Wer waren aber dann die anderen Teilnehmer? Und vor allem: Weswegen hatte sich Löwenstein zu so später Stunde mit ihnen im Peterskeller getroffen? Wie das rätselhafte Symbol des *Memento moreris* auf dem Seidentuch des Dirigenten schien der Vermerk in dessen Agenda mehr Fragen aufzuwerfen als Antworten zu geben. Doch Stiller wusste aus Erfahrung: Früher oder später würden sich alle Steinchen zu einem lückenlosen Mosaik fügen, er brauchte nur weiter akribisch und geduldig neue Indizien zu sammeln.

17

Der Chorleiter, die Sekretärin, der Professor, der Mönch und der Politiker vom Dienst: Es gab genügend Personen, die ihm, aus welchem Grund auch immer, suspekt waren und, sollten sie nicht als Täterin oder Täter in Frage kommen, auf jeden Fall etwas zu verbergen hatten. Je länger Stiller jedoch die bis dahin gesammelten, konkreten Informationen Revue passieren ließ, desto klarer schien sich der Verdacht auf einen von ihnen zu verdichten: den Chorleiter Samuel Libeskind. Dessen prompte Reaktion auf Löwensteins Zusammenbruch, als ob er ihn vorhergesehen, ja erwartet hätte, die übereilte Flucht in die Sakristei, nachdem er sich als Erster vergewissert hatte, dass der Dirigent tot war, selbst sein Schweigen bei der Befragung der Musiker in der Sakristei entsprachen durchaus dem, was man nach Polizeilehrbuch als verdächtiges Verhalten bezeichnen würde. Hinzu kam ein glasklares Motiv: Löwensteins Entscheidung, ihn als Nachfolger am Pult der Salzburger Philharmoniker auszuschließen, für die der Chorleiter lange Zeit all die Schikanen und Demütigung durch den Dirigenten erduldet hatte. Dass Libeskind bei der Befragung im Beichtstuhl die Entscheidung des Dirigenten verheimlicht hatte, wohl wissend, dass dies als Mordmotiv interpretiert werden könnte, verstärkte nur den Verdacht weiter. Weitere Details wie die Bleistifteintragungen im Chorpart der Dirigierpartitur oder das in Löwensteins Agenda notierte Treffen im Peterskeller schienen die Ermittlungen in diese Richtung zu lenken. Sah man von der Zeichnung auf dem Seidentuch aus der Fracktasche des Dirigenten ab, die immer noch rätselhaft blieb, so schien die Sache ziemlich klar zu sein.

Was nun noch fehlte, war wie immer das Mordinstrument, aber auch dafür glaubte Stiller eine heiße Spur zu haben. Er nahm das Telefon und wählte die Kurzwahlnummer der Leichenhalle, die draufstand. Am anderen Ende der Leitung meldete sich gleich Dr. Horvath, der Leiter der rechtsmedizinischen Abteilung. »Ich hoffe, Sie wollen nicht gleich hierherkommen, verehrter Kollege«, meldete sich der Forensiker schroff. »Sie klingen fast so, als ob Sie bereits erste Ergebnisse aus der Leichenbeschau vorzuweisen hätten, Herr Doktor«, erwiderte Stiller listig. »Nach dem Streich, den Sie mir gestern Nacht in der Kirche gespielt haben, wäre ich wirklich leichtsinnig, wenn ich Ihnen schon jetzt die Resultate meiner ersten gründlichen Untersuchung der Leiche preisgeben würde, und seien sie kriminalistisch auch noch so relevant …« »Das hört sich gerade wie eine Einladung an …« Der Arzt schnaufte heftig. »Meinetwegen, verehrter Kollege, können Sie später vorbeikommen«, gab er schließlich nach. »Sie würden es sowieso tun, auch wenn ich Nein sage. Aber ich warne Sie, ich kann Ihnen nichts versprechen, vor allem keine definitiven Ergebnisse. Ich habe noch viel zu recherchieren, vor allem, was das Gift angeht …« »Wie erreiche ich Ihr Labor, Doktor?«, fragte ihn Stiller ungeduldig. Horvath schwieg kurz, als ob er überlegen würde, wie er am besten Zeit gewinnen könnte. »Sie brauchen nur auf den Spuren von Mozart zu wandeln, und Sie werden es gleich finden«, antwortete er dann geheimnistuerisch und legte auf, bevor der Chefinspektor ihn nach genaueren Angaben fragen konnte.

18

Stiller war gerade dabei, die Beweisstücke auf seinem Tisch wieder einzusammeln und in die Asservatenkammer zurückzubringen, um sich zur Leichenhalle zu begeben, als ich an die

Tür seines neuen Büros klopfte. »Mein lieber Herr Schriftsteller, leider kann ich im Moment keinen Beitrag zu Ihrer literarischen Fiktion leisten: Die kriminalistische Realität ruft mich zu anderen Pflichten«, wimmelte er mich höflich ab und wies mit einer nickenden Kopfbewegung auf die Plastikbeutel im Karton unter seinem Arm. »Ich wollte Sie nur wissen lassen, dass ich mich heute bei meiner Zeitung habe beurlauben lassen«, kündigte ich feierlich an. »Sie werden bestimmt bemerkt haben, dass in der heutigen Ausgabe kein Artikel von mir zum Fall erschienen ist, obwohl ich ja viel zu berichten gehabt hätte …« Stiller schaute mich überrascht an. »Sie meinen es also ernst mit Ihrem Kriminalroman«, sagte er vergnügt und näherte sich der Tür. »Von jetzt an stehe ich wie früher für jegliche offizielle oder inoffizielle Nachforschung zur Verfügung, die Sie für nötig halten und mir anvertrauen möchten«, beeilte ich mich zu sagen, bevor er das Büro mit seinem Hund verlassen konnte. Er hielt an der Türschwelle inne und überlegte kurz. Dann zog er aus den gesammelten Asservaten den Plastikbeutel mit dem kleinen Taschentuch, das er im Frack des Dirigenten gefunden hatte. Ohne das transparente Säckchen aufzumachen, zeigte er mir das Symbol des *Memento moreris*, das auf dem feinen Seidentuch nachgezeichnet war. »Können Sie mir etwas zu diesem Emblem und dem dazugehörigen Motto sagen?« Ich schaute neugierig auf das mysteriöse Zeichen. »Ich glaube, ich habe bereits etwas Ähnliches gesehen«, log ich und zog rasch mein Handy aus der Manteltasche. Wäre mir ein so prägnantes, unheimliches Bild vorher begegnet, wäre es mir bestimmt in Erinnerung geblieben. Andererseits wollte ich den Chefinspektor nicht gleich bei der ersten Gelegenheit enttäuschen, zumal das rätselhafte Symbol nicht nur in kriminalistischer, sondern vor allem auch in literarischer Hinsicht sehr spannend zu sein versprach. »Ich kenne auf jeden Fall jemanden, der bestimmt mehr darüber weiß. Wenn Sie mir erlauben, ein Foto davon zu machen, kann ich meine Quelle direkt befragen …« Stiller beäugte mich etwas misstrauisch, breitete aber dann doch das feine Taschentuch für das Foto auf den Tisch, ohne es aus dem Plastikbeutel herauszuziehen. »Jetzt, da Sie Ihren Journalistenberuf hingeschmissen haben, um ein großer Schriftsteller zu werden, kann ich wohl hoffen, dass kein Foto davon in die Zeitung kommt«, sagte er, nicht ohne eine gewisse bedrohliche Strenge in seiner Stimme. »Wie in alten Zeiten, Herr Chefinspektor«, versicherte ich ihm, während ich die Handykamera auf das *Memento moreris* richtete und ein Foto machte. Stiller stellte den Beutel wieder in den Karton zurück und begleitete mich zur Tür. »Rufen Sie mich gleich an oder kommen Sie mit Ihrem Experten ins Kommissariat, wenn Sie mehr erfahren haben«, sagte er und eilte mit dem Karton in Richtung Asservatenkammer.

Nachdem er die sichergestellten Gegenstände in Verwahrung gegeben hatte, verließ der Chefinspektor sogleich die Polizeiinspektion. Offenbar den Spuren Mozarts folgend, begab er sich mit seinem Hund vom nahen Geburtshaus entlang der vor allerlei Mozartkitsch und kunterbunten Mozartkugeln strotzenden Schaufenster der Judengasse hin zum Mozartplatz. Am Sockel des Mozartdenkmals, einer Bronzestatue des jungen Musikgenies, das, mittlerweile von einer dicken Schneeschicht bedeckt, mit einem Bleistift in der Rechten ganz still und erhaben in der Mitte des breiten Platzes nach Inspiration suchte, verrichtete der Labrador schnell und ehrfurchtslos seine Notdurft, während sein Herrchen im Schneematsch zügig vom Mozartplatz mit Mozartdenkmal direkt zum Mozartsteg weitermarschierte. Über die schmale, von einem dichten Netz aus Stahlseilen zwischen zwei großen Pfeilern in der Schwebe gehaltene Brücke zu Ehren des Stadtgenius gelangte Stiller mit seinem Hund im Schlepptau auf das andere Ufer der Salzach bis zur Fußgängerampel an der Imbergstraße. Nachdem er die große, stark befahrene Straße überquert hatte, bog er gleich links Richtung

Mozart-Wohnhaus respektive Universität Mozarteum ab. Doch gleich nach wenigen Schritten traf er rechts auf ein kleines, etwas heruntergekommenes Restaurant mit dem kulinarisch verheißungsvollen Namen »Mozarts Flavour«, von dem aus rechts ein kurzer, steiler Weg wiederum zur kleinen Buchhandlung »Amadé« in der Steingasse am Kapuzinerberg führte. Er ging daran vorbei und setzte seinen Weg zwischen den alten, hohen Häusern in Richtung Linzer Gasse fort, ohne weitere Zeichen des Salzburger Genies zu finden. Langsam fing er an, sich zu fragen, ob er nicht doch die falsche Fährte verfolgt hatte, als er hinter einer Trennmauer eine unscheinbare Weinstube mit dem hochgestochenen Namen »Das Köchelverzeichnis« erblickte. Einige Meter weiter auf der rechten Seite, kurz vor dem imposanten Bogen des inneren Steintors, das Eintritt zum Stadtzentrum jenseits der Salzach gewährte, führte eine kurze, leicht zu übersehene Stiege zu einer kleinen, direkt in den grauen Kalkstein des Kapuzinerbergs geschlagenen Tür hinab. An ihr erkannte der Chefinspektor sofort das golden umrandete, dunkelblaue Schild der Landespolizei Salzburg mit dem silbernen Adler. Darunter befand sich das emaillierte Türschild: »Interfakultärer Fachbereich Gerichtsmedizin Salzburg – Sonderabteilung Allgemeine Thanatologie, Forensische Toxikologie und Molekularbiologie – Leitung Univ. Prof. Dr. Thilo Horvath.«

Tief in den rauen Fels aus Dachsteinkalk eingegraben, der noch an vielen Stellen an den frisch geweißelten Innenwänden und an der niedrigen, unregelmäßig gewellten Decke scharf hervortrat, bestanden die Räumlichkeiten der Sonderabteilung der forensischen Medizin eigentlich aus einer länglichen, krummen und feuchten Kaverne. Das Licht der Neonröhren an der Decke wies dem Chefinspektor und seinem Labrador den Weg hin zu einem weiten Raum am Ende der unterirdischen Halle, der wie ein Atombunker wirkte, ausgestattet mit den Apparaturen eines modernen Operationssaals. An den Wänden reihten sich graue Schiebeschränke mit medizinischen Geräten und chirurgischem Handwerkszeug, die Stiller unwillkürlich an eine geheime Folterkammer denken ließen. In der Mitte stand ein breiter, stählerner Operationstisch, auf dem er den im Neonlicht bläulich leuchtenden Leichnam von Isaac Löwenstein erkannte. Eine leise, elegische Musik durchwebte den Raum mit schwermütigen Klängen.

»Willkommen in der Unterwelt, verehrter Kollege!«, hörte Stiller die tiefe Bassstimme von Dr. Horvath. Hinter ihm erschien der Doktor mit einem blanken Skalpell in einer der beiden mit kobaltblauen Latexhandschuhen geschützten Hände. »Am Ende war es doch nicht so schwierig, meine Höhle zu finden«, sagte der Gerichtsmediziner aufgeräumt. »Na ja, ich bin nur Ihrem Rat gefolgt und habe versucht, auf den Spuren Mozarts zu wandeln«, erklärte Stiller, während er seinen schwanzwedelnden Hund mit einer Hand davon abhielt, an dem Mediziner hochzuspringen. »Auch wenn ich den Eindruck habe, sie könnten hier in Salzburg überallhin führen, Doktor.« »Wohl wahr, verehrter Kollege, wohl wahr!«, pflichtete ihm der Mediziner bei. »Jetzt können Sie vielleicht verstehen, warum ich mittlerweile Mozart nicht mehr sehen kann …« »Wohl aber hören, wenn ich mich nicht irre«, erwiderte Stiller mit einem wissenden Lächeln und wies mit einer Handbewegung in die Luft. »Das ist nicht Mozart, Herr Chefinspektor«, korrigierte ihn der Arzt barsch, fast beleidigt. »Das ist Mahler – Gustav Mahler: Das *Adagietto* aus der Fünften.« Der Mediziner zog die Augenbrauen zusammen. »Ich hasse Mozart. Aus tiefster Seele. Diese unerträgliche Leichtigkeit des musikalischen Ausdrucks, sein launenhaft verschwenderischer Umgang mit dem eigenen motivischen Einfallsreichtum, die klangliche Unbeschwertheit, die unbekümmerte Art des Komponierens auch bei den tieferen thematischen Gedanken machen mich einfach rasend. Mahler ist da ganz was anderes: monströs grotesk, abgrundtief pessimistisch, hoffnungslos dekadent, unheilbar sterbensfroh … Und gerade nach Salzburg musste es mich verschlagen, verehrter Kollege! Zum Glück kann ich mich vor dem krankhaften Mozartkult dieser Provinzstadt in diesen Ex-Bierkeller unter dem Kapuzinerberg verkriechen, dessen Kühle übrigens nahezu ideal für die Leichenkonservierung ist …«

»Davon wird auch unser verstorbener Dirigent schon profitiert haben …«, versuchte Stiller, schleunigst das Thema zu wechseln, und näherte sich dem Leichnam auf dem Obduktionstisch.

»Und ob, verehrter Kollege! Schauen Sie her, auf seinem Gesicht zeigt sich immer noch das gleiche mystisch verträumte Lächeln, das er hatte, als er dahingeschieden ist. Danach zu urteilen, ist er friedlich eingeschlafen. Ich habe auf jeden Fall kein Zeichen äußerer Gewalt gefunden, bis auf die nicht lebensgefährliche Prellung am Hinterkopf, die er sich beim Fallen zugezogen hat.« Dr. Horvath sah dem Chefinspektor bedeutungsvoll in die Augen, bevor er die Ergebnisse der Leichenbeschau weiter ausführte. »Genauso sicher ist er aber auch nicht ganz natürlich aus dieser Welt geschieden. Meine erste Hypothese einer möglichen Vergiftung als Todesursache hat sich durch weitere medizinische Hinweise bestätigt, allen voran durch sein Blutbild. Doch bleibt mir vieles daran noch zu rätselhaft, um eine endgültige Diagnose stellen zu können. Erstens handelt es sich hier um kein gewöhnliches Gift.« Dr. Horvath kramte aus einer Tasche seines engen Kittels ein Blatt, das ein farbiges Diagramm zeigte, und hielt es unter das grelle Neonlicht vor Stiller. »Ich hätte erwartet, eines der vielen durchaus wirksamen Gifte zu finden, die heutzutage über das Internet relativ leicht zu besorgen beziehungsweise zusammenzusetzen sind – Strychnin zum Beispiel, das auch nur in geringen Mengen zum Exitus führen kann, oder auch simples Rattengift, bei dem allerdings deutlich höhere Dosierungen erforderlich wären. Hochradioaktive Substanzen wie Polonium oder Uran, an die man schwieriger herankommen kann, sind ebenso mit Sicherheit auszuschließen. Nein, verehrter Kollege, unser mysteriöser Giftmischer ist viel subtiler vorgegangen. Er hat eine mir bisher unbekannte Kombination verschiedener Stoffe gewählt, deren Zusammensetzung gar nicht so leicht zu ermitteln ist. Ich habe die ganze Nacht und den Vormittag gebraucht, um die Komponenten des Gifts herauszufinden, und auch wenn ich sie noch nicht genau messen konnte, ist es mir wenigstens gelungen, einige von ihnen zu identifizieren: Arsentrioxid vor allem, aber auch Bleioxid; dazu wohl noch ein seltsamer pflanzlicher Stoff, den ich nicht näher bestimmen konnte …« Der Forensiker kratzte sich ratlos die Glatze. »Das Problem ist, dass ich kein geläufiges Gift kenne, in dem Arsen mit diesen Elementen in Verbindung tritt, und ich kann Ihnen versichern, nicht zufällig trage ich unter Kollegen den Beinamen ›Alchemist des Todes‹ …« Er schaute noch eine Weile grübelnd auf das Diagramm, dann faltete er es wieder zu und steckte es in die Innentasche seines Kittels. »Es gibt aber einen anderen Umstand, der mich noch stutziger macht«, fuhr er fort, nachdem er sich wieder der Leiche auf dem Obduktionstisch zugewandt hatte. »Das Gift ist nicht, wie bei arsenhaltigen Mischungen typisch, durch Nahrungsaufnahme ins Blut gelangt – in Löwensteins Magen waren keine Spuren von Arsen, ganz abgesehen davon, dass er lange vor dem Konzert nichts gegessen hatte. Auch ist es nicht intravenös in den Kreislauf des Dirigenten injiziert worden, sonst wäre ein Einstich an irgendeiner Stelle des Körpers noch sichtbar gewesen. Und da keine Berührungspunkte mit dem Gift am Körper zu finden sind, ist eine Vergiftung über Hautkontakt gleichfalls auszuschließen …«

Stiller rieb sich perplex den borstigen Viertagebart am Kinn. »Eine weitere Besonderheit im Symptomkomplex des Toten könnte uns hier aber vielleicht weiterhelfen«, fuhr der Mediziner fort. »Das Gift scheint nicht unmittelbar vor dem Exitus verabreicht worden zu sein, sondern sich über einen längeren Zeitraum in seinem Körper allmählich eingelagert zu haben, wie die Analyse der inneren Organe, insbesondere von Nieren und Leber vermuten lässt – was wiederum durch äußere Symptome wie etwa die Mees'schen Nagelbänder bestätigt wird, die mir schon bei der ersten flüchtigen Beschau der Leiche in der Kirche aufgefallen sind.«

»Heißt das, der Mord könnte seit Langem geplant worden sein?«, fragte Stiller eher sich selbst als den Arzt.

»Das müssen Sie herausfinden, verehrter Kollege, ich darf sowieso nur pathologische Befunde erheben, da Sie meine literarische Ader nicht genug zu würdigen scheinen. Aber ich kann Ihnen auf jeden Fall ein Hilfsmittel zur Beweisaufnahme anbieten …« Stiller sah den Forensiker gespannt an. »Ich bastle gerade an einem Gerät zur chemischen Visualisierung von Arsenspuren, so etwas Ähnliches wie bei Luminol, nur eben auf Arsen ausgerichtet«, erklärte der Arzt nicht ohne einen Anflug von Stolz. »Ich dachte, so etwas gibt es nur in Krimis«, stichelte der Ermittler skeptisch. »Sehe ich etwa wie eine Romanfigur aus?«, fragte der Forensiker pikiert. Stiller schwieg lieber, aber sein Gesichtsausdruck verriet, wie er wohl geantwortet hätte. »Warten Sie einen Moment, ich gehe es holen«, sagte Dr. Horvath plötzlich und verschwand in einer Nische am Ende des Saals, gefolgt vom Hund des Chefinspektors.

»Wehe, wenn der Köter was anrührt!«, hörte man die kräftige Bassstimme des Doktors von hinter der Nische.

»Zeus, hierher!«, rief Stiller seinen Labrador energisch zurück.

»Beim Jupiter, was für ein Hundename!«, rief Horvath von hinten und kehrte neben dem bellenden Rüden mit einer Sprühflasche und einer kleinen, aus zwei runden, orangefarbenen Linsen mit Gummidichtung und Lederriemen bestehenden

Brille in den Händen zurück. »Dafür kann er bei der Spurensuche Wunder vollbringen, Herr Doktor«, erwiderte Stiller und klopfte seinem Hund stolz und kräftig den Nacken. »Lassen Sie ihn etwas Arsenik schnüffeln, und er wird Sie zu jeder winzigsten Spur des Gifts in Ihrer Höhle hier führen.« »Eine so präzise Wissenschaft wie die Chemie kann niemand schlagen, auch Ihr Zeus nicht«, konterte Horvath selbstsicher und bespritzte mit der Sprühflasche einen seiner Latexhandschuhe. »Setzen Sie bitte die Beobachtungsbrille auf, verehrter Kollege, und Sie werden sehen, dass Sie den göttlichen Geruchsinn Ihres vierbeinigen Freundes nicht mehr brauchen.« Der Doktor schaltete das Licht der Leichenhalle aus. »Was sehen Sie?«, fragte er in die Dunkelheit. »Gar nichts, Doktor.«

»Gut, verehrter Kollege. Und jetzt schauen Sie bitte genau auf meine Hand.«

Tatsächlich konnte der Chefinspektor im Dunkeln winzige, etwas verwischte, leicht violett fluoreszierende Spuren auf dem bespritzten Handschuh des Arztes erkennen. »Selbst solch minimale, in diesen Mengen zum Glück noch kaum gefährliche Arsenspuren kann mein *Detector arsenici* lokalisieren. Die chemischen Reagenzien der Sprühflasche lassen jedes einzelne Arsenmolekül lumineszieren und so in der Dunkelheit durch die Filterbrille sichtbar werden«, erklärte der Forensiker und ging das Licht wieder anmachen. »Nur: Ich kann doch nicht überallhin spritzen, um Giftspuren zu suchen, Doktor«, wandte der Chefinspektor ein. »Da ist Zeus viel praktischer. Mit seiner Spürnase kann er mich schnell und treffsicher zu jeder Giftspur führen.« Er rief Zeus zu sich und ließ ihn zur Demonstration am Latexhandschuh des Arztes riechen. »Los, Zeus, zeig es dem Doktor!« Der Hund fing sofort schwanzwedelnd an, entlang der Regale in Richtung des Obduktionstischs zu schnuppern. »Die Bestie wird mir noch alles kaputtschlagen! Halten Sie sie zurück!«, rief Dr. Horvath, besorgt um die wertvollen

Apparaturen seines Laboratoriums. Doch noch bevor er den Satz zu Ende bringen konnte, kündete Zeus mit freudigem Gebell bereits den ersten Fund bei einem schwarzen, eleganten Frack in einem langen, durchsichtigen Plastikfutteral, das am Haken eines Wandschranks hing. Horvath stemmte die Fäuste in die Taille und kniff die Augen zusammen. »Und jetzt verraten Sie mir, verehrter Kollege, wie Sie die eventuellen Arsenspuren an Löwensteins Frack wissenschaftlich nachweisen wollen, zum Beispiel, falls Sie sie später vor Gericht verwenden müssen – soll der Köter etwa in den Zeugenstand treten und vor den Asservaten kläffen?«, bemerkte er sarkastisch, die Sprühflasche demonstrativ in der einen latexgeschützten Hand, während er den Frack mit den Fingerspitzen der anderen anhob und aus seiner Hülle befreite. »Schauen wir mal, was mein *Detector arsenici* hingegen alles leisten kann«, fügte er mit etwas theatralischem Gehabe hinzu und bespritzte sorgfältig den Frack, während sich Stiller die Spezialbrille wieder aufsetzte. In der Dunkelheit ließen sich tatsächlich fluoreszierende Arsenspuren an den Ärmeln und am Revers des Fracks ausmachen. »Der Verteilung der Giftspuren auf dem Frack nach zu schließen, scheint unser Dirigent quasi selbst mit dem Gift hantiert zu haben«, ließ der Chefinspektor seine Gedanken in der Dunkelheit laut werden. »Das sind wieder nur kühne Hypothesen, verehrter Kollege«, mahnte der Arzt streng, nachdem er wieder das Licht angemacht hatte. »Und wie Sie mittlerweile wissen sollten, reagiere ich auf aus der Luft gegriffene Mutmaßungen besonders allergisch. Wenn wir bei den wissenschaftlich gesicherten Fakten bleiben«, setzte er selbstzufrieden fort, während er den Frack vorsichtig wieder in der Plastikhülle verstaute, »stünde Ihnen mit meinem *Detector arsenici* ein Gerät zur Verfügung, das – anders als Ihr netter Vierbeiner – Ihnen auch forensisch dienlich sein kann.« »Dann bleibt mir nur übrig, mich herzlich bei Ihnen für Ihre neueste Errungenschaft zu bedanken,

Herr Doktor«, sagte Stiller geradezu überschwänglich, während er die Filterbrille absetzte und die freie Hand in Richtung der Sprühflasche streckte, die Horvath noch wie einen schießbereiten Revolver in seiner Rechten hielt. Doch der Mediziner zog die bewaffnete Hand schnell zurück, noch bevor der Chefinspektor die Sprühflasche fassen konnte. »Eigentlich ist dieser Detektor nur ein Prototyp …«, gab der Arzt zu bedenken. »Ihr Detektor hat den klinischen Test doch erfolgreich bestanden«, erwiderte Stiller bestimmt. »Schon gut«, gab Horvath widerwillig nach und reichte ihm zögernd die Sprühflasche, »aber versprechen Sie mir, dass Sie äußerst vorsichtig damit umgehen werden.« Stiller steckte Brille und Detektor in die Taschen seines Parkas und eilte zum Ausgang der Leichenhalle, bevor der Rechtsmediziner seine Meinung ändern konnte. »Lassen Sie mich wissen, wann die Leiche für die Beerdigung freigegeben wird, Doc!«, rief er noch im Gehen und verließ mit Zeus das thanatologische Institut unter dem Kapuzinerberg.

19

Während Stiller jenseits der Salzach Dr. Horvaths Wundermittel unter dem Kapuzinerberg erprobte, begab ich mich diesseits der Salzach auf die Suche nach Informationen über das rätselhafte Symbol des *Memento moreris*. Ich wusste nicht, ob es nur detektivische Neugier oder bereits schriftstellerische Vorfreude war, aber seitdem ich die Polizeiwache kurz nach dem Chefinspektor verlassen hatte, befand ich mich in einem Zustand höchster Erregung, wie ich ihn in meiner langjährigen Journalistenkarriere selbst bei den brisantesten Enthüllungsfällen noch nie erlebt hatte. Ich kannte zwar nur wenige Details zum

Fall, ja ich wusste zu dem Zeitpunkt noch nicht einmal, welchen Weg Stillers Aufklärungsarbeit inzwischen eingeschlagen hatte, aber ich stand vor einem klaren Auftrag: Ich bekam auf unverhoffte Weise die Chance, zum ersten Mal die Untersuchungen zu einem echten Mordfall aus nächster Nähe mitzubekommen und in einem Roman literarisch zu verarbeiten – und, wer weiß, vielleicht sogar entscheidend zu seiner Lösung beizutragen.

Bislang schien die Geschichte noch den Lauf eines gewöhnlichen Kriminalfalls zu nehmen, wie in einem jener vielen populären Krimis mit Lokalkolorit, die heute die Schaufenster der meisten Buchhandlungen füllen – wiewohl in meinem Fall die Ausstrahlung von Wolfgang Amadé Mozart freilich dem Roman einen besonderen, ungewöhnlichen Touch verleihen konnte. Im momentanen Anfangsstadium bestand also noch die Gefahr, dass viele Leser, vor allem die anspruchsvolleren, wählerischeren unter ihnen, noch zu diesem Zeitpunkt die Lektüre zu wenig interessant finden und vielleicht deswegen das Buch weglegen würden. Mit dem geheimnisumwobenen *Memento moreris* erhielt der Roman nun aber endlich die ihm noch fehlende, würzige Note eines echten Thrillers.

Für einen verlässlichen Aufschluss über das mysteriöse Symbol kam in Salzburg vor allem eine Person in Frage: Professor Martin Heinrich Schneiderhahn. Der alte Emeritus, der nicht nur als einer der renommiertesten Mozartforscher, sondern auch als profunder Kenner der Geschichte seiner Heimatstadt Salzburg galt, besaß sicherlich die quellenkundliche und geschichtswissenschaftliche Kompetenz, um das rätselhafte Zeichen entschlüsseln zu können. Während ich mich von der Getreidegasse in Richtung des Klosters St. Peter, wohin sich Schneiderhahn seit seiner Emeritierung zurückgezogen hatte, begab, fiel mir jedoch ein, dass der Professor zur Tatzeit unter den Konzert- und später unter den Beichtstuhlbesuchern gewesen war, was ihn zwar nicht unmittelbar zum Verdächtigen machte, doch potenziell in Verbindung mit dem Mord bringen konnte. Würde ich ihm durch meine Anfrage nicht zu viel über die Ermittlungen verraten?

Von diesen Zweifeln geplagt, schlenderte ich noch unentschlossen von der Getreidegasse durch die berühmte Perlenpassage zwischen Schatzdurchhaus und Schmuckpassage zum Universitätsplatz, als mir plötzlich in dem kleinen, eleganten Innenhof eine von Laub verdeckte Plakette mit der Gravur »Antiquariat Goldschmid« hinter einer Granitsäule auffiel. In einer von der Passage her nicht einsehbaren Ecke des Innenhofes führte eine kurze, schmale Stiege aus weißen Marmorstufen zu einem Laden mit einem kleinen Schaufenster, das mit allerlei Antiquitäten regelrecht vollgestopft war. Obwohl ich, wie jeder Salzburger übrigens, oft hier durchgegangen war, hatte ich das unauffällige Antiquariat noch nie bemerkt. Umso neugieriger sah ich nun von der Treppe her in dessen Schaufenster. Rechts, links und in der Mitte behinderten antike, durch und durch verstaubte Möbelstücke aus unterschiedlichen, meist dunklen Holzarten und aus diversen Epochen den Durchgang des Ladenraums. Unzählige alte Bücher verschiedenen Formats und unterschiedlichen Erhaltungszustands füllten jeden noch frei gebliebenen Zwischenraum. Neben und vor ihnen stapelten sich fast bis zur Decke die bizarrsten Objekte des Mozartkults, die ich je gesehen hatte: Mozartkindergeigen, Mozartschädel, Mozartstehaufmännchen und allerlei sonstiger absurder Krempel. Hinter den Bücherstapeln und Souvenirhaufen ließen sich an den Wänden noch zahlreiche Ölgemälde mit den unterschiedlichsten Themen ausmachen – von alten Stadtstichen Salzburgs bis hin zu Mozartporträts aus dem 19. Jahrhundert.

Die sanfte, mittelalterliche Vokalmusik à la Guillaume de Machaut, die gedämpft durch das Schaufenster des Antiquitätenladens klang, schlug unvermittelt in eine schrille

Bläserfassung von Mozarts *Eine kleine Nachtmusik* KV 525 um, als ich die Tür des Ladens öffnete. Wenn die Fanfare das Signal für den Eintritt eines neuen Kunden sein sollte, musste sie ihren Zweck wohl verfehlt haben: Niemand schien hier anwesend zu sein und willens, sich meiner anzunehmen. So konnte ich mich ungestört umschauen, soweit ich mich in dem Chaos aus dichtgedrängten Möbelstücken, unordentlich aufgestapelten Bänden und seltsamen Andenken überhaupt zu bewegen vermochte. Der Laden bot ein wildes Gemisch aus Ramsch und antiquarischen Unikaten aus dem Salzburg des 18. und 19. Jahrhunderts. Letztere waren zwischen dem ganzen Trödel kaum noch wahrzunehmen, als ob sie absichtlich dem unkundigen Auge verborgen bleiben sollten. Nach einiger Zeit und genauem Hinschauen konnte ich jedoch bereits einige historisch wertvolle alte Drucke und Ölgemälde ausfindig machen, die bestimmt selbst Experten in Erstaunen versetzt hätten – etwa den Erstdruck eines Librettos zu Mozarts Oratorium *Die Schuldigkeit des ersten und fürnehmsten Gebotes* KV 35 oder ein kleines Porträt eines nicht identifizierbaren Musikers am Cembalo aus dem ausgehenden 18. Jahrhundert.

Erst gegen Ende meiner Runde bemerkte ich zwischen zwei massigen Kleiderschränken einen schmalen, mit verschnörkelten Intarsien verzierten Garderobenschrank aus der Louis-seize-Zeit. Als ich eine der halboffenen Türen vorsichtig öffnete, um nachzusehen, ob auch im Schrankinneren Intarsien vorhanden waren, fand ich zu meiner Überraschung eine auf einem niedrigen Schemel in dem Schrank sitzende ältere adrette Dame mit silberweißem Pagenkopf vor. Sie beugte sich über einen breiten, schweren alten Druck in Frakturschrift. »Ich wollte nur meinem neuen Gast Zeit und Muße lassen, sich alles in Ruhe anzuschauen …«, erklärte sie ihr Versteck beflissen, stieg flink aus dem Schrank und legte Buch und randlose Brille auf den Schemel. Sie trug ein elegantes, hellgraues Kostüm mit

Brosche. »Edeltraut Goldschmid«, stellte sich die Antiquarin ohne Umschweife vor und reichte mir ihre zierliche, gepflegte Hand. »Hat der junge Herr in meiner mozartschen Galerie mit seinem Kennerblick bereits etwas entdeckt, das seinem Geschmack entsprechen könnte?«, fragte sie mich mit unwiderstehlicher Höflichkeit. »Aber freilich, Madame, wenngleich es doch gut verborgen war …«, antwortete ich nicht minder herzlich. Sie lächelte geschmeichelt. »Wo bliebe das Vergnügen, wenn man den Schatz ohne Mühe heben könnte?«

»Leider bin ich hier nicht auf Schatzsuche, Madame, sondern nur um einen Experten um Rat zu fragen …«

»Dann wird es mir eine Ehre sein, meinen bescheidenen antiquarischen Erfahrungsschatz mit einem so charmanten Herrn teilen zu dürfen. Worum geht es?«

Ich zog mein Handy hervor und zeigte ihr das Foto mit der Zeichnung des *Memento moreris* auf dem Taschentuch. Sie griff nach der feinen randlosen Lesebrille auf dem Schemel im Kleiderschrank, setzte sie auf und betrachtete das Bild aufmerksam. »Haben Sie etwas Zeit?«, fragte sie nach einem kurzen Moment spannungsreicher Stille. »Denn das ist eine ziemlich lange Geschichte.« »So viel Sie möchten, Madame«, antwortete ich wissbegierig. »Ich recherchiere gerade für einen Kriminalroman …« »Dann freue ich mich, Ihnen eine reale historische Grundlage für Ihre literarische Fiktion bieten zu können«, sagte die Antiquarin freundlich. Dann ging sie zur Ladentür, drehte das Schild an der Innenseite auf »geschlossen« um und schloss kurzerhand die Tür ab.

20

»Alles nahm seinen Anfang im Wien des ausgehenden 18. Jahrhunderts«, begann Frau Goldschmid, »als das Symbol ursprünglich als Wasserzeichen bei der Herstellung von Schreib- und Notenpapier verwendet wurde …« »Ach so, ein Wasserzeichen …«, wiederholte ich etwas gedankenverloren. Mein Gemurmel musste sie als Unwissenheit aufgefasst haben, denn nun setzte sie zu einem Exkurs über die Geschichte der Papierherstellung im 18. Jahrhundert an. Mit wenigen Sätzen schilderte sie, wie der Papiermacher die Schöpfform, einen großen rechteckigen Holzrahmen mit einem feinen Drahtgitter, in eine breiige Masse aus zermahlenen Fasern, Füllstoffen, Leim und Harzen eintauchte und durch vorsichtiges Rütteln das überschüssige Wasser durch das Drahtsieb abtropfen ließ, bis eine dünne, mehr oder weniger ebene Schicht von Papierstoff zurückblieb. Wenn nun die Schöpfform umgewendet und deren Inhalt auf eine Schicht feuchten Filzes gedrückt wurde, um den Papierstoff von der Schöpfform loszulösen, hinterließ das Drahtgeflecht des Schöpfsiebes einen Abdruck auf der Oberfläche der Papierschicht, der sich immer dann hell abhob, wenn man den fertigen Papierbogen gegen das Licht hielt. Um ihre Papierbögen zu markieren, ließen die Papierhersteller auf der Oberfläche des Schöpfsiebes ein zusätzliches ornamentales Drahtgebilde mit Nähten am Drahtgitter anbringen, das im Papier ein unverwechselbares Muster, das sogenannte Wasserzeichen, hinterließ. »Durch das Wasserzeichen«, erklärte Frau Goldschmid abschließend, »lässt sich somit nicht nur die Herkunft des Papierbogens bestimmen, sondern sehr oft auch die Entstehung eines Manuskripts datieren, da jede Papiersorte bei der jeweiligen Holländermühle jedes Mal durch unterschiedliche Wasserzeichen zu unterschiedlichen Zeiten geprägt wurde. So gilt etwa der Wasserzeichen-Katalog des englischen Musikwissenschaftlers Alan Tyson als eine der zuverlässigsten Referenzquellen für die Datierung der Autographe von Mozart. Und ich würde mich nicht wundern, wenn das *Memento moreris* dabei wäre ...« Die Antiquarin kramte aus der unteren Schublade eines Garderobenschranks zwei bordeauxrote Bände der Neuen Mozart-Ausgabe hervor, einen etwas dünneren im Hochformat und einen voluminöseren im Querformat, legte sie auf eine alte Kommode und fing an, beide gleichzeitig durchzublättern. »Jawohl, mein Herr«, rief sie nach einer Weile mit der Zufriedenheit eines Kindes, das gerade das lange gesuchte Osternest entdeckt hat, und zeigte mit dem Zeigefinger auf die bebilderten Seiten des querformatigen Bandes. »Sehen Sie hier unser Wasserzeichen, von Tyson in seinem Katalog unter der Nummer 62 nachgezeichnet, und auf Seite 31 des Textbandes«, fügte sie hinzu und wandte sich dem hochformatigen Buch zu, »haben wir die Liste der Autographe von Mozart, in deren Papierbögen es nachgewiesen wurde: *Die Zauberflöte* KV 620, die Freimaurerkantate KV 623 und das *Requiem*-Fragment KV 626, allesamt Werke aus dem Jahre 1791, dem Todesjahr des Komponisten.« Ich warf gespannt einen Blick auf den querformatigen Katalog. Auf der linken Seite war auf einem rechteckigen, durch gestrichelte Linien in vier Quadranten eingeteilten Papierbogen eine genaue Zeichnung des *Memento moreris* abgebildet: das große M als Lesepult unter einem offenen Buch in der linken Hälfte und das kleine m als böses Grinsen eines Totenkopfes in der rechten Hälfte des Rechteckes. Auf der anderen Seite war das gleiche Wasserzeichen in einem ebenfalls in Quadranten geteilten Papierbogen nachgezeichnet, jedoch quasi spiegelsymmetrisch zum ersten Wasserzeichen, sodass die rechte Seite des Katalogs ein nahezu identisches Spiegelbild der linken darstellte.

»Viel interessanter als der quellenkundliche Nachweis«, setzte Frau Goldschmid ihre Ausführungen fort, »sind aber hier die

Bedeutung und Sinnkraft, die das einzigartige Muster dieses Wasserzeichens im Laufe der Jahrhunderte bekommen hat. Bereits Ende des 18. Jahrhunderts ist es in den geheimen Akten und mystischen Ritualen der berühmt-berüchtigten Freimaurerloge ›Zur wahren Freiheit‹ in Wien dokumentiert. Welche Rolle es bei dem Wiener Geheimbund spielte, bleibt im Dunkeln. Möglicherweise wurde es zunächst nur zu dem einfachen Zweck eingesetzt, das Papier für gedruckte Bücher und handschriftliche Dokumente der Loge heimlich zu kennzeichnen – nicht zufällig war gerade der italienische Papierhersteller Calcinardi, aus dessen Holländermühle in Toscolano unser Wasserzeichen stammt, zu jener Zeit Ehrenmitglied des Geheimbundes ›Zur wahren Freiheit‹. Mozart selbst, ebenfalls bekanntlich Sympathisant und Mitglied jener Loge, hat, wie wir soeben gesehen haben, auf rastriertes Notenpapier mit dem gleichen Wasserzeichen zurückgegriffen, und zwar nicht nur für das Requiem, sondern auch für die Niederschrift seiner Freimaurerkantate KV 623.« Die Antiquarin machte eine kurze Pause, strich sachte über die Seiten mit der Nachzeichnung des *Memento moreris* und sprach mit etwas gedämpfter Stimme weiter. »Durch sein unverwechselbares Muster und sein einprägsames Motto erlangte das Symbol des Wasserzeichens aber zugleich eine sinnbildliche Kraft, die über den praktischen Zweck einer geheimen Markierung freimaurerischer Schriften und Musikalien hinausgeht. Schon allein die sinnträchtige Gegenüberstellung von Buch und Schädel – Wissen und Tod, Beständigkeit des Denkens und Vergänglichkeit des Daseins, Unsterblichkeit des Kunstwerks und Vanitas seines Schöpfers – dürfte im verschwörerischen Kreis der Freimaurer, denen gerade die aufklärerische Verbreitung von Wissen und Kunst im Rahmen eines humanistisch geprägten Ideals der Menschheit ein zentrales Anliegen war, eine besondere Faszination ausgeübt haben. Dazu noch das rätselhafte neulateinische Motto des *Memento moreris*, das diese Dialektik zu einer januskopfigen Synthese führt, zum unbedingten Wissen um den unausweichlichen Tod, zur immerwährenden Gewissheit der flüchtigen Vergänglichkeit, zum uneingeschränkten Bewusstsein menschlicher Grenzen. ›Sei eingedenk, dass du jetzt gerade dabei bist zu sterben!‹, so könnte man hier den lateinischen Indikativ Präsens in der zweiten Person Singular *moreris* in der ungewöhnlichen Verbindung mit dem Imperativ Futur *memento* ins Deutsche übertragen. In seinem unmittelbaren Sinn geht das *Memento moreris* also weit über eine allgemeine Mahnung an den Tod, wie etwa im bekannteren mittelalterlichen Spruch *Memento mori,* hinaus. Es will vielmehr diesen direkt dem Betrachter vor Augen führen, ja quasi heraufbeschwören. So drücken Buch und Schädel als sinnbildliche Pendants zu dem *Memento* und dem *moreris* weniger die allgemeine Erkenntnis aus, dass der Mensch sterblich ist, als vielmehr das unmittelbare Bewusstsein des eigenen bevorstehenden Todes. Es ist nicht irgendein Schädel, scheint das Motto mahnen zu wollen, sondern dein Schädel, der sich in deinem Geist wie in einem vor dir aufgeschlagenen Buch offenbart. Es ist nicht die Geschichte irgendeines Todesfalls, sondern das Geschehen deines Todes, das hier stattfindet. Bildhafter kann man sich das Bewusstsein um die eigene Sterblichkeit nicht vorstellen: Das große M des *Memento* hält gerade das Buch als Symbol unmittelbarer Selbsterkenntnis – und was ist die größte Selbsterkenntnis, wenn nicht das Bewusstsein der eigenen Sterblichkeit? –, das kleine m des *moreris* grinst schauderhaft inmitten der Zähne des Schädels – deines Schädels ...«

Edeltraut Goldschmid machte eine nachdenkliche Pause und schaute lange in sich gekehrt auf die aufgeschlagenen Seiten des Katalogs, als sinniere sie über die tiefgreifenden Implikationen des symbolträchtigen Wasserzeichens. Dann fuhr sie fort: »Darüber, wie der obskure Sinn des Mottos zu interpretieren sei und wie der Leitsatz konkret im Handeln der Logenmitglieder und in der Führung der Freimaurerloge umgesetzt werden sollte, gingen die Meinungen weit auseinander. Zwei gegensätzliche Strömungen zeichneten sich jedoch bereits Ende des 18. Jahrhunderts in den Geheimakten und den Briefwechseln des Geheimbundes ›Zur wahren Freiheit‹ ab. Die meisten Freimaurer wollten das neulateinische *Memento moreris* als Zuspitzung des mittellateinischen *Memento mori* verstanden wissen. Die eschatologische Mahnung an den Sünder, sich im Angesicht des Todes eines Besseren zu besinnen und sein Leben rechtzeitig vor dem Jüngsten Gericht in die richtige Bahn zu lenken, wird im *Memento moreris* durch die zweite Person Singular und das Tempus Präsens im Indikativ *moreris* noch dringender. Nicht die Gewissheit, dass jeder Mensch irgendwann sterben muss, sondern die Möglichkeit, dass ausgerechnet man selbst in gerade diesem Moment stirbt, soll das *Memento moreris* jedem von uns bewusst machen. Während im Infinitiv des *Memento mori* die Todesankündigung noch etwas vage bleibt – ›gedenke des Todes‹ oder ›gedenke, dass jedermann irgendwann sterben muss‹, so könnte man den mittellateinischen Spruch übersetzen –, wird im Indikativ Präsens der zweiten Person Singular beim *Memento moreris* der eigene Tod direkt vergegenwärtigt, sozusagen antizipiert: ›Gedenke nicht einfach des Todes, gedenke nicht, dass wir alle sterblich sind und früher oder später sterben müssen, sondern gedenke, dass gerade du genau in diesem Augenblick sterben kannst!‹ Dadurch sollte nach Ansicht vieler Freimaurer eine Wende zum Guten im Leben des einzelnen Menschen herbeigeführt werden, auf dass er ab jetzt seine ganze Kraft ohne Wenn und Aber für das Wohl der gesamten Menschheit einsetze. Jeder Moment seines Lebens wurde entscheidend, da sein Tod jederzeit, und zwar auch jetzt gleich, eintreten konnte. Als konkrete Vorwegnahme des Todes sollte das *Memento moreris* somit zum regen sozialen Engagement, zur höchsten wissenschaftlichen Leistung und zum fruchtbarsten künstlerischen Schaffen anregen. Tatsächlich zeichnete sich die Zeit der Freimaurer in Wien nicht nur durch eine gesellschaftsverantwortliche Einstellung, sondern auch durch unvergleichliche Leistungen in der wissenschaftlichen Forschung und in der Kunst aus, man denke nur an Mozarts Musik …«

Frau Goldschmid zeigte demonstrativ auf den Katalog mit den Wasserzeichen der Manuskripte von Mozart. »Und die zweite Interpretationslinie?«, fragte ich neugierig. Das Gesicht der Antiquarin verfinsterte sich. »Es gab leider in der Wiener Loge«, erzählte sie weiter, »auch Freimaurer, die die Maxime ganz anders, ja in die entgegengesetzte Richtung deuteten. Ihrer Meinung nach war die Vergegenwärtigung des Todes im *Memento moreris* eher ein Ansporn, sich den Genüssen des Lebens ganz und gar hinzugeben. Wenn der eigene Tod als so nahe zu betrachten sei, dann bleibe keine Zeit mehr, sich größeren Aufgaben zu widmen. Eher solle man sich endgültig aller gesellschaftlichen Pflichten und moralischen Schranken entbunden fühlen und den letzten Freuden des Lebens hemmungslos frönen. Als Steigerung nicht des christlich-teleologischen *Memento mori*, sondern des heidnisch-hedonistischen, epikureisch anmutenden *Carpe diem* sei das *Memento moreris* letztlich zu deuten. ›Gedenke, dass du gerade dabei bist, zu sterben‹ hieße hier also: ›Genieße den Augenblick, denn er könnte gerade der letzte sein!‹ Dementsprechend führten die Verfechter dieses Logenflügels einen äußerst freien, zügellosen Lebensstil. – Die Orgien zur Zeit Josephs II. in Wien und Umgebung sind bekannt. Wohin diese Einstellung führen konnte, zeigt sich in den radikalsten Schriften der Freimaurer, die so weit gingen, den Mord an einem Mitmenschen mit der Begründung zu rechtfertigen, dass unmittelbar vor dem imminenten Tod alles erlaubt sei, ja unbedingt erfahren werden sollte …«

Ich schaute erstaunt zur Antiquarin. Hatte sie vielleicht unwillkürlich einen freilich noch vagen, aber gerade deswegen umso unheimlicheren Zusammenhang mit unserem Mordfall gefunden? Frau Goldschmid jedoch fuhr in ihrer Schilderung unbeirrt fort, als habe sie meine Aufregung nicht bemerkt. »Das Werk des wohl bekanntesten Freimaurers der Zeit, Wolfgang Amadé Mozart, spiegelt vielleicht am ehesten die Janusköpfigkeit dieses Mottos wider – wie es oft bei großen Künstlern der Fall ist. Nehmen wir zum Beispiel seine wohl größte Oper *Don Giovanni*. In der sogenannten Prager Fassung von 1787 führt Don Giovannis Tod zu einer moralischen Besinnung der anderen Personen des *Dramma per musica*: Don Ottavio und Donn'Anna entscheiden sich, noch ein Jahr bis zur Vermählung zu warten, um dem Tod des Komturs gebührend zu gedenken; Masetto und Zerlina versöhnen sich; Donna Elvira will den Rest ihres Lebens im Konvent verbringen und Leporello sich einen besseren Herrn suchen. Don Giovannis grausames Sterben, der Einbruch der Furien, seine Fahrt in die Hölle werden hier also, als gerechte Sühne für die Ermordung des Komturs und die Vergewaltigung von dessen Tochter, zum *Memento mori* für alle Personen, die am Leben geblieben sind. Wir alle kennen das strenge Fugato am Schluss, bevor der Vorhang endgültig fällt:

Questo è il fin di chi fa mal:
e de' perfidi la morte
alla vita è sempre ugual.

In der späteren Wiener Fassung hat Mozart aber das besinnliche Finale mit abschließender Moral gestrichen und die Oper direkt mit Don Giovannis Weigerung enden lassen, seiner libertinischen Einstellung zu entsagen. Vom Komtur viermal aufgefordert, seine Taten im Angesicht des Todes und der bevorstehenden Höllenqualen zu bereuen, antwortet er viermal mit ›Nein‹:

IL COMMENDATORE	*Pentiti, cangia vita:*
	è l'ultimo momento!
DON GIOVANNI	*No no, ch' io non mi pento;*
	vanne lontan da me!
IL COMMENDATORE	*Pentiti, scellerato!*
DON GIOVANNI	*No, vecchio infatuato!*
IL COMMENDATORE	*Pentiti!*
DON GIOVANNI	*No.*
IL COMMENDATORE, LEPORELLO	*Sì.*
DON GIOVANNI	*No.*

Sein konsequentes Ausleben des *Carpe diem* macht es ihm unmöglich, seine von jeder Schranke der Vernunft und Moral freie Lebensführung auch vor dem Sterben aufzugeben. Im Gegenteil: Der bevorstehende Tod erscheint Don Giovanni wie eine weitere Herausforderung, sich auch über die letzte Instanz ethischer Prinzipien, Gott selbst, hinwegzusetzen.«

Frau Goldschmid machte eine kurze Pause und atmete durch. »Solch einem essenziellen Widerspruch«, setzte sie fort, »ist zwar wahrscheinlich die Entstehung eines der größten musikalischen Œuvres der Menschheitsgeschichte zu verdanken, er hat aber andererseits auch zugleich die stärkste Institution zur Selbstzerstörung geführt. So wurde die Wiener Loge ›Zur wahren Freiheit‹ in kürzester Zeit durch gegenseitige Ausschließungen der einander erbittert gegenüberstehenden Parteien und freiwillige Austritte verzweifelter Mitglieder geschwächt, es gab sogar Todesfälle, die nicht ganz geklärt werden konnten. Bis die Loge 1795 nicht mehr in der Lage war, sich gegen das Verbot durch Joseph II. zu verteidigen. Angeblich soll es sogar zum Mord eines Mitglieds an einem anderen gekommen sein, was der Kaiser zum willkommenen Anlass nahm, um die ihm schon immer suspekte Loge endgültig aufzulösen.«

Die Antiquarin hielt kurz inne, und ich dachte schon, sie sei mit ihren Ausführungen am Ende, als sie nach einigem Zögern wieder das Wort ergriff. »Die Anziehungskraft des *Memento moreris* scheint sich dennoch nicht ganz verflüchtigt zu haben«, sagte sie und sah mich bedeutsam an. »Allem Anschein nach wurden neuerdings weitere Versuche unternommen, die alte Freimaurerloge wieder zu gründen. – Man hört gerade in Salzburg manchmal Geschichten, etwa dass die Loge ›Zur wahren Freiheit‹ wiederauferstanden sei, mit all ihren Widersprüchen ...«

21

Als Stiller mit seinem Labrador das Institut für Thanatologie unter dem Kapuzinerberg verließ, lag eine dicke, wattige Schneeschicht über den nahen und fernen, großen und kleinen Kuppeln der Salzburger Kirchen auf der anderen Seite der Salzach. So mühsam der Gang im tiefen Schnee der Uferpromenade neben dem Fluss war, so leicht fielen dem Chefinspektor in Gedanken die nächsten Schritte der Ermittlungen. Als Erstes musste er eine Möglichkeit finden, die Wohnung des Chorleiters Samuel Libeskind nach Giftspuren zu durchsuchen. Mit Zeus' natürlichem Spürsinn und dem wissenschaftlich getesteten *Detector arsenici* standen ihm nun zwei zuverlässige Mittel zur Verfügung, um dort erfolgreich Arsenspuren ausfindig zu machen, die er vor Gericht nachweisen konnte. Schwieriger dürfte es hingegen werden, den erforderlichen Durchsuchungsbefehl zu beschaffen, zu dürftig waren bislang die Verdachtsmomente gegen Libeskind. Der richterliche Befehl war aber vielleicht gar nicht nötig: Er brauchte nur einen Vorwand, um Libeskind zu Hause zu besuchen. Den Rest würde Zeus, zuvor auf die Arsenspuren vorbereitet, während der Befragung erledigen.

Nicht dass er sich hundertprozentig sicher war, bereits den Täter gefunden zu haben. Auch andere Verdächtige konnten neben dem Chorleiter durchaus in Frage kommen – König zum Beispiel, der so hastig den Tatort verlassen hatte, oder auch die Sekretärin des Mozartianums, Magdalena Rosenthal, die ihm durch ihr zweideutiges Auftreten ebenfalls nicht ganz vertrauenswürdig erschienen war. Der alte Professor Schneiderhahn selbst hatte kein gutes Haar am Opfer gelassen, ganz zu schweigen vom halbblinden Pater Ägidius, dem Erzabt, der im Namen Gottes beinahe einen Mord gerechtfertigt hätte. Doch im Moment schien der Verdacht zunehmend auf Libeskind zu fallen.

In diese Überlegungen vertieft, stapfte er mit seinem Hund die verschneite Uferpromenade entlang, vorbei am Café *Papageno* im Dreieck zwischen Imbergstraße und Promenade, als er durch das kleine Glasfenster im eleganten Interieur Cecilia Vinci entdeckte. Die Sopranistin schaute gedankenverloren in die Ferne. Ein Anflug von Überraschtheit blitzte für eine kurze Weile in der tiefen Schwärze ihrer Augen auf, als sie den von dichten Schneeflocken umwirbelten Chefinspektor draußen bemerkte. Als ob sie einen schmerzlichen Gedanken verscheuchen wollte, warf sie mit gespielter Nonchalance ihr üppiges pechschwarzes Haar zurück und lud Stiller mit einem kleinen Wink in das Kaffeehaus ein. Der Chefinspektor zögerte kurz, dann trat er mit Zeus in das kleine, menschenleere Lokal und nahm ihr gegenüber Platz, während der freundlich wedelnde Rüde sich zu Füßen seines Herrchens unter den kleinen Tisch legte.

Die Sängerin sah Stiller lange still in die Augen. Aus der unergründlichen Tiefe ihres Blicks drang langsam eine unsägliche Trauer herauf, die sich immer stärker seines eigenen Inneren bemächtigte und bittere Erinnerungen in ihm hervorrief. Als sich die Konturen seiner toten Schwester wie eine Fata Morgana in seinen Gedanken abzeichneten, senkte er vor Schmerz den Blick. »Es wird niemals heilen, Commissario«, waren Cecilias erste, eher trostlos als tröstend klingende Worte. »Ich sehe es in Ihren Augen«, fuhr sie in ihrem leicht italienisch gefärbten Tonfall fort. »Sie mögen auch die schwierigsten Fälle lösen und so auf Ihre Art und Weise ein wenig Gerechtigkeit auf dieser Welt schaffen, so wie ich kraft meiner Stimme die faszinierendsten, ja tragischsten Opernfiguren auf den Bühnen rund um den Globus ins Leben rufen mag, aber am Ende bleiben wir beide doch nur Getriebene …« »Getriebene?«, fragte Stiller erstaunt, obwohl er ganz genau zu ahnen glaubte, was sie damit meinte. »Von der Trauer getrieben, Commissario …«, antwortete Cecilia. Sie legte bedeutungsvoll ihre Hand auf seine und wechselte plötzlich zum vertraulichen Du, als wolle sie dadurch ihre Verbundenheit mit seinen Gedanken ausdrücken. »Diese abgrundtiefe Leere, der stille Schmerz: Ich brauche nur in deine Augen zu schauen und ich erkenne alles wieder, Nathan …« Das Gefühl einer engen Vertrautheit überfiel Stiller. »Und ich sehe es in deinen Augen, Cecilia …«, entfuhr es ihm unwillkürlich. Er erschrak vor sich selbst. Seit wann duzte er Personen, die mit einem Fall zu tun hatten? Vor allem aber: Seit wann war er so sentimental geworden? Von wegen Kriminalroman: Wenn er nicht aufpasste, lief er Gefahr, eine ideale Vorlage für eine filmreife Schnulze zu liefern. Er bemühte sich, kühlen Kopf zu bewahren, doch er konnte das seltsame Feuer, das er in seinem Innern spürte, kaum unterdrücken. Vielleicht war es nur die verblüffende Ähnlichkeit Cecilias mit seiner verstorbenen Schwester, dachte er beim Versuch, alles nüchtern zu betrachten, möglicherweise spielte auch die dekadente und doch so einnehmende winterliche Atmosphäre der Mozartstadt eine Rolle. Wahrscheinlich war es aber vor allem die Besonderheit eines Mordfalles, der alles andere als gewöhnlich zu sein schien und nichts Gutes ahnen ließ ... Er erkannte sich selbst nicht mehr. Wo war der alte Kriminalist geblieben, der alles sachlich analysieren konnte, ohne sich seinen Gefühlen und Empfindungen hinzugeben?

Kurz bevor sich ihre Gesichter zu nahe kommen konnten, hielt Cecilia plötzlich inne. Und er spürte mit allen Sinnen, wie ihr vibrierender Atem ihn mit dem sanften Klang einer trauervollen Melodie umwob: *Il padre adorato ritrovo, e lo perdo ...* Nur noch schluchzende Fragmente einer fernen Vergangenheit drangen aus ihren violett schimmernden, leicht gekräuselten Lippen zu ihm durch: »Er war mehr als ein Vater für mich ... Bei einer Tournee in Italien hörte er mich im Chor des Waisenhauses singen – ein kleines Mädchen, dem nur eine wohlklingende Stimme geblieben war, und der große Dirigent der Salzburger Philharmoniker Isaac Löwenstein ... *Morire credei di gioia e d'amore* ... Er nahm mich mit nach Salzburg, in ein neues Leben, und machte mich mit wahrer, unendlicher Vaterliebe zu dem, was ich geworden bin ...« Ihre Augen füllten sich mit Tränen. »Und jetzt ist auch er für immer ... *Or, barbari dèi! m'uccide il dolor* ... Wer kann so was getan haben?«

Als eine Träne von ihrer Wange auf seine Hand fiel, fuhr Stiller zusammen. Er wollte sie trösten, doch ihm fehlten die Worte. Er nahm ihre beiden Hände in seine und blickte ihr lange schweigend in die Augen. »Ich verspreche es dir, Cecilia«, sagte er dann in einem nachdrücklichen Ton, der ihm selbst fremd vorkam. »Wer auch immer dies getan haben mag, ich werde ihn fassen – koste es, was es wolle.« Der kitschige Satz passte eher zu einem schlechten Krimi, doch er meinte es wirklich ernst, todernst. Sie lächelte kaum merklich. »Jetzt verstehe ich«, raunte sie ihm zu, »diese furchtlose Angst, die im Tiefsten deiner Augen immerwährend aufleuchtet, Nathan ...«

»Furchtlose Angst? ... Wovor?«, fragte er unruhig. Aus Gründen, die er sich nicht erklären konnte, schien es Cecilia mit ihrer einfühlsamen, etwas überspannten Art zu gelingen, den dicken Panzer zu brechen, den er über die Jahre um seine Trauer errichtet hatte.

»Furchtlosigkeit vor dem Tod – die man nur empfinden kann, wenn man in diesem Leben nichts mehr zu verlieren hat –, zugleich aber Angst davor, sich an jemanden zu binden, den du erneut verlieren könntest …«

»Etwas Ähnliches spüre ich auch bei dir …«

»Ich bin vielleicht schon einen Schritt weiter, Nathan. Wenn man keine Furcht mehr vor dem Tod, aber Angst vor der Liebe hat, bleibt einem nur Eines: die Liebe zum Tode. Nicht zufällig unterscheiden sich *amor* und *mors* im Lateinischen nur durch einen einzigen Buchstaben …«

Stiller schrak auf. »Jetzt habe ich nur Angst davor, dich richtig verstanden zu haben …«

»Wenn man mit den Gedanken so weit kommt, erscheint einem alles nicht so schlimm, wie man glaubt, Nathan …« Cecilia machte eine bedeutsame Pause, dann fragte sie Stiller mit einem seltsamen Glimmern in den Augen: »Kennst du den Brief, den Mozart an seinen Vater in Salzburg geschrieben hat, als dieser plötzlich schwer erkrankte?« Stiller versteinerte, überrascht von der unvermittelten Frage. Die ganze Begegnung weckte in ihm nicht nur schmerzliche Erinnerungen, sondern sie schien langsam auf eine unwirkliche, riskante Bahn zu geraten. Doch Cecilia ließ ihm keine Zeit, diese Gefahr in seinen Gedanken tiefer abzuwägen. Mit vor Rührung bebender Stimme zitierte sie den Brief Mozarts auswendig:

da der Tod – genau zu nehmen – der wahre Endzweck unseres Lebens ist, so habe ich mich seit ein paar Jahren mit diesem wahren, besten Freund des Menschen so bekannt gemacht, dass sein Bild nicht allein nichts Schreckendes mehr für mich hat, sondern recht viel Beruhigendes und Tröstendes! – Und ich danke meinem

Gott, dass er mir das Glück gegönnt hat, mir die Gelegenheit – Sie verstehen mich – zu verschaffen, ihn als den Schlüssel zu unserer wahren Glückseligkeit kennen zu lernen ... Und für diese Glückseligkeit danke ich alle Tage meinem Schöpfer und ...

An dieser Stelle des Briefes angelangt, zögerte sie kurz und schien unschlüssig zu sein, ob sie den Satz zu Ende sprechen sollte. »Auch Mozart war in seinem tiefsten Inneren ein Getriebener der Trauer wie du und ich, Nathan«, sagte sie dann und biss sich auf die violetten Lippen. »Wie hätte er sonst eine so himmlische Klangwelt erschaffen können?« Sie runzelte die fein geschwungenen Augenbrauen und schien zu grübeln. Dann schaute sie mit einem unheimlich leuchtenden, exaltierten Blick zu Stiller. »Wenn du seine Worte genau wägst, wirst du begreifen, warum ich fest davon überzeugt bin, durch seine Musik einen Ausweg aus dem Elend dieser Welt finden zu können.« Stiller beobachtete sie höchst beunruhigt, während sie wie gelöst mit ihrer samtenen Stimme weitersprach. »Keiner Kunst oder Wissenschaft gelingt es, eine so enge, vertraute Verbindung mit dem Tode einzugehen wie die Musik. Die Malerei kann zwar durch ihre Bildhaftigkeit viel direkter auf das menschliche Gemüt wirken, sie ist aber gerade deswegen als Darstellungsform zu konkret anschaulich, um das Unvorstellbare und Unaussprechliche des Todes zu vermitteln. Die Medizin mag wohl die Ursachen eines Todesfalles präzise ermitteln, weiß aber nichts zum Sinn des Todes zu sagen. Nur die Musik vermag es, das Jenseits im Diesseits erahnen zu lassen, ja den Tod selbst lebendig zu machen und so die Lebendigen für eine Weile von der schweren Last des Lebens zu erlösen. Und jetzt überlege, was diese ungeheure Macht der Musik in den Händen eines vom Tod getriebenen Genies wie Mozart alles bewirken kann ...« Sie schwieg kurz und begann leise zu singen. *Requiem aeternam ...* »Seit gestern weiß ich es mit absoluter Gewissheit:

Durch seine Musik wird er mir den Weg zeigen. Und ich bin sicher, gerade hier in seiner Geburtsstadt und meiner Wahlheimat der Lösung ganz nahe gekommen zu sein … Ich muss nur weiter suchen …« »Was suchen? Und vor allem: welche Lösung?«, wollte Stiller fragen, doch sie musste seine Gedanken in seinem erschreckten Blick gelesen haben: »Was wäre eine Frau ohne Geheimnisse?«, beschied sie mit melancholischem Stolz. »Wenn du die Lösung wissen willst, kannst du mir gerne bei der Suche helfen. Lass dir von mir die dunkle Seite dieser geheimnisvollen Stadt zeigen, Nathan, und du wirst manche Überraschung erleben. Vielleicht kommst du dabei auch in deinen Ermittlungen weiter, während ich das finde, was ich suche …« Sie schüttelte wieder ihre prachtvolle rabenschwarze Mähne, streichelte sanft das Haupt von Zeus zu Füßen des Chefinspektors und stand auf. »Ich melde mich, wenn es soweit ist. Arrivederci, Commissario …«, verabschiedete sie sich und trat aus dem Café auf die verschneite Uferpromenade hinaus, gedämpft vor sich hin summend: *… dona eis requiem …*

22

Zurück in der Polizeiinspektion fand Stiller in seinem neuen Mansardenbüro Gruppeninspektor Biba laut schnarchend mit dem Kopf auf dem Tisch, eingebettet zwischen zwei hohen, fast bis zur Decke reichenden Stapeln – einer aus den Formularen mit den Personalien der Konzertbesucher, der andere aus den anonymisierten Papierbögen mit deren freien Bemerkungen. Darauf bedacht, seinen Assistenten nicht aus dem Schlaf zu reißen, nahm der Chefinspektor den zweiten Stapel an sich, machte es sich mit Zeus auf dem gegenüberliegenden Sofa bequem und fing an, die losen Blätter durchzusehen. Biba hatte fleißig seine Anweisungen befolgt: Ermittlungsrelevante Informationen waren akkurat unterstrichen und meist in einem kurzen Vermerk zusammengefasst, sodass der Chefinspektor, wiewohl ihm das Meiste bereits aus seinen bisherigen Untersuchungen bekannt war, relativ zügig neue Informationen über den Fall entnehmen konnte. Die einzige Schwierigkeit bestand wie immer vor allem darin, die harten Fakten und belegbaren Details von den subjektiven Eindrücken und persönlichen Auffassungen der Beobachter zu trennen.

Ein Konzertbesucher, der sich unter dem Schutz der Anonymität eingehend über Theodor König ausgelassen hatte, wollte zum Beispiel ein schadenfrohes Lächeln im Gesicht des Präsidenten des Mozartianums auf der Empore gerade in dem Moment beobachtet haben, als Isaac Löwenstein am Dirigentenpult zusammengebrochen war. Er brachte etwas polemisch die Hoffnung zum Ausdruck, die Polizei werde dieser relevanten Spur nachgehen und sich nicht wieder der politischen Macht des selbsternannten »Königs von Salzburg« beugen. – Es sei längst an der Zeit, dass jemand den Mut finde, dessen Machenschaften endlich unter die Lupe nehmen. Bedeutender schien Stiller eine Beobachtung, die sich in vielen Zeugenberichten wiederfand: Nachdem er sich kurz in der Sakristei aufgehalten hatte – wahrscheinlich zum Zeitpunkt, als auch der Chorleiter Samuel Libeskind dort war –, hatte sich König noch vor der Aufstellung der Polizeibeamten wohl in den dritten Beichtstuhl im linken Seitenschiff begeben – den gleichen, in dem Stiller später seine Verhöre durchgeführt und schließlich Pater Ägidius getroffen hatte. Wollte sich der Ex-Bürgermeister dort nur verstecken? Oder vielleicht doch den Erzabt des Stifts treffen? Das Verblüffendste dabei war aber: Kein Zuschauer konnte sagen, ob und wann König den Beichtstuhl wieder verlassen hatte. Die Frage war nur: Wie konnte er vor den Augen aller Anwesenden unbeobachtet wieder aus dem Beichtstuhl geschlüpft sein und dann die Kirche verlassen haben, wenn die Wachen inzwischen bereits aufgestellt worden waren?

Genaueres konnte Stiller auch zu Libeskinds Bewegungen unmittelbar nach dem Tod von Isaac Löwenstein erfahren. Nach den Berichten der meisten Gäste in den vorderen Reihen hatte der Vizekapellmeister, der als Allererster noch mit seiner Chorpartitur in der Hand beim am Boden liegenden Dirigenten gewesen war, dessen leblosen Körper zunächst vom schweren Dirigentenpult befreit, kurze Zeit dessen Puls gefühlt, um schließlich etwas übereilt in die Sakristei zu flüchten. Wie Stiller fragten sich viele, warum er keine Erste Hilfe geleistet oder nach einem Arzt im Publikum gerufen hatte. Noch unerklärlicher schien vielen Zuschauern ein weiterer Umstand in Libeskinds Verhalten: Bevor er mit seiner Partitur in die Sakristei geflüchtet war, hatte der Chorleiter schnell den beiseitegeschobenen Notenständer mit der Dirigierpartitur wieder auf das Podest gestellt, als wollte er dessen Zustand vor dem Unfall wiederherstellen. Wollte er etwa Spuren verwischen? Wozu dann aber gerade den ursprünglichen Standort des Dirigenten rekonstruieren? War dies vielleicht eher nur eine spontane Reaktion, eine Art irrationaler Versuch, den Tod des Dirigenten ungeschehen zu machen? Wie dem auch sei, sein Verhalten war, das war dem Chefinspektor wohl bewusst, nicht erklärlich.

Von mehr oder weniger begründeten Verdächtigungen blieb selbst der Gerichtsreporter nicht verschont. Nach dem Motto »der Täter kehrt immer zum Tatort zurück« wiesen mehrere Konzertbesucher auf einen suspekten Mann mittleren Alters hin. Kurz nach dem Mord sei er hinter einer Säule rechts des Presbyteriums erschienen, habe den Verlauf der Ermittlungen neugierig beobachtet und alles akribisch in einem kleinen Notizbuch aufgeschrieben. Dass es sich hier um einen Journalisten mit schriftstellerischen Ambitionen handeln könnte, schien niemand zu vermuten. Der Hinweis gab Stiller Anlass zu der Überlegung, ob es richtig gewesen war, den Reporter wieder als Informant an einer Ermittlung teilhaben zu lassen. Nicht, dass er ihn verdächtigte – er wusste allzu gut, wie aufrecht dessen Anliegen war und wie gut er als V-Mann arbeiten konnte. Vielmehr war es dessen literarischer Ehrgeiz, der ihm ein wenig Sorgen bereitete. Wer weiß, was er alles schreiben würde, ja frei erfinden könnte, um die Spannung seines Erstlingswerks aufrechtzuerhalten. Andererseits brauchte er in Salzburg auch jemanden, der sich in den Belangen der ihm noch fremden Stadt gut auskannte. Und wer konnte das besser als ein Journalist mit langjähriger Erfahrung in der Polizeiberichterstattung?

So etwas wie der letzte anonyme Bogen des Stapels wäre zum Beispiel sicherlich ein gefundenes Fressen für einen schriftstellerisch ambitionierten Journalisten gewesen. Auf einem eng beschriebenen Blatt, das Biba mit der eher rhetorischen Randbemerkung »Waren Sie das, Chef?« versehen hatte, erging sich der Beobachter in einer langen Schimpftirade gegen einen angeblichen Störenfried, der es einige Plätze hinter ihm gewagt habe, Mozarts Gedenktag durch unerhört lautes Schnarchen während der Aufführung zu entweihen. Vielleicht sei gerade dieser entsetzliche Banause, mutmaßte der Berichterstatter, Teil des mörderischen Plans, wenn nicht der Täter selbst, und sein unerträgliches »Sägen« nur eine verschlagene List, um sich ein hieb- und stichfestes Alibi zu verschaffen, denn wer würde schon jemanden verdächtigen, der so tief und fest schläft, während ein Mord passiert … Dieser Art von Unmensch sei auf jeden Fall alles zuzutrauen. Verdächtig sei darüber hinaus der Umstand gewesen, dass der Mann plötzlich mit dem Schnarchen aufgehört und sich in der Konfusion schleunigst aus dem Staub gemacht habe, als der Dirigent am Ende des *Dies Irae* zusammengebrochen sei – sein Platz sei auf jeden Fall leer gewesen, als der Chefinspektor von der Altarbalustrade die

Ermittlungen eingeleitet und die Polizeiwachen an den Kirchengängen aufgestellt habe. Sollte der Kriminelle es geschafft haben, rechtzeitig aus der Kirche zu fliehen, bleibe der wachsame Bürger dennoch ganz zuversichtlich, dass es den Ordnungshütern gelingen werde, seine Identität zu ermitteln und ihn an die Justiz auszuliefern. Und falls die Zeichnung eines Phantombilds erforderlich werden sollte, stehe er selbstverständlich jederzeit zur Verfügung – er sei immer bereit, seinen Beitrag zur Aufrechterhaltung von Recht und Gesetz zu leisten etc. etc. …

Mit dem Gedanken an das Phantombild seines auf einer Kirchenbank schnarchenden Alter Ego, dem sein immer noch tief schlummernder Assistent Franz Biba am Tisch gegenüber das passende Klangbild verleihen zu wollen schien, schlief Stiller auf dem Sofa unter dem wachsamen Blick des Mozarts-Porträts an der Wand selig ein.

23

Am nächsten Tag begab ich mich frühmorgens zur Polizeiinspektion. Ich konnte kaum erwarten, dem Chefinspektor die bedeutenden Ergebnisse meiner Nachforschungen zum *Memento moreris* zu präsentieren. Nach dem ergiebigen Gespräch mit der Antiquarin hatte ich bis zum späten Abend in der Universitätsbibliothek weiter recherchiert und noch bis tief in die Nacht weitere Sekundärliteratur über die Geheimlogen, die ich mir von der Bibliothek ausgeliehen hatte, zu Hause gewälzt. Zwar konnte keine der von mir konsultierten Abhandlungen, die neuesten miteingeschlossen, Belege für eine Fortführung oder Neugründung der Loge »Zur wahren Freiheit« bis zum heutigen Tag liefern, wie es Frau Goldschmid angedeutet hatte.

Dafür fand ich eine völlig unerwartete Spur des *Memento moreris* in einem der dunkelsten Kapitel der jüngsten Vergangenheit. Interessanterweise, ja bedauerlicherweise schien das Motto gerade mit dem Nationalsozialismus eine überraschende Renaissance erlebt zu haben, als eigne sich sein janusköpfiger Charakter besonders gut für die Schreckensherrschaft der nationalsozialistischen Diktatur – eine bittere Ironie der Geschichte, wenn man bedenkt, dass es ursprünglich als Symbol für die humanistischen Ideale des aufklärerischen Freimaurertums galt. Schon in den ersten Jahren nach Hitlers Machtübernahme tauchte das *Memento moreris* als Kampfmotto in Reden, Plakaten und Dokumenten der nationalsozialistischen Propaganda immer wieder auf. Insbesondere bei den Totenkopfverbänden der SS schien es als Ausdruck des eisernen Tatendrangs von Hitlers Leibwache in der Verfolgung der politischen Ziele des Regimes und in der rücksichtslosen Durchsetzung der NS-Rassentheorie besonders en vogue gewesen zu sein. Nach dem sogenannten Anschluss Österreichs an das Dritte Reich wurde es angeblich sogar als Name für einen geheimen, Hitler direkt untergestellten Sturmbann der SS-Totenkopfverbände verwendet, der auf die Suche nach Kunstwerken aus jüdischem Besitz und aus den besetzten Gebieten für das Führermuseum in Linz spezialisiert war. Die ausgewählten SS-Männer dieser relativ kleinen, geheimnisumwitterten Truppe, die später bei Kriegsausbruch auch an der Einrichtung und Verwaltung des Konzentrationslagers Mauthausen nahe Linz mitgewirkt hatte, sollen auf dem rechten Kragenspiegel ihrer erdbraunen Uniformen das Emblem des *Memento moreris* getragen haben – das offene Buch über einem Lesepult in Form eines großen M als Sinnbild der Schätze abendländischer Kultur, die es zu erbeuten galt, und der Schädel mit m-förmigem Grinsen als Erkennungszeichen dieser auf Kunstraub spezialisierten Kampfeinheit der SS. Über den mysteriösen Sturmbann der

SS-Totenkopfverbände konnte ich leider nur bruchstückhafte Informationen finden, da das Thema in Österreich immer noch tabu zu sein schien. – Weitere Archivforschungen waren hier auf jeden Fall erforderlich, um wenigstens die Namen einiger Beteiligter zu eruieren. Auch fehlte eine Verbindung zum aktuellen Mord. Dennoch war ich überzeugt, auf eine Spur gestoßen zu sein, die für unseren Fall relevant sein konnte und es durchaus verdiente, weiterverfolgt zu werden.

Mit diesen und vielen anderen Gedanken, die mir seit dem vorigen Tag durch den Kopf schwirrten und eine schlaflose Nacht beschert hatten, stieg ich aufgeregt die winklige Metallstiege hinauf, die zum neuen Büro von Chefinspektor Stiller führte. Noch bevor ich an der Tür des Büros klopfen konnte, öffnete sie sich von selbst, und Gruppeninspektor Biba trat heraus, einen hohen Stapel Papierbögen in einer Hand und einen Teller mit einem halben Gugelhupf in der anderen balancierend. »Haben Sie bereits gefrühstückt?«, hieß mich Chefinspektor Stiller von seinem Sofa aus willkommen. »Es ist jedenfalls noch ein Marillenkipferl für Sie übrig, wenn Sie möchten.« Ich nahm das Angebot gerne an, da ich, tief in die obskure Welt der Geheimlogen und Nazigeschichten eingetaucht, seit gestern kaum etwas gegessen hatte. Zum Dank fing ich gleich an, über das *Memento moreris* ausführlich zu berichten.

Obwohl ich mich durchaus bemühte, möglichst sachlich zu bleiben, konnte ich beim Erzählen meine Erregung nicht ganz verbergen. Ich glaubte tief und fest, auf der richtigen Fährte zu sein, ja vielleicht sogar den Schlüssel zur Lösung des Mordfalls gefunden zu haben. Ich brauchte nur die passenden Worte zu finden und die richtigen Fragen zu stellen, um auch den Chefinspektor davon zu überzeugen.

Wie es nun mal seine Art war, ließ Stiller mich lange reden, ohne meine zugegeben immer leidenschaftlicher werdenden, bisweilen in wilde Spekulationen ausufernden Ausführungen zu unterbrechen. Sein erster Kommentar war jedoch alles andere als ein Kompliment: »Wissen Sie«, sagte er, nachdem er wie üblich kräftig seinen Fünftagebart massiert hatte, »ich glaube, Sie werden ein brillanter Krimi-Autor.«

Das letzte Stück Marillenkipferl blieb mir im Hals stecken. »Was hat das damit zu tun?«

»Das ist eine gute Story für ihr Erstlingswerk, wie es scheint, aber leider entspricht es nicht den tatsächlichen Gegebenheiten des Falls.« Offenbar glaubte Stiller nicht an die Brisanz meiner Ermittlungen.

»Ich suche genauso wie Sie nach der Lösung des Falls, Herr Stiller«, erwiderte ich pikiert. »Denn ohne Lösung, so gut die Story auch sein mag, lohnt sich das Schreiben eines Krimis von vornherein nicht …«

»Genauso wenig, wie wenn die Lösung allzu früh kommt …«

Ich hielt verblüfft inne. Hatte Stiller vielleicht bereits den Fall gelöst? Oder meinte er einfach, die Spur des *Memento moreris* sei zu spekulativ, ja nur eine Theorie von mir, um die Ermittlungen in eine dramaturgisch sinnvolle Richtung zu lenken? Ich muss gestehen, dass ich insgeheim auch an die erzählerische Spannung dachte, die ein so faszinierender, mysteriöser Stoff einer Kriminalgeschichte verleihen konnte – wer kennt nicht die vielen Geheimlogenromane und Naziwälzer, die immer wieder die ersten Plätze der Bestsellerlisten belegen? Doch zugleich war ich fest davon überzeugt, dass so ein Fund auch rein kriminalistisch nicht vernachlässigt werden durfte. Allem Anschein nach war Stiller aber anderer Meinung. Er stand vom Sofa auf und reichte mir die Hand, als wolle er mich verabschieden. »Allein, es gibt hier gar keine Story – weder eine gute, noch eine schlechte – sondern nur einen Kriminalfall, und das ist alles.«

Ich beachtete seine ausgestreckte Hand nicht. »Das Opfer war doch jüdischer Abstammung«, versuchte ich zu argumentieren. »Denken Sie wirklich nicht, man sollte wenigstens versuchen herauszufinden, wer die Mitglieder des SS-Totenkopfsturmbanns *Memento moreris* waren?«

»Doch doch, auch wenn es nicht sehr wahrscheinlich ist, dass sie heute noch am Leben sind …«, entgegnete er wenig überzeugt.

Ich ließ nicht locker. »Und was ist mit der Freimaurerloge ›Zur wahren Freiheit‹, von der man sagt, sie sei noch heute im Geheimen tätig?«

»Wenn sie denn wirklich existiert … Hat man aber andere, viel konkretere Hinweise in der Hand, sollte man sich zuerst auf diese konzentrieren, glauben Sie nicht?«

»Welche Hinweise?«, fragte ich gespannt.

Stiller wiegelte ab. »Die Details wären bestimmt zu langweilig für Ihre Story. Ein echter Mord ist manchmal einfach zu banal …«

»Ich habe nichts gegen einen echten Mord …«

»Es gibt halt einen Täter, der überführt werden muss, und – es tut mir leid für Ihren Krimi – das wird vielleicht schon bald passieren …«

»Sie haben also bereits einen Verdächtigen?«, insistierte ich.

Er überlegte kurz, ob er mich in die letzten Ergebnisse seiner Ermittlungen miteinbeziehen sollte. Doch ich kam ihm zuvor. »Der Chorleiter, nicht wahr?«, sagte ich bestimmt und schaute ihm direkt in die Augen.

Er nickte. Wohl, um sich möglichst schnell von mir zu befreien, fasste er knapp und sachlich die zahlreichen Indizien zusammen, die gegen Libeskind sprachen. Angesichts der schieren Fülle an mehr oder weniger stichhaltigen Verdachtsmomenten waren meine Fantastereien zum *Memento moreris* schnell verblasst. Und doch, sei es auch wegen ihres literarischen Potenzials, sei es, weil ich ihm seine vernichtende Kritik heimzahlen wollte, gab ich nicht klein bei. »Wenn Sie mir einen Satz erlauben, den man nicht nur in Krimis so oft hört – und den ich sicherlich in meinem zukünftigen Werk vermeiden werde: Es gibt zwar viele klare Indizien, aber noch keine stichhaltigen Beweise, Herr Chefinspektor.«

Stiller legte den Arm um meine Schultern und geleitete mich sanft zur Tür. »Wohl wahr«, sagte er konziliant. »Aber sie bilden immerhin eine gute Ausgangsbasis für die Suche nach gerichtsfesten Beweisen. Vielleicht ergibt sich dabei auch eine Verbindung zu Ihrem *Memento*, wenn wir Libeskind überführt haben.«

»Wie wollen Sie dies erreichen?«

»Sie kennen es bestimmt bereits aus Ihren Krimis: Zuerst gilt es, ihn ins Polizeirevier zur Befragung einzuladen, dann seine Wohnung zu durchsuchen – und so weiter und so fort ...«

»In Krimis liest man aber immer auch, dass Letzteres ohne Durchsuchungsbeschluss nicht möglich ist, und dass dieser mit bloßen Indizien nicht zu bekommen ist.«

»Außer, wenn man gar keinen Durchsuchungsbefehl braucht: Libeskind hat sich am Telefon bereit erklärt, seine Wohnung für die Ermittlungen zur Verfügung zu stellen.«

»Dann wird er wohl nichts zu verbergen haben ...«

Stiller schnaubte gereizt. »Dann passt Ihnen diese Lösung also nicht? Hören Sie, meinetwegen können Sie das Ganze literarisch hochschrauben wie Sie möchten, ja selbst meiner Figur alles Mögliche andichten, um Ihrem Roman jene Spannung zu verleihen, die dem realen Kriminalfall unvermeidlicherweise fehlt. Aber lassen Sie mich bitte hier in Ruhe meine Arbeit machen! Ich kann wirklich nichts dafür, wenn der Täter vielleicht überführt wird, noch bevor der Fall reif für eine literarische Aufarbeitung ist ...«

»Wer sagt das? Weder Sie noch ich können zu diesem Zeitpunkt wissen, ob der Fall so einfach zu lösen sein wird. Nur wenn wir meinen Krimi in den Händen hätten, könnten wir es sofort aus seinem Seitenumfang erschließen: Wir bräuchten nur an dieser Stelle der Geschichte die Dicke des bisher gelesenen Teils in der linken Hand mit derjenigen des noch zu lesenden Teils in der rechten Hand zu vergleichen, und schon wüssten wir, wie nah wir an der Lösung des Falls sind – aber das wird natürlich nur der Leser tun können …«

Stiller öffnete wortlos die Tür und zeigte auf den Gang. »Hoffentlich werden Sie Ihrem imaginären Leser dieses sinnlose Gespräch ersparen. Glauben Sie mir, es nützt weder Ihrem Roman noch meinen Ermittlungen. Sie strapazieren dadurch nicht nur meine Geduld, sondern auch die Ihrer Leser. Lassen Sie mich meine Arbeit machen, und Sie werden den Stoff für Ihren Krimi bekommen.«

24

Ich stand noch an der Türschwelle, als das Telefon auf Stillers Schreibtisch klingelte. Ohne sich von mir zu verabschieden, nahm der Chefinspektor den Hörer ab, hörte still dem Anrufer am anderen Ende der Leitung zu und beendete mit einem kargen »danke, Doktor« das kurze Gespräch. »Ihr Krimi muss an Tempo gewinnen«, sagte er gut gelaunt zu mir. »Wenn Sie ihn überhaupt werden schreiben können …« Ich sah ihn fragend an. Dr. Horvath habe ihm soeben das Ergebnis der Obduktion mitgeteilt und die Leiche zur Bestattung freigegeben, erklärte er zufrieden. Die Vergiftung sei als Todesursache bestätigt. »Jetzt brauchen wir nur den Giftmischer zu überführen«, schloss er seinen kurzen Bericht. »So schnell kann es im wirklichen Leben nun mal gehen, mein lieber Literat!« Er griff wieder zum Telefon und bat Gruppeninspektor Biba gleich zu kommen.

Kaum hatte er aufgelegt, kam Biba den Gang entlang: »Haben wir ihn, Chef?« Stiller lächelte jovial. »Immer mit der Ruhe,

Inspektor: Warten wir ab, bis wir seine Wohnung gründlich durchsucht haben. Aber ich freue mich über Ihren Tatendrang, Biba, denn ich habe vor, Ihnen seine Festnahme zu überlassen, sobald ich die Spuren des Gifts in seiner Wohnung nachgewiesen habe.« Dann drehte er sich zu mir und sagte gönnerhaft: »Und auch für Sie habe ich einen Vorschlag: Ich lade Sie ein, mich bei der Durchsuchung zu begleiten. So können Sie sich ein Bild davon machen, wie echte Ermittlungsarbeit abläuft, und werden vielleicht, so hoffe ich wenigstens, Ihre literarischen Höhenflüge etwas bremsen, wenn nicht sogar ihre Skepsis gegenüber meinen Erkenntnissen überdenken. Glauben Sie mir, durch etwas mehr Sachlichkeit kann sogar Ihr Kriminalroman an Glaubwürdigkeit gewinnen.«

»Wann geht's los?«, warf Biba aufgeregt dazwischen.

»Nach der Beerdigung – beziehungsweise, um genauer zu sein, während der Beerdigung. Libeskind war nicht bereit, seine Wohnung vor der Bestattung von Isaac Löwenstein freiwillig für die Durchsuchung zur Verfügung zu stellen. Er sagte, er bereite für das Begräbnis, das im privaten Kreis in der Friedhofskapelle stattfinden wird, eine Wiederaufführung des Requiems von Mozart zu Ehren des Verstorbenen mit einem kleinen Ensemble der Salzburger Philharmoniker vor. Da er dabei nicht nur die Leitung übernehme, sondern selbst die Posaune beim *Tuba mirum* spiele, müsse er die Aufführung mit dem Ensemble proben und dazu noch sein Solo einüben. Vielleicht hat er gedacht, dadurch Zeit zu gewinnen. Er rechnete aber wohl nicht damit, dass Dr. Horvath die Leiche so schnell freigeben würde ... Wie dem auch sei, wir werden auf jeden Fall keine Zeit verlieren: Ich beabsichtige, seine Wohnung während des Beerdigungskonzerts ungestört zu durchsuchen. Sie hingegen, Biba, werden in der Friedhofskapelle Mozarts Musik genießen, bereit, mit Ihrem Team Libeskind festzunehmen, sobald ich Ihnen von seiner Wohnung aus per Telefon grünes Licht gegeben habe.«

»Hoffentlich bringt der ihn mit seinem Requiem nicht auch noch um, bevor ich ihn verhaften kann«, scherzte Biba und deutete mit dem Daumen nach hinten über seine Schultern hinweg auf das Mozartporträt.

Stiller erinnerte sich plötzlich an das Gespräch mit Pater Ägidius im Beichtstuhl der Peterskirche. »Die Musik hat noch nie jemanden umgebracht, Inspektor«, wiederholte er finster. »Sogar wenn sie von Mozart stammt …«

»… was gerade beim Requiem ausgeschlossen ist«, ergänzte ich beiläufig.

Stiller und Biba sahen mich mit dem gleichen Ausdruck der Verblüffung an: »Wie? Das Requiem von Mozart ist nicht von Mozart?«, fragte der Gruppeninspektor ungläubig.

Ich tat so, als sei ich überrascht über ihr Unwissen. »Kommen Sie, das weiß doch jeder! Als Mozart am 5. Dezember 1791 plötzlich starb – wie und warum, konnte nie geklärt werden –, fand man von seinem Requiem KV 626 nur ein Fragment in seinen Papieren«, hob ich in leicht dozierendem Tonfall an, froh, endlich die Aufmerksamkeit beider auf mich gezogen zu haben. – So konnte ich einen neuen Aspekt ins Spiel bringen, der, nachdem meine Informationen über das *Memento moreris* nicht den gewünschten Anklang gefunden hatten, vielleicht nicht nur literarisch, sondern auch kriminalistisch interessant zu werden versprach. »Lediglich der Eröffnungssatz des *Introitus* lag vollständig vor, während das *Kyrie*, das *Offertorium* und ganz besonders das Herzstück des Requiems, die sogenannte Totensequenz, meist nur skizzenhaft in den Gesangsstimmen und dem bezifferten Bass niedergeschrieben waren – der letzte Satz der Sequenz, das berühmte *Lacrimosa*, brach schon nach acht Takten ab. *Sanctus*, *Benedictus*, *Agnus Dei* und *Communio* fehlten völlig. Das, was Mozart von seinem Requiem in seinen Papieren hinterlassen hat, besteht also eigentlich aus nicht mehr als einem fragmentarischen Entwurf. Das wahre Werk selbst aber – wenn er es überhaupt vor seinem Tod hatte fertigstellen können – war nicht zu finden …«

Stiller, mit den Gedanken ganz bei dem bevorstehenden doppelten Polizeieinsatz in Libeskinds Wohnung und in der Friedhofskapelle, schnaubte ungeduldig. »Können Sie es bitte etwas kürzer machen? Das Thema ist vielleicht für die Leser eines Kriminalromans nicht uninteressant. Ich bin mir aber nicht ganz sicher, ob es überhaupt etwas mit unserem Fall zu tun hat, und die Zeit drängt …« »Wer weiß?«, widersprach Biba, den die Geschichte augenscheinlich neugierig gemacht hatte. »Immerhin ist Isaac Löwenstein bei der Aufführung des Requiems gestorben, Chef …« »Und gerade das Wasserzeichen des *Memento moreris*, dessen Nachzeichnung Sie auf dem Seidentuch in Löwensteins Frack gefunden haben, ist auf den Papierbögen von Mozarts eigenhändig geschriebenem Fragment des Requiems nachgewiesen«, ergänzte ich bestimmt. Stiller breitete seufzend die Arme aus. Ich nahm die Chance wahr, meine Ausführungen fortzusetzen. »Da es sich um ein Auftragswerk handelte – ein mysteriöser Bote hatte angeblich einige Monate zuvor an der Tür geklopft und Mozart, mit einem Beutel voll Gulden, die Komposition eines Requiems für seinen Herrn in Auftrag gegeben –, war Constanze, Mozarts Witwe, daran gelegen, das Werk vollständig zu liefern, um die Vorauszahlung nicht rückerstatten zu müssen und den restlichen Teil der Kaufsumme zu kassieren. Sie beauftragte mit der Fertigstellung zunächst den jungen Wiener Komponisten Joseph Eybler, der aber nur an der Instrumentation der Totensequenz arbeitete, bevor er seinen Versuch, das Requiem zu vollenden, aus bislang unbekannten Gründen aufgab – möglicherweise schreckte er davor zurück, Mozarts Œuvre mit neuen Teilen zu ergänzen …«

»Noch etwas kürzer?«, unterbrach mich Stiller erneut, deutlich energischer.

»Sie wollen nicht einmal wissen, wer das Requiem von Mozart wirklich komponiert hat, Chef?«, fragte Biba seinen Vorgesetzten.

»Wenn ich es wissen will, brauche ich nur Dr. Google zu fragen«, erwiderte Stiller schneidend. »Alles, was ich da höre«, fügte er gereizt hinzu, »klingt jedenfalls danach, als ob es direkt aus Wikipedia abgekupfert worden wäre.« »Na und?«, konterte ich leicht pikiert. »Was spielt es für eine Rolle, woher die Informationen stammen, wenn sie korrekt, ja eventuell sogar ermittlungsrelevant sind?« »Nun ja«, kam von Stiller zurück, »stellen Sie sich nur vor, wie Ihre Leser reagieren würden, wenn Sie herausfänden, dass alles, was Sie da ausführen, nicht aus Ihrer Feder stammt, sondern eigentlich aus Wikipedia abgeschrieben wurde. Gerade in einem Roman, der sich als Literatur verstehen will …« »Die Leser wollen zu diesem Zeitpunkt des Romans vielleicht doch nur wissen, wer das Requiem geschrieben hat, Chef …«, versuchte Biba, der seine Neugier kaum bezähmen konnte, seinen Vorgesetzten milder zu stimmen. »Und keiner von ihnen wird je kontrollieren, ob alles wirklich von Wikipedia stammt«, argumentierte ich bestimmt dagegen. Stiller gab widerwillig nach. »Meinetwegen …«, raunzte er zähneknirschend und forderte mich mit einer ungeduldigen Handbewegung auf, schnell weiter zu erzählen. Ich ließ es mir nicht zweimal sagen und fuhr fort: »Nachdem sich Eybler zurückgezogen hatte, wandte sich Constanze an einen Schüler von Mozart, Franz Xaver Süßmayr, der sich für die Instrumentation auf Eyblers Vorarbeit stützen konnte. Süßmayr vervollständigte die Orchestrierung der Totensequenz und des *Offertoriums*, stellte das *Lacrimosa* fertig, komponierte *Sanctus*, *Benedictus* und *Agnus Dei* neu hinzu und ergänzte schließlich die *Communio*, indem er die Eröffnungssätze *Introitus* und *Kyrie*, die Mozart selbst noch größtenteils komponiert hatte, wiederholte und sie mit dem Text des *Lux aeterna* unterlegte …«

»Sie wollen uns nicht doch weismachen, das berühmte Requiem von Mozart sei eigentlich ein Werk von diesem, wie heißt er noch, Franz Süßmayr?«, fragte Biba fast entrüstet. Stiller verdrehte genervt die Augen.

»Wie viel von Mozarts Requiem letzten Endes wirklich von ihm stammt«, setzte ich ungerührt fort, »und wie viel von anderen Komponisten beigesteuert wurde – ich bin fast fertig, Herr Chefinspektor –, lässt sich heute nicht mehr genau eruieren, da wir nicht wissen können, ob der todkranke Komponist selbst schriftliche oder mündliche Anweisungen zur Vervollständigung des Werkes gegeben oder weitere Skizzen zu den fehlenden Sätzen hinterlassen hat. Auch könnte Mozart – diese Möglichkeit wird meist nur in Romanen, vorwiegend Krimis, kolportiert – das Werk selbst anhand seines Entwurfs vervollständigt und aus irgendwelchen uns unbekannten Gründen doch vernichtet oder der Nachwelt entzogen haben. Was das Requiem von Süßmayr angeht, haben neben Eybler aller Wahrscheinlichkeit nach auch noch weitere Komponisten an der Vervollständigung gearbeitet, deren Notizen der junge Schüler von Mozart wahrscheinlich ebenfalls nutzen konnte. Die Instrumentalstimmen im Kyrie stammen zum Beispiel von einer anderen, unbekannten Hand. Wenn man nun den fragmentarischen Zustand des eigenhändigen Entwurfs von Mozart berücksichtigt, dürfte der Anteil fremder Hand auf jeden Fall beachtlich gewesen sein, besonders der Beitrag Franz Xaver Süßmayrs …«

Während ich noch mit meinen Ausführungen beschäftigt war, komplimentierte mich Stiller mit sanftem Druck von der Türschwelle Richtung Korridor. »Ich bedanke mich bei Ihnen für Ihre wertvollen Auskünfte …«, sagte er mit übertriebener Höflichkeit. »Lange Rede, kurzer Sinn«, sagte ich abschließend zu Gruppeninspektor Biba, während Stiller mich wegführte. »Nennen Sie es, wie Sie wollen – Requiem von Süßmayr und Mozart, meinetwegen auch mozartsches Requiem von Süßmayr oder gar Süßmayr'sches Requiem von Mozart, etwas eleganter auch Süßmayrs Requiem à la Mozart, noch präziser, wiewohl etwas umständlicher, Süßmayrs Requiem nach Mozarts Vorlage und Vorarbeiten von Eybler et alii – nur nicht Requiem von Mozart ...«

Am Treppenaufgang schüttelte Stiller mir die Hand und klopfte mir auf die Schulter. »Ich werde Sie wissen lassen, wenn es mit der Durchsuchung soweit ist ...« Noch bevor ich mich wehren konnte, ging er rasch zurück und schloss die Bürotür hinter sich.

»Wer weiß, was aus dem Requiem geworden wäre, wenn Mozart selbst es hätte vervollständigen können«, rief ich ihm hinterher. »Höchstwahrscheinlich wäre es ganz anders als das, was uns überliefert wurde, Herr Chefinspektor ...«

25

Schon frühmorgens am Tag der Beerdigung von Isaac Löwenstein klingelte Stiller, neben seinem Labrador ausnahmsweise auch von mir begleitet, in der Linzer Gasse an der Tür von Samuel Libeskinds Wohnung. Der Chorleiter selbst öffnete die Tür, blickte entgeistert vom Chefinspektor hinunter zum leise knurrenden Hund und wieder herauf zu mir und schien zunächst, sichtlich irritiert, das Ermittlertrio nicht einordnen zu können. Nicht weniger überrascht waren wir, ihn zu so früher Stunde in einem eleganten Frack vor uns zu sehen. Der Chefinspektor brach als Erster die Stille an diesem schneeträchtigen Morgen. »Wie versprochen habe ich mit meinem Besuch bis zum Bestattungstag gewartet, Maestro ...« »Eigentlich hatten wir verabredet, dass Sie nach der Beerdigung kommen, die bekanntlich erst in zwei Stunden beginnt«, erwiderte Libeskind, ohne einen Hehl aus seiner Verstimmung zu machen. »Doch wenn die Sache für Sie so dringlich ist, kommen Sie ruhig herein, Herr Chefinspektor: Ich habe, wie gesagt, nichts zu verbergen – nur muss ich gleich zur Friedhofskapelle, um die letzten Vorbereitungen für die Seelenmesse zu treffen …«

Die Wohnung im obersten Stock des historischen Altbaus wirkte in ihrem chaotischen Zustand wie das kreative Studio eines Künstlers. Im Zentrum des geräumigen Wohnzimmers dominierte ein antikes Fortepiano aus Nussbaumholz mit schwarzen Unter- und weißen Obertasten, wohl ein Nachbau des Hammerflügels von Anton Walter, den Mozart bis zu seinem Tod besessen hatte und der noch heute im Tanzmeistersaal des Mozart-Wohnhauses am Makartplatz zu besichtigen ist. Auf dessen länglichem, etwas staubigem Deckel stapelten sich ohne erkennbare Ordnung zahlreiche Taschen- und Dirigierpartituren, aufgeschlagene Sing- und Orchesterpartien, kleinere Notenhefte, Skizzenbücher, eine voluminöse Biographie von Johann Sebastian Bach, Stifte unterschiedlicher Größe und Farbe, eine Geige mit Bogen und ein Glas Wasser. Von den vier regallosen Wänden bis hin zum Fortepiano in der Mitte türmte sich weiteres Notenmaterial in Stapeln mit allmählich abnehmender Höhe, sodass man sich des Eindrucks nicht erwehren konnte, alles im Raum drehe sich wie in einem Wirbel um den historischen Flügel. Da außerdem die meisten Musikalien, von Mahlers *Kindertotenliedern* auf dem ersten hohen Stapel nahe dem Eingang herab bis hin zu Machauts *Messe de Nostre Dame* zu Füßen des Klavierschemels, chronologisch rückläufig geordnet zu sein schienen, entstand beim Betreten des Zimmers das schwindelerregende Gefühl, buchstäblich in den Strudel der Musikgeschichte hineingesogen zu werden.

»Nervös?«, fragte Stiller etwas abrupt den Chorleiter, welcher, mit dem Rücken am Türrahmen der Küche lehnend, ohne

Unterlass an der schwarzen Fliege seines ansonsten tadellosen Fracks nestelte.

»Was glauben Sie? Die Trauergäste werden unvermeidlicherweise meine Leitung des Requiems am unvergesslichen Dirigat von Isaac Löwenstein messen. Ein bisschen Lampenfieber für ein Debüt unter diesen Umständen ist doch verständlich …«

»Der Herr Chefinspektor meint wegen der Durchsuchung«, versuchte ich, das Missverständnis sofort auszuräumen.

Libeskind schien aus allen Wolken zu fallen. »Ach so … solange Sie mich nicht zwingen, gerade jetzt hier zu bleiben … und nichts durcheinanderbringen …«

»Aber sicher, Maestro: Ihre Anwesenheit ist bei der kurzen Begehung nicht erforderlich, wir wollen Ihnen doch nicht Ihr großes Debüt verderben«, beeilte sich Stiller, dem Dirigenten der Salzburger Philharmoniker in spe entgegenzukommen. »Und natürlich werden wir in Ihrer Wohnung alles so hinterlassen, wie wir es vorgefunden haben.«

»Dann würde ich, wenn es Ihnen nichts ausmacht, gleich oben die Sachen für das Konzert holen – das Taxi wartet schon draußen …«, schlug Libeskind umgehend vor und verschwand durch eine schmale Treppe am Ende des Wohnzimmers, die zu einem Dachzimmer führen musste.

Als er kurz darauf mit einem schwarzen länglichen Kasten in der einen und seiner Aktentasche in der anderen Hand ins Wohnzimmer zurückkam und sich direkt zur Wohnungstür bewegte, versperrte ihm Zeus mit einem bedrohlichen Knurren den Weg. »Darf man erfahren, was Sie im Kasten bei sich tragen, Maestro?«, fragte Stiller scheinbar beiläufig, während er seinen Hund zwischen den Ohren kraulte, um ihn zu besänftigen.

»Habe ich Ihnen nicht bereits gesagt, dass ich beim Requiem zu Ehren von Isaac Löwenstein auch das Posaunensolo im *Tuba mirum* übernehmen werde?«, entgegnete Libeskind etwas angespannt.

»Dann werden Sie nichts dagegen haben, wenn ich einen kurzen Blick auf Ihre wertvolle Posaune werfe … nur pro forma …«

Ohne ein Wort zu sagen, stellte Libeskind den Holzkasten mit eisiger Miene auf den Flügel, öffnete flink die beiden Metallklappen und machte mit einer Geste, die eher herausfordernd als auffordernd wirkte, den schwarzen Deckel auf. Anstatt in den Kasten hineinzuschauen, hob ihn Stiller mit äußerster Vorsicht und trug ihn vor dem überraschten Blick des Chorleiters in die Küche. »Ich bin gleich wieder da«, rief er hinterher und machte mit einem Fuß die Tür zum Wohnzimmer hinter sich zu, noch bevor der Chorleiter etwas einwenden konnte. Einige Minuten spannungsreiches Schweigen vergingen, bis Stiller zurückkam und Libeskind den offenen Kasten lächelnd zurückgab. »Ich drücke Ihnen die Daumen, Maestro.« Der Chorleiter schaute nicht einmal in den Kasten hinein, um sich zu vergewissern, dass seine Posaune noch darin war: Er schloss ihn hastig, zog sich eilig einen Mantel an und schritt entschlossen zur Ausgangstür. »Wie gesagt, ich habe durch Ihre Ermittlungen nichts zu verlieren, Herr Chefinspektor, im Gegenteil: Die Leute fangen schon an, wie Sie zu denken, ich hätte meinen Mentor umgebracht, um seinen Platz an der Spitze der Salzburger Philharmoniker einzunehmen.« An der Türschwelle drehte er sich kurz um und legte einen Schlüsselbund auf den Marmorsims über dem Heizkörper im Korridor. »Ich bin sicher, dass Ihre Durchsuchung mit allen Verdächtigungen aufräumen wird. Hier ist der Hausschlüssel: Soweit Sie wie versprochen nichts durcheinanderbringen, steht Ihnen meine ganze Wohnung frei zur Verfügung. Etwas Kaffee ist in der Küche. Wenn Sie mich brauchen, wissen Sie, wo Sie mich finden können.«

26

»Meinen Sie denn nicht, wir verdächtigen den Falschen?«, konnte ich mir als Bemerkung nicht verkneifen, sobald Samuel Libeskind die Tür hinter sich geschlossen hatte. Stiller warf mir ein Paar milchweiße Latexhandschuhe zu. »Ziehen Sie die bitte an, bevor Sie überhaupt etwas anfassen«, forderte er mich etwas schroff auf und fing an, selbst mit Handschuhen ausgestattet, das Hammerklavier in der Mitte des Wohnzimmers sorgfältig zu inspizieren, während sein Hund unter dem Tasteninstrument laut schnaubend schnüffelte. »Wissen Sie, was ich denke, Herr Chefinspektor?«, insistierte ich, während ich mir die engen Gummihandschuhe mit etwas Mühe überstreifte. »Sie glauben selbst nicht, dass er der Täter ist. Anderenfalls hätten Sie ihn nicht so schnell gehen lassen.« Ohne mich eines Blickes zu würdigen, untersuchte Stiller die Musikalien auf dem Klavierdeckel unbeirrt weiter. »Wenn Sie von einer Fluchtgefahr ausgehen«, sagte er, ohne seine Ermittlungsarbeit zu unterbrechen, »kann ich Sie gleich beruhigen: Bereits vor unserem Eintreffen hat Gruppeninspektor Biba in seinem Wagen gegenüber der Wohnung gewartet. Er wird Libeskind folgen und sicherstellen, dass das Taxi mit dem Chorleiter auch dort ankommt, wo er erwartet wird. Und damit es ein für alle Mal klar ist: Ich verdächtige prinzipiell niemanden. Aber jede Ermittlung braucht einen Ausgangspunkt. Vielleicht wird die Durchsuchung Libeskind tatsächlich entlasten, vielleicht eben auch nicht. Die Erfahrung hat mich auf jeden Fall gelehrt, dass am Ende einer solchen Untersuchung immer etwas herauskommt, was die Ermittlungen weiterbringt. Und jetzt bitte keine Fragen mehr: Die Aufführung des *Requiem aeternam* von Mozart, Süßmayr oder weiß der Teufel von wem wird nicht ewig dauern, und ich möchte mit der Durchsuchung fertig sein, bevor Libeskind zurück ist.

Wenn Sie sich nützlich machen wollen, können Sie beginnen, das ganze Notenmaterial von Ihrer Seite her durchzuschauen. Ich schließe nicht aus, dass Libeskind manche für die Ermittlung wertvollen Dokumente – Bankomatkarten, Urkunden und so weiter – zwischen den Musikstücken versteckt hat.«

Um seine Geduld nicht weiter zu strapazieren, begann ich damit, die Musikalien des ersten Stapels am Eingang des Wohnzimmers durchzublättern. Während ich mich bei den chronologisch aufgeschichteten Partituren, Klavierauszügen und Stimmenheften entlang der vier Wände rückwärts durch die Musikgeschichte kämpfte, arbeitete der Chefinspektor zeitgleich vom Flügel in der Mitte aus das Notenmaterial seit den Ursprüngen kompositorischen Schaffens vorwärts ab. Jeder hatte seine harten Brocken zu überwinden. Mir blieb zwar das gesamte 20. Jahrhundert erspart, das in Libeskinds Sammlung auffälligerweise nicht vertreten war, dafür musste ich aber, nach dem doch übersichtlichen Mahlerbestand, fast das gesamte Chor- und Orgelwerk von Anton Bruckner und Max Reger durchstöbern, ganz zu schweigen von Johannes Brahms' nahezu komplett vertretenem Œuvre. Konnte ich nicht wieder aus den unergründlichen Tiefen der Spätromantik emporsteigen, so blieb Stillers forscher Durchmarsch durch die mittelalterliche Mehrstimmigkeit und Claudio Monteverdis Madrigale ausweglos in den unermesslichen Weiten des großen alten Bach stecken.

So erbittert wir auf ein Zusammentreffen in der Mitte der Musikgeschichte auch hinackerten – ich tippte hierfür, nicht ohne eine gewisse ehrfurchtsvolle Ungeduld, auf den wahren Wendepunkt abendländlicher Tonkunst, womit ich natürlich den unvergleichlichen, unübertrefflichen Ludwig van Beethoven meinte –, konnte doch keiner von uns beiden den ersten Erfolg vermelden. Zeus war es, der, als wolle er der unter den Musikalien unverzeihlich abwesenden Zwölftonmusik den ihr gebührenden Platz in der Musiksammlung Libeskinds zurückgeben, unvermutet mit beiden Vorderpfoten und freudiger Wucht ohrenbetäubend auf die Tasten des Hammerflügels knallte. Durch die bestialische Dissonanz jählings aus dem gleichmäßigen Ablauf des tonalen Zeitalters gerissen, lauschten wir verblüfft der pianistischen Darbietung des Labradors, ohne uns einen Reim auf seinen wilden Auftritt machen zu können – auf dem Klavierpult lagen keine Noten, und dass der Hund hier urplötzlich einer improvisatorischen Eingebung folgte, war höchst unwahrscheinlich. Erst Stiller verstand nach einer Weile die künstlerischen Ambitionen seines Hundes. »Aha, machen Sie bitte die Fensterläden zu«, sagte er zu mir, wobei er flink eine Sprühflasche aus der Tasche seines Parkas herbeizauberte und, nachdem er Zeus vom Hammerflügel dankend fortgeschickt hatte, dessen Tastatur zu besprühen begann. »Und jetzt schauen wir mal, was uns alles unser *Detector arsenici* verraten kann.« Er zog im Halbdunkel eine kleine Filterbrille mit runden orangefarbenen Linsen, Gummidichtung und Lederriemen aus der Innentasche seines Parkas, setzte sie auf und beugte sich über die Klaviatur, die Tasten mit der Nase fast berührend.

In aller Stille untersuchte der Chefinspektor die Tastatur des Fortepianos akribisch vom Kontra-F bis zum dreigestrichenen f. »Kommen Sie her und setzen Sie diese Brille auf«, holte er mich dann mit unüberhörbarer Genugtuung an den Flügel. »Ich möchte Ihnen etwas zeigen.« Ich schlängelte mich in der Dunkelheit so rasch wie möglich durch die Berge der Musikalien hindurch, nahm die kleine Brille entgegen und zog sie am Hinterkopf fest. Zunächst konnte ich durch die Filterbrille nichts sehen. Nachdem sich mein Blick wieder schärfte und auf die Klaviatur richtete, gelang es mir jedoch, wenige winzige, violett fluoreszierende Zeichen verstreut auf einigen Tasten und auf dem breiten aufgeklappten Notenpult vor dem Tastaturdeckel auszumachen – wohl die Spuren des gesuchten arsenhaltigen Gifts. »Ich möchte Ihnen die Freude über den Fund zwar nicht gleich verderben, Herr Chefinspektor, aber wird es für einen Haftbefehl reichen?«, gab ich zu bedenken, etwas ungehalten darüber, dass Stiller mit seinem Verdacht vielleicht doch richtig gelegen war. »So geringe Spuren könnten auch durch einen zufälligen Kontakt mit dem Gift entstanden sein, falls sie natürlich nicht von jemand anderem stammen, der mal an Libeskinds Flügel gesessen hat – der selige Isaac Löwenstein nicht ausgeschlossen …«, fügte ich hinzu, um diesem Fortschritt in den Ermittlungen etwas entgegenzusetzen.

Ich spürte im Dunkeln förmlich, wie in Stiller der Ärger aufstieg. Doch bevor er ihn an mir auslassen konnte, klingelte zu meiner Rettung sein Handy. Von der Margarethenkapelle am Petersfriedhof meldete Gruppeninspektor Biba, offenbar voller Tatendrang, den Beginn der Requiem-Aufführung. »Beim *Introitus* … Na und?«, reagierte Stiller missgelaunt. »Haben Sie mich angerufen, nur um mir das zu mitzuteilen? … Nein, noch nicht … Herrgott noch mal, Biba, jetzt bleiben Sie ganz ruhig und warten Sie halt, bis ich mich wieder melde!« Er steckte wütend das Mobiltelefon wieder ein und ging, ein paar Stapel Musikalien dabei umwerfend, zu den Fenstern, um diese wieder aufzumachen. »Was glotzen Sie so? Los, machen wir weiter! Viel Zeit bleibt uns nicht«, sagte er immer noch sichtlich erbost zu mir, nachdem er mir schroff die Filterbrille von der Nase gerissen hatte. »Bravo, Zeus, such weiter!«, ermunterte er schließlich seinen Hund, ohne mich weiter zu beachten.

Sei es, weil wir durch Bibas Anruf unter Druck gesetzt oder von der ersten ermittlungsrelevanten Entdeckung angespornt wurden, wir kamen mit dem Abarbeiten der restlichen Musikalien schneller voran als erwartet. Kaum hatte ich mich wieder an einen Stoß mit schweren Wagnerwälzern herangemacht, verkündete Stiller den nächsten Fund: die Kreditkarte einer großen Salzburger Bank mitten in einem dicken Band mit Kirchenmusik von Johann Sebastian Bach. »*O unerschöpfter Schatz … der Güte*, Rezitativ aus der Kantate BWV 125 *Mit Fried und Freud ich fahr dahin*«, las Stiller laut vor. »Wie passend. So können wir uns Titel und Nummer für später besser merken, wenn wir mit dem offiziellen Durchsuchungsbefehl und der Spurensicherung zurückkommen.« Er zog ein kleines Notizbuch aus der Innentasche seines Parkas und schrieb, mir den Rücken zugewandt, die Daten der Kreditkarte auf. Dann schob er die kleine Magnetkarte sogleich wieder in den Notenband, den er vorsichtig an seinen Platz im Stapel zurücklegte. »Ist das erlaubt? Ich meine wegen des Datenschutzes …«, wandte ich, vielleicht doch ein bisschen neidisch auf seinen Fund, etwas pedantisch ein. Diesmal war ich mir sicher: Nichts würde mich vor einem Wutanfall des Chefinspektors retten können. Doch noch einmal, als ob er mich davor bewahren wollte, kam Biba mir zu Hilfe und schaffte es mit einem erneuten Anruf auf Stillers Handy, dessen kochenden Zorn in blanke Verzweiflung zu verwandeln. »Das *Kyrie*? Sie brauchen mich nicht bei jedem verdammten Satz des Requiems anzurufen, Biba. Zwingen Sie mich nicht, das Handy auszuschalten!«, brüllte er in das zwischen Kinn und Schulter eingeklemmte Gerät, während er mit beiden Händen einen weiteren Band Bach-Kantaten hastig durchforstete.

Hinter einem Stapel Schubertlieder verschanzt, konnte ich endlich selbst mit einer neuen Entdeckung dazu beitragen, die angespannte Stimmung im Raum aufzulockern. Ich hatte gerade Liszt, Chopin, Schumann und Berlioz mit Mühe und Not hinter mir gelassen, als ich mitten in Schuberts Freimaurerkantate D 959 ein Papier mit einer langen Namensliste fand, das auf einmal den aufreibenden Streifzug durch ein ganzes Jahrhundert Musikgeschichte belohnte. Und was für eine Wiedergutmachung: Auf der ersten Seite war, ähnlich wie im Wasserzeichen-Katalog, das Symbol des *Memento moreris* mit dem offenen Buch über dem ersten großen M und dem Totenkopf mit m-förmigem Grinsen gezeichnet, darunter stand in kantiger, geheimnisvoller Frakturschrift der Titel »Zur wahren Freiheit«. »Und was sagt uns das, Herr Chefinspektor?«, schwenkte ich das Blatt aus dem Musikalienstapel, ohne einen Unterton des Triumphes in meiner Stimme unterdrücken zu können. »Nur, dass es eine Verbindung zwischen Löwenstein und Libeskind gibt, was wir wohl schon vorher wussten«, erwiderte Stiller demonstrativ nüchtern. »Was für eine, wird sich klären, wenn wir Libeskind selbst dazu befragen. Und jetzt stecken Sie bitte das Dokument wieder genau dorthin, wo Sie es gefunden haben.« »Und Ihnen ist es vollkommen egal, dass ich es gerade in einem Lied gefunden habe, das für die Freimaurer komponiert wurde …«, bemerkte ich leicht gekränkt. »Und vor allem, dass das *Memento moreris* darauf steht …« Stiller streckte den Arm aus, riss mir das Papier von der Hand und blätterte eine Weile die Namensliste mit ernster Miene durch. »Ich kann verstehen, dass Sie ganz scharf auf alles sind, was Ihrem Kriminalroman einen literarisch-mysteriösen Touch verleihen könnte«, sagte er bissig, »aber wichtiger als Ihr *Memento* scheint mir hier die Auflistung der Namen zu sein …« »Vielleicht gehört die Namensliste doch zu einer Geheimloge«, schlug ich vor, seinen Sarkasmus geflissentlich ignorierend. »Immerhin war ›Zur wahren Freiheit‹ der Name des freimaurerischen Geheimbundes, in dem auch Mozart Meister war.« Stiller verdrehte genervt die Augen und blätterte weiter. »Mozart hin oder her, wenn ich mich nicht irre, sind hier die Namen heute noch lebender Menschen aufgelistet – oder zumindest von Personen, die noch am Leben waren, bevor unser Mörder zugeschlagen hat: Theodor König, hier als ›Großmeister‹ an erster Stelle, Isaac Löwenstein als Meister, sogar Samuel Libeskind ist dabei … Die meisten Namen dürften der hohen Salzburger Gesellschaft gehören … Und im zweiten Teil sind unter ›Freidamen‹ auch die weiblichen

Mitglieder aufgelistet …« Der Blick des Chefinspektors verfinsterte sich plötzlich, während er die Namensliste der Logendamen durchging. »Haben Sie etwas gefunden?«, fragte ich ihn neugierig. Doch bevor er antworten konnte, klingelte es wieder. Diesmal war das aber zu unserer beider Verblüffung nicht das grelle Dubidubidu von Stillers Handy, sondern, immerhin viel adäquater in diesem Umfeld, der Tanz der Zuckerfee aus Tschaikowskis Nussknacker-Suite meines Mobiltelefons. »Können Sie bitte dem Herrn Chefinspektor sagen, dass sie inzwischen mit dem *Dies Irae* angefangen haben?«, bat mich ein unüberhörbar nervöser Biba am anderen Ende der Leitung. Ich grinste. »Herr Gruppeninspektor, was für eine angenehme Überraschung!«, begrüßte ich ihn laut und schaute bedeutsam zu Stiller hinüber. Noch bevor ich den Satz zu Ende bringen konnte, schnappte sich dieser mein Handy und brüllte hinein: »Das Anrufverbot gilt auch für meine Begleitpersonen, du Trottel!« Das Gerät knallte er mir dann rabiat auf die Hand, als ob ich schuld sei an Bibas erneutem Anruf.

Für eine Weile herrschte fiebriges, arbeitsames Schweigen. Ich hatte noch einen Großteil Schubert bis hin zum ersehnten Beethoven durchzuackern, Stiller ging stoisch immer noch den endlosen Bach durch. Er war auch der Erste, der, beim *Musikalischen Opfer* BWV 1079 angelangt, das Wort wiederfand: »Können Sie bitte diese Schrift entziffern?«, bat er mich etwas kleinlaut und reichte mir ein großes vergilbtes Blatt mit ausgefranstem Rand. Im oberen Drittel der ansonsten leeren Seite, ein querformatiges Blatt mit den Notensystemen einer Partitur, standen nur zwei verblasste handschriftliche Zeilen mit Unterschrift – die erste in einer alten, kaum noch lesbaren Kurrentschrift, die zweite in Antiqua. Ich erkannte sofort unter ihnen die Signatur des Verfassers mit der charakteristischen Schleife des Manu-Propria-Kürzels am Ende, wie sie in Salzburg auf allen möglichen Souvenirs nachgebildet zu finden ist – auf

Kugelschreibern und Bleistiften, auf Tassen, Bierkrügen und Bieröffnern, auf Servietten, Kalendern und T-Shirts bis hin zur geläufigen Einprägung auf der Rückseite der österreichischen 1-Euro-Münze: Entweder handelte es sich um eine geschickte Fälschung, oder ich hielt ein bisher unbekanntes, historisch unschätzbares Manuskript in der Hand.

»Und?«, forderte mich Stiller ungeduldig auf.

Ich las mit vor Aufregung zitternder Stimme vor:

Nun ist es soweit: Den Worten soll jetzt die Musik folgen.

Memento moreris!

PS: Um sicherzugehen, dass mein Werk restlos gelingt, habe ich dieses Schreiben nun ans Ende gestellt.

Für einen Moment herrschte, wie eine unheimliche, herzbeklemmende Vorahnung, gespenstische Totenstille.

»Und die Unterschrift?«, brach Stiller eilends das Schweigen, als wolle er das ungute Gefühl möglichst schnell verscheuchen.

Ich weiß nicht warum, aber, als ob es ein böses Omen wäre, traute ich mich nicht, den Namen laut auszusprechen:

Wolfgang Amadé Mozart^{mp}

»Sind Sie sicher?«

»Wie bei meiner eigenen Unterschrift, Herr Chefinspektor.«

»Und ist es auch original?«

»So scheint es. Frau Goldschmid, die Antiquarin, kann aber auf jeden Fall seine Echtheit überprüfen. Und vielleicht wird sie uns noch etwas mehr zum *Memento moreris* sagen können. Es ist schon das dritte Mal, dass es auftaucht, mir wird das Ganze langsam unheimlich ...«

Wieder ließ uns in der spannungsgeladenen Stille ein markerschütternder Klingelton zusammenfahren. Zur Abwechslung war es weder Stillers noch mein Handy, sondern Libeskinds alter Telefonapparat mit Wählscheibe auf einem niedrigen Stapel Musikalien in einer Ecke des Wohnzimmers. »Biba!«, entfuhr es dem Chefinspektor ärgerlich. Wenn ich richtig berechnet hatte, musste das *Dies Irae* längst beendet sein. Wohl möglich, dass der Gruppeninspektor in seinem Eifer anrief, nur um uns den Beginn des *Tuba mirum* mitzuteilen. Stiller näherte sich rasch dem Telefon und griff nach dem Hörer. Doch im letzten Moment besann er sich eines Besseren, drehte sich wieder um und ließ es untätig weiter schellen. »Suchen wir weiter!«, forderte er mich auf, als er mein perplexes Gesicht sah.

Kaum hatte das schrille Klingeln aufgehört – ich war endlich bei Beethoven angekommen, Stiller haderte noch mit dem nie versiegenden Bach –, fing Zeus an, von der Mansarde der Wohnung aus wild zu bellen. Der Labrador war anscheinend die schmale Treppe am Ende des Wohnzimmers weiter schnüffelnd hinaufgelaufen, ohne dass wir es bemerkt hatten. In Libeskinds Schlafzimmer in der Mansarde fanden wir ihn aufgerichtet mit beiden Pfoten auf einem leeren Schreibtisch. Stiller holte sofort seine Sprühflasche aus der Manteltasche, besprühte den ganzen Tisch und setzte sich die Filterbrille auf, ich machte schnell beide Fensterläden zur Linzer Gasse zu. »Diesmal gibt es keinen Zweifel mehr, Sie können es selbst sehen«, sagte der Chefinspektor nach kurzer Zeit in der Dunkelheit und reichte mir die Brille. Bis auf ein breites Rechteck in der Mitte war der ganze Holztisch durchgehend mit deutlichen, violett fluoreszierenden Spuren bedeckt. »Was könnte auf dem Tisch im spurenfreien Rechteck gelegen haben?«, äußerte ich meinen ersten Gedanken. »Möglicherweise ein Gerät zur Herstellung des Gifts, das Libeskind vor unserer Ankunft entfernt hat. Das reicht auf jeden Fall für eine Verhaftung mit offiziellem Durchsuchungsbefehl«, antwortete Stiller selbstsicher, öffnete die Fensterläden wieder und wählte eine Nummer auf seinem Handy.

»Warum haben Sie vorher den Hörer nicht abgenommen, Chef?«, hörte ich nach wenigen Sekunden Bibas aufgeregte Stimme vom anderen Ende der Leitung krächzen.

»Weil ich wusste, dass Sie es waren, Biba«, erwiderte Stiller kühl.

»Dieses Mal war's aber wirklich dringend, Chef.«

»Es gibt Dringenderes: Wir haben die Beweise. Also los, Biba, schnappen Sie ihn.«

»Das ist jetzt ein bisschen schwierig, Chef. Gerade beim *Tuba mirum* …«

»Sein Posaunensolo darf er ruhig zu Ende blasen, wenn Sie meinen, aber dann sind Sie dran.«

»Geht auch nicht, Chef …«

»Meinetwegen können Sie sich auch das ganze verfluchte Requiem von Mozart, Süßmayr & Co. anhören, aber wehe, wenn er Ihnen entwischt!«

»Das wird er sicher nicht tun, Chef …«

»Nur solange er noch am Pult dirigiert, Biba …«

»Da ist er auch nicht mehr, Chef …«

»Wie, ist er bereits geflohen?«

»Nein, Chef, aber …«

»Aber was, Biba?«

»Zu spät, Chef …«

»Verdammt noch mal, raus mit der Sprache!«

Biba dürfte vor Beklommenheit die Stimme derart gedämpft haben, dass ich seine Antwort aus Stillers Handy nicht mehr hören konnte. Der Chefinspektor aber wohl. Er wurde plötzlich leichenblass, stürzte noch mit dem Mobiltelefon in der Hand die Treppe hinunter und lief zur Eingangstür. »Bleiben Sie auf dem Posten, Biba, ich komme sofort. Niemand darf sich ihm nähern.«

27

Nicht nur ich, selbst Zeus hatte alle Mühe, mit dem aus der Wohnung heraus durch den Schneematsch der Linzer Gasse und im Verkehr der Staatsbrücke über die Salzach eilenden Chefinspektor Schritt zu halten. In Schlangenlinien zwischen den ersten morgendlichen Touristengruppen preschten wir in wenigen Minuten zum Eingang des Petersfriedhofs am Kapitelplatz.

Hoher Schnee bedeckte die Gräber im menschenleeren, stillen Totenacker um die Margarethenkapelle. Lautlos fielen spärliche Flocken auf die dicht gereihten Grabsteine, die schief aus dem weißen Schneemantel emporragten und Fragmente von Namen und Daten aus vergangenen Zeiten preisgaben. Am rechten Seitenpfad des dreieckigen Gräberfeldes um die spätgotische Kapelle öffnete sich im fahlen Morgenlicht eine enge, tiefe Gruft, auf deren mit einer pulvrigen Schneeschicht bedecktem Holzkreuz der Name und die Lebensdaten von Isaac Sigmund Löwenstein eingeschnitzt waren.

Wir kämpften uns mühsam durch den tiefen Schnee entlang der ersten Reihe der Granitstelen hin zum Eingang der Friedhofskapelle, als eine dröhnende, finstere Grabesstimme gespenstisch durch die einsame Ruhestätte hallte: »Ich habe es Ihnen gesagt, aber Sie wollten nicht hören: Die Musik ist es, Chefinspektor, die Musik! Sie wird uns alle ins Grab bringen …« Im Schatten der schneebedeckten Gruftarkaden unter dem Mönchsberg konnte ich noch rechtzeitig aus dem Augenwinkel die schwarze Kukulle mit spitzer Kapuze eines Benediktiners zwischen zwei Grabsteinen erspähen. »Pater Ägidius …«, flüsterte Stiller mit einem bitteren Lächeln. Wir durchquerten hastig den Friedhof, doch neben der großen, aus dem Mönchsberg hervortretenden Marmorstele unter den Gruftarkaden, hinter der der Benediktiner anscheinend verschwunden war, fanden wir nur den rauen, grobkörnigen, eiskalten Felsen der Bergwand.

Schwanzwedelnd fing Zeus gleich an, fleißig um die imposante Gruft herumzuschnüffeln, aus deren breiter, massiver Stele das Relief eines sardonisch grinsenden Schädels herausragte. Vor dem marmornen, aus dunklen Augenhöhlen blickenden Totenkopf kam Stiller, sich an Pater Ägidius' früheres Verschwinden aus dem Beichtstuhl der Peterskirche erinnernd, kurz ins Grübeln. Wie hatte es der alte Mönch wieder einmal geschafft, sich in Luft aufzulösen? Ich beugte mich nach vorn und las laut die verwitterte, im Schatten der Arkaden schwer entzifferbare Inschrift unter den Knochen des feixenden Marmorschädels:

Was grinsest du mir, hohler Schädel, her,
Als daß dein Hirn wie meines einst verwirret
Den leichten Tag gesucht und in der Dämmrung schwer,
Mit Lust nach Wahrheit, jämmerlich geirret?

Irgendwie kamen mir die Verse entfernt bekannt vor. »Vielleicht Trakl …«, versuchte ich zu raten. Stiller blickte mich irritiert an. »Wer?« »Georg Trakl, der Salzburger Dichter, dessen Gedichte in steinernen Tafeln eingemeißelt an verschiedenen Ecken Salzburgs zu lesen sind …« »Na ja, Shakespeare wird es kaum sein«, bemerkte der Chefinspektor sarkastisch, offenbar an einer Diskussion über Salzburger Epitaphe und deren Dichter wenig interessiert. Er schaute noch einmal flüchtig nach links und rechts in die Gruftarkaden, ob doch jemand zu sehen wäre, dann rief er Zeus zu sich und schritt entschlossen Richtung Margarethenkapelle. »Meinetwegen können Sie das Zitat in Ihren Krimi einbauen und Ihre Leser googeln lassen«, rief er mir noch zu, »aber ich habe nun wirklich keine Zeit für solche literarischen Spielereien.«

28

In der Margarethenkapelle standen dicht gedrängt zahlreiche Trauergäste, die es nicht geschafft hatten, einen Platz auf den wenigen schmalen Sitzbänken zu finden. Ich weiß nicht, ob es nur eine durch die Anspannung hervorgerufene Einbildung war – ich stand doch noch stark unter dem erschütternden Eindruck der unheimlichen Erscheinung auf dem Gräberfeld –, aber als wir uns mühsam durch die Menge in der kleinen spätgotischen Andachtskirche arbeiteten, glaubte ich unter den Blicken der Besucher die bleiernen, aschgrauen Augen des Ex-Bürgermeisters Theodor König wahrzunehmen, die unseren Weg durch die Kapelle scharf verfolgten. Ich wollte Stiller darauf aufmerksam machen, aber er war schon längst mit seinem Hund in der Apsis angelangt, wo Biba mit zerknirschter Miene wartete.

Der Gruppeninspektor wirkte sichtlich bedrückt, war bleich im Gesicht und hatte einen bangen, ziellos irrenden Blick. »Ich schwöre Ihnen, Chef, ich habe leibhaftig seine Seele weiß wie Dampf aus dem Mund zum Himmel steigen sehen«, flüsterte er mit zittriger Stimme und wies mit einer verängstigten Augenbewegung auf den regungslosen Chorleiter in der Mitte der Apsis. Mit seiner golden schimmernden Posaune noch fest in der Hand lag Samuel Libeskind selig lächelnd am Boden und schien mit unnatürlich weit aufgerissenen Augen in ekstatischer Verzückung die gotischen Schlingrippengewölbe der Apsis anzustarren. Das gleiche, scheinbar nie erlöschende Lächeln verklärte zu seiner Rechten das fahle Gesicht Isaac Löwensteins im offenen, blumengeschmückten Sarg. – Nur die Augen hatte man Letzterem pietätvoll zugedrückt.

»Hat sich schon jemand dem Toten genähert, bevor ich eingetroffen bin?«, fragte Stiller seinen Assistenten mit finsterer Miene.

»Welchem der Toten, Chef?«

»Vorsicht, Biba …«

»Nur der Sopran mit der himmlischen Stimme …«

»… Cecilia …«

»… hat vergeblich versucht, ihn zu reanimieren. Sie ist aber dabei selbst fast in Ohnmacht gefallen. Theodor König höchstpersönlich ist ihr dann von einem der reservierten Plätze in der ersten Reihe zu Hilfe geeilt und hat sie unter das Altarretabel getragen.«

»König?«, fragte Stiller überrascht und ging, noch bevor Biba antworten konnte, mit raschen Schritten zum Altarretabel mit der Madonna an der Apsiswand, unter dem die Sängerin ganz in Schwarz wie schlafend auf dem Boden lag. Noch bevor er sich zu ihr bücken konnte, sah sie mit ihren dunklen, vor Erregung flackernden Augen entrückt zu ihm auf und raunte ihm mit ihrer samtenen Stimme leise zu: »Hast du den glückseligen Ausdruck in ihren Gesichtern gesehen? Der Tod kann doch nicht so schlimm sein, mio Commissario … *No, la morte io non pavento* …« Offenbar stand sie unter Schock. Doch sie schien sich schnell wieder zu finden. »Du hast einen Fall zu lösen, Nathan«, sagte sie energisch. »Mach dir keine Sorgen um mich, ich fühle mich schon viel besser … Jetzt geh, bitte!«, forderte sie ihn auf und schloss die Augen mit einem schwachen Seufzer wieder.

»Wo ist König?«, war die erste Frage, die Stiller Gruppeninspektor Biba stellte, als er zu den beiden Leichen zurückgekehrt war.

»Ich weiß nicht, Chef, ich glaube, er ist nicht mehr da …«, antwortete dieser zaghaft.

»Wie konnten Sie ihn laufen lassen?«, versetzte Stiller grantig. »Sie waren doch mit der Polizeieinheit da!«

Biba senkte zerknirscht den Blick. »Wir waren auf Libeskind konzentriert … Er war doch bis vor Kurzem unser Hauptverdächtiger, wer hätte gedacht, dass er sich nun auf diese Art und Weise der Verhaftung entziehen würde …«

Ich versuchte, dem armen Gruppeninspektor zu Hilfe zu eilen. »Herr Chefinspektor, ich glaube, ich habe König unter den Trauergästen am Eingang der Kapelle gesehen, aber ich bin mir nicht ganz sicher …«

»Und konnten Sie mir vorher nicht Bescheid sagen?«

»Sie waren bereits in der Apsis …«

Stiller breitete die Arme aus. »Und wo ist der Priester?«, fragte er aufgebracht.

»Pater Ägidius?«, antwortete Biba kleinlaut. »Ich fürchte, dass auch er …«

»Wie, der Erzabt hat die Beerdigung zelebriert?«, rief Stiller verwundert. Er fuhr mit einer Hand zum Kinn und kratzte sich grüblerisch den immer länger und grauer werdenden Sechstagebart. »Irgendwie ist es doch seltsam, mit welcher Eile die Verantwortlichen vor den Toten fliehen …«

»… bis auf die Sängerin, die wenigstens versucht hat, Libeskind das Leben zu retten …«, wandte der Gruppeninspektor ein.

»Das ist eine ganz andere Geschichte, Biba …«, beendete der Chefinspektor ruppig das Gespräch und drehte sich schnell zur Leiche Libeskinds um. Mit seiner Posaune in der Hand lächelte der Chorleiter immer noch verklärt in die Ferne, als ob ihn die ganze Aufregung über seine Ermordung nichts anginge.

29

Stiller stand vor Samuel Libeskinds Leichnam neben dem offenen Sarg von Isaac Löwenstein und sinnierte über die frappierende Ähnlichkeit des ekstatischen Gesichtsausdrucks der beiden Toten, als ihn das vertraute Schnalzgeräusch von Latexhandschuhen plötzlich aus seinen Gedanken riss. Ohne sich umzudrehen, erkannte er sofort die sonore Bassstimme hinter sich: »*Repetita iuvant*, verehrter Kollege.«

»Auf gut Deutsch, Doktor?«, fragte er ungeniert, ohne Thilo Horvath seine mittlerweile ebenfalls in Latex gehüllte Hand zu reichen.

»*Déjà-vu*, verehrter Kollege, *Dé-jà-vu*«, antwortete der Forensiker.

Stiller lächelte düster. »Sie tippen auf Serienmord, Doktor?«

»Um Himmels willen, fangen Sie nicht schon wieder an, Kollege! Ich habe die Leiche nicht einmal angesehen – ich meine die zweite Leiche –, geschweige denn eine toxikologische Untersuchung veranlasst … Obwohl, wenn ich jetzt die äußeren Symptome näher betrachte … Schon allein die Mees'schen Nagelbänder an der rechten Hand sprechen Bände … Und hier sehe ich eine ähnliche Hyperkeratose an der Handfläche wie bei Isaac Löwenstein … Dazu noch das gleiche selige Lächeln, der entrückte Blick … Ich habe es immer gesagt, zu viel Mozart tut weder dem Körper noch der Seele gut, verehrter Kollege. Immerhin hat das zweite Opfer dieses Mal wenigstens bis zum *Tuba mirum* durchgehalten, nach der Posaune in der linken Hand zu urteilen …«

»Vielleicht ist es weniger Mozarts *Tuba* als vielmehr Libeskinds Posaune gewesen«, unterbrach Stiller den Redestrom des Arztes mit unverhohlener Ironie, »wenn Sie das Wortspiel verzeihen …« Er zog Sprühflasche und Filterbrille des *Detector arsenici* aus den Taschen seines Parkas, beugte sich über die Posaune des Chorleiters, sprühte sorgfältig in ihren Schalltrichter und reichte mit kollegialer Höflichkeit die kleine Brille mit den orangefarbenen, von einer Gummidichtung umrahmten Linsen an Horvath weiter. »Sie zuerst, Doktor. Schließlich ist es Ihr Detektor.«

Der Mediziner schmunzelte geehrt. »Aber gerne, verehrter Kollege: Da kann ich mich nur freuen, dass meine Erfindung Sie auf den Trichter gebracht hat – wenn Sie das Wortspiel verzeihen …« Er befestigte die Brille mit der Schnalle des Lederriemens am Hinterkopf, kniete sich auf den Boden neben die Posaune und schaute aufmerksam in deren golden schimmernden Schalltrichter hinein.

Stiller steckte die Sprühflasche wieder in die Manteltasche und beugte sich neugierig zum Mediziner hinab. »Kann man durch Ihre Paukbrille wirklich etwas in der Posaune sehen?«

»Und ob, verehrter Kollege! Das Innere des Schalltrichters ist dunkel genug, um die Lumineszenz wahrzunehmen. Und ich kann Ihnen jetzt schon sagen: Dieses Mal werde ich keine Obduktion brauchen, um die Bestandteile des arsenhaltigen Gifts zu ermitteln. Der Speichel hat es überall im Inneren der Posaune verteilt. Und in dieser Dosis ist es sicher tödlich gewesen.«

Stiller runzelte die Stirn. »Genauso todsicher ist«, sagte er nachdenklich, »dass das Gift erst in die Posaune hineingekommen sein kann, nachdem Libeskind seine Wohnung verlassen hat: Ich habe selbst das Instrument heute früh in seiner Küche mit dem Detektor gründlich untersucht und keine Spuren von Arsen darin gefunden.«

Dr. Horvath setzte die Brille ab und schaute verblüfft zum Chefinspektor. »Die Mees'schen Nagelbänder an den Händen des Toten deuten allerdings, wie übrigens auch bei Isaac Löwenstein, auf eine längere Expositionszeit hin«, erklärte er. »Diese muss aber – anders als die Menge Gift in der Posaune – nicht unbedingt unmittelbar tödlich gewesen sein …«

Stiller überdachte kurz die Aussagen des Arztes. »Wahrscheinlich hat Libeskind selbst früher mit dem Gift hantiert, Doktor«, vermutete er. »Auf dem Tisch seines Schlafzimmers habe ich heute Vormittag deutliche Rückstände von Arsen gefunden, die in geringeren Mengen dann auf sein Klavier gelangt sind und wahrscheinlich auch an andere Orte der Wohnung übertragen wurden. Vielleicht hat er selbst das Gift zu Hause zubereitet und es heute früh in seiner Aktentasche aus der Wohnung geschmuggelt – ich habe leider nur den Kasten mit der Posaune auf Arsenspuren überprüft, als er sein Haus verlassen wollte …« Die Miene des Chefinspektors verfinsterte sich plötzlich. »Das würde aber heißen, dass er selbst wohl mit selbstmörderischer Absicht das Gift kurz vor der Aufführung des Requiems in seine Posaune eingebracht hat …«, überlegte er weiter.

Horvath zog bedauernd die Schultern hoch. »Was soll ich sagen: *Repetita non iuvant*, verehrter Kollege …«

»Auf gut Deutsch, Doktor?«

»Ich fürchte, Sie müssen Ihre etwas voreilige Theorie einer Mordserie doch überdenken, verehrter Kollege …«

Stiller blieb unnachgiebig: »Wer sagt das? Vielleicht haben wir hier einen Fall von Mord mit anschließendem Selbstmord – was genauso gut als Mordserie bezeichnet werden kann, auch wenn die Serie bereits nach dem ersten Opfer mit dem Selbstmord des Täters endet …«

»Um Gottes willen, fangen Sie nicht schon wieder an, Kollege!«

Ein müdes Lächeln zog über Stillers Gesicht. »Jetzt habe *ich* gerade ein *Déjà-vu*, Doktor …«

30

»Meine sehr verehrten Damen und Herren«, wandte sich Stiller an die Trauergemeinde und die Ensemble-Musiker in der überfüllten Margarethenkapelle, »leider fällt mir zum zweiten Mal in wenigen Tagen die traurige Pflicht zu, eine Seelenmesse aufgrund eines unvorhersehbaren, tragischen Ereignisses abbrechen zu müssen. Ich weiß, wie hart dies die Personen trifft, die dem Verstorbenen nahestanden, aber seine Beerdigung kann unter diesen Umständen unmöglich fortgesetzt werden. Noch bevor wir um unseren geliebten Isaac Löwenstein im kirchlichen Rahmen trauern konnten, hat der Tod auch dessen langjährigen Stellvertreter bei den Salzburger Philharmonikern, Samuel Libeskind, von uns genommen.« Stiller verschränkte die Hände, senkte den Kopf und verstummte plötzlich, als ob er eine Schweigeminute einlegen wollte. Eine andächtige Stille breitete sich im Raum aus. »Zur möglichst raschen Aufklärung beider Fälle«, fuhr der Chefinspektor nach einer Weile in entschlossenem Ton fort, »möchte Sie darum bitten, die Kapelle geordnet zu verlassen. Da die Möglichkeit besteht, dass Samuel Libeskind Opfer einer Vergiftung geworden ist, werden die Kollegen der örtlichen Polizei zum Schutz Ihrer Gesundheit am Ausgang prüfen, ob auch Sie in Kontakt mit dem Gift gekommen sind. Es besteht natürlich keine direkte Gefahr einer Kontamination, doch die kurze Kontrolle wird nötig sein, um letzte Zweifel ausräumen zu können. Ich danke Ihnen für Ihre Hilfsbereitschaft!«

»Hoffentlich reicht die Sprühflasche«, sagte Gruppeninspektor Biba angespannt zu Stiller, als dieser ihm die Untersuchung der Trauergäste am Ausgang der Margarethenkapelle anvertraute. »Machen Sie sich keine Sorgen, verehrter Kollege«, versicherte ihn Dr. Horvath, immer noch über die Leiche Samuel Libeskinds gebeugt, »ich habe noch eine Flasche hier in meinem Koffer. Bei den Mengen Gift, die in der Gegend seit einiger Zeit zirkulieren …« Ohne sich aufzurichten, reichte der Forensiker dem Gruppeninspektor eine große, grüne Plastikflasche. Stiller klopfte seinem Assistenten ermutigend auf die Schulter. »Sie brauchen also an nichts zu sparen, Biba. Und seien Sie bitte vor allem bei den Musikern besonders sorgfältig«, wies er ihn an. Er schaute sich noch kurz mit besorgter Miene um, dann begab er sich, während Gruppeninspektor Biba mit dem *Detector arsenici* zum Ausgang der Kapelle eilte und Dr. Horvath sich wieder ganz der Leiche von Samuel Libeskind zugewandt hatte, mit schnellem Schritt zum Altarretabel, zu dessen Füßen Cecilia Vinci lag.

»Wie es scheint, hat unser neuer Kommissär Feuer gefangen«, hörte ich eine Stimme neben mir flüstern. Die Frauengestalt, die hinter mir in lässiger Pose an einer Marmorstele an der rechten Wand der Kapelle lehnte, raubte mir förmlich den Atem. Hinter dem dunklen Spitzenschleier eines nonchalant schief gesetzten, breitkrempigen, mit Rabenfedern geschmückten schwarzen Damenhuts erkannte ich die azurnen Augen der Sekretärin des Mozartianums, Magdalena Rosenthal. Sie zupfte eine schwarz gefärbte Strähne ihres ansonsten platinblonden Haars zurecht, die ihr ins Gesicht gefallen war, und flüsterte weiter: »Ob dies den Ermittlungen guttut, wage ich zu bezweifeln …« Eine aufreizendere Figur könnte ich für meinen Roman nicht finden, dachte ich sofort und zückte sogleich mein Notizbuch, um rasch meine Eindrücke stichwortartig zu fixieren. Ich weiß nicht, ob ich in meinem literarischen Elan nur fantasierte, aber als ich den Blick vom Notizbuch hob und sie unter ihrem Schleier fixierte, glaubte ich, auf der linken Wange ihres blassen Gesichtes eine geschminkte Pierrot-Träne wahrzunehmen. Ich versuchte weiterzuschreiben, doch ich konnte die Augen nicht von ihr abwenden. Die breitmaschige Stola, die wie ein schwarzes Spinnennetz ihre blanken Schultern umschlang, ließ das tiefe Dekolleté eines zum Bersten eng zugeschnürten Seidenmieders durchscheinen, an dessen Tiefe der Blick unwillkürlich hängenblieb.

»Sicher ist nur, dass alle Männer gleich sind«, bemerkte sie mit einem Hauch von Verbitterung in herausforderndem Flüsterton, und ein flüchtiger Schatten glitt über ihre lichtblauen

Augen hinter dem schwarzen Schleier. »Selbst im Angesicht des Todes …« »Welche Männer?«, fragte ich etwas verlegen, nachdem ich rasch den Blick von ihrem üppigen Dekolleté abgewandt hatte.

Sie wies mit einer lockeren Handbewegung und einem gespielt gelangweilten Augenrollen auf den gesamten Raum der Kapelle um sich herum hin. »Alle – die toten wie die lebendigen, die anwesenden … wie die flüchtigen …«

Auf der Stelle wollte ich diesen Anflug von Mitteilungsbedürfnis für meine Recherchen nutzen und fragte weiter: »Die Flüchtigen … denken Sie da an eine bestimmte Person?«

»Vielleicht ist es dieselbe Person, an die auch Sie gerade denken …«, antwortete sie vieldeutig.

Ich hatte das unangenehme Gefühl, sie könnte tatsächlich meine Gedanken lesen. »Sein bleierner Blick in der Kapelle geht mir nicht aus dem Kopf …«, deutete ich vorsichtig an, ohne den Namen der Person zu nennen, an die ich gerade dachte.

»Kein Wunder, nach all dem Unheil, das er in Salzburg angerichtet hat …«, führte sie meinen Gedanken ermutigend weiter, während sie mit einer Hand die schwarze Haarsträhne unter dem Schleier neben der gemalten Pierrot-Träne auf ihrer Wange ringelte.

»Die grassierende Korruption …«, versuchte ich, etwas expliziter zu werden.

»Das ist allgemein bekannt – und für Salzburger Verhältnisse nichts Ungewöhnliches«, wiegelte sie ab, die Spitze der Haarsträhne mit der Zunge angelnd.

»Die horrenden Schulden …«, unternahm ich einen neuen Versuch, den sie ebenfalls im Keim erstickte: »Auch dies ist kein Geheimnis – und für ihn selber bislang allem Anschein nach überhaupt keine Belastung.«

Beim dritten Versuch dürfte ich ins Schwarze getroffen haben: »Das ausschweifende Leben …«

Sie verharrte einen Augenblick in ihren Bewegungen und zwinkerte unter dem Spitzenschleier mit den Augen. »Auch davon weiß jeder in der Stadt«, flüsterte sie bedeutungsvoll. »Und besonders ein Lokaljournalist und Prominentenspezialist wie Sie müsste es wohl wissen …«

»Nur habe ich den unbestimmten Verdacht, dass Sie da etwas mehr wissen …«, versuchte ich, sie aus der Reserve zu locken.

»Ich weiß nur, dass diejenigen, die mehr wussten, jetzt tot sind …«

»Meinen Sie … getötet worden sind?«

»Was glauben Sie?«

»Es könnte zumindest im zweiten Fall auch Selbstmord gewesen sein«, antwortete ich wenig überzeugt, Stillers Vermutung ins Spiel bringend.

Sie schürzte verächtlich die Lippen. »Libeskind? Er war zu feige, um sich das Leben zu nehmen – abgesehen davon, dass sich durch Löwensteins Tod gerade sein Lebenstraum erfüllte, endlich das Dirigentenpult der Salzburger Philharmoniker zu ersteigen, wenn auch nur für kurze Zeit …«

Plötzlich wurde mir klar, warum sie mich angesprochen hatte. »Haben Sie Angst?«, fragte ich ins Blaue hinein.

Sie blickte mich überrascht an, dann lachte sie laut, als ob sie einen unangenehmen Gedanken verscheuchen wolle. »Warum sollte ich?«

»Sie könnten vielleicht die Nächste sein …«

Sie ließ die Haarsträhne los und verschränkte die Arme vor der Brust. »Wenn es jemanden gibt, der von ihm nichts zu befürchten hat, dann wohl ich«, bemerkte sie ernst. Jeder Anflug von Provokation in ihrer Stimme war auf einmal verschwunden.

»Was macht Sie so sicher?«

»Seltsame Dinge sind passiert, bevor ich Sekretärin des Mozartianums wurde … Dinge, die Sie sich nicht vorstellen können …«

»Jetzt bin ich verwirrt … Ich weiß nicht, ob Sie mir etwas verraten oder eher vormachen wollen …«

»Vielleicht beides …«, antwortete sie geheimnisvoll, wandte sich von mir ab und ließ sich demonstrativ in betender Haltung kniend auf einem kleinen, abseits gelegenen Betstuhl der Kapelle nieder. Als ich ihr folgte, fertigte sie mich mit einem letzten Satz endgültig ab, stand auf und wandte sich dem Ausgang der Kirchenkapelle zu: »Vergessen Sie nicht, den Kommissär auf die richtige Spur zu bringen.«

31

Fragen über Fragen, die ich der Sekretärin des Mozartianums hätte stellen können, statt mich durch ihre verführerische Aura ablenken zu lassen, schwirrten konfus durch meinen Kopf. Vor allem das Blatt mit Mozarts eigenhändiger Eintragung des *Memento moreris*, das Stiller und ich in der Wohnung von Samuel Libeskind gefunden hatten, beschäftigte mich. Bestand hier ein möglicher Zusammenhang mit den beiden Morden? Hatte diese Verbindung vielleicht mit der Freimaurerloge zu tun? Ließ sich diese Spur weiterverfolgen?

Ich stand etwas abseits und grübelte vor mich hin, als ich Professor Martin Heinrich Schneiderhahn auf einer der vorderen Kirchenbänke entdeckte. – Er war wohl der einzige Trauergast, der noch nicht aufgestanden war. Er starrte unentwegt die zwei leblosen Körper am Presbyterium an, das Kinn grimmig auf den krummen Griff seines Spazierstocks gestützt. Ich überwand meine Ehrfurcht vor dem großen Mozartexperten und setzte mich neben ihm auf die leere Kirchenbank. Er hielt weiter seinen gestrengen, finsteren Blick still auf die beiden Leichen gerichtet.

Ich weiß nicht, ob es Wut war oder sein fortgeschrittenes Alter, aber ein rastloses Zittern ging durch seinen ganzen Körper und übertrug sich auf den Spazierstock, der, die Vorderbank berührend, ein anhaltendes, unruhiges Klopfen hervorbrachte. Ich überlegte gerade, ob es nicht besser wäre, aufzustehen und ihn in Ruhe zu lassen, als er bedächtig seinen Kopf hob und, nachdem er den Stock an die Vorderbank gelehnt hatte, langsam eine kleine, elegante Tabakdose aus der Innentasche seines Mantels zog, die er mit zittrigen Händen öffnete. Erst als er mit Daumen und Zeigefinger der Rechten eine Prise Schnupftabak ergreifen wollte, bemerkte er meine Anwesenheit. Er hob die Augenbrauen und musterte mich neugierig von Kopf bis Fuß, während er die Tabakdose vorsichtig schloss und zurück in seine Manteltasche steckte, ohne geschnupft zu haben. Er wartete eine Weile, dann hob er wieder die Rechte und führte seinen knotigen, mahnenden Zeigefinger mit einer fahrigen Drehbewegung langsam von den beiden Toten im Altarraum bis zu meiner Brust, die er mit seinem langen Fingernagel leicht berührte. Der schwere Atem des alten Professors wirkte wie ein Vorbote des Todes: »*Memento mori*, junger Mann«, murmelte er mit rauer, bebender Stimme, die fast aus dem Jenseits zu kommen schien.

Ich brauchte etwas Zeit, um mich wieder zu fangen. »*Memento moreris*, Herr Professor«, erwiderte ich mit einer Geistesgegenwart, die mich selbst überraschte.

Sein Zittern hörte schlagartig auf. Nur die wässrigen Augen hinter der goldumrandeten Brille flackerten nervös. Mit messerscharfem Blick durchbohrte er mich lange schweigsam und schien aus meinem Inneren lesen zu wollen, wie weit ich mir der Bedeutung meines Einwurfs bewusst war. »Wo haben Sie den Spruch her?«, fragte er schließlich in brüskem Ton.

»Von Mozart höchstpersönlich, Herr Professor«, antwortete ich bedeutungsvoll, ohne den Fund von Mozarts originalem Blatt mit dem Motto zu erwähnen.

Die innere Unruhe schien für einen Moment aus seinem Blick verschwunden zu sein. Er lehnte sich bedächtig an die Kirchenbankrückseite zurück und lächelte süffisant. »Wenn Sie das Wasserzeichen in den Papierbögen der autographen Partitur seiner *Freimaurerkantate* KV 623 respektive seines Requiem-Fragments KV 626 aus dem Jahre 1791 meinen, sprechen Sie nur einen in Fachkreisen längst bekannten Sachverhalt an, junger Mann«, dozierte er herablassend.

»Ich meine viel mehr als das, Herr Professor …«, versetzte ich, von seiner Arroganz aufgestachelt.

»Auch Mozarts Verbindung zur Freimaurerloge und deren Symbolik sind bereits Gegenstand ausführlicher populärwissenschaftlicher Forschungen, junger Mann – wenn es das ist, worauf Sie anspielen …«

»Weit mehr noch, Herr Professor …«, bluffte ich, ohne selbst genau zu wissen, was ich meinte. Irgendwie hatte ich den Eindruck, dass ich mit dem Spruch einen wunden Punkt getroffen hatte. Und die Entdeckung einer neuen Handschrift von Mozart – unabhängig davon, ob es überhaupt mit den Mordfällen zu tun hatte – war allein für sich auch eine Sensation.

Jede Spur von Arroganz war aus dem faltigen Gesicht des greisen Emeritus gewichen. Ich glaubte sogar, eine unergründliche Furcht in seinem argwöhnischen Blick zu erkennen. »Vielleicht haben Sie die Güte, mir Ihre Quelle zu verraten, junger Mann. Wie Sie sehen, habe ich nicht mehr lange zu leben – was zu dem Spruch durchaus passt …«

»Eigentlich ist die Quelle Mozarts Feder selbst …«

Meine Antwort schien ihn sichtlich zu erleichtern. »Meinen Sie etwa seine eigene Handschrift? Manu propria?«, fragte er nach, offensichtlich in reiner Neugier.

Wenn es jemanden gab, der das neue Autograph quellenkundlich bewerten konnte, dann wohl der Emeritus und Mozartexperte, überlegte ich kurz. »Jawohl, Herr Professor«, antwortete ich dann höflich. »Der Spruch ist von ihm selbst auf einem leeren Notenblatt notiert und mit der eigenen Unterschrift signiert worden …«

Ich berichtete kurz vom morgendlichen Fund des Blattes in Samuel Libeskinds Wohnung. »Sind Sie sicher, dass es sich nicht um eine Fälschung handelt?«, wollte er wissen. »Wenn es original ist, stellt das einen historisch sensationellen Fund dar, der der Forschungsgemeinschaft unbedingt zugänglich gemacht werden muss.« Er schaute mich äußerst wissbegierig an. »Darf man die Handschrift einsehen?«

»Ich weiß nicht … Es hängt nicht von mir ab …«, versuchte ich, die Frage zu umgehen.

»Wo wird die Quelle jetzt aufbewahrt?«

»Bei der Polizei …«, antwortete ich etwas zögerlich.

Wider Erwarten schien Schneiderhahn über den ungewöhnlichen Standort nicht allzu unglücklich zu sein, im Gegenteil. »Das ist zwar keine passender Ort für historische Quellen«, sagte er, »aber wenigstens ist die Handschrift in halbwegs sicheren Händen, jedenfalls sicherer als andernorts in der Stadt …«

»Sicherer als bei wem?«, fragte ich, eine interessante Spur witternd.

Der Professor runzelte die Stirn. »Sagen wir, es gibt in Salzburg Menschen, in deren Hände das Autograph auf keinen Fall geraten sollte …«

Ich dachte plötzlich an den finsteren Blick von Theodor König in der Menge. Doch ich behielt meinen Verdacht für mich. »Etwa … die der Sekretärin des Mozartianums, Magdalena Rosenthal?«, fragte ich stattdessen.

Schneiderhahn zuckte bei dem Namen zusammen, doch er fing sich sofort wieder und antwortete kalt: »Nicht unbedingt. Fräulein Rosenthal ist nur inkompetent. Wahrhaft kriminelle Energie hat im Mozartianum eher jemand anderer … und Sie können sich sicher vorstellen, wen ich meine …«

Der Professor hatte offenbar meine Gedanken erraten. »In welchem Sinne kriminell?«, fragte ich.

»In jedem erdenklichen Sinne, junger Mann, und damit meine ich nicht nur die sicherlich bedauernswerte Lebensweise oder die Korruption …«

»Warum sollte er Interesse an der Handschrift haben?«

Schneiderhahn rieb Daumen und Zeigefinger der rechten Hand. »Versuchen Sie sich ihre musikhistorische Bedeutung pekuniär vorzustellen: Auf einmal würde er seinen enormen Schuldenberg los …«, sagte er abfällig.

»Er scheint doch damit bislang zurechtgekommen zu sein«, wandte ich ein. »Auf jeden Fall lässt er es sich trotzdem gut gehen.«

»Gewiss, nur scheint sich bislang kaum jemand ernstlich gefragt zu haben, wie er es schaffen konnte, sich einen solchen Lebensstil trotz der Schulden weiter zu leisten – außer wohl die beiden da vorne …«

»Meinen Sie, sie sind deswegen tot?«

»Wäre herausgekommen, *wie* es ihm gelang, seine Schulden immer wieder zu begleichen, ohne auf sein luxuriöses Leben zu verzichten, wäre es für ihn wohl das Ende gewesen.«

»Geld kann immer ein Mordmotiv sein, und Schulden ganz besonders, aber bei einem so mächtigen Mann …«

»Nicht das Geld an sich«, fiel er mir ins Wort, »sondern die Art und Weise, wie er zu so viel Geld kommen konnte, ist hier das Entscheidende, junger Mann.«

»Ich verstehe nicht, Herr Professor …«

»Wie kann ich es sagen … Sie können in Salzburg alles ausplündern – die Landeskassen, die Gemeinde, die Festspiele, die Mozart-Museen, die Mozartwoche, selbst das altehrwürdige Mozartianum, dessen Präsident er leider immer noch ist –, aber an einen dürfen Sie nicht rühren: an Mozart. Und genau das hat er wohl getan, um sich immer wieder zu finanzieren.«

»Und jetzt sind Sie vielleicht der Einzige, der es weiß?«

»Der einzige Lebendige, wenn auch nicht mehr für lange, wie Sie sehen … Nur fehlen mir die Beweise: Hätte ich sie, säße ich aller Wahrscheinlichkeit nach nicht hier auf der Bank, sondern läge bereits dort neben den beiden …«

32

Den betrübten Mienen von Chefinspektor Stiller und Gruppeninspektor Biba am Ausgang der inzwischen menschenleeren Kapelle nach zu urteilen, hatte die Untersuchung der Trauergäste mit dem *Detector arsenici* nicht viel gebracht. Die Enttäuschung war besonders Letzterem deutlich anzusehen. »Ich versichere Ihnen, Chef«, sagte er zerknirscht, »ich habe fast den ganzen Vorrat von Dr. Horvath aufgebraucht, jeden Besucher einzeln von den Haarspitzen bis zu den Fußsohlen besprüht, aber nichts, nicht die geringste Spur von Gift habe ich gefunden …« Stiller rieb sich ratlos den struppigen Bartwuchs, während der Labrador zu seinen Füßen leise knurrte. »Auch bei den Musikern nicht?« »Bei den Mitgliedern des Ensembles habe ich noch gründlicher gesucht, wenn überhaupt möglich«, sagte Biba mit gesenktem Kopf, während er seinem Vorgesetzten Filterbrille und Sprühflasche zurückgab. »Ihr ganzes Instrumentarium habe ich nach allen Regeln der Kunst unter die Lupe genommen: Ich habe entlang jeder Saite, zwischen jedem Bogenhaar, in jeden Trichter, unter jede Klappe gesprüht …« Der Chefinspektor klopfte seinem Assistenten aufmunternd auf die Schulter. »Schon gut, Biba, Ihre Arbeit war nicht umsonst: Immerhin können wir jetzt davon ausgehen, dass Libeskinds Posaune die einzige Giftquelle gewesen sein dürfte.« Doch Biba war zu niedergeschlagen, um sich trösten zu lassen. »Nur wissen wir nicht, wie das Gift in die Posaune gelangt ist und vor allem, wer es dort eingebracht hat, Chef«, sagte er mutlos. Stiller ließ Brille und Sprühflasche in die Taschen seines Parkas gleiten. »Machen Sie sich keine Sorgen, Biba: Wir werden unseren Giftmischer finden, ich versichere es Ihnen«, sagte er entschlossen und legte seinem Assistenten bekräftigend eine Hand auf die Schulter. »Halten Sie hier die Stellung, bis die Kollegen der Spurensicherung mit ihrer Arbeit fertig sind«, bat er ihn dann. »Ich werde inzwischen die Ermittlungen genau dort weiterführen, wo ich sie unterbrochen habe.« Er wandte sich mit einer einladenden Geste zu mir. »Kommen Sie mit? In Libeskinds Wohnung liegt noch ein gutes Stück Musikgeschichte in Notenform, das darauf wartet, durchforstet zu werden.«

Als wir die Margarethenkapelle verließen, dämmerte es bereits. Der Schnee auf dem Petersfriedhof schimmerte unwirklich rosarot im winterlichen Abendlicht des dicht bewölkten Himmels. Zu meiner Überraschung wählte Stiller nicht den Weg zum Osteingang des Friedhofs, den wir bei unserem Herweg von Libeskinds Wohnung genommen hatten, sondern stapfte durch den tiefen Schnee in die entgegengesetzte Richtung, zusammen mit dem um ihn herumhüpfenden Zeus. Ich bemühte mich, mit den beiden Schritt zu halten. »Haben Sie von Cecilia Vinci etwas Neues erfahren?«, fragte ich den Chefinspektor nach einiger Zeit mit unverhohlen vieldeutigem, leicht verschmitztem Unterton. »Warum sollte ich?« »Na ja, Sie sind die ganze Zeit am Altarretabel mit ihr allein gewesen …« Stiller hielt plötzlich inne, drehte sich zu mir um und sah mir durchdringend in die Augen. Ich konnte ein verlegenes Lächeln nicht unterdrücken. Er kehrte mir abrupt den Rücken zu und setzte mit Zeus seinen Marsch durch den verschneiten Totenacker fort. »Ich weiß schon, was jetzt auf mich zukommt«, sagte er, während er seine Schritte beschleunigte. »Sie werden versuchen, eine heimliche Romanze daraus zu machen, nur um Ihrem faden Krimi die noch fehlende pikante Würze zu verleihen. Mir wäre es aber wirklich lieber, Sie selbst lieferten endlich wie in alten Zeiten Informationen, die uns bei den Ermittlungen weiterbringen können. Denn letztlich habe ich Sie nicht in den Fall mit einbezogen, damit Sie Ihre wilden schriftstellerischen Ambitionen ausleben.« Erbost folgte ich ihm. »Ich würde Ihnen gerne weiterhelfen«, erwiderte ich bissig, »nur habe ich den Eindruck, dass Sie mich, egal, was ich sage, nicht ernst nehmen, weil Sie meine Aussagen immer nur in Zusammenhang mit dem Roman sehen, den ich – nebenbei bemerkt – noch nicht einmal zu schreiben begonnen habe, ja, ich weiß überhaupt nicht, ob ich ihn jemals verfassen werde.« »Wann habe ich Sie nicht ernst genommen?«, fragte Stiller unwillig. »Ich habe von Anfang an gesagt, dass Libeskind nicht unser Täter ist, aber Sie …« »Jetzt hilft es auch nicht mehr«, fiel er mir schroff ins Wort. »Konzentrieren wir uns auf die Spuren, die wir haben, und vergessen wir den Rest. Wenn wir nicht aufpassen, verdirbt uns Ihr verdammter Roman den ganzen Fall. Vergessen Sie ihn ein für alle Mal und sagen Sie mir einfach, was ich noch wissen sollte.« Er blieb entnervt am Westausgang des Petersfriedhofs unter dem Torbogen stehen, der in den Klosterhof führte, und wartete auf mich. »Eigentlich hätte ich etwas Neues über König zu berichten – etwas, was ich übrigens erfahren habe, während Sie bei Ihrer Sängerin waren …«, antwortete ich streitlustig. Er überhörte geflissentlich die neuerliche Anspielung und wies mit einem Kopfnicken zu den beleuchteten Fenstern in der oberen Etage des Peterskellers: »Ich versuche gerade eben, ihn ausfindig zu machen. Vielleicht sind Sie so freundlich, mir alles mitzuteilen, was Sie über ihn wissen, bevor ich vor ihm stehe …«, sagte er mit schneidender Stimme. »Warum suchen wir ihn auf? Haben Sie auch eine neue Spur?«, fragte ich neugierig. »Sie zuerst«, antwortete er fordernd. Im Schatten des Torbogens bemühte ich mich, die rätselhaften Andeutungen der Sekretärin des Mozartianums und von Professor Schneiderhahn über König möglichst präzise wiederzugeben. Stiller hörte aufmerksam zu, ohne ein Wort zu sagen. Schließlich gab er mir einen Klaps auf die Schulter. »Danke, das sind gewiss Hinweise, die ermittlungsrelevant werden könnten«, sagte er anerkennend. »Ich hoffe nur, Sie erzählen mir all dies nicht wegen Ihres Romans ...«, fügte er halb scherzhaft, halb verärgert hinzu, während er sich mit seinem Labrador dem Peterskeller näherte. »Was meinen Sie?«, fragte ich hinter ihm, deutlich gekränkt. »Na ja, wie soll ich es sagen ...«, fing er mit einem ironischen Lächeln an zu sprechen, während er sich zu mir umwandte. »... Ein König wäre als Serienmörder sicherlich eine ideale Besetzung für einen debütierenden Krimiautor ...«, ergänzte er. »Sehen Sie? Sie sind es, der auf den Roman fixiert ist, nicht ich!«, rief ich ihm aufgebracht zu, doch er drehte mir schon wieder den Rücken zu und klopfte kräftig an das Tor des Kellers.

Mit einem scharfen Ruck ging ein kleines Guckgitter auf Bauchhöhe in dem massiven Holztor auf. »Tut mir leid, Herr Chefinspektor, aber der Keller hat heute Ruhetag«, hörten wir die verschlagene Stimme des kleinwüchsigen Pförtners Malko durch die Öffnung.

»Für einen Ruhetag brennt in der oberen Etage ein bisschen zu viel Licht, denken Sie nicht, Malko?«, bemerkte Stiller spitz.

»Auch wenn mein Herr da wäre – was natürlich nicht der Fall ist –, hieße dies nicht, dass er Sie empfangen möchte, Herr Chefinspektor«, erwiderte dieser feindselig. Stiller verschränkte kampfeslustig die Arme vor der Brust. »Ich könnte ihn auch gleich ins Präsidium einladen«, drohte er stimmgewaltig. Doch der Pförtner ließ sich nicht einschüchtern. »Dann vereinbaren Sie mit mir einen Termin für seine Vorladung«, schlug er kühl vor.

Stiller streichelte beruhigend mit einer Hand den Kopf seines laut knurrenden Labradors. »Ihr Herr braucht sich wirklich nicht vor mir in seinem Keller zu verkriechen«, sagte er betont herablassend. Die Augen des Portiers wurden zu Schlitzen. »Glauben Sie wirklich, einem König Angst machen zu können?« Er grinste hämisch, dann senkte er seine Stimme zu einem kaum noch wahrnehmbaren Flüstern. »Eine kleine Kriminalratte wie Sie …« Stiller beugte sich bedrohlich hin zu dem Guckfenster und warf einen bösen Blick durch das metallene Gitter. »Ein kleiner Kriminalrat wie Sie«, korrigierte sich Malko sofort, »sollte lieber darauf achten, nicht auf die falsche Spur zu kommen, bevor er meinen Herrn mit unnötigen Fragen zu behelligen wagt …«

»Welche falsche Spur?«, fragte Stiller angespannt.

Malko lächelte geheimnisvoll. »Haben Sie nicht daran gedacht, dass die Sache genau andersherum sein könnte, als Sie glauben, Herr Chefinspektor?«

»Ich verstehe Sie nicht …«

»Wie soll ich es sagen … Statt eines Mordes durch den König könnte hier gerade der Versuch eines Königsmordes stattfinden …«

»Meinen Sie Rufmord?«

»Wenn es nur das wäre …«

Stiller überdachte kurz die orakelnden Worte des Pförtners. »Wer sollte ihn denn ermorden wollen?«, fragte er schließlich.

Malko senkte wieder die Stimme, sodass Stiller sein Ohr ganz nah ans Gitter des Guckfensters halten musste, um seine Worte hören zu können. »Wenn man so mächtig ist, hat man viel gefährlichere Feinde als eine kleine Kriminalr…« Stiller wandte rasch den Kopf und brachte Malko mit einem durchbohrenden Blick zum Schweigen. Dieser konnte dem nicht standhalten und schlug erschrocken das Guckfenster zu. Stiller rüttelte kurz am Tor des Peterskellers. »Ich könnte Sie wegen

Beleidigung eines Polizeibeamten verhaften!«, rief er aufgebracht. Doch Malko gab kein Lebenszeichen mehr von sich, sodass die Drohung des Chefinspektors wirkungslos im klirrenden Frost des winterlichen Abends verhallte.

33

»Tja, mein lieber Möchtegern-Literat, uns bleibt wohl nichts anderes übrig, als wieder von vorne anzufangen«, stellte Stiller sichtlich frustriert fest, nachdem wir einige Minuten in der Kälte vor dem Tor ausgeharrt hatten. Ich träumte von einem warmen Bad mit duftendem Salz und guter Musik, während Stiller bereits neben seinem stillen Vierbeiner durch den eisigen Schnee watete. »Kommen Sie doch, das gesamte Œuvre Ihres lieben Beethovens wartet auf Sie in Libeskinds Wohnung«, rief er mir in einem Ton zwischen Ironie und Verbitterung zu, als er merkte, dass ich keine Anstalten machte, ihm zu folgen. »Ganz zu schweigen von unserem Mozart!« Kein Beethoven dieser Welt hätte mich von meinen wohlig warmen, wohlriechenden Fantasien abbringen können – und schon gar kein Mozart. Stiller hielt kurz inne und drehte sich zu mir um. »Ich brauche Ihre Hilfe, um das Notenmaterial in einer vernünftigen Zeit vollständig zu sichten«, sagte er. »Wer weiß, vielleicht finden wir noch weitere entscheidende Hinweise …« Ich setzte mich demonstrativ in den Schnee vor das zugesperrte Tor. Stiller drehte sich um, ging zurück und reichte mir die Hand. »Was wird sonst aus Ihrem Roman, wenn Sie schon jetzt aufgeben?« Der Satz saß: Mit Müh' und Not verschob ich das Bad gedanklich auf einen späteren Zeitpunkt und ließ mich von ihm hochziehen. »Denken Sie ja nicht, dass ich nur wegen des Romans mitkomme«, stellte ich sofort klar, während wir im tiefen Schnee am imposanten Petersbrunnen in der Mitte des Hofes vorbeistapften. Er klopfte mir kameradschaftlich auf die Schulter. »Wenn Sie wirklich miterleben möchten, wie eine echte Mordermittlung läuft, müssen Sie sich darauf gefasst machen, dass Sackgassen und Rückschläge unvermeidlich dazugehören – unverhoffte Wendungen zum Guten aber auch. Ihnen bleibt immerhin der Trost, in Ihrem Roman alles auslassen zu dürfen, was sich im Nachhinein als irrelevant herausstellt. Ich dagegen muss alles detailliert im Polizeibericht aufführen, wenn auch glücklicherweise ohne literarische Ansprüche. Freuen Sie sich, wenigstens Ihren Lesern all unsere Anstrengungen und Fehlschläge ersparen zu können! Wer weiß, möglicherweise lesen sie Ihr Buch gemütlich auf einer Hängematte in der prallen Sommersonne eines fernen Strandes, während wir mühsam durch die Schneemassen dieser verdammten Provinzstadt pflügen …« »… oder sie nehmen ein heißes Schaumbad mit meinem Krimi in der Hand …«, ergänzte ich noch verträumt und folgte ihm in die menschenleere, nur von vereinzelten Schneeflocken belebte Franziskanergasse. »Und jetzt Schluss mit dem Roman und ran an die reale Welt!«, beschloss er das Gespräch und schritt entschlossen in Richtung von Samuel Libeskinds Wohnung.

Einige Minuten später erreichten wir ohne Zwischenfälle die Wohnung des Chorleiters in der Linzer Gasse. »Also, wo war es denn … bei Bach, richtig?«, sagte Stiller mehr zu sich selbst als zu mir, während er sich, latexbehandschuht und gefolgt von Zeus, etwas zaghaft durch die Musikalien-Stapel in Richtung Hammerflügel schlängelte. Ich stand, ebenfalls die Latexhandschuhe übergestreift, bereits vor Beethovens Œuvre an der Stelle, an der ich meine Suche unterbrochen hatte, und war meinerseits heilfroh, die ganze Spätromantik hinter mir gelassen zu haben. »Eigentlich waren Sie schon bei Mozart angelangt, Herr Chefinspektor«, korrigierte ich ihn. Ich hegte die Befürchtung, dass er jetzt, da Samuel Libeskind vom heißen Mordverdächtigen zum Opfer einer Mordserie avanciert war, die gesamten Musikalien des Chorleiters erneut von vorne durchgehen wollte. »Aber wenn Sie noch mal durch den Bach waten möchten, nur zu ...« Stiller winkte ab und blätterte wahllos in einigen Notenbänden aus Bachs Gesamtausgabe. »Ich meine Mozarts autographes Blatt mit dem *Memento moreris*«, präzisierte er. »Wir hatten es bei einer Komposition von Bach gefunden ... wie hieß sie nochmals, etwas mit Opfer ...« »Ach so, Sie meinen wohl Bachs *Musikalisches Opfer* BWV 1079«, kam ich ihm erleichtert zu Hilfe. Stiller hatte den großen Band mit Bachs Spätwerk bereits gefunden. »Hier ist es. Ich möchte potenziell relevante Beweisstücke gleich heute Abend dem kriminaltechnischen Labor übergeben, bevor die Spurensicherung mit der Durchsuchung der Wohnung anfängt«, erklärte er und steckte die Handschrift vorsichtig in einen Plastikbeutel, den er aus der linken Tasche seines Parkas herausgezogen hatte. »Uns läuft die Zeit davon. Bevor der Täter wieder zuschlägt ...« Ich ging einige Stapel Musikalien zurück und zog aus Schuberts Freimaurerkantate D 959 das Blatt mit der Mitgliederliste der Loge ›Zur wahren Freiheit‹ hervor, das ich dort bei der ersten Untersuchung gefunden hatte. »Dann sollten wir die Kollegen der Kriminaltechnik auch dies untersuchen lassen«, sagte ich zu Stiller. »Wer weiß, ob es in Verbindung mit unserer Mordserie steht ...« Er reichte mir gleich einen weiteren Plastikbeutel. »Natürlich ... und die Kontodaten aus der Kreditkarte kann Biba gleich morgen früh überprüfen.« Dann legte er die Plastiksäckchen auf den Deckel des Fortepianos und wandte sich wieder zu Libeskinds Musikalien. »Aber jetzt packen wir Mozart und Beethoven an!«

Das war leichter gesagt als getan. Vor uns stand eine lange Reihe hoher Stapel, die alle anderen Ansammlungen – Bach und Brahms eingeschlossen – ohne Weiteres in den Schatten stellte. Ich zeigte auf einen bis zur Decke reichenden Turm aus dicken, weinroten Bänden der Neuen Mozart-Ausgabe. »Und denken Sie nur, dass er gestorben ist, als er noch nicht einmal 36 Jahre alt war, Herr Chefinspektor …« »Zum Glück, mein lieber Herr Autor …«, antwortete Stiller trocken. »Sagen Sie so was nicht allzu laut, Herr Chefinspektor, vor allem in Salzburg …« »Tja, ich bin nun mal kein Eingeborener …«

Wir blieben einen kurzen Moment in ehrfurchtsvoller Stille vor den Stapeln stehen – selbst der zu Stillers Füßen kauernde Zeus schien von Mozarts und Beethovens vereinten Schaffenskräften überwältigt zu sein und winselte leise vor sich hin. Da kam mir plötzlich eine Idee, wie wir vielleicht den Berg Musikalien vor uns bezwingen konnten. »Was halten Sie davon«, schlug ich vor, »wenn wir vorerst auf Verdacht suchen, Herr Chefinspektor? Vielleicht finden wir schneller etwas …«

»Wen verdächtigen Sie denn, Mozart oder Beethoven?«, fragte Stiller zweifelnd.

»Was für eine Frage! Mozart natürlich.«

Stiller taxierte den hohen Stapel mit den Bänden der Neuen Mozart-Ausgabe vor sich und betrachtete ihn eine Weile skeptisch. »Das hilft uns aber nicht sonderlich, wenn Sie vorher Ihren Verdacht nicht etwas eingrenzen …«

Ich grinste. »Schon geschehen, Herr Chefinspektor: Raten Sie mal, welche seiner Schöpfungen ich besonders in Verdacht habe …«

Ich nahm den Klavierschemel in der Mitte des Zimmers, stieg darauf und streckte mich, um an die letzten beiden Bände an der Spitze des Stapels heranzukommen.

»Das Requiem?«, mutmaßte Stiller von unten.

»Was sonst?«, antwortete ich selbstsicher und nahm den ersten Band des Requiems vorsichtig von der Spitze der Stapel herunter.

»Wenn ich richtig verstanden habe, wäre gerade das Requiem aber so ziemlich das einzige Werk Mozarts, das zum größten Teil nicht von Mozart ist«, wandte Stiller ein. Doch bevor er den Satz zu Ende sprechen konnte, fiel aus dem Band in meinen Händen ein loses, zusammengefaltetes Blatt vor seine Füße. Er hob es vom Boden auf und fing an, es aufmerksam durchzulesen. Nach kurzer Zeit erschien ein Ausdruck plötzlicher Überraschung in seinem Gesicht. Zeus und ich warteten schweigsam, bis er endlich vom Blatt hochblickte. »Es ist zwar nur eine Fotokopie, aber es enthält mehr Sprengstoff als alle Originale, die wir bislang gefunden haben – Mozarts *Memento moreris* eingeschlossen«, sagte er mit ernster Miene und reichte mir das Blatt. Das Dokument sah zunächst wie die Kopie eines Kaufvertrags aus, abgeschlossen zwischen Theodor König als Vertreter des Mozartianums und einer obskuren, dem Namen nach wohl chinesischen Gesellschaft mit Sitz in Singapur. Was da als Kaufobjekt gehandelt wurde, übertraf allerdings jede Einbildungskraft: Der gesamte Bestand des Autographenkellers, genau aufgelistet auf der Rückseite des Blattes, wurde dort für 50 Millionen US-Dollar veräußert. Was dabei überraschte, war aber weniger die Summe an sich – die Sammlung von Originalquellen zu Mozart, eine der bedeutendsten der Welt und das wahre Prunkstück des Mozartianums, wäre dort deutlich unter ihrem aktuellen Marktwert verhökert worden. Vielmehr war es der Rahmen der Veräußerung, der mich stutzig machte: Der dubiose chinesische Käufer hatte sich dort verpflichtet, sogar 25 Millionen, also die erste Hälfte des Betrags, vorzustrecken, um dann die zweite Hälfte des Betrags bei der Abgabe auszuzahlen. Nicht weniger seltsam war das Angebot einer nicht weiter spezifizierten ›neu entdeckten autographen Quelle‹ am Ende der Liste des Bestandes aus dem Autographenkeller. »Ist so ein Vertrag überhaupt möglich?«, fragte ich entsetzt.

»Meinen Sie legal? Allem Anschein nach schon«, bedauerte Stiller. »Soviel ich weiß, ist König als Präsident des Mozartianums auch dessen Bevollmächtigter. Die Frage ist vielmehr, wie es ihm gelingen soll, den ganzen Autographenkeller verschwinden zu lassen, ohne dass dies sofort auffallen würde. Eine Sache ist, wenn man nur ein paar Handschriften entwendet, aber eine ganze Sammlung …« »… darüber hinaus einen der weltweit größten Bestände an Mozarts Autographen …«, ergänzte ich, während ich ihm die Kopie des Vertrags zurückgab. »… und dies mitten in der Mozartstadt …«, fügte er nachdenklich hinzu und schob das Dokument, nachdem er es noch einmal überflogen hatte, in eine neue Plastiktüte. »Der Fall wird immer spannender, Herr Chefinspektor«, kommentierte ich mit unverhohlener Bewunderung. »Für Ihren Kriminalroman vielleicht«, erwiderte Stiller, »nicht aber für die Ermittlungen.« Ich schaute ihn fragend an. »Nun, Geld ist eines der häufigsten, gewöhnlichsten Mordmotive«, erklärte er nüchtern. »Und was ist mit der neu entdeckten Handschrift Mozarts, die am Ende des Vertrags erwähnt wird?«, setzte ich nach. In Stillers Augen blitzte es. Ohne ein Wort zu sagen, holte er den Plastikbeutel mit Mozarts autographem Blatt des *Memento moreris* von Libeskinds Fortepiano in der Mitte des Zimmers. Dann wedelte er kurz mit dem mysteriösen Manuskript vor meiner Nase. »Wir müssen nur noch abwarten, bis Biba morgen Libeskinds Konto überprüft hat«, sagte er schließlich, »aber ich kann mir schon denken, was wir dort finden werden …«

»Erpressung?«, fragte ich nicht ganz überzeugt.

»Durchaus möglich. Waren Sie es nicht, der mal gesagt hat, in Salzburg dürfe man alles, nur nicht Mozart antasten? Wäre herausgekommen, wie König dessen wertvollstes Erbe den Chinesen preisgegeben hat, wäre er hier ein für alle Mal erledigt gewesen …«

»Vielleicht wollte Libeskind aber nur den Bestand des Autographenkellers vor den Chinesen retten und hat versucht, den Verkauf rückgängig zu machen«, gab ich zu bedenken. »Als Vollblutmusiker ständig auf der Suche nach dem originalen

Mozartklang, wie er sich zumindest nach außen immer wieder präsentiert hat, dürfte er weniger an Geld interessiert gewesen sein, als vielmehr an der Erhaltung von Mozarts originalen Quellen …«

»Dann hätte König ein noch stärkeres Motiv gehabt, ihn endgültig kalt zu stellen: Einer, bei dem nicht einmal Geld Wirkung zeigt, hätte für König eine noch größere Gefahr dargestellt.«

»Und Löwenstein?«

»Ein Wüterich und Musikfanatiker wie Löwenstein muss noch unberechenbarer gewesen sein als Libeskind. Ich schließe nicht aus, dass er durch seinen Chorleiter, mit dem er trotz aller Abneigung die grenzenlose Verehrung für Mozart teilte, vom Deal mit den Chinesen erfahren hatte und König an den Pranger stellen wollte. Vielleicht musste er deswegen als Erster sterben …«

Wir nickten beide in gegenseitigem Einvernehmen.

»Wie ist wohl Libeskind an eine Kopie des Vertrags herangekommen?«, fragte ich nach einer Weile.

»Vielleicht hat jemand, der König sehr nahe stand und davon erfahren hat, eine Kopie des Vertrags an Libeskind weitergeleitet«, vermutete Stiller. »Aber jetzt spielt das wohl kaum noch eine Rolle …«

Ich dachte an die geheimnisvollen Worte, die mir Magdalena Rosenthal unter den dunklen Wölbungen der Margarethenkapelle ins Ohr geflüstert hatte. Als Sekretärin des Mozartianums dürfte sie mit allen Geschäften dieser Institution vertraut gewesen sein. »Dann brauchen wir nur noch König zu verhaften …«

Stiller winkte ab. »Ich weiß, Sie brennen nur darauf, Ihren Lesern einen dicken Fang zu präsentieren, aber wir sollten nichts übereilen: Wir haben zwar das Motiv, aber uns fehlt noch eine Verbindung zur Tatwaffe …« Er sah meine Enttäuschung und versuchte, mich aufzumuntern: »Jetzt bringe ich erst einmal die

Beweisstücke zur Untersuchung ins kriminaltechnische Labor. Wenn die Kollegen dort fleißig sind, können wir schon morgen erste Ergebnisse zur Verfügung haben.«

»Ich könnte die Antiquarin Edeltraud Goldschmid darum bitten, die Echtheit der Unterschrift in Mozarts neuem Manuskript zu verifizieren«, schlug ich vor.

»Gute Idee«, sagte Stiller und klopfte zufrieden auf meine Schultern. »Begleiten Sie sie morgen direkt zu Dr. Horvath. Dann können wir die Befunde der Leichenbeschau und vor allem der toxikologischen Untersuchung zusammen mit den ersten Resultaten der Spurensicherung bewerten, um die Ermittlungen zu beschleunigen. Und jetzt können Sie ruhig nach Hause gehen und sich wie Ihren Lesern ein echtes heißes Schaumbad gönnen, wenn auch noch ohne Ihren Krimi in der Hand. Sie haben es sich redlich verdient. Bis morgen.« Vor der Tür von Libeskinds Wohnung drückte er mir zum Abschied nochmals kräftig die Hand und verschwand mit seinem Vierbeiner in der verschneiten Nacht.

34

»Er ist es, kein Zweifel.« Edeltraut Goldschmids Stimme bebte vor Ergriffenheit in der gespenstischen Stille unter den felsigen Wölbungen des thanatologischen Instituts im Kapuzinerberg. »Die schnörkellos fließende Kurrentschrift der Ankündigung in der ersten Zeile – *Nun ist es soweit: Den Worten soll jetzt die Musik folgen* –, die verspielte, fast kindlich anmutende Antiqua des *Memento moreris* in der zweiten Zeile, die schwungvolle Schlussschleife des Manu-Propria-Kürzels am Ende der Signatur – *Wolfgang Amadé Mozart*^{mp} –, die überhastete Niederschrift des später mit dunklerer Tinte hinzugefügten Postskriptums: *Um sicherzugehen, dass mein Werk restlos gelingt, habe ich dieses Schreiben nun ans Ende gestellt.* Alles unverkennbar – wie seine Musik.«

Dr. Horvath, Stiller, Zeus und ich standen in ehrfurchtsvollem Schweigen hinter der zierlichen Antiquarin im eleganten cremefarbenen Kleid. Die alte Dame blieb noch eine Weile über den Seziertisch in der Mitte der Leichenhalle gebeugt, auf dem ausnahmsweise kein Leichnam, sondern ein vergilbtes, an den Rändern etwas ausgefranstes, großes querformatiges Blatt Papier unter dem Neonlicht lag. Dann löste sie ihren tadellos frisierten silberweißen Pagenkopf von der dicken Vergrößerungslinse in der leicht zittrigen rechten Hand und wandte sich Horvath zu, der den Bericht des kriminaltechnischen Labors in der Hand hielt. »Darf ich wissen, was die Radiokarbondatierung ergeben hat?«, fragte sie mit einem aufmunternden Lächeln den ungewöhnlich schüchtern gewordenen Gerichtsmediziner. Mit dem ungestümen Eifer eines Vorzeigeschülers bei der Frage seiner Lieblingslehrerin näherte sich Horvath geschwind dem Seziertisch und fing an, Voraussetzungen, Vorgehensweise und Vorzüge der Radiokarbonmethode bis ins kleinste Detail zu schildern. »Es bestehen keinerlei Zweifel an der umfangreichen Sachkenntnis des Herrn Doktors im naturwissenschaftlichen Bereich«, unterbrach die Antiquarin bald seine Ausführungen mit ausgesuchter Höflichkeit, »aber hier würde es eigentlich vollkommen reichen, nur kurz die Ergebnisse der Analyse zu referieren …« Der Angesprochene brauchte etwas Zeit, bis er sich wieder fassen und zum Punkt kommen konnte. »Nach der vom Team der Kriminaltechnik an einer kleinen Papierprobe durchgeführten Beschleunigermassenspektrometrie«, erklärte er schließlich in sachlichem Ton, »lässt sich das Partiturblatt auf das Jahr 1791 datieren …« Stiller sah den Forensiker überrascht an. »Ich dachte, so präzise Ergebnisse wären nur in der fiktiven Welt amerikanischer Krimiserien möglich«, sagte er ironisch und kratzte sich am stoppeligen Siebentagebart. »Natürlich darf der einfache Standardfehler des Messwertes nicht außer Acht gelassen werden …«, erklärte Horvath etwas zögerlich. »Und der wäre?«, fragte Stiller nach. Dr. Horvath warf einen Blick in den kriminaltechnischen Bericht. »Plus/minus fünfunddreißig Jahre«, antwortete er dann knapp. »Fünfunddreißig Jahre? Das ist so ziemlich die ganze Lebensdauer Mozarts!«, rief ich, ohne meine Enttäuschung zu verbergen – so eine breite Unsicherheit der Altersbestimmung konnte vielleicht wissenschaftlich glaubwürdig wirken, sie wäre aber für einen Krimi kaum tauglich. »Sie verstehen schon«, versuchte der Mediziner, die Arbeit der Kollegen der Kriminaltechnik zu rechtfertigen, »alle möglichen Fehlerquellen und externen Faktoren müssen bei einem so komplexen Datierungsverfahren zusätzlich berücksichtigt werden: die spezifischen Umstände der Fundsituation, die natürlichen Schwankungen des atmosphärischen $^{14}C/^{12}C$-Verhältnisses durch die Modulation der kosmischen Strahlung und durch Veränderung des geomagnetischen Dipolfeldes, die dendrologische Kalibrationskurve …« »Schon gut, schon gut, wir haben verstanden«, unterbrach ihn die Antiquarin nachsichtig und legte ihre Linke auf das Handgelenk des Doktors, um sein naturwissenschaftliches Kauderwelsch zu bremsen. Dann schob sie die Vergrößerungslinse in die rechte Tasche ihres Tailleurs zurück, hob das Blatt mit einer Pinzette an und hielt es gegen das Licht der Hängelampe über dem Seziertisch. »Wenn der Herr Doktor erlaubt, würde ich dennoch versuchen, das Plusminus zeitlich weiter einzugrenzen …« Wie eine Schulklasse sammelten wir uns um den Seziertisch und schauten neugierig auf das von den Neonröhren an der Decke durchleuchtete Blatt. »Darf ich die Herren bitten, Ihre Aufmerksamkeit nicht auf Mozarts handschriftliche Eintragung im oberen Drittel zu richten, sondern auf den Hintergrund der ganzen

Seite und insbesondere auf die obere Hälfte zu schauen?«, wies uns die Antiquarin an. Und siehe da: Der untere Teil des mir bekannten Musters eines Totenkopfs mit breitem, m-förmigem Grinsen schimmerte hell im Hintergrund in der oberen Hälfte des Blattes durch. »Und? Was sehen die Herrschaften?«, fragte Edeltraud Goldschmid in absichtlich übertriebenem schulmeisterlichen Tonfall. Bis auf Zeus, der das lichtdurchflutete Blatt feindselig anbellte, wollte keiner riskieren, sich durch eine falsche Antwort zu blamieren. »Der Rüde des Herrn Chefinspektors scheint es bereits wiedererkannt zu haben. Schade, dass er nicht sprechen kann«, kommentierte Frau Goldschmid Zeus' Benehmen belustigt und sah uns geduldig an. »Die untere Hälfte eines stilisierten Schädels …«, traute sich als zweiter Dr. Horvath nach langem Zögern. »Der Herr Doktor hat zweifelsohne eine gute Beobachtungsgabe«, lobte ihn die Antiquarin wohlwollend, »aber lässt sich im Halbschädel etwas Besonderes – ein Zeichen, ein Buchstabe – erkennen?« Diesmal war der Chefinspektor der schnellste: »… der Anfangsbuchstabe des *Memento moreris* …« Edeltraut Goldschmid blinzelte ihm charmant zu. »Und schon sind wir dank des detektivischen Spürsinns unseres Herrn Chefinspektors einen Schritt weiter. Wenn sich nun auch unser Berichterstatter an das Gespräch in meinem Antiquariat erinnern möchte, bei der die Funktion eines solchen Musters bei der Papierherstellung im 18. Jahrhundert erörtert wurde …«, forderte sie mich dann mit gespielter Strenge auf. Meine Antwort ließ nicht lange auf sich warten: »Ein Wasserzeichen, mit dem die Papiermühlen beim Schöpfen ihr eigenes Signet auf jeden Papierbogen prägten – dieses Muster ist unter anderem im Notenpapier des autographen Fragments von Mozarts *Requiem* KV 626 nachgewiesen …« »Richtig«, lobte die Antiquarin, dann wies sie mit der Hand auf die Rastrierung des Blattes mit Notensystemen. »Und ganz wichtig für unsere Datierungsfrage«, ergänzte sie, eine Hand über das Blatt breitend, um es ungefähr zu messen, »Mozart hat eine Papiersorte wie diese, die neben dem Wasserzeichen des *Memento moreris* 12 Notensysteme mit einer Gesamtspannung zwischen 188 und 189 Millimetern und einer senkrechten Linie am Beginn und am Ende der Rastrierung aufweist, erst im Jahre 1791 verwendet, welches also als *Terminus post quem* betrachtet werden kann. Und da Mozart bekanntlich am 5. Dezember desselben Jahres gestorben ist …« »… können wir die Entstehung der Handschrift auf das Todesjahr des Komponisten eingrenzen«, schlussfolgerte Dr. Horvath beflissen. »So hat unser Herr Doktor sein Plusminus weg«, stellte die Antiquarin zufrieden fest.

»Wie hoch würden Sie den Wert des Manuskripts schätzen?«, fragte ich die Antiquarin, nachdem wir noch einige Minuten in aller Stille das durchleuchtete Blatt betrachteten. »Für Mozartianer gälte auch nur die Frage an sich als Sakrileg«, versuchte sie auszuweichen, nicht ohne mir einen tadelnden Blick zuzuwerfen. »Und für Nicht-Mozartianer?«, hakte Stiller angespannt nach. Edeltraut Goldschmid legte das mysteriöse Blatt vorsichtig mit der Pinzette zwischen zwei Schutzfolien auf den Seziertisch und seufzte laut. »Selbst unter nicht eingefleischten Mozartianern könnte sich immer noch jemand finden, für den kein Schatz dieser Welt einen vergleichbaren Wert hätte. Für meine Wenigkeit kann ich nur sagen: Selbst wenn ich alles zusammennähme, was mir in meinem langen Antiquarinnenleben durch die Hände gegangen ist, käme ich kaum an den potenziellen historischen Rang dieses einzigen Blattes heran.« Wir rückten instinktiv noch näher an den Seziertisch. »Es gibt da aber noch ein weiteres Detail, das mich, wenn überhaupt möglich, noch mehr staunen lässt«, fuhr die Expertin fort. »Herr Stiller hat vorhin zwar völlig zurecht den Buchstaben M des *Memento moreris* im Grinsen des halben Totenkopfs wiedererkannt, nicht jedoch weiter präzisiert, um welches der beiden M im Spruch es sich hier handelt: das große des *Memento* oder das kleine des *moreris*?« »Das kleine m vom *moreris*«, antwortete ich prompt, mir die langen Nachforschungen zum geheimnisumwitterten Symbol in der Universitätsbibliothek in Erinnerung rufend. »Für das *Memento* hätte das große M in Form eines Lesepults mit einem offenen Buch dagestanden …« »Richtig, aber was sagt uns dies?« »Das *Memento* fehlt«, sagte Dr. Horvath knapp. »Auch korrekt, aber was heißt es genau in Bezug auf den Zustand der Quelle?«, forderte uns die Antiquarin weiter auf, langsam die Geduld verlierend. »Denken Sie an den deutlich zerfaserten linken Rand des Blattes …« Stiller schlug sich auf die Stirn. »Die Hälfte des Papierbogens mit dem ersten Teil des Wasserzeichens fehlt!« Doch auch die letzte Antwort des Chefinspektors konnte die hohen Ansprüche der Fachfrau nicht vollkommen befriedigen. »Viel mehr, meine Herren, viel mehr …«, sagte sie bedeutsam, wobei sie flüchtig das Manuskript in der Schutzfolie liebevoll streichelte. »Ein solches Blatt war damals normalerweise Teil eines etwa 66 mal 50 cm großen querformatigen Papierbogens, der durch zweimaliges Falzen zu zwei Doppelblättern in Quart gefaltet wurde.« Die Antiquarin musste unsere fragenden Gesichter bemerkt haben, denn sie hielt plötzlich inne und überlegte kurz. Dann wandte sie sich höflich Dr. Horvath zu: »Der Herr Doktor wird in seinem Labor bestimmt ein leeres Blatt Papier, Bleistift und Lineal sowie ein Papiermesser zur Verfügung haben, oder?« Der Gerichtsmediziner eilte hinter eine Trennwand der Leichenhalle und kam nach kurzer Zeit mit dem erwünschten Werkzeug zurück. Edeltraut Goldschmid, inzwischen mit einer feinen randlosen Lesebrille auf der Nase, legte das leere DIN-A4-Blatt im Querformat auf den Operationstisch neben Mozarts Autograph und zog mit Bleistift und Lineal eine vertikale Linie von der Mitte nach unten, und eine horizontale Linie von der Mitte der linken Schmalseite nach rechts, sodass sich beide Linien in der Mitte des Blattes kreuzten und das Papier in vier gleiche, querformatige Quadranten aufgeteilt wurde. Dann nummerierte sie die vier Quadranten an den jeweiligen oberen äußeren Ecken mit den Ziffern 1a, 2a, 3a, 4a im Uhrzeigersinn beginnend vom unteren linken Quadranten. Schließlich zeichnete sie in groben Umrissen das Symbol des *Memento moreris* auf dem Blatt, und zwar so, dass der erste Teil des Wasserzeichens, das offene Buch über dem Lesepult in Form eines großen M, in die Mitte der linken Hälfte zwischen die Quadranten 2a und 1a fiel, während der zweite Teil, der Totenkopf mit m-förmigem Grinsen, die Mitte der zweiten Hälfte zwischen den Quadranten 3a und 4a einnahm. »Ein Papierbogen wie dieser – in seinen realen Dimensionen natürlich etwas mehr als viermal so groß wie dieses DIN-A4-Blatt –«, erklärte sie, wobei sie das Blatt vom Seziertisch hob und demonstrativ vor uns hielt, »wurde in der Regel wie folgt in zwei Doppelblätter geteilt: Zunächst wurde der Bogen horizontal geknickt.« Mit einer flinken Bewegung faltete sie unter dem Neonlicht das querformatige Blatt in der Mitte entsprechend der längeren Bleistiftlinie zwischen den Schmalseiten. »Dann wurde der Bogen in der Mitte vertikal gefalzt.« Das einmal gefaltete Blatt wurde nun ein zweites Mal entlang der kürzeren vertikalen Linie geknickt. Während Frau Goldschmid mit einer Hand das zweimal gefalzte Blatt hielt, forderte sie mit der anderen Dr. Horvath auf: »Papiermesser, bitte.« Mit der raschen Reaktionszeit einer OP-Schwester griff der Arzt ein Skalpell von einem Tablett mit Operationsinstrumenten neben dem Tisch und reichte der Antiquarin das Schneidegerät mit dem Griff voran. Mit der zügigen Präzision eines Chirurgen nahm die alte Dame das Skalpell und schnitt das gefaltete Blatt in der Linken entlang der zwei horizontalen Falze auf. »So entstehen zwei zusammengehörige, ineinander liegende Doppelblätter: ein äußeres mit den am unaufgeschnittenen vertikalen Falz verbundenen Quadranten 1a und 4a aus der unteren Hälfte, und ein inneres mit den ebenfalls durch den unaufgeschnittenen vertikalen Falz verbundenen Quadranten 2a und 3a aus der oberen Hälfte des Papierbogens. Dementsprechend befinden sich die vier Ausschnitte des Wasserzeichens am Kopf eines jeden Doppelblattes: die untere Hälfte des *Memento* am Kopf des ersten Blattes 1a, dessen obere Hälfte kopfüber vom oberen Rand des zweiten Blattes 2a, die obere Hälfte des *moreris* ebenfalls kopfüber vom oberen Rand des dritten Blattes 3a, und dessen untere Hälfte, genau wie in unserem autographen Blatt von Mozart, am Kopf des vierten Blattes 4a.« Frau Goldschmid gab das gefalzte und aufgeschnittene DIN-A4-Blatt mit dem Umriss des *Memento moreris* an Dr. Horvath weiter und wartete geduldig, bis das Blatt, von Hand zu Hand gehend, von allen näher betrachtet werden konnte. »Das würde heißen, meine Herren«, schlussfolgerte sie, nachdem auch Stiller als Letzter das Blatt in Händen gehalten hatte, »dass unsere Quelle mit dem letzten Viertel des *Memento moreris*, dem unteren Teil des Totenkopfes mit dem m-förmigen Grinsen, eigentlich nur das letzte Blatt eines vierblättrigen Papierbogens bildet: Allem Anschein nach gehören drei weitere Blätter respektive sechs Seiten noch dazu …« »Und wenn der Wert auch nur einer Seite bereits ins Unermessliche reicht«, überlegte Stiller, »könnte man für die fehlenden Seiten sogar, auch ohne ein eingefleischter Mozartianer zu sein …« »… Morde begehen?«, führte ich seinen Gedanken zu Ende.

Einen Moment lang herrschte nachdenkliches Schweigen zwischen den felsigen Wänden der unterirdischen Leichenhalle. Erst als die Antiquarin wieder das Wort ergriff, lockerte sich die angespannte Atmosphäre etwas. »Alles noch ein bisschen spekulativ, meine Herren, denken Sie nicht?«, konstatierte sie. »Ich würde mich vorerst weniger auf den materiellen Wert, sondern auf die historische Bedeutung des Manuskripts konzentrieren«, schlug sie vor und zitierte laut aus der Quelle: »*Den Worten soll jetzt die Musik folgen* – Was könnte diese rätselhafte

Ankündigung heißen? Ich sehe da auf jeden Fall zwei Möglichkeiten: Einerseits weist der Satz auf vorangegangene Worte zurück, was unsere Vermutung einer größeren Handschrift Mozarts, von der unsere Quelle das letzte Blatt bilden würde, indirekt bestätigt. Andererseits kündigt er eine nicht weiter bestimmte, möglicherweise noch zu komponierende Musik an – ein Werk, dem er später, aus welchen dunklen Gründen auch immer, sein Schreiben als Nachwort hinzugefügt hat, wie im enigmatischen Postskriptum vermerkt: *Um sicherzugehen, dass mein Werk restlos gelingt, habe ich dieses Schreiben nun ans Ende gestellt* –, was unsere Spurensuche noch spannender macht …« Edeltraut Goldschmid schob die randlose Lesebrille auf die Nasenspitze und sah jedem von uns direkt in die Augen. »Vielleicht ist es auch kein Zufall, dass Mozart seine mysteriöse Botschaft nicht auf einem hochformatigen Schreibblatt, wie er es gewöhnlich für seine Briefe und schriftlichen Notizen verwendete, sondern ausnahmsweise auf einem mit Notenlinien bedruckten querformatigen Partiturblatt niedergeschrieben hat. Natürlich hatte er damit mehr Platz für sein Schreiben zur Verfügung, andererseits hat er Partiturblätter ansonsten nur für seine Kompositionen aufgehoben …« Alle beugten sich gleichzeitig über das Blatt auf dem Seziertisch, um die Notenlinien genauer anzusehen. »Wenn auch ich ein wenig spekulieren darf«, sagte die Antiquarin abschließend, »vielleicht liegt weniger im pekuniären Wert als vielmehr im Inhalt dieser Schrift, von der wir leider nur ein einziges Blatt haben, der Schlüssel zur Lösung Ihres Falles. Vielleicht sollten wir, um unseren Mörder zu überführen, vorerst nach der Musik suchen …«

35

Kaum waren Edeltraut Goldschmids letzte Worte im Leichenhaus unter dem Kapuzinerberg verklungen, betrat ein äußerst aufgeregter Franz Biba die Halle, heftig einige Blätter in der rechten Hand schwenkend. »Sie hatten recht, Chef«, rief er Stiller zu, noch bevor er die Gruppe um den Seziertisch erreicht hatte. Der Chefinspektor ging ihm entgegen und nahm die Unterlagen an sich. »Auf Libeskinds Konto sind in letzter Zeit wiederholt hohe Beträge von einem Liechtensteiner Konto eingezahlt worden, die er jedes Mal umgehend zurücküberwiesen hat«, sagte Biba leiser zu ihm und zeigte mit dem Zeigefinger auf einige Stellen in den Kontoauszügen. »Wenn König sein Schweigen über den Deal mit den Chinesen erkaufen wollte, ist er bei Libeskind auf taube Ohren gestoßen, Chef: Der Kerl war unbestechlich.« Stiller nickte zustimmend, während er die Kontoumsätze schnell überflog, doch nach einigen Seiten hielt er verblüfft inne, als könne er nicht glauben, was er da las. »Ja, Chef, ich wollte es Ihnen gerade sagen: Ich habe auch die Kontoauszüge von Isaac Löwenstein überprüft und konnte da vor lauter Nullen nicht mehr durchblicken …«, versuchte Biba schnell zu erläutern. »Die horrenden Summen, die vom gleichen Liechtensteiner Konto an den Dirigenten überwiesen wurden und die er ebenfalls gleich an den Absender zurückgeschickt hat, liegen weit über dem gesamten Verkaufswert des Autographenkellers … Ich fürchte, was wir bislang über Königs Geschäfte herausgefunden haben, ist nur die Spitze des Eisbergs …« »Das Blatt mit dem *Memento moreris* …«, murmelte Stiller in Gedanken versunken vor sich hin. »Welches Blatt?«, fragte Biba verwirrt. »Wenn Sie möchten, können Sie es hier anschauen«, lud ihn Frau Goldschmid mit einer höflichen Handbewegung an den Obduktionstisch. Biba näherte sich zögernd dem stählernen Tisch, schaute lange und aufmerksam auf Mozarts autographes Blatt, das die Antiquarin mit einer Pinzette wieder aus der Schutzfolie herausgezogen hatte, kratzte sich zweifelnd am Kopf und fragte schließlich unsicher: »Ist das alles?«

»Der Rest des Manuskripts, wenn er überhaupt noch existiert, fehlt leider noch ...«, erklärte ihm die alte Dame.

»Aber er könnte durchaus die hohen Beträge auf Löwensteins Konto erklären ...«, mutmaßte Stiller nachdenklich.

»... oder selbst das Motiv für die Giftmorde gewesen sein ...«, spekulierte ich.

»... oder vielleicht – warum nicht? – sogar die Mordwaffe ...«, setzte Biba noch einen drauf, als ob er meine schon ziemlich gewagte Vermutung überbieten wolle. Wir schauten alle verblüfft auf den Gruppeninspektor, der, durch die plötzliche Aufmerksamkeit eingeschüchtert, ins Stottern kam. »Ich dachte an Umberto Ecos *Der Name der Rose* ... Auch dort war ein altes, unschätzbares Manuskript ... mit Gift getränkt ... wie hieß es noch mal ... Aristophanes ...« »Sie meinen wohl Aristoteles' zweites Buch der *Poetik* über das Lachen, Herr Inspektor«, kam ich Biba zu Hilfe, »eine geniale Mordwaffe, wenn Sie mich fragen ...«

Stiller schnaubte verächtlich. »Fangen Sie beide nicht wieder mit Ihren nutzlosen Kriminalgeschichten an!«, wies er uns barsch zurecht und blickte dennoch zu Dr. Horvath, als halte er Bibas Anregung doch wenigstens einer Prüfung durch den Gerichtsmediziner für würdig.

»Eine höchst interessante Hypothese, verehrter Kollege ...«, wandte sich der Doktor zustimmend an Biba, »... die aber leider durch die klinischen Befunde nicht bestätigt, ja eher von diesen widerlegt wird: Weder auf der Zungenspitze noch an den Fingerkuppen der beiden Leichen konnte ich Arsenspuren feststellen, was sicher der Fall gewesen wäre, wenn die Opfer die mit Gift präparierten Seiten einer Handschrift umgeblättert hätten wie in *Der Name der Rose*«, erklärte er sachlich, wobei man eine leichte Enttäuschung heraushören konnte. »Und auch an unserem rätselhaften Blatt mit Mozarts autographem *Memento moreris* ist keine Spur eines Gifts gefunden worden. Das Einzige, was unsere realen Morde mit Umberto Ecos fiktiver Mordserie gemeinsam haben, besteht darin, dass in beiden Fällen die Opfer an einer mysteriösen Vergiftung gestorben sind, verehrter Kollege«, war das ernüchternde Fazit des Forensikers. »Anders als bei Eco, in dessen Bestseller, wenn ich mich meiner Jugendlektüre recht entsinne, nur vage von einem Fläschchen mit giftigen Kräutern die Rede ist, konnte ich mit meinem Team die Zusammensetzung unseres Gifts genauer feststellen«, fügte der Doktor nicht ohne Stolz hinzu und zog aus einer Tasche seines Kittels ein langes Säulendiagramm heraus, auf dem verschiedene chemische Komponenten abgebildet waren. »Durch die chemische Mikroanalyse des Speichels in der Posaune von Samuel Libeskind«, erklärte er mit einer ungewöhnlichen Aufregung in seiner Stimme, »konnten wir alle Bestandteile des Gifts mit einer gewissen Exaktheit bestimmen – was früher anhand der Blutanalyse von Isaac Löwenstein, wie sich der verehrte Chefinspektor sicherlich erinnern wird, nur partiell und mit mehr oder weniger groben Näherungen möglich war.« Der Mediziner breitete die Papierrolle mit den Daten seiner chemischen Analyse vor uns aus und wies mit dem Zeigefinger auf die unterschiedlich langen Säulen, die auf dem Diagramm nebeneinander aufgezeichnet waren. »Neben geringfügigen Rückständen von Eisenvitriol, Galläpfeln, Blauholz, Gummi arabicum und Zucker, die an und für sich ganz und gar unschädlich und möglicherweise auf anderen Wegen als durch das Gift in den Speichel des Verstorbenen gelangt sind – auf welchen Wegen wird sich vielleicht später im Laufe der Ermittlungen herausstellen –, habe ich drei Stoffe isolieren können, die doch in relevanten Mengen vorhanden waren. Die ersten zwei hatte ich schon bei der Blutuntersuchung von Löwenstein aufgespürt: Arsentrioxid natürlich, wohl der Hauptbestandteil des Gifts; dazu eine nicht unerhebliche Quantität Bleioxid – beides hochgiftige Substanzen, die in diesen Dosen durchaus zu einer tödlichen Mixtur taugen …« Horvath machte eine bedeutungsvolle Pause und seufzte tief. »Nur auf die dritte Komponente dieser höchst komplexen arsenhaltigen Giftmischung kann ich mir keinen Reim machen«, fügte er hinzu und schüttelte enttäuscht den Kopf. »Nach der chemischen Zusammensetzung sollte es sich um *Antirrhinum cymbalaria* handeln, auch als *Linaria cymbalaria*, *Cymbalaria muralis* oder einfach *Herba cymbalariae* bezeichnet, bei uns unter dem Namen Zimbelkraut oder Mauerzimbelkraut bekannt. Das ist eine gesundheitlich völlig unbedenkliche Kletterpflanze mit gespornten, meist hellvioletten Blüten, die ursprünglich aus dem Mittelmeerraum stammt, sich seit dem 16. Jahrhundert auch in Mitteleuropa als Heil- und Zierpflanze eingebürgert hat und heute weltweit auf Felsen, vor allem aber in Mauerritzen zu finden ist. Ich frage mich nur, was eine so harmlose Pflanze in einem tödlichen Gift zu suchen hat …« Der Doktor hielt das Diagramm noch eine Weile schweigsam vor sich hin und fuhr sich nachdenklich über seine Glatze, dann hob er den Blick und sah uns mit einem Ausdruck an, in dem mehr Bewunderung als Frust lag. »Der Giftmischer, mit dem wir es hier zu tun haben, verehrte Kollegen, muss mit allen möglichen Wassern gewaschen sein …« »… und mit einem besonderen Wasser ganz bestimmt«, griff Edeltraut Goldschmid überraschend in die Ausführungen des Arztes ein. »*Aqua toffana*«, sagte sie knapp und geheimnisvoll. »*Aqua* was?«, fragte Biba spontan. Ich erinnerte mich vage, den Namen schon irgendwo gelesen zu haben, konnte aber auf Anhieb nicht genau sagen, worum es sich handelte. »Toffanisches Wasser«, übersetzte Frau Goldschmid geduldig und wandte sich zu Horvath. »Der Herr Doktor wird sicherlich eine Kopie von Karl

Marx' Giftlehre unter seinen Nachschlagewerken haben …«

»Aber freilich, Madame«, antwortete der Gerichtsmediziner beflissen. »*Die Lehre von den Giften in medizinischer, gerichtlicher und polizeylicher Hinsicht* von Karl Friedrich Heinrich Marx, 1827 in Göttingen erschienen«, zitierte er präzise, »sollte zur Standardausstattung jeder forensischen Einrichtung gehören – und darf in einem hochspezialisierten Laboratorium wie meiner thanatologischen Sonderabteilung selbstverständlich nicht fehlen!« Er verschwand wieder hinter der Trennwand und kam nach kurzer Zeit mit einem alten voluminösen Band in den Händen zurück, den er auf dem Seziertisch neben Mozarts autographem Blatt und seinem chemischen Diagramm aufschlug. Er befeuchtete den Zeigefinger mit der Zunge und ging das Sachregister am Ende des antiken Wälzers durch. Nachdem er schnell die gesuchte Stelle gefunden hatte, fing er an, unter dem hellen Neonlicht mit seiner kräftigen Bassstimme vorzulesen:

»*Großes Aufsehen machte ein Gift, bekannt unter dem Namen Aqua Toffana, Tophana, Tufana, Acquetta di Napoli, Acquetta della Toffnina, della Toffa, di Perugia oder blos Acquetta. Dieses soll die Giftmischerin Toffa oder Toffania, aus Palermo gebürtig, um der Aufsicht der Polizey zu entgehen, als Manna von St. Nicola von Bari versandt haben. Man glaubte nämlich, daß aus dem Grabe des heiligen Nicolaus von Bari ein heilendes Wunderöl fließe. Im Jahre 1709 wurde jedoch die Sache bekannt, die Giftmischerin eingezogen, durch die Folter zum Geständnisse ihrer Verbrechen gebracht, und unter dem Kaiser Karl VI. zu Neapel 1709 erdrosselt. (Man vergleiche Möhsen, Beschreibung einer Berlinischen Medaillen-Sammlung* – und so weiter und so weiter …)

Die Zusammensetzung dieses Gifts – da haben wir's – *blieb ein Geheimniß; Vermuthungen darüber sind sehr viele und mitunter äußerst sonderbare gewagt worden.*

So glaubt Halle (Gifthistorie, Seite 80.), daß es eine Zubereitung sey aus dem Schaume zum Tode gequälter Menschen – das glaubt wohl nur er –, *und bemerkt dazu (Seite 81.): ›Brächte Italien solche Schandthaten hervor, so wäre ein Kern von dem giftigen Apfel des verbotenen Baums, als Eva zubiß, gerade auf diesen Garten der Teufel herabgefallen.‹* – okay, lesen wir lieber weiter …

Nach dem Abte Gagliani (man vergleiche Weckherlin, Chronologen – et cetera et cetera et cetera – *) sey es eine Mischung aus Opium und Canthariden* – Kanthariden? Das sind doch die spanischen Fliegen, diese Weichkäfer mit grün-goldenen Flügeldecken! –; *und Löffler (Aufsätze und Beobachtungen, Seite 245.) hält es für eine Bereitung aus dem Safte zerquetschter giftiger Insekten; vielleicht aus den giftigen Fäden der Seequalm* – schon gut, den Teil können wir getrost überspringen …

Allein eine größere Wahrscheinlichkeit hat die Vermuthung für sich, daß der Hauptbestandtheil Arsenik war. – Aha, jetzt wird's interessant … –

Friedrich Hofmann (Medicina rationalis systematica – der Titel klingt gut –*) führt einen Brief an von P. N. Garelli, dem ersten Leibarzte des Kaisers Karl VI., worin dieser berichtet, daß die Aqua der Toffana, die noch in Neapel im Kerker lebe* – War sie doch nicht erdrosselt worden? –, *nichts anderes sey, als eine wäßrichte Auflösung des krystallisirten Arseniks* – richtig – *mit einem Zusatze von herba Cymbalariae.* – Hier ist es, unser Antirrhinum cymbalaria! Unglaublich! – *Dieses wisse er aus dem Munde des Kaisers selbst, dem der durch das Geständniß der Giftmischerinn bestätigte Kriminalproceß vorgelegt worden sey* – Zitat: – *lentum venenum, quo famosa in carceribus Neapolitanis adhuc vivens, in sexcentorum perniciem usa est, nil aliud est, quam arsenicum crystallinum* – unser Arsentrioxid – *in larga aquae copia per simplicem decoctionem soluta, addita, nescio in quem finem, cymbalaria herba.* – ›Nescio in quem finem‹: Der

Garelli selbst wusste also auch nicht, wozu das *Antirrhinum cymbalaria* der *Aqua toffana* beigemischt wurde ... Wie dem auch sei, das ist genau, was auch unserem Gift beigemengt ist! – *Hoc mihi communicavit Augustissimus Imperator, cui transmissus est processus criminalis propria veneficae confessione confirmatus.* – Zitat Ende –

Eine neuere Angabe dieses berüchtigten Giftes von Ozanam findet sich in Froriep's Notizen, Band IV., Seite 110. Darnach würde in Bologna, Rom und Neapel eine dreifache Aqua Toffana heimlich bereitet. Die erste sey eine mit Alkohol und Wasser bewerkstelligte Destillation von Canthariden – wieder die spanischen Fliegen ... Was für ein Quark! –, *daher auch aqua cantarella genannt* – also wohl keine *Aqua toffana*, sondern irgendein Ersatz für Quacksalber –; *die zweite eine Auflösung in destillirtem Wasser, über der erhitzten Asche von weißem Arsenikoxyd* – das passt besser –, *verbunden mit etwas Kali und Alkohol; die dritte eine starke Auflösung von krystallisirtem essigsauren Blei in destillirtem Wasser* – Bleioxyd ist auch in unserem Gift in bedeutenden Mengen vorhanden ...«

Dr. Horvath nahm seine Tabelle wieder in die Hand und verglich sie mit den Angaben in Marx' Giftlehre. »Ich hätte längst darauf kommen sollen ... Wie konnte ich es übersehen ... Lässt man nebensächliche Stoffe wie Alkohol beziehungsweise Kalisalz und unwahrscheinliche Ingredienzien wie destillierte Kanthariden oder menschliche Ausscheidungen weg, stimmen die drei Hauptbestandteile unseres Gifts in verblüffender Weise mit der Rezeptur der *Aqua toffana* überein ... Und gerade das *Antirrhinum cymbalaria* scheint so was wie die unverwechselbare Unterschrift des Giftmischers zu sein ...« Der Doktor war fast gerührt. »Madame, wie kann ich Ihnen meine tiefste Dankbarkeit ...« Frau Goldschmid errötete leicht. »Ach, ich habe in meinem Antiquariat immer noch ein paar Raritäten liegen, für die sich eine Röntgenaufnahme lohnen würde …«, erwiderte sie verschämt.

Wir blieben alle noch einen Moment nachdenklich und still am Seziertisch, bis Chefinspektor Stiller als Erster die Frage aussprach, die sich insgeheim jeder stellte: »Wer kann so verrückt sein, ein so altes Giftrezept für eine Mordserie hervorzukramen? Und vor allem: Wozu?« Plötzlich erinnerte ich mich an die Ausführungen zu den Freimaurerlogen, die ich kürzlich in der Universitätsbibliothek bei meinen Nachforschungen über das mysteriöse *Memento moreris* gelesen hatte. »Wenn ich mich nicht irre«, begann ich vorsichtig, »war *Aqua toffana* doch das Gift, mit dem die Mitglieder des Illuminatenordens Ende des 18. Jahrhunderts gemordet haben sollen.« »Womit wir wieder auf die Spur der Geheimloge ›Zur wahren Freiheit‹ kämen, ähnlich wie in Dan Browns *Illuminati* …«, sagte Biba, immer gerne bereit, meine Einfälle mit seinem umfangreichen Wissen als passionierter Krimileser zu ergänzen. Stiller warf uns einen bösen Blick zu. »Schon wieder! Ich habe diese haltlosen Spekulationen langsam satt …« Frau Goldschmid versuchte zu beschwichtigen. »Dieses Mal muss ich dem Herrn Chefinspektor Recht geben. Das Rezept der *Aqua toffana*, das bei den Illuminaten gefunden wurde und 1787 von den kaiserlichen Justizbehörden als Schuldbeweis gegen die Geheimgesellschaft verwendet wurde, war, wie aus den Akten des Prozesses gegen den Orden hervorgeht, völlig wirkungslos – angeblich hätte man nach der Rezeptur das Gift aus dem Fett eines vor der Schlachtung speziell gefütterten Schweins destillieren sollen.« Sie lächelte den Chefinspektor höflich an und fuhr fort: »Es gäbe aber vielleicht einen möglichen Zusammenhang zum *Memento moreris*, der, wenngleich er in dem jetzigen Stadium der Ermittlungen freilich noch als rein spekulativ zu betrachten ist, nicht ganz aus den Augen verloren werden sollte.« Frau Goldschmid machte hier eine lange, spannungsgeladene Pause. »Wie es scheint, kannte Mozart selbst sehr wohl die *Aqua toffana*«, sagte sie schließlich bedeutungsvoll. Wir hingen an ihren Lippen. »Ich brauche hier den berühmt-berüchtigten Reisebericht des Ehepaars Vincent und Mary Novello nicht zu erwähnen, wonach Mozarts Witwe Constanze 1829 in Wien erzählte, Mozart sei während der Arbeit am *Requiem* davon überzeugt gewesen, durch *Aqua toffana* vergiftet worden zu sein …« »… Antonio Salieri …«, konnte ich mich nicht zurückhalten, die alte Legende wieder ins Spiel zu bringen. »Miloš Formans *Amadeus* …«, ergänzte Biba aufgeregt. Stiller verdrehte gereizt die Augen. »Der Quatsch taugt mittlerweile nicht einmal mehr für eine gute Kriminalgeschichte!« »Nun ja, Puškin, der größte Dichter Russlands, hat ein Drama mit dem Titel *Mozart und Salieri* darüber verfasst«, widersprach ich, »und später hat Sergej Rachmaninow sogar eine Oper daraus gemacht.« »Und jetzt fehlt gerade noch ein Krimi zum Thema!«, rief Stiller aus und funkelte mich fast wütend an. »Nur zu, wenn Sie auch den letzten Leser Ihres Romans vergrätzen möchten …« Frau Goldschmid trat wieder vermittelnd dazwischen. »Die Vermutung, Salieri habe Mozart mit *Aqua toffana* vergiftet, bietet sicherlich einen inspirierenden Stoff für literarische und filmische Ausflüge – und ich kann mir gut vorstellen, dass sie auch die Spannung in einem Kriminalroman steigern könnte, doch ist sie mittlerweile von den Historikern endgültig widerlegt worden. Allerdings bleibt die Frage, ob Mozart an einer Vergiftung oder eines natürlichen Todes starb, trotzdem offen.« »Kein Wunder«, pflichtete ihr Dr. Horvath bei, »wenn die Leiche Mozarts nicht mehr auffindbar und die Beschreibung der Todesumstände und der Symptome in den historischen Quellen so vage ist …« Frau Goldschmid nickte zustimmend. »Wie wenig stichhaltig all diese Verschwörungstheorien um Mozarts Tod sind, zeigt der Bezug zur Freimaurerloge: Mal soll diese Mozart vergiftet haben, weil er ihre Geheimnisse in der *Zauberflöte* verraten haben soll, mal sollen es die Geheimdienste des Kaisers gewesen sein, um ein Zeichen gegen die Freimaurerloge zu setzen. Wie dem auch sei, sicher ist auf jeden Fall, dass Mozart nicht nur die tödliche Wirkung des Arseniks kannte, das übrigens in seiner Oper *Così fan tutte* eine zentrale Rolle spielt, sondern auch, wenn man der Aussage seiner Frau Glauben schenken soll, unsere *Aqua toffana*.« Stiller zog die Augenbrauen hoch und blickte die ältere Dame skeptisch an. »Sie wollen mir jetzt doch wohl nicht weismachen, Mozart selbst sei unser Giftmischer, Frau Goldschmid!«, sagte er, sichtlich bemüht, einen Anflug von Sarkasmus in seiner Stimme zu unterdrücken. »Natürlich nicht«, antwortete die Antiquarin bestimmt. »Ich wollte Sie nur auf eine mögliche Verbindung zwischen der Vergiftung unserer beiden Opfer durch *Aqua toffana* und weiteren Elementen der Ermittlungen wie dem *Memento moreris* in Mozarts Manuskriptblatt aufmerksam machen …«

»… zumal Mozart selbst Mitglied der Freimaurerloge ›Zur wahren Freiheit‹ war, die das *Memento moreris* zu ihrem Leitspruch gemacht hatte …«, ergänzte ich, auf eine spannende Wendung in diesem Fall hoffend.

»… und die anscheinend noch heute nach dem gleichen Motto unter der Leitung ihres neuen Großmeisters Theodor König im Verborgenen agiert …«, fügte Biba noch aufgeregter hinzu.

»… der wiederum gleichzeitig Präsident des Mozartianums ist …«, fügte ich hinzu.

»… in dessen Tresor, dem sogenannten Autographenkeller, der größte private Bestand an Handschriften von Mozart aufbewahrt wird …«, fuhr Horvath fort.

»… dessen letzte Werke, eine Freimaurerkantate und ein Requiem-Entwurf, auf Papierbögen mit dem Wasserzeichen des *Memento moreris* niedergeschrieben wurden …«, präzisierte Frau Goldschmid.

»… das wiederum auf Papier für Geheimschriften der Freimaurerloge verwendet wurde«, schloss ich den Kreis.

Stiller hob die Schultern. »Schon gut, schon gut, meine Dame und meine Herren. Ich hab's kapiert.« Dann wedelte er kurz mit den Kontoauszügen. »Seien Sie mir nicht böse, aber mich interessieren im Moment eher konkretere Verdachtsmomente wie die durchaus beachtenswerten Summen, die von einem Liechtensteiner Konto, das, glaube ich, nicht allzu schwer auf König zurückgeführt werden kann, auf die Konten unserer beiden Opfer geflossen sind und gleich zurücküberwiesen wurden, bevor diese ermordet wurden.« »Das steht aber nicht im Widerspruch zu den anderen Elementen, sondern vielmehr ergänzt es sie allesamt«, meinte Frau Goldschmid zuvorkommend. »Tatsächlich scheinen alle Fäden bei König zusammenzulaufen, Herr Chefinspektor«, pflichtete ich ihr bei: »Das Motto, die Loge, das Mozartianum, die Autographe, das Wasserzeichen, das mysteriöse Manuskript … und jetzt auch das Geld.« Stiller strich sich kurz über den Bart. »Vor allem hinter den Geldüberweisungen an Löwenstein und Libeskind könnte sich im Zusammenhang mit unserem hypothetischen Manuskript und dem Kaufvertrag des Autographenkellers ein äußerst plausibles Mordmotiv verbergen«, insistierte der Chefinspektor. »Nehmen wir mal rein theoretisch an, Löwenstein hat die unbekannte Handschrift irgendwo gefunden und mit nach Salzburg gebracht, um sie von den Quellenexperten des Mozartianums bewerten zu lassen, was übrigens auch seine vollständige Nachzeichnung des *Memento moreris* auf dem Einstecktuch in seinem Frack durchaus erklären würde – als Abbild des Wasserzeichens aus dem Notenpapier des Manuskripts, mit dem Herkunft und Datierung der Quelle genauer bestimmt werden können …«

»… Dann könnte König, wie die Geldüberweisung auf Löwensteins Konto zeigt, versucht haben, dem Dirigenten das unschätzbare Manuskript abzuluchsen, um es später den Chinesen, ähnlich wie den Autographenkeller, gewinnbringend weiter zu verkaufen …«, setzte ich seine Vermutung gespannt fort.

»… und wäre aber, wie die sofortige Rückerstattung des überwiesenen Geldes zeigt, genau wie bei Libeskind auf taube Ohren gestoßen …«, ergänzte Gruppeninspektor Biba nicht minder erregt.

»… Dann hätte er – rein hypothetisch, versteht sich – gleich zwei Motive gehabt, um den Doppelmord zu begehen: den Handel mit dem Autographenkeller zu vertuschen, bevor Libeskind den Vertrag mit den Chinesen an die Öffentlichkeit bringt, und das unbekannte Manuskript in die Hände zu kriegen, bevor Löwenstein seine Entdeckung publik macht«, schloss Stiller. »Es bleibt immer noch unklar«, setzte er seine Überlegungen fort, »wieso König – falls er überhaupt unser Giftmischer sein sollte, wie Sie das alle anscheinend gerne haben möchten – ein altertümliches Gift wie *Aqua toffana*, das bestimmt nicht leicht zu produzieren ist, eingesetzt hat …« »Vielleicht wollte er eine geheime Botschaft senden«, mutmaßte ich, den Faden der freimaurerischen Spur aufgreifend, »die zwar wir noch nicht dechiffrieren können, die aber für die Mitglieder der wiedergegründeten Freimaurerloge ›Zur wahren Freiheit‹ eine bestimmte Bedeutung hat …« »… etwa eine Warnung an alle Mitglieder, sich nicht in seine Geschäfte einzumischen und nicht die dunklen Geheimnisse des Bundes zu verraten, wie Löwenstein und Libeskind das wahrscheinlich versucht hatten …«, spann Biba meine Idee weiter. Stiller runzelte die Stirn. »Das alles scheint mir immer mehr ins Romanhafte abzudriften … Und bevor ich einen Verdächtigen solchen Kalibers wie Theodor König des Doppelmords beschuldige, möchte ich auf jeden Fall etwas Festeres in der Hand haben – zumindest ein konkretes Indiz, dass er das Gift eingesetzt hat oder hinter den Giftmorden steckt. Aber wir wissen anscheinend nicht einmal, wie die *Aqua toffana* den beiden Opfern genau verabreicht werden konnte …«, sagte der Chefinspektor und schaute vielsagend zu Dr. Horvath. Der Gerichtsmediziner schüttelte heftig den

Kopf. »Wie ich dem verehrten Kollegen schon berichtet habe«, begann er mit unverhohlener Enttäuschung, »kann ich nach der von mir ausgeführten Obduktion von Isaac Löwenstein endgültig ausschließen, dass das Gift durch den Magen in dessen Blut gelangt ist – was die Sache nicht einfacher macht, denn *Aqua toffana* ist eindeutig ein Gift, das normalerweise oral eingenommen wird.« Dr. Horvath nahm das Diagramm mit der chemischen Analyse des Gifts wieder in die Hand und biss sich nachdenklich auf die Lippen. »Und auch bei Samuel Libeskind waren die Rückstände der *Aqua toffana* überwiegend im Speichel in der Schallröhre seiner Posaune zu finden, nicht aber im Magen, als ob der Chorleiter das Gift eher in seine Posaune hineingespuckt hätte, als es dadurch zu sich zu nehmen.« Der Arzt machte eine nachdenkliche Pause und hob den Blick vom Diagramm. »Das Opfer war bereits vorher vergiftet worden«, fasste er mit wissenschaftlicher Knappheit zusammen. »Da es an den Körpern beider Opfer auch keine Anzeichen gibt, dass das Gift intravenös verabreicht worden ist«, fuhr er zweifelnd fort, »frage ich mich schon die ganze Zeit, was sonst als mögliches Medium übrigbleibt, denn nur durch die Luft wird unser Toffanisches Wasser schwerlich zugeführt worden sein …« »Warum nicht?«, unterbrach ihn Biba, einem neuen Gedanken folgend. »Wie wäre es zum Beispiel mit den Kerzen? Ich meine, beide Opfer sind während eines Konzerts bei Kerzenlicht gestorben … « »Ihre Fantasie ist bewundernswert, verehrter Kollege, aber leider muss ich Sie wieder mal enttäuschen«, erwiderte der Arzt nüchtern. »Ich habe selbstverständlich alle Kerzen, die an beiden Tatorten gesichert wurden, von den Kollegen der Kriminaltechnik untersuchen lassen, aber sie haben keine Spuren von Arsen oder sonstigen giftigen Substanzen gefunden. Selbst wenn jemand die vergifteten Kerzen vor meinem Eintreffen entfernt hätte, wären Giftspuren am Kerzenhalter zurückgeblieben …«

Betretenes Schweigen machte sich breit. Schließlich ergriff Stiller wieder das Wort. »Wir stehen leider vor einem undurchsichtigen Dickicht wilder Spekulationen, die höchstens für einen Roman taugen, uns bei der Lösung unseres Falles zur Zeit jedoch nicht weiterbringen: ein neuentdecktes Manuskript Mozarts, dessen Existenz nur anhand eines einzigen Blattes vermutet werden kann, ein Gift aus anderen Zeiten, dessen Verabreichung immer noch ein Rätsel bleibt, ein Geheimbund, der angeblich noch heute im Verborgenen agiert, mehr als dubiose Geldgeschäfte, die mit enormen Summen jonglieren, und ein dunkles Motto, das all dies zu verbinden scheint ...«, begann er mit fester Stimme. »Die Fäden, die zu König führen, sind leider noch zu dünn, liebe Kollegen, das brauchen wir nicht zu leugnen. Wir sollten uns aber dennoch nicht entmutigen lassen. Ich bin fest davon überzeugt: Wenn wir diesen zarten Fäden beharrlich weiter folgen, werden wir an deren Ende auch den Täter finden, und vielleicht, wer weiß, sogar Mozarts mysteriöses Autograph. Ich werde die Überweisungen an Löwenstein und Libeskind weiter unter die Lupe nehmen, um die Verbindung zu König gerichtsfest nachzuweisen – das ist immerhin die konkreteste Fährte, die wir im Moment haben, und ich weiß aus Erfahrung, dass gerade die Spur des Geldes in den meisten Fällen zum Täter führt. Da wir hier es offenbar mit einem ungewöhnlichen Mordfall zu tun haben, bin ich aber grundsätzlich dankbar für jeden Hinweis forensischer, antiquarischer, politischer oder sonstiger Art, den jeder von Ihnen mir geben könnte.« Der Chefinspektor sah uns eindringlich einem nach dem andern in die Augen. »Und sei es auch die spekulativste, unwahrscheinlichste, absurdeste, ja romanhafteste Vermutung, die man sich vorstellen kann.«

36

Es war längst dunkel, als Stiller, begleitet von seinem getreuen Labrador, ohne erkennbaren Grund in der Mitte des verschneiten Mozartstegs seine Schritte anhielt und seinen Blick gedankenschwer über die Salzach schweifen ließ. Die kalte, von dicken Schneeflocken durchzogene Nachtluft tat ihm gut, nachdem er den Rest des Tages und den ganzen Abend in seinem Büro mit dem Überprüfen von Kontoverbindungen und -auszügen verbracht hatte. Immerhin hatte er dank seiner guten Beziehungen zur Liechtensteiner Polizei die endgültige Bestätigung erhalten können, dass das Konto, von dem die exorbitanten Beträge an beide Opfer angewiesen worden waren, durch ein kompliziertes Briefkastenfirmen-System bis Theodor König zurückzuverfolgen war. Überhaupt schien vieles bei diesem Doppelmord – aus einem Aberglauben heraus traute er sich noch nicht von einer Mordserie zu sprechen – auf den Salzburger Potentaten zu verweisen, angefangen bei den in Libeskinds Wohnung gefundenen Dokumenten: der Kopie des Kaufvertrags mit den Chinesen, der Mitgliederliste der neugegründeten Loge »Zur wahren Freiheit«, in der Königs Name als Großmeister an erster Stelle angeführt war, und dem autographen Blatt von Mozart mit dem *Memento moreris*. Zweifelsohne stand auch der zweite Buchstabe »K« unter dem Stichwort »Requiem« beim notierten Treffen in Löwensteins Terminkalender für Theodor König – was bei dem Treffen besprochen wurde, war immer noch ein Rätsel. Stiller war aber davon überzeugt, dass es etwas mit den Morden zu tun haben musste. Sei es, um die Veräußerung des Autographenkellers geheim zu halten oder um an das Mozart-Manuskript heranzukommen – Motive, beide Musiker aus dem Verkehr zu schaffen, hatte der mächtige Präsident des Mozartianums wohl genug. Aber reichte all dies für eine begründete Anklage? Zu viele Fragen blieben noch offen, als dass er endgültig des Doppelmordes überführt werden konnte. Abgesehen davon, dass König sicherlich nicht der Einzige war, der Interesse an dem hypothetischen Manuskript hatte, sein Anfangsbuchstabe in Löwensteins Terminkalender stand neben einer Reihe weiterer Initialen – etwa dem »L« von Libeskind, der ja nun weniger Mörder als vielmehr Opfer war. Die Andeutungen des Pförtners, dass sich hinter dem Doppelmord ein Königsmord verstecken könne, so schleierhaft sie auch klingen mochten, schienen eine Beteiligung Königs eher auszuschließen. Und die Giftspuren in Libeskinds Wohnung ließen sich ebenfalls schwer erklären: War König selbst oder eventuell sein Handlanger Malko in die Wohnung des Chorleiters eingedrungen und hatte dort die Giftspuren verteilt, um dadurch den Verdacht auf Libeskind zu lenken und vielleicht seinen Tod wie einen Selbstmord aussehen zu lassen? Und warum war das unbekannte autographe Blatt gerade in dessen Wohnung aufgetaucht? Hätte es nicht logischer bei Löwenstein zu finden gewesen sein müssen, eventuell zusammen mit Mozarts mutmaßlichem Manuskript, zu dem das Blatt gehören sollte? Oder hatte Libeskind vielleicht doch das mysteriöse Manuskript in der Hand gehabt und das Blatt, das unter dem *Memento moreris* Mozarts autographe Unterschrift trug, herausgerissen und in seinen Musikalien versteckt, etwa um den endgültigen Nachweis der Autorschaft Mozarts bei sich zu haben? Wo war aber dann der Rest des Manuskripts geblieben? Vielleicht existierte doch keine unbekannte Handschrift Mozarts, und alle seine Vermutungen waren reine Hirngespinste … Eines war auf jeden Fall sicher: Wenn er den mächtigen Ex-Bürgermeister und Logenmeister überführen wollte, musste er irgendwie näher an ihn herankommen. Nur: Wie konnte er das anstellen, wenn es König immer wieder gelang, sich ihm zu entziehen?

Es waren vor allem seine Erfahrung und sein Instinkt, die ihm sagten, dass es noch zu früh für eine Anklage war. In Wien war er es gewöhnt, jeden Fall, in dem er ermittelte, wie ein großes Puzzle zu betrachten, bei dem es darum ging, jedes einzelne Teil zu betrachten und zu einem großen zusammenhängenden Bild zusammenzufügen. Doch dieses Mal hatte er den Eindruck, die einzelnen Stücke fügten sich wie bunte Glassteinchen in einem Kaleidoskop immer wieder neu zusammen, changierende Muster hervorrufend, die alle an sich formvollendet schienen, sich aber dann, kaum hatte man geglaubt, sie erfasst zu haben, als trügerisch erwiesen, sobald ein neues Ereignis das Bild im Kaleidoskop auch nur leicht verrückte. Überhaupt hatte er bei der Sache das beklemmende Gefühl, als sei hier eine unsichtbare, höhere Macht am Werk, die mit ihm wie mit einer Puppe spielte, ohne dass er sich ihr widersetzen konnte. Ihm drängte sich langsam der böse Verdacht auf, dass hinter dem zweifachen Mord sehr viel mehr steckte, so schrecklich die Vergehen an sich bereits waren – aber was dies sein könnte, blieb im Dunkeln.

Viel Zeit, um das Rätsel zu lösen, blieb ihm auch nicht. Früher oder später musste der Brief des Landespolizeidirektors mit seiner offiziellen Strafversetzung den langen Dienstweg durch die verschiedenen Instanzen des Innenministeriums bis hin zu seinem Schreibtisch zurückgelegt haben. Dann würde ihm nichts anderes übrigbleiben, als seine wenigen Habseligkeiten zu packen und zusammen mit Zeus dieser verdammten Stadt den Rücken zu kehren. Fast war er versucht, dies gleich zu tun. Wenn niemand in den höheren Rängen der Polizei an der Lösung des Falls interessiert war, warum sollte er sich noch damit plagen?

Was ihn aber wirklich bedrückte, waren weder die Unsicherheiten und Unwägbarkeiten um Königs Täterschaft noch das Damoklesschwert über seiner Ermittlungsarbeit in Salzburg.

Nicht einmal der rätselhafte böse Geist, den er hinter dem Doppelmord zu spüren glaubte, machte ihm besonders Angst. Es war vielmehr, so schwer es ihm fiel, sich dies einzugestehen, ein anderer Umstand, ein ganz anderes, scheinbar unbedeutendes Detail der Ermittlungen, das er bislang allen verschwiegen und nur für sich behalten hatte. Es war ein einfacher Name, der Name, den er bei der Durchsuchung von Libeskinds Wohnung auf der Liste der Freimaurerloge gelesen hatte, schwarz auf weiß in der Spalte des Ordens der Freidamen festgehalten. Freilich hieß dies noch nichts, versuchte er sich einzureden: Der Name war nur einer unter vielen, und auch nicht an einer prominenten Stelle der Liste. Löwensteins und Libeskinds Namen waren auch unter den Freimaurern verzeichnet, bei den Freidamen war unter anderem auch die Sekretärin des Mozartianums, Magdalena Rosenthal, dabei, sogar der Landespolizeidirektor stand auf der Liste. Trotzdem konnte er den unerträglichen, ungeheuerlichen Gedanken nicht loswerden, dass *sie* mit den Morden etwas zu tun haben könnte, so unwahrscheinlich diese Möglichkeit auch schien …

Er beugte sich über die stählerne Balustrade der Brücke und schaute lange stumm in die finstere Wasserflut der Salzach unter sich, in der Hoffnung, der furchtbare, aus unerklärlichen Gründen für ihn unaussprechliche Verdacht würde vom Strom mitgerissen. Doch der böse Gedanke tauchte immer wieder aus den nachtschwarzen Wassermassen hoch, nahm die festen Umrisse von zwei großen, dunklen, ihn geheimnisvoll durchdringenden Augen zwischen den undurchsichtigen Wasserwellen an und ließ einen sanften, melodiösen, verführerischen Sopran durch das dumpfe Rauschen der Strömung klingen. Und auch die verworrenen, beklemmenden Gefühle in seinem Innersten gewannen allmählich klarere Konturen. Nicht der Verdacht an sich betrübte ihn. Denn jemanden zu verdächtigen gehörte nun mal zu seinem Beruf – genauso wie die Unschuldsvermutung hier freilich nach wie vor zu gelten hatte, schon gar bei einem so vagen Argwohn, der mehr einem Hirngespinst ähnelte. Es war vielmehr die überraschende Feststellung, dass die für ihn selbstverständliche, in seinem Metier bislang als ganz natürlich empfundene Gewohnheit, alles und jeden zu verdächtigen, in ihm zum ersten Mal tiefen Kummer auslöste. Plötzlich schämte er sich, jemandem zu misstrauen, ja er fühlte sich irgendwie schuldig. Und dies, obwohl es sich hier offensichtlich um einen minimalen, verglichen mit demjenigen gegen König verschwindend geringen Verdacht handelte. Doch auch nur die rein hypothetische, bestimmt ganz und gar abwegige Annahme, dass *sie* überhaupt in irgendeiner Weise involviert sein könnte, reichte schon aus, dass er sich schlecht fühlte.

Vielleicht, versuchte er sich einzureden, während sein Blick durch das dichte Schneetreiben in die dunklen, trüben Fluten der Salzach tauchte, ist es im Leben sowieso überhaupt nicht möglich, seinen Mitmenschen, und seien sie auch die vertrautesten, frei von jeglichem Zweifel gegenüberzutreten. Ein gewisses Grundmisstrauen anderen gegenüber, besonders Fremden, war wohl nicht zu vermeiden, wahrscheinlich sogar angebracht. Hier ging es allerdings um Mord, also um keine Bagatelle. Umso vorsichtiger sollte er mit seinen Verdächtigungen sein. Vielleicht war es nur eine Berufskrankheit, dass er in jedem Menschen, und ganz besonders in dem am wenigsten Verdächtigen, unvermeidlich einen potenziellen Täter oder eine Täterin sah. Das erklärte trotzdem nicht, warum ihn dieser besondere Verdacht so sehr schmerzte. Warum verspürte er dieses unerklärliche, erdrückende Schuldgefühl? Es war so, als ob er, indem er sie verdächtigte, den Doppelmord begangen zu haben, sie seinerseits quasi »ermordete« – zwar nicht physisch, aber doch zumindest im Geiste, was sogar noch schlimmer zu sein schien. Als ob er sich selbst in Gedanken zum Mörder machte. Und dabei eine Bindung zerstörte, die tief in seinem Inneren

– vielleicht noch tiefer, als er sich vorstellen konnte – wurzelte, was ihm wiederum fast wie ein Akt des Selbstmords vorkam, als ob er durch diesen Verdacht nicht nur etwas an ihr verrate, sondern auch etwas in sich selbst – seine Seele?

Wie war so etwas nur möglich, obwohl er sie erst vor Kurzem kennengelernt hatte? Er starrte grübelnd in die dunklen Fluten. Erst beim Mord an Löwenstein war er ihr überhaupt begegnet. Und seither hatte er sie nur noch zwei Mal getroffen – im Café *Papageno* und beim zweiten Mord. War sie ihm aber wirklich fremd? Ohne es sich erklären zu können, hatte er von Anfang an den verwirrenden Eindruck gehabt, dass er sie schon immer gekannt hatte. Ein einziger Blick hatte gereicht, und in ihren unruhig leuchtenden schwarzen Augen hatte er sofort die gleichen dunklen Augen einer anderen Person zu erkennen geglaubt – den gleichen lieben und zugleich bangen, vorwurfsvollen Blick eines kleinen Mädchens, den er seit seiner Kindheit in seinem Herzen trug und der seit dessen tragischem Tod wie ein Fluch auf ihm lag.

Er beobachtete für eine Weile über der Salzach die wirbelnden Schneeflocken und wunderte sich, wie rasch sie von der gekräuselten, finsteren Wasseroberfläche aufgesogen wurden und für immer in der reißenden Strömung des Flusses zergingen. Er wusste genau, was jetzt kommen würde. Und er wusste auch, dass es vergeblich war zu versuchen, sich dagegen zu wehren. Er wartete regungslos, bis ein stechender Schmerz ihn mitten ins Herz traf, als das lange unterdrückte Bild ihn heimsuchte. Für einen kurzen Moment verschwammen die aufgewühlten Fluten vor seinen Augen und plötzlich erschien ihm das bleiche, angsterfüllte Gesicht seiner kleinen Schwester Dorothee, wieder und wieder aus dem Strudel eines Gießbachs auftauchend, nach Luft ringend, ihn jedes Mal mit den vor Todesfurcht aufgerissenen, dunklen Augen still anflehend: »Lass nicht los!« Mit seinem ganzen Körper nahm er erneut wahr – als ob er tatsächlich wieder dort wäre –, wie der unerträgliche Schmerz ruckartig an seinen beiden Händen zerrte: die Rechte krampfhaft einen robusten Ast umklammernd, in der Linken die zarte Hand der Schwester in der reißenden Flutwelle haltend. »Lass nicht los!« Und er spürte mit unfassbarem Schrecken wieder, wie sich der Griff seiner linken Hand – ein Finger nach dem anderen – gegen seinen Willen langsam lockerte. Er schrie aus Leibeskräften, um den Fluss der Erinnerungen zu stoppen und den Zeitlauf der Vergangenheit anzuhalten. Vergeblich. Jetzt musste er kommen, der Augenblick, in dem er zum letzten Mal in Dorothees leuchtend schwarze Augen sah. Dieser letzte Moment, in dem die Todesangst in der unergründlichen Tiefe ihrer Pupillen einer grenzenlosen, ekstatischen Milde wich, der Zeitpunkt, in dem er begriff, dass sie ihm verzieh, und dass es kein Zurück mehr gab.

Als er ihre Augen nicht mehr vor sich sehen konnte, wusste er, dass nun die ungeheuerliche Frage aus seinem Innersten wieder auftauchen würde: »Warum gerade diese und nicht die andere Hand?« Dann sah er seine Mutter vor sich, mit welcher Kraft sie ihn und seine Schwester mit beiden Händen gleich fest an ihre Brust drückte, auch wenn sie vom langen Kampf gegen die unheilbare Krankheit völlig ausgezehrt war. Er erinnerte sich, wie sie ihm mit gebrochener und doch vertrauensvoller Stimme ins Ohr flüsterte: »Wenn ich nicht mehr da bin, wirst du wie ein Schutzengel auf dein Schwesterchen aufpassen.« Doch bevor er sich den milden Blick seiner Mutter ins Gedächtnis zurückrufen konnte, hörte er in seinem Kopf die gleiche Frage erbarmungslos weiter hämmern: »Warum hat die Linke und nicht die Rechte losgelassen?« Als der Sarg der Mutter im Schneewirbel eines kalten, harten Winters vor ihm in die Grube hinabsank, hatte er seine kleine, schluchzende Schwester mit beiden Händen lange fest umarmt, bis ihre Tränen versiegten und der Schneefall aufhörte. »Warum hat die Linke vor der Rechten versagt?«, hallte die quälende Schuldfrage wider, in immer neuen und doch ebenso gnadenlosen Variationen. Und dazu die noch weitaus bittere Frage: »Warum nicht gleich danach ins Wasser springen und versuchen, hinterher zu schwimmen?« Wäre er mit der Schwester ein für alle Mal in den Fluten verschwunden, würde ihn wenigstens diese unerträgliche Frage nicht den Rest seines Lebens verfolgen.

Jetzt sofort könnte er es nachholen, war heute seine spontane Antwort auf die letzte Frage, als die Geister der Vergangenheit wieder verschwanden und nur mehr der Fluss unter seinen Füßen rauschte. Unwillkürlich fing er an zu kalkulieren, wie lange ein Mensch wohl brauchen würde, um darin zu ertrinken. Sicherlich würde sich jeder instinktiv wehren und als Erstes versuchen, mit heftigem Rudern der Arme gegen die Unterkühlung und den Untergang anzukämpfen. Auch wenn man ein guter Schwimmer wäre, würde man aber sicherlich in kurzer Zeit auskühlen, zumal die Bewegungen, durch die man sich noch für einen Moment warmhalten könnte, von den durch die Nässe schwer gewordenen Kleidern erheblich erschwert wären. Chancen, das Ufer zu erreichen, hätte man wegen des starken Stroms wohl keine. Auf jeden Fall wäre es kaum schmerzhaft, da die eisige Kälte des Wassers jedes Leid beim Todeskampf rasch beenden würde. Ja, sehr wahrscheinlich würde man am Schluss, kurz vor dem letzten Atemzug, sogar eine erlösende, unendliche Wärme spüren. Der Schmerz, das ganze unsägliche Leid würden für immer aufhören. Und die Fragen auch.

»Na los, spring doch!«, murmelte er zu sich selbst. Dann schaute er kurz zu Zeus, der ihn zu seinen Füßen leise anwinselte. Seine Hände umfassten den eiskalten Handlauf des Mozartstegs mit noch mehr Wut, fast so, als ob er das leicht verrostete Metallrohr auswringen wollte. Er wusste genau, dass er nicht springen würde. Aus dem einfachen Grund, weil er nicht springen *durfte*. Für einen Moment lächelte er voller Bitterkeit bei dem Gedanken an das, was ihn davon abhielt. Der Tod, ja doch, gerade der Tod war es – so absurd es klingen mochte. Nicht sein eigener – natürlich nicht. Der gewaltsame Tod der Anderen hatte ihn bisher von seinem eigenen abgehalten: Noch dieser Mordfall, hatte er sich jedes Mal geschworen, dann ist Schluss, vorbei ist es mit ihm und seinem elenden Leben. Aber wie aus einer bösen Fügung des Schicksals heraus war ihm immer wieder ein neuer Fall in die Quere gekommen. Und es gab nur eines, was stärker war als der Wunsch, all dem ein Ende zu setzen: Gerechtigkeit. Oder war es, wenn er ehrlich zu sich sein wollte, der vergebliche Versuch, etwas wiedergutzumachen? Wie dem auch sei, die Morde der Anderen hatten ihn immer wieder vor dem Selbstmord bewahrt.

Dieses Mal aber war es anders: Wenn er sich den verzückten Blick, das milde, selige Lächeln auf den Gesichtern der beiden Opfer, die friedliche Pose ihrer leblosen Körper vergegenwärtigte, konnte er sich des unheimlichen Eindrucks nicht erwehren, beide seien irgendwie gerne gestorben, als hätten sie den Tod gar herbeigewünscht. Fast hatte er geglaubt, sie hätten sich selbst das Leben genommen, oder sie seien auf jeden Fall über ihr Ableben, so absurd es auch klingen mochte, gewissermaßen glücklich gewesen. Er erinnerte sich, dass er sogar die Möglichkeit nicht ganz ausgeschlossen hatte, dass es sich hier um keinen Doppelmord, sondern um einen Doppelselbstmord handelte, so unwahrscheinlich, ja fast undenkbar dies sein mochte. Wenn dem so war, wenn also für die Opfer selbst am Ende alles gut wurde, was gab es denn da noch wiedergutzumachen? War dies vielleicht nicht doch ein Zeichen für ihn, dass es jetzt endlich Schluss sein konnte? Zum ersten Mal schien ihm auch seine Ermittlungsarbeit – vielleicht das Einzige, was seinem Leben noch irgendeinen Sinn gab – zwecklos, völlig überflüssig, sinnlos.

Er sah erneut von der Balustrade des Mozartstegs hinunter zur unaufhaltsamen schwarzen Wasserflut und umklammerte mit noch mehr Kraft das kalte Metall des Handlaufs. Das heftige, anhaltende Treiben der dicken, silbrig schimmernden Schneeflocken über dem dunklen Fluss und ihr Aufgehen in dessen rauschender Strömung wirkte auf ihn wie eine unwiderstehliche Einladung. Dazu kam ein neues, in dieser Intensität nie empfundenes Gefühl brennender Kälte, das vom eisigen Rohr der Brüstung über seine Hände bis in sein Inneres kroch. Etwas Ähnliches musste man spüren, stellte er sich vor, wenn man jetzt mitten in der eiskalten Strömung dahindämmern würde – diese schneidende Gefühllosigkeit des Todes. Als ob er nichts Gutes ahnte, fing Zeus neben ihm an, laut zu bellen. Das verlockende Kältegefühl hatte aber inzwischen von Stillers Körper und Seele derart Besitz ergriffen, dass die Aufregung seines Hundes für ihn nur noch wie eine ferne, ihn nicht betreffende Begebenheit aus einer anderen Welt wirkte. Er atmete tief und nahm Anlauf für den Sprung. Doch gerade in dem Moment, als seine Muskeln die Anspannung entladen wollten, schlug die Kälte an seiner linken Hand schlagartig in eine wohltuende Wärme um. Eine zierliche Hand hatte sich auf seine Linke gelegt. Von einem Schauder ergriffen, nahm er hinter sich eine samtene Frauenstimme wahr, die sogleich in einen leisen Gesang hinüberglitt: »Wenn schon, dann erst nach mir, mio Commissario … *No, la morte io non pavento …*« Er schloss die Augen und ließ sich von der Wärme der kleinen Hand und dem Wohlklang des flötenden Belcanto überströmen. Erst als sie ihre Rechte auf seine Schulter legte, drehte er sich um, ohne die Hände von der Balustrade zu lösen, und ließ seinen Blick in ihre tiefdunklen Augen fallen.

37

Es verging einige Zeit, bis es Cecilia Vinci gelang, durch die zärtliche Wärme ihrer Hände den eisernen Griff des Chefinspektors um das eisige Brückengeländer zu lockern. Ein Tropfen Blut fiel auf den weißen Schnee auf der Brücke, als sich Stiller schließlich langsam von der Brüstung löste. Mit besorgter Miene drückte die Sängerin die schmale Handfläche ihrer Rechten fest in seine breite, aufgerissene Linke, um das Bluten zu stillen. »Ich weiß allzu gut, dass, wenn man einen solchen Entschluss getroffen hat, niemand die Macht hat, einen davon abzubringen – ich auch nicht, so sehr ich es mir auch wünsche«, flüsterte sie, ohne ihre in der tiefen Nacht fiebrig flimmernden Augen von den seinen abzuwenden. »Daher werde ich auch nicht versuchen, dich aufzuhalten. Ich habe nur eine einzige, einfache Bitte an dich: Bevor du springst … bevor ich springe … musst du mir versprechen, den Mörder meines Vaters zu finden. Mehr verlange ich nicht …« Ihre weiche Flüsterstimme modulierte zu einem trauervollen Mollklang, der sich in der schneegedämpften Stille der Nacht über die rauschenden Fluten der Salzach legte:

Tu sei … perdon … mio bene …
l'affanno mio, le pene …
Ah, il padre mio dov'è?
Ah! vendicar, se il puoi,
giura quel sangue ognor!

Stiller lauschte hingegeben dem aufwühlenden Klagegesang und verlor sich wieder in der leuchtenden Schwärze ihres melancholischen Blicks. Doch plötzlich dämmerte ihm der gleiche furchtbare, finstere Verdacht von vorher, den er vergeblich sofort wieder zu verdrängen versuchte. Sie musste das leichte

Kräuseln seiner Augenbrauen wahrgenommen haben, denn ihre klangvolle Stimme schlug rasch in einen bedrückten Flüsterton um: »Was betrübt dich, Nathan?« Stiller drehte sich erneut zur Balustrade um und schaute eine Weile still in die Fluten, als könne er ihren Blick nicht ertragen. »Du hast mir auch etwas versprochen, Cecilia«, sagte er schließlich, ohne sich zu trauen, ihr wieder in die Augen zu schauen. »Du wolltest mich in die Geheimnisse dieser Stadt einweihen, erinnerst du dich? Doch – ich weiß nicht, wie ich es sagen soll – es gibt auch Geheimnisse, die einem am Herzen liegen, und das sind die persönlichen, Cecilia … Denen würde ich lieber näherkommen …« Cecilia lächelte verlegen. »Was meinst du genau? Ich habe viele Geheimnisse, Nathan …«, erwiderte sie, ohne eine gewisse Anspannung in ihrer Stimme verbergen zu können. Stiller starrte weiter in die schwarzen Wassermassen. »Ich habe bei den Ermittlungen … eine Namensliste gefunden …«, fing er stockend an. »Und dein Name ist auch dabei …« »Welche Liste?«, fragte sie ihn mit leisem Unbehagen. Stiller zögerte kurz, bevor er vorsichtig andeutete: »Die Freimaurerloge …« Zu seiner Überraschung reagierte die Sängerin mit einem Seufzer der Erleichterung, als ob sie etwas Schlimmeres befürchtet hätte. »Ach so, natürlich … Welch ein Zufall! Du wirst mir nicht glauben, aber ich habe dich heute in gewisser Weise gerade deswegen gesucht …« Stiller drehte sich um und sah sie verblüfft an. Sie nickte leicht und lächelte geheimnisvoll. »Ja, Nathan, ich bin – wie übrigens viele andere Prominente der Stadt auch – Mitglied der neuen Loge ›Zur wahren Freiheit‹, genauer gesagt ihres weiblichen Zweigs, des Ordens der Freidamen: Mein Vater, der selbst dem Geheimbund angehörte – und wohl ebenfalls auf deiner Liste stehen dürfte –, hat mich zum Beitritt aufgefordert, nachdem ich volljährig wurde. Er meinte, in solchen Kreisen zu verkehren sei gut für meine Karriere als Sängerin. Aber was hat das alles mit seiner Ermordung zu tun?«

Stiller schaute ihr still in die Augen, ohne seine Gedanken zu verraten. Cecilia machte eine nachdenkliche Pause, dann schüttelte sie kurz die langen, rabenschwarzen Haare. »Oddio! Nicht etwa König …« »Was ist mit ihm?«, fragte Stiller gespannt. Cecilia atmete tief durch. »Seitdem er Großmeister ist«, begann sie, »hat sich die Loge in eine Richtung weiterentwickelt, die weder mein Vater noch ich gutgeheißen haben – und ich noch weniger als Isaac, welcher weiterhin regelmäßig zu den geheimen Treffen im Peterskeller gegangen ist …« »Welche Treffen?«, hakte der Chefinspektor nach. »Lass mich bitte ausreden, Nathan. Gerade wegen eines dieser Treffen habe ich eben nach dir gesucht«, wies ihn die Sängerin zurecht. »Als ich der Loge beigetreten bin«, erzählte sie weiter, »hielt der Geheimbund immer noch an seinen ursprünglichen humanistischen und humanitären Idealen fest – der Idee eines kosmopolitischen Engagements der wirtschaftlichen und kulturellen Elite des Landes zur Verbesserung der Welt durch die Förderung von sozialer Gerechtigkeit, Kunst und Kultur. Zwar gab es immer auch Seilschaften, für die die Loge nur eine verkappte Lobby zur Verfolgung der eigenen, zum Teil gar unlauteren Interessen darstellte. Doch waren sie bis dahin immer eine Minderheit. Mit dem Aufstieg Königs an die Spitze der Loge vor einigen Jahren änderte sich dies jedoch schlagartig. Die sogenannte *Carpe-Diem*-Fraktion, eine kleine, geheimniskrämerische Gruppierung innerhalb der Loge mit einer extrem libertären Gesinnung, gewann bald die Oberhand. Nicht mehr aufklärerische Ideale wie Gleichheit und Bruderschaft aller Menschen aus allen Schichten, sondern die absolute Freiheit einer kleinen Elite wurden zum Handlungsprinzip der Loge gemacht. Spendenaktionen für Bedürftige wurden immer häufiger von üppigen Banketten, andauernden Partys und nächtlichen Ausschweifungen verdrängt, in denen alles – aber auch wirklich alles – erlaubt war. Von Vetternwirtschaft zu reden wäre euphemistisch: Geldgier, Korruption und Machtbesessenheit machten sich hinter der äußerlich anständigen Fassade der Freimaurerloge breit und änderten den moralischen Kodex des Geheimbundes nachhaltig. Natürlich gab es Versuche, diesem Verfall der ethischen Grundsätze der Loge Einhalt zu gebieten, aber sie konnten gegen die gesteigerte Macht der *Carpe-Diem*-Fraktion nichts ausrichten, zumal diese sich auf ähnliche Entwicklungen in der Vergangenheit – etwa gegen Ende des 18. Jahrhunderts, als Mozart ebenfalls Freimaurer wurde – berief und sich so historisch legitimiert fühlte. Viele alte Mitglieder sind am Ende mehr oder weniger freiwillig aus dem Geheimbund ausgetreten, andere wurden mit Geld oder Drohungen zum Schweigen gebracht. Man hörte von wahren Orgien – von den Eingeweihten mit dem scheinbar harmlosen Tarnnamen »Mozartball« bezeichnet –, die im Peterskeller regelmäßig unter dem Deckmantel der Freimaurerloge als Maskenbälle gefeiert wurden, sogar von Vergewaltigungen war die Rede …« Stiller horchte instinktiv auf. »Vergewaltigung! Gab es Anzeigen bei der Polizei?«, fragte er. »Ich glaube, die meisten, die damit nicht einverstanden waren und nicht mitmachen wollten, trauten sich nicht, gegen die Loge vorzugehen«, antwortete sie bitter und fügte gleich hinzu, als ob sie sich rechtfertigen wollte: »Zu mächtig, zu gut vernetzt in Verwaltung und Politik ist König mit seiner *Carpe-Diem*-Fraktion – ich weiß zum Beispiel, dass der Landespolizeidirektor selbst Mitglied der Loge ist und ein paar Mal bei den Treffen zugegen war. Ich habe persönlich nur von einer Anzeige wegen Vergewaltigung gehört, die jedoch allem Anschein nach von der Betroffenen gleich zurückgezogen wurde.« Stiller witterte eine ermittlungsrelevante Spur. »Vielleicht finde ich sie in den Polizeiakten …«, überlegte er laut. »Selbst mein Vater hat gegen meinen Rat weiter an den Treffen teilgenommen«, fuhr die Sängerin fort, ohne ihre Enttäuschung zu verbergen. »Er betrachtete es als anregende Unterhaltung, verbot mir aber merkwürdigerweise zugleich, selbst hinzugehen, als ob er mich davor schützen wollte ... Erst als König versucht hat, auch Mozarts Erbe zu plündern, da hörte für meinen Vater der Spaß auf.« »Was meinst du genau mit ›plündern‹?«, hakte Stiller nach. »Um die Kassen der Freimaurerloge ›Zur wahren Freiheit‹ immer wieder neu zu füllen und so der Gesellschaft immer gewagtere Exzesse zu ermöglichen, soll König angeblich vor einiger Zeit damit angefangen haben, im Geheimen mit Mozarts Manuskripten zu handeln. Man munkelt sogar, er habe Fälschungen in großem Stil betrieben, um an Geld heranzukommen ...« »Gab es konkrete Hinweise auf diesen Handel?«, fragte Stiller. Cecilia hob die Schultern. »Was an den Gerüchten wahr und was nur erfunden ist, kann ich leider nicht sagen«, sagte sie mit unverhohlener Verachtung. »Ich habe, wie gesagt, kaum noch Kontakt zur Loge, und schon gar nicht zu König. – Ich bin nur deswegen nicht ausgetreten, um meinen Vater nicht zu verletzen. Aber ich kenne ihn gut genug, um sagen zu können: Wenn König tatsächlich versucht hat, auf Mozarts Kosten Geschäfte zu machen, wird er sich gewiss dagegen gestemmt und alles Mögliche unternommen haben, um ihn zu stoppen. Vielleicht wurde ihm dies zum Verhängnis ...« Cecilia schüttelte bedauernd den Kopf. »Leider hat er mir gegenüber nur Andeutungen gemacht: Er sprach in letzter Zeit immer wieder voller Wut und Groll von einem schändlichen ›Verrat an Mozart‹ und nannte König nur noch verächtlich ›den Judas, der Mozart für 30 Silberlinge verkaufen würde‹. Was genau er damit meinte, hat er nicht weiter ausgeführt, obwohl ich ihn mehrmals darum gebeten habe ... Vielleicht wollte er mich irgendwie da raushalten, um mich nicht in Gefahr zu bringen ...«

Stiller fuhr mit einer Hand an sein Kinn und kratzte sich nachdenklich am wildwuchernden Bartwuchs. »Leider reicht dies alles nicht für einen Durchsuchungsbeschluss ...«, sagte er frustriert. Cecilia nahm nochmals seine Hände in ihre und sah ihn durchdringend an. »Deswegen habe ich dich gesucht,

Nathan. Morgen Nacht findet der nächste ›Mozartball‹ im Peterskeller statt. Der Eintritt ist nur den Mitgliedern der Loge und ihrer Begleitung gestattet, selbstverständlich habe auch ich eine Einladung bekommen …« Ein seltsames Licht glimmte in ihren Augen auf. »Und ich darf natürlich noch einen Begleiter mitnehmen …«, fuhr sie fort und drückte sanft Stillers Hände. »… der möglicherweise den Abend für verdeckte Ermittlungen nutzen kann«, fügte sie etwas zögerlich hinzu. Stiller zog die Augenbrauen hoch. Die Idee klang verrückt – das ganze Gespräch mit Cecilia nahm schon fabulöse Züge an, als ob ein perfider Romanautor Spaß daran fände, ihn in eine schnulzige Romanze zu verwickeln. Doch wenn man genau überlegte, schien das im Moment, ganz objektiv betrachtet und unabhängig von etwaigen literarischen Aspekten, die einzige konkrete Möglichkeit, schnellstens direkt an König heranzukommen und seine Machenschaften unter die Lupe zu nehmen. Der Chefinspektor wog kurz in Gedanken Pro und Contra des bizarren Vorschlags ab. »Nur weiß ich nicht«, wandte er schließlich ein, »wie ich da inkognito bleiben kann, Cecilia: Seit dem Massenverhör in der Peterskirche kennt mich die ganze Stadt – und besonders die Prominenz, die dabei reichlich vertreten war …« »Du brauchst dir deswegen keine Sorgen zu machen, Nathan: Wie im venezianischen Karneval gilt beim Mozartball Maskenpflicht – mit dem einzigen Unterschied, dass Mozart als Thema feststeht. Das ist auch das Perverse daran: Dadurch, dass man nicht erkannt werden kann, soll man sich nach Königs Auffassung frei fühlen, sich den Ausschweifungen des Kostümfestes in Mozarts Namen ganz hinzugeben. Man könne sich alles leisten, meint der Logenmeister, seine heimlichen, abgründigsten Fantasien wahr werden lassen, da man sicher sei, unerkannt zu bleiben. Für dich heißt es aber vor allem, dass du frei ermitteln kannst, da niemand dich erkennen wird.« Stiller fing an, Gefallen an der Idee zu finden. Mochte der Plan auch so aussehen, als sei er der schmierigen Feder eines manierierten Romanciers aus dem vorigen Jahrhundert entsprungen: Wenn man es mit der Verkleidung gut hinkriegte, konnte es durchaus funktionieren. »Und als was könnten wir uns verkleiden, Cecilia?«, fragte er gespannt. »Wie gesagt: Thema des Maskenballs ist – wie könnte es anders sein – immer nur Mozart. Soviel ich weiß, erscheinen die meisten überwiegend in kitschigen Amadeus-, Constanze- und Nannerl-Kostümen. Ich werde die sehr aufwendige, aber auch durchaus wirkungsvolle Verkleidung als Donn'Anna wieder entstauben, die ich vor langer Zeit für eine alte Inszenierung des *Don Giovanni* in historischen Kostümen bei den Salzburger Festspielen getragen habe …« »Und ich?« Ohne seine Hände loszulassen, trat sie einen Schritt zurück und musterte ihn von Kopf bis Fuß, als ob sie sich in Gedanken vorstellen wollte, in welcher Maske er am besten aussehen würde. »Wenn wir bei dieser Meisteroper bleiben wollen, kämen als Begleitung für Donn'Anna nur zwei mögliche Rollen in Frage: ihr ewiger, braver Verlobter Don Ottavio oder …« Sie machte hier eine bedeutungsvolle Pause, bevor sie den Satz zu Ende brachte: »… Don Giovanni selbst, dessen Bild sie nicht mehr loslässt, nachdem er sie bei ihrer ersten Begegnung im Haus des Komturs – angeblich gegen ihren Willen – überwältigt hatte …« »Dann bleibt mir wohl keine Wahl, Cecilia …«, sagte Stiller, wobei er gegen die alles andere als fiktionale Versuchung kämpfte, ihre leicht geöffneten Lippen mit den seinen zu berühren. Sie schien zunächst der unsichtbaren Anziehungskraft zwischen ihnen nachgeben zu wollen, doch im letzten Moment gelang es ihr, sich abzuwenden. »Mit oder ohne Leporello?«, fragte sie mit einem leicht verlegenen Lächeln und strich sich mit einer nonchalanten Bewegung die langen schwarzen Haare zurück. »Lepowas?«, fragte Stiller leicht enttäuscht. Cecilia sah ihn überrascht an. »Komm, du weißt schon … Leporello, der treue Diener und unzertrennliche Abenteuergenosse von Don Giovanni …«, erklärte sie nach einer Weile. »Der Name kommt vom lateinischen *lepor*, der Hase«, erklärte sie dann fast schulmeisterlich, »und der italienischen verniedlichenden Endung *-ello* – eine der vielen genialen Spracherfindungen des Mozart-Librettisten Lorenzo Da Ponte. Auf Deutsch könnte man es mit *Häschen* übersetzen …« Stiller gab seinem Hund, der bis dahin ruhig zwischen ihren Füßen gekauert war, einen Klaps auf den Kopf. »Wäre Zeus kein Hund, würde er in die Rolle bestimmt hineinpassen …«, sagte er, seine Unkenntnis überspielend. »Spaß beiseite«, fügte er nach kurzer Überlegung hinzu, »ich glaube, dass ich für alle Fälle einen Assistenten bei den Ermittlungen gut gebrauchen könnte … Und ich bin sicher, Gruppeninspektor Biba wird sich freuen, die Ehre zu haben, einem Don Giovanni zur Seite stehen zu können, wenn auch nur als dessen Lakai …« »Dann bring auch den Inspektor morgen bei Einbruch der Dunkelheit vor das Festspielhaus«, bestimmte Cecilia entschlossen. »Ich habe immer noch den Schlüssel zur Kleiderkammer, in der alte und neue Kostüme der verschiedenen Theater- und Opernproduktionen aufbewahrt werden. Seid pünktlich, Nathan: Ich werde einige Zeit brauchen, um dich und deinen Assistenten so zu verkleiden, dass euch niemand wiedererkennt. Und nehmt auf keinen Fall eine Dienstwaffe mit«, mahnte sie streng. Stiller runzelte die Stirn. »Es ist nicht auszuschließen, dass König nach dem Doppelmord die Gäste an der Pforte des Peterskellers aus Sicherheitsgründen kontrollieren lässt«, erklärte die Sängerin mit praktischer Klugheit, »und es wäre schade, wenn ihr euch gleich verraten würdet.« Nach diesen Worten ließ sie seine Hände los und sang noch keck zum Abschied:

Venite pur avanti,
vezzose mascherette.
È aperto a tutti quanti,
viva la libertà!

Dann drehte sie sich um und machte Anstalten, den verschneiten Mozartsteg in Richtung Kapuzinerberg zu verlassen. Doch Stiller hielt sie zurück und legte die Hand auf ihre rechte Schulter. Sie sah ihn ein letztes Mal mit einem angenehm überraschten, fragenden Blick an. »Ich habe eine letzte Frage«, sagte er etwas zögerlich. Er wusste, er sollte Details der Ermittlungen nicht an Außenstehende weitergeben, doch er verstand Cecilia nunmehr als Vertraute, sei es auch nur deswegen, weil er sie beide als Seelenverwandte empfand. »In der Agenda deines Vaters war ein kurioser Termin eingetragen«, begann er vorsichtig und schaute ihr direkt in die Augen. »Am ersten Dezember um 22 Uhr, nur vier Tage vor seiner Ermordung, hatte er unter dem Stichwort ›Requiem‹ vier durch Kommata getrennte Initialen notiert: L, K, R, S, darunter die Ortsangabe ›Peterskeller‹...« Ein flüchtiger Funke glühte in ihren dunklen Augen für einen Moment auf, als er das Wort ›Requiem‹ erwähnte. Sie biss sich unwillkürlich auf die schmalen violetten Lippen und blieb lange still. »Vielleicht hat er nur eine Konzertprobe notiert ...«, flüsterte sie schließlich so schwach, dass ihre Stimme kaum noch vernehmbar war. Stiller schaute sie an, und er erkannte einen Anflug von Kummer in der unergründlichen Schwärze ihrer Augen, bevor sie den Blick verlegen senken konnte. Er wusste, dass sie log. Und sie wusste, dass er es wusste. »Nachts um 22 Uhr? Im Peterskeller?«, drang Stiller in sie. »Bei allen anderen Probenterminen hat er immer das Stichwort ›Probe‹ daneben geschrieben, aber hier steht nur das Wort ›Requiem‹. Und was sollen die Initialen bedeuten?« »Ich weiß es nicht, Nathan ...«, raunte sie mit Tränen in den Augen. Sie schaute ihn lange mit unruhig flackerndem Blick an, als ob sie ihn insgeheim um Verzeihung bitten würde. Woher kam diese plötzliche Betrübnis? War es die Trauer um den Tod ihres Ziehvaters, die bei der Erwähnung seiner Agenda mit den dichten Terminen wieder neu aufgeflammt war? Oder doch etwas, was sie wusste, aber ihm aus unerklärlichen, tief in ihrer Seele ruhenden Gründen nicht sagen konnte? Etwas, das ihr so heilig war, dass sie dafür sogar bereit war, das gegenseitige Vertrauen, den Austausch von Versprechen, die Vorfreude auf gemeinsame Abenteuer, alles, was es zwischen ihnen gab, aufs Spiel zu setzen? Sie hielt seinen forschenden, enttäuschten, wütenden Blick nicht mehr aus und senkte wieder ihren Blick. Dann beugte sie sich nach vorne, küsste die wunde Fläche seiner linken Hand und eilte über den Mozartsteg in Richtung der menschenleeren, schneebedeckten Altstadt jenseits der Salzach.

38

Das Telefon auf dem Schreibtisch klingelte lange, bevor Stiller sich im Halbschlaf vom weichen Liegesofa im Büro der Polizeiinspektion aufraffen konnte und, über seinen Hund stolpernd und in der Dunkelheit weitertaumelnd, endlich den Hörer abnahm. Am anderen Ende der Leitung meldete sich, putzmunter trotz der frühen Stunde, Professor Martin Heinrich Schneiderhahn: Er habe erfahren, sagte der alte Emeritus mit schriller, aufgeregter Stimme, dass im Rahmen der Ermittlungen zum Tode der Maestri Löwenstein und Libeskind ein bislang unbekanntes autographes Blatt von Wolfgang Amadé Mozart entdeckt worden sei, und nun wolle er sich bei dem Herrn Chefinspektor erkundigen, ob es möglich wäre, die Handschrift einzusehen. Mit den Gedanken noch fast im Halbschlaf versuchte Stiller, die Sache mit einer neutralen Routineantwort schnell zu erledigen: »Es tut mir leid, Herr Professor, aber der Zugang zu potenziellen Beweisstücken ist Unbefugten bis zum Abschluss der Ermittlungen nicht gestattet.« Die heftige Reaktion des

Professors traf ihn unvorbereitet und riss ihn endgültig aus dem Schlaf. Er wisse wohl nicht, mit wem er es hier zu tun habe, brüllte Schneiderhahn wutentbrannt in den Hörer. Wenn es hier eine Person gebe, die einen Anspruch auf die Untersuchung von Mozarts Œuvre habe, dann niemand anderer als er. Der Herr Chefinspektor solle sich gefälligst allein die Anzahl seiner wissenschaftlichen Publikationen zum Thema anschauen. Sein ganzes Leben habe er Mozart gewidmet: Er sei – um nur einige Beispiele unter vielen zu nennen, die Ehrenzeichen werde er dem Herrn Chefinspektor aus Zeitgründen ersparen – seit 1949 Mitglied der Akademie für Mozart-Forschung, leite seit 1954 die Neue Mozart-Ausgabe, habe darüber hinaus die letzten drei Auflagen des Köchel-Verzeichnisses herausgegeben, ganz zu schweigen von den zahlreichen Echtheitsgutachten, die er zu Mozarts Manuskripten angefertigt habe – nicht zuletzt für den Autographenkeller des Mozartianums. Nun sei er bereits über neunzig, und wenn er jetzt auf die Freigabe der österreichischen Behörden warten müsse, bis ihm Zugang zu einer so wichtigen Quelle gewährt werde … »Was haben Sie eben gesagt, Herr Professor?«, unterbrach Stiller, der bis dahin nur mit halbem Ohr zugehört hatte, die Tirade des Musikologen etwas brüsk. »Kommen Sie, Herr Chefinspektor, Sie kennen die Bürokratie unseres Landes besser als ich, leider so ziemlich das Einzige, was aus dessen glorreicher Vergangenheit übriggeblieben ist – eine kleine Alpenrepublik mit dem aufgeblähten Verwaltungsapparat einer kaiserlichen und königlichen Monarchie … Es kann nicht sein, dass die Erforschung des mozartschen Œuvres durch Bürokraten behindert wird …« »Nein, Herr Professor, ich meine vorher, in Sachen Autographenkeller, was haben Sie da gemacht?« »Ach so, ich habe vor einigen Jahren im Auftrag des Mozartianums die Echtheit der Autographe von Mozart überprüft, die dort aufbewahrt werden, aber das ist nur eines von vielen Gutachten, die ich über die Quellen des

Salzburger Genies angefertigt habe …« »Ich mache Ihnen einen Vorschlag, Herr Professor«, fiel ihm Stiller wieder ins Wort, einem plötzlichen Einfall folgend. »Sie führen mich durch den Autographenkeller, und ich zeige Ihnen ausnahmsweise die neu entdeckte Quelle … Mir scheint das ein faires Angebot, meinen Sie nicht?« Der Professor verstummte und überdachte kurz den Vorschlag. »Ich weiß ehrlich gesagt nicht, was ein Kriminalbeamter bei den Autographen von Mozart zu suchen hat«, erwiderte er herablassend, »aber meinetwegen, wenn Sie darauf bestehen … Nur ist der Leiter der Bibliotheca Mozartiana, der die Schlüssel zum Keller bewahrt, zurzeit in Urlaub, wenn ich mich recht erinnere …« »Und niemand anderer hat sonst Zugang zum Autographenkeller?« »Der Zutritt zum Keller ist aus Sicherheitsgründen strengstens reglementiert. Ich glaube, dass außer dem Bibliothekar nur noch der amtierende Präsident des Mozartianums, Theodor König, dazu befugt ist, aber da müssen Sie eher die Sekretärin der Stiftung, Fräulein Magdalena Rosenthal, fragen …« Stiller dachte lange schweigend nach, bis sich der Professor wieder zu Wort meldete: »Sind Sie noch in der Leitung, Herr Chefinspektor?« »Ja, Herr Professor, ich rufe Sie zurück, sobald ich alles arrangiert habe«, antwortete Stiller und legte auf.

Als ich kurz darauf in seinem Büro auftauchte, fand ich Stiller grübelnd neben seinem Hund am Balkongitter des trotz morgendlicher Eiseskälte sperrangelweit geöffneten Fensters zum Kranzlmarkt. Er denke gerade über eine Möglichkeit nach, setzte er mich gleich ins Bild, in den Autographenkeller des Mozartianums zu gelangen, ohne dass König etwas davon erfahre. »Wenn ich richtig verstanden habe, liegen die Schlüssel zum Keller nur beim Bibliotheksleiter, der leider zurzeit nicht erreichbar ist, und bei König selbst – respektive bei dessen Sekretärin Magdalena Rosenthal …« »Ich habe einen guten Draht zur Sekretärin«, kam ich ihm zu Hilfe und freute mich insgeheim auf die unverhoffte Gelegenheit, wieder in Kontakt mit Magdalena Rosenthal zu treten. »Vielleicht kann ich sie überreden, uns den Keller aufzuschließen, ohne dem Präsidenten etwas davon zu sagen ...« Stiller nickte zustimmend und kramte ein altes Telefonbuch aus der Schublade seines Schreibtisches. Er blätterte es kurz durch, dann zeigte er mit einer Handbewegung auf das Telefon und sagte mir die Nummer des Mozartianum-Sekretariats an.

In einem höflichen, neutralen Tonfall nahm die Sekretärin selbst den Anruf entgegen: »Mozartianum Salzburg, Magdalena Rosenthal, was kann ich für Sie tun?« Kaum hatte ich meinen Namen gesagt, wechselte sie schlagartig in einen sinnlich flüsternden Tonfall: »Für Sie könnte ich natürlich noch viel mehr tun ...«

»Auch den Autographenkeller aufsperren?«, versuchte ich ohne Umschweife mein Glück.

»Kommt darauf an, was Sie dort mit mir vorhaben ...«

»Genau genommen ist es hauptsächlich Chefinspektor Stiller, der dort ...«

»Mit zwei Männern allein in einem Keller klingt noch gewagter ...«

»... zusammen mit Professor Dr. Schneiderhahn ...«

»Und einem Lustgreis noch dazu ...«

»... Mozarts Autographe ansehen möchte.«

Sie schwieg kurz, als ob sie gründlich überlegte. »Eigentlich darf ich den Autographenkeller in Abwesenheit des Bibliotheksleiters nur bei Notfällen aufschließen – etwa bei einer begründeten Überschwemmungs- oder Brandgefahr –«, sagte sie mit einem stark erotischen Timbre, »aber ich könnte für Sie eine Ausnahme machen, wenn auch Sie bereit sind, etwas für mich zu tun ...« Gegen eine Flut von unaussprechlichen Fantasien kämpfend, brachte ich kein Wort heraus. »Heute Abend wird im Peterskeller ein Maskenball zum Thema Mozart gegeben, zu dem ich zwar eine Einladung, aber noch keinen Begleiter habe …«, fuhr sie nach einer bedeutungsschwangeren Pause fort. »Was ich Ihnen anbiete, ist sozusagen ein Kellertausch: Ich führe Sie in den Autographenkeller, und Sie begleiten mich in den Peterskeller.« Ich brauchte nicht lange zu überlegen: Der Tausch klang nicht nur sehr verlockend, sondern würde vor allem auch in meinen Krimi perfekt hineinpassen. »So ein attraktives Angebot lässt sich schwer ablehnen …«, nahm ich mit Vergnügen den Vorschlag an und fügte gleich hinzu: »Allerdings möchte ich die Bedingungen klarstellen: Niemand außer den Beteiligten darf vom Besuch des Autographenkellers erfahren, besonders der Präsident des Mozartianums nicht …« »Aber nur, wenn das im Gegenzug auch für den zweiten Keller gilt«, versetzte sie schlagfertig und schloss das Telefongespräch ab, noch bevor ich etwas erwidern konnte: »In einer halben Stunde warte ich auf Sie und Ihre Gäste vor dem Mozart-Wohnhaus am Makartplatz.«

39

Um in den legendären Autographenkeller unter dem Mozart-Wohnhaus zu gelangen, benötigte man nicht nur einen, sondern gleich drei Schlüssel. Mit dem ersten bediente Magdalena Rosenthal den Fahrstuhl, der, da die Treppe zum Untergeschoss wegen Umbauarbeiten gesperrt war, als einziger den Zugang zum Souterrain unter dem Gebäude ermöglichte. Nachdem sie die Alarmanlage durch Eintippen eines Codes abgeschaltet hatte, sperrte die Sekretärin mit dem zweiten Schlüssel die Tür eines engen Vorraums auf, in dem Stiller auf ihre

Anweisung seinen winselnden Labrador zurücklassen musste. Der dritte lange Doppelbartschlüssel öffnete schließlich die schwere weinrote Panzertür zum eigentlichen Kellerraum, nachdem diese wiederum zusätzlich durch mehrere Rotationen am großen Drehknopf eines elektrischen Zahlenkombinationsschlosses entsichert worden war.

Der Autographenkeller bestand aus zwei niedrigen Räumen, einer länglichen Kammer mit den Exponaten in Schaukästen und, links daneben, einem kleinen, durch eine zweite weinrote Panzertür gesicherten Tresor, in dem weitere, nicht ausgestellte Stücke, vor allem autographe Skizzen, Fragmente und Briefe des Komponisten verwahrt wurden. Im Exponatensaal standen an der Wand links und rechts des Eingangs zwei Tische, von denen der größere auf der linken Seite, ausgestattet mit zahlreichen Nachschlagewerken und der gesamten Neuen Mozart-Ausgabe in Taschenpartiturformat, für die Konsultation der Manuskripte benutzt wurde, während auf dem kleineren Tisch ohne Stuhl zur Rechten nur ein Telefon, ein Gästebuch und einige Broschüren des Mozartianums für die Besucher lagen. »Der Autographenkeller des Mozartianums, seit einigen Jahren offiziell ›Autographentresor‹ genannt – obwohl ich die alte Bezeichnung für viel passender und historisch korrekter halte –, enthält eine der wertvollsten Sammlungen von autographen Quellen des musikalischen Œuvres von Wolfgang Amadé Mozart«, leitete Prof. Dr. em. Martin Heinrich Schneiderhahn die Führung in akademischem Ton ein und zeigte mit einer beschwingten Bewegung seines knotigen Gehstocks aus Nussbaumholz auf die schmalen Schaukästen und auf die Panzertür zum Tresorraum. »Er bietet dafür seit einiger Zeit – auch dank des unermüdlichen Einsatzes meiner Wenigkeit, der ich jahrelang auf das Präsidium des Mozartianums Druck ausgeübt habe, bis es endlich dazu kommen konnte – die modernsten Bedingungen zur Aufbewahrung historischer Manuskripte. Jede minimale Schwankung der Temperatur und der Luftfeuchtigkeit wird nicht nur in beiden Räumen, sondern auch in jeder Vitrine durch Präzisionsthermometer und Feuchtigkeitsmesser registriert sowie durch diese automatisch korrigiert, um Temperatur- und Feuchtigkeitsgrad überall konstant zu halten – 18,75 °C bei 44,5 Prozent Luftfeuchte, um genau zu sein. So hat der Eintritt von vier Personen – Sie können es hier gleich an den Wellen auf dem kleinen Monitor an der Wand über dem Tischchen erkennen, der ähnlich wie ein Seismograph jede Änderung aufzeichnet – eine leichte Erhöhung der Temperatur und eine etwas stärkere Schwankung des Feuchtigkeitsgehalts bewirkt, was natürlich bereits durch beide Präzisionsgeräte ausgeglichen worden ist. Die Panzertüren garantieren darüber hinaus den besten Schutz nicht nur vor Brand-, sondern auch vor Überschwemmungsgefahr – man sollte nicht vergessen, dass der Autographenkeller nur einige Meter Luftlinie vom Flussbett der Salzach entfernt liegt.« Der Professor machte eine kurze Pause und sah uns stolz an. »Auch wenn der Vergleich Ihrer Generation wahrscheinlich wenig sagt: Gäbe es Bombardements, wie ich sie im Zweiten Weltkrieg erlebt habe, wäre der Autographenkeller in Salzburg sicherlich der erste Ort, an dem ich Schutz suchen würde – ganz unabhängig von der Gesellschaft so wertvoller mozartscher Quellen.«

Mit einer weiteren ausladenden Bewegung seines Stocks forderte uns der Professor auf, näher an die Schaukästen heranzutreten. »Leider ist man früher nicht immer so behutsam mit Mozarts Manuskripten umgegangen«, setzte er seine Ausführungen mit einem Anflug des Bedauerns in der Stimme fort. »Nach Mozarts Tod war seine Witwe Constanze bemüht, den vom Komponisten hinterlassenen gewaltigen Bestand an Autographen und Abschriften seiner Werke mit Hilfe ihres zweiten Ehemanns Georg Nikolaus Nissen zu ordnen, um sie dem renommierten Verleger Johann Anton André möglichst gewinnbringend zu veräußern. Weder Nissen noch André oder dessen Verlagslektor Franz Johannes Gleißner besaßen allerdings ein besonders ausgeprägtes konservatorisches Bewusstsein: Für jede autographe Quelle trugen sie mit Tinte Echtheitsbestätigung und Werkidentifikationsnummer direkt auf der ersten Seite des jeweiligen Manuskripts ein. Was heute als Sakrileg gälte, wurde damals wohl als nicht weiter bedenklich empfunden, da die Quellenpflege zu jener Zeit überhaupt noch in den Anfängen steckte. Auch war man sich des historischen Wertes dieses gewaltigen Quellenbestandes wohl noch nicht bewusst, denn für den gesamten musikalischen Nachlass ihres verstorbenen Mannes erhielt Constanze nur 3150 Gulden, was heute etwa 85000 Euro wären. So kam es im Laufe des 19. Jahrhunderts auf der ersten Seite vieler Autographe Mozarts zu einem regelrechten Wust an Eintragungen von fremder Hand – leider nicht einmal mit Bleistift, sondern meist sogar mit unauslöschlicher Tinte vorgenommen: neben den besagten Einträgen von Nissen, André und Gleißner etwa die Katalognummer von Ludwig Ritter von Köchel, weitere Echtheitsbestätigungen des Wiener Sammlers Alois Fuchs, Besitzvermerke des jeweiligen neuen Käufers, Anmerkungen eifriger Unbekannter zu Ort und Datum der Komposition, Stempel und Akzessionsnummer der Bibliotheken und Archive, in denen sie später aufbewahrt wurden …«

Ganz vertieft in seinen detailreichen Vortrag, bemerkte Martin Heinrich Schneiderhahn die Zeichen wachsender Ungeduld nicht, die sich inzwischen unter den Zuhörern bei der scheinbar endlosen Auflistung der Fremdeintragungen in Mozarts Autographen breit machte. Magdalena Rosenthal, die bis dahin hauptsächlich damit beschäftigt gewesen war, mir verstohlen vielsagende und vielversprechende Blicke zuzuwerfen, verdrehte sichtlich gereizt die Augen und ließ demonstrativ gelangweilt einen unüberhörbaren Seufzer hören. Stiller fing an, nervös zwischen den Vitrinen hin und her zu trippeln. Ich, mit den Gedanken bereits ganz woanders, ließ mögliche Verkleidungen für den mozartschen Maskenball im Peterskeller vor meinem inneren Auge Revue passieren. »Hat sich im Autographenkeller seit Ihrem letzten Besuch etwas verändert, Herr Professor?«, wagte Stiller als Erster, Schneiderhahns Redeschwall zu unterbrechen. »So viel ich sehen kann, scheint alles an seinem Platz zu sein«, erwiderte der Emeritus nach einer Weile, von der Frage sichtlich überrascht. Um seine Antwort zu bekräftigen, begann er, mit seinem Nussbaumstock auf jede Vitrine zu zeigen und die darin zur Schau gestellten Exponate aufzuzählen. »Hier das kostbare Autograph der Fantasie in c-Moll für Klavier KV 475 und der Sonate in c-Moll für Klavier KV 457, daneben die nicht minder wertvolle letzte Seite des *Rondò alla turca* aus der Klaviersonate in A-Dur KV 331, in der nächsten Vitrine die drei Orchestermenuette KV 363 sowie die Menuette Numero 12 und 14 mit Trio aus den 16 Menuetten für zwei Violinen, Bass, zwei Oboen, zwei Hörner und Fagott KV 176 … dort haben wir ein weiteres Prachtstück der Sammlung, das berühmte Nannerl-Notenbuch mit den frühesten Schöpfungen des Salzburger Genies, vor mir schließlich ein autographes Blatt mit dem Text zu den ersten zwei Szenen der *Entführung aus dem Serail* KV 384, das einzige bekannte Libretto in der Handschrift Mozarts – leider ebenfalls mit späteren Tintenvermerken von Georg Nikolaus Nissen versehen …«

Stiller atmete tief durch und rüstete sich, eine weitere endlose Liste von Fremdeintragungen in den Autographen über sich ergehen zu lassen. Doch Schneiderhahn hielt plötzlich inne, packte den Arm des Chefinspektors und wies zitternd auf den Schaukasten mit dem autographen Libretto-Fragment zu *Die Entführung aus dem Serail.* »Moment, hier fehlt etwas!«, rief er unvermittelt und schlug, vor Entrüstung bebend, mit seinem Stock auf den harten Kellerboden.

»Was fehlt, ein Autograph?«, fragte Stiller.

»Nein, es fehlt was *im* Autograph!«

»Und was fehlt *im* Autograph?«

»Das, was *nicht* autograph ist!«

»Soweit das, was autograph ist, immer noch da ist …«

»Ohne die nicht autographen Eintragungen scheint das Manuskript aber originaler als das Original selbst zu sein!«

»Das ist doch unmöglich, Herr Professor …«

»Verstehen Sie es denn nicht, Chefinspektor? Diese Quelle ist zu original, um ein Original zu sein!«

»Meinen Sie, wir stehen hier vor einer …«

»… vor einer Abschrift, Chefinspektor: einer Nachahmung, einem Falsifikat, einer dreisten Fälschung! Dazu noch eine ungemein gute: Ich bin selber fast darauf hereingefallen!«

»Sind Sie sicher? Vielleicht hat man die Einträge von fremder Hand ausradiert?«

»Sie waren aber mit Tinte geschrieben. Ihr ›Radieren‹, wenn überhaupt möglich, hätte auf jeden Fall sichtbare Zeichen auf dem Papier hinterlassen. Wenn Sie mir nicht glauben, können Sie es im Echtheitsgutachten lesen, das ich selber zu diesem Manuskript angefertigt habe: In der oberen linken Ecke der ersten Seite müsste sich der typische Tintenvermerk von Georg Nikolaus Nissen ›*Diese zwei Seiten sind Mozarts Handschrift*‹ befinden, aber hier steht weder die Randnotiz, noch gibt es irgendein Zeichen einer Radierung! – Und ich habe es erst jetzt bemerkt!«

Eine betretene Stille senkte sich über die Anwesenden im niedrigen Raum des Autographenkellers. Noch bevor jemand von uns sich traute, sich über das gefälschte Libretto-Fragment in der Vitrine zu beugen, fiel Schneiderhahns Auge zufällig auf das danebenliegende Manuskript. Was er dort fand, oder besser nicht fand, versetzte ihn, wenn überhaupt möglich, in eine noch heftigere Rage. »Noch ein Falsum: O du eselhafter Martin!«, rief er außer sich vor Wut aus und schlug nochmals mit dem Stock auf den Boden. »Sie brauchen nicht so hart mit sich selbst ins Gericht zu gehen, Herr Professor«, versuchte Stiller, ihn zu besänftigen, »Sie tragen doch keine Schuld an der Fälschung …«

»Sie verstehen nicht! Ich meine das autographe Fragment von Mozarts Kanon *O du eselhafter Martin* KV 560[b] hier in dieser Vitrine! Der Blattausschnitt war ursprünglich zu einer Art Leporello gefaltet, aber jetzt fehlen ihm plötzlich die acht senkrechten Knickspuren, als ob er glattgebügelt worden wäre!«

Ohne dass ihn jemand von uns bremsen konnte, fing der alte Professor an, schreiend von einer Vitrine zur anderen zu laufen, den Stock wie eine Keule bedrohlich durch die Luft schwingend. »Hier in der rechten unteren Ecke fehlt der alte Besitzervermerk ›*J. A. Stumpffs property in London*‹, da oben in der Mitte Maximilian Stadlers Tinteneintrag ›*in der Fantasie*‹, hier im oberen Seitenrand Johann Anton Andrés Anmerkung ›*Schluß des Rondo turque*‹, in dem Menuett Andrés Vermerk der Jahreszahl *1780*, in dem anderen Menuett der doppelte Violinschlüssel im ersten System der Corni, hier im Nannerl-Notenbuch sogar Leopold Mozarts Eintragung ›*Disen Menuet und Trio hat der Wolfgangerl den 26ten Januarij 1761 einen Tag vor seinem 5ten Jahr um halbe 10 Uhr nachts in einer halben stund gelernet*‹. Und auf dieser autographen Skizze kann sich Mozarts Unterschrift mit dem Manu-Propria-Kringel unmöglich befinden, denn er hat nie seine Skizzenblätter und Entwürfe signiert!« Als er vor Verzweiflung nach Luft zu ringen begann, brachte ihm Stiller den Stuhl vom langen Nachschlagetisch, auf den sich der völlig aufgelöste Professor erschöpft fallen ließ. Vom Telefon auf dem kleinen Tisch aus rief der Chefinspektor den Leiter der rechtsmedizinischen Abteilung, Dr. Horvath, an und bat ihn, umgehend mit dem Team der Spurensicherung in den Autographenkeller zu kommen. Königs Kaufvertrag mit den Chinesen, an den er angesichts der Fälschungen in den Vitrinen gerade dachte, erwähnte er dabei vor Schneiderhahn nicht. Hätte der alte Emeritus erfahren, dass die originalen Autographe sich möglicherweise bereits irgendwo im Reich der Mitte befanden, wäre wahrscheinlich weniger die Spurensicherung als vielmehr die Rettung nötig geworden.

40

Bis zum späten Abend blieb Stiller mit Professor Schneiderhahn im Autographenkeller, um ein Inventar der Falsifikate aufzustellen, während Dr. Horvath dort mit der kriminaltechnischen Mannschaft weitere Spuren sicherte. Magdalena Rosenthal und ich hatten uns längst mit einer Ausrede verabschiedet und waren in ihre Wohnung gegangen, um uns für den Maskenball im Peterskeller zu verkleiden – sie als flammende, rachsüchtige Königin der Nacht, ich als ehrwürdiger Fürst Sarastro.

Jemand musste die Sammlung systematisch ausgeplündert haben, denn alle vermeintlichen Mozart-Autographe des Kellers entpuppten sich nach genauer Untersuchung ausnahmslos als Fälschungen. »Auch wenn es jetzt leider nur mehr nach einem bitteren Trostpreis klingt«, versuchte Stiller am Ende der niederschmetternden Inventarisierung, den auf einem Stuhl grimmig dreinblickenden und leise über Gott und die Menschen fluchenden Professor aufzumuntern, »die Einladung, die neulich entdeckte autographe Quelle Mozarts bei uns einzusehen, gilt für Sie natürlich immer noch, Herr Professor …« Mit Hilfe seines Stocks stand Schneiderhahn gleich auf, als ob er trotz der späten Stunde bereit wäre, dem umgehend Folge zu leisten. Mit den Gedanken bereits beim Maskenball schaute Stiller zu Dr. Horvath, der etwas abseits latexbehandschuht vorsichtig in einem offen daliegenden Manuskript blätterte.

»Leider habe ich heute Abend noch einen dringenden Termin«, sagte der Chefinspektor leicht verlegen, »doch wenn unser geschätzter Dr. Horvath, in dessen Laboratorium die Handschrift zurzeit aufbewahrt wird, bereit wäre …« »Mit Vergnügen, verehrter Kollege!«, kam ihm der Mediziner gleich mit seiner kräftigen, aufgeräumten Stimme zu Hilfe. »Es wird mir eine große Ehre sein, einem der bedeutendsten Mozartexperten bei der Besichtigung dieser musikhistorisch so wichtigen Quelle in meiner forensischen Forschungsstätte Gesellschaft leisten zu dürfen.« Erleichtert schüttelte Stiller beiden die Hände und eilte zum Fahrstuhl des Autographenkellers. »Und da Zeus heute Abend ausnahmsweise nicht mit mir kommen darf«, rief er aus dem Vorraum wie beiläufig in Richtung des Gerichtsmediziners, »wird er seinerseits die Ehre haben, Ihnen dabei Gesellschaft zu leisten, Doktor …« »Moment! Was soll ich mit dem Köter?«, stöhnte Dr. Horvath auf und folgte ihm hastig. Doch Stiller hatte den Lift bereits mit dem Schlüssel betätigt. Gerade noch bevor sich die Türen des Fahrstuhls schlossen, warf er dem Arzt, der im Vorraum vor dem ihn gefährlich anknurrenden Labrador verdutzt stehen geblieben war, den Schlüsselbund des Autographenkellers mit einem spitzbübischen Lächeln zu. »Vergessen Sie nicht, den Keller gut abzusperren, Doktor, auch wenn es darin von Mozart keine Spur mehr gibt!«

Mit Herzklopfen eilte Stiller vom Mozart-Wohnhaus über den Makartsteg und durch die engen Passagen zwischen Griesgasse, Getreidegasse und Universitätsplatz, bis er durch den Innenhof der Universitätsbibliothek hindurch zur Hofstallgasse vor die lange, imposante Fassade des Großen Festspielhauses gelangte. Wie er befürchtet hatte, war vor dem monumentalen Konzertgebäude niemand zu sehen. War es nur die Verspätung, oder hatte er sich etwa verirrt? Als er zum zweiten Mal an der prächtigen barocken Fassade des berühmten Konzert- und Opernhauses entlanglief, bemerkte er plötzlich am Eingang der gegenüberliegenden Universitätsbibliothek auf der anderen Straßenseite den Schatten eines Mannes. Soweit er es im fahlen Licht der Straßenlaterne erkennen konnte, schien der Unbekannte einem anderen Zeitalter entsprungen zu sein. Er trug eine elegante, mit Borten reichlich verzierte Gala-Livree, wie sie etwa Lakaien in Adelshäusern des ausgehenden 18. Jahrhunderts getragen hatten. Bodenlanger Umhang, Leibrock mit kurzen Schößen, enganliegendes Gilet über dem weißen Rüschenhemd sowie Kniebundhose über weißen Seidenstrümpfen waren mit feinem scharlachrotem Samt überzogen und mit goldenen spanischen Spitzen betresst. Unterhalb des goldbestickten Dreispitzes war eine ungepuderte Zopfperücke mit breitem schwarzem Taftband sichtbar. Das Gesicht hinter einer dunkelroten Halbmaske mit Hakennase à la Pulcinella versteckt, schien der Livrierte ihn von Weitem listig anzugrinsen. Um den irritierenden Eindruck zu verdrängen, er werde heimlich beobachtet, ging der Chefinspektor direkt auf die Maske in Livree zu und fragte sie beiläufig, auf das Gebäude gegenüber deutend: »Entschuldigen Sie, ist dies das Festspielhaus? Ich bin neu in der Stadt …«

Mit einem noch schelmischeren Lächeln trat der Maskierte in seinen Damastschuhen mit feuervergoldeten Schnallen aus dem Schatten: »Ja, Chef, das ist es.«

»Biba?«, rief Stiller verblüfft, als er die Stimme seines Assistenten wiedererkannte.

»Leporello, bitte, Leporello!«, flüsterte der kostümierte Gruppeninspektor ihm hastig zu und sah sich vorsichtig um, ob jemand sie hören konnte. »Oder wollen Sie meine Verkleidung gleich auffliegen lassen?«

»Was machen Sie denn hier?«

»Donn'Anna hat mich geschickt, um auf Sie zu warten, und da habe ich mir gedacht, vielleicht kann ich gleich testen, ob die Maskierung gelungen ist …«

»Sie ist gelungen, keine Bange. Und jetzt bringen Sie mich zu ihr, aber schnell!«

Im stockdunklen Gebäude des Festspielhauses war es nicht leicht, sich zurechtzufinden. Doch Stiller konnte sich auf seinen Assistenten verlassen, der nicht nur denselben Weg schon zweimal gegangen war, sondern ihm auch akustische Orientierungszeichen gab, indem er, sei es um die Angst vor der Dunkelheit zu vertreiben oder um sich in seine neue Rolle besser hineinzuversetzen, Leporellos Auftrittsarie vor sich hin brummte:

Notte e giorno faticar
per chi nulla sa gradir,
neve e freddo sopportar,
mangiar male e mal dormir …
Voglio fare il gentiluomo
e non voglio più servir.

Durch ein Labyrinth verwinkelter Gänge gelangten sie am Ende eines schmalen Korridors vor die Tür eines abgelegenen Ankleideraums hinter der Bühne. »Es ist besser, wenn Sie hier draußen bleiben und Wache halten, während ich mich maskiere«, unterbrach Stiller das Gekrächze seines Assistenten. Mit einer theatralischen Verbeugung trat Biba beiseite, ohne seine Darbietung zu unterbrechen:

Oh che caro galantuomo!
Voi star dentro con la bella,
ed io far la sentinella! …

»Und jetzt hören Sie bitte auf zu brummen, Biba, wenn Sie nicht wollen, dass man uns hier entdeckt!«, brachte ihn Stiller in zornigem Flüsterton endgültig zum Schweigen, bevor er leise an die Tür klopfte und in der Garderobe verschwand.

»Endlich, wo warst du denn?«, fragte Cecilia Vinci den Chefinspektor in heller Aufregung, kaum dass er die Tür des Ankleideraums hinter sich zugemacht hatte. Sie stand vor einem Spiegel am Ende der langen, fensterlosen Kammer, die, sah man von zwei freien Stühlen gegenüber dem Spiegel ab, vor allerlei Kleidungsstücken auf beiden Seiten regelrecht überquoll. Wäre es nicht ihre unvergleichliche samtene Stimme mit dem leicht südländischen Kolorit gewesen, hätte er sie nicht wiedererkannt. Sie trug eine elegante Robe à l'anglaise mit eng taillierter Korsage, ausladendem Cul de Paris und breiter Schleppe aus schwarzem Damast, die stilvoll mit feinen Seidenveilchen und violett leuchtenden Amethysten garniert war. Ihr hochgestecktes, mit kleinen Stiefmütterchen und blaurot schimmernden Edelsteinen geschmücktes schwarzes Haar ließ das Lilienweiß des zarten Nackens und der wohlgeformten Schultern hervorstechen, über denen zwei lange, ebenfalls mit großen Amethysten besetzte Ohrringe aus Weißgold glänzten. »Kannst du mir bitte das Collier anlegen?«, rief sie Stiller zu sich, ohne sich umzudrehen und dem etwas verlegen dastehenden Don Giovanni in spe Zeit zu geben, sich für die Verspätung zu entschuldigen. »Das hat mir gerade noch gefehlt!«, dachte Stiller, der sich definitiv wie der Held eines kitschigen Rokoko-Romans vorkam. Er streckte vorsichtig die Arme nach vorne über den herausragenden Cul de Paris und nestelte, die wohlige Wärme von Cecilias perlenweißer Haut mit den Fingerspitzen spürend, am Verschluss der schweren Halskette, die auf ihrem straffen Dekolleté in einen mit Amethysten besetzten Anhänger in Dreiecksform mündete. Vielleicht war es nur die langwierige Inventarisierungsarbeit im engen Raum des Autographenkellers, vielleicht der hastige Lauf durch die verschneite Stadt bis zum Großen Festspielhaus oder doch der hauchzarte, betörende Veilchenduft, der von Cecilia ausströmte, aber als er den Blick hob und ihr Bild im Spiegel sah, wurde ihm plötzlich schwindlig. Eine venezianische Maske, in schwarzer Farbe handbemalt, silbrig glitzernd und mit fliederfarbenen Falbeln verbrämt, verdeckte ihr edles Antlitz geheimnisvoll von der Stirn bis zur graziösen Nasenspitze, die flackernden schwarzen Augen, die puderblassen Wangen und die dunkelvioletten, rätselhaft lächelnden Lippen freilassend, zwischen denen der veilchenblau glimmernde Schein eines kleinen Amethysten an einem Schneidezahn hindurchschimmerte. Wie geblendet wich Stiller einige Schritte zurück und ließ sich auf den nächstliegenden Stuhl fallen.

»Da du bereits sitzt, können wir gleich anfangen, aus dir einen echten Don Juan zu machen«, wandte sie sich ihm zu und begann mit geschmeidiger, verlockender Stimme zu singen, während sie einen Klecks Pomade aus einer offenen Schale auf ihren Handflächen verrieb:

Venite, inginocchiatevi:
restate fermo lì.
Pian piano, or via, giratevi:
bravo, va ben così.

Noch bevor er sich wehren konnte, hatte sie schon angefangen, die Pomade seitlich in seine Schläfen einzumassieren. »Der Achttagebart lässt sich noch hinter der Bauta verbergen, aber für die Perücke müssen die wilden Haare unbedingt nach hinten genommen werden …

La faccia ora volgetemi:
olà, quegli occhi a me.
Drittissimo guardatemi …«

Die angenehme Kopfmassage befreite Stiller allmählich von der Anspannung des ganzen Tages. Von den dreistufigen Volants ihrer Ärmelaufschläge an seinen Schläfen angenehm gekitzelt, sank er, die Verkleidungsarie wie ein einlullendes Wiegenlied noch im Ohr, auf dem Stuhl in sich zusammen. Er fühlte nur noch dunkel, wie sich die Sängerin flink an seiner Jacke zu schaffen machte und ihn auf dem Stuhl wie eine Puppe aus- und wieder ankleidete. Mit einem Fuß schon im Reich der Träume, versuchte er ihr zu helfen, so gut er konnte. Er streckte die Beine aus, damit sie seine löchrigen Socken und abgewetzten Jeans gegen Strümpfe und Kniebundhosen wechseln konnte, und hob schlaftrunken die Arme über den Kopf, um den Oberkörper frei zu machen. Als Cecilia jedoch seine Schläfen und seinen Hinterkopf mit ihren Fingerspitzen wieder zu kitzeln begann, indem sie ihm die Perücke aufsetzte, fiel er endgültig in tiefsten Schlaf.

Erst bei den beschwingten, hochvirtuosen Koloraturen der letzten Arienstrophe wachte er aus dem wohligen Schlummer wieder auf. Doch als er es geschafft hatte, auf die Beine zu kommen, erkannte er sein eigenes Spiegelbild nicht mehr. Vor ihm stand ein tadellos gekleideter Edelmann des späten Rokokos. Er trug einen langen, vom niedrigen Stehkragen bis zu den flotten Rockschößen offen gehaltenen Habit à la française aus weißem, mit Goldfäden durchwirktem Brokat, unter dem ein zweireihig zugeknöpftes Gilet aus cremeweißem Pikee mit floralen Goldstickereien und das prächtige Spitzenjabot eines lilienweißen Seidenhemdes hervorlugten. Borten und Latzverschlüsse aus vergoldetem Seidenfilament verzierten auch die weiße, mit dem Rock akkurat abgestimmten Kniehosen über den feinen Seidenstrümpfen. Damastschuhe mit Goldschnallen rundeten das historische Kostüm stilvoll ab. Was Stiller an seinem Gegenüber im Spiegel allerdings noch mehr frappierte, war dessen Larve. Die venezianische Bauta, ganz weiß und ohne jegliche Verzierung, bedeckte unter der Puderperücke mit vier Lockenrollen und einem schwarzen schleifengeschmückten Haarbeutel das gesamte Gesicht. Durch ihre mundlose, spitz vorgewölbte

Kinnpartie verlieh sie ihm ebenso anonyme wie fremdartige Züge. Noch bevor er sich mit seinem neuen Gewand anfreunden konnte, schob ihm Donn'Anna einen federgeschmückten Dreispitz unter den rechten Arm und tat ihre Zufriedenheit mit dem Verkleidungswerk durch eine letzte Probe ihrer sängerischen Bravour kund:

Mirate il bricconcello!
Mirate quanto è bello!
Che furba guardatura!
Che vezzo, che figura!
Se l'amano le femmine,
han certo il lor perché.

Kurze Zeit später erreichte das aparte Maskentrio – Donn'-Anna Arm in Arm mit Don Giovanni voranschreitend, dessen Diener Leporello dahinter ihre Damastschleppe demütig tragend – den verschneiten Hof vor dem Peterskeller. »Schade, dass wir keine Dienstwaffe tragen können«, flüsterte der etwas steife Bonvivant seinem diensteifrigen Lakaien zu, während die rassige Edeldame durch das niedrige Guckfenster der Kellerpforte einem kleinwüchsigen Osmin ihre Einladungskarte reichte. »Vielleicht haben wir heute Nacht die Chance, den Täter zu überführen …« »Diener dürfen keine Waffen tragen, mein Herr, aber Ihr habt eine«, erwiderte Leporello und zeigte grinsend auf die goldene, mit feinen Rankenmustern ziselierte Degenscheide an der rechten Hüfte seines Gebieters, bevor er hinter Donn'Annas rauschender Seidenschleppe in den Keller verschwand.

Stiller sah sich schnell nach allen Seiten um, bevor er hinter seinem Assistenten den Peterskeller betrat. »Zum Glück ist mein Gerichtsreporter nicht dabei«, dachte er. »Er würde in seinem Krimi bestimmt aus dieser romanreifen Situation Kapital schlagen. Aus meinem Polizeibericht wird er auf keinen Fall etwas davon erfahren.« Was der Chefinspektor nicht wusste: Sein treuer Informant kam gerade nach ihm zur Kellerpforte, nicht weniger fantastisch als Sarastro verkleidet und Arm in Arm mit der sternenstrahlenden Königin der Nacht Magdalena Rosenthal – ohne seinerseits zu wissen, wer der elegante Don Juan sein könnte, der vor ihm gerade in den Keller hineingegangen war. Erst lange Zeit danach, als alles zu spät sein würde, sollten sie sich in ihren Kostümen begegnen.

41

Gedämpfte, changierende Lichter beschienen die niedrigen Räume rechts und links des kerzenbeleuchteten Korridors im Erdgeschoss des Peterskellers. Sie entsprangen aus kleinen Kaskaden mit honiggelben bis weinroten, limettengrünen oder aquamarinblauen Wasserstrahlen, an denen sich die maskierten Gäste ihre Kristallgläser hin und wieder füllten. Ihr Geriesel verschmolz mit den leisen, berauschenden Klängen mozartscher Kammermusik, die, von diversen Ensembles an einer Ecke jedes Saals dargeboten, die Konversation der Masken diskret begleiteten: eine kleine Nachtmusik im geschmeidigen Ton eines Streichquartetts in Sordino, Flöte und Harfe in einem spielerisch harmonierenden Duo aus dem Doppelkonzert KV 299, der schaurig-schön klirrende Klang des Adagio in C-Dur KV 617a für Glasharmonika, die virtuosen Variationen über *Ah, vous dirai-je maman* am Fortepiano. Bunte Blüten exotischer, bis zur Decke reichender Schling- und Kletterpflanzen verströmten ein Bouquet intensiver, betörender Düfte in den Sälen. Köstliche Imbisse waren an den Wänden jedes Raumes auf kleinen halbrunden Marmorkonsolen aufgebaut, dazwischen standen imposante, im Farbspiel der Lichtquellen geisterhaft schillernde Skulpturen mit mythologischen Sujets.

Chefinspektor Stiller alias Don Juan fröstelte, als er, in der ungewohnten Rolle des Galans an Donn'Annas Arm noch etwas ungeschickt, versehentlich mit der Hand den Fuß einer nackten Frauenstatue im festen Griff eines geflügelten, alten und bärtigen Räubers berührte. Weder aus Marmor, Granit, Gips oder Wachs, noch aus Bronze, Silber oder Gold bestand die gespenstische, seltsam schimmernde Skulptur zu Beginn des ersten rechten Saals, sondern gänzlich aus reinem, spiegelglattem und feuchtkaltem Eis. »*Boreas entführt Oreithya*, im Dresdner Großen Garten besser bekannt unter dem eingängigeren Namen *Die Zeit raubt die Schönheit*«, deutete Cecilia Vinci auf die eisige Plastik, wobei sie einen kalten, aus dem wohlgeformten Eisfuß der Nymphe fallenden Tropfen nonchalant mit der Handfläche auffing. Erst da fiel Stiller die verwunderliche Metamorphose auf, die die gesamte Reihe der Eisskulpturen im Saal, allesamt mythologische Entführungsszenen, zu durchlaufen schien. Je mehr man sich dem gegenüberliegenden, durch einen schweren Samtvorhang drapierten Durchgang zum dunklen Hinterzimmer näherte, um so freizügiger und gewalttätiger wurden die plastischen Darstellungen antiker Frauenraube aus Eis, bis hin zu unverhüllter Obszönität und schauriger Monstrosität. Bereits in der folgenden Figurengruppe, dem Raub der Helena durch Paris, hielten sich die beiden, bis auf den Blumenkranz der ersten und den Helm der zweiten sonst völlig hüllenlosen Gestalten des homerischen Epos in einer expliziten Umarmung so umschlungen, dass man schwer glauben konnte, eine Entführung vor sich zu sehen. Der aus den Wogen des Meeres auftauchende Gott der Unterwelt, Hades, griff in der nächsten berninesken Skulptur mit seinen muskulösen Armen von unten nach dem üppigen Busen und den straffen Schenkeln der jungen Persephone, sein bärtiges Gesicht fest in deren Scham gedrückt, während sie sich genüsslich einen Granatapfelsamen in den Mund steckte. Durch den samtenen Vorhang vor dem Eingang zum nächsten Raum etwas versteckt, besprang schließlich ein wilder Perseus von hinten eine vor schmerzlicher Lust die Augen aufreißende Medusa auf allen vieren, derweil er mit einer Hand ihren Kopf an den Schlangenhaaren nach hinten zerrte und sich anschickte, ihre Gurgel mit einem zweischneidigen Schwert in der anderen Hand zu durchtrennen.

Eine ähnliche Entartung mythologischer Motive zur obszönen Groteske durchliefen auch die Eisskulpturen in den anderen Sälen rechts und links des Korridors. So mündete im angrenzenden Saal der Akt einer einsamen, an ihrer Lyra auf dem Schoß fingernden Dichterin Sappho in ein wirres Geflecht von exaltierten, sich vor dem Samtvorhang zur nächsten dunklen Kammer gegenseitig befriedigender Eisamazonen. Eine perverse und doch durchaus konsequente Symmetrie dazu bildeten die Bildhauerwerke aus Eis im gegenüberliegenden Saal auf der anderen Flurseite – vom nackten, die Größe seines eigenen Phallus bewundernden Narziss am Eingang bis zu einem monströsen, michelangelesken Jupiter, der, in einen geilen Adler verwandelt, den jungen, arglosen Ganymed im Flug von hinten mit den Krallen schnappte. Ein weiterer Saal im Erdgeschoss bot ein buntes Sammelsurium orgiastischer Ausschweifungen von Menschen, Tieren und mythischen Mischwesen unter Dionysos' berauschter Führung.

Als ob man die Gäste nicht nur bildhauerisch, sondern auch kulinarisch in die dunklen Separees locken wollte, schienen die lukullischen Genüsse zwischen den Eisskulpturen den Gaumen von Tisch zu Tisch mit zunehmender Intensität zu kitzeln. Auf Stillers Seite mundeten die feinen, exotisch wirkenden Geschmackskombinationen desto pikanter auf der Zunge, je mehr er sich dem Samtvorhang zum nächsten Raum näherte. Die winzigen dunkelroten Schoten in einer Schale vor der letzten Skulptur traute sich der Chefinspektor, vor Schärfe bereits nach Luft schnappend, nicht mehr zu kosten. Die von Gruppeninspektor Biba eingeschlagene Geschmacksrichtung auf der anderen Seite des Saals führte hingegen zu immer kühneren Kostproben kandierter Kompositionen aus Schokolade, Marzipan, Honig, Karamell und exotischen Blüten.

»*Ah, che barbaro appetito!* Darf ich so frei sein und nur noch diese klitzekleinen Mozartkugeln probieren, mein Herr?«, fragte der Gruppeninspektor in Leporellos Kostüm mit vollem Mund, als er am Ende der kulinarischen Runde seinen neben Cecilia Vinci leicht unbeholfen wirkenden Vorgesetzten vor der Eismedusa wieder traf. Versteckt hinter dem schweren Samtvorhang lagen in zwei kleinen, aus der Wand herausragenden marmornen Becken links und rechts des Durchgangs zum Hinterzimmer diverse Pralinen in Stanniolfolien unterschiedlicher Farbe gewickelt: blaue Kugeln mit Mozarts berühmtem Konterfei, weiße Würfel, auf denen Beethovens grimmiges Gesicht finster dreinblickte, rotes kirschförmiges Konfekt, von dem Gioacchino Rossinis sardonisch verzerrte Hakennase hervorstach, kleine grüne Eier mit der bärtigen Silhouette von Giuseppe Verdi in Frack mit Zylinder. »Ich würde sie mit Vorsicht genießen, schließlich wissen wir nicht, was drinsteckt«, versuchte Stiller, seinen Assistenten zur Mäßigung anzuhalten. Doch Biba hatte bereits zugegriffen und eine Handvoll Pralinen genommen, die er, nachdem er gleich ein Paar grüner Eierchen ausgewickelt und sich in den Mund gestopft hatte, auch Donn'Anna und dem Chefinspektor offerierte. »Wenn wir sie nicht probieren, werden wir nie erfahren können, was drinsteckt«, rechtfertigte er sich kauend hinter seiner Pulcinellamaske, schnalzte genießerisch mit der Zunge und lieferte gleich eine erste Beschreibung der Geschmacksrichtung seiner grünen Eierchen mit Verdis Silhouette. »*Eccellente pistacchino!* Pistazien würde ich sagen …

mit einer reizenden süßlichen Note, die ich leider nicht näher bestimmen kann … Und bei Euch, werte Hochwohlgeborene?« Cecilia Vinci wickelte sorgfältig eine der Rossinipralinen aus der feinen roten Stanniolfolie, biss artig in den kirschförmigen Überzug aus dunkler Schokolade und versuchte mit geschlossenen Augen, den Zutaten auf die Spur zu kommen: »*Cospettaccio! Com'è buono!* Zartbitterschokolade … Kirschlikör … eine Sauerkirsche … und noch etwas leicht Bitteres und Knuspriges im Kirschkern, das ich noch nie gegessen habe, vielleicht ein besonders aromatischer Amarettino … Und bei dir, *caro*?« Stiller wollte eigentlich ohne Verkostungen direkt das Hinterzimmer aufsuchen, gab aber doch dem hinter der venezianischen Maske unwiderstehlich auffordernden Blick seiner Begleiterin nach und stopfte sich hastig eine ganze Mozartkugel mit einem seltsamen Überzug aus blau gesträhnter weißer Schokolade unter der spitzen Kinnpartie seiner Bauta in den Mund – was er gleich bereute. Der Kontrast zwischen der überzuckerten Kuvertüre und dem gallenbitteren, sich auf der Zunge pulvrig anfühlenden Inneren war so scharf, dass ihm fast übel wurde. Unfähig, auch nur ein Wort über sein Geschmackserlebnis zu sagen, schob er die schwere samtene Gardine beiseite und flüchtete mit einem leichten Brechreiz in das Separee.

Rauchschwaden mit betäubendem, opiumähnlichem Duft umwölkten ihn im dunklen Raum und linderten gleich seine Übelkeit. Von dem neuen, angenehmen Aroma leicht benebelt, brauchte er etwas Zeit, um sich an die Dunkelheit zu gewöhnen. Noch schien kein Gast in diesem Zimmer angelangt zu sein. Unter kegelförmigen, von oben herabhängenden Bettvorhängen konnte er einige Alkoven und Ruhebetten im dämmrigen Licht des menschenleeren Raums erspähen. Doch noch bevor er sich ein genaueres Bild machen konnte, bat ihn hinter dem Trennungsvorhang Gruppeninspektor Biba flüsternd wieder hinaus: »*Padron mio* … kommt schnell, alle gehen ab!«

Die Musik im Saal war verklungen und alle Masken bewegten sich, als ob sie einem unsichtbaren Signal folgten, aus den Sälen im Erdgeschoss in Richtung erste Etage. Etwas widerwillig und mit einem unguten Gefühl verließ Stiller das Separee und mischte sich zusammen mit Leporello und Donn'Anna unter das maskierte Volk.

42

Vom Maskenstrom mitgerissen, gelangten die drei Gefährten über eine Marmortreppe und einen langen Korridor in den majestätischen Tanzsaal auf der ersten Etage. Der weite und hohe Salon, den Stiller aus seiner ersten Begegnung mit König bereits kannte, bot, nunmehr ohne die schwarzen Behänge an den Wänden, ein beeindruckendes, schwindelerregendes Spektakel aus Licht und Glanz. Nach dem Modell der Spiegelgalerie von Versailles standen neben und gegenüber den fünf Bogenfenstern zum Klosterhof und zum Toscaninihof ebenso große Bogenspiegel in weißen, mit Goldstuck verzierten Rahmen an den Innenwänden des Salons. Sie reflektierten die flackernden Flammen unzähliger Kerzen auf zwei großen Lüstern und etlichen goldarmigen Wandleuchten und erweckten den Anschein eines in alle Richtungen mehrfach ausgedehnten, unruhig flirrenden Raums. Das mannigfaltige, unstete Spiel der züngelnden Reflexe wurde durch weitere Spiegelflächen verschiedener Formen vervielfacht, die die freigebliebenen Oberflächen an den Wänden des Saals bedeckten.

Der schwirrende Lichtschein der widergespiegelten Kerzenflammen und Goldreflexe verlieh den Gästen in ihren opulenten Rokoko-Kostümen etwas Geisterhaftes, als ob sie nach

Jahrhunderten friedlicher Bleibe unter der Erde plötzlich wiederauferstanden wären, um zu einem letzten prunkvoll-makabren Tanz zusammenzutreffen. Eine Constanze Mozart, als lüsterne schwarze Witwe des musikalischen Genies blendend herausgeputzt, kokettierte mit dessen schärfstem Rivalen Antonio Salieri in der offiziellen Tracht eines Wiener Hof- und Kammerkomponisten. Der libertine Librettist Lorenzo Da Ponte belustigte mit einer Feder und einem Büchlein in den Händen einen Halbkreis eleganter, hochadliger Damen. Hinter einem Monokel in einer alten Violinschule blätternd, begleitete der biedere, strenge Vizekapellmeister Leopold Mozart seine vor jugendlichem Übermut strotzende Tochter Anna Maria in die Spiegelgalerie. Ein in der Mitte des Salons alleinstehender hoheitsvoller Fürsterzbischof Hieronymus von Colloredo in weißem, rot paspeliertem Talar mit scharlachrotem Zingulum, Mozzetta und Kardinalshut demonstrierte seine Macht vor den Augen aller Anwesenden, indem er seinen goldenen, mit Rubinen besetzten Bischofsstab schwang und nach allen Seiten seinen Segen erteilte. Und natürlich, kreuz und quer, weit und breit und ringsherum: Joannes Chrysostomus Wolfgangus Theophilus alias Wolfgang Amadé Mozart – Wolferl als putziges Wunderkind mit Geige und Bogen, Wolfgangerl tête-à-tête mit Nannerl, Wolfganggangganggangerl als stolzer *Accademico dei filarmonici di Bologna* und Ritter vom Goldenen Sporn, Wolfango Amedeo auf Italienreise, Wolfgang Amadé Rosenkranz alias Edler von Sauschwanz als Vetter Retter beim Techtelmechtel mit seiner Bäsle Häsle, Wolfgang Adam bei seiner geheimen Trauung mit der Weberschen, Amadé mit zerzauster Perücke und nachlässiger Bekleidung bei einem genialen Einfall, Johannes Chrisostomus Wolfgangus Amadeus Sigismundus als besessener Spieler mit Billardstock und einer Handvoll Karten, der Maestro in Begleitung einer seiner mutmaßlichen Liebschaften, sei es der Sopranistin Nancy Storace, der Geliebten Friedrich Wilhelms II. Henriette Baranius oder der jungen Klavierschülerin Magdalena Hofdemel; der unsterbliche, immer wieder neue Todesarten sterbende Amadeus mit morbidem, kränklichem, leidendem Gesicht, mal an der Syphilis, mal an einer irrtümlichen Quecksilberkur erkrankt, nicht zuletzt als Opfer eines Giftmords …

Über der bunten Maskengesellschaft thronte am Ende der Spiegelgalerie Theodor König als aufgeklärter, absolutistischer Kaiser Joseph II. Die dunkelgrüne Uniformjacke mit breitem Revers und Ärmelaufschlägen aus rotem Samt, die darauf gehefteten Ordensabzeichen an der goldbetressten Weste und die rot-weiß-rote, unter der Uniformjacke lose fallende Schärpe ließen seinen stattlichen Wuchs noch imposanter wirken. Das auffallendste Zeichen seiner Macht waren allerdings weniger die Insignien militärischer Würde als vielmehr die Tatsache, dass er als Einziger keine Larve vor dem Gesicht trug. Als er vom prächtigen Thron aufstand, die rechte Hand à la Napoleon in der goldenen Weste und den Feldmarschallstab fest im Griff der linken Hand, trat eine ehrfurchts- und erwartungsvolle Stille im Saal ein. Mit tiefer, sonorer Stimme wandte er sich an das maskierte Volk.

»Brüder und Schwestern! Nie zuvor war der Leitspruch unseres Bundes so treffend wie zu dieser Stunde: *Memento moreris*! Der Schnitter Tod hat in den letzten Tagen nicht einen, sondern gleich zwei unserer Brüder dahingerafft, und es ist nicht absehbar, ob er sich damit begnügt oder noch einen weiteren Tribut fordert. Umso nachdrücklicher sollten wir uns den veritablen Sinn in Erinnerung zurückrufen, der sich hinter der Maxime unserer Loge verbirgt: Jeder von uns könnte der Nächste sein, und zwar nicht zu einem noch unbestimmten Zeitpunkt in naher oder ferner Zukunft, sondern *hic et nunc*, hier und jetzt. Wer noch glaubt, er sei vor dem Tod sicher – oder auf jeden Fall noch nicht an der Reihe –, irrt sich gewaltig: Der Tod kann jederzeit an seine Tür klopfen, auch gerade eben jetzt, wie er es bei unseren beiden Mitbrüdern getan hat. *Memento moreris*: Gedenke, dass du gerade dabei bist zu sterben!

Erst wenn wir diese einmalige, ja ungeheuerliche Todesmahnung mit all ihren Konsequenzen in vollem Bewusstsein erleben und so unseren Tod, wiewohl zunächst nur in Gedanken, in die Gegenwart projizieren, wird sich vor uns eine Welt ungeahnter Möglichkeiten eröffnen. Wir brauchen uns nur zu fragen: Wie wäre es, wenn diese Nacht meine letzte wäre? Wie wäre es, wenn ich die Gewissheit hätte, morgen Früh nicht mehr auf dieser Welt zu weilen? Es geht hier nicht um eine abstrakte, uns wenig sagende Vergänglichkeit, auch nicht um das Dahinscheiden eines anderen Menschen, ja nicht einmal mehr um den kürzlichen Verlust unserer seligen Brüder Isaac und Samuel – so tief er uns natürlich erschüttert hat –: nein, Schwestern und Brüder, es geht schlicht und einfach um unser eigenes Leben – um unseren eigenen Tod. *Memento moreris* – gleich sterb' ich!

Man mag einwenden, man brauche keine Angst vor dem Tod zu haben, auch wenn dieser einen gleich treffen könne, denn letztlich wisse man nicht, was danach auf einen zukommen werde – ewiges Leben oder ewige Verdammnis, Reinkarnation oder Nirwana, vielleicht einfach nichts. Selbstverständlich stimme ich dem zu: Man kann keine Furcht haben vor dem, was man nicht kennt und nie erleben wird. Eher wird man Angst davor haben, unerfüllt, ungelebt zu sterben. Genau das ist es aber, was die Vergegenwärtigung des eigenen Todes im *Memento moreris* ausdrücken will: nicht die Angst vor dem Tod, sondern die Angst, vor dem Tod niemals wirklich gelebt zu haben. Denn es gibt sicherlich etwas, was wir genau wissen können, wenn wir mit unserem bevorstehenden Tod konfrontiert werden: Wir können genau wissen, was wir unbedingt tun wollen, bevor unsere Zeit gekommen ist. Es ist vielleicht wenig, doch zwischen einer eher zweifelhaften, meist nur zum Trost erdachten, auf jeden Fall ungewissen Zukunft nach dem Tod und einer vor dem Tod so dringenden Wunscherfüllung ist der Unterschied gewaltig. Je ungewisser ist, was nach dem Tod kommt, desto kostbarer wird das Einzige, was uns noch sicher ist: das Leben *hic et nunc*. Nicht was nach dem Tod, sondern was davor noch möglich ist, zählt im Hier und Jetzt. Erst unmittelbar vor dem Tod können wir es schaffen, das Letzte aus unserem Leben herauszuholen – über mögliche Jenseitsvorstellungen hinaus: *Memento moreris* – gleich sterb' ich!«

»*Memento moreris* – gleich sterb' ich!«, murmelten einige der Masken vor sich hin.

»Sollte sich jemand noch nicht im Klaren darüber sein, wie knapp die Zeit ist, die ihm bleibt, um sein Leben zu leben, möchte ich ihn nachdrücklich bitten, einen Moment vor der ersten Plastik im ersten Saal rechts des Eingangs zu verweilen – *Die Zeit raubt die Schönheit*. Wenn er sich von der unverhüllten Eisschönheit im Griff des bärtigen Räubers nicht allzu sehr blenden lässt, wird er vielleicht die vielen Tröpfchen bemerken, die wie todeskalte Tränen leise über ihre Wangen rinnen und vom Kinn zu Boden fallen. Er wird gewahr werden, wie ihre zarten Gesichtszüge allmählich verschwimmen, ihre wohlproportionierten Glieder dahinschmelzen, ihre sinnlichen Formen Umriss und Sinn verlieren. Und vielleicht wird er sich endlich auf das eigene Leben besinnen, das ähnlich schnell zerrinnt. Am Ende dieser Nacht wird nicht nur die ganze Schönheit unwiederbringlich zerflossen sein, sondern auch die Zeit selbst, die die Schönheit in den Fängen hielt. Nicht einmal mehr die Möglichkeit, ihr eigenes Ende mit Eistränen zu beweinen, wird den beiden bleiben. Zögern wir nicht weiter, die Gelegenheiten wahrzunehmen, die das Leben uns bietet, bevor der Tod auch uns die Zeit raubt, diese zu ergreifen. *Memento moreris* – gleich sterb' ich!«

»*Memento moreris* – gleich sterb' ich!«, flüsterten noch mehr Masken nach.

»Es ist nur ein kleines Gedankenexperiment, zu dem ich euch heute Nacht einladen möchte, doch welch schwerwiegende Folgen kann es, wird es haben! Lassen wir erst einmal den Konjunktiv weg und denken wir im Präsens, Brüder und Schwestern: Was bedeuten die gesellschaftlichen Konventionen, der Ballast der Moral, die lächerlichen Anstandsregeln, ja selbst all das Geld und die Macht, wenn ich mit absoluter Sicherheit weiß, dass ich gleich sterben muss? Nichts, einfach gar nichts. Es reicht, dass ich einmal die Augen schließe und das *Memento* für mich wiederhole, und all das, was mich bislang daran gehindert hat, authentisch zu leben, versinkt plötzlich in absoluter Bedeutungslosigkeit. Das ist die ›wahre Freiheit‹, von der im Titel unserer Loge zu Recht die Rede ist! Erst im Angesicht des Todes werde ich mir bewusst, was in meinem Leben noch wichtig und was nebensächlich ist. Erst im Angesicht des Todes kann ich wirklich und vollkommen frei leben. Schließet nur die Augen, atmet tief und wiederholt es mit mir: *Memento moreris* – gleich sterb' ich!«

»*Memento moreris* – gleich sterb' ich!«, murmelten die Anwesenden wie hypnotisiert im Chor.

»Indem das *Memento moreris* uns auf einmal von jeder gesellschaftlichen und ethischen Bürde erlöst, lässt es wie ein unverhoffter Befreiungsschlag die heimlichsten Wünsche aus den Tiefen unseres Ichs emportauchen, in die wir sie, vor ihrer ungeheuren Wucht zunächst zurückschreckend, bisher zu Unrecht verbannt hatten. Ja noch mehr, es gibt uns den Mut, unsere sinnlichsten, lange unterdrückten Lüste endlich zu befriedigen. Ich brauche mir nur eine letzte Frage zu stellen: Was mache ich in diesem Moment, wenn ich gleich sterben muss? Und plötzlich stehen mir meine geheimsten Sehnsüchte mit einer nie erlebten Schärfe vor Augen. Entscheidend ist hier das

Präsens: Je gegenwärtiger mein eigener Tod wird, je näher die Zeit meines Ablebens kommt, umso intensiver werde ich mich auf das stürzen, was unmittelbar zur Disposition meiner letzten Lebenswünsche steht. *Memento moreris* – gleich sterb' ich!«

»*Memento moreris* – gleich sterb' ich!«, wiederholte das Maskenvolk lauter.

»Ich habe versucht, heute Nacht alles wie bei den anderen Mozartbällen so einrichten zu lassen, dass jeder von euch seine brennendsten Wünsche, seine wahrsten Leidenschaften und, warum auch nicht, seine ausgefallensten Neigungen nach Belieben voll ausleben kann. Exquisite Speisen und Getränke, wohlklingende Mozartmusik und ein stimulierendes Ambiente sollen euch in Stimmung bringen, bevor ihr die Reise in die Tiefen eurer ungestillten Sehnsüchte und Begierden beginnt. Als kleiner Anreiz stehen an jedem Eingang zu den Separees unsere beliebten Komponistenpralinen aus eigener Produktion der Loge zur Verfügung: Die blauen Mozartkugeln für die Herren – welche Freudensprünge hätte unser Wolfgang Amadé gemacht, wenn er die Möglichkeit bekommen hätte, so ein Wundermittel zur Verfügung zu haben! –, die roten Rossinikirschen für die Damen – eine Neuheit, die der Orden der Freidamen, die darüber hinaus ihre Hetärenkünste bereitstellen werden, zur Gleichstellung der Geschlechter sozusagen, dankenswerter Weise spendiert hat, wofür ich mich an dieser Stelle herzlichst bedanken möchte –, und nicht zu vergessen: die weißen Beethovenwürfel und die grünen Verdipistazien für all diejenigen, die ihre Träume noch intensiver und freier durchleben wollen. Die Dunkelheit und eure wie immer fantastische Maskierung werden für die nötige Anonymität sorgen, um die letzten Hemmungen zu überwinden. Wer schließlich vorher ein bisschen Bewegung braucht, um in Schwung zu kommen, kann nach dem Büffet in die Spiegelgalerie zurückkehren, wo unser Orchester bald die Tänze eröffnen wird. All dies ist aber nichts im Vergleich zur überwältigenden Macht des *Memento moreris*. Nur dessen Geist wird euch heute Nacht wirklich die Kraft verleihen, die Fesseln der moralischen Pflichten und der gesellschaftlichen Formen endgültig zu sprengen, um euch ohne Wenn und Aber mit Leib und Seele ins Leben zu stürzen, bevor es zu spät ist. Dreht euch nicht um, der Tod geht um! *Memento moreris* – gleich sterb' ich!«

»*Memento moreris* – gleich sterb' ich!«, rief die Menge ekstatisch.

»Nur noch ein letztes Wort, Schwestern und Brüder. Sollte euch der Tod am Ende dieses eine Mal doch noch verschonen, kann ich euch gleich versichern: Der heutige Mozartball wird nicht der letzte sein, sondern es werden viele weitere folgen, ja jedes neue Fest unserer Loge wird das vorige an Pracht, Freiheit, Fantasie und Abenteuerlust übertreffen und dafür sorgen, dass wir die Erfüllung unserer geheimsten, sehnlichsten Wünsche immer intensiver durchleben können. All dies haben wir im wahrsten Sinne des Wortes dem Namenspatron unseres Maskenballs und Mitgründer unserer Loge zu verdanken, Wolfgang Amadé Mozart. Er hat nicht nur mit seinem unvergleichlichen Genie den Geist unseres Bundes maßgeblich geprägt, sondern uns durch sein immenses musikalisches Œuvre auch die konkrete Möglichkeit gegeben, diesen in die Tat umzusetzen. Und dieses Erbe werden wir hier und jetzt in seinem Geiste fortführen. Denn eines ist sicher: Alles, was Mozart uns hinterlassen hat, hätte auch er dafür gegeben, das Letzte aus dem Leben herauszuholen. Haben wir den Leitspruch unserer Loge ›Zur wahren Freiheit‹ verinnerlicht, werden auch wir wie er die Möglichkeiten des Lebens endlich ausschöpfen. Tragt heute Nacht das Motto in euren Gedanken und Herzen, Brüder und Schwestern, und ihr werdet euch endlich das trauen, was ihr euch selbst noch nie getraut habt. *Memento moreris* – gleich sterb' ich!«

»*Memento moreris* – gleich sterb' ich!«

43

»Und? Was wäre dein letzter Wunsch?«, flüsterte Cecilia Vinci, noch ganz unter der suggestiven Wirkung von Königs Rede, zu Stiller, während sie, von der Menge an die Wand der Spiegelgalerie gedrängt, die anderen Masken vorbeiziehen ließen. »Wie meinst du, mein letzter Wunsch?«, fragte Stiller, der noch über die denkwürdigen Worte des Logenmeisters nachgrübelte, leicht verwirrt. »Wenn du gleich sterben müsstest«, ergänzte sie mit einem rätselhaften Lächeln und tauchte ihre hinter der Maske vor Erregung funkelnden Augen tief in seine. Ob es an diesem Blick lag oder an ihrer atemberaubenden Verkleidung, jedenfalls spürte Stiller plötzlich ein unbändiges, unaussprechliches Verlangen.

Verlegen wandte er seinen Blick von ihr ab, hin zur spiegelbesetzten Wand. Doch was er dort sah, ließ ihn noch heftiger zurückschrecken. Anstelle seines Spiegelbildes blickte ihn ein monströser weißer Moai mit überlanger Nase und einem vorgeschobenen, fast bis zum Boden reichenden Kinn an, unter dem der Rest des Körpers wie gequetscht verschwand. Er brauchte eine Weile, um seine eigene Larve im Spiegel wiederzuerkennen. Hatte die gewellte Spiegelfläche seine venezianische Bauta ins Riesenhafte verzerrt, so erschien dort die elegante Figur Donn'Annas neben ihm wie eine endlos schmale, schwarz-violett geschuppte Schlange. Offenbar war ihm im flirrenden Lichtspiel der vielen Kerzenflammen und der glänzenden Kostüme entgangen, dass die Wände des Saals mit Zerrspiegeln bedeckt waren. Im entstellenden Reflex ihrer deformierten Flächen verwandelte sich nun die prachtvolle Rokokomaskerade für einen Moment in eine närrische Parade grässlicher, grotesker Wesen: Gnomenhafte Mozarts mit unförmigen Wasserköpfen und abnormen Perücken, der unmäßig aufgeblähte Bauch der geschwängerten Bäckertochter Maria Ottilie Feyerl auf spindeldürren Beinen, die Schwestern Josepha, Aloysia, Constanze und Sophie Weber als siamesische Vierlinge mit ineinander verwachsenen Köpfen, Schultern, Hüften und Knien, die Riesenfüße eines kopflosen Franz Joseph Haydn, Emanuel Schikaneder in Gestalt eines farbenfrohen Vogelmenschen mit krummem Riesenschnabel, die gigantischen, gräulich rollenden hellblauen Augen von Mozarts Förderer und Freund Gottfried van Swieten, ein winziger, kaum noch erkennbarer Goethe …

Als fast all diese Monster des ausgehenden 18. Jahrhunderts die Spiegelgalerie verlassen hatten, um die Erfrischungen in den unteren Räumen des Kellers zu genießen, tauchte im Vexierspiegel unvermutet eine verzerrte Pranke auf und schien nach der Schlangengestalt von Donn'Anna bedrohlich greifen zu wollen. Stiller drehte sich instinktiv um und stoppte die fremde Hand über Cecilia Vincis Schulter am Handgelenk. Zu ihrer Überraschung stand hinter ihnen, in seinem imposanten kaiserlichen und königlichen Gewande, kein Geringerer als der Logenmeister Theodor König höchstpersönlich. Ein Funken Zorn blitzte in seinen Augen, als er mit einer unwirschen Geste seine Hand vom festen Griff des Chefinspektors befreite. Übertrieben jovial lächelte er sie beide an: »Wen haben wir denn da? Don Giovanni und eine wunderschöne Donn'Anna – was für eine geistreiche Paarung! Täter und Opfer, um nicht zu sagen Täter und Mittäterin, oder noch besser: Täterin und Mittäter …«

»Was meint Ihr damit?«, fragte ihn Cecilia Vinci in einem leicht verächtlichen Tonfall.

»Nehmt es mir nicht übel, gnädige Frau, aber hätte Donn'Anna nicht die ausgeprägte Sinnlichkeit von Don Giovanni mit ihrer umwerfenden Schönheit und ihrem unwiderstehlichen femininen Charme erweckt, wären der Eingriff ihres Vaters und die fatale Notwehr des Libertins nicht nötig gewesen …«

Cecilias schwarze Augen funkelten vor Entrüstung hinter ihrer prächtigen Maske. »Ihro Gnaden scheinen wohl vergessen zu haben, wie standhaft sich Donn'Anna gegen Don Giovannis Gewalt gewehrt hat.«

Ein breites, hämisches Lächeln glitt über Königs feistes Gesicht. »Auch Zerlina hat sich am Anfang standhaft seinen Avancen widersetzt, und wir wissen ja, wie es am Ende ausgegangen ist, Madame: *Andiam, andiam* – gehen wir, gehen wir ...«

»Eure Majestät vergessen auch in diesem Falle, dass Donna Elvira couragiert dazwischentrat und die arme Zerlina aus Don Giovannis Klauen rettete: *Fermati, scellerato ... Io sono a tempo di salvar questa innocente dal tuo barbaro artiglio* – halt, Schändlicher ... Ich bin rechtzeitig da, diese elende Unschuldige vor deinen barbarischen Krallen zu schützen ...«

»... aber erst in der nächsten Szene, nachdem Don Giovanni und Zerlina umschlungen in sein Schlösschen gegangen sind. Was in der Zwischenzeit dort passiert ist, wird zwar nicht ausgesprochen, man kann es sich aber dennoch sehr gut vorstellen, Gnädigste ...«

Cecilia war nahe dran, aus der Haut zu fahren. Doch sie konnte noch in letzter Sekunde die Contenance wahren. »Im Libretto steht nur, dass sie sich dem Schlösschen zuwenden, nicht, dass sie es erreichen«, erwiderte sie mit zornbebender Stimme und zitierte, nachdem sie das klirrende Collier auf ihrem vor Empörung wogenden Dekolleté mit ihrer Hand zum Schweigen gebracht hatte: »*Vanno verso il casino di Don Giovanni abbaracciati* – umschlungen wenden sie sich Don Giovannis Schlösschen zu ...«

»Nur weil die besonders prüde Zensur zur damaligen Zeit den gemeinsamen Bühnenabtritt von Liebespaaren ausdrücklich verbot«, widersprach König erneut und verschränkte kämpferisch die Arme vor der Brust. »Jedenfalls war Zerlina durchaus bereit, sich Don Giovanni hinzugeben, und das ist es, was letztlich zählt.«

Bei dem Disput fühlte sich Stiller in Don Giovannis Kostüm völlig deplatziert und verstand kaum, worum es ging – wohl wahrscheinlich um einige der vielen Eroberungen seines Alter Ego. Sein detektivischer Instinkt sagte ihm jedoch, dass mehr dahintersteckte als nur fiktive Frauengeschichten einer Oper aus anderen Zeiten. Er dachte an die Vergewaltigungsepisode, die Cecilia auf der Mozart-Brücke erwähnt hatte. Hier lauerte offensichtlich eine wahre, konkrete, wiewohl ihm noch verborgene Gefahr. Als er sich aber, einer spontanen Reaktion folgend, schützend vor Cecilia stellen wollte, schob diese ihn zu seinem Erstaunen entschieden beiseite und wandte sich mit vor Ekel zitternder Stimme wieder an ihren prominenten Widersacher: »… was sicherlich nicht von Donn'Anna behauptet werden kann«, versetzte sie entschlossen und schürzte die violetten Lippen verächtlich. »Auch im Libretto steht schwarz auf weiß geschrieben: *Sforzar la figlia ed ammazzar il padre* – die Tochter vergewaltigen und den Vater umbringen …« Königs Grinsen wurde immer breiter. »Das ist nur, was Leporello sagt«, wandte er ein, »welcher übrigens von den Ereignissen noch ziemlich verwirrt ist. Was sich zwischen Don Giovanni und Donn'Anna wirklich abgespielt hat, können aber nur sie beide wissen.«

Cecilias Augen blitzten vor Zorn hinter der venezianischen Maske. »Gerade Donn'Anna schildert später mit klaren Worten, mit welcher Gewalt Don Giovanni über sie hergefallen ist und wie es ihr gelungen ist, sich von ihm zu befreien, bevor er sein Ziel erreichen konnte: *Alfine il duol, l'orrore dell'infame attenato accrebbe sì la lena mia, che a forza di svincolarmi, torcermi e piegarmi da lui mi sciolsi* – wortgetreu übersetzt: Am Ende erhöhten der Schmerz, die Abscheu vor dem schändlichen Überfall so meine Kräfte, dass ich mich nach langem Winden, Drehen und Beugen von ihm löste …«

Ein Anflug von Triumph spiegelte sich in Königs demonstrativ vergnügter Miene. Offenbar hatte er auf dieses Zitat aus der Oper nur gewartet. »Dieses Mal scheint Ihr einige wichtige Details zu vergessen, Madame – was mich sehr wundert, denn mit dem so melodiös italienischen Timbre Eurer Stimme und bei der vorzüglichen Kostümauswahl, die mich stark an eine alte Produktion des *Don Giovanni* bei den Festspielen erinnert, könntet Ihr gewiss mit Bravour die Rolle der Donn'Anna auf der Bühne spielen, wenn Ihr es nicht bereits getan habt …« Als ob er mit seinem scharfen Blick die wahre Identität seiner Gegnerin hinter der Larve durchschaut hätte, machte der Logenmeister eine bedeutungsvolle Pause, bevor er seine Argumentation fortspann. »Erstens berichtet hier Donn'Anna das Geschehen vor Don Ottavio, und es liegt nahe, dass sie vor ihrem Verlobten über manch kompromittierende Details lieber den Mantel des Schweigens breitet. Zweitens stehen ihre Aussagen vor Don Ottavio in krassem Widerspruch zu ihren eigenen Worten gegenüber Don Giovanni, aus denen eindeutig hervorgeht, dass sie den Libertin eher bei sich halten will, als ihn von sich zu weisen: *Non sperar, se non m'uccidi, ch'io ti lasci fuggir mai* – hoffe nicht, außer wenn du mich umbringst, dass ich dich jemals weggehen lasse. Schließlich, und das ist vielleicht das Wichtigste, hat Mozart selbst in der autographen Partitur seiner Vertonung das Präfix ›s‹ im Wortlaut des Librettos *›svincolarmi‹* ausgelassen und so den ursprünglichen Sinn des Verbs – ›mich von ihm entwinden‹ – ins Gegenteil gewendet: *›vincolarmi‹* – ›mich um ihn winden‹. Es ist zwar nur eine minimale Abwandlung gegenüber dem originalen Wortlaut des Librettos, und doch: Wie doppeldeutig, wie anders klingt der Satz plötzlich in Donn'Annas Mund: ›Der Schmerz, die Abscheu vor dem schändlichen Überfall erhöhte so meine Kräfte, dass ich mich, nachdem ich mich lange um ihn gewunden, geringelt und gebogen hatte, am Ende von ihm löste.‹ Das ist das Spannende an Mozarts Geniestreich, wenn Ihr so wollt: Man kann nie wissen, ob Donn'Anna Don Giovanni wirklich zurückgewiesen hat, oder ob es doch nur ein raffinierter Kniff war, um ihn weiter anzustacheln … Und das ist es auch, was ich meine, wenn ich von Mozarts Erbe spreche, das wir weiterführen sollten …« Beim letzten Satz näherte sich der Logenmeister seiner Gegenspielerin mit einem begehrlichen Blick und streifte ihr mit dem Handrücken eine kohlrabenschwarze Haarsträhne, die sich aus ihrer hochgesteckten Frisur gelöst hatte, aus dem vor Degout erblassten Gesicht. Dieses Mal ließ sich Stiller nicht zurückhalten und trat entschlossen dazwischen. »Ich dachte, Sie verstünden unter Mozarts Erbe etwas anderes«, sagte er, an die verschwundenen Handschriften des Autographenkellers denkend, »etwas Konkreteres, gewissermaßen Greifbares, etwas, das heute immer noch seinen hohen, fast unschätzbaren Wert behalten hat, Herr König …«

Der Logenmeister stand für einen kurzen Moment wie versteinert da, fing sich aber schnell wieder und musterte den Chefinspektor argwöhnisch von Kopf bis Fuß, als ob er durch sein Don-Juan-Kostüm hindurchblicken wollte. »Und ich dachte, Sie wären nur ein Libertin«, entgegnete er schmallippig und brach anschließend in ein lautes, spöttisches Gelächter aus. »Aber ein grandioser Mummenschanz wartet auf uns, *siore maschere*«, lenkte er schnell ab und zeigte mit einer ausholenden Geste zu den geöffneten Flügeltüren des Saals. »Und ich möchte meine Gäste nicht weiter vom Büffet abhalten, bevor unser Orchester die Tänze in dieser prachtvollen Spiegelgalerie eröffnet«, erklärte er mit übertriebener Höflichkeit und wies Cecilia Vinci alias Donn'Anna und Nathan Stiller alias Don Juan mit artiger, aber deutlicher Geste aus dem Saal hinaus in den Korridor, der zur Stiege ins Untergeschoß des Peterkellers führte. Als der Chefinspektor sich nach wenigen Schritten umdrehte und nach dem Logenmeister sah, konnte er aus den Augenwinkeln durch die Flügeltüre gerade noch beobachten, wie die weiten Schöße seines dunkelgrünen Uniformrocks hinter einem aufklappbaren Wandspiegel der Galerie verschwanden.

44

Am Ende der Stiege angelangt, stolperte Stiller über die Beine eines Maskierten, der sich auf den letzten Stufen der Länge nach ausgestreckt hatte. An der Larve aus dunkelrotem Pappmaché unter der verrutschten Perücke erkannte er sofort seinen Assistenten Franz Biba im Leporellokostüm. Der Gruppeninspektor allerdings schien seinen Vorgesetzten hinter der Don-Juan-Verkleidung nicht wahrzunehmen: »*Don Giovannino mio, va tutto male …*«, murmelte er wie in Trance. Stiller beugte sich zu ihm. »Biba, ich bin's, erkennen Sie mich nicht?«, flüsterte er ihm beunruhigt ins Ohr. Bibas Pupillen hinter den Augenschlitzen der purpurnen Maske waren unnatürlich geweitet, als ob er halluzinierte. »*Qui nasce una ruina …*«, faselte er weiter. Erst als Stiller ihm ein paar Mal energisch auf die Schultern klopfte, fand er kurz wieder zu sich. »Den Täter zu überführen wird nicht leicht sein, Chef«, sagte er mit belegter Zunge, lächelte bitter und wies mit einer trägen, weit ausholenden Handbewegung auf eine Schar vorbeiziehender Mozarts hin. »Wie können wir ihn identifizieren, wenn hier alle gleich aussehen? Wir können doch nicht einen auf gut Glück schnappen und zur Rechtfertigung behaupten, Mozart sei der wahre Serienmörder! Es wäre zwar cool, aber doch wohl zu kühn«, fügte er wirr hinzu. »Wer sagt denn, dass unser Täter als Mozart verkleidet ist? Und vor allem: Was haben Sie zu sich genommen, Biba?«, erwiderte Stiller mit besorgter Miene, nachdem er vergeblich versucht hatte, seinen Assistenten aufzurichten.

»Keep cool, Stiller: nur ein paar wunderbare Verdidingsbums … Wie hießen sie noch … Jetzt hab ich's: *confetti*!«

»Wie viele?«

»*Mille e tre …*«

»Millewas?«

»… *son già mille e tre, ta-a, tatta tam, tatta mille e tre, ta-a, tatta tam, tatta mille e tre!*«

Dem Chefinspektor war nun definitiv klar, dass er auf seinen Assistenten für eine ganze Weile würde verzichten müssen. Da zumindest sein physischer Zustand nicht allzu ernst zu sein schien, ließ er ihn auf der Stiege zurück, in der Hoffnung, die halluzinogene Wirkung der Verdipistazien würde früher oder später nachlassen. Er folgte dann zügig Cecilia Vinci in den nächsten Raum mit den Raptusgruppen aus Eis, wo er vom Wandbecken am Eingang zum Hinterzimmer jeweils ein Exemplar jeder Pralinensorte einsammelte, die dort zur Verköstigung bereitstanden. Er brach zunächst einen weißen Beethovenwürfel auseinander, führte eine Hälfte unter die vorgewölbte Kinnpartie seiner Bauta und kostete vorsichtig mit der Zungenspitze vom pulvrigen Inneren. »Wir haben gegen König zwar noch keinen stichfesten Beweis wegen Giftmords«, sagte er anschließend zu seiner Begleiterin, die gedankenverloren den Kopf an die Eismedusa lehnte, »aber für einen Verstoß gegen das Suchtmittelgesetz reicht einer dieser Würfel allemal.« Die Sängerin wurde zunehmend unruhig. »Was könnte den Rossinikirschchen beigemengt worden sein?«, fragte sie leise, nachdem sie hinter den Samtvorhang zum Separee geschaut hatte, um festzustellen, ob jemand sie belauschen könnte. »Die Praline, die ich probiert habe, hatte einen so ungewöhnlichen aromatischen Nachgeschmack …« Stiller nahm auch eine Kostprobe von dem roten, kirschförmigen Fondant, konnte aber in ihm, ähnlich wie bei der Mozartkugel, die er selbst vor Königs Rede gegessen hatte, keine ihm bekannte Droge herausschmecken. »Der Leiter der rechtsmedizinischen Abteilung wird es uns bestimmt verraten können«, sagte er zuversichtlich, hob schnell die golden bestickte Klappe einer der beiden Taschen seines Rocks und schob unauffällig die Pralinen hinein.

Noch bevor er sich fragen konnte, welche Wirkung die Mozartkugel, die er zuvor probiert hatte, bei ihm hervorrufen könnte, befiel ihn das unwiderstehliche, irre Verlangen, den kleinen schimmernden Amethyst zwischen Donn'Annas lilafarbenen, halboffenen Lippen mit seiner Zungenspitze zu spüren. Ihm war plötzlich so heiß, dass er sich am liebsten gleich sein ganzes Don-Juan-Kostüm vom Leib gerissen hätte – insbesondere die goldfarbene Kniehose, die sich auf einmal unerträglich eng anfühlte. Er wusste nicht, was in ihn gefahren war, aber ohne zu überlegen legte er seine Hände auf Donn'Annas Taille, drückte sie sanft an sich und roch intensiv an ihrem weißen, zarten, betörend nach Veilchen duftenden Nacken. Er hatte eine schallende Ohrfeige erwartet, aber sie erstarrte wie von einem Lustschauder ergriffen und ließ ihn zu seiner großen Verwunderung, vielleicht in Gedanken bei der gleichen, nur auf die Rossinikirschen bezogenen Frage, ohne Weiteres gewähren. »Mit der Bauta wird es schwierig sein …«, gurrte sie lasziv, drehte sich um und warf ihm einen koketten Blick zu, der erahnen ließ, dass damit keine Ohrfeige gemeint war. Dann nahm sie seine Hand und führte ihn durch den samtenen flauschigen Vorhang ins dunkle Separee.

45

Während Stiller, Biba und Cecilia Vinci als kurioses Terzett aus der Oper *Don Giovanni* am Mozartball debütierten, erlebten Magdalena Rosenthal im Kostüm der Königin der Nacht und ich in der Rolle des Sarastro bei der Rokokomaskerade unsere Feuertaufe als abenteuerlustiges Duett aus *Die Zauberflöte.* Sobald das mit Streichern, Holz-, Blechbläsern und Schlagzeug opulent besetzte Orchester, das sich inzwischen auf dem Pult am Ende des Spiegelsaals formiert hatte, die Redoute mit einer brillanten *Figaro*-Ouvertüre eröffnet hatte, waren wir unter den ersten maskierten Paaren, die sich von der Musik in den prächtigen, spiegelgeschmückten Saal locken ließen. Wie schon den ganzen Abend, führte mich – vielleicht sollte ich besser sagen: verführte mich – meine Königin der Nacht auch zum Tanzen. Nach der klangvollen, beschwingten Ouvertüre hatte das Orchester gleich den berühmten Fandango aus dem Finale zum dritten Akt von *Le nozze di Figaro* angestimmt. Mit präzisen Bewegungen folgte die Königin der Nacht dem fremdartigen, von höchster erotischer Spannung geladenem Duktus der mozartschen Tanzeinlage und lenkte die Schritte eines erstaunlich fügsamen, ja zuweilen gar unterwürfigen Sarastro mit selbstsicherer und gebieterischer Strenge. Mal wies sie ihn mit scheinbar derben, aber doch wohldosierten Stößen von sich, mal zog sie ihn mit ebenso genau bemessenen Impulsen fast bis zur Berührung nah zu sich, mal kreiste sie mit stampfenden Füßen und laut schnipsenden Fingern um ihn herum. So kam es bei dieser musikalisch unkonventionellen Stilisierung des spanischen Volkstanzes zu einem ebenso unüblichen Rollentausch im Tanzpaar: Der Herr, der eigentlich die Dame beim Tanz führen sollte, wurde in ihrer Gewalt in eine willenlose, gefügige Marionette verwandelt, zu ihrem willfährigen, völlig lenkbaren Hampelmann gemacht.

Diesem devoten Sarastro blieb nichts anderes übrig, als die ungewöhnliche, in ihrer Wucht fast einschüchternde Schönheit seiner Gebieterin mit bedingungsloser, kontemplativer Hingabe zu bestaunen. Das flackernde, durch die Zerrspiegel ins Unendliche reflektierte Licht der Kerzenflammen verlieh ihrer Erscheinung etwas Verwunderliches, beinahe Befremdliches. Ihre üppigen platinblonden Haare rankten sich mit kecker Nachlässigkeit in Locken um eine majestätische ultramarinblaue Krone, in deren Mitte ein mit Saphiren besetzter Mond glänzte. Silbrige Sternbilder mit blauen Brillanten flirrten an den spiralförmigen Ohrringen unter den losen Haarsträhnen und führten den Blick des Betrachters unwillkürlich zum tiefen Ausschnitt des mitternachtsblauen Korseletts. Dort ergänzte ein Saphircollier mit einem Silbersaturn in der Mitte den Kosmos der Kopfzierde. Im Zentrum dieses unruhig leuchtenden Sternen- und Planetenmeers schimmerte eine silberne, über das ganze Gesicht eng anliegende Maske mit einer einzigen kobaltblauen Pierrot-Träne in Form einer Mondsichel, was ihren femininen Gesichtszügen etwas Mysteriös-Feenhaftes, fast Überirdisches verlieh. Ihr silbriger Glanz stach aus dem Indigo des breiten, steif nach hinten hochstehenden Spitzenkragens der bodenlangen Robe hervor, in deren feinen, blauen Damast wiederum die zwölf Sternzeichen aus silbernen Spitzen eingewebt waren. Hinter den mandelförmigen Schlitzen der Vollmaske richteten sich Magdalena Rosenthals himmelblaue Augen mit dem begehrlichen Blick einer hungrigen Raubkatze auf die lang ersehnte Beute.

Ich weiß nicht, ob es Mozarts wunderlicher Fandango, der wirre Wirbel des irrlichternden Tanzes oder nur der berauschende Anblick meiner unwiderstehlichen Führerin war, aber langsam glitt ich in einen betörenden Traumzustand, als ob ich in die Fantasiewelt eines Gesellschaftsromans aus dem späten Rokoko hineingleiten würde. Die Tanzfiguren um uns herum erschienen mir in den Vexierspiegeln wie fantastische Kreaturen, die immer bizarrere, faszinierendere Formen annahmen, je länger der Tanz dauerte.

Ich musste sogar regelrecht zu halluzinieren angefangen haben, denn als mich meine unvergleichliche Tanzmeisterin, meine hinreißende Königin der Liebe, in einem kühnen Schwung mit ihrem warmen, weichen Körper angenehm gegen eine Spiegelwand drückte, glaubte ich – wohl in einem plötzlichen

Anfall mystischen Taumels – die leisen Töne einer überirdischen, himmlischen Kirchenmusik hinter dem Spiegel wahrzunehmen. Ich meinte sogar, die Komposition erkannt zu haben. Es war Mozart, natürlich; doch etwas, das mit dem weltlichen, sinnlichen Fandango nichts gemein hatte, ja dem erotisch geladenen Tanz aus dem Figaro eigentlich diametral entgegengesetzt war und neben ihm zu einem quasi blasphemischen Kontrapunkt führte: Es war, in meinem Rauschzustand war ich dessen ganz sicher, der unverwechselbare Klang von Mozarts Requiem. Ein seltsames, unheimlich glühendes Feuer flackerte für einen Augenblick in den azurblauen Augen meiner Gebieterin auf, als die sanften, andächtigen Töne durch den Wandspiegel zu ihr drangen. Hatte auch sie die Musik plötzlich wiedererkannt? Als ob sie ihre Gedanken in ihrem Innern verschließen wollte, schloss sie sogleich die Augen, näherte ihre undurchschaubare, regungslose Vollmaske meiner rechten Schulter und raunte mir, das gedämpfte Latein der Totenmesse mit einem erstickten Singsang leicht übertönend, durch die geschlossenen, unbeweglichen schmalen Lippen der fremdartigen Silberlarve ins Ohr:

Der Hölle Rache kocht in meinem Herzen,
Tod und Verzweiflung flammet um mich her!

Wenn sie mich mit der geflüsterten Arie vom ehrfurchtgebietenden Trauergesang des Requiems hinter dem Wandspiegel ablenken wollte, erreichte sie ihr Ziel sofort. Verzaubert, konfus, bestürzt verlor ich mich vollkommen in dem seltsamen Mischklang aus dem spanischem Volkstanz einer italienischen Opera buffa, dem lateinischen Cantus einer Missa pro defunctis und der Rachearie eines urdeutschen Singspiels – ein befremdliches mozartsches Pasticcio, dessen verborgener, rätselhafter Sinn sich mir erst viel später, zu spät, offenbaren sollte.

Mit einem letzten resoluten Ruck, bevor das Orchester die letzten Töne des Fandangos nachklingen ließ, zog sie mich von der Spiegelwand weg, drückte mir verstohlen eine blaue Mozartkugel in die Hand und flüsterte mit rauer, herrischer und gleichzeitig verführerischer Stimme, während sie mich mit einem leichten Stoß auf die Schulter in Richtung der Flügeltür des Saals von sich schubste: »Iss, geh in das Hinterzimmer des Amazonensaals und warte dort auf mich. Ich komme gleich nach!«

46

Inzwischen hatten Don Giovanni und Donn'Anna Zeit gehabt, sich an die Dunkelheit der Kammer hinter dem Frauenraubsaal zu gewöhnen. Gruppiert um einen massigen, mit Samtvorhängen ausgestatteten Baldachin, dessen dunkle Silhouette das Zentrum des Separees dominierte, befanden sich an den vier Wänden des Raumes diverse Alkoven. Hinter ihren Seidengardinen konnte man im dämmrigen Licht Ruhebetten mit für Sektgläser und sonstige Erfrischungen gedachten Konsolen erspähen. Manche der verhüllten Liebesinseln waren bereits von maskierten Paaren belegt worden, deren gedämpftes Tuscheln und Turteln der schwülstigen Atmosphäre des Gemachs eine laszive Note verlieh.

Die Sinne immer noch von unerklärlicher, dumpfer Begierde erregt, folgte Stiller seiner Begleiterin zu einem kurzen Rundgang durch das Separee, ohne sich im Klaren darüber zu sein, ob dieser nur Ermittlungszwecken gelten sollte oder ob er eher, wie er zu seiner eigenen Überraschung insgeheim hoffte, zum Ziel hatte, eine freie Bettnische zu finden. Doch noch bevor diese Frage eine Antwort bekommen sollte, drang plötzlich eine verzweifelt klingende Frauenstimme hinter dem Baldachin in der Mitte des Zimmers hervor: »Nein! Lassen Sie mich los! Hilfe! Hilfe!« Hinter den Bettvorhängen aus dunkelgrünem, mit Goldstickereien verbrämtem Pannesamt erspähte der Chefinspektor im Dämmerlicht eine maskierte junge Frau mit prächtiger Perücke zwischen drei Männern. Soweit er erkennen konnte, schienen zwei von ihnen, beide als italienische Geistliche verkleidet, sie von beiden Seiten fest auf das Bett niederzudrücken, während der dritte im Bunde, ein als Mozart verkleideter Mann, anscheinend danach trachtete, sich an ihr zu vergehen. Die zwei Abati – im historischen Kontext des Balls als die zwei Hoflibrettisten Lorenzo Da Ponte und Giambattista Casti deutlich zu erkennen – mussten ihren Griff urplötzlich gelockert haben, denn irgendwie gelang es der jungen Frau, sich aus ihren Fängen zu befreien und von der Bettstatt zu fliehen. Sie lief mit offenem Kleid auf Stiller zu und warf ihm einen dramatischen, flehentlichen Blick hinter ihrer in der Dunkelheit seltsam funkelnden Maske zu. Doch die beiden Handlanger Mozarts waren schnell hinter ihr her und zerrten sie an den Zipfeln des halboffenen Rocks wieder zurück. »Glaubst du, du kannst einfach so abhauen, Marie-Jeanne?«, empfing der sich inzwischen gemütlich auf dem Bett räkelnde Meister sie mit einem lauten, beinahe theatralischen Lachen wieder. Keiner der Schatten in den anderen Bett- und Liegestätten traute sich einzugreifen. Der Chefinspektor zögerte aber nicht lange. »Halt!«, rief er, während er instinktiv nach seiner Dienstwaffe griff. Da er jedoch unter seinem Rock nur die Scheide des Degens an seiner Linken fand, machte er aus der Not eine Tugend und zog mit der Rechten das Rapier, ohne lange zu überlegen. Dann schlug er den Vorhang zur Seite und trat mit gezückter Klinge an den Rand des Lotterbetts.

Was folgte, wirkte wie aus der Zeit gefallen: »Don Giovanni! Wenn man vom Teufel spricht …«, hieß ihn einer der Geistlichen mit lauter Heiterkeit willkommen. »Na los, mein Freund, komm her und hilf uns, sie festzuhalten«, lud ihn gleich der andere Geistliche mit einem schelmischen Grinsen ein. »Keine Sorge, du kommst auch mal dran«, gab sich Mozart gönnerhaft. »Don Juan eine Frau zu verweigern, wäre schlicht ungerecht!« »Ich bin nicht Don Giovanni«, versuchte Stiller klarzustellen, leicht irritiert von der Reaktion der drei Männer. Noch bevor er mit dem Degen dazwischentreten konnte, erreichte ihn zu seiner völligen Verblüffung aus dem großen flauschigen Bett auch die Stimme der Frau mit gekünsteltem französischem Akzent: »Nun sei doch nicht so schüchtern, *mon libertin*: Die Comtesse du Barry hat nie jemanden abgewiesen – schon gar nicht den König aller Frauenhelden!« Erst jetzt merkte der Chefinspektor im Halbdunkel, dass ihr offenes Korsett unter der feuerroten, von den Schultern gerutschten Robe à la Française weniger die Folge eines Vergewaltigungsversuchs war, als vielmehr die freizügige Kostümierung einer Kurtisane aus dem 18. Jahrhundert, die ihn nun mit weißgepuderten Wangen und scharlachroten Lippen unterhalb der Maske herausfordernd anstarrte. »Was geht hier vor?«, fragte er sichtlich erbost. Ohne zu antworten, wandte sich der erste Geistliche zu seinem Kumpan, nickte mit dem Kopf in Richtung des konsternierten Chefinspektors im Don-Giovanni-Kostüm und fragte diesen ironisch: »Was ist nur mit deiner Schöpfung passiert, Lorenzo?« »Ich weiß nicht, mein lieber Giambattista«, antwortete jener mit gespielter Enttäuschung und breitete theatralisch die Arme aus. »Ich erkenne sie nicht wieder …« »Lasst euch von seiner Masche nicht täuschen, Schreiberlinge!«, mahnte Mozart, seinen beiden Helfern zuwinkernd. »Ich kenne ihn besser als ihr – schließlich ist es meine Musik gewesen, die ihn endgültig zum Mythos gemacht hat: Er will sich bestimmt nur als Frauenretter aufspielen und am Ende das Mädchen für sich allein haben … Wir erinnern uns: *I congiunti, i parenti, questa man, questo ferro, i beni, il san-*

gue spenderò per servirvi – all meine Verwandten, diese Hand, dieses Eisen, meine Güter, mein Blut opfre ich, um Euch zu dienen …« »Oh ja, mein Beschützer! Befreie mich von diesen Halunken, und du kannst mit mir alles machen, was du willst!«, rief die Gräfin du Barry exaltiert aus, entwand sich dem Griff der Geistlichen, riss sich das Mieder vom Leibe und warf sich pathetisch dem verdatterten Don Giovanni zu Füßen.

Stiller wurde die ganze Maskerade zu bunt. Er nahm die Larve vom Gesicht und stellte sich mit ernster Stimme vor: »Gestatten, Chefinspektor Stiller von der Landespolizei. Und jetzt werden Sie vielleicht die Güte haben, mir zu erläutern, was all dies soll.« Beklommenes Schweigen trat plötzlich ein. Keiner der Anwesenden traute sich, ihm offen ins Gesicht zu blicken. Schließlich ergriff die du Barry als Erste das Wort, nachdem sie schnell ihr am Boden liegendes Korsett an sich gerafft und wieder angelegt hatte. »Es ist nur ein Spiel, Herr Kommissär«, flüsterte sie ihm leicht verlegen zu, ohne ihre Larve abzusetzen, und fragte ihn: »Sind Sie zum ersten Mal auf dem Mozartball?« »Ich stelle hier die Fragen, Madame«, erwiderte Stiller streng. »Verlangen Sie für dieses ›Spiel‹, wie Sie es nennen, eine Vergütung?«, wollte er dann in formalem Ton wissen, als suche er nach Anhaltspunkten für eine Straftat. »Nein, nein! Herr Kommissär, verstehen Sie mich recht … Wie soll ich es sagen … Es gibt manche Fantasien, nicht nur bei Männern … Dass man eben dabei … mit Gewalt … gespielter Gewalt natürlich … Das geschieht aber alles aus freien Stücken, auch wenn es ganz anders ausschaut, ja aussehen muss – es soll doch wirken wie eine echte …« »Es ist wie ein Rollenspiel«, kam ihr die Mozartmaske zu Hilfe, während sie ihre derangierte Perücke zurechtrückte. »Und da dachten wir, Sie wollen als Don Giovanni auch mit von der Partie sein …« »Aber die Hilferufe und der Fluchtversuch?«, hakte Stiller nach, dem die Sache peinlich zu werden begann. »Das ist alles Teil des Spiels, Herr Chefinspektor«, bemühte sich

Abate Casti etwas verlegen zu erklären. »Um die Sache gewissermaßen noch reizvoller zu machen, Sie verstehen schon …«, ergänzte Da Ponte mit gesenktem Blick.

In der Zwischenzeit hatten auch die anderen Gäste des Separees ihre Liegestatt verlassen und sich stumm hinter den vier Masken in der Mitte des Zimmers versammelt. Stiller versuchte, gute Miene zum bösen Spiel zu machen. »Wenn dem so ist, meine Damen und Herren«, stammelte er verlegen, »wird Don Giovanni gewiss der Letzte sein, der Ihnen das Spiel verderben möchte.« Wortlos reichte ihm Cecilia Vinci seine Larve, hakte sich bei ihm unter und führte ihn unter dem vorwurfsvollen Schweigen der Anwesenden mit sanftem Druck hinaus. Vor dem Durchgang zum Frauenraubsaal hatten sich ebenfalls zahlreiche Gäste versammelt, die kopfschüttelnd den entlarvten Don Juan an Donn'Annas Arm passieren ließen. Auch die Musiker hatten aufgehört zu spielen, sodass Stiller beim Vorbeigehen die nicht sehr schmeichelhaften Kommentare ans Ohr drangen, die links und rechts hinter vorgehaltener Hand gezischt wurden: »Unverschämt!« »… jetzt lässt man jedes Gesindel rein!« »… nicht einmal mehr in den eigenen vier Wänden vor Spannern …« »Wer glaubt er zu sein?« »Hausfriedensbruch …«

»Was starren die mich alle so an?«, knurrte Stiller leise zu Cecilia Vinci. »Als ob ich hier der Perverse wäre …« Sie lächelte nachsichtig, zeigte auf die Bauta, die er noch in der Hand hielt, und forderte ihn mit einem leichten Kopfnicken auf, die venezianische Larve wieder aufzusetzen. »Ach so, die Maske … Die brauche ich jetzt aber wohl nicht mehr, die Tarnung ist definitiv aufgeflogen«, meinte Stiller, weniger über das gebrochene Tabu des Maskenballs beunruhigt als über die nun endgültig gefährdeten Undercover-Ermittlungen.

Ein plötzlicher, lauter Knall von oben half ihm aus der Bredouille. Als ob die unverhoffte Hilfe direkt vom Himmel käme, wurde die spannungsgeladene Stille, die unmittelbar darauf folgte, durch ferne, mannigfache Rufe gebrochen, die von der oberen Etage her durch den ganzen Keller immer und immer wieder hallten: *Rex, rex, rex!* Es war wieder mal – wie hätte es anders sein können – Mozarts Musik, doch keine leichten Klänge wie diejenigen, die das Streichquartett, die Flöte mit Harfe, die Glasharmonika oder das Fortepiano dargeboten hatten, deren Musiker wie alle übrigen Gäste verstummt waren: *Rex, rex, rex!* Die Masken rückten erschreckt zusammen und ließen Stiller freie Bahn, während der dreifache Schrei von Weitem wie ein düsteres Menetekel unerbittlich durch die Räume weiter donnerte: *Rex, rex, rex!* Böses ahnend, rannte der Chefinspektor so schnell er konnte aus dem Raum mit den Raptusgruppen und lief der unheilvoll klingenden Musik entgegen: *Rex, rex, rex!* Er wusste genau, woher sie kam. Er sprang über seinen durch den plötzlichen Lärm aufgerüttelten Assistenten Biba auf der Stiege und nahm ohne Zögern den Korridor zur Spiegelgalerie, durch welchen die mächtigen, furchterregenden Tonwellen dröhnten: *Rex, rex, rex!* Als er atemlos im Salon anlangte, war er nicht überrascht, die nunmehr wie finstere Todesrufe klingenden Choreinsätze des *Rex tremendae majestatis* von Mozarts Requiem aus der aufgerissenen Geheimtür an der Spiegelwand tönen zu hören, hinter der König nach ihrer letzten Begegnung heimlich verschwunden war: *Rex, rex, rex!* Was er dort sah, als er in den Raum stürzte, übertraf jedoch seine schlimmsten Befürchtungen.

47

Die zarte weiße Hauchfahne, die Stiller wie einen unwirklichen, flüchtigen Geist aus Theodor Königs verzücktem Lächeln emporsteigen sah, zeigte ihm an, dass er zu spät kam. Die stattliche, uniformierte Gestalt des Logenmeisters lag mit verrutschter Perücke am Boden zwischen einem massiven Ohrensessel aus schwarzem Leder und einem alten, eleganten Plattenspieler. Letzterer ließ unaufhörlich den dreifachen Choreinsatz zu Beginn des *Rex tremendae majestatis* ertönen: *Rex, rex, rex!* König musste beim Hören der Schallplatte, einer alten Aufnahme des Requiems, vornüber vom Sessel gerutscht und auf den Plattenspieler gefallen sein. Das hatte offenbar einen Sprung in der Platte verursacht, der nunmehr, während der Logenmeister langsam in die tödliche Ekstase hinüberglitt, die schauerlichen Chorrufe aus der offenen Tür der Geheimkammer gnadenlos durch den ganzen Peterskeller hatte widerhallen lassen: *Rex, rex, rex!*

»Was ist denn das für ein Tod«, dachte der Chefinspektor, nachdem er den Stecker des Plattenspielers gezogen und sich in der plötzlichen Stille über Königs friedvolles, seliges Gesicht gebeugt hatte, »wenn er sogar einem ganz den irdischen Freuden ergebenen Menschen wie Theodor König ein solch ekstatisches Lächeln entlocken kann?« Auf der Suche nach einer Antwort besah er sich die Augen des Toten, aber dessen in Trance geweitete und erloschene Pupillen gaben ihm noch mehr Rätsel auf. Selbst in der unnatürlichen Position, in der der Kopf gegen den Sockel des Plattenspielers steif nach oben geknickt war, schien der Tote dem Gesichtsausdruck nach in einer tiefen, unheimlichen Glückseligkeit zu schwelgen. Was sich in seinen gelösten Zügen manifestierte, war mehr als nur der Genuss der noch rauchenden Zigarre in dem kleinen Marmoraschenbecher auf dem Tischchen links vom Ohrensessel oder die Gaumenfreude der Mozartkugeln im Schälchen daneben: Es war etwas, das, da war sich der Ermittler sicher, offenbar erst mit dem Tod eingetreten war – etwas, das dem Sterbenden nur an der Schwelle zum Jenseits widerfahren sein konnte.

Stiller suchte ratlos nach Anhaltspunkten in der Geheimkammer, bis sein Blick auf ein lebensgroßes Mozart-Porträt an der Wand gegenüber fiel. Der Komponist, im roten Rock und mit hellgrauer Perücke mit doppelten seitlichen Locken, starrte ihn mit einem leicht schiefen, undurchschaubaren Lächeln an, als ob er ihm etwas sagen wollte. Wohl noch unter dem Einfluss des berauschenden Büfetts begann Stiller, wie schon vor dem Mozartbild in seinem Büro, ein imaginäres Zwiegespräch mit dem Bildnis zu führen. »Nun red doch endlich, verdammt noch mal!«, fuhr er sein Gegenüber im Bilderrahmen grimmig an und war fast beleidigt, als dieses, ohne mit der Wimper zu zucken, mit dem immer gleichen unergründlichen Gesichtsausdruck antwortete. Bedauerte der stumme Zeuge an der Wand etwa den Verstorbenen, oder begrüßte er gar dessen Tod? Vielleicht glaubte er, schlicht und einfach über alles erhaben zu sein. »Du musst Bescheid wissen, Mozart«, ließ Stiller nicht locker. »Du warst doch die ganze Zeit hier!« Etwas stimmte mit dem Bild nicht. Missmutig näherte er sich dem Porträt und starrte es eine Weile böse an. Blickte der Komponist nur herausfordernd zurück oder wollte er ihm einen Hinweis geben, den er nicht verstand? »Hilf mir, du verfluchtes Genie!«, fauchte er ihm ins Gesicht.

Erst nachdem er sich nochmals vom Gemälde entfernt und seine Fassung wiedergefunden hatte, fiel es ihm auf: Es war nicht Mozart, der ihn schief ansah, sondern das Bild selbst, das schief hing. Mit raschen Schritten kehrte der Chefinspektor zurück zum Porträt, kramte hastig in den Außen- und Innentaschen seines Rocks und stöberte ein Paar weiße, mit goldenen Fäden durchwirkte Seidenhandschuhe auf. Er streifte sie schnell über und schob das schwere Gemälde vorsichtig seitlich nach oben. Und siehe da: Dahinter befand sich die breite Stahltür eines Wandtresors. Nachdem er Mozart einen letzten verstohlenen Blick zugeworfen hatte, setzte Stiller das Porträt mit großer Umsicht auf den Boden. Doch noch bevor er sich an dem Panzerschrank zu schaffen machen konnte, hielt ihn eine Flüsterstimme zurück: »Was tun Sie da?« Als ob er beim Stehlen ertappt worden wäre, fuhr der Ermittler erschrocken zusammen und schaute instinktiv zu dem Bild zu seinen Füßen. Es war aber nicht Mozart, der sich endlich entschieden hatte zu sprechen: Fürst Sarastro in höchsteigener Person war es, außer Atem in seinem schweren Kostüm vor der offenen Spiegeltür der Geheimkammer angekommen und selbst überrascht, dort den Chefinspektor in Don Giovannis Kleidern vorzufinden.

48

»Wer sind Sie?«, fragte mich Stiller unwirsch. Ich nahm sogleich meine Larve vom Gesicht und trat ein. Meine Anwesenheit auf dem Ball schien ihn noch mehr zu verwundern als meine Kostümierung als Sarastro. »Was machen Sie hier?«, fragte er misstrauisch. »Was machen *Sie* hier!«, erwiderte ich schlagfertig, ohne auf seine Frage einzugehen. »Na, was denken Sie wohl?«, rief er wütend aus und zeigte mit offenen Armen auf die Leiche des Logenmeisters. »Wenn Sie sich nützlich machen wollen«, fuhr er nach kurzer Überlegung fort, »gehen Sie unten zum Eingangstor und halten jeden auf, der versucht, sich zu entfernen. Inspektor Biba ist außer Gefecht, ich hoffe, ich kann wenigstens auf Sie zählen, bis Verstärkung vom Polizeirevier da ist. Bis dahin darf niemand den Keller verlassen!«

Ohne Zögern stürzte ich aus der Kammer und hastete durch die Spiegelgalerie und deren Flügeltür hin zur Stiege, die in die untere Etage führte. Als ich durch den schmalen Gang des Erdgeschosses ans Eingangstor gelangte, war gerade ein korpulenter Conte di Almaviva dabei, das Gebäude zu verlassen. Ein diensteifriger Osmin, in dem der Pförtner Malko trotz der kunstreichen Kostümierung an seinem Kleinwuchs und dem Buckel nicht allzu schwer zu erkennen war, machte ihm gerade das Tor mit einer Verbeugung auf. »Bleiben Sie stehen, mein Herr!«, rief ich vom Korridor her. Ohne sich umzudrehen, versuchte der Conte durch den offenen Torspalt zu schlüpfen. Doch ich konnte ihn rechtzeitig am Arm packen. »Niemand darf diesen Ort verlassen«, rechtfertigte ich schwer atmend mein ruppiges Eingreifen. »Wer sagt das?«, fragte der Mann verärgert, nachdem er vergeblich versucht hatte, seinen Arm aus meinem festen Griff zu befreien. »Die Polizei«, antwortete ich bestimmt, ohne locker zu lassen. Er musterte herablassend mein Sarastro-Kostüm und lachte dann spöttisch. »Und Sie sind die Polizei? Dass ich nicht lache!« Tatsächlich sah mein Aufzug nach allem anderen als nach einer Uniform aus. »Ich bin hier im Auftrag der Polizei«, präzisierte ich in leichter Erklärungsnot. »Dann weisen Sie sich aus oder nehmen Sie sofort Ihre Finger von meinem Arm«, erwiderte er trocken. »Ich folge nur den Anweisungen«, versuchte ich mich zu verteidigen. Er spürte meine Unsicherheit und starrte mich mit stechendem Blick hinter der schwarzen Grafenmaske an. »Sie wissen wohl nicht, mit wem Sie es zu tun haben«, drohte er und nutzte einen kurzen Moment des Zögerns aus, um sich energisch von mir loszumachen und flugs zu enteilen. Doch ich ließ mich nicht einschüchtern und lief ihm hinterher. »Jetzt will ich es aber wissen«, konterte ich und riss ihm die Larve beherzt herunter. Im fahlen Licht des verschneiten Hofs erkannte ich zu meiner vollen Überraschung das runde, grimmige Gesicht von Landespolizeidirektor Peter

Haas. »Ich bin die Polizei! Zufrieden?«, schnarrte er in scharfem Ton, drehte sich um und ließ mich konsterniert stehen.

Malko grinste schadenfroh, als ich alleine zurückkam. Ich knallte das massive Tor des Kellers zu und schob schroff den rostigen Riegel vor. »Wen alles haben Sie noch herausgelassen?«, fragte ich barsch. »Lassen Sie mich einen Augenblick nachdenken, höchst verehrter Herr Sarastro …« Mit übertriebener Beflissenheit fing er an, an den Fingern laut abzuzählen: »Fünf Mozarts – oder waren es sechs? –, dazu zwei Constanzen – eine davon bestimmt schwanger –, jeweils einen Leopold und ein Nannerl, dann noch, wenn ich mich nicht irre, einen Figaro sowie einen Papageno mit Papagena, und natürlich den Conte di Almaviva – mit dem haben Sie aber selbst Bekanntschaft gemacht …« »Und die Namen?«, unterbrach ich die Auflistung genervt. Schadenfroh lächelte der Pförtner hinter der Maske und setzte eine Unschuldsmiene auf. »Es ist doch nur ein Maskenball, Herr Sarastro …« »Es *war* ein Maskenball«, korrigierte ich ihn todernst. »Jetzt ist es nur noch der Tatort eines Mordes.« Zum ersten Mal nahm ich in seinen Augen einen Funken von Aufrichtigkeit wahr. Es war jedoch weder aufkeimende Hilfsbereitschaft noch Anteilnahme, was in ihnen für einen Moment durchschimmerte, sondern blanke Angst. »Ist Herrn König etwas passiert?«, flüsterte er erschrocken. Jede Spur von Spott und Schadenfreude war aus seiner Miene verschwunden. Ich blieb die Antwort schuldig und nutzte die Gelegenheit, ihn loszuwerden. »Gehen Sie hoch und schauen Sie selber.« Ohne ein Wort zu sagen, verschwand er leicht hinkend in Richtung obere Etage.

Von seiner lästigen Präsenz befreit, stellte ich mich mit verschränkten Armen vor den Ausgang und nahm mir vor, die Fahrlässigkeit des Pförtners durch unnachgiebige Strenge wiedergutzumachen. Doch schon beim nächsten Gast erlebte ich zu meinem größten Bedauern, wie wenig ich selbst dieser Aufgabe gewachsen war – was ich später noch bitter bereuen sollte.

Denn durch eine sonderbare, tragische Fügung des Schicksals war gerade die erste Maske, die am Ausgang erschien, auch die, die ich am besten kannte – oder zumindest zu kennen glaubte. Den ganzen Abend lang hatte ich die festlichen Verlockungen des Balls an ihrer Seite genießen dürfen, ganz benommen durch den Reiz ihrer Gestalt, die Pracht ihres Kostüms und die verführerische Aura ihrer Gesellschaft. Noch bis vor Kurzem, bevor die unheilverkündenden Chorrufe des *Rex tremendae majestatis* die lockere, angenehme Atmosphäre stören und den Lauf der Ereignisse in eine dramatische, unaufhaltsame Bahn lenken sollten, hatte ich voller Vorfreude und Erregung im Separee hinter dem Amazonensaal auf sie gewartet. Nun stand sie im flackernden Kerzenlicht des Korridors wie aus dem Nichts vor mir und heftete, in rätselhaftes Schweigen gehüllt, ihre blauen Augen hinter der schimmernden Silberlarve fest auf mich. Die Arme geheimnisvoll hinter ihrem Rücken versteckt, als ob sie etwas meinem Blick entziehen wollte, legte Magdalena Rosenthal ihr Kinn nonchalant auf meine rechte Schulter. »*Memento moreris*!«, raunte sie mir verschwörerisch ins Ohr, ohne ihre leuchtenden Augen hinter der Maske von mir abzuwenden. Ich bekam Gänsehaut. »Ich will sagen: So eine Gelegenheit wird nie mehr wiederkommen, mein Sarastro«, deutete sie mir an, nahm den linken Arm hinter dem Rücken hervor und begann, am Kragen meines Talars zu nesteln. Ich schluckte verlegen. »Ein Mord …«, versuchte ich zu erklären, doch sie unterbrach mich gleich mit ihrer unwiderstehlichen, leisen Stimme, während sie die Finger der Hand sanft vom Kragen zu meinem Nacken wandern ließ: »Gerade, als es am schönsten wurde …« Ein behaglicher Schauder lief mir den Rücken hinunter. Sie kraulte sacht mein linkes Ohr und schlug mir mit gedämpfter Stimme vor: »Freilich könnten wir alles noch bei mir nachholen …« »Ich muss hier Wache halten …«, stammelte ich, ohne meine Erregung ganz verbergen zu können. »Ich kann in meiner Wohnung auf dich warten und inzwischen alles für deine Ankunft vorbereiten«, hielt sie verheißungsvoll dagegen, nunmehr mein Ohrläppchen angenehm mit ihren zarten Fingern liebkosend. In meiner Verlegenheit brachte ich Stillers Anweisung kaum hervor: »Niemand darf den Keller verlassen«, wiederholte ich unsicher. »Niemand Unbekannter«, erwiderte Magdalena bestimmt, ließ ihre Hand langsam von meinem Ohr auf den massiven Türriegel hinter meinen Schultern gleiten und fing wie zufällig an, diesen zärtlich zu streicheln. »Aber du weißt doch, wer deine Königin der Nacht ist und wo du sie erreichen kannst«, flüsterte sie, den Riegel spielerisch hin- und zurückschiebend. Bevor ich es verhindern konnte, hatte sie das Tor des Peterskellers entriegelt und war flink durch den geöffneten Torspalt entschlüpft. »Bis nachher!«, rief sie mir vom verschneiten Kellerhof zu, ohne sich umzudrehen. Als sie am Petersbrunnen in der Mitte des Hofs die silbrige Maske absetzte und einen letzten verstohlenen Blick zurück zu mir warf, glaubte ich im fahlen Mondlicht ein geheimnisvolles Lächeln über ihr Gesicht huschen zu sehen.

49

»*Dux femina facti*«, schmunzelte Doktor Horvath in Königs Geheimkammer und hielt ein langes platinblondes Haar, das er am Sockel des Plattenspielers neben dem toten Logenmeister aufgefunden hatte, demonstrativ mit einer Pinzette in die Luft. Stiller, der gespannt hinter dem Rücken eines eifrigen Schlossermeisters der Polizei am Wandtresor lauerte, drehte sich um, verschränkte missmutig die Arme vor der Brust und sah den Leichenbeschauer fragend an. Horvath grinste: »Auf gut Deutsch? *Cherchez la femme*, verehrter Kollege, *cherchez la femme*!« »Ach so, Doktor, ich verstehe: Sie meinen, wir haben es hier nicht mit einem Serientäter, sondern mit einer Serientäterin zu tun?«, hakte Stiller nach. »Um Himmels willen!«, rief der Gerichtsmediziner mit gespielter Empörung aus. »Schon wieder versuchen Sie, mir etwas in den Mund zu legen, was ich nie und nimmer gemeint haben kann, verehrter Kollege …« »Na ja, Doktor, so banal es auch klingen mag: Giftmord wird rein statistisch meist von Vertretern des schwachen Geschlechts begangen«, fuhr Stiller fort, »was Sie übrigens bereits wissen sollten …« »Ich ziehe meine Schlussfolgerungen nur auf der Basis von hieb- und stichfesten Fakten, verehrter Kollege, und statistische Wahrscheinlichkeiten haben damit bestimmt nichts zu tun!«, spielte Horvath den Entrüsteten. »Bei den anderen beiden Leichen habe ich außerdem keine verwertbare Spur weiblicher Personen gefunden«, fuhr er in sachlicherem Ton fort, während er den Fund vorsichtig in einen kleinen Plastikbeutel steckte, »ganz abgesehen davon, dass das Haar theoretisch auch von der Perücke eines Mannes – Ihrer Puderperücke mit eingeschlossen – stammen könnte, und bei der Perückenflut, die hier herrscht …« Stiller kratzte sich nachdenklich an seinem eigenen Kopfputz. »Aber vielleicht wird uns Ihre Entdeckung weiterbringen«, wechselte der Forensiker das Thema und wies auf den Tresor an der Wand. Der Polizeischlosser wartete bereits geduldig neben der aufgesperrten Tür des Geldschranks das Ende des Schlagabtauschs ab. »Zum Glück arbeiten Sie bei uns und nicht bei einer Verbrecherbande«, bedankte sich Stiller bei ihm und verabschiedete ihn.

Der überraschend geräumige Tresor schien auf den ersten Blick mit Geldnoten vollgestopft zu sein. Der Chefinspektor zählte von links nach rechts fünf Stapel von einem Meter Höhe, die jeweils einhundert Bündel mit 500-Euro-Scheinen umfassten sowie rechts daneben einige Päckchen lose Banknoten unterschiedlichen Wertes. »So viel Geld auf einmal habe ich in meinem ganzen Leben noch nie gesehen, verehrter Kollege! Wieviel, schätzen Sie, wird es sein?«, fragte Dr. Horvath, der auf den Zehenspitzen über die Schultern des Chefinspektors linste, mit unverhohlener Neugier. Selbst Stiller, der als Ermittler bereits mit der Beschlagnahmung hoher Bargeldsummen Erfahrung hatte, brauchte etwas Zeit, um einen ungefähren Betrag nennen zu können. »Wenn man annimmt, dass in jedem Bündel 100 Scheine zusammengeschnürt sind, wären es in der ersten Reihe zusammen mit dem Rest der losen Banknoten, über den Daumen gepeilt, über 25 Millionen Euro.« Der Chefinspektor hatte erwartet, Horvath überrascht zu sehen, doch zu seiner Verblüffung kniff der Arzt nur die Augen zusammen und spähte angestrengt über die losen Geldscheine hinweg in das Innere des Tresors. »Peanuts!«, rief er schließlich, ohne den Blick abzuwenden. »Peanuts? Sie belieben zu scherzen, Doktor«, versetzte Stiller, in seinem Ermittlerstolz gekränkt. »Im Vergleich zu dem, was hier hinter dem Geld zu stecken scheint«, meinte Horvath und fing ungefragt an, die Geldbündel auf den Boden vor dem Mozart-Porträt in der Ordnung zu stapeln, die sie im Panzerschrank hatten. Er griff schließlich mit einer Hand in das Innere des Safes und zog ein vergilbtes, mit Notensystemen rastriertes und in kleiner, fast unleserlicher Kurrentschrift bis zu den Rändern dicht beschriebenes, querformatiges Blatt Papier heraus. »Das ist doch bloß eine Musikhandschrift«, kommentierte Stiller abschätzig. »Die Frage ist nur, von wem sie ist«, erwiderte Horvath vielsagend und zeigte mit dem Daumen nach unten auf das Mozartbild zu ihren Füßen. Wie vom Blitz getroffen, richtete Stiller seine ganze Aufmerksamkeit wieder auf das Innere des Panzerschranks. Dicht gedrängt lagerten dort unzählige Manuskripte unterschiedlichen Formats und Umfangs: Wäre es nicht ein Geldschrank gewesen, hätte man denken können, vor einem Archiv zu stehen. Horvath tippte ihm auf die Schulter und zeigte ihm noch eines der Manuskripte, die er aus dem Safe herausgenommen hatte. »Vielleicht erinnern Sie sich noch an diese Handschrift, verehrter Kollege?« Stiller sah zunächst das Manuskript, dann den Arzt etwas ratlos an. »Professor Schneiderhahn im Autographenkeller des Mozartianums … die fehlenden Fremdeintragungen in Mozarts Autographen …«, half ihm Horvath. Der Chefinspektor schlug sich auf die Stirn. »Mozarts originales Libretto zur *Entführung aus dem Serail*, das aus dem Autographenkeller entwendet und durch eine Fälschung ersetzt wurde!«, rief er aus. »Libretto-Fragment, um genauer zu sein«, korrigierte ihn der Arzt in professoraler Pedanterie, »und zwar mit den originalen Einträgen von fremder Hand, die im Falsifikat im Autographenkeller fehlten.« Stiller und Horvath sahen sich kurz in die Augen und blickten wieder zurück zum sperrangelweit geöffneten Safe. Dann fingen sie fast synchron an, die Handschriften vorsichtig aus dem Panzerschrank herauszunehmen und in einer Ecke der Geheimkammer auszubreiten. Der geräumige Safe schien plötzlich zu einem Fass ohne Boden geworden zu sein: Wie aus einer unversiegbaren Quelle kamen immer neue Manuskripte zutage. »Ich glaube, in dem Geldschrank befindet sich der ganze Autographenkeller«, sagte Stiller einige Zeit später und wischte sich mit dem Arm den Schweiß von der Stirn. »Unser Professor wird sich freuen!«, kommentierte Horvath strahlend, die Hände voller Handschriften.

»Langsam ergibt alles einen Sinn«, sagte der Chefinspektor nachdenklich am Ende der Auslagerung. »Wenn die 25 Millionen Euro die Vorauszahlung für die Manuskripte aus dem Autographenkeller darstellen, wie im Vertrag zwischen König und der chinesischen Gesellschaft vereinbart, dann sind wir gerade noch rechtzeitig gekommen, bevor die Handschriften an die Chinesen ausgehändigt wurden.« »Ehrlicherweise sollte man sagen: Nicht wir, sondern der Tod ist dem zuvorgekommen«, korrigierte ihn Horvath. »Beziehungsweise der Mörder«, präzisierte Stiller seinerseits und machte ein betrübtes Gesicht. Horvath klopfte ihm kräftig auf die Schulter. »Wie dem auch sei«, sagte er aufgeräumt, »sobald der Fund in Salzburg bekannt wird, werden Sie wie ein Held gefeiert, verehrter Kollege!« Der Ermittler schien die Begeisterung des Arztes allerdings kaum zu teilen. »Schon gut, Doktor«, murrte er und schaute zum toten Logenmeister, der, nun wirklich über alles erhaben, mit immerwährend verzücktem Gesichtsausdruck in die Ferne lächelte, »aber was ist mit dem Mörder? Er läuft immer noch frei herum, und hat gerade unseren heißesten Verdächtigen ins Jenseits befördert ...«

50

Im Unterschied zu seinem friedlich schnarchenden Hund konnte Stiller auf dem Sofa seines Polizeibüros, ähnlich wie sein nimmermüder Zimmergenosse Mozart an der Wand über ihm, nicht einschlafen. Zu viele Gedanken schwirrten ihm durch den Kopf, und es reichte nicht, die Augen fest zuzumachen und tief zu atmen, um sie zu verscheuchen. Wie konnte er diese Mordserie nur stoppen, wenn es dem Täter immer wieder gelang, seine Spuren zu verwischen, sobald er ihm auf die Spur gekommen zu sein glaubte? Was hatte er dieses Mal übersehen? Dass er es nicht mit einem gewöhnlichen Mörder zu tun hatte, war ihm längst klar. Auch konnte er hinter den Morden eine, wie perverse auch immer, durchaus zwingende Logik erahnen. Nur vermochte er sie nicht zu durchschauen, sosehr er sich auch bemühte, einen plausiblen Zusammenhang zwischen den vielen bis dahin gesammelten Fakten und Indizien herzustellen.

Die Rettung des Autographenkellers vor Königs Veräußerungsplänen konnte kaum ein Motiv gewesen sein – ansonsten bliebe unerklärlich, warum Löwenstein und Libeskind sterben mussten, die sich ihr ganzes Leben lang für die Pflege der mozartschen Originalquellen und gegen Königs leichtfertigen, ja kriminellen Umgang mit ihnen eingesetzt hatten. Nein, etwas Tiefgründigeres als Geldgier oder Autographenliebe, da war er sich ganz sicher, etwas Persönlicheres hatte die kalte Hand des Giftmörders geführt. Aber was hatten die Opfer nur gemeinsam, um ein solches Verbrechen in den Augen des Täters zu rechtfertigen? Alle drei waren glühende Verehrer Mozarts, kein Zweifel, doch wer war das nicht in dieser verdammten Provinzstadt? Alle drei waren Freimaurer, viele mehr oder minder Prominente in Salzburg jedoch auch. Als Mitglieder des Geheimbundes »Zur wahren Freiheit« waren alle drei gewiss auch willkommene Gäste bei den berühmt-berüchtigten Mozartbällen, aber auch hier befanden sie sich, wenn man so sagen durfte, in bester Gesellschaft. Hinter diesen Gemeinsamkeiten musste sich also noch etwas anderes, ein besonderes Ereignis verbergen, das zur Mordserie geführt hatte.

Trotz der lähmenden Ungewissheit, die ihn angesichts all dieser Vermutungen befiel, wurden ihm die Lider langsam schwer. Bevor er endlich in den Schlaf finden konnte, drängte sich eine letzte Frage wie ein plötzlicher Geistesblitz auf: Könnte gerade bei einem dieser Mozart-Feste etwas passiert sein, in das alle drei Opfer involviert waren und das den Anstoß zu der Mordserie gegeben hatte? Auf der Suche nach einer Antwort hob er unwillkürlich den Blick zu dem staubig-silbern glänzenden Mozart-Porträt über seinem Schlafsofa. Sollte er vielleicht versuchen, dachte er schon im Halbschlummer, das Bild mit den Fingern abzustauben, und hoffen, dass der gute Geist sich aus dem Rahmen herausbeugte und ihm die Lösung eingab? Das Salzburger Genie lächelte ihn starr an, ohne zu verraten, ob es die Antwort wusste, und, falls es sie kannte, ob es bereit wäre, sie ihm zu enthüllen. Enttäuscht drehte sich Stiller auf den weichen Polstern des Schlafsofas zur Seite, um sich lieber ein wenig Schlaf zu gönnen. Immerhin, erinnerte er sich, während ihm die Augen im fahlen Licht des anbrechenden Tags zufielen, war ihm früher die Lösung besonders verzwickter Fälle nicht selten erst in einem Traum gedämmert. Wer weiß, ob der seltsame Genius ihm nicht doch im Schlaf erscheinen und die Lösung einflüstern werde …

Kurz darauf riss ihn das unnachgiebige Klingeln des Telefons aus dem Schlaf. In der Hoffnung, schlafen zu können, stand er zunächst nicht auf. Der Anrufer war aber hartnäckiger, als er dachte, denn wenige Minuten später klingelte es wieder. Der Stecker des Telefonkabels war zu weit entfernt, um ihn herausziehen zu können, ohne aufstehen zu müssen. So entschied sich Stiller, den Hörer abzunehmen, um den Anrufer schnell abzuwimmeln. Am anderen Ende der Leitung erkannte er sofort die euphorische Stimme von Martin Heinrich Schneiderhahn: »Alle Achtung, Herr Chefinspektor! Alle Achtung!« »Wieso alle Achtung?«, fragte Stiller überrascht. »Seien Sie nicht so bescheiden!«, erwiderte der Professor in bester Laune, »wegen der raschen Aufklärung des Falls natürlich!« »Welche Aufklärung … welcher Fall?«, fragte Stiller noch irritierter. »Wie ›welcher Fall‹? Der Autographenkeller! Der Quellenraub!«, brüllte der alte Emeritus in den Telefonhörer. »Und Sie rufen um diese Uhrzeit an, nur um mir zu gratulieren?«, rief Stiller verärgert. »Es ist doch fast 8 Uhr«, rechtfertigte sich Schneiderhahn, »und da dachte ich, vielleicht brauchen Sie jemanden, der die Echtheit und Vollständigkeit der wiedergefundenen Mozart-Autographe überprüfen kann.« Stiller überlegte einen Moment, bevor er antwortete. »Danke für Ihr Angebot, Herr Professor«, sagte er in höflichem, aber bestimmtem Ton. »Die Manuskripte befinden sich noch zur Untersuchung in unserem Labor. Sobald sie aber wieder zugänglich sind, lasse ich Sie anrufen, damit wir Ihre Expertise in Anspruch nehmen können. Bis dahin wünsche ich Ihnen noch einen schönen Tag!« Erschöpft legte der Chefinspektor den Hörer auf, zog den Stecker des Telefons heraus, wünschte dem schlaflosen Mozart an der Wand eine gute Nacht und warf sich auf seine Liegestatt.

Kaum hatte er wieder in den Schlaf gefunden, hämmerte es an der Tür. Er hielt den Atem an und tat so, als sei niemand im Zimmer, doch am Fuß des Sofas spitzte Zeus die Ohren und bellte dreimal. »Machen Sie auf, Chefinspektor, ich weiß, dass Sie da sind!«, forderte herrisch eine durchdringende Stimme hinter der Tür. Stiller kraulte seinen knurrenden Labrador zwischen den Ohren und schwieg. »Hier ist der Landespolizeidirektor!«, tönte es durch die Tür. So blieb dem übernächtigten Ermittler nichts anderes übrig, als seinen Vorgesetzten etwas betreten in das Büro einzulassen. Landespolizeidirektor Haas, ein beleibter, älterer Mann in einem schlecht sitzenden grauen Dreiteiler, schien der Verzögerung jedoch keine Bedeutung beizumessen: Frohgestimmt schüttelte er Stiller kräftig die Hand und klopfte ihm jovial auf die Schulter. »Respekt, mein Lieber, Respekt! Die ganze Stadt redet bereits von Ihrer kriminalistischen Großtat diese Nacht. Ich habe extra für heute Vormittag eine Pressekonferenz anberaumt: Es wäre für mich eine Ehre, wenn ich bei der Gelegenheit unseren neuen Chefinspektor – also Sie – der breiten Öffentlichkeit vorstellen könnte. Was meinen Sie?« Seine erst kürzlich erfolgte Suspendierung durch den Landespolizeidirektor noch gut in Erinnerung, streichelte Stiller eine Weile stumm seinen leise knurrenden Hund. Er fragte sich, woher dieser plötzliche Sinneswandel wohl kam. Und vor allem: Wie war es denn möglich, dass sich in dieser verfluchten Stadt alle, der Chef der Polizeibehörde eingeschlossen, nur für Mozarts Autographe interessierten und so taten, als gäbe es keine Mordserie? »Eigentlich hatte ich heute vor, im

Fall König zu ermitteln, Herr Haas«, antwortete er dann diplomatisch. »Ich verfolge gerade eine heiße Spur … und ich bin sicher, dass Sie die Rettungsaktion auch ohne mich vor der Presse bestens präsentieren können.« »Aber natürlich!«, stimmte ihm sein Chef eilfertig zu, wobei er in einem Anflug von Eitelkeit seinen Scheitel mit der Rechten glättete. »Die Aufklärung eines so tragischen Todesfalls hat immer höchste Priorität«, sagte er, ohne ganz überzeugt zu wirken. »Und ich bin freilich der Letzte, der Sie davon abhalten würde«, fügte er abschließend mit einem breiten, schmierigen Lächeln hinzu. Etwas überrascht, dass sein Vorgesetzter nicht das geringste Interesse an seiner neuen Spur zeigte, versuchte Stiller, wenigstens von dessen guter Stimmung zu profitieren. »Wenn ich mich an unser letztes Telefonat recht erinnere«, bemerkte er vorsichtig, »bin ich eigentlich von den Ermittlungen suspendiert und soll bald versetzt werden …« »Vergessen Sie das Gespräch, Chefinspektor!«, unterbrach ihn sein Gegenüber gönnerhaft. »Wir standen alle unter Druck, und gewisse Entschlüsse waren wohl etwas übereilt … Manchmal fordern die unausweichlichen Zwänge der Politik eben einen hohen Tribut … Aber jetzt hat sich die Lage gründlich verändert, nachdem das Schicksal leider Gottes unseren höchstgeschätzten Ex-Bürgermeister dahingerafft hat«, setzte der Landespolizeidirektor in einem Tonfall fort, der alles andere als traurig klang. »Wie dem auch sei«, wechselte er dann rasch das Thema, »wenn Sie etwas brauchen, zögern Sie nicht, mich zu kontaktieren. Möchten Sie zum Beispiel eine andere Einrichtung für Ihr neues Büro? Die alte Chaiselongue da könnte man sofort für Sie durch eine praktischere, modernere Couch ersetzen lassen! Und darüber hängen wir an die Stelle des verzopften Mozartbildes ein prächtiges Porträt des neuen Bundeskanzlers!« »Danke, Herr Haas, aber im Moment bin ich mit der Einrichtung ganz zufrieden«, lehnte Stiller, dem die übertriebene Hilfsbereitschaft des Landespolizeidirektors allmählich suspekt wurde, das Angebot ab. »Ich werde mich gerne an Sie wenden, falls ich etwas brauche«, sagte er schließlich, während er seinen Vorgesetzten zur Tür begleitete. »Nur noch eine Kleinigkeit, mein Lieber«, nahm ihn der Landespolizeidirektor vor der Tür kameradschaftlich beim Arm. »Wenn Sie vielleicht in Ihrem Bericht nicht erwähnen würden, dass auch meine Person gestern Abend zufällig beim Ball zugegen war …«, sagte er mit gedämpfter Stimme. »Ich habe Frau und Kinder, und Sie wissen schon, wie schnell man in einer so kleinen Stadt ins Gerede kommen kann, wenn man sich in exponierter Stellung befindet …« Stiller ging ein Licht auf. »Aber natürlich, Herr Direktor«, versicherte er, als sei er über die Präsenz des Landespolizeidirektors beim Mozartball im Bilde. »Solange ich weiter frei ermitteln darf …« Beruhigt drückte ihm der Landespolizeidirektor nochmals die Hand. »Ich wusste, dass ich auf Sie zählen kann«, sagte er erfreut. »Ich werde mich darum kümmern, dass der Antrag auf Versetzung baldmöglichst vom Tisch ist, Stiller. Wie man so sagt: Eine Hand wäscht die andere …« »Dann viel Erfolg bei der Pressekonferenz, Herr Haas!«, versuchte Stiller, das Gespräch zu beenden, ohne sich sein Unbehagen anmerken zu lassen. An der Türschwelle sah der Landespolizeidirektor das herausgezogene Telefonkabel und steckte es beflissen wieder ein. »Bleiben Sie erreichbar, Stiller: Der Bürgermeister hat sich schon bei mir gemeldet und möchte Ihnen höchstpersönlich gratulieren!«, sagte er vergnügt, bevor er die Tür hinter sich zuzog.

Als ich kurz danach mit der vollständigen Liste der Gäste des Mozartballs in Stillers Büro eintrat, traf ich den Chefinspektor in schlechtester Laune beim Telefonieren an. »Fangen Sie nicht auch noch an, mir zu gratulieren!«, brummte er unwirsch, nachdem er den Hörer aufgelegt und die Liste entgegengenommen hatte. Um ihn milder zu stimmen, begann ich mit der guten Nachricht: »Übrigens, es mag Sie vielleicht interessieren, dass auch der Landespolizeidirektor gestern …« »Ich weiß schon, danke«, würgte er meinen Rapport mürrisch ab. Angesichts dieser Stimmung traute ich mich nicht mehr, ihm auch die schlechte Nachricht zu überbringen, zumal es mir äußerst peinlich gewesen wäre, berichten zu müssen, dass ich den Rest der Nacht vergeblich auf Magdalena Rosenthal vor der Tür ihrer Wohnung gewartet hatte. Erst als Gruppeninspektor Biba mit schuldbewusster Miene in der Tür erschien, mit einem Teller frischer Marillenkipferl und einer Tasse starken Kaffees bewaffnet, hellte sich Stillers Gesicht ein wenig auf. »Chef«, murmelte Biba mit betretener, reumütiger Stimme, während er dem Chefinspektor Kaffee und Kipferl reichte, »wenn ich mich für mein unverzeihliches Benehmen von gestern Nacht entschuldigen darf.« Froh, endlich jemanden vor sich zu haben, der ihm ausnahmsweise keine Komplimente für die Entdeckung der Manuskripte des Autographenkellers machen wollte, gab Stiller seinem Assistenten einen aufmunternden Klaps auf den Rücken. »Solange Sie mir nicht gratulieren wollen, Biba«, sagte er nachsichtig, nahm sich die Tasse Kaffee und stellte den Teller mit den Kipferln einladend auf seinen Schreibtisch. »Gratulieren wozu?«, fragte Biba spontan und griff flink nach einem Kipferl. »Haben Sie etwa in meiner Abwesenheit den Mörder gefasst, Chef?« »Schön wär's, Biba!«, sagte Stiller bitter, während er ebenfalls ein Kipferl nahm und die Hälfte davon seinem hungrig hechelnden Labrador in den Rachen warf. »Leider waren es nur ein paar Manuskripte …« »Welche Manuskripte?«, fragte Biba mit vollem Mund. Stiller winkte mit einer schnellen Handbewegung ab. »Nicht der Rede wert, Biba! Es gibt etwas viel Wichtigeres, was Sie jetzt tun können: Gehen Sie bitte ins Polizeiarchiv und suchen Sie alle Vergewaltigungsfälle der letzten Jahre nach Namen ab, die auch in der Gästeliste des Mozartballs auftauchen. Lassen Sie es mich sofort wissen, wenn Sie etwas gefunden haben.« Er zog schnell seinen alten militärgrünen Parka an, nahm noch ein Marillenkipferl, winkte Mozart an der Wand zum Abschied zu und verschwand mit seinem Hund aus dem Büro.

51

Vom Polizeirevier diesseits der Salzach her lief Stiller mit seinem Hund die ihm mittlerweile vertrauten, im Schnee versunkenen, mal mehr, mal weniger bekannten Stationen des Mozartkults bis zum Labor jenseits des Flusses ab: das Geburtshaus, den Platz mit dem Denkmal, den Steg über die Salzach, das Restaurant, die Buchhandlung und die kleine Weinstube. Als er, mit einer Reihe präziser Fragen für Dr. Horvath im Kopf, das gerichtsmedizinische Institut im Inneren des Kapuzinerbergs betrat, fand er den Arzt zu seiner Überraschung in Gesellschaft von Professor Martin Heinrich Schneiderhahn vor. Die zwei Experten standen, die Latexhandschuhe übergestreift, im grellen Licht einer OP-Lampe vor einem großen, mit Manuskripten bedeckten Seziertisch. »Ich konnte nicht länger warten, ich musste die wissenschaftliche Gewissheit haben, ob Mozarts Originale aus dem Autographenkeller tatsächlich wiedergefunden worden sind, Herr Chefinspektor«, rechtfertigte sich der greise Musikwissenschaftler, als er Stillers verstimmte Miene bemerkte. Dieser ignorierte ihn demonstrativ und wandte sich direkt an den Gerichtsmediziner: »Und die Leichenbeschau?«

»*Ubi maior, minor cessat*«, antwortete dieser professoral, wobei er mit einer theatralischen Armbewegung bei *Ubi maior* zuerst auf Mozarts Autographe auf dem Seziertisch und bei *minor cessat* dann in Richtung von Königs Leiche zeigte, die von einigen Weißkitteln in einer anderen Ecke der Halle untersucht wurde. »Auf gut Französisch, Doktor?«, fragte Stiller spitz. »*Who cares?*«, erwiderte Horvath augenzwinkernd. »Ich will nur sagen, verehrter Kollege«, fügte er angesichts des bösen Blicks von Stiller sofort hinzu, »wenn man so viele gute Mitarbeiter hat, auf die man sich verlassen kann …« »sollte man sich eher auf die frisch verstorbenen Leichen konzentrieren als auf die, die seit Jahrhunderten in Frieden ruhen«, beendete Stiller den Satz mürrisch. »Vor allem, wenn die Ersteren offensichtlich keines natürlichen Todes gestorben sind.« Horvath wandte sich gespielt hilflos zu Professor Schneiderhahn, hob bedauernd die Schulter und wies mit einem Kopfnicken auf den Chefinspektor. »*Ubi maior* …«, wiederholte er nicht ohne ironischen Unterton. Der Professor zeigte sich überraschend einsichtig. »Ich verstehe, Herr Doktor Horvath«, sagte er leicht gönnerhaft. Er zog die Latexhandschuhe aus und verabschiedete sich mit einer kurzen, eiligen Verbeugung, als sei er froh, endlich den Ort verlassen zu können.

Als sich der Emeritus etwas überhastet zum Ausgang wandte, sah Stiller aus dem Augenwinkel die Spitze einer vergilbten Handschrift aus dem Inneren seines Mantels herauslugen. »Moment, Herr Professor!«, rief er ihn zurück. »Was tragen Sie bei sich, wenn ich fragen darf?« »Ich? Nichts …«, erwiderte Schneiderhahn mit Unschuldsmiene, während er instinktiv seinen Mantel mit beiden Händen zuschlug. Doch Stiller war bereits bei ihm und zog mit einer flinken Handbewegung ein großformatiges Blatt aus seinem Mantel heraus. »Und was ist mit dieser Handschrift?«, fragte er ihn ernst und reichte das Blatt an Dr. Horvath weiter. Der Professor wurde blass und biss sich auf die Lippen, ohne zu antworten, als der Gerichtsmediziner das Blatt näher besah. »Parbleu! Das ist doch das erste Blatt, das wir aus Königs Wandtresor herausgenommen haben, verehrter Kollege! Das Blatt mit der kaum leserlichen Kurrentschrift!«, rief Horvath verblüfft. »Diebstahl ist kein Kavaliersdelikt, Herr Professor«, sagte Stiller streng zu Schneiderhahn. Der Emeritus machte ein entrüstetes Gesicht. »Ich bin ein Forscher, kein Dieb, Herr Chefinspektor! Ich wollte eben nur einige eingehende Recherchen bei mir zu Hause anstellen und hätte natürlich das Blatt nachher gleich zurückgebracht«, rechtfertigte er sich. Stiller glaubte ihm kein Wort. »Was ist so interessant an dem Manuskript?«, fragte er den Professor, nachdem er Horvath das dicht beschriebene Blatt in Querformat wieder aus der Hand genommen und es einige Zeit vor sich gehalten hatte, ohne dessen feine Kurrentschrift entziffern zu können. Schneiderhahn richtete seinen gierigen Blick wieder auf die Handschrift. Ein unheimlicher, fast wie von Besessenheit sprühender Funke glänzte in seinen grauen, wässrigen Augen. »Was verstehen Sie denn!«, zischte er verächtlich. Stiller wartete geduldig und wedelte mit dem Blatt vor Schneiderhahns Augen leicht hin und her, als wollte er ihn dadurch provozieren. Der Professor blieb einen Moment angespannt stehen, in Gedanken versunken. Dann schlug er plötzlich mit seinem Gehstock kräftig auf den Boden. »Wissen Sie, wie viele Krankheiten als Grund für Mozarts Tod bislang angeführt wurden?«, schrie er aus heiterem Himmel, als ob er mitten in einer imaginären wissenschaftlichen Debatte gegen unsichtbare Widersacher argumentierte. »William J. Dawson hat neulich 136 mögliche Krankheiten aufgelistet, an denen Mozart gestorben sein könnte, Lucien Kahrhausen hat sie dann auf 140 aufgerundet. Ich komme nach meinen eigenen Berechnungen sogar auf 250 Todesursachen: tropisches Fieber, Sarkoidose, Trichinellose, Tuberkulose, Streptokokken- respektive Staphylokokkeninfektion, Scharlach, Purpura Schönlein-Henoch, Typhus, Malaria, Peri-, Endo- beziehungsweise Myokarditis, Aneurysma, Dermatitis, Meningitis, Periarthritis, Perikarditis, Peritonitis,

Pankreatitis, Pharyngitis, Thromboplebitis, juvenile idiopatische Arthritis, Schädelbruch, Lupus, Alkoholabusus oder nicht alkoholische Leberzirrhose, Obesität, Epilepsie, Leukämie, Tourette- respektive Asperger-Syndrom – und so weiter und so fort …« Der Professor lachte höhnisch. »Und nicht zu vergessen: Syphilis, natürlich! – Welcher große Komponist ist nicht angeblich daran auf den Tod erkrankt: Beethoven, Schubert, Schumann, Brahms … Das käme bei dem Größten von allen fast einer Beleidigung gleich, wenn er nicht auch daran gestorben wäre!« Schneiderhahn schlug nochmals mit dem Stock auf den Boden. »Und wenn es nicht irgendeine absurde Krankheit gewesen sein kann, dann muss es unbedingt Mord gewesen sein, am besten eine heimtückische, unnachweisbare Vergiftung … Salieri, der Freimauerbund, der Kaiser selbst … Aufsehenerregende Kandidaten als Täter gäbe es zur Genüge …« »Nun, die Beschreibungen der Symptome seines Todes in den Quellen und Zeugnisberichten der Zeit sind so vage«, versuchte Dr. Horvath mit beschwichtigender Sachlichkeit einzugreifen, »dass hier leider aller Anlass zu Spekulationen besteht, Herr Professor. Und ohne Leiche …« »Im Gegenteil, lieber Kollege!«, widersprach ihm der Emeritus vehement, der den Leiter der rechtsmedizinischen Abteilung wohl mit einem seiner wissenschaftlichen Kontrahenten verwechselte. »Die historischen Quellen sind klar genug, wenn man sie nur richtig deuten würde. Die Historiker haben bisher aber immer nur in die falsche Richtung gesucht: Da er mit 35 Jahren offensichtlich nicht eines natürlichen Todes gestorben sein kann, ist man davon ausgegangen, dass entweder eine Krankheit oder ein Mord dafür verantwortlich gewesen sein muss. Und so wurden alle möglichen Erkrankungen und wildesten Mordverschwörungen als Todesursache erwogen. Es gibt aber noch eine dritte Möglichkeit, die niemand in all den Jahrhunderten voller Spekulationen in Betracht gezogen hat – kein Zeitzeuge, kein Mediziner, kein

Biograph, kein Musikwissenschaftler oder sonstiger selbsternannter Mozartexperte.« Schneiderhahn machte eine bedeutungsvolle Pause und blickte um sich, als ob er gerade vor einem großen Publikum in einem Saal der Universität oder bei einem wissenschaftlichen Kongress redete. Offenbar hatte er sich in große Erregung hineingesteigert und fantasierte bereits, sodass Stiller, obwohl er inzwischen seine Frage über die Bedeutung des Manuskripts bereute, ihn nicht zu unterbrechen wagte. Ein seliges Lächeln breitete sich auf Schneiderhahns Gesicht aus. »Dass Mozart sich selbst umgebracht hat«, sagte er schließlich nach einer Weile in einem Ton, als spreche er die letzte, absolute Wahrheit, und schlug wieder mit seinem Holzstock auf den Boden, um seine Aussage zu bekräftigen. »Selbstmord, so einfach ist es«, wiederholte er mit triumphierender Sicherheit und einem seltsam wahnhaften Gesichtsausdruck.

Stiller und Horvath sahen einander an. »So etwas Absurdes über Mozart habe ich noch nie gehört«, dachte der Chefinspektor und lächelte den Professor übertrieben höflich an, sichtlich bemüht, seinen Gedanken nicht zu verraten. »Was das Alter alles in den brillantesten Köpfen anrichten kann«, bedauerte der Arzt still. »Und aus welchen Gründen soll Mozart Ihrer Ansicht nach des Lebens überdrüssig geworden sein?«, fragte er dann den Professor laut, weniger an der Antwort interessiert als vielmehr daran, den Geisteszustand seines Gegenübers zu überprüfen. »Aus allen möglichen Gründen: Vielleicht war es Liebeskummer, vielleicht eine starke Depression wegen eines möglichen Betrugs seiner Frau mit dem jüngeren Süßmayr, wahrscheinlicher eine tiefe kreative Krise, die er nicht mehr zu überwinden vermochte, meiner Meinung nach nur der klare Wille, den Tod kennenzulernen, nachdem er durch seine Musik schon alles erlebt hatte«, hob der Professor an. »Aber ich möchte mich nicht auf irgendwelche Spekulationen einlassen, meine Herren«, sagte er unvermittelt mit übertriebenem Ernst, ohne zu merken, dass er gerade dies tat. »Was außer allem Zweifel steht«, setzte er dann unbeirrt fort, »ist die unwiderlegbare Tatsache, dass er seinem Leben ein Ende setzen wollte. ›Das Requiem schreibe ich für mich selbst‹ hat er in den letzten Monaten seines Lebens immer wieder seiner Constanze gegenüber geäußert, während er fieberhaft an seinem letzten großen Werk, dem furiosen Finale seines unvergleichlichen Komponistenlebens, arbeitete.«

Stiller hörte den Ausführungen des Professors mit halbem Ohr zu und überlegte, wie er den Alten am schnellsten loswerden konnte, um sich mit Horvath ungestört auf die Ermittlungen und die Ergebnisse der letzten Spurensicherung konzentrieren zu können. Doch der Professor war in seinem Vortrag nicht mehr zu bremsen. »Und den definitiven Beweis dafür haben Sie gerade in der Hand!«, rief er überschwänglich und wies mit seinem zitternden Knotenstock auf das Blatt in Stillers Händen. Der Chefinspektor näherte sich dem Professor mit einem nachsichtigen Lächeln und legte vorsichtig einen Arm um seine Schultern in der Absicht, ihn sanft durch den felsigen Korridor der Leichenhalle hinauszugeleiten. Doch Schneiderhahn schüttelte ihn gereizt ab, drehte sich um seinen Holzstock seitlich weg und riss ihm mit einer unerwartet flinken Bewegung das Blatt aus der Hand. Stiller sah ihn verblüfft an und griff instinktiv nach seiner Dienstwaffe in der Innentasche seines Parkas. Die Pupillen des Professors verengten sich plötzlich, und sein Mund verzerrte sich zu einem breiten, hässlichen Lächeln. »Sie glauben, ich bin nur ein alter, verrückter Musikwissenschaftler, nicht wahr? Ich lese es in Ihren Augen!«, schrie der Alte, ohne seinen erzürnten Blick von Stiller zu lösen. »Nur: Wenn ich verrückt bin, wie habe ich erraten können, dass Sie denken, ich sei verrückt?« Der Ermittler wusste nicht mehr, was er sagen sollte. Zu gerne hätte er den starrsinnigen Emeritus wegen Behinderung einer laufenden Ermittlung festgenommen.

Zum Glück griff Dr. Horvath ein, bevor die Situation eskalieren konnte. »Sehr geehrter Herr Professor, ich bin von der absoluten Richtigkeit Ihrer wissenschaftlichen These völlig überzeugt«, fing er in herzlichem, respektvollem Ton an, »aber der Herr Chefinspektor hat hier eine Mordserie zu klären, und da der Täter offensichtlich noch frei herumläuft, ist nicht auszuschließen, ja leider sehr wahrscheinlich, dass er noch einmal zuschlagen wird, nachdem er bereits drei Menschen innerhalb kürzester Zeit umgebracht hat. Jedes Ermittlungsdetail, auch das historisch unschätzbar wertvolle Manuskript, das die Polizei in Königs Tresor aufgefunden hat und das Sie jetzt in den Händen halten, könnte zur Aufklärung dieses abscheulichen Verbrechens beitragen und vor allem ein weiteres Opfer verhindern. Ich bin sicher, dass die Rettung von Menschenleben Ihnen genauso wie mir am Herzen liegt ...« »Und was ist mit der Aufklärung der Umstände von Mozarts Tod?«, erwiderte Schneiderhahn unbeirrt. Horvath tat so, als hätte er vollstes Verständnis für die Forderung des Musikhistorikers. »Sie selbst haben eben aufgezeigt – in absolut überzeugender Weise, wie ich finde –, dass es Selbstmord gewesen ist, verehrter Herr Professor ...« »... und ich glaube nicht, dass ein Todesfall, der mehr als zweihundert Jahre zurückliegt«, fügte Stiller unwirsch hinzu und streckte die Hand in Richtung des Blattes, »zur Aufklärung einer aktuellen Mordserie beitragen kann, zumal wenn es sich um einen Selbstmord handelt.« »So wichtig natürlich der Fall Mozart vom musikhistorischen Standpunkt her sein mag«, ergänzte Dr. Horvath beflissen. Schneiderhahn trat mit dem Blatt einen Schritt zurück. »Dann können Sie mir dieses Manuskript, das offensichtlich nichts mit Ihrem Fall zu tun hat, aber den entscheidenden Beweis für Mozarts Selbstmord liefert, ohne Weiteres überlassen«, erwiderte er störrisch. Doch Stiller zeigte sich unnachgiebig. »Aus rechtlichen Gründen muss das Blatt hierbleiben«, sagte er streng. »Ich bin verpflichtet, alle potenziellen Beweismaterialien bis zum Abschluss der Ermittlungen bei der Polizei zu verwahren, auch die, die auf den ersten Blick nichts mit dem Fall zu tun haben.« »Aber Sie können das Blatt freilich als Erster zur Konsultation bekommen, verehrter Herr Professor, sobald wir die Ermittlungen abgeschlossen haben«, fügte Horvath begütigend hinzu. »Und ich werde dieses Mal ausnahmsweise ein Auge zudrücken und den versuchten Diebstahl vergessen«, ergänzte Stiller. Der Professor blieb noch eine Weile still, dann gab er Dr. Horvath endlich das Manuskript leicht zerknirscht zurück, und der Mediziner brachte es gleich wieder zu den anderen Autographen Mozarts auf dem Obduktionstisch. »Ihren ›Täter‹ – Mozart selbst, wie es scheint – haben Sie bereits gefunden, Herr Professor«, sagte Stiller abschließend in versöhnlichem Ton, während er Schneiderhahn mit einem herzlichen, aber zugleich entschlossenen Griff unter den Arm nahm und durch den langen Korridor zum Ausgang der unterirdischen Leichenhalle begleitete, »aber meinen, wenn Sie gestatten, muss ich noch überführen.«

52

Zurück im Hauptraum der Leichenhalle fand Stiller den Leichenbeschauer mit dem Telefonhörer in der Hand vor. »Ich habe gerade jemanden angerufen, der uns vielleicht etwas mehr über das Blatt sagen kann«, teilte ihm der Doktor mit einem schuldbewussten Lächeln mit. Stiller starrte ihn erbost an. »Und wann wollen Sie mir endlich die Ergebnisse ihrer Untersuchungen verraten, Doktor?« Horvath legte sofort auf und ging mit Elan zu einem langen, weißen Tisch mit unterschiedlichen Mess- und Beobachtungsapparaten. »Unsere Handschriftenexpertin wird erst am Nachmittag kommen, sodass wir inzwischen viel Zeit haben, uns alles in Ruhe anzuschauen.« Er nahm eine Klemmmappe mit grafischen Darstellungen von Messwerten vom Tisch und wies mit der Hand auf vier kleine Häufchen Pulver unterschiedlicher Farbe, die auf kleinen Glasplatten vor vier großen Schalen voll Pralinen in Stanniolfolie von jeweils individueller Form und Farbe lagen.

»Fangen wir mit dem Beethovenwürfel an?«, führte er Stiller zum ersten mehlweißen Pulverhäufchen. »Sie dürfen raten …« Der Chefinspektor ließ zuerst seinen Hund an den Tisch heran. Zeus schnüffelte eine Weile um das weiße Pulver herum, schnaubte einmal laut und bellte zweimal kurz. »Kokain?«, fragte Stiller treffsicher, sich noch an die Kostprobe beim Mozartball erinnernd. »Beim Zeus, was für eine Spürnase!«, rief der Arzt mit gespielter Bewunderung, zog dann einen Beethovenwürfel aus der unteren Tasche seines Kittels, wickelte die Stanniolfolie sorgfältig ab und halbierte ihn routiniert. »Reinstes Kokain bester Qualität«, erklärte er nicht ohne eine gewisse Begeisterung, während er eine Hälfte der Praline zum Riechen unter Stillers Nase hielt, »dazu noch ganz raffiniert in eine würfelförmige, ebenfalls kokainhaltige Weißschokoladenkuvertüre eingehüllt. Man braucht nur den Würfel entzweizubrechen, und schon hat man eine gehörige Dosis für jedes der beiden Nasenlöcher, dazu noch – als Sahnehäubchen sozusagen – die Kokainkuvertüre für den Gaumen.«

Zeus hatte inzwischen bereits am zweiten, dunkelgrünen Häufchen geschnuppert und meldete sich dreimal kläffend. »Hasch?«, riet Stiller, nachdem er die leicht klebrige Substanz zwischen Daumen und Zeigefinger langsam zerrieben und daran gerochen hatte. Dr. Horvath nickte zustimmend. »Grüner Marokkaner, in den Pralinen mit Giuseppe Verdis eleganter Silhouette in einer Pastete aus ausgesuchten Bronte-Pistazien und konzentriertem Haschischöl zu einer nicht minder exquisiten wie berauschenden Füllung zusammengemischt. Kein Wunder, dass der verehrte Kollege Biba, dem man zweifelsohne einen ausgeprägten Geschmack attestieren muss, gestern Nacht in einen so tiefen Rauschzustand geraten ist.«

Beim Gedanken an seinen Assistenten fiel Stiller unwillkürlich auch die blaue Mozartkugel ein, die er selbst bei der Kostprobe im Peterskeller verzehrt hatte. »Und das blaue Pulver?«, fragte er beiläufig, ohne sich seine Neugier anmerken zu lassen, und zeigte auf das letzte Häufchen. »Der Reihe nach, verehrter Kollege: Vorher kommt das rosafarbene aus den Rossinikirschen, und ich glaube, Ihr Spürsinn – und wohl auch der Ihres Rüden – wird es dieses Mal schwer haben.« In der Tat konnten weder Stiller noch Zeus mit dem feinen rosa Pulver des dritten Häufchens etwas anfangen. »Ich gebe auf«, sagte der Chefinspektor schließlich, nachdem er einige Körnchen des leicht bitteren Pulvers auf der Zunge hatte zergehen lassen. »Niemals von Lovegra gehört?«, fragte Horvath in besserwisserischem Ton. »Sidenafilzitrat, chemisch gesprochen – das wirksamste Aphrodisiakum für Frauen, das die Pharmazeutik in letzter Zeit auf den Markt gebracht hat, besser bekannt als weibliches Viagra.« Stillers Gedanken schweiften kurz zu Cecilia Vincis lasziver Erwiderung seines Annährungsversuchs im Separee des Peterskellers – alles nur eine chemische Reaktion? »… womit wir bei Ihrem blauen Pulver angelangt wären«, setzte Horvath fort, »das Ihnen sicherlich auch von größerem Nutzen sein könnte als das rosafarbene. Es war in den Mozartkugeln des Peterskellers nicht nur als Füllung, sondern auch als Farbstoff ihrer Kuvertüre aus weißer Schokolade enthalten, wodurch die Pralinen die eigentümliche hellblaue Farbe und bittere Note bekommen haben.«

»Haben Sie auch die Mozartkugeln in Königs Geheimkammer untersuchen lassen?«, fragte Stiller, einer plötzlichen Eingebung folgend. Horvath machte ein beleidigtes Gesicht. »Natürlich, verehrter Kollege! Was glauben Sie? Ich habe persönlich als Erstes jede Kugel, die wir im Schälchen auf dem Tisch seines Gemachs gefunden haben, extra auf arsenhaltige Giftstoffe hin untersucht. Aber leider muss ich sagen: Fehlanzeige. Wir können getrost die Mozartkugeln als Mordwaffe ausschließen, denn an Viagra ist König definitiv nicht gestorben – ganz abgesehen davon, dass das Arsen wie bei den anderen Opfern nicht durch den Magen in seinen Körper gelangt ist, sondern – auf irgendeine andere Weise, die ich bisher noch nicht genau eruieren konnte – viel direkter und tödlicher in sein Blut ...« »Und die rauchende Zigarre im Aschenbecher?«, unterbrach ihn Stiller ungeduldig. »Die Spuren an der Zigarre – übrigens eine auf dem Markt unerschwingliche Havanna der edelsten Sorte – sind so widersprüchlich, dass ich selbst nicht mehr weiß, was ich denken soll. Einerseits konnte ich zwischen ihren feinen Tabakblättern tatsächlich geringe Spuren von Arsenik, Blei und Cymbalaria isolieren – also alle Bestandteile unserer *Aqua toffana* –, andererseits reichen diese lange nicht für eine tödliche Vergiftung.« »Wie erklären Sie sich das?«, fragte ihn Stiller gespannt. »Wie Sie wohl wissen, mag ich Spekulationen nicht, aber langsam fange ich an zu glauben, unsere drei Opfer wurden irgendwie durch die Luft vergiftet.« Stiller sah den Doktor verblüfft an. »Meinen Sie, König könnte die Giftmischung in der Luft über den Zug an der Zigarre eingeatmet haben, und einige wenige Spuren davon wären zufällig beim Rauchen in die Zigarre eingesogen worden?« »Das würde jedenfalls erklären, wie das tödliche Gift so schnell in seinen Kreislauf gelangen konnte, wenn es nicht durch Injektion geschehen ist – wie bei den anderen Opfern konnte ich an seinem Körper keine Einstichstelle finden.« »Dann wäre diese Zigarre ...« »... weniger die Mordwaffe als vielmehr der Beleg, dass die Vergiftung über die Atemluft aufgenommen wurde.« Wie üblich, wenn er eine wichtige Spur witterte, kratzte sich Stiller, ohne ein Wort zu sagen, eine Weile den silbergrauen, mittlerweile schon neun

Tage langen Bart. »Dann könnte aber auch die vergiftete Posaune von Samuel Libeskind«, überlegte er nach einer Weile leise, »... ebenso wenig die Mordwaffe gewesen sein, sondern höchstens der Nachweis, dass es eine andere Mordwaffe gegeben hat«, schloss Horvath den Gedankengang des Chefermittlers. Stiller scheuerte sich immer kräftiger am Kinn. »Wenn es weder die Posaune noch die Zigarre gewesen sind, was könnte es denn gewesen sein?« Horvath hob hilflos die Arme. »Gute Frage, verehrter Kollege, aber da kann ich nicht einmal mehr spekulieren. Da müssen Sie den Mörder selbst fragen – vorausgesetzt, Sie finden ihn ... Von mir aus kann ich nur sagen, dass es extrem schwierig ist, jemanden gezielt Giftdämpfe in einer so hohen Konzentration einatmen zu lassen, denn in der Luft verflüchtigen sie sich rasend schnell.«

Stiller und Horvath dachten jeder für sich lange versunken nach. Erst nach einigen Minuten wies der Chefinspektor auf eine geknickte Halbbrille, die neben der Zigarre lag. »Ach so, fast hätte ich es vergessen«, entschuldigte sich der Doktor. »Unter Königs Körper haben wir eine Lesebrille gefunden, aber ich weiß noch nicht, inwieweit sie für die Ermittlungen relevant sein kann: Bis auf Königs Fingerabdrücke waren auf ihr keine weiteren Spuren zu finden. Wenn unser Opfer sich tatsächlich nur eine Schallplatte anhören wollte, dann frage ich mich, wozu es die Lesebrille gebraucht hat.« Stiller besah sich die zerbrochene Brille näher und versank wieder für einige Zeit in Schweigen, bevor er eine letzte Frage stellte, die ihn von Anfang an beschäftigt hatte: »Und das Haar am Plattenspieler?« Horvath, der die Frage wohl erwartet hatte, wischte sich einige Tropfen Schweiß von der Stirn. »Wissen Sie, wie viele DNA-Spuren an einem Tatort vorhanden sind?«, rief er gereizt. »Vor allem, wenn man sogar drei Tatorte zu untersuchen hat!« »Man kann bei der Analyse der DNA-Spuren bestimmt Prioritäten setzten«, erwiderte Stiller mit unverhohlener Ungeduld. »Natürlich, verehrter Kollege:

Wir haben in den vorigen Tagen bereits einige DNA-Fingerprintings durchgeführt, die für die Ermittlung potenziell relevant sein könnten, und die Daten in den Computer eingespeist. Aber so ein komplexes Verfahren braucht mindestens 24 Stunden …«

»Heißt das, dass Sie vielleicht bereits heute Abend das DNA-Profil zur Verfügung haben werden?«, hakte Stiller nach. Horvath schnaufte entnervt: »Frühestens, verehrter Kollege. Unsere Kapazitäten sind nicht unerschöpflich, und irgendwann muss auch ich schlafen.« Der Chefinspektor schüttelte zufrieden die Hand des Kollegen. »Danke, Doktor. Ich glaube, für heute reicht's.« Er rief Zeus zu sich und verschwand in den engen Ausgangskorridor der Leichenhalle.

53

Stiller hatte gerade mit Zeus den Ausgang des Labors unter dem Kapuzinerberg erreicht, als die Tür sich wie von selbst auftat. An der Schwelle stand, in einen lilienweißen Umhang mit passendem Hut und Schal aus weißem Kaschmir gehüllt, die Antiquarin Edeltraut Goldschmid. »Gerade jetzt, wenn es spannend wird, möchte uns unser teurer Kriminalist verlassen?«, begrüßte ihn die alte Dame mit unwiderstehlichem Charme. Noch bevor er etwas erwidern konnte, trat sie entschlossen ein, schüttelte den Schnee von ihrem kleinen weißen Regenschirm, streichelte freundlich den Kopf des freudig wedelnden Labradors und hakte ihren Arm nonchalant in den des verblüfften Chefinspektors ein, um sich von ihm in den Hauptraum der Leichenhalle begleiten zu lassen.

Dr. Horvath hatte sie so früh wohl nicht erwartet, denn als er die Antiquarin Arm in Arm mit Stiller auf sich zukommen sah, wurde er plötzlich feuerrot und wandte das Gesicht ab, als wollte er ganz schnell etwas hinunterschlucken. »Herzlich willkommen, Madame«, sagte er dann sichtlich verlegen mit noch halb vollem Mund vor dem Labortisch, auf dem die vier Schalen mit bunten Pralinen vom Mozartball lagen. »Ich würde Ihnen so gerne etwas davon anbieten«, fügte er in rechtfertigendem Ton hinzu, als er den neugierigen Blick der Antiquarin bemerkte, »wenn es nur nicht allesamt Asservaten wären …« Edeltraut Goldschmid blinzelte verständnisvoll, während sie sich vom Chefinspektor aus dem Mantel helfen ließ. »Ich habe mich nicht in den harten Kalkstein des Kapuzinerbergs hineingewagt, um ein paar Mozartkugeln zu kosten, zumal der hochgeschätzte Doktor am Telefon etwas wirklich Mozartsches versprochen hatte.« »Natürlich, Madame«, pflichtete ihr Horvath beflissen bei, ging mit schnellen Schritten zum Seziertisch in der Mitte der Halle und brachte ihr aus den dort gestapelten Autographen Mozarts das handgeschriebene Blatt, das Professor Schneiderhahn hatte entwenden wollen. Die Antiquarin zog aus der Innentasche ihres eleganten hellgrauen Tailleurs eine randlose Lesebrille und setzte sie auf, dann hielt sie das beidseitig eng geschriebene Blatt unter das starke Licht der OP-Lampe und sah es lange aufmerksam an, während Horvath, Stiller und Zeus ehrfurchtsvoll hinter ihr warteten.

Erst nachdem sie das Blatt in aller Ruhe auf beiden Seiten durchgesehen hatte, drehte sie sich um und wandte sich an Dr. Horvath. »Haben Sie immer noch das autographe Blatt mit dem *Memento moreris* und Mozarts Signatur in Verwahrung?« Der Mediziner nickte knapp und verschwand in ein Nebenzimmer. Kurz danach kehrte er mit einem zwischen zwei Schutzfolien flatternden Blatt in der Hand zurück. »Voilà, Madame!«, rief er nicht ohne Stolz und reichte es der Antiquarin mit einer leichten Verbeugung. Anders als er erwartet hatte, nahm sie es aber nicht in die Hand, sondern hielt das andere Blatt daneben, sodass sich beide querformatigen Blätter entlang der Schmalseite aneinander anschlossen. »Was kann man aus den gleichlaufenden Ausfransungen an den Rändern der zwei Blätter schließen?«, fragte sie in die Runde. »Dass die Blätter Teil des gleichen Papierbogens sind!«, antwortete Horvath als Erster voll Eifer. Edeltraut Goldschmid schob die Lesebrille auf die Nasenspitze und belohnte ihn mit einem wohlwollenden Blick. Dann hob sie ihr Blatt und hielt es lange gegen das blendende Licht der OP-Lampe. »Das heißt«, erklärte sie weiter, »wenn unser geschätzter Doktor richtig liegt, wird am Kopf dieses Blattes das erste untere Viertel des Wasserzeichens mit dem Symbol des *Memento moreris* durchscheinen.« Tatsächlich ließ sich am oberen Rand des mit Notenlinien rastrierten Blattes die untere Hälfte eines großen M in Form eines Lesepults mit einem offenen Buch gegen das Licht erkennen – der Anfangsbuchstabe des *Memento.* »Heißt das, wir haben jetzt zumindest die Hälfte des neuen Autographs von Mozart vor uns?«, fragte Stiller, sich an die früheren Ausführungen der Antiquarin über das Wasserzeichen des *Memento moreris* erinnernd. Frau Goldschmid lächelte ihn an, als ob sie die Frage erwartet hätte. »Ich freue mich, dass unser hochgeschätzter Kriminalist sich der Konversation über die Papierherstellung zu Mozarts Zeiten entsinnt: Was wir hier haben, sind das erste und letzte Blatt dessen, was man als ›Lage‹ bezeichnet. Wie wir mittlerweile wohl wissen, bestand eine Lage in der Regel aus einem maximal 66 mal 50 cm großen Papierbogen, der zu zwei ineinander liegenden Doppelblättern zusammengefalzt und aufgeschnitten wurde. Es fehlt also auf jeden Fall das innere Doppelblatt mit dem zweiten und dritten Quadranten des Papierbogens – was übrigens dem Verlauf der Handschrift entspricht, die offensichtlich hier auf der Rückseite des ersten Blattes bei den Wörtern *keinen Tag mehr auf dieser Erde* unterbrochen ist.« Die Antiquarin zeigte unter dem Neonlicht die Stelle am Ende der Rückseite, an der die Schrift abbrach. »Aber …«, sagte sie nach einer bedeutenden Pause. »Aber?«, fragten Stiller und Horvath gleichzeitig. »Aber die Handschrift könnte natürlich weitere Lagen umfassen, die zu der ersten hinzukommen …« »… und vielleicht nicht mehr mit Worten, sondern mit Noten gefüllt sind …«, führte Horvath ihre Vermutung weiter, »… was den Wert unseres mysteriösen Manuskripts wohl ins Unermessliche steigern würde«, brachte Stiller den Gedanken zu Ende.

Eine nachdenkliche, spannungsgeladene Stille erfüllte die felsigen Wölbungen der Leichenhalle. »Vielleicht hilft uns gerade der Inhalt dieses ersten Blattes, das Rätsel zu klären«, sagte Stiller, der sich angesichts der feinen Kurrentschrift wie ein Analphabet vorkam, nach einer Weile. Edeltraut Goldschmid schob flott die Brille mit dem Zeigefinger wieder auf den Nasensattel, legte das Blatt mit der kleinen, dichten Handschrift vor sich unter das grelle Neonlicht und las mit etwas Mühe vor.

54

Wien, 31. Oktober 1791

Gnädigster Vorbote des Todes!

Vita brevis, ars longa, *sagte ein alter Aphoristiker.* – Die Kunst ist lang, und kurz ist unser Leben, *scheint Ihr mich mit Eurem unerwarteten Besuch und rätselhaften Vorschlag mahnen zu wollen. Doch was ist, wenn einer noch mitten im Leben bereits alles in seiner Kunst geschaffen hat, was einer schaffen wollte und konnte, ja gar sich nie erträumt hätte zu schaffen? Was, wenn einer plötzlich merkt, dass er doch den Gipfel seiner Kunst erreicht hat und es für ihn nichts mehr zu erringen gibt? Wenn er, ausnahmsweise, schon früh – zu früh – alles erlangt hat? Und mit seiner Kunst schon lange am Ende ist, bevor er ans Ende seines Lebens gelangt ist? Schlägt der Sinnspruch nicht doch in sein Gegenteil um? Wird einem das Leben nicht etwa zu lang, weil die Kunst ihm zu kurz geworden ist?*

Musik ist mein ganzes Leben. Noch bevor ich das Licht der Welt erblickte, hörte ich im Bauch meiner seligen Mutter Vater und Schwester gemeinsam musizieren; ich konnte noch kein Wort reden – und schon schlug ich die ersten Töne auf dem Fortepiano an; ehe ich meinen Namen schreiben lernte, habe ich meine ersten Kompositionen zu Papier gebracht. Seit frühester Kindheit durfte ich mein musikalisches Talent durch ganz Europa zur Schau tragen: Mit fünf habe ich in Wien meine erste Audienz bei der Kaiserin Maria Theresia erhalten, in Versailles hatte ich die große Ehre, vor dem König Luis XV. höchstpersönlich an der Orgel und am Klavier phantasieren zu dürfen, in London konnte ich vor König George III. und dessen Gemahlin Sophie Charlotte meine Fähigkeiten im Prima-Vista-Spiel zeigen, in Rom wurde ich von Papst Clemens XIV. in den Orden vom Goldenen Sporn aufgenommen. Es gibt kein musikalisches Genre, in dem ich mein kompositorisches Können nicht habe beweisen können – experimentierfreudig in der Kammermusik, virtuos im Konzert, monumental in der Symphonie, besinnlich in der Kirchenmusik, universal in der Oper.

Doch jetzt, noch im vollen Besitz meiner körperlichen und geistigen Kräfte, sehe ich in aller Deutlichkeit die Grenzen meines schöpferischen Potenzials erreicht. Die Leichtigkeit, mit der ich wie im Rausch immer neue und gewagtere Klangwelten erschaffen konnte, hat sich plötzlich in eine öde, mühselige, fruchtlose Qual gewandelt. Am Gipfel meines musikalischen Schaffens angelangt, stehe ich vor dem schwindelerregenden Abgrund kreativer Leere und kompositorischer Erschöpfung. Konnte meine Feder früher der Töneflut in meinem Kopf kaum nachkommen, fällt ihr heute jede Note so schwer wie Blei. Ich kann keinen Ton mehr schreiben, ohne zu denken, um wie viel schöner der gleiche Ton in meinen vorigen Kompositionen geklungen hat. Kurz: Meine musikalische Ader ist endgültig versiegt. Es ist aus: aus mit der Musik, aus mit der kompositorischen Kreativität – aus mit dem Leben.

Was nun? Lieber am Höhepunkt der Schöpferkraft aufhören als zuzusehen, wie der eigene Stern langsam sinkt – das steht außer Frage. Aber dann? Ohne Musik, das ist für mich genauso selbstverständlich, hat mein Leben keinen Sinn mehr. Ich kann nicht poetisch schreiben; ich bin kein Dichter. Ich kann Linien und Farben nicht so künstlich einteilen, dass sie Schatten und Lichter geben; ich bin kein Maler. Ich kann sogar durchs Deuten und durch Pantomime meine Gesinnungen und Gedanken nicht ausdrücken; ich bin kein Tänzer. Ich kann es nur durch Töne; ich bin ein Musikus. Und wenn ich als Musikus nichts mehr zu sagen habe, bin ich auch als Mensch am Ende. Dann will ich keinen Tag mehr auf dieser Erde …

»… *keinen Tag mehr auf dieser Erde* …?«, fragten Stiller und Horvath unisono. Frau Goldschmid hob die Augen vom Manuskript und sah sie perplex an. »… *komponieren, weilen, leben*?«, versuchte sie zu raten. »Jetzt verstehe ich, warum Professor Schneiderhahn so auf das Blatt erpicht war …«, kommentierte Horvath, zu Stiller gewandt. »Seine Selbstmordthese scheint in diesem Schreiben tatsächlich Bestätigung zu finden.« »Leider erreicht die Handschrift hier wie gesagt das Ende der Rückseite«, wiederholte die Antiquarin und hielt das Blatt wieder vor die ungläubigen Gesichter beider Männer. »Wenn die Herren wissen wollen, wie sie wirklich weitergeht, müssen sie die beiden fehlenden Innenblätter des Papierbogens aufspüren.« Dann schob sie die randlose Lesebrille wieder auf die Nasenspitze und warf ihnen einen vielsagenden Blick zu. »Und wer weiß, vielleicht werden Sie in ihnen die Lösung des Falls finden…« »Vorausgesetzt, der Brief ist wirklich von Mozart und nicht der Schwindel irgendeines literarisch ambitionierten Witzbolds«, sagte Stiller skeptisch. Frau Goldschmid hielt das Blatt wieder gegen das Neonlicht und betrachtete es noch einmal aufmerksam. »Der geschliffene Schreibstil des Textes ist in der Tat kaum vergleichbar mit dem umgangssprachlichen, direkten Ton, den wir ansonsten von den vielen erhaltenen Briefen Mozarts kennen … Ich brauche hier die berühmten, an Derbheit kaum zu überbietenden ›Bäsle-Briefe‹ nicht zu erwähnen«, sagte sie. »Doch es ist schon ein großer Unterschied, ob man einen Brief in aller Eile für den intimen Kreis der Familienangehörigen schreibt, oder etwas ganz Offizielles für die Außenwelt verfasst. Denken Sie nur an die sprachlich höchst anspruchsvolle Widmung an Josef Haydn, die Mozart im Erstdruck seiner Streichquartette Opus X auf Italienisch drucken ließ und die in ihrem Stil unserem mysteriösen Schreiben sehr nahe kommt …« »Unser mysteriöses Schreiben klingt nicht gerade nach dem Vorwort zu einem großen Musikwerk, Frau Goldschmid«, erwiderte Stiller wenig überzeugt, »sondern eher nach dem Abschiedsbrief eines stark suizidgefährdeten Künstlers.« »Eben nach einer Botschaft, die der Nachwelt hinterlassen, ja, dem Briefkopf nach zu urteilen, sogar direkt an den Tod adressiert sein will«, hielt die Antiquarin dagegen. Dr. Horvath räusperte sich vernehmlich. »Sie mögen mich entschuldigen«, griff er in die Diskussion ein, »aber gerade die Anrede macht einen solchen Brief höchst verdächtig: Ist nicht die Geschichte mit dem Boten des Todes eine der zahlreichen Legenden, die sich nach Mozarts Tod um den Auftrag seines Requiems gebildet haben? Nicht einmal literarisch ein besonders origineller Einfall …« »Vielleicht steckt hinter den Legenden doch ein Kern Wahrheit«, antwortete Frau Goldschmid unnachgiebig. »… den ein besonders einfallsloser Schriftsteller gerne literarisch verwerten würde«, sagte Stiller immer noch zweifelnd. »Ich kann mir zum Beispiel gut vorstellen, dass unser Krimiautor so einen Brief durchaus erfinden könnte, um seinen Roman spannender für die Leser zu machen.« »Dann würde er aber eher versuchen, den üblichen Umgangston der bekannten Briefe von Mozart nachzuahmen, um seine Leser glauben zu lassen, das Schreiben sei original«, wandte Frau Goldschmid ein. Dr. Horvath knöpfte sich seinen engen weißen Kittel zu und trat entschlossen unter das Neonlicht. »Sie wissen, verehrte Kollegen, ich mag nicht spekulieren«, schlug er fast spielerisch vor, »aber vielleicht – der verehrte Inspektor Biba würde diese durchaus kühne These sicherlich unterstützen – hat gerade unser Serienmörder den Brief geschrieben, um uns in die Irre zu führen …« Frau Goldschmid schaute amüsiert zu Stiller und Horvath und forderte sie auf, das Papier unter dem Neonlicht noch einmal genau anzusehen. »Es tut mir leid, aber ich muss die Herren enttäuschen«, sagte sie bestimmt, »die Papiersorte, das Schriftbild, die Tinte dieses Blattes sowie die Unterschrift im letzten Blatt des Papierbogens, vor allem aber das Wasserzeichen des *Memento moreris*, das sich hier gegen das Licht abhebt, lassen keinen Zweifel zu: Der Brief ist eindeutig von Wolfgang Amadé Mozart.« Stiller und Horvath standen mit offenem Mund da und betrachteten stumm das Blatt. »Meinetwegen können Sie beide behaupten, Mozart sei kein Musikus, sondern ein besonders findiger Romancier gewesen oder sogar unser gesuchter Serienmörder«, sagte die Antiquarin etwas spitz, »aber das ändert nichts an der Tatsache, dass er zweifellos dieses Schreiben verfasst hat. Und ich kann Ihnen absolut versichern«, fügte sie schließlich hinzu und setzte unter alle Spekulationen einen Schlusspunkt, »dass auch das historische Wasserzeichen des *Memento moreris* keine bizarre Erfindung eines raffinierten Schriftstellers ist, um seinen Lesern irgendeine frei erfundene Kriminalgeschichte glaubhaft erscheinen zu lassen – sosehr es in literarischer Hinsicht fast interessanter wäre als die Adressierung an den Vorboten des Todes …«

55

Eine tiefe Schwermut befiel Stiller, als er, während er am späten Abend mit seinem Hund von der Leichenhalle jenseits zur Polizeiinspektion diesseits der Salzach zurückkehrte, in der Mitte des Mozartstegs von einem dichten Schneewirbel umkreist wurde. Wie die tanzenden Flocken um ihn herum schwirrten ihm Mozarts eindringliche Worte immer noch durch den Kopf – Wortfetzen und Satzfragmente, die, aus ihrem Kontext gerissen, eine unheimliche Macht über ihn gewannen und seine innere Unruhe weiter steigerten. *Eine öde, mühselige, fruchtlose Qual* … die Ermittlungen … *hat mein Leben keinen Sinn mehr … keinen Tag mehr auf dieser Erde* … Kummervoll lehnte er sich über die graue Balustrade der Brücke und schaute lange durch das heftige Schneegestöber hindurch auf die dunklen Wassermassen der Salzach hinab, deren ferne, gleichmäßig rauschende Strömung eine seltsame Anziehungskraft ausübte. Warum zögerte er noch? Wie lange wollte er noch warten, bis er endlich die Kraft fand, das zu tun, was zu tun war? Selbst Mozart hatte es eingesehen: *Lieber am Höhepunkt der Schöpferkraft aufhören, als zuzusehen, wie der eigene Stern langsam sinkt.* Und sein eigener Stern war längst im Sinken, eigentlich schon seit jenem verfluchten Tag, an dem seine linke Hand den Griff gelockert hatte und der bange, flehentliche Blick seiner Schwester für immer im Strudel der Fluten verschluckt worden war … Warum nicht jetzt? Einem plötzlichen Impuls folgend, kletterte er über die schmiedeeiserne Brüstung des Mozartstegs und, mit beiden Füßen auf dem Außenrand der Brücke stehend und sich mit beiden Händen fest an das Geländer klammernd, schwankte er mit dem Gesicht nach vorne in die nächtliche Leere über der trüben Strömung der Salzach. Er schloss die Augen, atmete die eiskalte Luft tief ein und ließ die dicken, eisigen Schneeflocken für eine Weile gegen seine Wangen peitschen. Ob dieses Mal nicht nur die linke, sondern beide Hände den Griff aufgeben würden? Und er endlich jene ewige Ruhe fände, die so verlockend auf den ekstatischen Gesichtern von Löwenstein, Libeskind und zuletzt König eingetreten war? Aller Schmerz, das bittere Erinnerungsbild, sein klägliches Versagen wären auf einmal für immer verschwunden …

Noch nie empfundene, erlösende Wärme überwältigte ihn. Und er spürte, wie seine linke Hand den Griff an der Balustrade endlich langsam losließ. Doch anstatt in das eisige Wasser der Salzach zu fallen, drehte sich sein Körper mit einem plötzlichen Schwenk nach rechts um die Füße in der frostigen Luft über den Fluss. Verdammte Rechte! Warum wollte nicht auch sie lockerlassen? Woher kam dieser unerbittliche, gnadenlose Überlebensinstinkt, der schon damals, als seine Schwester in den Fluten nach Luft rang und seine Kräfte zusehends schwanden, die Linke gelockert hatte, damit es wenigstens die Rechte schaffte? Der völlig an seinem Willen vorbei sich durchgesetzt hatte – oder ihm vielleicht doch seinen eigenen, tiefsten, unaussprechlichen Willen zum Leben mit einer einfachen Geste in aller Grausamkeit vor Augen geführt hatte? Angst vor dem Tod konnte es nicht sein, im Gegenteil. *Der wahre, beste Freund des Menschen*, so hatte Mozart ihn einmal bezeichnet – er erinnerte sich noch genau an jedes Wort des Briefes, den Cecilia ihm dort an der gleichen Stelle des Mozartstegs vorgelesen hatte – *nicht allein nichts Schreckendes … sondern recht viel Beruhigendes und Tröstendes …*

Cecilia! – Der Griff seiner rechten Hand wurde noch fester, als die schwarzen, angsterfüllten Augen seiner Schwester in seiner Erinnerung schlagartig mit den noch dunkleren, unergründlichen der Sängerin verschmolzen, und Cecilias verzweifelte, genau dort an der gleichen Stelle des Stegs hingeflüsterte Bitte, doch noch davor den Mörder ihres Ziehvaters zu finden, stieg aus seinem Gedächtnis herauf. Bloß nicht noch einmal ein Versprechen brechen! – Eine letzte Aufgabe wartete noch auf ihn, nur noch dieser eine Fall, und dann … Aber war er dem wirklich gewachsen? Allem Anschein nach schaffte er es nicht, trotz aller Anstrengung, die Mordserie zu stoppen. War er dafür überhaupt der Richtige? Oder wäre es nicht für alle sinnvoller, die Ermittlungen einem anderen zu übertragen? Einem, der, anders als er, tatsächlich in der Lage wäre, Cecilias Wunsch zu erfüllen und den Mörder ihres Vaters und Mentors zu finden? Er brauchte ihm nur seinen Platz zu überlassen … Er brauchte nur auch die Rechte loszulassen …

Als er endlich glaubte, dass auch die Finger der rechten Hand sich allmählich lockerten, klingelte sein Handy. Er schrak zusammen und zog es, immer noch gefährlich in der schneebestürmten Leere über der Salzach schwankend, mühsam mit der linken Hand aus der Innentasche seines Parkas. Er wollte es direkt in den Fluss werfen, doch im letzten Moment hielt er im Gedanken an Cecilia inne. Vielleicht rief sie ihn an, um ihn umzustimmen … »Ich habe mein Versprechen gehalten, verehrter Kollege«, tönte stattdessen die Bassstimme von Doktor Horvath am anderen Ende der Leitung. »Welches Versprechen?«, fragte Stiller irritiert. »Das DNA-Fingerprinting, verehrter Kollege! Erst machen Sie Druck, damit es noch heute fertig wird, und jetzt tun Sie plötzlich so, als interessierte es Sie nicht mehr …« »Verzeihen Sie, Doktor, Ihr Anruf kommt nicht gerade zu einem günstigen Zeitpunkt«, rechtfertigte sich Stiller. »Möchten Sie zuerst die gute oder die schlechte Nachricht?«, fragte ihn Horvath mit einem Anflug von Selbstgefälligkeit. »Wie Sie wollen, Doktor, Hauptsache, es dauert nicht zu lange«, erwiderte der Chefinspektor, dessen rechte Hand langsam zu frieren begann. »Die schlechte Nachricht ist, dass wir die Person, der das Haar gehört, anhand unserer DNA-Datenbank nicht identifizieren konnten; die gute, dass wir immerhin mit Sicherheit wissen, dass es sich um eine Frau handelt.« Stiller dachte still nach. »Es gibt aber eine noch bessere Nachricht, verehrter Kollege«, setzte Horvath nach einer längeren Pause vielversprechend fort, als habe er das Wichtigste absichtlich für den Schluss aufgehoben. »Auch wenn die DNA der Frau nicht in unserer Datenbank registriert ist, haben wir eine überraschende Übereinstimmung gefunden …« »Ja bitte, Doktor …«, drängte ihn Stiller, vor Kälte zitternd. »Die DNA des Haares stimmt mit einer DNA-Spur überein, die wir am Schlüsselbund des Autographenkellers gefunden haben. Ich will nicht spekulieren, aber es liegt für mich nahe, wer diese Frau sein könnte …« Stiller ging plötzlich ein Licht auf. Er verabschiedete sich eilig vom Gerichtsmediziner, ließ sein Handy in die innere Manteltasche schlüpfen und sprang mit einem Schwung über die Balustrade zurück auf den Mozartsteg, wo sein Hund winselnd im tiefen Schnee auf ihn wartete.

Kaum war er auf der schneebedeckten Brücke angelangt, klingelte sein Handy wieder. »Entschuldigen Sie, wenn ich Sie zu so später Stunde zu Hause störe, Chef«, meldete sich Biba am Telefon seltsam begeistert. »Ich glaube, ich habe etwas gefunden, was Sie sich unbedingt anschauen sollten. Wenn es für Sie möglich wäre, gleich zur Polizeiinspektion zu kommen …« »Kein Problem, Biba«, erwiderte Stiller beschwingt. »Ich bin auf dem Weg, vielleicht können Sie mir inzwischen etwas mehr dazu am Telefon verraten …«

»Mit Ihrer Vermutung lagen Sie richtig, Chef. Vor einigen Jahren ist bei uns eine Anzeige wegen Vergewaltigung eingegangen, die kurz danach ohne ersichtlichen Grund zurückgezogen wurde. Und jetzt raten Sie mal, wer alles in der Anzeige beschuldigt wurde …«

»Machen Sie es nicht so spannend, Biba …«

»Isaac Löwenstein, Theodor König und, wegen unterlassener Hilfeleistung, Samuel Libeskind.«

»Dann brauchen wir nur den Namen der Frau, die die Anzeige erstattet hat …«

»Laut Akte eine Escortdame namens Rebel Love, im Melderegister …«

»… Magdalena Rosenthal.«

»Woher wissen Sie es, Chef?«

»Es ist nicht wichtig, Biba. Geben Sie sofort die Fahndung raus, ich bin gleich da.«

56

Ein rascher Blick in die Akte, die Gruppeninspektor Biba in einer Mappe auf dem Tisch von Stillers Büro zurückgelassen hatte, bevor er mit einer Polizeistreife zur Fahndung aufgebrochen war, genügte dem erfahrenen Chefinspektor, um die Brisanz der Strafanzeige zu erkennen. Die Vergewaltigung, an der laut Anzeige alle drei späteren Mordopfer beteiligt gewesen sein sollten, stellte ein klares Tatmotiv dar. Auffallend war dabei auch der Umstand, dass sie angeblich bei einem Mozartball im Peterskeller verübt worden war, also am Tatort des letzten Mordes. Der Serientäter – jetzt konnte er vielleicht bald definitiv sagen: die Serientäterin – hatte möglicherweise ihrer Rache durch die gezielte Wahl des Tatortes am Schluss der Mordserie eine besondere Symbolkraft verleihen wollen, ein durchaus typisches

Merkmal geplanter Taten. Weitere Details erhärteten den Verdacht gegen Magdalena Rosenthal. So stand ihr Name auf der Liste der Besucher des letzten Mozartballs, die Biba ebenfalls auf Stillers Tisch neben die Mappe gelegt hatte. Sie war also, wie bei den ersten beiden Morden, zur Tatzeit am Tatort anwesend. Sein fleißiger Assistent hatte auch herausgefunden, dass die damalige Escortdame als Sekretärin des Mozartianums angestellt wurde, nachdem sie selbst die Anzeige zurückgezogen hatte. Hatten ihre Peiniger so ihr Schweigen erkauft? Dann hätten sie sich gewaltig getäuscht. Denn dadurch hatten sie ihr wohl nur die Gelegenheit gegeben, ihren persönlichen Rachefeldzug unter dem verhängnisvollen Motto des *Memento moreris* von langer Hand zu planen und von innen auszuführen.

Alle Elemente schienen sich wieder einmal wie die Glassteinchen eines Kaleidoskops wunderbar zu einem ganz neuen und stimmigen Gesamtbild zusammenzufügen. Doch seine Erfahrung hatte den Chefinspektor gelehrt, dem nicht zu trauen. Zu viele Details waren noch ungeklärt, beginnend mit der Mordwaffe. Wenn das Gift tatsächlich durch die Luft verbreitet wurde, was an sich, wie Dr. Horvath bereits betont hatte, kaum vorstellbar war, wie konnte es der Täterin gelungen sein, die drei Opfer zu vergiften, ohne sich selbst zu vergiften? Das konnte er wahrscheinlich erst bei einer Vernehmung herausbekommen, aber vorher mussten die Kollegen der Fahndung sie finden. Er konnte nur warten und in der Zwischenzeit weitere Indizien sammeln …

Unter dem neugierigen Blick von Wolfgang Amadé Mozart aus dem verstaubten Bild an der gegenüberliegenden Wand blätterte Stiller zerstreut in der Aktenmappe weiter, bis er, nach der schlaflosen Nacht und dem anstrengenden Ermittlungstag, langsam auf seinem Sessel zusammensackte. Er musste tief und fest am Schreibtisch eingeschlafen sein und zu träumen angefangen haben, denn plötzlich erschien ihm an der Wand gegenüber eine Silberstatue von Mozart mit Geige, als wäre der Salzburger Genius förmlich aus dem Bildrahmen herausgetreten, um sich ihm, von silberheller Aura umwölkt, höchstpersönlich im Schlaf zu zeigen. Mit ungläubigem Staunen betrachtete Stiller im Traum das silbrig schimmernde, unwirklich in der Luft schwebende Standbild, das ihn unheimlich funkelnd starr fixierte und in seiner Realitätsnähe in befremdender Weise fast lebendig wirkte. Eine lebende Statue von Mozart oder Mozart selbst als lebende Statue? In der Hoffnung, es sei nur eine flüchtige Träumerei, die gleich in den Untiefen des Schlafs verschwinden würde, richtete er seine Augen wieder auf die Akten auf seinem Schreibtisch und tat so, als gäbe es gar keine Erscheinung. Doch gerade als er den Blick senkte, glaubte er aus dem Augenwinkel gesehen zu haben, wie die Statue blitzartig ihre Haltung veränderte. Er starrte sie wieder an und wartete eine Weile, ob sie sich wieder bewegte – nichts, nicht einmal ein Augenblinzeln. Erst als er den Blick wieder von ihr wandte, hatte er den Eindruck, als huschte ein unmerkliches Lächeln über ihr Gesicht. Aber egal, wie schnell und unvermittelt er sich jedes Mal wieder zu ihr hinwandte: Sobald er sie im Blick hatte, verfiel sie in absolute Starre.

Nach weiteren gescheiterten Versuchen, das Standbild bei einer Bewegung zu ertappen, entschloss er sich, es gelassen zu nehmen: Er legte die Beine gemütlich auf den Tisch, verschränkte die Arme hinter dem Nacken und beobachtete sein glänzendes Gegenüber amüsiert. »Wenn du dich bewegen kannst«, forderte er es schließlich heraus, »kannst du auch reden, mein lieber Mozart.« Der Angesprochene blieb weiterhin starr. »Komm schon, ich weiß, dass du nur ein Traum bist«, provozierte ihn der Chefinspektor weiter. »Ich brauche mich nur zu kneifen und aus dem Schlaf zu erwachen, und du bist weg«, drohte er ihm leicht ungeduldig. Die lebende Statue konnte sich ein schelmisches Grinsen nicht verkneifen. »Nur zu, Chefinspektor«, flüsterte sie fast dämonisch. Stiller kniff sich mit voller Kraft, bis der Arm richtig wehtat. »Ha, ha!«, lachte er wie im Wahn, als er das Standbild trotzdem in der gleichen Pose wie vorher vor sich sah. »Du bist ein Genie, Mozart! Du wusstest, ich würde davon träumen, mich in den Arm zu kneifen und dabei Schmerz zu empfinden!« Die lebende Statue verdrehte genervt die Augen. »Du glaubst also immer noch, ich sei nur ein Traum, Chefinspektor …« »Ein Traum, eine Halluzination, eine Projektion meiner Fantasie, ein besonders hirnrissiges Hirngespinst, was du willst, Wolfgang Amadé – aber auf keinen Fall real.« »Wie kannst du so sicher sein?« »Allein die Tatsache, dass wir über diese absurde Situation diskutieren, ist für mich Beweis genug, dass ich fantasiere – ganz abgesehen davon, dass ich mich gut daran erinnere, die Tür meines Büros zugesperrt zu haben, um die Akten in aller Ruhe durchgehen zu können …«

Mit der Geige unter dem Arm schlenderte die beweglich gewordene Statue zum Sofa, nahm neben Zeus Platz und begann, den tief schlummernden Labrador zwischen den Ohren zu kraulen. »Sei mal ehrlich, Chefinspektor: Wäre es nicht besser, ich wäre real und keine Einbildung von dir?« »Warum das denn?« »Was würde man von einem Ermittler denken, der eine Wahnvorstellung von Mozart als lebender Statue hat? Man würde ihm sofort den Fall entziehen und ihn in ein Irrenhaus stecken …« »Aber ich wäre noch verrückter, wenn ich glauben würde, dass du wirklich existierst!«, erwiderte Stiller schlagfertig. »Reicht es dir nicht«, fuhr er in einem versöhnlicheren Ton fort, »wenn ich glaube, du seiest ein verborgener Teil meiner selbst, der sich quasi verselbstständigt hat und in meiner Fantasie frei herumirrt? Eine gewisse Realität, wenn auch nicht physisch, würde ich dir damit schon zuerkennen.« Mit gespieltem Bedauern schüttelte die Statue den Kopf. »Also doch eine schwere Form von Wahn …« Stiller strich sich lange bedächtig den strubbeligen Bartwuchs. »Sofern du mir hilfst, Klarheit in den Fall zu bringen, kann ich damit leben«, sagte er schließlich. »Zweifelst du etwa an seiner Lösung, Chefinspektor?«, fragte die Statue mit einem schadenfrohen Lächeln. Stiller massierte weiter sein Kinn. »Ich weiß es nicht, ein Teil von mir …« »Schon gut, ich mag es, den Advocatus Diaboli zu spielen«, unterbrach ihn Mozart belustigt. Er legte Geige und Bogen auf das Kissen neben sich, ließ sich gemächlich auf das Sofa sinken, schlug die Beine übereinander, zog eine Zigarre aus der Innentasche seines silberfarbenen Rocks und ließ sie mit spielerischer Leichtigkeit in der rechten Hand rotieren. »Da wäre zum Beispiel die Mordwaffe …«, sagte er wie beiläufig. »Wie könnte es Magdalena Rosenthal – unserer Täterin, wenn ich deine Gedanken richtig lese – gelungen sein, ihren Opfern das Gift über die Luft zu verabreichen?« Als ob ihn die Antwort auf seine gerade gestellte Frage nicht wirklich interessiere, hielt er die Zigarre unter die Nase, kostete lange mit geschlossenen Augen und tiefen Atemzügen ihren Duft, führte dann die Fingerspitzen der linken Hand vor dem Mund zusammen und warf einen schmatzenden Kuss in die Luft. »Exquisit, diese Havanna!«, rief er dann mit einem vieldeutigen Lächeln zu Stiller, der mit dem Kopf zwischen den Händen vor sich hin grübelte. Einem plötzlichen Einfall folgend, schlug der Chefinspektor mit der Faust auf den Schreibtisch. »Durch einen Todeskuss!« Mozart machte eine skeptische Miene, führte seine Zigarre zum Mund, biss ihre Spitze ab und spuckte sie ungeniert zur Seite. »Und die Giftspuren in Königs Zigarre? Sie wird doch nicht auch die glimmende Zigarre geküsst haben«, schlug er diese Hypothese in den Wind. Der Chefinspektor seufzte. »Was weiß ich, vielleicht hat sie selbst vorher die Spitze der Zigarre abgebissen und König die Havanna angeboten«, sagte er wenig überzeugt. »Dann wären die Giftspuren nur an der Mundspitze der Zigarre konzentriert und nicht in der ganzen Zigarre bis zur angezündeten Spitze verteilt gewesen«, erwiderte Mozart prompt. »Aber das weißt du schon …« Die Statue schnippte lässig aus den Fingern eine Flamme heraus, zündete die Zigarre an, zog mehrmals kräftig an ihr und blies bildschöne Rauchkringel in die Luft. Stiller beobachtete gebannt die Ringe aus Zigarrenqualm. »Ein Todeshauch?«, versuchte er seine ursprüngliche Vermutung zu unterstreichen. Mit einer heftigen Handbewegung verscheuchte Mozart die Rauchkringel. »Ohne sich selbst zu vergiften? Unmöglich! Und ganz abgesehen davon: Wie hätte sie dann das Gift Löwenstein und Libeskind bei der Aufführung des Requiems einhauchen können, ohne sich ungesehen dem Podium zu nähern?« Stiller gab auf. »Ehrlich gesagt, ich glaube, dieser irre Gedankenaustausch bringt mir mehr Zweifel als neue Erkenntnisse«, sagte er enttäuscht zu sich selbst und rieb sich gähnend die Augen. »Vielleicht sollte ich lieber träumen, dass ich wieder einschlafe: Dann kann ich mich wenigstens im Reich der Träume ein bisschen ausruhen, um morgen die Vernehmung von Magdalena Rosenthal mit halbwegs frischen Kräften zu führen, falls die Fahndung nach ihr erfolgreich ist …«

Zu seiner Verblüffung schien Mozart nichts dagegen zu haben. Mit der rauchenden Zigarre im Mund stand er auf, nahm Geige und Bogen wieder in die Hand und bot dem Chefinspektor mit gespielter Höflichkeit seinen Platz auf dem Sofa an. »Wenn du möchtest, kann ich dich gerne mit einem Wiegenlied in den Schlaf geigen«, schlug er mit einem schalkhaften Lächeln vor. Ohne die Antwort des Chefinspektors abzuwarten, begann er leise eine langsame, wehmütige Melodie in Moll auf der A-Seite seiner Violine zu intonieren. »Vielleicht kennst du es.« Stiller erkannte die Musik sofort wieder. Seit Königs Tod hatte er sie ständig im Ohr, wie einen Trauermarsch, der ihn überallhin begleitete. Unwillkürlich erinnerte er sich an die rätselhaften Worte von Pater Ägidius am Petersfriedhof: »Die Musik ist es, Chefinspektor, die Musik!« Könnte vielleicht gerade sie der Schlüssel zur Lösung der Mordserie sein? Wenn er nur wüsste, wo er sie schon gehört hatte … »Von mir ist sie leider nicht – also kein Requiem, falls du gerade daran dachtest«, sagte Mozart, als könne er wieder seine Gedanken lesen, und spielte, die rauchende Zigarre immer noch im Mundwinkel, das traurige Thema des unbekannten Liedes mit noch mehr Inbrunst weiter auf seiner Geige. »Sie wurde lange nach meinem Tod komponiert«, versuchte er nach einigen Bogenstrichen, Stiller auf die Sprünge zu helfen. »Erinnerst du dich nicht mehr? Nicht Schubart, sondern Schubert …« Stiller schlug sich mit der Hand auf die Stirn. »Das ist doch das Streichquartett, das König im Peterskeller gehört hat, als ich ihm zum ersten Mal begegnet bin! Wie hieß es nochmal …« »*Der Tod …*«, flüsterte ihm Mozart zu, ohne sein Spiel zu unterbrechen. »*… und das Mädchen!*«, erinnerte sich Stiller endlich. Mozart ließ die Melodie sanft ausklingen und hielt den Bogen in der Luft, bis vollkommene Stille im Zimmer eingetreten war. »Wer das Mädchen ist, weißt du schon«, sagte er dem Chefinspektor, nachdem er seine Geige routiniert wieder unter den Arm geklemmt hatte. »Nur weiß ich noch zu wenig über die Todesart der Opfer«, erwiderte Stiller bedauernd. Mozart lächelte listig, als wisse er viel mehr, als er bereit war zu verraten. »Finde das Mädchen, und du wirst mehr über den Tod erfahren!«, rief er sibyllinisch. Noch bevor Stiller ihn um die Erklärung dieser rätselhaften Worte bitten konnte, wandte er sich zum Fenster, riss es auf und machte sich mit einem Sprung über die schmiedeeiserne Brüstung in die schneeverwehte Nacht davon.

57

Am späten Morgen weckte Biba den Chefinspektor und seinen Hund durch lautes Klopfen aus dem Tiefschlaf. »Sie haben Besuch, Chef«, meldete der Gruppeninspektor, nachdem Stiller noch schlaftrunken die Tür seines Büros aufgesperrt hatte. »Der Pförtner vom Peterskeller wartet auf Sie im Vernehmungsraum und möchte eine Aussage machen.« An den großen Augenringen und der Erschöpfung seines Assistenten konnte Stiller ablesen, wie die Fahndung nach Magdalena Rosenthal gelaufen war. »Nichts, Chef, absolut nichts«, sagte Biba niedergeschlagen und zuckte ratlos mit den Schultern. »Wir haben überall gesucht: Wohnung, Arbeitsplatz, Verwandte, Bahnhof, Flughafen … aber sie ist nirgendwo zu finden …« Stiller klopfte ihm aufmunternd auf die Schultern. »Ruhen Sie sich etwas aus, Biba, ich vernehme ihn schon«, sagte er mitfühlend, nahm vom Schreibtisch die Aktenmappe mit der Vergewaltigungsanzeige und ging, dicht gefolgt von seinem Labrador, die Treppe hinunter zum Verhörraum.

»Bleiben Sie ruhig sitzen, Herr Malko«, sagte Stiller höflich, als er entschlossenen Schrittes den engen, schlecht beleuchteten Vernehmungsraum mit der Mappe in der Hand betrat. Erst nachdem sich Zeus als Wache vor die Tür platziert und er sich auf den Stuhl gegenüber dem Portier gesetzt hatte, bemerkte der Chefinspektor, dass dieser vor dem breiten Tisch des ansonsten völlig leeren Zimmers noch kleinwüchsiger als sonst erschien. »Ich bin hier, um zu gestehen, Herr Chefinspektor«, kündigte Malko mit zitternder Stimme an, den Blick nach unten gesenkt und die Arme krampfhaft vor sich verschränkt. Keine Spur mehr von seiner einstigen Aufsässigkeit. Stiller verbarg gekonnt seine Verblüffung, legte die Aktenmappe geschlossen auf den Tisch und schaltete einen kleinen Rekorder mit Mikrofon ein.

»Mit welchem der drei Morde möchten Sie anfangen?«, fragte er in ruhigem, sachlichem Ton. »Um Gottes willen, Herr Chefinspektor, was denken Sie!«, wehrte der Pförtner erschrocken ab. »Es geht hier nur um einen Diebstahl, genauer gesagt um zwei Diebstähle …« »Dann fangen Sie gleich mit dem ersten der beiden an, ich bin ganz Ohr«, sagte Stiller, geschickt seine Enttäuschung verbergend. Er lehnte sich nach vorne und täuschte lebhaftes Interesse vor.

Mit einer Fülle an Details, die ein auffallendes Insiderwissen verriet, schilderte Malko zunächst den Raub aus dem Autographenkeller: Wie er sich über Jahre hinweg nachts mit Königs Schlüsseln in den Keller geschlichen hatte und nach und nach die Manuskripte, die nicht gerade in den Vitrinen ausgestellt waren, aus dem Panzerschrank entwendet und dem Präsidenten des Mozartianums selbst übergeben hatte, der sie zum Zwecke der Fälschung nach Italien weitergeleitet hatte. Sobald das Falsifikat einer Handschrift fertiggestellt war, hatte er dieses anstelle des Originals in den Autographenkeller gebracht. So war es König gelungen, unbemerkt in den Besitz der Originalmanuskripte zu kommen. Zu dessen Kontakten mit den italienischen Fälschern und den chinesischen Käufern konnte Malko allerdings keine Angaben machen, da beide Geschäfte vom Logenmeister höchstpersönlich abgewickelt worden waren. »Und der zweite Diebstahl?«, fragte Stiller nach einer kurzen Pause. Ein Anflug von Stolz blitzte in Malkos Augen auf. »Unter den sichergestellten Manuskripten aus Königs Safe werden Sie vielleicht bereits ein Blatt entdeckt haben, das nicht in den Autographenkeller gehört, Chefinspektor. Wenn ich es richtig verstanden habe, soll es sich dabei um eine bisher unbekannte Handschrift Mozarts handeln: Auch sie habe ich beschafft …« »Woher?«, fragte Stiller, diesmal wirklich neugierig. »In Isaac Löwensteins Domizil in Wien, einer alten Villa, die früher dem Baron Gottfried van Swieten, Mozarts Freund und

Gönner, gehört hat. Sie wissen, wie diese Mozart-Fanatiker sind: Löwenstein hatte das heruntergekommene Bauwerk von den Erben teuer gekauft und vor einiger Zeit noch teurer restaurieren lassen. Es hieß, bei den Renoviererungsarbeiten habe er einen sensationellen Fund gemacht – ein bisher unbekanntes Autograph Mozarts. König hatte davon Wind bekommen und mich dorthin geschickt, um der Sache auf den Grund zu gehen …« »Und wie haben Sie sich Zutritt zur Villa verschafft?« »In die Van-Swieten-Villa? Es war noch leichter als beim Autographenkeller: Ich bin wie eine Katze durch das kleine Kellerfenster geschlüpft, als Löwenstein zu einer Tournee mit den Salzburger Philharmonikern aufgebrochen war. Meine Statur hat auch ihre Vorteile, Chefinspektor«, sagte Malko selbstgefällig. Die Vorstellung von dem kleinwüchsigen Pförtner, der katzenartig in Löwensteins Haus eindrang, ließ den Chefinspektor unwillkürlich lächeln – wieder so ein Bild, das eher in die Literatur als zu einer reellen Ermittlung passen würde, aber anscheinend, dachte Stiller resigniert, hatte die Fiktion mittlerweile die Oberhand über den tatsächlichen Kriminalfall gewonnen. Malko hingegen wurde plötzlich ärgerlich. »Leider hat Löwensteins alte Haushälterin tatsächlich geglaubt, ich sei Löwensteins Katze, und kam mir mit einem Napf frischer Milch gerade entgegen, als ich dabei war, das voluminöse Manuskript herauszuschleppen«, setzte er seine Erzählung mit finsterer Miene fort. »Beim folgenden Gerangel ist mir nur eines der letzten Blätter geblieben. Immerhin konnte ich Herrn König einen Beweis für die Existenz der neuen Handschrift liefern.« Stiller fuhr wie gewohnt mit einer Hand lange über seinen inzwischen silberweiß melierten Bart. »Ich wüsste zu gern, wo der Rest des Manuskripts geblieben ist«, sagte er schließlich, in Gedanken versunken. »Mein Chef hat einmal erwähnt, dass Löwenstein beabsichtigte, Echtheit und Quellenwert der Handschrift von der wissenschaftlichen Abteilung des Mozartianums prüfen zu lassen: Gut möglich, dass er das Autograph zu diesem Zweck mit nach Salzburg gebracht hat«, vermutete Malko. »Leider haben wir in der Salzburger Wohnung des Dirigenten nichts gefunden«, sagte Stiller mit Bedauern. »Und Löwenstein können wir nicht mehr fragen«, ergänzte Malko und setzte sein altes schadenfrohes Grinsen wieder auf.

Stiller wurde nachdenklich. Die Vermutung der Antiquarin, dass es ein neues, bislang unbekanntes Autograph Mozarts gebe, fand durch dieses Geständnis zum ersten Mal eine eindeutige Bestätigung. Ob das Manuskript etwas mit der Mordserie zu tun hatte? Für einen so sensationellen Fund würden, davon war er mittlerweile fest überzeugt, nicht nur einige Mozart-Fanatiker einen Mord begehen. Allem Anschein nach war das unschätzbare Autograph zudem unlängst in Salzburg aufgetaucht. Das *Memento moreris* in Löwensteins Zeichnung auf dem Taschentuch in seinem Frack und vor allem das Blatt mit Mozarts Unterschrift in Libeskinds Wohnung legten dies nahe. Nur eine direkte Verbindung zur mutmaßlichen Vergewaltigung von Magdalena Rosenthal fehlte noch …

»Jetzt können Sie mich festnehmen, Chefinspektor«, unterbrach der Pförtner Stillers Überlegungen und streckte etwas übereifrig beide Handgelenke vor, als wolle er den Chefinspektor auffordern, ihm Handschellen anzulegen. Stiller starrte ihn erstaunt an. Noch nie war es ihm passiert, dass jemand so scharf darauf war, verhaftet zu werden. »Sie haben gerade ein umfassendes Geständnis abgelegt, und Fluchtgefahr ist in Ihrer Situation auch nicht gegeben, ich sehe also keinen Grund, Sie in Haft zu nehmen.« Entsetzen breitete sich auf Malkos Miene aus. Stiller schaute ihn mit durchbohrendem Blick an. »Haben Sie Angst?«, fragte er ihn unvermittelt. Der Pförtner wurde ganz bleich. »Wovor denn …«, stammelte er. Stiller ließ ihn einen Moment zappeln, dann sagte er bedeutungsvoll: »Davor, der Nächste zu sein.« Er hatte sogleich die Gewissheit, ins

Schwarze getroffen zu haben. Malko begann stark zu schwitzen. Stiller lehnte sich auf seinem Stuhl zurück, verschränkte die Arme und wartete geduldig auf eine Reaktion des Portiers. »Sie wollen mich doch nicht dem Henker ausliefern, Herr Chefinspektor«, bat dieser weinerlich nach einer längeren Pause. »Natürlich nicht«, beruhigte ihn Stiller kühl. »Aber solange Sie nur von bereits gesichertem Diebesgut reden und mir nicht verraten wollen, wer hier der Henker ist und warum Sie an der Reihe sein sollen …« »Ich weiß nicht, was Sie meinen«, wich Malko aus. Stiller ließ nicht locker. »Und doch erinnere ich mich noch ganz gut, dass Sie einmal von einem ›Königsmord‹ gesprochen haben …« Der Pförtner hüllte sich in trotziges Schweigen. »Ich mache Ihnen ein Angebot«, kam ihm Stiller clever entgegen. »Ich halte Sie hier bei uns in Gewahrsam, bis wir den Mörder überführt haben, und Sie erzählen mir in aller Ruhe, was in jener Nacht wirklich passiert ist.« »Welche Nacht?«, versuchte Malko ein letztes Mal, den Ahnungslosen zu spielen. Stiller schlug die Aktenmappe auf dem Tisch auf, sodass Malko das Foto von Magdalena Rosenthal auf der ersten Seite der Vergewaltigungsanzeige sehen konnte. »Sie wissen genau, was ich meine, Herr Malko: Jene Nacht vor einigen Jahren beim Mozartball im Peterskeller, als alles begann.«

58

»Eigentlich war es nicht mehr Nacht«, fing Malko seine Erzählung mit bebender Stimme an, »sondern der Morgen dämmerte bereits durch die Fenster des Peterskellers. Fast alle Gäste des Mozartballs hatten den Keller verlassen. Nur noch zwei Masken, ein Don Giovanni und ein Leporello, schliefen auf einem der großen Ruhebetten im Separee hinter dem Frauenraubsaal, als Herr König, verkleidet wie immer als Kaiser Joseph II. ohne Maske, von der Spiegelgalerie herunterkam. An seinem Arm führte er seine letzte Begleitung, eine bezaubernde Donn'Anna in knapper roter Robe. Vom Korridor des Erdgeschosses aus konnte ich wahrnehmen, wie er mit ihr durch alle Zimmer ging, auf der Suche nach Gästen, die man noch unterhalten konnte. ›Sieh mal, wen haben wir denn da! Doch noch zwei Masken!‹, hörte ich ihn belustigt rufen, als sie das letzte Separee betraten und dort die zwei schlafenden Gäste fanden. ›Ich fürchte, die beiden haben den Mozartball komplett verschlafen.‹ Da kein Wachdienst am Kellertor mehr vonnöten war, schlich ich näher und wartete unbemerkt hinter dem schweren Samtvorhang am Eingang des Separees für den Fall, dass meine Hilfe gebraucht würde. ›Eure kaiserlich-königliche Hoheit‹, sagte Donn'Anna gespielt lasziv, ›niemand sollte Euren Ball verlassen, ohne die Chance bekommen zu haben, seine tiefsten und dringendsten Sehnsüchte zu befriedigen …‹ ›Richtig, meine Gnädigste: Wir wollen doch nicht, dass unser *Memento moreris* nur ein leeres Versprechen bleibt! Wie können wir sie nur munter machen?‹ Donn'Anna beugte sich über Don Giovanni und begann, ihn sachte zu streicheln. ›Schlafende Hunde soll man nicht wecken‹, flüsterte sie, ›aber vielleicht könnten wir vorher langsam ihre Sinne wieder beleben …‹ Im Dämmerlicht des Separees konnte ich sehen, wie sie keck an Don Giovannis linkem Ohrläppchen knabberte, während sie langsam mit einer Hand unter seinen Justaucorps fuhr und seine Culotte aufknöpfte.«

Stiller verspürte einen Anflug von Unbehagen, doch er unterdrückte ihn gleich. Gerade jetzt, als der Pförtner endlich begonnen hatte, sich zu öffnen, wäre auch die kleinste Unterbrechung fatal gewesen. Wenn er den Fall lösen wollte, durfte er keine Regung zeigen. Er musste bis zum Schluss durchhalten.

»Ich kann nicht sagen, wie viel Zeit verging«, fuhr Malko fort, »aber plötzlich erwachte Don Giovanni mit einem markerschütternden, bestialischen Schrei. Als er sah, was mit ihm geschah, wurde sein Gesicht hinter der Larve, soweit ich es im Halbdunkel sehen konnte, totenbleich, und in seinen Augen loderte plötzlich ein unheimliches, dämonisches Licht. Es war weder Scham noch Begierde, was in ihm aus den Tiefen des Schlafes aufstieg, auch keine Bestürzung oder Verwirrung: Es war blanker, blinder, brutaler Zorn. Den neben ihm noch im Halbschlaf ahnungslos liegenden Leporello traf es als Ersten. ›Und du hast all dies zugelassen!‹, fuhr ihn Don Giovanni außer sich an, packte ihn am Kragen des Leibrocks und stieß ihn, als verleihe ihm die Wut übermenschliche Kräfte, mit ungeheurer Wucht aus dem Bett. Beim Aufprall verlor Leporello seine Maske, und im fahlen Licht des Hinterzimmers konnte ich das erschrockene, schmerz- und angstverzerrte Gesicht von Samuel Libeskind erkennen. Mit einer Drohgebärde wandte sich Don Giovanni sodann meinem Chef zu, der etwas abseits stand und die Szene mit einem belustigten Lächeln beobachtete. ›Du wirst diesen Streich gleich bereuen, Theodor‹, rief er ihm mit finsterer, unheilschwangerer Stimme zu. ›Vorher will ich aber sicher sein, dass sich deine Hetäre nicht davonmacht‹, fügte er hinzu und zerrte Donn'Anna, die sich unauffällig zu entfernen versuchte, am langen platinblonden Haar zurück unter den Baldachin des großen Bettes in der Mitte der Kammer. Während er ihre Brust mit einem Knie fest gegen die Matratze drückte, riss er vier Streifen vom Bettlaken und fesselte sie mit gespreizten Armen und Beinen an die vier Holzpfosten des Baldachins.«

Ahnend, was jetzt kommen würde, fing Stiller an, im Geiste das Geschilderte unter strafrechtliche Kategorien einzuordnen, um es auf eine sachliche Ebene zurückzuführen und so, falls dies überhaupt noch möglich war, erträglicher zu machen: Gewalt gegen Personen, Freiheitsberaubung im Affekt … Doch je weiter Malko in seiner Schilderung fortschritt, umso mehr schien das Geschehen sich jeglicher kriminalistischen Begrifflichkeit zu entziehen und in jene juristische Grauzone menschlicher Abgründe abzugleiten, in der die Grenzen zwischen Vorsatz und Fahrlässigkeit, Mut und Übermut, Schuld und Unschuld, Spaß und Schandtat endgültig verwischen.

»Ich weiß nicht, ob mich die Dunkelheit täuschte«, erzählte der Pförtner weiter, »aber fast hatte ich den Eindruck, dass Donn'Anna es genoss, Don Giovanni schutzlos ausgeliefert zu sein. ›Auch ohne Fesseln hätte ich auf dich gewartet, Don Giovanni, aber so wird es noch schöner sein‹, flüsterte sie ihm herausfordernd zu, ohne ihren funkelnden Blick hinter der rubinbesetzten roten Maske von dem seinen zu wenden. Zur Antwort zog Don Giovanni den Degen aus der Scheide unter seinem Justaucorps und schlug ihn haarscharf an ihrem Kopf vorbei gegen das obere Bettende. Ich betete zu Gott, sie möge ihn nicht weiter provozieren, doch sie ließ nicht ab, ja sie setzte sogar noch einen drauf. ›Glaubst du, ich habe Angst vor dir, Don Giovanni?‹, rief sie so laut, dass auch Herr König und Libeskind es hören konnten. Ohne ein Wort hielt Don Giovanni ihr den zerbrochenen Degen an den Hals und schien seinen Zorn kaum noch im Zaum halten zu können. ›Es wäre doch jammerschade‹, lockte sie ihn mit erstickender Stimme, ›wenn du mich mit deinem Degen erstechen würdest, ohne es wenigstens erfahren zu haben, wie es mit mir ist.‹ Don Giovanni hielt inne. Er hatte wohl nicht mit einer Frau gerechnet, die seinen Wutausbrüchen so verwegen, ja im wörtlichen Sinne halsbrecherisch die Stirn bot. ›Willst du vergewaltigt werden?‹, fragte er verdutzt. Sie lächelte verächtlich. ›Ich weiß nicht‹, raunte sie, ›was dich dabei mehr erregt: ob ich das will, oder ob ich mich dagegen wehre …‹ Ich fürchtete das Schlimmste, doch nach kurzer Überlegung warf Don Giovanni, der vor der unerwarteten Reaktion Donn'Annas kurz ins Wanken geraten war und seiner Sache nicht mehr so sicher zu sein schien, den Degenstumpf Libeskind zu, der verängstigt in eine Zimmerecke gekrochen war, und befahl ihm: ›Pass auf, damit sie nicht versucht, sich zu befreien, bis ich zurück bin.‹ Dann drehte er sich um und drohte todernst in die Runde: ›Und weh, wenn jemand versucht, sie loszubinden!‹«

In seine strafrechtlichen Reflexionen vertieft, suchte Stiller vergeblich nach einem alternativen Verhaltensmuster für die Frau in Donn'Annas Kostüm, denn schon die klassische Demarkationslinie zwischen Opfer und Täter schien hier langsam nicht mehr wirklich gelten zu können. Entweder war hier eine Frau in Aktion, überlegte er nicht ohne Respekt, die nicht ganz bei Verstand sein musste, oder einer der stärksten, furchtlosesten Menschen, denen er je in seinem Leben begegnet war: eine Frau, die sich – gerade beim abscheulichsten Verbrechen, das man gegen eine weibliche Person begehen kann – standhaft weigerte, die typische ihr zugeteilte Opferrolle einzunehmen. Malko ließ dem Chefinspektor jedoch keine Zeit, seine kriminalistischen Gedanken weiterzuspinnen. »Mit der wütenden Wucht einer verheerenden Naturgewalt«, schilderte der Portier weiter, »wirbelte Don Giovanni um den Rokokobaldachin in der Mitte des Separees und riss dabei alles um, was ihm im Weg stand. Er demolierte Sessel und Liegesofas, zerlegte Stühle und zerschlug damit Vitrinen und Etageren. Konsolen und Kommoden zerschmetterte er mit den eigenen Fäusten, Wandleuchten und Gemälde riss er mit beiden Händen von den vier Wänden und brach sie über seinem Knie entzwei …«

»Sachbeschädigung mit schweren Vermögensschäden«, führte Stiller seine imaginäre Liste der Straftaten in Gedanken weiter, um den zerstörerischen Feldzug des Unbekannten juristisch einordnen zu können. Doch seine Überlegungen wurden gleich durch die schonungslose Schilderung des Augenzeugen von einst im Keim erstickt. »Um die blinde Verwüstung einzudämmen«, fuhr der Pförtner seinen Bericht fort, »bemühte sich Herr König, in Sicherheitsabstand die Einrichtungstrümmer aufzusammeln und die irreparablen Schäden zu verharmlosen, die mit jedem neuen Vernichtungsakt seines Gastes entstanden. ›Ach, die Eckaufsatzvitrine Louis XVI! Nicht schlimm ... war nur eine spätere Kopie des Originals aus Versailles ... Uh, der Sekretär à trois corps! Vielleicht lassen sich noch die drei Aufsätze einzeln retten ... Die Poudreuse Louis XV hätte sowieso gründlich restauriert werden müssen ... Die Konsolen können sicher antiquarisch ersetzt werden ... Die Polsterung der Chaiselongue war schon etwas abgenutzt ...‹ Doch statt Don Giovanni zu beruhigen, versetzte er ihn mit seiner gutgemeinten Duldsamkeit nur noch mehr in Rage. Nachdem der maskierte Wüterich im Separee verbrannte Erde hinterlassen hatte, stürmte er in den nächsten Raum, um sein Werk fortzusetzen. Den Eisskulpturen, die sich bereits in Auflösung befanden, versetzte er den Todesstoß, indem er sie mit dem Bein eines Möbelstücks zerschlug und zu Splittern zertrampelte. Die übrig gebliebenen Erfrischungen landeten zusammen mit den Marmorkonsolen und den Schlingpflanzen von der Decke in der aufspritzenden Fontäne in der Mitte des kleinen Saals.«

»Als wolle er sich mutwillig weiter in den Furor hineinsteigern«, schilderte Malko nach einer kurzen Pause weiter, »arbeitete sich Don Giovanni in seinem Zerstörungswahn systematisch durch die Räume des Erdgeschosses bis vor die Treppe zur Spiegelgalerie durch. Versteckt hinter der Samtgardine des Frauenraubsaals in Sicherheit, hörte ich, wie in den anderen Sälen und Hinterzimmern Glas und Porzellan gegen Wände und Boden klirrten, Holz und Eis knackten und krachten, Leinen und Seide zerrissen, Putz und Stuck zerbröckelten, Gläser zerbarsten und Wasser spritzte. Als ich vorsichtig in den Korridor hinausspähte, sah ich, wie mein Chef verzweifelt versuchte, Don

Giovanni zu bremsen, aber zurückweichen musste, nachdem dieser ihn mit einer abgebrochenen Sektflasche bedroht hatte. Der rasende Berserker nahm die Treppe zum Obergeschoss und riss in seinem rabiaten Gang die goldenen Wandleuchten rechts und links des Korridors zum Spiegelsaal nacheinander nieder. Mit der Gewalt eines Erdbebens hörten wir ihn im Spiegelsaal weiter wüten. Stumpfes Klirren und Knallen dröhnte aus dem Raum, während die zu Boden fallenden und in tausend Splitter zerspringenden Spiegel der Galerie wie ein wolkenbruchartiger Glasregen unaufhörlich über unseren Köpfen schepperten. Zwischendurch hagelte es Kristall-, Muranoglas- und Porzellanbruchstücke von den niedergeschmetterten Kerzenlüstern und Standkandelabern. Erst nachdem er auch mit einem donnernden Geräusch die zwei schweren Kronleuchter in der Mitte der Spiegelgalerie von der Decke gerissen hatte, kehrte eine unheimliche, lähmende Stille im Peterskeller ein.«

59

»Nur Sachschaden, noch kein Personenschaden …«, bemühte sich Stiller, den Tatbestand gedanklich herunterzuspielen. Aber Malko war mit seinem Bericht bei Weitem nicht zu Ende. »Als Don Giovanni wutschäumend und schwer atmend in das Separee zurückkehrte«, erzählte er rastlos weiter, als versuchte er sich dadurch vergeblich der schrecklichen Bilder zu entledigen, die sich für immer in sein Gedächtnis gebrannt hatten, »schien der Vernichtungszug durch den Peterskeller seinen Zorn weniger gestillt als vielmehr erst recht angefacht zu haben. Wie ein wilder Stier ging er auf die unter dem Baldachin gefesselte Donn'Anna los, riss ihr die Kleider vom Leib und fiel schnaubend über sie her …« »Freiheitsberaubung, Nötigung, Missbrauch«, wiederholte Stiller zu sich selbst in seinem imaginären Protokoll, doch die Namen der Straftaten klangen ihm seltsam leer und fremd: Er wusste nur allzu gut, dass keine Definition des Strafgesetzbuches den Abscheu mindern konnte, der ihn befallen hatte. Zu verschlungen, zu gewunden, undurchschaubar waren die Pfade der menschlichen Handlungen, um sie in den trockenen Paragraphen des Gesetzes ganz fassen zu können. Höchstens in einem literarischen Werk hätten sie vielleicht einen adäquaten Ausdruck finden können, in dem man alles mit vagen, unverfänglichen Metaphern umschreiben konnte, in dem man eine klare Trennlinie zwischen Gut und Böse, Falsch und Richtig ziehen und so die doppelbödige Realität der menschlichen Natur durch feste moralische Vorstellungen hätte schönfärben können. Wie würde der Autor, fragte sich der Chefinspektor, all dies in seinem Kriminalroman wohl darstellen? Malko ließ ihm jedoch keine Zeit, die Frage zu vertiefen. »Ihr geschmeidiger Körper«, fuhr der Pförtner fort, »versank unter der Wucht seines Ansturms in den weichen Polstern des gefährlich knarrenden Ruhebetts, doch ich konnte ihre lockende Stimme immer noch hören – und ich traute meinen Ohren nicht. Wie eine unermüdliche Reiterin ihren ungezügelten Hengst spornte sie Don Giovanni immer wieder an: ›Endlich, weiter, schneller, tiefer … Lass die Bestie in dir frei!‹ Er schnaufte, röhrte und stöhnte seinerseits und musste immer wieder nach Luft schnappen, während sie ihn weiter anstachelte: ›Weiter, weiter! Das kann doch nicht alles sein …‹«

Nein, beantwortete Stiller seine frühere Frage in Gedanken, so etwas kann in keinem Roman wiedergegeben, keiner Leserin oder keinem Leser, und seien sie auch die abgebrühtesten, stärksten Seelen, zugemutet werden. Kein Schriftsteller wäre so unklug zu riskieren, seine Leserschaft und darunter vor allem die Frauen mit einer derartigen Szene vor den Kopf zu stoßen ... »Vor Anstrengung nach Atem ringend«, schilderte der Pförtner weiter, »sah Don Giovanni in einer kurzen Verschnaufpause den verbitterten Hausherrn vom Spiegelsaal in das Separee zurückkehren. ›Ah, ah! Jetzt bist du aber dran, Theodor!‹, rief er ihm keuchend zu. Da mein Chef keine Anstalten machte, näher zu kommen, sprang Don Giovanni vom Bett, hob das abgerissene Bein einer Rokokokonsole vom Boden und holte ihn am Eingang ein. ›Wie heißt es noch so schön: *Memento moreris*!‹, sagte er bedrohlich zu ihm, während er das geschweifte Holzbein gegen seine Brust hielt und mit dem Kopf in Richtung Baldachin nickte. ›Bestrafe sie, Theodor! Schließlich ist sie an all der Zerstörung schuld!‹, forderte er, als dieser unschlüssig vor dem Ruhebett stehen blieb. Donn'Anna hob den Kopf und warf meinem Chef einen herausfordernden Blick hinter der flammend roten Maske zu. ›Für das *Ius primae noctis* ist es heute wohl zu spät, Eure Hoheit, aber ich verspreche Euch: Es wird trotzdem Spaß machen‹, bemerkte sie zynisch. ›Auch wenn Euch nach all dem, was passiert ist, wohl nicht mehr danach zumute ist‹, stichelte sie und wies mit ostentativer Schadenfreude auf die Verwüstung um sich herum. Ihre letzten Worte taten ihre Wirkung. Furios warf sich mein Herr auf das Bett und ließ seinen ganzen Ärger an ihr aus. ›Ja, Eure Hoheit!‹, feuerte sie ihn keuchend an, ›Ihr werdet sehen: Nachher wird es Euch besser gehen, viel besser ...‹«

»Nach kurzer Zeit«, redete der Portier weiter, »löste sich König laut stöhnend von Donn'Anna. ›Das war's?‹, rief sie hohnlachend. ›Was ist denn mit Eurem Leitspruch *Carpe diem* – nutze den Tag? Ihr habt nicht einmal einen Bruchteil davon beansprucht, Eure Hoheit!‹ In einem plötzlichen Anfall sprang Herr König wieder aufs Bett und begann, sie mit beiden Händen zu würgen. Mit erstickter Stimme versuchte sie ihn aufzuhalten: ›Ihr wollt doch dem armen Leporello die Sinnenfreuden nicht verwehren, nachdem sein Herr und Ihr selbst bereits davon genossen habt, Eure Hoheit … Wo bliebe sonst Eure Gastfreundschaft?‹ Mein Chef hielt einen Moment inne und sah sich etwas unschlüssig um. Offenbar war er selbst durch Donn'Annas verblüffende Widerstandskraft nicht mehr Herr seiner Sinne. ›Aber sicher! Fast hatte ich ihn vergessen …‹, griff Don Giovanni hämisch ein, schritt entschlossen zu einer demolierten Eckkommode, hinter der sich Samuel Libeskind verkrochen hatte, und schubste diesen grob zum Baldachin. ›Schauen wir mal, ob unsere Donn'Anna auch dem jugendlichen Ungestüm meines Assistenten standhält!‹, rief er gespielt gelassen und riss Libeskind die Beinkleider des Leporello-Kostüms herunter. Doch der Chorleiter versagte kläglich und blieb ergebnislos und beschämt stehen. Donn'Anna lachte verächtlich. ›Ist das alles, was ihr könnt?‹, fragte sie herausfordernd in die Runde und sah demonstrativ zu Don Giovanni. ›Da bin ich aber sehr enttäuscht!‹ Ich sah, wie die Augen des Libertins hinter der Maske vor Zorn blitzten, bevor er den hilflosen Chorleiter schroff wegstieß und sich noch einmal wütend auf Donn'Anna stürzte. ›Denkst du nicht, dass die ganze Maskerade etwas für Feiglinge ist?‹, forderte sie ihn schwer atmend heraus, wieder gänzlich in die Polster gesunken. Er hielt kurz inne und starrte sie durch seine schwarze Larve an. Dann riss er ihr mit der Rechten und sich selbst mit der Linken die Masken vom Gesicht. Für eine unendliche, spannungsgeladene Weile schauten sie einander tief in die Augen. Schließlich warf er sich mit einem barbarischen Gebrüll wieder auf sie und wütete mit brachialer Gewalt weiter.«

»Ich muss es aushalten, ich muss es aushalten«, wiederholte Stiller zu sich selbst wie ein Mantra. »Ich darf keine Schwäche zeigen, ich habe einen Fall zu lösen!« Ach, hätte er auch nur einen Bruchteil der ungeheuerlichen Seelenstärke und Widerstandsfähigkeit der mysteriösen Donn'Anna, dachte er mit einer Mischung aus Entsetzen und Bewunderung. Aus unerklärlichen Gründen kam er bei dem Gedanken unverhofft zur Ruhe. »Wenn sie es schafft, all dies unerschütterlich über sich ergehen zu lassen, dann schaffe ich es auch«, machte er sich Mut, verschränkte die Arme kämpferisch vor der Brust und hörte sich den Bericht weiter an. »Das schon arg in Mitleidenschaft gezogene Bett«, fuhr Malko fort, »hielt Don Giovannis letztem Ansturm nicht mehr stand und brach unter der Wucht seiner wilden Stöße krachend zusammen. Unter dem eingestürzten Baldachin stieß Donn'Anna einen gellenden, ohrenzerreißenden, unerträglichen, nicht enden wollenden Schrei aus, aus dem unmöglich herauszuhören war, ob darin Schmerz, Lust oder beides zugleich mitschwangen. Unmittelbar danach ließ sich Don Giovanni völlig erschöpft und entkräftet neben dem Bett zu Boden fallen, und ich erkannte im dämmrigen Licht des Separees das markante Profil von Isaac Löwenstein.«

»Löwenstein, der tote Dirigent«, wiederholte Stiller mechanisch, als fülle er ein Vernehmungsprotokoll aus, aber seine Gedanken und Sinne waren noch ganz bei der Frau, die unter dem zusammengebrochenen Baldachin lag. »Totenstille erfüllte das finstere Separee und lag wie eine böse Ahnung in der dicken Luft des Raumes«, erzählte Malko weiter. »Das hält keine Frau ohne Schaden aus …«, dachte Stiller traurig und hielt bedrückt den Atem an, während der Pförtner in bangem Flüsterton zum Schluss seiner Schilderung kam: »Umso mehr schreckte mich der herrische Befehl, der aus den Trümmern des Bettes ertönte: ›Malko, ich weiß, dass du dich die ganze Zeit hinter der Gardine versteckst und gaffst. Komm her und löse mir die Fesseln.‹ Ich eilte zu ihr, räumte die Trümmer beiseite und machte mit zitternden Händen die festen Knoten der Bänder auf. Wie die siegreiche Marianne im Gemälde von Eugène Delacroix über die Barrikaden der Julirevolution steigt, erhob sich vor mir Magdalena Rosenthal aus dem demolierten Bett, mit langer blonder Mähne über der nackten, elfenbeinweißen Haut. Ohne ihn eines Blickes zu würdigen, stieg sie majestätisch über den ermattet am Boden liegenden Löwenstein hinweg. Dann schritt sie erhobenen Hauptes vorbei an dem gedämpft wimmernden Libeskind und dem erschöpften König, der zusammengesackt auf einer Chaiselongue die Trümmer seiner Rokokoeinrichtung betrauerte. Ohne ein Wort verließ sie das Separee.«

60

Am Ende seines Berichts wischte sich der Pförtner geradezu erleichtert den Schweiß von der Stirn. Stiller bot ihm ein Glas Wasser an. »Und Sie sollten das nächste Opfer sein, Herr Malko?«, fragte er ihn skeptisch. »Nun ja, sie hat gewusst, dass ich die ganze Zeit da war und tatenlos zugeschaut habe … und jetzt bin ich der Einzige, der noch am Leben ist …«, antwortete dieser ernsthaft besorgt. »Hätte sie Ihrer Meinung nach wirklich Ihre Hilfe gebraucht?«, erwiderte der Chefinspektor wenig überzeugt. »Erst am Ende hat sie Sie zu sich gerufen, und Sie haben auch sofort gehorcht.« Malko fing wieder an zu schwitzen. »Ich weiß nicht, Herr Chefinspektor …«, sagte er verwirrt. »Damals – als sie bei der Polizei eine Anzeige wegen Vergewaltigung erstattete, um sie gleich darauf zurückzuziehen, als ihr der Posten als Sekretärin am Mozartianum angeboten wurde – dachte ich nur an einen gelungenen Erpressungsversuch. Aber neulich, als die Mordserie begann und zuerst Löwenstein, dann Libeskind und schließlich Herr König an die Reihe kamen …« »Warum sollte sie die Morde begehen, wenn sie ihr Ziel, den renommierten Posten zu erhalten, doch erreicht hatte?«, erwiderte Stiller. Malko versuchte vergeblich, den Schweiß mit dem bereits durchnässten Tuch abzutupfen. »Ich weiß es wirklich nicht, Herr Chefinspektor: Vielleicht wollte sie sich doch rächen …« »Wofür denn? Nach dem zu urteilen, was Sie erzählen, scheint sie das Ganze fast mutwillig provoziert, bis zu einem gewissen Grad sogar gesteuert zu haben …« Malko warf das triefende Tuch resigniert auf den Tisch. »Sie sagen es selbst, Herr Chefinspektor: bis zu einem gewissen Grad! Aber wo liegt hier die Grenze zwischen Spiel und Ernst, Wunsch und Zwang, Lust und Schmerz, Sex und Gewalt?«, rief er verzweifelt und nahm den Kopf zwischen die Hände, als wollte er sich die Ohren zuhalten. »Sie haben ihren letzten Schrei nicht gehört, Herr Chefinspektor, ich aber schon, und seither geht er mir nicht mehr aus dem Kopf! Verstehen Sie? Nicht die Nötigung an sich, wenn es denn überhaupt eine war, ja nicht einmal die ungeheuerliche Brutalität des Ganzen, nein, die Ungewissheit ist es, die hier unerträglich ist: dass ich beim besten Willen nicht sagen kann, ob dieser markerschütternde, unerhörte Schrei Ausdruck wahrster, höchster Befriedigung oder doch tiefen, realen Leids war. Heute denke ich, dass es beides zugleich war – nur, wie kann sowas überhaupt möglich sein?«

Stiller verschränkte die Arme vor der Brust. »Gewalt ist Gewalt. Punkt«, sagte er streng, obwohl er selbst nicht mehr ganz so sicher war. »Und eine Vergewaltigung kann man als Frau nur erleiden, egal, was Ihre äußerst subjektiven Beobachtungen sagen, Malko«, fügte er energisch hinzu, mehr, um sich selbst als den Pförtner zu überzeugen. Eine noch unbestimmte Furcht beschlich den Chefinspektor wie eine unheilvolle Vorahnung. Wieder einmal konnte er das beunruhigende Gefühl nicht loswerden, dass eine rätselhafte, unerbittliche Kraft, die weit über rein kriminelle Energie hinausging, unaufhaltsam ihr verhängnisvolles, ungeheuerliches Werk vollbrachte. Doch noch bevor er seine Gedanken ordnen konnte, unterbrach ihn der helle Klingelton seines Handys. Fast hätte er die sonore Bassstimme von Dr. Horvath nicht erkannt, so ernst klang sie am anderen

Ende der Leitung: »Können Sie in den Autographenkeller kommen, verehrter Kollege?« »Ich sitze gerade vor dem potenziellen nächsten Opfer, Herr Doktor«, versuchte Stiller, Zeit zu gewinnen. »Dann lassen Sie es sitzen«, erwiderte Horvath in einem Ton, der keinen Widerspruch duldete. »Das nächste Opfer habe ich nämlich hier im Autographenkeller gefunden, verehrter Kollege.« Die vage Befürchtung gewann plötzlich klare Konturen. Stiller stand hastig auf und ging mit schnellen Schritten zur Tür des Verhörraums, vor der sein treuer Labrador saß und geduldig auf ihn wartete. »Und ich?«, flüsterte Malko furchtsam. Stiller drehte sich gedankenverloren zu ihm um, als hätte er ihn fast vergessen. »Sie können gehen, wohin Sie wollen.«

61

Ein flüchtiger Blick nach links durch die nur einen Spalt offene Panzertür zum Exponatenraum des Autographenkellers reichte Chefinspektor Stiller, um sie sofort zu erkennen. Sie saß auf dem Stuhl am langen Lesetisch des unterirdischen Saals, ihr steif nach links gedrehter Kopf zur Brust geneigt. Ihre rechte Hand lag schwerfällig auf dem Tisch über einem aufgeschlagenen Taschenbuch, ihr linker Arm hing leblos zu Boden. Sie trug noch das ultramarin flimmernde Kostüm mit den Sternbildornamenten der Königin der Nacht, jedoch ohne die mit Saphiren besetzte Krone und die silbrige Vollmaske, die neben dem Gästebuch auf dem anderen Tischchen lagen. Stiller näherte sich der Frau und schaute ihr in das erstarrte Gesicht zwischen den losen platinblonden Strähnen. Der ekstatische Blick ihrer weit aufgerissenen himmelblauen Augen und das selig entrückte Lächeln ihrer vollen Lippen verrieten die unverwechselbare

Handschrift des Serienmörders. Mit dem tadellos aufgetragenen und noch perfekt erhaltenen Rouge der Wangen verliehen sie Magdalena Rosenthal das unheimliche Äußere einer lebenden Schaufensterpuppe.

»*Culpa rubet vultus meus*«, hörte Stiller eine Stimme hinter sich flüstern und schrak zusammen. »*Qui Mariam absolvisti* …« Als er sich umdrehte und Thilo Horvaths kräftige Gestalt mit der Filterbrille des *Detector arsenici* und den kobaltblauen Latexhandschuhen an den Händen sah, machte er aus seinem Unmut keinen Hehl. »Sparen Sie sich Ihre lateinischen Sprüche, Doktor«, sagte er unwirsch zum Gerichtsmediziner, während er aus der abgewetzten Tasche seines Parkas ein Paar Handschuhe aus dünnem gelblichem Gummi herausfischte und sie sich rasch überstreifte. »Das ist kein Spruch, verehrter Kollege«, erwiderte Horvath pikiert und zeigte auf das offene Buch unter Magdalena Rosenthals rechter Hand auf dem Tisch. »Ich zitiere nur aus der Taschenpartitur, die unser Opfer vor dem Exitus aufgeschlagen hat, genauer gesagt aus dem *Recordare* …« Stiller beugte sich neugierig über die Platte des Lesetisches. »*Recordare*?« Horvath lächelte besserwisserisch hinter der Spezialbrille. »Jawohl, verehrter Kollege, das *Recordare Jesu pie* aus der Totensequenz. Nun raten Sie mal, aus welchem Werk welches Komponisten …« Stiller machte ein mürrisches Gesicht. »Nicht schon wieder Mozart!« »*Requiem* Köchelverzeichnis Sechszwosechs«, präzisierte Horvath professoral-ironisch, »hier im Taschenformat der Neuen Mozart-Ausgabe.«

Stiller massierte sich nervös den Bart. »Was könnte die Sekretärin des Mozartianums hier mit einer Taschenpartitur des Requiems von Mozart gesucht haben? Sicher ist sie nicht hier heruntergestiegen, um ihren Namen ins Gästebuch einzutragen«, sagte er spitz und wies auf den dicken Wälzer auf dem anderen Tisch. Horvath zog die Schultern hoch, nahm die Brille vom Gesicht und breitete die Arme aus. »Ich bin zwar

Leichenbeschauer, aber die Gedanken von Toten kann ich noch nicht lesen, verehrter Kollege«, echauffierte er sich. »Das Einzige, was ich mit einer gewissen Zuverlässigkeit sagen kann«, fuhr er sachlich fort und gab dem um den Tisch herumschnüffelnden Hund des Chefinspektors einen kräftigen Klaps, »ist, wie und wann unser Opfer gestorben ist.« »Das wäre schon etwas, Doktor«, sagte Stiller gespannt, verschränkte die Arme vor der Brust und wartete geduldig. Der Arzt reichte ihm die Filterbrille. »Wie sie gestorben ist, brauche ich Ihnen wohl nicht weiter zu erklären, verehrter Kollege: Es reicht, wenn Sie die deutlichen Arsenspuren am Schreibtisch und auf ihrem Kostüm ansehen.« Stiller setzte die Brille auf und richtete seinen Blick auf die Leiche von Magdalena Rosenthal. Im Halbdunkel des Kellers ließen sich die fluoreszierenden Zeichen der *Aqua toffana* durch die Filterbrille deutlich sehen. »Unser Opfer ist also hier im Hauptraum des Autographenkellers vergiftet worden«, kommentierte Stiller, während er Lesetisch und Leiche näher betrachtete. Bei genauerem Hinsehen fiel ihm der Rand eines losen weißen Blattes auf, das hinter der aufgeschlagenen Seite des Taschenbuchs herausspitzte. Vorsichtig und ohne die Hand der Toten zu berühren, zog er das Blatt aus der kleinen Partitur heraus und hielt es vor Horvath gegen das spärliche Licht des Kellers in die Höhe. Auf dem Blatt war das Wasserzeichen mit den bekannten Initialen des *Memento moreris* in Form eines Lesepults mit einem offenen Buch und eines feixenden Schädels nachgezeichnet. »Der Serientäter hat uns wieder seine mysteriöse Botschaft hinterlassen«, bemerkte Horvath vielsagend.

Stiller setzte die Brille ab und gab sie Dr. Horvath wieder. »Und die Todeszeit?«, fragte er, ohne auf den Kommentar des Rechtsmediziners einzugehen. Horvath wies mit der Hand auf den leblosen Körper von Magdalena Rosenthal. »Soweit ich den Zustand der Leiche anhand einer ersten vorläufigen

Untersuchung einschätzen kann«, antwortete er sachlich, »muss die Totenstarre bereits in der Nacht des Mozartballs eingetreten sein. – Wer weiß, wie lange ihre Leiche noch unentdeckt geblieben wäre, wenn ich die Originalhandschriften nicht sofort in den Keller zurückgebracht hätte, nachdem ich ihre Untersuchung zusammen mit den Kollegen der Kriminaltechnik abgeschlossen hatte …« »Vor oder nach Königs Tod, Doktor?«, fiel ihm Stiller ungeduldig ins Wort. Horvath schwieg eine Weile mit einem hinterhältigen Lächeln, bevor er den Chefinspektor mit einer ausladenden Geste zum kleinen Tisch neben der Panzertür bat. »Es gibt hier vielleicht ein Gerät, das uns einen noch genaueren Zeitpunkt liefern könnte«, sagte er geheimnisvoll und wies zum Tischchen hin. Sofort bemerkte Stiller das Präzisionsthermometer an der Wand über dem Tisch, das Professor Schneiderhahn bei seinem ersten Besuch des Kellers voller Stolz vorgezeigt hatte. Beide näherten sich dem Gerät und nach einigen Versuchen gelang es Horvath per Knopfdruck, die Aufzeichnungen der letzten Tage am Bildschirm erscheinen zu lassen. Sah man von der zweimaligen Steigerung von Temperatur und Feuchtigkeitsgehalt ab, die den Eintritt zunächst von Horvath und dann von Stiller selbst aufzeichnete, waren in der Nacht des Mozartballs noch drei weitere bedeutende Schwankungen im Speicher des elektronischen Messgerätes registriert worden, allesamt nach Königs Todeszeit. »Die erste Schwankung, die eine gute Stunde nach Königs Tod verzeichnet ist, dürfte dem Eintritt von Frau Rosenthal gelten«, interpretierte Horvath die elektronische Aufzeichnung. »Bei der zweiten und der dritten Schwankung, die etwa eine halbe Stunde später unmittelbar nacheinander folgten, würde ich auf Ein- und Austritt des Mörders tippen, verehrter Kollege.« »Wie ist es Magdalena Rosenthal gelungen, den Ball nach Königs Tod zu verlassen?«, gab Stiller zu bedenken. »Ich hatte fast sofort nach der Entdeckung von Königs Leiche meine Männer den Ausgang des

Peterskellers sperren lassen … Vielleicht ist sie doch knapp davor entkommen … Ich kann mir auf jeden Fall nicht vorstellen, dass man sie einfach so durchgelassen hat …«

Horvath lächelte bedeutsam. »Die Frage ist weniger, wie sie aus dem Peterskeller, sondern vielmehr, wie sie in den Autographenkeller gelangt ist«, tönte er und hielt dem Chefinspektor einen Schlüsselbund vor die Nase. »Seit der Entdeckung des Handschriftendiebstahls befanden sich ihre Schlüssel in meiner Obhut«, fuhr er fort, »und ich kann Ihnen versichern, verehrter Kollege: Ich konnte zwar das Zahlenkombinationsschloss und den Alarm nicht wieder einstellen, da ich die Codes dazu nicht kenne, aber den Keller habe ich nach der Spurensicherung mit allen drei Schlüsseln zugesperrt.« »Der Einzige, der noch Schlüssel zum Autographenkeller besaß, war Theodor König«, dachte Stiller laut nach. »Und da wir bei der Untersuchung seiner Leiche im Peterskeller keinen Schlüssel gefunden haben«, setzte Horvath die Überlegungen des Chefinspektors fort, »… könnte sich Magdalena Rosenthal selbst die Schlüssel bei König geholt haben«, folgerte Stiller. »Was auch den Fund ihres Haars neben der Leiche des Logenmeisters erklären würde: Der Kreis schließt sich, verehrter Kollege!«, rundete Horvath zufrieden den Gedankengang ab, während er sichtlich erschöpft die kobaltblauen Handschuhe abstreifte und in eine Tasche seines Kittels stopfte. »Ich bin sicher, verehrter Kollege«, fügte er aufmunternd hinzu und klopfte dem Chefinspektor auf die Schultern, »früher oder später werden auch Sie Ihre Ermittlungen abschließen und ich meine thanatologische Forschungsstätte endlich von den vielen Leichen befreien können. Das Grab von Löwenstein liegt seit seiner abgebrochenen Beerdigung immer noch offen im Petersfriedhof und wartet seit Tagen auf den dazugehörigen Leichnam.« Stiller schien den Optimismus des Mediziners nicht zu teilen. »Wo sind Königs Schlüssel zum Autographenkeller jetzt?«, fragte er finster. Horvath machte ein ernstes Gesicht. »Ich fürchte, der Täter hat sie mitgenommen«, erklärte er. »Als ich heute hier angekommen bin, war der Autographenkeller zugesperrt.« Stiller biss sich bitter die Lippen. »Der Kreis mag sich geschlossen haben, Doktor, die Mordserie, fürchte ich, ist aber nicht zu Ende.«

62

Am späten Abend besuchte ich Stiller in seinem Büro. Ich wusste noch nichts von den letzten dramatischen Entwicklungen. Eine andere, ganz persönliche Sache hatte mich beschäftigt. Nachdem sich der Chefinspektor am vorhergehenden Tag früh von mir verabschiedet hatte, ohne sich wenigstens für die Erstellung der Gästeliste des Mozartballs zu bedanken, war ich lange ziellos durch die Gassen der Altstadt geirrt. Magdalenas Flucht nach Königs Tod – vor meinen nicht ganz schuldlosen Augen – hatte mich stark verunsichert. Obwohl alles dafür sprach, konnte, ja wollte ich nicht glauben, dass ihre Einladung zu einem Rendezvous in ihrer Wohnung nur eine Täuschung gewesen war, eine einfache List, um unbehelligt aus dem Peterskeller zu fliehen. Dass sie etwas mit Königs Ermordung oder gar mit der ganzen Mordserie zu tun haben könnte, hielt ich, und sei es auch aus reiner Verblendung – ich gebe zu, eine gewisse Zuneigung zu ihr verspürt zu haben –, für ausgeschlossen. Ein gemeinsamer Abend reicht zwar nicht, um jemanden wirklich kennenzulernen, schon gar nicht, um dessen wahre Absichten zu durchschauen. Dennoch hatte ich zu keinem Zeitpunkt unseres Zusammentreffens auch nur im Entferntesten das Gefühl gehabt, vor einer kaltblütigen Serientäterin zu stehen – was ihr Tod leider bestätigen sollte. Eine so wunderschöne Frau, redete ich mir in naiver Hoffnung ein, konnte einfach keine Mörderin sein. Wenn sie aber, woran ich nicht zu zweifeln wagte, wirklich nicht in die Mordserie involviert war, warum hatte sie es nach Königs Mord so eilig gehabt, den Ball zu verlassen? Warum hatte sie es für nötig befunden, meine Neigung für sie auf diese Weise auszunutzen und so schnöde zunichte zu machen? Steckte etwas anderes dahinter? Ihr rätselhaftes Lächeln, als sie sich im silbrigen Mondlicht des verschneiten Petershofs ein letztes Mal verstohlen zu mir umgeblickt hatte, schwebte mir immer noch vor Augen. – Ich hatte zu jenem Zeitpunkt noch nicht gewusst, dass dies auch das letzte Lächeln sein würde, das sie mir schenken konnte, bevor der Tod ihre Lippen endgültig versiegeln sollte.

Ich war nicht nur von ihr, sondern vor allem von mir selbst zutiefst enttäuscht: Zum ersten Mal war mir eine wichtige Aufgabe bei den Ermittlungen anvertraut worden und ich hatte es gleich vermasselt. Ich fürchtete, Stiller würde mir nach diesem Missgeschick die Informantenrolle aufkündigen und mich endgültig vom Fall ausschließen, was für den Roman – ich gebe zu, dass ich auch darum besorgt war – wohl das Aus bedeutet hätte, gerade jetzt, wo mit dem Tod Königs die Mordserie vielleicht den Gipfel ihrer Spannung erreicht hatte. Zugleich war ich aber zuversichtlich, meine Verfehlung wiedergutmachen und Stillers Vertrauen wiedergewinnen zu können. Mein Kalkül war einfach: Wenn es mir gelang, zweifelsfrei nachzuweisen, dass Magdalena nichts mit den Morden zu tun hatte, dass sie – zumindest in Bezug auf die Mordserie – ganz unschuldig war, hätte auch mein Ausrutscher jegliche Relevanz für den Fall verloren, er wäre zu einem verzeihlichen Irrtum ohne Konsequenzen geworden, einzig und allein meiner Unerfahrenheit geschuldet. Dafür musste ich aber den wahren Mörder überführen. Und ich meinte sogar, einen Weg gefunden zu haben, dies zu erreichen. Es gab nämlich noch eine Spur, die bis dahin erstaunlich unbeachtet geblieben war und in eine ganz andere Richtung wies als die, der Stillers Ermittlungen bisher gefolgt waren. In der Hoffnung, sie könnte Magdalena entlasten und mich rehabilitieren, war ich an den folgenden beiden Tagen dieser neuen Fährte gründlich nachgegangen. Und tatsächlich, nach langen Nachforschungen im Salzburger Landesarchiv hatte ich einen sensationellen Fund gemacht, den ich nun voller Stolz Chefinspektor Stiller präsentieren wollte. Wer weiß, vielleicht würde ich bei ihm sogar mit der Lösung des Falls reüssieren.

»Schlechte Nachrichten«, empfing mich der Chefinspektor mit düsterer Miene in seinem Büro. »Wir haben im Autographenkeller ein weiteres Opfer gefunden.« Mit einer bösen Ahnung hörte ich Stillers knappem Bericht angespannt zu. Als schließlich Magdalenas Name fiel, stockte mir der Atem. Ein schwarzes Loch tat sich in meinem Innern auf und raubte mir die Sinne. Ich schaute instinktiv aus dem Fenster in die schneeverwehte Nacht, um vor dem Schock zu fliehen, doch es gab keinen Ausweg. So federleicht die dicken Schneeflocken draußen auf die Gassen der Altstadt hernieder sanken, so bleischwer fühlte ich, wie sich die Last der Schuldgefühle langsam und unerbittlich auf meine Schultern legte, bis es mir in der ganzen Tragweite bewusst wurde: Hätte ich Magdalena nicht aus dem Peterskeller gelassen, wäre sie nicht im Autographenkeller dem Tod begegnet. Obwohl das Fenster geschlossen war, glaubte ich zu spüren, wie die stillen Schneeflocken auf meinen Wangen zu schmelzen begannen, als wären sie durch das Glas hindurch auf mich gefallen. Bis ich merkte, dass es meine eigenen Tränen waren, die, ohne mein Wissen und Zutun, einem Naturereignis gleich über mein Gesicht rannen.

Der innere Druck der Reue wuchs immer weiter, bis er langsam unerträglich wurde. Vielleicht, um wenigstens einen Teil der Bürde loszuwerden, vielleicht aber auch, um Trost zu suchen, wandte ich mich zu Stiller, der mit seinem Hund diskret auf dem Sofa wartete. »Herr Chefinspektor, es gibt da etwas, was ich Ihnen schon länger sagen wollte«, fing ich zaghaft an. Stiller nickte mir aufmunternd zu, und ich erzählte nach einigem Zögern mit leiser, stockender Stimme vom verhängnisvollen Versäumnis an der Pforte des Peterskellers. Als ich fertig war, erfüllte eine bleierne, lähmende Stille den Raum. Ich wusste, dass es nur die Ruhe vor dem Sturm war, und machte mich auf das Schlimmste gefasst. Nichtsdestotrotz überraschte mich die Heftigkeit, mit der Stiller, der ansonsten jeden neuen Rückschlag bei den Ermittlungen mit stoischer Gelassenheit einzustecken vermochte, auf mein Geständnis reagierte. Völlig unvermittelt sprang er vom Sofa auf und schlug mit der Faust auf den Tisch. »Und das sagen Sie mir erst jetzt?«, schrie er außer sich vor Wut. Noch nie hatte ich ihn so aufgebracht erlebt. »Verdammt! Meine Anweisung war doch unmissverständlich: Niemand darf den Peterskeller verlassen! Hätten Sie sie befolgt, wäre Frau Rosenthal vielleicht noch am Leben!« Ich ließ den – gewissermaßen verständlichen – Zornausbruch über mich ergehen, ohne mit der Wimper zu zucken, doch meine Beherrschung war mit Stillers letztem Satz endgültig dahin: »Ist Ihnen klar, was Sie getan haben? Sie sind ganz allein schuld am Tod von Magdalena Rosenthal!« Ich spürte, wie in mir plötzlich eine dumpfe, kochende, unaussprechliche Wut auf mich selbst und die Welt aufwallte, zusammen mit dem immer dringenderen Bedürfnis, die erdrückenden Schuldzuweisungen von meinen Schultern abzuschütteln. Gerade der Chefinspektor selbst bot mir dazu die beste Gelegenheit. Ja, ich war schuld, niemand brauchte mir das zu sagen, aber ich war bestimmt nicht allein schuld. »Und wer leitet hier die Ermittlungen?«, schrie ich zurück. »Wir sind schon beim vierten Opfer, aber außer dass Sie immer nur die Falschen verdächtigt haben, ist Ihnen nichts geglückt! Was zum Teufel sind Sie denn für ein Chefinspektor?« Stiller schlug nochmals mit der Faust auf den Tisch. »Wie oft muss ich es für Sie wiederholen?«, brüllte er, während er mit der anderen Hand seinen mich böse anknurrenden Labrador am Halsband zurückhielt. »Ich bin nur ein Mensch, kein Krimiheld! Schreiben Sie es in Ihrem verdammten Roman, wenn Sie es nicht einsehen können: Vielleicht werden es wenigstens die Leserinnen und Leser kapieren!« »Glauben Sie nicht, ›meine‹ Leser hätten nach vier Toten und Ihrem ständigen Scheitern das Buch nicht ohnehin schon längst weggelegt?«, fragte ich leise mit bitterem Hohn. Stiller näherte sich mir, blieb vor mir stehen und starrte mich lange mit einem bohrenden Blick an. Was er nach einem Moment voll spannungsgeladenen Schweigens sagte, traf mich direkt ins Herz. »Wenn Sie weniger an Ihre Leser dächten, hätten wir wohl weniger Opfer zu beklagen. Was haben Sie sich erhofft, als Sie gegen meine Anweisung Frau Rosenthal aus dem Peterskeller gelassen haben: Ihrem Roman eine spannende Wendung zu verleihen?« Ich weiß nicht, was mit mir geschah. Ich sah nur, wie meine rechte Hand, zur Faust geballt, blitzschnell und unkontrolliert auf der linken Wange des Chefinspektors landete. Noch bevor er nach hinten fiel, hatte mich sein Hund angesprungen und zu Boden niedergeworfen. »Halt, Zeus!«, rief Stiller gerade noch rechtzeitig, bevor der Rüde mit dem aufgerissenen, geifernden Rachen zuschnappen konnte.

Während Zeus laut knurrend über mir Stellung hielt, stand Stiller schwerfällig auf, massierte sich mit schmerzverzerrtem Gesicht die Wange, spuckte etwas Blut aus und ging taumelnd zu seinem Schreibtisch. Immer noch unter den Pfoten des bedrohlich sabbernden Labradors am Boden, hörte ich den Chefinspektor lange in den Schubladen kramen. »Schon gut, ich bitte um Verzeihung«, versuchte ich mich mit gedämpfter Stimme zu entschuldigen, als ich etwas Metallisches klappern hörte. »Ich habe die Nerven verloren, aber ich bin auch nur ein Mensch!« Aus dem Augenwinkel sah ich Stiller mit einem Paar klirrender Handschellen zu mir kommen. Ruppig packte er meine Hände und legte mir unter den wachsamen Augen des Rüden die Handschellen an. »Freilich sind auch Sie nur ein Mensch«, sagte er dann in vielsagendem Ton, »aber mit bestimmten literarischen Ambitionen ...« »Was soll das heißen?« Stiller sah mich wieder mit einem durchdringenden Blick an. »Dass auch Sie ein Motiv gehabt haben könnten ...« »Welches Motiv denn bitte sehr?«, rief ich empört. »Ganz einfach«, sagte Stiller kühl. »Ihren Kriminalroman.« Ich versuchte vergeblich, mich von den Handschellen zu befreien. »Das ist doch verrückt!«, brüllte ich wutschnaubend. »Ich hätte vier Menschen umgebracht, nur um einen Krimi zu schreiben?« »Warum nicht? So haben Sie eine spannende Story und dazu noch einen Täter, mit dem kein Leser rechnen würde. Nicht schlecht für ein literarisches Debüt ...« »Abgesehen davon, dass die Idee, den Erzähler als Mörder in einem Roman auftreten zu lassen, bereits von Thomas Glavinic in *Der Kameramörder* verwendet wurde, was ist denn mit unserem *Memento moreris*?«, erwiderte ich pikiert. Stiller lächelte kalt. »Ein durchaus raffinierter erzählerischer Trick, um die Spannung des Krimis aufrechtzuerhalten und ihm zugleich einen besonderen literarischen Touch zu geben.« Mir wurde klar, dass es keinen Sinn mehr hatte, mit ihm zu diskutieren. »Wissen Sie, was ich denke?«, sagte ich ärgerlich und schaute ihm böse in die Augen. »Sie sind einfach verzweifelt, weil auch Ihre letzte Fährte ins Nichts geführt hat und Sie im Moment gar keine Spur mehr haben ...« Stiller blieb unerschütterlich. »Ich habe doch eine Spur: Sie«, sagte er bestimmt. »Und wenn ich mich nicht irre, sind Sie sogar der Letzte, der Magdalena Rosenthal lebend gesehen hat ...« Er griff zum Telefonhörer und rief jemanden zu sich ins Büro. Kurz darauf klopfte Gruppeninspektor Biba an der Tür. Stiller machte auf und zeigte auf mich. »Abführen, bitte!«, befahl er seinem verblüfften Assistenten barsch. »Sie haben nur eines vergessen«, rief ich ihm hinterher, während mich Biba etwas betreten nach draußen begleitete. »Wie konnte ich zu Magdalena Rosenthal in den Autographenkeller gelangen, wenn ich die ganze Nacht bei Ihnen im Peterskeller war? Sie selbst sind mein bestes Alibi, Herr Chefinspektor!« Doch er hatte bereits die Tür hinter sich zugeknallt.

63

Am nächsten Morgen holte mich Gruppeninspektor Biba aus der Zelle, begleitete mich schweigend aus der Polizeistation und ließ mich wieder frei. Zu sagen, dass ich Stiller den kurzen Aufenthalt im Gefängnis übelnahm, wäre eine schlichte Untertreibung. Ich hatte die ganze Nacht, gedanklich zwischen unwahrscheinlichen Racheplänen und aussichtslosen Verzweiflungsakten schwankend, auf der unbequemen Pritsche der kleinen Zelle kein Auge zugetan. Jetzt, da ich endlich in der frischen Morgenluft der Getreidegasse den Duft der wieder erlangten Freiheit einatmen konnte, war ich fest entschlossen, den Fall auf eigene Faust zu lösen. Es ging nicht mehr darum, Magdalena Rosenthal zu entlasten. Auch brauchte ich kein Alibi, um meine eigene Unschuld zu beweisen: Stiller selbst hatte wohl eingesehen, dass ich unmöglich der Täter gewesen sein konnte, sonst hätte er mich nicht so schnell aus der Haft entlassen. Nein, es ging um viel mehr als all das. Ich sann schlicht und einfach auf Rache. An Magdalenas Mörder natürlich zuallererst, aber auch an Stiller, ja an der ganzen Welt, die an mir gezweifelt hatte. Gewiss, ich hatte einen Fehler gemacht und diesen auch bitter bezahlt. Aber ich konnte ihn wiedergutmachen: Ich hatte eine neue Spur, und sie war mehr als vielversprechend. Stiller hatte mir keine Zeit gelassen, sie zu präsentieren, umso schlechter für ihn. Denn sie war die richtige Fährte, davon war ich jetzt fest überzeugt, und sie würde mich direkt zum Mörder führen. Was für eine Überraschung, was für eine unerwartete Wendung wäre es für die Leser des Krimis, fantasierte ich noch in den engen Gassen der Altstadt, wenn nicht der Kommissär, sondern der Erzähler selbst den Fall lösen würde! Das wäre freilich bei Weitem spektakulärer, als wenn der Erzähler der Täter gewesen wäre, wie es Stiller so gerne gehabt hätte …

In dieser kämpferischen Gemütsverfassung begab ich mich zum Hauptbahnhof und nahm den ersten Zug nach Linz. Mein Ziel lag allerdings nicht an der Donau, sondern einige Kilometer weiter östlich: Mauthausen, das zu seiner Zeit größte Konzentrationslager Österreichs, Mahnmal und Sinnbild des dunkelsten Kapitels seiner Vergangenheit. Was mich dorthin führte, war eine Spur, die bislang sträflich vernachlässigt worden war. Die ganze Zeit hatten wir – und ich an erster Stelle – die dunkle Botschaft des Serienmörders, das *Memento moreris*, nur in Zusammenhang mit Mozarts Geheimbund »Zur wahren Freiheit« betrachtet. Niemand war aber auch im Entferntesten auf die Idee gekommen, eine mögliche Verbindung mit der Verbreitung des Symbols in der Zeit des Nationalsozialismus zu verfolgen, insbesondere bei den Totenkopfverbänden der berüchtigten SS, und dies, obwohl ich durchaus auf diesen möglichen historischen Kontext hingewiesen hatte. Niemand außer mir: Zwei Tage lang hatte ich im Salzburger Landesarchiv historische Dokumente zu den Aktivitäten der SS in der Stadt nachgeschlagen – bis ich endlich fündig geworden war. Man kann sich meine Verblüffung vorstellen, als ich dort in der Mitgliederliste eines kleinen Sturmbanns der SS-Totenkopfstandarte namens »Ostmark«, die am 22. März 1938, zehn Tage nach dem sogenannten Anschluss Österreichs an das Deutsche Reich, auf direkten Befehl Hitlers für die Errichtung und Organisation der Konzentrationslager in Oberösterreich aufgestellt wurde, einen Namen entdeckte, der durchaus in Zusammenhang mit der Mordserie stehen könnte. Es handelte sich um einen Mann, der zwar bisher über jeden Verdacht erhaben gewesen zu sein schien, aber immer wieder im Laufe der Ermittlungen aufgetaucht war: Martin Heinrich Schneiderhahn. Der alte emeritierte Professor und große Mozartexperte war in seinen Jugendjahren, wer hätte es gedacht, unmittelbar nach dem Anschluss in die SS eingetreten, und zwar genau in jene auf Raub- und Beutekunst spezialisierte Sondereinheit der SS-Totenkopfverbände, die das *Memento moreris* zu ihrem Namen und zum Leitsatz ihrer Aktionen auserkoren hatte.

Der Name des obskuren SS-Sturmbanns tauchte immer wieder in meist als streng geheim eingestuften Dokumenten des nationalsozialistischen Regimes auf. So dürfte der Sturmbann bei der berüchtigten »Entjudung Salzburgs«, die gleich am 11. März 1938, dem Tag des Anschlusses, in Gang gesetzt worden war, eine entscheidende organisatorische Funktion ausgeübt haben. Die wilde Judenjagd und die gewaltsame Arisierung jüdischer Geschäfte in Salzburg verliefen anfangs, nach den historischen Dokumenten zu urteilen, etwas chaotisch. Alte Kämpfer, Opportunisten und sonstige Aspiranten, die ihre Stunde gekommen sahen, wüteten als selbsternannte kommissarische Verwalter zügellos in jüdischen Unternehmen und Haushalten, nachdem sie ihre Besitzer mit brachialer Gewalt vertrieben hatten. Um die ungeordnete »Entjudung« und die unkontrollierten Aneignungen durch die improvisierenden Ariseure in ordnungsgemäße Bahnen zu lenken, schaltete die NS-Behörde bald die SS ein. Zur besseren Überwachung der Enteignungen wurde eine »Vermögensverkehrsstelle« eingerichtet, die unter anderem die Aufgabe hatte, bei Beschlagnahme- und Einziehungsverfügungen alles peinlichst genau aufzulisten, was aus den jüdischen Vermögen an das Deutsche Reich fallen sollte. Hier kam die Sondereinheit *Memento moreris* zum Zuge: Der kleine Sturmbann, der zu seinen Mitgliedern ausnahmslos Kunsthistoriker, Antiquitätenhändler und Museumsexperten zählte, hatte hier wie in den anderen Städten Österreichs allem Anschein nach vor allem die Aufgabe gehabt, wertvolle Kunstschätze in den oft undurchsichtigen Vermögen und Sammlungen jüdischer Herkunft aufzuspüren und für die sogenannte Führersammlung »sicherzustellen«, die nach Hitlers Plänen den Grundstock für das Führermuseum in Linz bilden sollte. Später organisierte die Sondereinheit der SS auch die Beherbergung der Führersammlung in verschiedenen Stiften und Klöstern quer durch Österreich und schließlich gegen Ende des Krieges im Salzbergwerk von Altaussee im Salzkammergut.

Zur gleichen Zeit hatte die SS nahe Linz den Steinbruch Mauthausen in Betrieb genommen, der schnell zum größten Konzentrationslager der Ostmark werden sollte. Auch dorthin war eine Rotte des SS-Sturmbanns *Memento moreris* entsandt worden, mit dem speziellen Auftrag, die Entgegennahme der Wertgegenstände und Erinnerungsstücke zu überwachen, die von jedem neu angekommenen KZ-Häftling gleich bei seiner Ankunft beschlagnahmt wurden. Mit dabei war, kaum zu glauben, auch der junge Martin Heinrich Schneiderhahn. Welche spezifische Rolle der damals erst 20-jährige Staffelanwärter gespielt hatte, ließ sich allerdings aus den verfügbaren Unterlagen des Salzburger Landesarchivs nicht eruieren, da sein Name lediglich in der Mitgliederliste der SS-Gruppe erwähnt war, ohne weitere Angaben zu seinen Funktionen oder besonderen Leistungen. Ob er also auch an den Verbrechen im KZ Mauthausen beteiligt gewesen war, blieb nach der Quellenlage noch offen. Dass er mit seiner Rotte für diese besondere Überwachungsaufgabe auserkoren worden war, sprach zumindest für ein gewisses Ansehen und eine aktive Teilnahme an der SS-Führung. Andererseits trug er nur den niedrigen Dienstgrad eines Anwärters, stand also noch auf der untersten Stufe in der strengen Hierarchie der SS.

Noch weniger fassbar erschien seine eventuelle Verstrickung in die Mordserie – wenn sie überhaupt bestand. Der einzige Anhaltspunkt war, dass drei der vier Opfer des Serienmörders – Isaac Löwenstein, Samuel Libeskind und Magdalena Rosenthal – jüdische Vor- beziehungsweise Nachnamen trugen. Das war dann doch zu wenig für einen Mordverdacht. Ob die Untaten des SS-Totenkopfsturmbanns *Memento moreris* wirklich ihren Schatten bis in die Gegenwart geworfen hatten, war also anhand der Salzburger Archivdokumente nicht zu ermitteln. Doch in Mauthausen befanden sich vielleicht weitere Unterlagen über die Aktivitäten des Professors im Konzentrationslager, die ihn in Verbindung mit der Mordserie bringen könnten. Erst ein Besuch vor Ort würde endgültig Licht in die Sache bringen können.

Ich war mir wohl bewusst, dass ich gerade dabei war, einen Sprung ins Ungewisse zu tun. Auch war mir klar, welch tiefen Bruch im Erzählfluss der Abstecher nach Mauthausen bedeuten würde, narratorisch nicht leicht zu rechtfertigen und schriftstellerisch kaum überzeugend zu überbrücken. Dafür eröffnete sich aber eine frische, unverhoffte Fährte, die, sollte sie sich als richtig herausstellen, sogar zur Lösung des Falls führen konnte. Genau gesehen, versprach der unerwartete Einschnitt in erzählerischer Hinsicht sogar eine weitere Spannungssteigerung, was nach dem vierten Mord eigentlich kaum noch möglich zu sein schien. Denn er bahnte einen neuen Weg, der über das tragische Schicksal einzelner Personen hinaus ins weite Feld der Menschheitsgeschichte mündete – von Vergehen und Lastern einzelner Menschen zum schlimmsten Verbrechen gegen die Menschlichkeit, vom eingeschränkten Bösen im Handeln des Individuums zum kollektiven, universellen Bösen, von Gewalt und Mord zum Holocaust.

64

Das Gefühl eines eisigen, beklemmenden Grauens überfiel mich, als ich das mit Stacheldraht überdachte Mauerwerk des Konzentrationslagers Mauthausen im Schneesturm erblickte. Rechts und links vom massigen, den Horizont dominierenden Eingangstor mit den zwei quadratischen, klotzigen Wachtürmen zogen sich die ungleich langen Seiten der Umfassungsmauer durch die schneebedeckte Landschaft wie die ausgebreiteten Arme eines aus dem Meer emportauchenden Ungeheuers. An dem breiten, sperrangelweit offenen Tor hingen lange, bedrohlich schimmernde Eiszapfen, als ob der aufsteigende Moloch die spitzen Zähne seines hungrig gähnenden Rachens fletschen wollte.

Unschlüssig blieb ich lange vor dem Eingangstor mit dem Doppelturm stehen. Erst als die eiskalten, gegen das Gesicht peitschenden Böen des Schneesturms unerträglich wurden, stapfte ich zaghaft durch den Schnee hinein, den Kopf instinktiv mit den Armen schützend. Keine Menschenseele war weit und breit zu sehen – kein Führungspersonal oder sonstige Mitarbeiter, keine Besucher. Die Häftlingsbaracken auf der linken sowie das Wäscherei-, das Küchen- und das Arrestgebäude auf der rechten Seite des Lagers standen leer wie stumme, trostlose Todeszeugen. Nur der Wind heulte unaufhörlich, als ob die friedlosen Seelen abertausender Ermordeter, vom dichten Schneewirbel umhüllt, ihr Wehklagen zum Himmel schreien würden.

Ich spürte den beißenden Frost tief in die Knochen dringen und wollte schon kehrtmachen, als eine krächzende Stimme von oben ertönte: »Willkommen in der Hölle auf Erden!« Ich schreckte auf, drehte mich um und schaute hoch, die Augen mit der Hand beschirmend, mal zum linken, mal zum rechten Turm. Wohl durch das dichte Schneegestöber optisch getäuscht, glaubte ich zunächst, einen Aasgeier erspäht zu haben, der an der Brüstung des linken Wachturmes hockte. Erst bei genauerem Hinsehen konnte ich die hagere Gestalt eines älteren Mannes erkennen. Er umklammerte mit mageren Händen die Brüstung und beobachtete mich neugierig aus kleinen, von großen Schatten umringten Augen über einer markanten Hakennase, während dichte Schneeflocken über seinem kahlen Kopf wirbelten.

Ein etwas surreales Gespräch entspann sich im Schneesturm. »Wie sind Sie bei dem höllischen Wetter hierhergelangt?«, rief der Mann von oben herab, ohne sich vorzustellen oder sich nach meinem Namen zu erkundigen. Von der Frage überrascht, bemühte ich mich, sachlich zu bleiben: »Ich bin mit dem Zug von Salzburg über Linz hierher gefahren …« »Von der Mozart-Stadt über die Führer-Stadt direkt in die Hölle: Respekt!«, kommentierte der Wächter nicht ohne einen gewissen Sarkasmus. Ich hatte gehofft, er würde mich spätestens zu diesem Zeitpunkt endlich in den Turm hineinbitten, doch er schien nicht im Geringsten daran zu denken. Stattdessen musste ich mir mitten im Schneetreiben eine lange Rede über Österreich und die Welt anhören, die kein Ende nehmen wollte. »Nichts gegen Salzburg«, fing er in einem ungezwungenen Plauderton an, als stünde er nicht am Geländer eines Wachturms mitten in einem Schneesturm, sondern am gemütlichen Tresen einer Bar, »eine wunderschöne, sehenswerte, sonnige Stadt – vielleicht nur a bissl zu touristisch. Aber was sind wir doch für ein undankbares Volk: Wenn es um den Amadeus geht, sind wir alle gerne Österreicher, nicht wahr? Sobald aber vom Führer die Rede ist, dann ist der plötzlich ein Deutscher. Nichts für ungut, doch a bissl mehr Erdkunde und Ahnenforschung täte hier gut. Denn letztlich ist er diesseits des Inns zur Welt gekommen, ergo – jedenfalls erst einmal geografisch – ein Landsmann mit Haut und Haar. Er selbst hat Linz immer als seine Heimatstadt betrachtet. Noch am Ende des Krieges, als alles verloren war, schwärmte er im Führerbunker von seiner unbeschwerten Kindheit im geliebten Leonding. Freilich, er war in rein rassischer Hinsicht primär ein Arier, das steht außer Frage. Aber doch, was die Herkunft betrifft, eben auch ein Linzer: ein Linzer Arier gewissermaßen, und zwar nicht nur so dem Namen nach wie die Linzer Torte, sondern ein waschechter Linzer Arier. Selbst seine Vorfahren waren tief in Österreich verwurzelt: Vater und Mutter stammten sogar weiter östlich aus Niederösterreich, die Großeltern dito – bis auf seinen Großvater väterlicherseits, der nie zweifelsfrei identifiziert werden konnte, aber mit an Sicherheit grenzender Wahrscheinlichkeit aus der gleichen Gegend stammen dürfte, und der keinesfalls ein Jude war, wie man uns später weiszumachen versuchte. Dagegen Amadeus: Vater Leopold kam aus einer Familie von Kunsthandwerkern und Musikern, die seit Jahrhunderten in und um Augsburg beheimatet war. Er war zunächst nur wegen des Studiums nach Salzburg ausgewandert und fühlte sich zeitlebens als Deutscher, obwohl er bis zu seinem Tod als Vizekapellmeister am Salzburger Hof diente – ganz abgesehen davon, dass das bis dahin eigenständige Fürsterzbistum Salzburg erst 1816 dem Kaisertum Österreich zugeschlagen wurde. Der Sohnemann war somit im Grunde genommen nur ein Einwandererkind aus Deutschland, nicht wahr? Wenn also einer von beiden, Hitler oder Amadeus, Deutscher gewesen sein soll, dann wohl eher Letzterer. Er selbst hat sich übrigens in seinen Briefen als ›ein ehrlicher Teütscher‹ bezeichnet und von Deutschland als ›sein geliebtes Vatterland‹ geschwärmt. Er hat auch recht früh, nach dem Zerwürfnis mit dem Erzbischof Colloredo, seiner Geburtsstadt den Rücken gekehrt und ist ansonsten schon als Wunderbub mit der Kutsche viel in der Welt herumgekommen: Italien, Frankreich, England und so weiter, wohingegen der Führer immer innerhalb der

Grenzen des sogenannten Dritten Reiches geblieben ist – wie weit er diese auch immer gefasst haben mag. Vor allem aber hat der Führer sein Linz immer im Herzen gehabt – anders als der Amadeus, welcher in aller Ehrlichkeit gestanden hat, dass er, und das sind nicht meine, sondern seine Worte, ›auf Salzburg scheiße‹. So sollte die Führersammlung nach Hitlers Zukunftsvisionen in seiner Heimatstadt zum größten Museum Europas werden. Monumentale Führerbauten sollten Linz ein völlig neues Gesicht geben, wofür der Granitsteinbruch Mauthausen kurz nach dem Anschluss in Betrieb genommen wurde …«

»Gerade deswegen bin ich hierhergekommen …«, versuchte ich, den Frost mitten im tiefen Schnee immer stärker spürend, dem Redeschwall des Wächters Einhalt zu gebieten. »Wegen des Führers?«, fragte dieser, von der Unterbrechung sichtlich irritiert. »Nein, wegen Mauthausen!«, schrie ich zähneklappernd. Der Wächter blieb eine Weile still und schien seine Gedanken sammeln zu wollen. »Bitte verstehen Sie mich nicht falsch«, rechtfertigte er sich, als gelte mein Protest nicht dem langen Warten in der Kälte, sondern seiner Argumentation. »Ich will damit nur sagen, dass für mich beide gleichermaßen Österreicher sind, genauso wie Sie und ich, keiner mehr und keiner weniger – was übrigens, global betrachtet, absolut einzigartig ist, nicht wahr: Welch anderes Land hat sonst so große gegensätzliche Persönlichkeiten der Menschengeschichte hervorgebracht? Der Titan der Musik auf einer Seite und, auf der anderen, der Genius des Bösen schlechthin – Tonkunst und Holocaust in einem Land vereint: das Schönste, was Menschen geschaffen haben, und das Schlimmste, was Menschen anrichten konnten.«

65

»Darf ich vielleicht einmal reinkommen?«, brüllte ich vor Kälte zitternd zum Wächter empor. Er reckte sich aus der Brüstung noch weiter heraus und blickte überrascht herunter. »Aber freilich! Warum haben Sie nicht vorher gefragt?«, rief er zurück und verschwand, noch bevor ich meinem Ärger Luft machen und ihn verfluchen konnte. Als spukhafte Erscheinung tauchte er sodann an der Pforte des Eingangstors auf. Er trug einen dunkelbraunen Anzug mit zu kurz geratenen Ärmeln und Hosenbeinen, aus denen lange, spindeldürre Gliedmaßen wie die Gebeine eines Skeletts hervorlugten. »Wissen Sie, rund um Weihnachten kommt hier kaum Besuch«, entschuldigte er sich, »da fühlt man sich manchmal a bissl einsam und nutzt jede Gelegenheit zu einem kleinen Plausch …« Er reichte mir seine Hand und lud mich in die Pforte ein. »Alois Geyer«, stellte er sich vor, »ich bin der Archivar von Mauthausen, was darf ich für Sie tun?«

Ich trug ihm kurz mein Anliegen vor, ohne die Ermittlungen zur Mordserie zu erwähnen, und tat so, als gelte mein Interesse an den Geschehnissen in Mauthausen nur rein historischen Forschungszwecken. Der Archivar zog die Augenbrauen hoch. »Ich fürchte, Sie sind im falschen Konzentrationslager«, zerschlug er meine Hoffnungen. »Hier wurde kaum ein Jude eingewiesen, obwohl Mauthausen das weitaus größte und wichtigste Konzentrationslager der Ostmark war. Für die Ausrottung des jüdischen Volkes waren ganz andere KZs vorgesehen, Dachau bei den Bayern oder Theresienstadt in der Tschechei zum Beispiel, wohin auch die meisten Juden aus Salzburg, die nicht rechtzeitig auswandern konnten, deportiert wurden.« Ich schaute ihn mit ungläubigem Staunen an. »Niemals von Lagerstufe III gehört?«, erwiderte er meinen skeptischen Blick genauso verblüfft. Er nahm einen der gedruckten Führer in die Hand, die an der Pforte zum Verkauf angeboten wurden, und begann, ihn langsam durchzublättern. »Hier ist es«, sagte er, nachdem er die gesuchte Stelle gefunden hatte. Er hielt das Buch weit von sich, legte den Kopf zurück, kniff die kleinen Augen zusammen und las etwas mühsam vor: »Am 2. Jänner 1941 verfügte der Chef der Sicherheitspolizei und des SD Reinhard Heydrich in einem streng geheimen Erlass die offizielle Einteilung der Konzentrationslager in vier verschiedene Lagerstufen: Mit den Stufen I und Ia sollten alle wenig belasteten und besserungsfähigen beziehungsweise alle alten und bedingt arbeitsfähigen Schutzhäftlinge erfasst werden. In diese Klasse fielen die KZs Dachau, Sachsenhausen und das Stammlager Auschwitz I. In KZs der Lagerstufe II sollten schwer belastete, jedoch noch erziehungs- und besserungsfähige Schutzhäftlinge interniert werden. Die Konzentrationslager Buchenwald, Flossenbürg, Neuengamme und Auschwitz-Birkenau gehörten dieser Kategorie an. Für schwer belastete, insbesondere auch gleichzeitig kriminell vorbestrafte und asoziale, das heißt kaum noch erziehbare Schutzhäftlinge waren schließlich Lager der Stufe III vorgesehen.« Der Archivar machte hier eine bedeutungsvolle Pause und hob kurz den scharfen Blick. »Nur ein einziges Lager wurde in dieser Stufe geführt«, sagte er leicht triumphierend, »Mauthausen.« Ein leises Grauen überlief mich. »Verstehen Sie?«, fuhr er unbeirrt fort. »Nicht einmal Auschwitz erreichte diesen Rang!« Ich sah den Archivar perplex an. »Dann wäre aber gerade das KZ Mauthausen …«, wollte ich einwenden, »… geradezu ideal für die Juden?«, führte er meinen Einspruch ohne Umschweife fort. »Wenn Sie meinen, Lagerstufe III – als höchstmöglicher Grad sozusagen – sei für die Judenvernichtung bestimmt gewesen, haben Sie vom Nationalsozialismus nichts verstanden«, erwiderte er harsch und schüttelte heftig den kahlen Kopf. »Die Juden fielen für die Nazis außerhalb jeglicher menschlichen Kategorie, konnten also nicht einmal in die Gruppe der ›kaum noch erziehbaren Schutzhäftlinge‹ der Lagerstufe III eingereiht werden. – Das Wort ›kaum‹ beinhaltet übrigens die äußerst entfernte Möglichkeit, am Ende doch noch ›erzogen‹ werden zu können. Jude zu sein bedeutete aber, von vornherein nicht erziehbar zu sein.« »Ich dachte, als offensichtliches Todeslager wäre Mauthausen …«, versuchte ich mich zu rechtfertigen. »Dass Mauthausen ein Todeslager war, ja, unter allen KZs wohl das Todeslager schlechthin, steht außer Frage – nicht zufällig wurde es von den Deutschen selbst ›Mordhausen‹ genannt«, fiel er mir wieder ins Wort. »Aber es war kein reines Todeslager, wenn man so sagen darf«, erklärte er. »Stufe III bedeutete zwar grundsätzlich den sicheren Tod, doch erst durch eine ganz präzise erzieherische Maßnahme: die Arbeit. Mit seiner isolierten Lage an einem Steinbruch war Mauthausen natürlich für die Vernichtung durch Arbeit prädestiniert. Gerade diese Tötungsart, so unvorstellbar, grausam, absurd sie auch sein mochte, war aber aus der Sicht der Nationalsozialisten höchst ungeeignet für die Juden. Denn für die Nazis war das jüdische Volk nicht einmal würdig, durch Arbeit vernichtet zu werden«, ergänzte er, als ob es die selbstverständlichste Sache der Welt sei. »Für sie standen direkt die Gaskammern bereit …«

Der Archivar dürfte die grenzenlose Enttäuschung auf meinem Gesicht bemerkt haben, denn er unterbrach seine Ausführungen unvermittelt und legte seine magere Hand auf meinen Arm – offenbar fürchtete er, ich würde gleich umkehren und ihn wieder allein lassen. »Umso leichter wird es für Sie sein, in unserem Archiv die erhaltenen Dokumente zu den vergleichsweise wenigen jüdischen Häftlingen einzusehen, die von Gestapodienststellen mehr zufällig als systematisch hier eingewiesen worden sind«, sprach er mir ermutigend zu, führte mich endlich in die Räume des Dokumentationszentrums und drückte mir ein Blatt in die Hand. »Das ganze Archiv steht

Ihnen zur Verfügung«, sagte er freundlich und zeigte auf eine Reihe grauer, rollbarer Aktenschränke hinter einem großen Schreibtisch. »Sie brauchen mir nur Ihren Ausweis zu zeigen und dieses kurze Anmeldungsformular auszufüllen. Ich bringe Ihnen inzwischen eine Tasse heißen Kaffee – und am besten auch eine Flasche Schnaps.«

66

Die lange Reise und das quälende Warten im Schneesturm hatten sich gelohnt. Zwar konnte ich zunächst in der relativ übersichtlichen Liste mit den Namen der registrierten jüdischen Häftlinge, die seit der Gründung des Konzentrationslagers aus dem ehemaligen Gebiet Österreichs nach Mauthausen deportiert worden waren, keine Löwensteins, Libeskinds oder Königs finden. Unter dem Familiennamen Rosenthal gab es jedoch einen Treffer: Ein als Volljude eingestufter Joseph Rosenthal, Besitzer einer kleinen Antiquitätenhandlung in der Linzer Gasse in Salzburg war im November 1939 in das Lager eingewiesen worden. Geyer brachte mir freudestrahlend die Mappe mit der Akte aus einem der Rollschränke des Archivs. Was ich dort fand, übertraf bei Weitem meine Erwartungen.

Mit typisch nationalsozialistischer Gründlichkeit hatte man die wenigen Habseligkeiten, die Joseph Rosenthal mit sich hatte nehmen können und die gleich bei seiner Ankunft ins Konzentrationslager von der SS eingezogen worden waren, peinlichst genau aufgelistet. Es handelte sich, wie oft in diesen Fällen, meist nur um Gegenstände, die lediglich für ihren Besitzer einen besonderen, persönlichen Wert haben konnten: Eine alte Armbanduhr, der Ehering, ein Medaillon mit Bild von Frau und Tochter … Doch in der Mitte der Auflistung stieß ich auf einen Eintrag, der ganz aus dem Rahmen zu fallen schien:

Tabakdose ohne Tobak, aus Schildpatt, mit eingelassenem Miniaturporträt auf Elfenbein in ovalem Messingrahmen, dazu vergilbter Zettel zwischen Porträtrückseite und Deckel mit der Bezeichnung »Joh: Mozart 1783«.

Wenn die Abkürzung »Joh:« für »Johannes Chrysostomus Wolfgangus Theophilus« stand, den vollständigen Taufnamen von Wolfgang Amadé Mozart, konnte es sich bei der Miniatur der Tabakdose um eines der wenigen überlieferten authentischen Porträts des Komponisten gehandelt haben – unvorstellbar, welchen Wert sie heute hätte. Vielleicht war die Tabakdose, wie der eifrige SS-Protokollant nicht versäumt hatte zu vermerken, auch deswegen »ohne Tobak« aufgefunden worden, ein antiquarischer Gegenstand, der nicht mehr wegen seines ursprünglichen Gebrauchszwecks, sondern aufgrund seines hohen kunsthistorischen Wertes aufbewahrt wurde.

Ich zeigte dem Archivar den Eintrag in der Akte und fragte ihn, ob es möglich sei, das beschlagnahmte Gut der KZ-Häftlinge im Archiv zu sichten. Bevor er überhaupt auf meine Frage einging, hob er etwas wichtigtuerisch das Blatt mit der Auflistung und hielt es eine Weile vor sich. »Da haben wir sie wieder, die Heroen unseres Landes: den Amadeus in des Führers Lager!«, rief er nach einigen Minuten in einem Tonfall, in dem sich Stolz und Sarkasmus gleichermaßen mischten, wobei nicht klar war, wem Ersterer und wem Letzterer galt. »Schön wäre es, wenn die SS etwas davon zurückgelassen hätte«, antwortete er schließlich auf meine Frage, ohne seine Enttäuschung zu verhehlen. »Aber leider war alles bereits verschwunden, noch bevor die Amerikaner eintrafen. So präzise die Nazis bei der Aufzeichnung aller Abläufe des Konzentrationslagers waren, so sorgfältig waren sie auch, wenn es darum ging, sich am Hab und Gut der Häftlinge zu bereichern.« Er legte die Akte auf den Tisch zurück und wies mit seinem langen, knotigen Zeigefinger auf das Ende der Auflistung auf der Rückseite des Blattes. »So war zum Beispiel im strengen Reglement des KZs vorgesehen, dass neben dem Protokollanten immer auch ein weiterer SS-Mann die Auflistung gegenzeichnete, um Diebstählen vorzubeugen – was freilich nicht verhinderte, dass die beiden Unterzeichner generös die Beute unter sich aufteilten.« Einem plötzlichen Einfall folgend, warf ich einen Blick auf die Namen, die unter den vergilbten, kaum lesbaren Signaturen am Ende der Auflistung maschinenschriftlich angeführt waren. Der Name des Protokollanten sagte mir nichts, doch der des Gegenzeichners traf mich wie ein Blitz. »Ich wusste es!«, rief ich und umarmte im Überschwang der Begeisterung den völlig verdatterten Archivar.

Ich weiß nicht, welches von meinen beiden Ichs – der auf die Zukunft fokussierte, nach erzählerischer Kontinuität strebende Krimiautor, oder der gegenwartsbezogene Hobby-Ermittler auf der Jagd nach einer Lösung eines Falls – als Erster auf die Idee kam, aber plötzlich ging mir eine Frage durch den Sinn, mit der ich die Fäden der Geschichte auf einmal wieder verknüpfen konnte: Und wenn nun Magdalena Rosenthal hier gewesen wäre? Und das gleiche Dokument vor mir in der Hand gehalten hätte, vielleicht mit den gleichen Fragen im Kopf, die mich dazu geführt hatten, dieses gottverlassene KZ zu besuchen? Ich fragte Geyer, ob jemand in letzter Zeit hier im Archiv gewesen sei und vielleicht den gleichen Aktenstoß zu den jüdischen Häftlingen nachgeschlagen habe. Der Archivar überlegte eine Weile, dann schlug er sich plötzlich auf die Stirn. »Jetzt, wo Sie fragen«, antwortete er beflissen, »erinnere ich mich, dass eine Frau – eine flotte Blondine, auf die selbst der Führer stolz gewesen wäre – vor einigen Monaten tatsächlich hier zu Besuch gewesen ist und eine Kopie genau dieses Schriftstücks hat anfertigen lassen.« Mit Mühe konnte ich mich zurückhalten, ihn ein zweites Mal zu umarmen. Von wegen ›tiefer Bruch im Erzählfluss des Romans‹! Ich brauchte nur noch eine direkte Verbindung zwischen Joseph und Magdalena Rosenthal – die schon der gemeinsame Familienname mehr als wahrscheinlich erscheinen ließ –, und ich würde vielleicht sogar den Fall lösen. »Ist es möglich, dass der Antiquar Joseph Rosenthal das KZ überlebt hat und nach dem Krieg wieder zurück nach Salzburg gekommen ist?«, fragte ich den Archivar, nachdem ich mich wieder beruhigt und meine Gedanken gesammelt hatte. Meine zweite Frage schien ihn noch mehr zu überraschen als die erste. Er zog erschrocken den kahlen Kopf zwischen den Schultern zurück und riss konsterniert die Augen auf, als ob man nichts Absurderes fragen könne. »Hatte er eine reelle Überlebenschance?«, präzisierte ich die Frage. Er zog die Brauen hoch und kratzte lange seine Glatze, als überlege er, wie er am besten antworten sollte. »Warten Sie mal«, sagte er schließlich und ging still zur Pforte. Nach kurzer Zeit kehrte er mit meinem Mantel zurück. »Ziehen Sie sich an und kommen Sie mit«, lud er mich mit einem seltsamen Lächeln ein. »Ich möchte Ihnen etwas zeigen.« Niemals in meinem Leben habe ich eine Frage so sehr bereut.

67

Der Schneesturm hatte sich beruhigt. Hinter dem verhangenen Himmel legte sich der fahle Schein der untergehenden Sonne über die totenstillen, schneebedeckten Baracken des ehemaligen Konzentrationslagers. Wir wateten im klirrenden Frost durch den tiefen Schnee bis zum ehemaligen Appellplatz in der

Mitte des Hauptlagers. Der Archivar blieb einen Moment mit gesenktem Kopf still vor den Häftlingsbaracken stehen, als ob er eine Schweigeminute einlegen wollte. »Jeden Tag bei jedem Wetter warteten hier die Schutzhäftlinge des KZs frühmorgens, in Zwanzigerreihen barackenweise rechts und links geordnet, auf das Erscheinen der SS-Leute für den Zählappell«, flüsterte er mir zu, als stünden die Häftlinge immer noch in Reih und Glied vor uns. Dann streckte er schlagartig den rechten Arm mit der flachen Hand schräg nach oben und brüllte lauthals über den leeren Platz: »Arbeitskommando formieren!« Er wendete sich auf dem Absatz nach rechts um und fing an, wie ein Zinnsoldat mit steif gestreckten Beinen und roboterhaften Bewegungen der Unterarme im Gleichschritt zur gegenüberliegenden Küchenbaracke zu marschieren. »Eine ganz einfache Rechenaufgabe, Nummer JP1646«, schrie er in meine Richtung, nachdem er bei einem großen kupfernen Kessel unter dem hervortretenden Dach angelangt war. »Wenn für 11 Stunden Tagesarbeit im Steinbruch mindestens 19 000 Kilojoule täglich notwendig sind, was wird bei einer Tagesration von maximal 6 000 Kilojoule die durchschnittliche Lebensdauer eines Häftlings sein?«, fragte er laut und schaute skeptisch in die leere Gulaschkanone hinein. Mir verschlug es die Sprache. »15 Monate? Du vergisst wohl die Sägespäne, mit denen eure Suppe abgeschmeckt wird, JP1646! Neun Monate? Unterschätze nicht die bräunliche Brühe, die ihr zu trinken bekommt! Sechs Monate? Wenn der Essensentzug nur nicht eine der effektivsten Disziplinarbehandlungen wäre …«

Ich blieb ratlos in der Mitte des Appellplatzes stehen, während er in Marschtempo durch den Schnee weiter zum danebenliegenden Lagergefängnis schritt. Dort zeigte er auf ein Plakat an der Außenwand, auf dem eine große schwarze Laus auf gelbem Grund abgezeichnet war. Ich konnte von Weitem die Aufschrift des Plakats in Fraktur nicht lesen, doch der Mann, der nun vollständig in die Rolle eines KZ-Wärters hineingeschlüpft war, vermittelte mir den Inhalt deutlich genug. »Eine Laus, du fliegst raus!«, hallte seine schrille Stimme immer wieder nach, während er im Marschschritt um sich herum kreiste und bei jeder neuen Drehung mit dem gestreckten rechten Arm auf den Kamin der Krematorien zwischen Lagergefängnis und Krankenrevier zeigte. »Raus woraus? Raus *da*raus! – Eine Laus, du fliegst raus! Raus woraus? Raus *da*raus! – Eine Laus …« Nachdem er den gruseligen Refrain mehrmals wiederholt hatte, riss er die Tür des Krankenreviers auf und lud mich mit einer theatralischen Geste dahinein. »Die Sache ist doch einfach, JP1646«, brüllte er. »Du brauchst nur ordentlich zu duschen, dann wirst du deine Läuse schon los werden, vielleicht sogar vor der nächsten Lauskontrolle …« Ich weigerte mich, ihm zu folgen. »Ich sehe schon, du hast Angst vor den Duschen neben den Krematorien, Jot-Pe«, setzte er mit einem etwas übertriebenen Hohngelächter fort. »Nur: Was machst du denn, wenn du diese Nacht 20 Mal aus dem Fenster deiner Baracke springen und dich im Dreck wälzen musst, bis du selbst deinen eigenen Gestank nicht mehr aushältst?«

Er blieb kurz stehen und schaute zu mir, als ob er tatsächlich auf eine Antwort meinerseits warten würde, dann drehte er sich ruckartig um 90 Grad und stelzte im Marschschritt durch den Schnee vom Krankenrevier zurück zum Lagergefängnis. »Und vor allem«, dröhnte seine verzerrte Stimme wieder über den Appellplatz, »glaubst du wirklich, deine Ausdünstungen blieben unbestraft, JP1646?« Er wies auf eine lange Liste, die an der Tür des Lagergefängnisses hing. »Du unterschätzt wieder mal die Reichweite unseres Strafenkatalogs, Jot-Pe!«, rief er mir zu, wobei er die Liste der Strafmaßnahmen mit seinem Zeigefinger durchging. »Da wäre zum Beispiel die Prügelstrafe: Bis zu 75 Schläge mit dem Ochsenziemer, die du selbst laut auf Deutsch mitzuzählen hast.« Er verschwand in das Gebäude, und ich hörte in regelmäßigen Abständen von dort her laute Peitschenhiebe knallen und wie er, einen osteuropäischen Akzent nachäffend, sie auf Deutsch aufzählte. Nach einer kurzen Pause tauchte sein kahler Kopf aus dem Türspalt und lachte höhnisch: »Und wenn du dich verzählst oder einen Fehler machst, wird wieder von vorne angefangen!«

Ich spürte, wie der Frost langsam meine Glieder hochkroch und eines nach dem anderen lähmte. »Ich sehe aber, dass du dich nicht vom Fleck rühren willst, JP1646«, sprach Geyer mit gespielter Enttäuschung vor der Tür des Arrestgebäudes. »Kein Problem, das Lager bietet auch dafür mehrere Lösungen – vom klassischen Arrest in der Dunkelkammer des Bunkers ohne die Möglichkeit zum Hinlegen respektive Sitzen bis hin zum durchaus erlebenswerten ›Torstehen‹. Letzteres ist freilich abwechslungsreicher, kann aber auch böse Überraschungen bereithalten, Jot-Pe: Du stellst dich einige Meter weit vor einen der beiden Wachtürme und lässt dir dort Tag und Nacht gefallen, dass die SS-Männer, wenn sie auf dem Weg vom Hauptlager zum SS-Bereich durch das Tor gehen, dich zum Spaß immer wieder schlagen und treten, bis du vor Schmerz und Erniedrigung zusammensackst …« Ich wurde immer unruhiger und fing an zu denken, ob es nicht besser sei, die Gedenkstätte auf der Stelle zu verlassen. »Wenn du aber die Geduld dazu nicht aufbringen kannst«, fuhr der Mann in dem gleichen spottsüchtigen Ton fort, als lese er meine Gedanken, »gibt es auch schnellere Lösungen, zum Beispiel das Pfahlhängen: Deine Hände werden mit einem fingerdicken Strick auf dem Rücken zusammengebunden, dann wird dein Körper an diesem Strick in etwa zwei Meter Höhe am Querbalken einer Baracke aufgehängt, sodass sein ganzes Gewicht auf den nach rückwärts gebogenen Gelenken lastet. Die Dehnungsschmerzen der Muskulatur sind zwar unerträglich, dafür fällst du aber bereits nach 30 Minuten in Ohnmacht …«

Um einen Anflug von Übelkeit zu unterdrücken und die unerträgliche Kälte abzuschütteln, die sich meiner bemächtigt hatte, drehte ich mich um und stapfte entschlossen durch den Schnee zum Eingangstor zurück. »Wo willst du hin, JP1646?«, rief Geyer und lief mir keuchend hinterher. »Ist dir das alles etwa zu ›banal‹?« Ich beschleunigte meinen Schritt, sodass er mich erst erreichte, als ich bereits durch das breite Tor zwischen den quadratischen Wachtürmen hindurch aus dem Hauptlager entkommen war. Er legte seine Rechte auf meine linke Schulter und hielt sich schwer atmend fest. Nach einer langen Pause hob er wieder den Kopf und starrte mich mit einem unheimlich flirrenden Blick an. »Ach so, ich verstehe, Jot-Pe«, japste er überspannt. »Du willst zur Fallschirmspringerwand!« Er nahm mich beim Arm und führte mich an der SS-Kommandantur vorbei bis zur gegenüberliegenden, schneebedeckten Abbruchkante des Steinbruchs. Ein schwindelerregender Abgrund tat sich hier vor mir auf. Am Fuße der etwa 50 Meter tiefen, fast senkrechten Felswand konnte ich im dämmrigen Licht des winterlichen Nachmittags die verschneiten Brocken des Steinbruchs und die gefrorene Fläche einiger Wassertümpel erblicken. »Am schnellsten geht es freilich, wenn du dich als freiwilliger Fallschirmspringer meldest, Jot-Pe«, flüsterte er mir ins Ohr, ohne den Griff zu lockern. »Du brauchst nur einen kleinen Sprung nach vorne in den sogenannten Wiener Graben zu machen, und – hopsala! – alles ist vorbei.« Ich schreckte instinktiv zurück. Er streckte seinen Kopf weit hinaus und schaute furchtlos hinunter. »Wie Lemminge haben sie sich an manchen Tagen in Scharen da hinuntergestürzt und sind am Fuß der Wand zerschellt oder in den Wassertümpeln ertrunken, meist bei der Rückkehr vom Steinbruch ins Lager, wenn die Qualen unerträglich wurden …«, erzählte er weiter, nachdem er sich von mir abgewandt hatte und tollkühn mit ausgestreckten Armen am Abbruchhang balancierte. »So sparte sich die SS die Mühe, die Häftlinge selbst umzubringen – was freilich den Erfordernissen höchstmöglicher Effizienz entgegenkam. Vernichtung durch Verzweiflung statt Vernichtung durch Arbeit: Gar nicht so banal, die Idee des Fallschirmspringens aus der Steinbruchkante, Jot-Pe, wirklich nicht …«

Ich wich angewidert zurück und nahm den steinigen Pfad, der sich entlang der Steinbruchkante weg vom Lager bergab schlängelte. Doch nach einigen Metern befand ich mich plötzlich vor einer absteigenden Steintreppe, die ins Nirgendwo zu führen schien. »Vorsicht, Stufen!«, rief Geyer mit vorgetäuschter Fürsorge und trippelte entlang der Abbruchkante in meine Richtung. »Ist das der richtige Weg?«, fragte ich ihn etwas naiv. »Aber freilich, bitte sehr, nach Ihnen, Jot-Pe!«, forderte er mich mit einem breiten Grinsen auf. Ich stieg die harschigen Stufen vorsichtig hinunter. Nach wenigen Stufen tat sich vor uns der Steinbruch unter der Fallschirmspringerwand auf. »Was denkst du: Wie kann man bereits den Weg zur Arbeit zu einer Höllenfahrt machen?«, fragte der Peiniger hinter mir. Ich ignorierte ihn und ging die Steintreppe weiter hinunter. »Ganz einfach, Jot-Pe!«, grölte er mir nach. »Es reicht, diese heute gleichmäßigen Stufen zu willkürlich aneinandergereihten, ungleich großen Felsbrocken der verschiedensten Formen zu behauen. Dann kann man zum Beispiel ganz gut Domino mit den Häftlingen spielen: Man braucht nur die letzten Reihen einer abwärts gehenden Kolonne durch Fußtritte und Kolbenhiebe zum Ausgleiten zu bringen, und schon kullern die Häftlinge, ihre Vordermänner im Sturze mitreißend, in einem wüsten Haufen die Stufen hinunter. – Den Menschen dem Stein gleichzumachen, den er vom Steinbruch hochzutragen hat: zum Kugeln sozusagen!«

Ich hatte inzwischen das Ende der Steintreppe erreicht. Vor mir öffnete sich der verschneite Steinbruch wie ein rohes, im Granitfels freigelegtes Riesengrab. Aus dem vereisten

Schneemantel ragten einige Felsbrocken unterschiedlicher Größe ins düstere Licht des Winterabends. Geyer brach als Erster die beklemmende, frostklirrende Stille, die über den weiten Graben lag. »Und nun stell dir vor, welche Kraftanstrengung es erfordert, mehrmals täglich bleischwere Granitblöcke über insgesamt 186 unregelmäßige, meist einen halben Meter hohe ›Stufen‹ nach oben zu schleppen! – Vorausgesetzt, dass du vorher das Dominospiel überlebt hast, Jot-Pe …«

68

Ich weiß nicht, ob es die tagelangen Recherchen im Salzburger Landesarchiv, die schlaflose Nacht in der Arrestzelle der Polizeiinspektion, die anschließende Reise nach Mauthausen, das lange Warten im Schneesturm, die schaurige Führung durch die Gedenkstätte, der desolate Anblick des menschenleeren Steinbruchs oder einfach nur die schneidende Kälte war, aber plötzlich überkam mich eine tiefe Müdigkeit. Die ungeklärte Mordserie, der Tod Magdalenas, der nebulöse Kriminalroman, alles wurde vor der trostlosen Öde des Steinbruchs schlagartig zu einer unerträglichen Bürde. Eigentlich wollte ich nur kurz neue Kräfte sammeln und ein wenig verschnaufen, doch als ich mich auf die erste Stufe der Steintreppe setzte, merkte ich mit Bestürzung, dass ich nicht mehr weiterkonnte. Nur noch wie ein entferntes Echo hörte ich die Stimme des Archivars in meinem Kopf nachhallen: »Bleiben Sie nicht sitzen, sonst werden Sie hier erfrieren! Frischauf! Sie dürfen sich nicht aufgeben!« Ich hob den Kopf, aber das markante Profil meines Gegenübers verschwamm mir vor den Augen. »Wenn Sie sich nicht jetzt sofort bewegen, wird es zu spät sein!« Aus seiner Stimme war jede

Spur von Sarkasmus verschwunden. »Kein Rettungsdienst wird Sie hier rechtzeitig bergen können …« Er rüttelte mich heftig an den Schultern, doch ich kam erst wieder zu mir, als er mir zwei schallende Ohrfeigen gab. Hastig zog er einen Flachmann aus der Innentasche seiner dunkelbraunen Dienstjacke, öffnete ihn und kippte mir den Inhalt in den Mund. Ich spürte plötzlich ein heftiges Feuer in mir brennen. Er setzte mir nochmals die kleine Flasche an den Mund. »Glauben Sie mir«, sagte er gefasst, »das ist so ziemlich das Einzige, was unter diesen Umständen helfen kann. Und es hilft …« Ich nahm noch einen kräftigen Schluck und versuchte mühsam, aufzustehen. Mit einer Kraft, die ich seiner hageren Gestalt nie zugetraut hätte, packte mich Alois Geyer und zog mich hoch. Dann legte er meinen rechten Arm über seine Schultern, damit ich mich auf ihn stützen konnte, während wir die Steintreppe wieder hinaufgingen. Hätte ich seinen schweren Atem ganz nah an meinem rechten Ohr nicht gehört, hätte ich geglaubt, von einem Skelett, ja vielleicht vom Tod höchstpersönlich hochgehievt zu werden, so stark spürte ich das Gerippe seines mageren Körpers unter meinem Gewicht. »Wir wollen doch nicht hier auf der Todesstiege sterben, nicht wahr«, flüsterte er mir nicht gerade aufmunternd zu. Ich schleppte mich, so gut es ging, alleine über die letzten vereisten Stufen, doch ich weiß nicht, ob ich es ohne seine Stütze bis hierher geschafft hätte.

Als wir das obere Ende der Todesstiege erreichten, war es bereits dunkel geworden. Die tiefe Finsternis hinter der Abbruchkante schien wie ein schwarzes Loch alles in sich einsaugen zu wollen. An der Fallschirmspringerwand verlor sich mein Blick einen Moment lang in der unergründlichen, zeitlosen Dunkelheit. Zum ersten Mal wurde mir die schwindelerregende Anziehungskraft bewusst, die diese Kluft auf die Häftlinge des Konzentrationslagers ausgeübt hatte, nachdem jede Hoffnung verloren und nur der bloße Schmerz geblieben war. Der Freitod erschien mir plötzlich nicht mehr wie ein quälender, furchterregender Ausweg, sondern wie eine ganz und gar natürliche, ja in gewissem Sinne glückliche Wahl. Nie zuvor hatte ich in meinem Leben dem Tod so tief in die Augen gesehen wie an dieser Abbruchkante. Und er bot sich mir zu meiner Verwunderung nicht mit dem abschreckenden Anblick des Ungewissen an, sondern mit der verlockenden Leichtigkeit eines erlösenden Flugs ins Freie. Ich dachte unwillkürlich an das ekstatische Lächeln auf den entrückten Gesichtern der Mordopfer, und auf einmal erleuchteten Mozarts Todesgedanken die Dunkelheit des Abgrunds – Worte, die ich als Krimiautor ursprünglich nur als prägnante Einleitung zu zitieren beabsichtigt hatte, deren tiefer Sinn mir aber erst jetzt als an der Handlung direkt beteiligter Person einzuleuchten begann und viel später, als alles vorbei war, in ihrer ganzen unfassbaren Tragweite klar werden sollte: *... dass sein Bild nicht allein nichts Schreckendes mehr für mich hat, sondern recht viel Beruhigendes und Tröstendes ...* Ich breitete die Arme aus, machte die Augen zu und atmete tief die kalte Abendluft ein ...

»Nicht runterschauen!«, rief mein Begleiter hinter mir. Er umschloss mich von hinten mit beiden Armen und zerrte mich von der Abbruchkante weg. Erst als wir auf dem verschneiten Pfad das Hauptlager passiert hatten und der spärlich beleuchtete Doppelwachturm aus meinem Blickfeld verschwand, erwachte ich aus diesem Trancezustand. »Danke, Herr Geyer«, sagte ich noch leicht benommen und drückte dem Archivar zum Abschied die Hand. Ein müdes Lächeln huschte über sein Gesicht. »Um auf Ihre Frage zurückzukommen: Ihr Joseph Rosenthal hat letzten Endes Glück gehabt, ein Jude zu sein«, versuchte er mich zum Abschied zu trösten. »Da, wie erwähnt, hier in Mauthausen die Juden nicht einmal für wert gehalten wurden, durch Arbeit vernichtet zu werden, hat man sie unmittelbar nach ihrer Ankunft in die Gaskammer geschickt.« Eine unendliche

Traurigkeit schimmerte in seinen Augen. »So wurden ihnen nicht nur die unerträglichen Qualen der Zwangsarbeit erspart. Auch die Welt blieb für sie in gewissem Sinne heil, da sie in dem Glauben entschliefen, gebadet oder entlaust zu werden, und so die unvorstellbaren Gräuel dieses Ortes nie erfahren mussten.«

69

Martin Heinrich Schneiderhahn – das war der Name, der, maschinenschriftlich und handsigniert, am Ende der Liste der in Mauthausen beschlagnahmten Gegenstände des Salzburger Antiquars Joseph Rosenthal stand: Was war das für ein Mensch, dieser hochgebildete Mann, der mit nicht einmal 20 Jahren in eine auf Kunstraub spezialisierte Sondereinheit der SS eingetreten war, um wertvolle Kunstobjekte zu sammeln, vielleicht nach seiner Überzeugung sogar zu ›retten‹? Ein Mozart-Fanatiker, der für ein originales Porträt des Komponisten nicht davor zurückschreckte, dessen rechtmäßigen Besitzer in den sicheren Tod zu schicken? Oder ein Musik- und Kunsthistoriker, der sich nur an die politischen Verhältnisse der Zeit angepasst hatte? Jedenfalls einer, der eine dubiose Vergangenheit zu verbergen hatte. Und, nach dieser Vergangenheit zu urteilen, zu Morden durchaus fähig war – und sei es auch nur, um deren Enthüllung zu verhindern.

Eine direkte Verbindung zur Mordserie, die Salzburg lange nach der Ermordung von Joseph Rosenthal in Mauthausen erschüttert hatte, fehlte zwar noch. Ein weiterer Gegenstand, der in der Liste seiner Habseligkeiten im Archiv des Konzentrationslagers neben der Tabakdose mit dem Mozart-Miniaturporträt erwähnt wurde, gab mir aber den entscheidenden

Hinweis, um die Brücke zwischen den Bluttaten zu schlagen: Nach der Beschreibung des Medaillons mit dem Lichtbild von Frau und Tochter, das bei der Ankunft von Joseph Rosenthal im KZ ebenfalls beschlagnahmt wurde, hatte der Antiquar wohl zwei Angehörige hinterlassen. Zwei kurze Besuche im Salzburger Einwohnermeldeamt und im Landesarchiv reichten mir, um ihr Schicksal in groben Zügen zu rekonstruieren. Demnach waren Frau und Tochter kurz vor der Einweisung des Antiquars nach Mauthausen in die Schweiz ausgewandert. Nach dem Krieg waren sie nach Salzburg zurückgekommen, wo sie, nachdem sie ihr ganzes Hab und Gut unwiederbringlich an die Nationalsozialisten verloren hatten, in ärmlichen Verhältnissen leben mussten. Den Unterlagen des Meldeamts konnte ich entnehmen, dass die Tochter des Antiquars bereits in jungem Alter und noch unverheiratet kurz nach der Geburt eines Kindes gestorben war. Der Name des Kindes passte jedoch ins Bild wie der letzte Stein eines komplizierten Mosaiks: Magdalena Rosenthal.

Sollte die Miniatur der Tabakdose tatsächlich eines der wenigen authentischen Porträts von Wolfgang Amadé Mozart darstellen, wäre die Sekretärin des Mozartianums wohl die einzige Erbin eines der wertvollsten Beutekunstobjekte aus dem Zweiten Weltkrieg gewesen. Hätte sich Professor Schneiderhahn damals die Tabakdose mit dem Miniaturporträt unbemerkt angeeignet, wäre dies, viel schwerwiegender als der Tatbestand der Unterschlagung, der unwiderlegbare Nachweis seiner Beteiligung an den Verbrechen der SS gewesen. Schlimmer noch: Wäre Magdalena auf die Spur der Tabakdose gekommen und hätte sie, möglicherweise mit der prominenten Unterstützung von Löwenstein, Libeskind und König, vielleicht deren Rückgabe gefordert, wäre der Ruf des Professors für immer ruiniert gewesen – ein klares Motiv für einen Mord beziehungsweise Serienmord.

70

Natürlich waren dies erst nur Vermutungen, doch sie lieferten eine klare Spur, die sich durchaus weiter zu verfolgen lohnte, und sei es auch nur, um die nunmehr erweckte Neugier des Lesers über meine noch zu vollendende Kriminalgeschichte zu befriedigen. Als Erstes versuchte ich daher, die Echtheit des Miniaturporträts zu prüfen. Ich hatte die Tabakdose zwar nicht in Händen, im Eintrag auf der Liste des KZs war sie jedoch ziemlich detailliert beschrieben, und ich kannte jemanden, dem ich es zutraute, anhand dieser Angaben mehr über den antiquarischen Gegenstand und dessen Besitzer in Erfahrung zu bringen.

Wie bei meinem ersten Besuch fand ich Edeltraut Goldschmid versteckt auf dem Schemel in dem Louis-seize-Garderobenschrank ihres Antiquitätenladens, vertieft in die Lektüre eines alten Auktionskatalogs. Die alte Dame ahnte sofort den Grund meines Besuches. »Sie möchten mich vielleicht wie beim letzten Mal mit einer anregenden Frage erfreuen?«, sagte sie charmant wie immer, nachdem sie aus dem Schrank gestiegen und mit einer nonchalanten Geste die saphirbesetzte Brosche ihres Kostüms zurechtgerückt hatte. Ich zeigte ihr eine Kopie der Liste mit den Habseligkeiten von Joseph Rosenthal und gab einen kurzen Bericht über den Stand meiner Ermittlungen in Mauthausen. Als ihr Blick auf die kurze Beschreibung der Tabakdose fiel, leuchteten ihre Augen hinter der randlosen Lesebrille freudig überrascht auf. Ohne ein Wort zu sagen, ging sie hinter den Ladentisch und kramte aus der untersten Schublade einen großen, vergilbten Antiquitätenkatalog hervor. Schnell blätterte sie den alten Band durch und legte ihn offen vor mir auf die Thekenplatte. Auf der linken Seite waren zwei Schwarz-Weiß-Fotografien zu sehen: Die erste bildete eine kleine, rechteckige, dunkelfarbige Tabakdose mit einer

Miniatur auf dem Deckel ab, die zweite gab das Miniaturporträt selbst vergrößert wieder. Sollte der Herr im ovalen Messingrahmen Wolfgang Amadé Mozart darstellen, so erschien er ganz anders als im weltbekannten Bildnis des Komponisten. Anstelle der gepflegten hellgrauen Beutelperücke mit doppelten waagrechten Lockenrollen und des roten, goldverzierten Rocks mit feinem Spitzenjabot trug der jugendlich wirkende Mann eine kurze, lässig gekräuselte Perücke und einen dunklen Justaucorps mit loser Halsbinde. Kein rosiges Gesicht mit markanter Aristokratennase und zurückhaltendem Lächeln blickte hier den Betrachter an, sondern zwei große, gedankenschwere graue Augen stachen aus der elfenhaften Blässe eines kindlich verspielten und zugleich todernsten Antlitzes hervor. »Er sieht völlig anders aus, nicht wahr?«, las Madame Goldschmid meine Gedanken. »Dafür aber umso authentischer«, nickte sie schmunzelnd. »Leider wurde unser Bild von Mozart durch Porträts wie das berühmte Ölgemälde von Barbara Krafft geprägt, die erst nach dem Tod des Komponisten entstanden und eher eine idealisierte Figur darstellen«, erklärte sie. »Wir kennen dies schon aus dem Requiem, das Süßmayr nach Mozarts Tod vollendet hat.« Sie zeigte auf das Schwarz-Weiß-Foto der Tabakdose und lächelte mich anerkennend an. »Was Sie aber entdeckt haben«, fuhr sie fort, »ist etwas ganz anderes: Die Beschreibung in der Liste des Konzentrationslagers passt genau zu einem originalen Mozart-Porträt von Joseph Maria Grassi aus dem Jahre 1783. Die Tabatière mit der Miniatur ist seit dem Zweiten Weltkrieg verschollen und konnte bisher nur noch in alten Reproduktionen wie in diesem Salzburger Kunstkatalog vom 1935 gezeigt werden. Die Besitzerfolge lässt sich aber, zumindest bis zu Joseph Rosenthal, lückenlos dokumentieren, sodass man diesbezüglich ohne Zweifel von einem authentischen Porträt des Komponisten sprechen kann. Wie schade, dass es durch den Krieg verloren gegangen ist …«

»Vielleicht haben wir es hier aber weniger mit einem Kriegsverlust als vielmehr mit einem Kunstraub zu tun«, erlaubte ich mir, die alte Dame zu unterbrechen. Sie führte ihre gepflegte, mit einem kostbaren Ring geschmückte rechte Hand ans Kinn und überlegte kurz. »Wenn dem so wäre«, sagte sie dann voller Ernst, »käme dem Eintrag, den Sie im Konzentrationslager entdeckt haben, eine juristisch entscheidende Bedeutung zu.« Ich schaute sie fragend an. »Die Restitution von Raubkunst an die ehemaligen Eigentümer oder deren rechtmäßige Erben ist ein schwieriges Unterfangen«, erklärte sie. »Erstens sind äußerst aufwendige Recherchen erforderlich, um die Provenienz eines geraubten Kunstwerks zu klären – was hier zum Glück nicht der Fall ist, da sowohl die Herkunft der Tabatière aufgeklärt als auch deren rechtmäßige Erbin identifiziert ist. Zweitens sind aber vor allem die Beweisanforderungen, besonders vonseiten der staatlichen Museen und Einrichtungen, mittlerweile so hoch geworden, dass es kaum möglich ist, die Rückgabe eines geraubten Kunstgegenstandes gerichtlich durchzusetzen – ganz abgesehen davon, dass in den meisten Fällen von Kunstraub die Opfer alle persönlichen und behördlichen Aufzeichnungen in Österreich zurücklassen mussten und so keine Dokumente mehr vorweisen können, die ihren Eigentumsanspruch belegen. Hier haben wir aber schwarz auf weiß die offizielle Bestätigung der NS-Behörde, dass die Tabakdose im Rahmen der Judenverfolgung durch das NS-Regime entzogen wurde. Ein klarer Fall von NS-Raubkunst, deren Restitution gerade aufgrund dieses Dokuments relativ leicht erreicht werden könnte …« »wenn man nur wüsste, wo sich die Dose befindet«, ergänzte ich den Gedankengang der Antiquarin. Sie schob die Lesebrille auf die Nasenspitze und blickte mich einen Moment bedeutsam an. »Man könnte Martin Heinrich Schneiderhahn fragen, vielleicht weiß er etwas mehr darüber«, sagte sie mit einem zaghaften Lächeln. »Das ist genau das, was ich als nächstes zu tun beabsichtige«, antwortete ich bestimmt. Mit einer höflichen Verbeugung und einem angedeuteten Handkuss bedankte ich mich bei der alten Dame und machte Anstalten zu gehen. Eine Sorgenfalte zeichnete sich auf der Stirn von Edeltraut Goldschmid ab, als sie mich zum Ausgang begleitete. Vor der Tür des Antiquitätenladens nahm sie plötzlich meine Hand und zog bekümmert die Augenbrauen zusammen. »Seien Sie vorsichtig«, flüsterte sie besorgt. »Ich fürchte, der Professor wird sich über die Frage nicht besonders freuen, wenn es stimmt, was Ihre tiefschürfenden Ermittlungen über ihn ans Licht gebracht haben …«

71

Während ich der neuen Fährte folgte, blieb Chefinspektor Stiller nicht untätig. Kaum hatte ich die Arrestzelle der Polizeistation verlassen, begann er, noch einmal die zahlreichen Beweisstücke und Hinweise zur Mordserie in seinem Büro gründlich durchzugehen. Aus langer Erfahrung wusste er: Oft erwies sich gerade das scheinbar unbedeutendste Detail als entscheidend, um einen verzwickten Fall zu lösen; nicht selten waren es vor allem die kleinen, unauffälligen Ungereimtheiten, die auf die richtige Spur führten. Und davon gab es in dieser Mordserie – sah man von festen Tatbeständen wie etwa der immer noch nicht ganz geklärten Vergiftung durch die *Aqua toffana* oder dem nicht minder schleierhaften Zeichen des *Memento moreris* ab – wohl genug: von den ungewöhnlichen Aufführungshinweisen im Chorpart der Dirigierpartitur des ersten Opfers bis hin zur Taschenpartitur des Requiems, die beim letzten Opfer im Autographenkeller offen gefunden worden war. Beide

Details hingen offensichtlich mit Mozarts Requiem zusammen, aber was hatte schon in diesem Fall nicht damit zu tun? Überall tauchten der Komponist und sein letztes Werk immer wieder auf. Hier den richtungsweisenden Hinweis finden zu wollen, war wie eine Stecknadel im Heuhaufen zu suchen.

Während er seinen mittlerweile beträchtlichen Bart gedankenverloren bearbeitete, analysierte Stiller den ganzen Tag lang vergeblich das undurchschaubare Dickicht von Tatsachen, Indizien und Verdachtsmomenten in der Mordserie, bis er am späten Abend, als sich in ihm eine gewisse Verzweiflung breitmachte, zur endgültigen Einsicht kam: Um in den Ermittlungen einen Schritt weiterzukommen, musste er die Karten neu mischen, alle Steine des Mosaiks durcheinander werfen und wieder neu zusammenfügen, in der Hoffnung, ein neues, schlüssiges Bild könnte auf wundersame Weise daraus entstehen. Er kannte nur ein allerletztes, nicht ganz konventionelles Mittel, das ihm dabei helfen konnte. Normalerweise hob er es für den Notfall im Schrank seines Büros auf. Doch seit er in Salzburg angekommen war, hatte er noch nicht die Zeit gefunden, es sich zu beschaffen. Daher zog er sich seinen Mantel an, rief seinen getreuen Labrador, der neben dem Schreibtisch gemütlich vor sich hindöste, und verließ mit raschen Schritten die Polizeistation über die schmale Treppe des Notausgangs.

Eigentlich trank er keinen Alkohol, ja er hasste ihn – seinen penetranten Geruch, den brennenden Beigeschmack, die Vernebelung der Sinne. Doch er war sich bewusst, an einem Punkt angekommen zu sein, an dem klares Denken nicht mehr weiterhalf. Er brauchte einen Neuanfang, eine Erleuchtung, einen zündenden Funken, der ein neues Licht auf den Fall werfen und ihm die unerwartete Wende bringen könnte. Und Alkohol war – leider – dafür genau das Richtige, um jenen Nebelschleier über das Geschehene zu breiten, der es ihm erlauben sollte, festgefügte Zusammenhänge aufzubrechen und neue, unverhoffte

Verbindungen zu knüpfen. Die Adventszeit schien ihn in seinem Vorhaben sogar zu bestärken: Der Christkindlmarkt in der Altstadt bot mit seinen unzähligen Glühweinständen rund um den Dom- und den Residenzplatz allerlei Möglichkeiten, den Alkoholkonsum wenigstens geschmacklich erträglich zu machen und dabei auch die eisige Kälte des Winters zu vertreiben.

Zunächst folgten Zeus und Stiller der angenehmen Duftspur von gebrannten Mandeln und würzigen Lebkuchen im weihnachtlichen Lichtermeer der engen Gassen der Altstadt, bis sie vor dem ersten Glühweinstand am Eingang des Residenzplatzes eintrafen. Für jede Tasse des heißen Getränks, die Stiller am Tresen jedes der folgenden Stände vorsichtig schlürfte, erhielt Zeus, der Alkohol gar nicht vertrug, eine warme Wurst aus der Pfanne – mal eine Käsekrainer, mal eine Debreziner, mal eine einfache Frankfurter. Man konnte nicht sagen, dass Stillers Glühweinrunde eintöniger war als die Kost seines Rüden: Zu seinem Erstaunen schmeckte kein Glühwein wie der andere – mal zimtig süß, manchmal zitronig sauer, hin und wieder etwas teeig, zuweilen mit einer würzigen Nelkennote.

Bei all den Geschmacksnuancen vergaß Stiller bald, wie viel Alkohol er inzwischen intus hatte. Erst als er sich, schon leicht berauscht, anschickte, von den Ständen des Residenz- zu denen des Domplatzes hinüberzuwechseln, wurde er plötzlich stutzig. Er war sich nicht sicher, ob es nur die einsetzende Wirkung des Alkohols war, jedenfalls hatte er plötzlich das Gefühl, von jemandem verfolgt zu werden. Er glaubte zu bemerken, dass ein ihm bekanntes Augenpaar in der Besuchermenge ihn unverwandt anstarrte, ja er meinte nun sogar, dass ihm dieser vertraute Blick bei seinem Rundgang auf dem Weihnachtsmarkt immer wieder aufgefallen war. Und jetzt, der Glühwein mochte auch daran schuld sein, spürte er jene Augen auf seinem Rücken ruhen. Er hielt kurz auf wackeligen Beinen inne und versuchte, sich ruckartig umzudrehen. Doch er fand in der wogenden Menge, sosehr er sich auch bemühte, kein bekanntes Gesicht. Nur Zeus spitzte die Ohren und wedelte heftig mit dem Schwanz, als habe er jemanden identifiziert. Die sabbernd heraushängende Zunge und der auf den naheliegenden Würstelstand gerichtete Blick des Labradors verrieten jedoch unmissverständlich, dass er keine Person im Sinne hatte.

Als der Chefinspektor sich wankend wieder umwandte, erschien plötzlich vor ihm, auf einem Sockel vor den Dombögen mondhell schimmernd, Wolfgang Amadé Mozart mit seiner Geige unter dem Arm. Stiller torkelte benommen zurück. »Ah, du bist es also! Dann bin ich doch wirklich betrunken …« Der Musiker würdigte ihn nicht einmal eines Blickes, sondern starrte weiter vor sich hin ins Leere. »Lass mich in Ruhe, Mozart!«, nuschelte Stiller unwirsch und machte eine wegwerfende Handbewegung in Richtung der in absoluter Starre verharrenden Figur. »Jetzt brauche ich dich gerade nicht: Ich muss meine Gedanken erstmal durcheinanderbringen, nicht klären – abgesehen davon, dass dich die ganze Zeit vor Augen zu haben mir kaum helfen kann, den wahren Täter aufzuspüren …«

»Ganz im Gegenteil!«, zischte da plötzlich der silberne Mozart durch die Zähne, ohne seine starre Pose zu ändern.

Stiller sah ihm etwas verstört in die silberhellen, auf einen unbestimmten Punkt über seinem Kopf fixierten Augen. »Meinst du wirklich, ich kann den Fall schneller lösen, wenn du mir immer im Wege bist?«, fragte er brüsk.

»Und ob!«

»Und wie, wenn du nur eine Projektion von mir bist?«

»Indem du aufhörst zu denken, ich sei nur eine Projektion von dir«, gab die lebende Statue mit undurchdringlicher Miene zurück.

Stiller lachte laut. »Das ist starker Tobak!«

Doch sein Gegenüber wurde ganz ernst. »Erst wenn du dich endlich entschließt, wirklich an meine Existenz zu glauben, wirst du den Mörder finden können«, wiederholte er sibyllinisch.

»Willst du damit sagen, dass du mehr weißt, als ich wissen kann?«

»Und ob!«

»Und wie?«

»Eben weil ich mehr als nur eine Projektion von dir bin, viel mehr …«

Stiller war vom Alkohol noch nicht so vernebelt, um nicht zu merken, dass sich das Gespräch im Kreis drehte. »Diese lästigen Auftritte von dir bringen nichts, Mozart, das ist die Wahrheit!«, rief er und überlegte kurz, wie er sich von seiner Halluzination befreien könnte, um seine Runde durch die Glühweinstände des Christkindlmarkts fortzusetzen. »Ich mache dir einen Vorschlag«, sagte er schließlich nicht ohne einen spöttischen Unterton. »Wenn der Fall abgeschlossen ist, erzähle ich meinem Informanten in Salzburg von dir, damit er deine Erscheinungen in seinen Roman aufnimmt. So kannst du dort bis in alle Ewigkeit deine Existenz bestätigt bekommen – und sei es auch nur als völlig durchsichtiger narratorischer Behelf, um meine Gedanken bildhaft darzustellen …«

»Dann wollen wir hoffen, wenigstens die Leser des Romans werden klug genug sein einzusehen, dass mein wiederholtes Erscheinen alles andere als ein billiger Erzähltrick ist, sondern dass es einen triftigen Grund gibt, warum ich immer wieder versuche, dich von meiner Existenz zu überzeugen«, konterte die lebende Statue in herausforderndem Ton. »Sonst fürchte ich, dass sie bei ihrer Lektüre genauso weit von der Lösung des Falls entfernt bleiben werden wie du bei deinen Ermittlungen …«

»Ich fürchte eher, die Leser werden von deiner sinnlosen Gedankenakrobatik genauso genervt sein wie ich«, entgegnete Stiller schroff. »Deine Erscheinungen sind, ehrlich gesagt, so unwirklich, dass selbst der Autor eines Romans besser daran täte, sie ganz auszulassen, um die Glaubwürdigkeit seiner Story nicht zu gefährden …«

»Wenn der Autor das täte, wäre es ein unverzeihlicher Fehler, denn er würde seinen Kriminalroman eines entscheidenden Hinweises – ich würde sogar sagen: des realistischsten Anhaltspunktes im ganzen Fall – berauben«, konterte der Silbermozart mit einem trotzigen Gesichtsausdruck.

Stiller verlor endgültig die Geduld. »Warum erscheinst du dann nicht direkt ihm und quälst mich stattdessen weiter?«, brüllte er der lebenden Statue zu und wandte sich von ihr in Richtung Domplatz ab. »Es ist schon irreal genug, dass ich mich jetzt mit dir sogar auf eine Diskussion über das Romanschreiben einlasse, als ob ich als Ermittler nicht genug zu tun hätte«, fügte er mürrisch hinzu und taumelte durch die Dombögen zum nächsten Glühweinstand am Domplatz. »Vielleicht muss ich noch mehr trinken, damit du aufhörst, mich zu verfolgen …«

Am Ende der Glühweinrunde um den Domplatz fing er an, doppelt zu sehen, aber immerhin war die Erscheinung verschwunden – ein zweifacher Mozart hätte ihm nun wirklich den Rest gegeben. Den bunten, ineinander verschwimmenden Weihnachtslichtern am Nachthimmel folgend, schlenderte er weiter durch die Dombögen zum Kapitelplatz hinüber, ohne recht zu wissen, wohin seine wackeligen Beine ihn führten. Sie mussten den rechts des großen Wasserrads liegenden Eingang zum Petersfriedhof genommen haben, denn plötzlich befand er sich mit seinem Hund vor einer Reihe verschnörkelter, makaber dekorierter Marmorgräber unter dunklen, stillen Arkaden. Durch die Wirkung des Alkohols abermals vermehrt und grässlich verzerrt, begannen Schädel und Gebeine im Marmorrelief der Grabsteine in einem schauerlichen irrlichternden Totentanz um ihn herum zu wirbeln. Stiller wich verstört zurück und wollte zum Ausgang. Doch je hastiger er vor den grotesken

Gestalten zu fliehen versuchte, desto tiefer drang er in den finsteren Irrgarten des Friedhofs vor, bis er schließlich jede Orientierung verloren hatte.

Obwohl ihm der benebelte Verstand noch dunkel zuraunte, dass alles nur ein böser Streich des Glühweins sein musste, erfasste ihn ein eisiges Grauen, als er im fahlen Mondlicht einen marmornen Totenkopf aus dem Hochrelief einer Grabstele ihm mit einem breiten Grinsen vertraulich zuzwinkern sah. Er gab sich eine Ohrfeige und stutzte. Irgendwie kam ihm der feixende Marmorschädel mit der verwitterten Inschrift darunter seltsam bekannt vor – *Als daß dein Hirn wie meines einst verwirret* ... War dies nicht die Stelle der Gruftarkaden unter dem Mönchsberg, an der Pater Ägidius nach dem Mord des Chorleiters Samuel Libeskind bei der Beerdigung von Isaac Löwenstein plötzlich verschwunden war? »Die Musik ist es, Chefinspektor, die Musik!« hallten die dunklen Worte des Erzabtes in seinem Gedächtnis wider. Bei all den Toten hatte er es versäumt, den Ort nochmals gründlich abzusuchen. Wer weiß, vielleicht hatte ihn der Glühwein doch nicht zufällig dorthin geführt ...

Mit neuem Elan begann Stiller, die Felswand rund um den Grabstein mit bloßen Händen nach einem Geheimgang abzutasten, während Zeus vor den Gruftarkaden Wache hielt. An der eiskalten, gezackten Oberfläche des Konglomeratgesteins fühlte der Chefinspektor unzählige spitze Risse und scharfkantige Brüche, doch in der Dunkelheit konnte er keine Lücke ertasten, durch die ein Mensch hätte durchpassen können – sosehr er sich mit den letzten Kräften auch bemühte, die Wand Zentimeter für Zentimeter abzusuchen. Enttäuscht und mit blutigen Fingern ließ er sich erschöpft auf die vereiste Stufe der Gruft niederfallen, Zeus neben sich. Seine Lider wurden immer schwerer, und er spürte, wie die schneidende Kälte der Winternacht ihn langsam überwältigte, während das Bild seines winselnden, ihn bedauernd anblickenden Hundes vor seinen Augen verschwamm. »Wie praktisch, direkt auf einem Friedhof zu erfrieren«, dachte er in einem Anflug von Galgenhumor und lächelte düster. »Hoffentlich erscheint mir nur nicht Mozart und fiedelt zum Abschied sein Requiem herunter ... Das wäre doch wohl das Letzte ...«

Er wusste nicht, ob er bereits eingeschlummert war, jedenfalls hörte er plötzlich lautes Bellen wie ein entferntes Echo hallen. Mühsam hob er den Kopf und öffnete langsam die Augen. Was im Dunkeln der Arkaden vor ihm leuchtete, war allerdings nicht das silbrige Gesicht Mozarts, sondern der silberne Halbmond, zweifach widergespiegelt in der tiefen, fesselnden Schwärze eines unruhig flackernden, ihn durchdringend anstarrenden Augenpaares. Er zuckte zusammen und bemühte sich, schärfer zu sehen. Erst als er die violetten, zu einem besorgten Lächeln gekräuselten Lippen im blassen Mondlicht glitzern sah und den betörenden Gesang einer samtenen, melodiösen Stimme unter den Gruftarkaden nachklingen hörte, erkannte er sie:

Stelle! ... Io tremo ! ... Che veggio?
Tu sei? ... Forse vaneggio? ...
Forse una larva, o pur tu stesso? ... Oh numi!
M'ingannate, o miei lumi? ...
Ah non so ancora se alla dolce
illusion io m'abbandono! ...
Dunque ... Dunque tu sei? ...

Ohne ihren elegischen Belcanto zu unterbrechen, legte Cecilia Vinci ihm ihren schwarzen, warmen Schal um, nahm seine eiskalten, wunden Hände in ihre und zog ihn zu sich.

D'Elisio in sen m'attendi,
ombra dell'idol mio,
che a te ben presto, oh dio!
fia che m'unisca il ciel.

Sie hielt ihn lange und fest in ihren Armen, bis er sich an ihrem geschmeidigen Körper wieder gewärmt hatte. Dann führte sie ihn, ohne ihre Umarmung zu lösen, unter dem sternenfunkelnden Himmel durch das verschneite, bleich schimmernde Gräberfeld aus dem Petersfriedhof. Er erinnerte sich später nur noch, wie ihm ein ferner, beseelender Gesang im Ohr klang:

Or che al mio seno,
caro, tu sei,
m'insegna il pianto
degl'occhi miei
che ha le sue lagrime
anche il piacer.

Kurze Zeit später fand er sich in der Wärme eines großen Bettes zwischen weichen, nach Veilchen duftenden Kissen wieder. Bevor er ins Reich der Träume sank, hatte er einen letzten hellen Moment: »Warst das du am Christkindlmarkt, Cecilia?«, flüsterte er kaum hörbar. Das Lächeln einer Sphinx erschien auf ihrem Gesicht, während sich seine Augen endlich schlossen.

72

Ein heller, zwischen dunkelvioletten Samtvorhängen durch das Fenster hereindringender Sonnenstrahl weckte Stiller aus tiefem Schlaf. Der Position der Sonne nach zu urteilen, musste schon Mittagszeit sein. Der Chefinspektor schreckte vom weichen Damastkissen hoch und schaute sich in dem fremden Schlafzimmer um. Die aparte und doch stilvolle Einrichtung um das warme, flauschige Doppelbett hatte etwas

Wunderliches, geradezu Museales an sich. An den vier fliederfarbenen Wänden hingen keine Gemälde oder Aquarelle, sondern klassische, dreidimensionale Miniaturmodelle diverser Bühnenbilder, meist Darstellungen von düsteren *Ombra*-Szenen aus berühmten Opern: Orpheus' Höllenfahrt aus Christoph Willibald Glucks *Orfeo ed Euridice*, die Grabesszene aus Mozarts *Don Giovanni* … Sie gruppierten sich entlang der Wände wie in einem schwindelerregenden Kreiswirbel um das Bett in der Mitte des Zimmers, im bunten Wechsel mit den seltsamsten Opernrequisiten und -kostümen: einem prunkvollen, rabenschwarzen Federbusch, einer barocken Trauerkleidung für Damen auf einer Schneiderpuppe, Mänteln und Degen aus dem 18. Jahrhundert, einer präparierten, unheimlich schwarz schimmernden Krähe auf einer Konsole. Die Einrichtung hätte durchaus zu einem besonders eigenwilligen Künstler oder einem Sammler mit einem ungewöhnlichen Faible für die Oper gepasst, doch Stillers erster Gedanke war, wohl seiner kriminalistischen Erfahrung geschuldet, im Zimmer eines Serienmörders gelandet zu sein.

Den Kopf vor Schmerzen mit beiden Händen haltend, drehte er sich zur anderen Hälfte des Doppelbettes. Der Sonnenstrahl beschien neben ihm Cecilias engelhaftes, im Schlaf selig lächelndes Antlitz und ihre wohlgeformten, aus dem lilafarbenen Plumeau sich hervorwölbenden, vom langen schwarzen Haar sanft umschmeichelten Schultern. Es reichte ihm, kurz ihrem regelmäßigen, ruhigen Atem zu lauschen, um alle bösen Gedanken für eine Weile zu vertreiben, ja sogar eine deutliche Linderung des Brummschädels zu verspüren. Letzten Endes, dachte er, verdankte er ihrem unerwarteten Eingriff seine Befreiung aus der eisigen Kälte des Petersfriedhofs. Seine Retterin … Ob sie aufwachen würde, wenn er sie auf die Stirn küsste? Oder gar auf die blauroten Lippen? … Er beugte sich über sie, doch kurz bevor seine Lippen die ihren berühren konnten, hielt er inne. Wenn das Augenpaar am Christkindlmarkt das ihre war, erinnerte er sich plötzlich an die Begegnung der vergangenen Nacht, warum war sie ihm heimlich gefolgt? Beschattete sie ihn etwa? Und wenn ja, wozu? »Was wäre eine Frau ohne Geheimnisse?«, hatte sie einmal erwidert, als er mit seinen Nachfragen versucht hatte, tiefer in ihre Seele zu dringen. Sie hatte damals dunkel von einer Lösung gesprochen, an die sie in Salzburg ganz nah herangekommen zu sein glaubte. Dachte sie etwa, diese mysteriöse Lösung bei ihm finden zu können? Und was für eine Lösung? Vor allem aber: Lösung wovon? Wieder viel zu viele Fragen, die vergeblich auf eine Antwort warteten: Sie wusste nur allzu gut, ihre Geheimnisse zu bewahren. Wenn erforderlich, war sie auch zu einer Notlüge fähig, wie bei ihrem Treffen auf dem Mozartsteg, als er sie nach dem geheimnisvollen Termin in Löwensteins Agenda gefragt hatte, bei dem unter dem Stichwort »Requiem« die Namensinitialen der vier Teilnehmer vermerkt waren …

Plötzlich ging ihm ein Licht auf. Wie hatte er es übersehen können? Sah man von Isaac Löwenstein ab, der den Termin in die eigene Agenda eingetragen hatte, entsprachen die Namen der drei weiteren Opfer der Mordserie – Samuel Libeskind, Theodor König, Magdalena Rosenthal – den Initialen im Termineintrag: L, K, R. – Wohl genug, um eine zufällige Übereinstimmung auszuschließen. Noch wichtiger aber, ja für die Ermittlungen entscheidend: Unter dem Termin war auch die Initiale eines letzten Namens eingetragen, der keinem der Mordopfer gehörte: S. Stiller brauchte nicht lange zu überlegen, wer hier gemeint sein konnte: Martin Heinrich Schneiderhahn, der hochgeschätzte Mozartexperte und Musikwissenschaftler. Er schlug sich auf die Stirn. Jetzt hatte er sie gefunden, die berühmte Stecknadel im Heuhaufen! »Danke«, flüsterte er Cecilia zu, die neben ihm in seligem Schlummer verharrte. Er küsste sie sachte auf die Wange, schlüpfte flink aus dem Bett und zog sich schnell an, bevor sie erwachen konnte. Im Wohnzimmer zischte er leise nach Zeus, der unter dem großen, schwarzlackierten Bösendorfer Flügel in der Mitte des Raumes ruhte. Er warf noch einen flüchtigen Blick auf den Klavierauszug des Requiems, der offen auf dem Notenpult des Pianofortes lag, und verließ hinter seinem Rüden lautlos die Wohnung.

Auf der Straße rief er gleich Dr. Horvath an. »Haben Sie vielleicht die Fingerabdrücke von Professor Schneiderhahn irgendwo gespeichert, Doktor? Ich weiß, er ist offiziell noch kein Verdächtiger …« Der Leiter der rechtsmedizinischen Abteilung ließ Stiller einen Moment zappeln, bevor er antwortete: »Was glauben Sie, warum ich dem verehrten Emeritus ein Glas frühroten Veltliners angeboten habe, als er hier ins Labor gekommen ist, um die Echtheit der von uns wiedergefundenen Manuskripte des Autographenkellers zu verifizieren …« »Dann könnten Sie ohne Weiteres überprüfen – inoffiziell, versteht sich –, ob seine Fingerabdrücke mit denen auf der Taschenpartitur des Requiems übereinstimmen, die wir im Autographenkeller bei der Leiche von Frau Rosenthal gefunden haben«, bat Stiller ungeduldig. Horvath erkannte sofort die Brisanz des Auftrags. »Ich rufe Sie zurück, sobald ich die Ergebnisse habe, verehrter Kollege.«

73

Während Chefinspektor Stiller in seinem Büro auf den Rückruf von Dr. Horvath wartete, begab ich mich ins Kloster St. Peter, wohin sich Professor Schneiderhahn seit seiner Emeritierung zurückgezogen hatte, um sich, entlastet von der Bürde des universitären Unterrichts, ganz seiner eigenen Forschungsarbeit zu widmen. Mit heftigem Herzklopfen und einem unguten Gefühl betrat ich das massige, den verschneiten Innenhof bedrohlich überschattende Gebäude. Es war mir bewusst, dass ich im Alleingang dabei war, einen mutmaßlichen Serienmörder, vielleicht sogar, wenn man dessen zweifelhafte Vergangenheit berücksichtigte, einen Massenmörder aufzusuchen. Natürlich hätte ich Stiller besser vorher einweihen sollen, aber mein Ehrgeiz als frischer Detektiv wie auch als Debütautor war stärker als die nicht zu verleugnende Furcht vor der Gefahr, der ich mich aussetzte, indem ich mich schutzlos direkt in die Höhle des Löwen begab: Jetzt, wo ich so nahe an der Lösung des Falls war, wollte ich mir den Triumph von niemandem nehmen lassen – ganz abgesehen von der erzählerischen Spannung, die ich dadurch meinem Kriminalroman verleihen würde, vorausgesetzt natürlich, ich konnte das Kloster wieder lebend verlassen, um ihn zu vollenden.

»Was wollen Sie?«, fauchte der alte Professor barsch durch den Türspalt, nachdem ich zaghaft zweimal an der niedrigen Holztür seiner Zelle am Ende eines engen, dunklen Korridors geklopft hatte. Allem Anschein nach hatte er mich nicht wiedererkannt, doch bevor ich mich überhaupt vorstellen konnte, wies er mich mit einer schroffen Handbewegung ab. »Ich habe jetzt keine Zeit!« »Es geht um Mozart«, versuchte ich zu erklären, bevor er mir die Tür vor der Nase zuschlagen konnte. »Es geht immer um Mozart, junger Mann!«, erwiderte er süffisant. »Nicht immer aber um verschollen geglaubte Quellen«, konterte ich. Der Professor stutzte, musterte mich kurz von Kopf bis zu Fuß mit einem durchdringenden Blick, dann riss er die Zellentür auf und lud mich mit einer ungeduldigen Geste und strenger Miene ins Innere ein. »Aber wehe, wenn es sich wieder nur um eine der vielen Schwindeleien handelt!«

Sah man von einer schlichten Pritsche, einem Sekretär mit Holzstuhl, einem Schaukelstuhl und einem alten Wandklavier mit einem voluminösen Musikmanuskript auf dem Pult ab, bestand die Einrichtung der Zelle aus lauter Büchern. Bis zur Decke reichende, vollgestopfte Regale standen nicht nur entlang der vier Wände, sondern durchzogen auch den Innenraum des Zimmers, kaum Durchlass gewährend. Musikdrucke, Enzyklopädien, wissenschaftliche Abhandlungen, Ausstellungskataloge stapelten sich in scheinbarer Unordnung auf dem restlichen Mobiliar oder lagen offen auf dem Boden und bedeckten die wenigen freigebliebenen Flächen – eine ganze Bibliothek, komprimiert auf wenige Quadratmeter.

Nachdem er mich mit seinem knotigen Stock aufgefordert hatte, Platz auf dem Holzstuhl zu nehmen, befreite der Professor den Schaukelstuhl von einigen dicken Wälzern und setzte sich. Eine Weile saßen wir uns in klösterlicher Stille gegenüber, ich etwas steif auf der harten Sitzfläche, er ungeduldig hin- und herschaukelnd. Wohl einer langen Gewohnheit folgend, zog Schneiderhahn nach einiger Zeit eine kleine Tabakdose aus seiner Westentasche, machte sie routiniert auf, nahm daraus eine Prise Schnupftabak und führte diese unter die Nase. Obwohl ich auf alles gefasst war, konnte ich dennoch meine Verblüffung nicht verhehlen, als ich das Miniaturporträt im ovalen Messingrahmen auf dem Deckel der Dose sah. Ungläubig rieb ich mir die Augen: Hielt der Professor wirklich gerade die Mozart-Tabatière in seinen Händen? Zu spät hob ich den vor Staunen erstarrten Blick: Mit verengten, vor Zorn blitzenden Augen und verächtlichem Lächeln fixierte mich Schneiderhahn unverwandt, als ob er meine Gedanken gelesen hätte. Er steckte die Tabakdose langsam wieder zurück, ohne seinen Blick von mir zu lösen. Seine raue, todernste Stimme brach die lähmende Stille: »Sie haben keine Ahnung.« »Ich war im Archiv von Mauthausen, Herr Professor …« »Sie haben keine Ahnung«, wiederholte er ungerührt. Er wippte lange schweigsam auf seinem Stuhl hin- und her und beobachtete mich mit einem herausfordernden Lächeln. Dann tat er etwas, womit ich am wenigstens gerechnet hatte: Wie in Zeitlupe, den bleiernen Blick starr auf mich geheftet, zog er die Tabakdose langsam wieder heraus, öffnete sie, nahm vor mir eine zweite Prise und schnupfte ostentativ in einem tiefen, kräftigen, vollen Zug. Ich nahm die Herausforderung an. »Für einen Schnupftabak einen Menschen in den Tod zu schicken …« »Sie haben keine Ahnung«, sagte er zum dritten Mal mit eisiger Miene. »Keine Ahnung … so wie Joseph Rosenthal, als er in Mauthausen glaubte, duschen zu dürfen?«, entgegnete ich kämpferisch. Schneiderhahn verharrte lange in seinem Schweigen, schließlich schlug er unvermutet mit seinem Stock auf den Holzboden, stand entschlossen auf und verschwand wortlos hinter einem Bücherregal.

Kurz darauf erklang eine ferne, wundersame Musik im engen Raum der Zelle. Der Professor kam zurück und setzte sich wieder in den Schaukelstuhl. Als sei ich nicht da, schloss er die Augen und lauschte entrückt den himmlischen Klängen, wobei er, die Melodie leise vor sich hin summend, die Miniatur der Tabakdose auf dem Schoß immer wieder zärtlich mit der Hand streichelte. Ich versuchte, wachsam zu bleiben und mich von der erhabenen Musik nicht verführen zu lassen. Doch ich konnte nicht weghören und wurde gegen meinen Willen langsam von ihrer unwiderstehlichen Klangreinheit gefangen genommen. Ich senkte einen Moment die Augenlider, atmete tief ein und ließ meine Gedanken in dieser schwebenden Klangwelt aufgehen. Ich weiß nicht, wie lange ich mich in diesem leichten Trancezustand befand, ich erinnere mich nur noch, wie eine ferne Stimme tief in meinem Inneren warnte: »Die Musik ist es, die Musik!« Waren nicht solch überirdische Klänge ebenfalls ertönt, als Löwenstein, Libeskind, König – und vielleicht auch Magdalena im Autographenkeller – den Tod gefunden hatten? Hatte der Mörder sie vielleicht durch die Musik betört, bevor er sie umbrachte? War jetzt ich an der Reihe? War ich zu weit gegangen? In Panik riss ich die Augen auf. Nichts hatte sich in der Klosterzelle geändert. Auf dem Schaukelstuhl vor mir saß immer noch Schneiderhahn und beobachtete mich aufmerksam. Er wartete kurz, dann fing er an, im Flüsterton zu reden, damit seine Worte die Musik nicht übertönten, sondern eher wie ein Liedtext dazu klangen. Im Bann des seltsamen Wohlklangs hörte ich starr vor Entsetzen zu.

74

»Was ist letztlich der Mensch, verglichen mit der Unermesslichkeit eines absoluten Genies? Nichts, absolut nichts – ein verschwindend kleiner Fleck in der Grenzenlosigkeit des Raumes. Was bin ich, was sind Sie, was sind Ihre Leser, gewöhnliche Sterbliche gegenüber der wahrhaften Unsterblichkeit eines unvergänglichen Œuvres? Nichts, weniger als nichts – nur die vorübergehende Erscheinung bedeutungsloser Existenzen in der Unendlichkeit der Zeit. Hören Sie es nicht? Wie unfassbar einfach und doch von so unerreichbarer Vollkommenheit alles klingt! Immer wieder habe ich mich vergeblich bemüht, mit allen verfügbaren Mitteln musikwissenschaftlicher Analyse hinter das Geheimnis dieser unvergleichlichen Klangwelt zu kommen, bis mir klar wurde: Das Einzige, was wir vor solch einer perfekten, ja übermenschlichen Musik tun können, ist, uns vor ihrem Schöpfer hochachtungsvoll zu verneigen und mit bedingungsloser Hingabe zu versuchen, die historischen Quellen, die authentischen Dokumente zu seiner Person und seinem Werk für die Nachwelt aufzuspüren und aufzubewahren. Das ist es auch, was ich mein ganzes Leben getan habe – damals wie heute. Ich habe nur versucht, vor dem Verschwinden zu retten, was ich konnte, verstehen Sie nicht? Und wenn dabei jemand – ein gemeiner Mensch wie Sie und ich – unter die Räder der Geschichte geraten ist, ist das immer noch ein kleines Opfer gegenüber dem unschätzbaren Zeugnis eines menschlichen Genies …«

»Aufbewahren?«, dachte ich angewidert. »Sicher nicht, indem man die Tabatière wie einen gewöhnlichen Gebrauchsgegenstand benutzt, anstatt sie einem Museum zur Verfügung zu stellen!« Doch Schneiderhahn ließ mir keine Zeit, meine Gedanken auszusprechen und ihn als das zu enttarnen, was er wirklich war: kein selbstloser, großmütiger Retter mozartscher Hinterlassenschaft, wie er sich präsentieren wollte, sondern einfach ein raffgieriger, ruchloser Mozart-Fetischist. »Oder glauben Sie vielleicht, ich sei aus Überzeugung in die SS eingetreten?«, fuhr er selbstgefällig fort. »Dass ich nicht lache! Ich bin damals genauso wenig ein Anhänger der nationalsozialistischen Diktatur gewesen, wie ich heute die Demokratie gutheiße oder, wenn ich noch früher geboren worden wäre, die Monarchie unterstützt hätte. Ich war immer und bin völlig frei von irgendwelchen ideologischen Überzeugungen. Politische Systeme, weltanschauliche Einstellungen wechseln einander im Laufe der Geschichte ab, das Werk eines Genies aber bleibt – für die Ewigkeit. Es ist also unsere höchste Pflicht, dessen Erbe zu pflegen und für die zukünftigen Generationen zu bewahren. Denn Geistesgröße steht weit über Geld, Politik und, jawohl, junger Mann, auch über Moral. Münzen, Geldscheine gehen von einer Hand in die andere, Staatsformen wechseln im Laufe der Zeit und von Land zu Land, ethische Werte ändern sich nach Konfession und Weltanschauung. Unumstritten allein ist die Zustimmung zu dem Werk eines Genies, unabhängig von persönlichen Meinungen, politischen Ansichten und moralischen Gesichtspunkten.

Nun stellen Sie sich vor, ein Postkartenmaler wird Reichskanzler und Führer des deutschen Volkes und glaubt, nur weil er in seiner Jugend ein paar Wiener Ansichtskarten nachgemalt hat und als Originale verkaufen konnte, der größte Kunstversteher aller Zeiten zu sein – einer, der, nebenbei bemerkt, in allem Ernst meinte, die Münchner Schule des 19. Jahrhunderts und der heute zu Recht völlig vergessene Genremaler Eduard von Grützner seien der Gipfel abendländischer Kunst. Er ist, wie jeder gescheiterte Künstler übrigens, von einer blinden, verbrecherischen Sammelwut besessen, nur dass er, um diese zu befriedigen, die Gewalt eines ganzen Staates nach Belieben einschalten kann. Schlimmer noch, seine Schergen, allen voran der Holzkopf Göring, glauben, ihm nacheifern zu müssen und beginnen, gleichfalls Kunst in großem Stil zu sammeln, nur weil ihr Führer dies tut. Um möglichst viele Kunstschätze – Gemälde, Möbel, Plastiken, Tapisserien, Münzen, Bücher, Schmuck – systematisch im Reich und in den besetzten Gebieten zusammenzuraffen und für das Führermuseum in Linz zu horten, wird nach dem Anschluss Österreichs sogar eine geheime Spezialeinheit der Totenkopf-SS namens *Memento moreris* gegründet. Wie viele historisch wertvolle Kunstobjekte dadurch in die schmutzigen Hände korrupter, völlig unkundiger Kunstbanausen gefallen und vielleicht für immer verschwunden sind, brauche ich nicht auszuführen. Was blieb also meiner Wenigkeit – ich war damals nur ein 20-jähriger Universitätsassistent ohne politische Ambitionen, aber, das müssen Sie mir zugestehen, mit etwas mehr Kunstsinn und vor allem mehr Respekt vor den Wurzeln unserer Kultur – anderes übrig, als freiwillig in diesen Sturmbann der Totenkopf-SS einzutreten, um zu versuchen, wenigstens in Salzburg und Umgebung einige historisch bedeutende Kulturgüter vor der stumpfen Gier der Nationalsozialisten zu retten?

Und dann taucht plötzlich dieser starrsinnige jüdische Antiquar auf und klammert sich gegen jede Vernunft und jeden Selbsterhaltungstrieb wie eine Klette an seinen kleinen

Antiquitätenladen. Die Alternative für die Juden war in Salzburg nach dem Anschluss relativ einfach: Wer bereit war, auf sein ganzes Hab und Gut ›zugunsten des Deutschen Reichs‹ zu verzichten, wie es damals in den Beschlagnahme- und Einziehungsverfügungen hieß, durfte Österreich unversehrt verlassen und so wenigstens sein Leben retten. Für diejenigen, die sich weigerten, standen die Tore der Konzentrationslager in Dachau und in Theresienstadt offen. Es war also noch keine systematische Vernichtung der Juden geplant, sondern zunächst einmal nur ihre Vertreibung aus dem Land – die Endlösung wurde in Österreich bekanntlich erst später, im Laufe des Krieges, konsequent vorangetrieben. Doch was tut unser kleiner Antiquitätenhändler? Anstatt mit Frau und Tochter in den Zug Richtung Schweiz einzusteigen, kehrt er in seinen Laden zurück und versucht, den wertvolleren Teil seiner Antiquitäten vor der Beschlagnahme zu verstecken. Ich habe nur mit Mühe verhindert, dass sein ganzes Geschäft völlig zerstört wurde. Gegen seine Deportation konnte ich aber wenig unternehmen – ich bekleidete damals noch einen niedrigen Rang in der Hierarchie der SS. Als ich erfuhr, dass er in das gerade gegründete, nahegelegene Lager von Mauthausen eingewiesen werden sollte, habe ich mich natürlich sofort dorthin beordern lassen. Zum Glück, denn der Starrkopf will ums Verrecken nicht nachgeben: Quasi als Dank dafür, dass ich seinen kleinen Laden vor der Zerstörung gerettet habe, nimmt er, versteckt in der Innentasche seiner Jacke, das beste Stück seiner Sammlung mit ins Lager. Verstehen Sie jetzt? Wäre ich bei seiner Ankunft in Mauthausen nicht dabei gewesen, wäre eines der wichtigsten Zeugnisse des größten musikalischen Genies, das die Menschheit je gekannt hat, in den Schoß irgendeines KZ-Wärters gefallen und möglicherweise unwiederbringlich verloren gegangen! Aber was hilft es, eine so alte Geschichte wieder aufzuwärmen …«

75

Schneiderhahn schwieg kurz und ließ den steinernen, regungslosen Blick ins Leere schweifen, bis die unwirkliche Musik in absoluter Stille verklang. Ich versuchte, die schneidende, schaurige Kälte, die sich meiner bemächtigt hatte, mit Hilfe eines kühnen Befreiungsschlags abzuschütteln. »Und doch, es hilft, Herr Professor«, widersprach ich entschlossen seinen letzten Worten. »Es hilft, eine Mordserie zu klären.«

Schneiderhahn hörte abrupt auf zu schaukeln und durchbohrte mich stumm mit seinen aschgrauen, eiskalten Augen, bis ich die ungeheure Anspannung nicht mehr aushielt und, meinen unvorsichtigen Vorstoß fast bereuend, den Blick senkte. Eine verächtliche Lachsalve brach das lange, spannungsgeladene Schweigen. »Ah! Ah! Jetzt verstehe ich: Sie sind nicht wegen Mozart hierhergekommen, Sie wollen mit mir nur Katz und Maus spielen …« Mein Herz blieb kurz stehen. »Die Frage ist nur«, setzte er mit einem bösen Lächeln fort, »wer hier die Katze ist.« Ich behielt aus dem Augenwinkel die Tür im Blick, jederzeit darauf gefasst, notfalls mit einem Sprung aus der Zelle zu flüchten. Schneiderhahn lachte noch lauter. »Nur keine Bange! Sie sind zwar nicht die Katze, aber auch nicht die Maus«, sagte er höhnisch. »Eher, wenn ich die Metapher weiterspinnen darf, der Hund, der kläfft …« Er machte eine bedeutungsvolle Pause, sah mich herausfordernd an und führte den Vergleich zu Ende: »… und der vor lauter Bellen nicht einmal merkt, dass die Katze schon längst die nächste, viel größere Maus vor seinen Augen gefangen hat.« »Und wer soll das sein?«, entfuhr mir spontan die Frage. »Dass Sie nicht einmal diese Frage richtig formulieren können«, kommentierte Schneiderhahn herablassend, »offenbart noch einmal, wie weit Sie von der Wahrheit entfernt sind.« Er stand auf, öffnete die Tür und forderte mich unmissverständlich auf, die Zelle zu verlassen. »Wie es scheint, haben Sie es noch nicht verstanden: Was zählt, ist nicht der Mensch an sich, sondern einzig und allein das, was er geschaffen hat. Die richtige Frage lautet hier also nicht *wer*, sondern *was* die Maus ist«, sagte er mit unverhohlener Verachtung an der Türschwelle. »Aber wenn Sie sie beantwortet haben, wird es schon zu spät sein.«

76

Ein heftiger Schneesturm wütete über dem weiten, in tiefes Dunkel gehüllten äußeren Hof des Klosters, als ich das imposante Gebäude verließ. Ich kämpfte mich müde und ziellos durch den pappigen Schnee und die frostigen Sturmböen. Erst vor dem Petersbrunnen in der Mitte hielt ich kurz inne. Der Anblick des barocken Fischkalters mit der Statue des heiligen Petrus weckte schmerzliche Erinnerungen in mir. An dieser Stelle hatte ich Magdalena zum letzten Mal gesehen, gerade als sie, eine wahre Königin der Nacht in der Winterfinsternis, ahnungslos dem eigenen Tod entgegeneilte. Ihr letztes, unergründliches Lächeln im maskenlosen Gesicht wirkte auf mich im Nachhinein wie eine unheilschwangere Vorahnung, die jetzt Reue und Wut gleichermaßen in mir aufwallen ließ.

Von ohnmächtigem Zorn erfüllt, sah ich zurück zur breiten, gewaltigen Fassade des Klosters neben der Stiftskirche und suchte mit dem Blick durch das peitschende Schneetreiben hindurch das Fenster von Schneiderhahns Zelle. Wahrscheinlich beobachtete mich der alte Professor heimlich hinter einer Gardine, um sich meines Weggangs zu vergewissern. So musste er auch Magdalena mitten in der Nacht erspäht haben, bevor er ihr in den Autographenkeller gefolgt war, um seine mörderischen

Pläne zu Ende zu führen. Ich hatte nicht den geringsten Zweifel, dass es sich so ereignet haben musste, nur fehlten mir die Beweise – und das wusste wohl auch der Professor. Ich hatte nichts Konkretes in der Hand, was ihn wirklich belastete, nur eine alte Geschichte und viele wilde Spekulationen. Wie naiv war ich gewesen zu glauben, es hätte genügt, sich schlecht gewappnet in die Höhle des Löwen zu wagen, und er ließe sich sogleich überwältigen! Ich konnte nur von Glück sagen, dass er mich nicht gleich gefressen hatte. Jetzt, da nach Isaac Löwenstein, Samuel Libeskind und Theodor König auch Magdalena Rosenthal tot war, war ich möglicherweise der Letzte, der das Geheimnis des Professors kannte.

Der Gedanke verschlug mir den Atem: Hatte ich mit dem Besuch bei Schneiderhahn mein Todesurteil unterschrieben? Meinte der Professor etwa, als er zum Abschied gesagt hatte, es werde für mich »schon zu spät sein«, ich würde bald sterben? Eines war auf jeden Fall sicher: Wenn ich ihm zuvorkommen und nicht das nächste Opfer sein wollte, musste ich schnell herausfinden, was er mit seinem rätselhaften Katz-und-Maus-Spiel andeuten wollte – genauer gesagt, *wofür* hier die Maus stehen sollte. Etwas sagte mir, dass hinter dieser Frage die definitive Lösung des Falls stecken musste.

In diese düsteren Gedanken versunken, den Schritt unruhig im tiefen Schnee beschleunigend, verließ ich den äußeren Hof der Erzabtei durch den Torbogen zur Franziskanergasse. Als ich nach links um die Ecke bog, stieß ich zu meiner Verwunderung auf eine alte Bekannte. »*Deo gratias*, Sie sind noch am Leben!«, begrüßte mich mitten im tobenden Schneesturm Edeltraut Goldschmid in ihrem eleganten lilienweißen Mantel und umarmte mich sichtlich erleichtert. »Ich habe mir solche Sorgen gemacht!« Aus meinem verbitterten Blick hatte sie wohl gelesen, wie die Begegnung mit dem Professor gelaufen war. »Wir müssen sofort die Polizei verständigen!«, riet sie besorgt. Noch bevor ich meine Meinung dazu sagen konnte, ertönte eine jungenhafte Stimme von der gegenüberliegenden Sigmund-Haffner-Gasse: »Nicht nötig, meine Herrschaften, die Ordnungshüter sind schon im Einsatz!« Aus dem dichten Schneegestöber stürmte Gruppeninspektor Biba herbei, gefolgt von einem sichtlich grantigen Chefinspektor und dessen kläffendem Hund.

»Was tun Sie hier?«, fragte Stiller unwirsch. »Unser Schriftsteller hat gerade versucht, sich beim emeritierten Professor Dr. Martin Heinrich Schneiderhahn nach dem Verbleib eines historisch höchst wertvollen Mozart-Porträts zu erkundigen«, begann Frau Goldschmid in versöhnlichem Tonfall. »Sieh mal einer an, was für ein erstaunlicher Zufall!«, rief Biba verblüfft. »Wir wollten auch gerade zu ihm …« Stiller warf seinem Assistenten einen zornigen Blick zu und sah mich fragend an, während sich in seiner Miene Überraschung und Ärger zugleich spiegelten. Ich senkte etwas betreten den Kopf und erzählte kleinlaut von meinen Nachforschungen und dem Besuch beim Professor. »Verflucht!«, brüllte Stiller, wandte sich von mir ab und stapfte eilig mit seinem Labrador in Richtung Torbogen zum Stift. Zusammen mit Biba folgte ich ihm und bemühte mich, Schritt zu halten. »Auf der Taschenpartitur des Requiems, die Magdalena Rosenthal vor ihrer Ermordung bei sich hatte, haben wir außer ihren Fingerabdrücken nur noch diejenigen von Schneiderhahn gefunden«, erklärte Stiller knapp, ohne das Tempo zu verringern. »Verstehen Sie?«, rief er mir zu, noch forscher im Tiefschnee stampfend. »Er ist der Unbekannte, der in den Autographenkeller eingedrungen ist, als dort die Sekretärin des Mozartianums umgebracht wurde!« Ich hielt bestürzt inne. »Sie haben das Motiv, und ich den Beweis!«, schrie er inmitten heftiger Schneeböen, ohne auf mich zu warten. »Und wenn wir uns beeilen, finden wir vielleicht auch die Mordwaffe.«

77

Aus Schneiderhahns Zelle kam keine Antwort, obwohl Stiller mehrmals energisch an die Tür geklopft und den Polizeibesuch laut angekündigt hatte. Einen Augenblick später zogen Stiller und Biba gleichzeitig ihre Dienstwaffe und lehnten sich mit dem Rücken an die Wand links und rechts der Zellentür. Zeus spitzte die Ohren und blieb angriffsbereit vor der Tür stehen, ich wartete mit Frau Goldschmid in sicherer Entfernung. Der Chefinspektor hielt kurz inne, dann drückte er langsam die Klinke herunter, riss mit einem Stoß die Tür auf und trat mit gezogener Waffe in der Rechten und knurrendem Hund zur Linken ein.

Ein Lichtstrahl erhellte den dunklen Korridor des Klosters. Erst nach einiger Zeit brach die ernste, finstere Stimme des Chefinspektors aus dem Inneren der Zelle die lähmende Stille. »Rufen Sie Dr. Horvath an, Biba, und sagen Sie ihm, er soll sofort herkommen.« Vorsichtig näherte ich mich zusammen mit der Antiquarin der offenen Tür, doch noch bevor wir die Zelle betreten konnten, forderte uns Stiller barsch auf, im Korridor zu bleiben. Von der Türschwelle aus erspähte ich, am Ende von zwei den Raum der Länge nach teilenden Bücherregalen, Schneiderhahns Wandklavier. Auf der Klaviatur ruhten, mehrere Tasten gleichzeitig niederdrückend, die Hände und, schräg nach rechts gedreht, der Kopf des Professors, der zusammengesackt davorsaß. Nach dem friedvollen, versonnenen Ausdruck seines blassen, hohlwangigen Gesichts zu urteilen – jede Spur der früheren Strenge und Arroganz war verflogen –, mussten die letzten Töne, die er auf dem Pianoforte angeschlagen hatte, etwas Beseelendes, Übersinnliches offenbart haben. Nun waren sie, zusammen mit seinem letzten Herzschlag, in der Unendlichkeit des Raums unwiederbringlich verklungen wie Wellen in der unermesslichen Weite des Meeres.

Stiller hatte bereits seine Latexhandschuhe übergestreift und stand vor dem alten Wandklavier, während Zeus fleißig herumschnüffelte. Nach einiger Zeit ging der Chefinspektor zur rechten Seite des Tasteninstruments. Ohne den Toten zu berühren, klappte er langsam den langen, rechteckigen Klavierdeckel auf und sah in den Resonanzkörper. Dann zog er einen Kugelschreiber aus der Innentasche seines Mantels und fischte damit einen klirrenden Gegenstand aus dem Inneren des Instruments. Als er sich zu Biba umdrehte, der hinter ihm einen Plastikbeutel bereithielt, hing am Kugelschreiber ein großer Schlüsselbund. »Ha, die Schlüssel zum Autographenkeller«, riet der Gruppeninspektor eifrig. »Dann war der alte Professor tatsächlich unser Mann!« Stiller ließ den Schlüsselbund in die offene Tüte fallen und sah seinen Assistenten schief an. »Unser Mann? Wie denn, wenn er tot ist?«, murrte er düster. »Wenn Schneiderhahn nachweislich der Einzige gewesen ist, der in der Nacht, als Magdalena Rosenthal ermordet wurde, mit ihr im Autographenkeller war«, setzte er seinen Gedankengang fort, »zugleich aber offensichtlich nicht der Täter, sondern nur ein weiteres Opfer der Mordserie ist, wie konnte dann der wahre Mörder die Sekretärin des Mozartianums überhaupt im Keller umbringen, ohne dort gewesen zu sein?« Biba zog ratlos die Schultern hoch. »Vielleicht ist Mozarts Geist plötzlich aus einem seiner Manuskripte im Autographenkeller entwichen und treibt dort sein Unwesen«, sagte er halb im Ernst, halb scherzhaft. Stiller schenkte der Äußerung seines Assistenten keine Beachtung und brütete weiter vor der Leiche des Professors, sich kräftig den mittlerweile silberweißen Vollbart reibend.

»Es hängt alles von der Art der Mordwaffe ab, Herr Chefinspektor«, mischte ich mich ungefragt in das Gespräch ein und machte einen Schritt nach vorne. »Mord durch Vergiftung«, erklärte ich etwas pedantisch, »hat für den Täter eben den Vorteil, dass er diesen verüben kann, ohne zur Todeszeit des Opfers anwesend zu sein, sei es wegen der retardierten Wirkung des Gifts, oder weil das Opfer erst später in Kontakt mit diesem kommt.« Stiller warf mir einen zornigen Blick zu. »Als ob ich das nicht schon wüsste!«, kommentierte er zähneknirschend. »Sparen Sie sich Ihre überflüssigen Bemerkungen und treten Sie bitte zurück in den Korridor!«, befahl er verärgert. Ich versuchte abzuwiegeln. »Schon gut, ich wollte nur helfen …« »Helfen?«, wurde Stiller noch wütender. »Wenn Sie wirklich helfen wollten, hätten Sie mich früher über die Ergebnisse Ihrer Nachforschungen informiert, ohne Ihr Leben und vor allem die Ermittlungen zu gefährden!« »Sie vergessen wohl, dass Sie mich vorher wie einen gemeinen Verbrecher festgenommen und ohne Grund eine ganze Nacht im Gefängnis haben sitzen lassen!«, erwiderte ich beleidigt. »Das habe ich nur getan, weil Sie immer nur an Ihren Roman denken und dadurch die Ermittlungsarbeit behindern!«, gab Stiller zurück. »Glauben Sie, ich habe Sie nicht durchschaut?«, fügte er böse hinzu. »Je mehr Opfer, desto spannender wird für Sie und Ihre Leserschaft die ganze Story: Womöglich sind Sie hier auch der Einzige, der sich insgeheim über den Tod des Professors freut!« »Ich?«, schrie ich empört zurück. »Im Gegenteil! Sie vergessen, mein lieber Herr Chefinspektor, dass auch Ausdauer und Geduld der Leser, ganz besonders bei einem Kriminalroman, ihre Grenzen haben. Was sollen sich meine Leser denken, wenn sie jedes Mal einen neuen Verdächtigen auf dem Präsentierteller serviert bekommen, um diesen gleich darauf sterben zu sehen? Sie werden glauben, ich will sie an der Nase herumführen!« Stiller verdrehte genervt die Augen. »Ich meine nur, dass wir in gewissem Sinne im gleichen Boot sitzen«, fügte ich versöhnlicher hinzu und trat noch ein paar Schritte vor. »Denn auch ich muss meinem Lesepublikum schnellstmöglich eine Lösung bieten, sonst reißt ihm bei den vielen Toten definitiv der Geduldsfaden …« »Die Herren wollen doch keinen unnötigen Streit beginnen«, griff Frau Goldschmid schlichtend ein, »gerade jetzt, wo wir vor einem neuen Opfer dieser entsetzlichen Mordserie stehen …« Stiller verschränkte missmutig die Arme vor der Brust, ohne seinen bösen Blick von mir abzuwenden. »Wozu dieser geführt hat, haben wir gerade gesehen«, setzte die Antiquarin mit strenger Stimme und mahnender Miene fort. »Hätten wir einfach ein bisserl mehr miteinander kommuniziert, wären wir vielleicht dem Mörder zuvorgekommen und hätten jetzt ein Opfer weniger zu beklagen.« Sie lächelte allen beschwichtigend zu und kraulte Zeus hinter den Ohren. »Aber was soll's, *ce qui est fait est fait*. Ich schlage vor, der Herr Chefinspektor führt die Untersuchung zusammen mit Herrn Biba weiter, während unser Autor in meiner Begleitung – und natürlich ohne irgendetwas zu berühren –, nachschaut, ob in der Zelle etwas fehlt oder anders ist als bei seinem Besuch vorhin.«

78

In der Zwischenzeit war auch Dr. Horvath eingetroffen und hatte mit der Untersuchung der Leiche begonnen. Stiller suchte zusammen mit Zeus und Biba die Zelle weiter nach möglichen ermittlungsrelevanten Hinweisen ab. Frau Goldschmid und ich hielten uns wie vereinbart etwas abseits und beobachteten nur das Geschehen, um die Ermittlungsarbeit nicht zu behindern. Als jedoch der Leiter der rechtsmedizinischen Abteilung, den die Antiquarin vorhin über die Entdeckung der Tabakdose mit Mozarts Miniatur in Kenntnis gesetzt hatte, das Raubkunst-Objekt vorsichtig aus der Westentasche des Professors herauszog, konnten wir unsere Neugier nicht länger bezähmen und traten näher heran. Nachdem Frau Goldschmid ohne Zögern die Authentizität der Tabatière mit einem stummen Nicken und einem freudestrahlenden Blick bestätigt hatte, betrachteten wir lange in andächtiger Stille das antiquarische Juwel in den Händen des Doktors. Mozarts Bild auf dem Deckel der dunkelbraunen Dose schien von Nahem noch lebendiger zu sein. Mit seinen großen, unruhig zwischen grau und blau schimmernden Augen blickte uns das Genie, leicht nach vorne gebeugt, durchdringend aus dem kleinen ovalen Messingrahmen an, als wollte es sogleich aus dem Bild heraustreten, um die Tiefe seiner musikalischen Gedanken mit uns zu teilen.

Erst Stiller, der sich bis dahin mit dem Rücken zu uns der Durchsuchung des Sekretärs gewidmet hatte, brach das ehrfürchtige Schweigen vor der Mozart-Reliquie. »*Et … latronem …*«, radebrechte er vor sich hin, über die herausgeklappte Holzplatte des zierlichen Schreibschrankes gebeugt, als ob er eine schwer lesbare Schrift zu entziffern versuchte. Unsere Blicke wanderten unwillkürlich von der Tabakdose zu Schneiderhahns Leiche. »*Et latronem* – und den Räuber … wie passend!«, rief Frau Goldschmid staunend aus und wies den Chefinspektor mit einer bedeutsamen Kopfbewegung auf den toten Professor am Klavier hin. »Und ich dachte, Sie wären schon längst mit Ihrem Latein am Ende, verehrter Kollege!«, kommentierte Horvath mit unverhüllter Ironie. Stiller schaute uns befremdet an. »Eigentlich habe ich nur aus dieser Partitur Mozarts zitiert«, erklärte er verblüfft und hob einen großen offenen Band von der Tischplatte des Sekretärs. »Und zwar«, präzisierte er, nachdem er umsichtig im Notendruck mit dem charakteristischen bordeauxroten Einband der Neuen Mozart-Ausgabe zurückgeblättert hatte, »aus dem *Recordare* des Requiems Ka Vau …«
»… Köchel-Verzeichnis Sechshundertsechsundzwanzig … Wie seltsam, das gleiche Stück, das im Autographenkeller auch Frau Rosenthal als Taschenpartitur bei sich hatte«, erinnerte sich Dr. Horvath. »Nur ein paar Takte weiter, wenn ich mich nicht

irre …« »Vielleicht wollte uns der Serienkiller eine Botschaft senden«, warf ich in die Runde. Ein kurzes, nachdenkliches Schweigen trat ein. »Wie dem auch sei«, sagte Frau Goldschmid nach einer Weile und deutete nochmals auf die Tabatière in Dr. Horvaths Händen, »unser Mörder ist, anders als unser letztes Opfer, gewiss kein Räuber, sonst hätte er diese unschätzbare Antiquität hier wohl nicht zurückgelassen.«

Auf das Kunstobjekt neugierig gemacht, wollte sich Stiller unserer Runde nähern, doch als er die Partitur des Requiems auf die Schreibplatte des Sekretärs zurücklegte, fiel aus dem Band ein sehr eng beschriebenes loses Blatt größeren Formats heraus und flatterte vor den Füßen der Antiquarin zu Boden. Sie hob es bedächtig auf und hielt es in einem gewissen Abstand vor sich, um es ohne Brille besser lesen zu können. Ihre kleinen Augen überflogen in der allgemeinen Stille rastlos von links nach rechts die dichten Zeilen des Schreibens und wurden immer unruhiger. Am Ende des Blattes angelangt, drehte sie es nochmals zwischen den Händen und beobachtete es eine Weile von Weitem. »Ich glaube, wir haben hier einen weiteren Text von Mozart«, sagte sie schließlich in einem bedeutsamen, fast ehrfurchtsvollen Ton, »wiewohl nicht in der originalen Handschrift des Komponisten: Wenn meine Vermutung zutrifft, dürfte unser Emeritus vor seinem Tod das zweite Blatt und einen Teil des dritten Blattes der unbekannten Handschrift Mozarts transkribiert haben, von der wir bereits das erste Blatt bei König und das letzte Blatt bei Libeskind gefunden haben.« Sie zog ihre Lesebrille aus der Innentasche ihres Kostüms, setzte sie auf die Nasenspitze und las die auf dem beidseitig vollgeschriebenen Blatt komprimierte Abschrift des Professors vor.

79

… verbringen.
Euer neulicher Besuch mit dem Auftrag, ein Requiem für Euren gnädigen Herren zu vertonen, hat mir nicht nur die Augen endgültig geöffnet, sondern auch einen letzten möglichen Ausweg offenbart. Alles, was zum Leben gehört – Liebe und Hass, Tugend und Laster, Macht und Verrat, Freude und Trauer – habe ich in meinem Œuvre in Musik gesetzt. Doch eines fehlte bislang noch – etwas, das mich immer fasziniert hat und in meinem Leben doch immer präsent war, wenn auch im Verborgenen: der Tod. Wie wäre es, dachte ich nach Eurem Auftrag, wenn ich das Rätsel des Todes selbst zu vertonen versuchte? Ist dies nicht doch die größte Herausforderung für einen Künstler? Etwas, das über alles Irdische, das in meiner Musik bislang erklungen ist, hinausgeht? Durch ihre immaterielle Eigenschaft, überlegte ich weiter, würde sich besonders die Musik unter allen Künsten wohl am besten dafür eignen, dieses größte Arkanum der Existenz darzustellen. Und ich könnte vielleicht der Erste sein, der imstande wäre, diese unmögliche Aufgabe mit seiner Kunst zu meistern.

Der verlockende und zugleich furchterregende Gedanke, ein Requiem für den Tod selbst zu komponieren, brachte mich auch auf eine mögliche Idee, wie ich ein letztes Mal meine Schreibblockade lösen könnte – und dabei vielleicht sogar alles übertreffen, was ich bisher geschaffen habe: Was, wenn diese Totenmesse, die Vertonung des Todes, auch mein letztes Werk sein würde? Was, wenn dies nicht nur eine Missa pro defunctis, ein Requiem für den Tod überhaupt, sondern auch ein Requiem für meinen eigenen Tod werden würde, eine Messe zu meinem Tod – ›mein‹ Requiem? Was, wenn ich mein Requiem zu einer Art kompositorischem Memento mori mache – eine musikalische Mahnung an meinen eigenen Tod?

Mit der festen Überzeugung, nach dem Requiem nie mehr komponieren zu müssen, setzte ich mich voller Elan wieder ans Fortepiano und ging ganz in dem neuen, einmaligen kompositorischen Unternehmen auf. Die ersten Skizzen und Entwürfe waren im Nu zu Papier gebracht, Introitus und Kyrie lagen bald – bis auf die Streicher- und Bläserstimmen, die ich mir gewöhnlich bis zuletzt aufhebe – in Reinschrift vollständig vor, und ich spürte, dass die einstige Inspirationskraft nicht nur zurückgekehrt war, sondern mich noch durchdringender, unbändiger, dämonischer als früher beseelte – vielleicht auch nur deswegen, weil ich wusste, dass dies mein letztes Werk sein würde.

Beim Dies Irae, dem wahren Kernstück des Requiems, wurde mir aber plötzlich klar, als ich bereits den Entwurf zu einigen Sätzen der Totensequenz wie im Fieber skizziert hatte, dass man den Tod unmöglich in Musik übersetzen kann, selbst wenn man beschlossen hat, danach nie mehr zu komponieren, oder gar zu sterben. Ich dachte, es würde reichen, mir meinen eigenen Tod – als Komponist, ja gar als Mensch überhaupt – bei der Arbeit stets vor Augen zu halten, doch ich blieb immer noch in der Perspektive des Lebenden gefangen, eines zwar als Musiker Sterbenden und dem Tod Geweihten als Mensch, aber dabei immer noch weit entfernt von meinem eigenen Tod. Wie konnte ich den Tod durch meine Musik ins Leben rufen, wenn ich ihn nicht wirklich erlebt, sondern nur in meinen Gedanken vorweggenommen hatte? Andererseits: Wie konnte ich den Tod überhaupt erleben, ohne bereits gestorben zu sein? Man kann auch nicht durch die Musik etwas offenbaren, was man nie selbst erfahren hat. Liebe, Eifersucht, Hass, Freude, Trauer, Macht, Auflehnung, Verrat, all das sind Gemütszustände, die man selber im Leben mehr oder weniger intensiv empfunden hat. Aber den Tod? Dafür muss man erst sterben!

Ich begann schon, vor den noch unbeschriebenen Blättern des Notenpapiers an meinem schier unmöglichen Vorhaben zu verzweifeln, hatte bereits die Feder wieder hingelegt und ließ, wie nach Inspiration suchend, die leeren Blätter zerstreut durch die Finger laufen, als mein Auge zufällig auf die durch den Kerzenschein schimmernden Prägungen im Papier fiel. Ich nahm den ersten Bogen mit den zwei ineinander liegenden Doppelblättern, hielt ihn gegen das unruhig flackernde Licht der fast ganz herabgebrannten Kerze und schaute lange das rätselhafte Muster am Kopf der vier mit leeren Notenlinien rastrierten Blätter, bis es mir gelang, dessen Konturen in meiner Imagination zu einem vollständigen Bild zusammenzufügen – das offene Buch auf einem Lesepult in Form eines großen M und der schauerliche Totenkopf mit dem m-förmigen Grinsen. Und plötzlich – das Licht des Kerzenstumpfes war längst erloschen, während das in meine Seele geprägte Wasserzeichen nachleuchtete – begriff ich in der stillen Finsternis der Nacht den dunklen Leitspruch der Geheimloge ›Zur wahren Freiheit‹ erstmals in all seinem unfassbaren, unerträglichen, erlösenden Tiefsinn: Memento moreris*! Gedenke nicht, dass du irgendwann sterben wirst, sondern denke daran, dass du schon jetzt gerade dabei bist zu sterben! Nicht früher oder später, in naher oder ferner Zukunft, sondern hier in diesem Augenblick! Wie durch ein Wunder wurde mir endlich klar, wie ich den Tod selber erleben konnte, um ihn in Musik setzen zu können. Nicht am Ende des Kompositionsprozesses musste ich sterben, sondern: währenddessen. Ich musste einfach einen Weg finden, im Sterben komponieren zu können, die absolute Sicherheit zu haben, gleich im Laufe der Komposition des Requiems zu sterben. Wenn ich den Tod beim Komponieren erleben wollte, um ihn wahrhaftig in Musik zu setzen, musste ich eine Möglichkeit finden, durch den Akt des Komponierens selbst zu sterben: Ich musste, so absurd es auch klingen mochte, mich zu Tode komponieren. Kurz: Wollte ich das Sterben komponieren können, musste ich durch das Komponieren selbst sterben.*

Denn: Würde ich wie vorher geplant nach der Vollendung des Requiems Schluss mit dem Leben machen, und sei es auch mit dem ehernsten Willen und der endgültigsten Entschlossenheit, würde beim Komponieren immer noch ein Hauch Hoffnung bleiben, am Ende des Requiems doch noch meine Meinung zu ändern und vielleicht meinen eigenen Tod auch nur ein bisschen hinauszuzögern. Wer weiß, was für weitere musikalischen Einfälle zum Beispiel mein Geist noch haben würde, die mein Vorhaben abschwächen oder verzögern könnten, was für neue Hoffnungen und Erwartungen, die es mir erschweren würden, mich vom Leben zu verabschieden. So unwahrscheinlich auch diese Möglichkeit war, sie war da – wohl genug, um den Tod jener absoluten Gewissheit zu berauben, die unentbehrlich war, um ihn wirklich beim Komponieren zu erleben. Umgekehrt war auch klar: Würde ich mich vorher umbringen, würde ich den Tod nicht mehr in Musik setzen können. Selbst wenn ich todkrank wäre – was zum Glück nicht der Fall ist, denn ich erfreue mich immer noch bester Gesundheit –, hätte ich nicht die Kraft, die erforderlich wäre, um mein kompositorisches Vorhaben zu Ende zu führen. Was mir hier gelingen musste, war also, einzig und allein durch mein Werk zu sterben, in der Vertonung des Todes den Tod selbst zu finden.

Während ich noch überlegte, wie mir dies überhaupt gelingen sollte – denn das Komponieren an sich hat noch nie jemanden umgebracht –, kam ein zweiter, noch furchterregenderer und doch ganz und gar folgerichtiger Gedanke hinzu. Wollte ich die Vergänglichkeit meines Seins auf dieser Welt tatsächlich bis zur letzten Konsequenz erleben, um den Tod in Musik setzen zu können, so würde es nicht reichen, im Komponieren selbst den eigenen Tod zu finden. Auch das Werk, das daraus entstünde, musste gemeinsam mit mir sterben. Denn würde mein Requiem mich selbst überleben, würde ein Teil von mir – wiewohl ein rein geistiger, musikalischer – doch meinen Tod überdauern. In der Messe zu meinem Tod würde ich als deren Schöpfer fortleben. Man könnte sogar denken, ich hätte damit gerade die Vergänglichkeit meiner Existenz durch die Ewigkeit kompositorischen Schaffens überwunden, also genau das Gegenteil von dem erreicht, was ich mir vorgenommen hatte, nämlich den eigenen Tod, meine Endlichkeit, die reine Nichtigkeit meines Seins ohne Weiteres zu erleben, um den Tod in seiner Absolutheit musikalisch zu verwirklichen. Schlimmer noch, ich wäre in die Versuchung geraten, für die Nachwelt zu komponieren, ja für meine eigene Fortdauer nach dem Tod, für unsterblichen Ruhm. Nein, den eigenen Tod beim Komponieren zu erleben, hieß hier, auch den Tod der eigenen Komposition hinnehmen zu müssen – den Tod der eigenen Musik. Mit anderen Worten – deren obskurer Sinn mir ganz klarmachte, dass ich definitiv von Sinnen sein musste: Wollte ich den Tod wirklich in Musik umsetzen, musste nicht nur ich mich selbst zu Tode komponieren, sondern auch der Ton des Todes zu Tode vertont werden. Er musste wie das Leben seines Schöpfers für immer erlöschen, bevor er überhaupt erklingen konnte.

Angenommen, es würde mir tatsächlich gelingen, mich und mein Requiem zugleich zu Tode zu vertonen – was an sich schon ein unmögliches, absurdes Unterfangen zu sein schien –, könnte die Musik, die daraus entstünde, tatsächlich den Tod durch Töne realisieren? Durch die Gewissheit, im Kompositionsprozess zusammen mit meinem Werk zu erlöschen, schuf ich zwar die Voraussetzungen dafür, dem Tod ins Auge zu schauen und ihn so auch musikalisch zu erfassen. Es würde freilich ein genuines Werk über den Tod daraus entspringen – vielleicht das musikalische Werk, das überhaupt der Lösung dieses Rätsels am nächsten kommen würde –, aber doch bei Weitem noch kein wirkliches, vollkommenes Todeswerk. So lebendig ich auch den Tod durch meine Musik machen konnte, so wahrhaftig der Klang des Todes meiner Feder entsprießen konnte, es bliebe immer noch nur bei einer bloßen Darstellung des Todes – wiewohl durch das mächtige Medium der Musik. Durch die Musik würde ich vielleicht den Tod zu Gehör bringen, ihn aber noch nicht in Tönen vollführen. Zwar würde ich selber daran sterben, jedoch nicht durch das Werk selbst, sondern erst einmal durch das Komponieren des Werkes. Damit mein Requiem ein echtes Todeswerk sein konnte, musste es aber in der Lage sein – ich versuchte vergeblich, den unerhörten und doch betörend klaren Gedanken zurückzudrängen –, durch die Musik selbst zu töten. Es musste eine im wahrsten Sinne des Wortes tödliche Musik werden, eine Musik, die den Tod durch den Ton bringen konnte, kurz: keine fesselnde Musik über den Tod, sondern eine zu Tode fesselnde Musik, keine Toten-, sondern eine Tötungsmesse. Das Memento moreris, der wahre Schlüssel zur Lösung des Todesrätsels, würde so in meinem Requiem in dreifacher Potenz erklingen: für mich als dessen Verfasser, für das Todeswerk selbst und, der Gedanke ließ mich vor Grauen erzittern, für all jene, die versuchen würden, es zu hören respektive zu Gehör zu bringen. Von meinem musikalischen Todeswerk würde am Ende nichts bleiben: weder sein Schöpfer, noch die Schöpfung selbst, noch ein Geschöpf, das von ihm zeugen konnte – nur der Tod als absolutes Nichts.

Ich dachte, solch extreme und doch zugleich ganz zwingende Überlegungen und Vorhaben würden mich noch zugrunde richten, bevor ich überhaupt einen Weg finden konnte, sie in die Tat umzusetzen. Stattdessen erfüllte ein unaussprechliches Glücksgefühl, eine nie empfundene Glückseligkeit, ein stiller Frieden meine Seele, je tiefer ich in diese Gedanken eindrang und sie bis zur letzten Konsequenz auslotete. Keine Trauer überkam mich – denn trauern können nur diejenigen, die sich noch nicht vom Leben verabschiedet haben –, sondern genau das Gegenteil davon, das reinste, höchste Glück. Ich konnte es mir nicht erklären, aber es war so, als ob ich, das Leitwort des Requiem aeternam innerlich wahrmachend, immer näher an einen Zustand der ewigen Ruhe herankam, je weiter ich in die unergründlichen Tiefen des musikalischen Todesgedankens vordrang. Und ich war mir absolut sicher, dass ich bei der Komposition meines Todeswerkes, bei der Vollführung des Todes in Tönen, diesen Zustand seliger Erlösung endgültig erreichen würde.

Was mir noch fehlte, war nur ein Weg, mein musikalisches Vorhaben konkret durchzuführen. Und es war nicht wenig. Schon die Idee, mich zu Tode zu komponieren und das daraus entstandene Werk ebenfalls sterben zu lassen, schien ein Ding der Unmöglichkeit. Aber eine Musik, die umbringt – eine wahre Todesmusik –, war schlicht und einfach undenkbar. Musik kann freilich Wunder vollbringen: Sie kann im schwersten Unglück trösten, sie kann die unerträglichsten Schmerzen lindern und die tiefsten Wunden heilen, sie lässt vor Trauer oder vor Freude weinen, sie kann höchste Sinneslust wecken und in die wildeste Ekstase versetzen, sie kann Krieg und Frieden stiften, Revolution und Gegenrevolution entfachen, die Welt verändern – aber töten? Wie könnte der Ton der Musik allein, und sei es auch die diabolischste, fesselndste Klangkombination, von selbst zum Tode führen? Wie könnte der Klang des Todes zum Todesklang werden? Wie könnte der reine Ton den Tod bringen?

Ich hatte mein kühnes Unterfangen schon längst aufgegeben, als ich neulich eine verhängnisvolle Entdeckung machte, mit der ich nun ziemlich sicher bin, das Unmögliche möglich machen zu können. Mit Hilfe meines liebsten Freundes und Mentors, des Barons Van Swieten, wahrer Kenner der Natur und ihrer tiefsten Geheimnisse, ist es mir gelungen …

80

»Was gelungen?«, fragte Stiller ungeduldig, nachdem Frau Goldschmid plötzlich mitten im Lesen innegehalten hatte. Die Antiquarin wendete das Blatt mehrmals um, dann hob sie den Blick über die randlose Lesebrille und schaute ratlos in die Runde. »Die Abschrift bricht hier ab«, sagte sie, ohne ihre Enttäuschung zu verbergen. »Vielleicht ist Schneiderhahn gerade ermordet worden, als er versucht hat, den Text zu Ende abzuschreiben …« »Oje«, flüsterte mir Biba ins Ohr, »Ihre Leser werden denken, Sie wollen hier nur die erzählerische Spannung steigern!« Stiller brachte seinen Assistenten mit einem bösen Blick zum Schweigen und wandte sich dann höflich zur Antiquarin. »Wenn es so wäre, Madame«, entgegnete er in freundlichem, aber festem Ton, »hätten wir den Professor nicht am Klavier, sondern am Sekretär tot aufgefunden.« Dr. Horvath beugte sich über das Opfer und untersuchte ausführlich die schon leicht versteiften Finger des Professors, die immer noch die Tasten des Klaviers herunterdrückten, gleichsam als wollte das Opfer in alle Ewigkeit weiterspielen. »In der Tat, verehrter Kollege! Der Tod ist eindeutig beim Klavierspiel eingetreten«, konstatierte er mit wissenschaftlicher Sachlichkeit. »Aber fragen Sie mich nicht, was er da gespielt hat«, fügte er unwirsch hinzu und wies auf das leere, aufgeklappte Pult des Pianofortes.

Die Erkenntnis traf mich wie ein Blitz. »Moment!«, rief ich erregt. »Hier fehlt etwas … Als ich heute Abend den Professor besucht habe, befand sich auf dem Klavierpult ein großes Musikmanuskript!« Alle Blicke richteten sich gleichzeitig auf das schmale, leere Pult des Wandklaviers. »Sind Sie sicher, oder ist es wieder eine Finte, um Ihrem Krimi erneut Schwung zu geben?«, fragte Stiller misstrauisch. »Sie sind derjenige, der immer an den Roman denkt!«, erwiderte ich pikiert. Frau Goldschmid trat sofort dazwischen: »Erinnern Sie sich vielleicht auch daran, um welches Musikstück es sich handelte?«, fragte sie mich mit aufrichtiger Neugier. Ich hob die Schultern und schüttelte bedauernd den Kopf. »Ich habe es nur von Weitem gesehen …« »Macht nichts«, sagte sie nachsichtig, »wir brauchen nicht viel Fantasie, um zu erraten, welches Werk es gewesen sein könnte …« Wir schauten alle verblüfft auf die zierliche alte Dame. »Nun ja, Mozarts Requiem, was sonst?«, erklärte sie wie selbstverständlich und fächelte kurz mit der Abschrift in der Luft. »Darum dreht sich doch das Schreiben Mozarts, das der Professor kopieren wollte.«

Stiller begann wie gewohnt, seinen Bart nachdenklich zu zwirbeln. »Es ist zwar eine gewagte, bloß spekulative Annahme, Frau Goldschmid«, sagte er, »aber vielleicht hilft sie uns, den Täter zu finden: Ich frage mich, ob hier jemand versucht …« »… Mozarts ›kühnes Unterfangen‹ in die Tat umzusetzen, nicht wahr?«, ergänzte die Antiquarin und warf ihm einen Blick stummen Einverständnisses zu. Für einen kurzen Moment herrschte beklommene Stille. »Meinen Sie …«, fragte Biba zögernd, als ob er sich fürchtete, den Gedanken zu Ende zu führen, »… durch Mozarts Musik …« »… zu töten?«, vollendete ich bestürzt den Satz. Für eine lange Weile traute sich niemand, diese Frage zu beantworten. »So in etwa, meine Herren«, sagte schließlich die Antiquarin mit blassem Gesicht und übergab das Blatt mit vor Aufregung zitternden Händen dem sich immer noch kräftig am Kinn kratzenden Chefinspektor. »Dann könnte das verschwundene Manuskript des Requiems eine Art Köder sein, den der Mörder für seine Opfer auslegt«, bemerkte dieser, ohne aufzuhören, sich über das Kinn zu streichen. »Oder gar die Mordwaffe«, fügte ich hinzu, eine Sensation witternd. Dr. Horvath reagierte eher skeptisch: »Ich kann mir nicht vorstellen, dass man ein menschliches Wesen durch eine Musikhandschrift oder gar durch den bloßen Ton der Musik vergiften könnte, und sei es auch die überwältigendste, unerhörteste Klangkombination«, sagte er. »Die einzige Möglichkeit, so etwas zu bewerkstelligen«, fuhr er in sachlichem Ton fort, »wäre vielleicht, wenn man die Seiten des ganzen Manuskripts mit einer arsenhaltigen Giftmischung wie *Aqua toffana* tränken würde. Auch diesen hypothetischen Tathergang à la Umberto Eco haben wir aber bereits ausgeschlossen, da weder an den Fingerspitzen noch an der Zunge der Opfer eindeutige Arsenspuren gefunden wurden – ganz abgesehen davon, dass ein solches Szenario, wie der verehrte Kollege Biba schon mal nahegelegt hatte, eher dem Gebiet der Belletristik zuzuordnen wäre als der kriminalistischen Wirklichkeit.« Stiller zeigte sich weniger kritisch. »Wie dem auch sei, Doktor«, sagte er, »die Vermutung, dass hier jemand durch das Requiem von Mozart eine Mordserie durchzuziehen versucht, so unwahrscheinlich, ja gar abwegig das auch klingen mag, kann uns vielleicht helfen, ein hypothetisches Täterprofil zu erstellen.« Er trat vor das Klavier und wandte sich mit aufmunternden Worten zu uns: »Auch wenn wir noch nicht genau wissen, ob und wie der Täter Mozarts Musik für seinen mörderischen Plan eingesetzt hat, können wir schon jetzt, da unser Ermittlerteam samt unseren externen Beratern nun mal vollzählig anwesend ist, damit beginnen, gemeinsam zu überlegen, wer überhaupt so was machen würde und vor allem, was für ein Motiv er oder sie haben könnte, so zu handeln.«

Wir sammelten uns alle im Halbkreis um den Chefinspektor. »Wir sind bislang nur gängigen kriminalistischen Spuren nachgegangen und haben fast das gesamte Spektrum an klassischen Mordmotiven durchleuchtet: Neid, Geld, Sex, Gier und Politik«, fing er an, seine Gedanken laut aussprechend. »Selbst die Nazi-Fährte«, wandte er sich zu mir, »haben wir bis zum bitteren Ende verfolgt.« Er schwieg einen Moment, bevor er weitersprach. »Was aber, wenn wir es hier mit einem atypischen

Serienmörder zu tun haben, einem, der aus ganz anderen, absonderlichen, außergewöhnlichen, vielleicht ideellen, ja unvorstellbaren Gründen tötet? Einem, der in kein bekanntes Täterprofil passt? Einem«, dabei fixierte er mich, »der nicht einmal in einem Kriminalroman, so frei erfunden dieser auch sein möge, denkbar wäre?« Er schlug mit der Faust aufs Pianoforte und rief entschlossen: »Es ist an der Zeit, die Grenzen literarischer Fiktion zu überschreiten, Kollegen!«

81

»Vielleicht ein besonders fanatischer Mozart-Verehrer?«, meldete sich Edeltraut Goldschmid als Erste nach einer langen, nachdenklichen Pause zu Wort. »Durchaus möglich, Madame«, kommentierte Stiller aufmunternd. »Ich kann nicht leugnen, dass solche krankhaften Persönlichkeitsstörungen – so unverständlich sie uns auch erscheinen mögen – zu einer Mordserie animieren können. Nur gibt es leider zu viele Mozart-Fanatiker auf dieser Welt und speziell in dieser Stadt, die in Frage kommen könnten – selbst die Opfer ...« Die Antiquarin ließ sich von Stiller nicht verunsichern. »Wir könnten immerhin die Suche nach unserem Täter etwas eingrenzen, wenn wir uns fragen, warum er gerade das Requiem für seine Mordserie ausgewählt hat«, schlug sie vor. Ich nutzte ihre Idee, um eine Vermutung loszuwerden, die schon seit einiger Zeit durch meinen Kopf schwirrte – und die bestimmt auch einige meiner zukünftigen Leser hegen würden. »Es mag zwar abenteuerlich romanhaft klingen, aber vielleicht will der Serientäter doch in seinen Wahnvorstellungen die endzeitliche Botschaft des Requiems auf Erden wahrmachen, als ob er, gleich Gott, sich selbst zum

Jüngsten Gericht erheben und wie der Weltenrichter Sünder mit dem Tod bestrafen könnte.« Stiller zog die Augenbrauen zusammen, verkniff sich diesmal aber jeglichen Kommentar. Ich zitierte zur Erläuterung die zweite Strophe des *Dies irae* aus dem Requiem:

Quantus tremor est futurus,
Quando iudex est venturus,
Cuncta stricte discussurus …

Zu meiner Überraschung kam mir Dr. Horvath zu Hilfe und setzte, noch bevor der Chefinspektor seine Bedenken äußern konnte, das Zitat mit der fünften Strophe der Sequenz fort, als ob er meine These unterstützen wollte:

Iudex ergo cum sedebit,
quidquid latet apparebit:
nil inultum remanebit.

»Ein Weltenrichter, der wie der alttestamentarische Gott jede Sünde gnadenlos bestraft«, bemerkte Frau Goldschmid nachdenklich. »Kein Wunder, dass das Zweite Vatikanische Konzil den Text der Totensequenz aus der *Missa pro defunctis* gestrichen hat …« Stiller warf der Antiquarin einen fragenden Blick zu. Sie lächelte verständnisvoll, zog aus ihrer kleinen weißen Handtasche das Programmheft der letzten Requiem-Aufführung an Mozarts Gedenktag und reichte es ihm. »Hier finden Sie den vollständigen Text des Requiems mit paralleler Übersetzung in deutscher Sprache.« Stiller blätterte kurz in der Broschüre, bis er die zitierten Stellen der Sequenz fand. »Ein Fall von religiösem Fanatismus also«, brachte er mit gewohnter Knappheit die Sache auf den Punkt. »In der Tat fehlte in unserer Liste der möglichen Motive für die Mordserie nur noch ein religiöses«, fügte er grübelnd hinzu. Frau Goldschmid nickte zustimmend. »Vielleicht ist es auch kein Zufall, dass das spätlateinische Wort *sequentia*, mit dem der zentrale Teil des Requiems, das berühmte *Dies irae*, bezeichnet wird, ›Serie‹ oder ›Reihenfolge‹ heißt«, gab sie zu bedenken, »was, auf unseren Fall übertragen, auch im Sinne von ›Totenfolge‹ interpretiert werden könnte.« Stiller kratzte sich wieder am Bart. »Nur sehe ich noch keine wirklich zwingende christlich-theologische Logik in der Reihenfolge respektive Sequenz unserer Toten«, sagte er wenig überzeugt. »Ich muss aber eingestehen, dass ich nicht besonders bibelfest bin …«

»Sieben!«, rief Biba, der bis dahin still zugehört hatte, plötzlich in die Runde, und schlug sich kräftig mit der Handfläche auf die Stirn. Wir blickten alle überrascht auf ihn. Der Gruppeninspektor stotterte vor Aufregung: »Ich meine den Film *Se7en*, Sie kennen ihn sicher auch … die sieben Todsünden!« Langsam dämmerte es mir. »Meinen Sie den Hollywood-Blockbuster *Se7en*, in dem der Serienmörder seine Opfer nach dem Muster der sieben Todsünden umbringt?«, fragte ich. Biba nickte. »Und welche Todsünden hätten dann unsere Opfer begangen?«, fragte Stiller skeptisch. »Na ja, die erste dürfte nicht allzu schwierig zu erraten sein«, versuchte ich, Bibas nicht nur kriminalistisch vielversprechende Eingebung zu untermauern, »bei einem bekannten Wüterich wie Isaac Löwenstein …« »Der Zorn!«, fiel mir Biba ungestüm ins Wort. »*Ira*, im katholischen Katechismus als die vierte der sieben *peccata mortalia* angeführt«, steuerte Dr. Horvath in bekannter Gelehrsamkeit bei und verlieh dadurch der etwas gewagten Hypothese eine theologische Begründung. »Und zugleich der Beginn der Totensequenz: *Dies Irae,* Tag des Zorns«, bemerkte Frau Goldschmid. »Und nicht zu vergessen: Löwenstein ist gestorben, gerade als er das *Dies Irae* dirigierte!«, ergänzte ich aufgeregt und wandte mich mit triumphierender Miene an Stiller. »Das kann kein

Zufall sein, meinen Sie nicht auch?« Der Chefinspektor schien noch nicht ganz überzeugt zu sein. »Wenn ich mich nicht irre, ist im Requiem aber nicht der Zorn als Todsünde, sondern ganz im Gegenteil der Zorn Gottes als gerechte Strafe für die Sünder gemeint«, widersprach er, nachdem er nochmals im Programmheft den Text der Totenmesse nachgeschlagen hatte. »Ganz abgesehen davon, dass in der Totensequenz, so viel ich der deutschen Übersetzung hier entnehmen kann, die Todsünden gar nicht erwähnt werden, sondern, wenn überhaupt, nur im Allgemeinen von Sünde und Sühne die Rede ist.« »Wer kann wissen, was im Kopf eines Psychopathen vor sich geht«, versuchte ich, diesen berechtigten Einwand zu entschärfen. Doch Stiller ließ nicht locker. »Der Zorn für Isaac Löwenstein, gut, und dann?«, hakte er nach. »Was ist mit dem nächsten Opfer, dem Chorleiter Samuel Libeskind?« »Vielleicht der Neid?«, schlug Biba nicht mehr so sicher vor. »*Invidia prima scelerum mater*«, dozierte Dr. Horvath in professoralem Ton. »Neid worauf?«, fragte Stiller kritisch. »Auf Isaac Löwenstein selbst wahrscheinlich«, vermutete ich. »Mir scheint Libeskind gegenüber Löwenstein eher eine hohe Achtung als Neid gehegt zu haben«, wandte Stiller wieder ein. »Aber auch wenn es stimmen sollte: Was ist mit den weiteren Opfern? Alles unverbesserliche Todsünder?« »Na ja, bei Theodor König, unserem dritten Opfer, hätte man die Qual der Wahl«, antwortete ich, »Zorn, Habgier, Wollust …« »Ich würde die Wollust eher dem vierten Opfer zuordnen«, meinte Biba. »Magdalena?«, reagierte ich pikiert und schaute den Gruppeninspektor schief an. Er zog bedauernd die Schultern hoch. »Wem sonst?« Frau Goldschmid legte ihm und mir jeweils eine Hand auf die Schultern. »Sagen wir mal: der Zorn für Löwenstein, der Neid für Libeskind, die Habgier für König und eine gewisse Sinnenfreude für Fräulein Rosenthal«, fasste sie schlichtend zusammen. »*Ira, invidia, avaritia, luxuria … Qui sine peccato est vestrum, primus in illam lapidem mittat*«, kommentierte Dr. Horvath, der mit seinem Latein offenbar bei Weitem noch nicht am Ende zu sein schien, in besinnlich-ironischem Ton. »Und beim Professor?«, fragte Stiller kritisch. »Wieder Habgier wie bei König?« Eine betretene Stille trat ein. »Ich fürchte, man kann nicht nur bei unseren Opfern, sondern bei jedem Menschen irgendeine Todsünde entdecken, wenn man nur tief genug in seiner Vergangenheit gräbt«, sagte der Chefinspektor nüchtern. »Vor allem sehe ich hier keine stringente Verbindung zwischen den vermeintlichen Todsünden unserer Opfer und dem Text des Requiems. Selbst der Zusammenhang zwischen Löwenstein und dem *Dies Irae* scheint mir eher zufällig zu sein – ganz zu schweigen von der Art und Weise, wie unsere Opfer ermordet wurden, die kaum etwas mit den Todsünden zu tun zu haben scheint …« »In der Tat wird bei *Se7en* jedes Opfer auf eine unterschiedliche Weise umgebracht, die der jeweiligen Todsünde sinnbildlich entspricht«, gab Biba seinem Vorgesetzten sichtlich enttäuscht recht. Stiller klopfte ihm tröstend auf die Schulter. »Macht nichts, Biba: Auch wenn Ihre Hypothese nicht sehr wahrscheinlich anmutet, glaube ich trotzdem, dass sie uns einen Schritt näher zur Lösung des Falls gebracht hat.«

Die Begeisterung, mit der Bibas Einfall zu Beginn aufgenommen worden war, war nach den kritischen Worten des Chefinspektors endgültig verflogen. Weitere Vermutungen wurden erörtert, sie kamen aber nicht einmal ansatzweise einer möglichen Lösung des Falls näher. Eine gewisse Müdigkeit machte sich nun im Ermittlerteam breit. Zeus schlief vor der Zellentür mit dem Kopf zwischen den Vorderpfoten. Gruppeninspektor Biba hatte sich niedergeschlagen in eine Ecke gehockt und naschte immer wieder, wenn keiner zu ihm hinschaute, kleine bunte Pralinen, die er aus den Taschen seiner Polizeiuniform zog. Frau Goldschmid stützte sich erschöpft auf meinen Arm und wollte an die frische Luft, was auch ich für keine schlechte

Idee hielt. Selbst Dr. Horvath zeigte Ermüdungserscheinungen und lief mit einem leeren Plastikbeutel in der Hand und rotunterlaufenen Augen rastlos auf und ab. Spätestens zu diesem Zeitpunkt sah Stiller ein, dass es keinen Sinn mehr hatte, weiter über den Fall zu diskutieren und nach möglichen Lösungen zu suchen. Er bat mich, Frau Goldschmid nach Hause zu begleiten und forderte Dr. Horvath und Biba auf, sich ebenfalls ein bisschen Schlaf zu gönnen. »Sollte Ihnen etwas einfallen«, rief er uns im Korridor hinterher, »können Sie mich jederzeit im Büro oder am Handy anrufen – auch am frühen Morgen!«

Bevor auch er den Tatort verließ, ging Stiller noch schnell auf Biba zu, der als Einziger vor der Zelle auf die bestellte Ablösung vom Polizeirevier warten musste. »Könnte ich eine von Ihren Süßigkeiten probieren?«, fragte er ihn mit einem listigen Lächeln. »Ach, das sind doch bloß gewöhnliche Mozartkugeln, Chef«, log der Gruppeninspektor verlegen und hörte geniert zu kauen auf. »Dann haben Sie sicher nichts dagegen, wenn ich mir doch erlaube, eine davon zu naschen«, erwiderte der Chefinspektor und steckte die Hand in die rechte Uniformtasche seines Assistenten, noch bevor dieser sich wehren konnte. Bibas Gesicht lief zwischen Rot und Violett an. »Wissen Sie, Chef, es ist schon die fünfte Leiche und der fünfte Tatort in wenigen Tagen«, rechtfertigte er sich betreten, als Stiller ihm vier Verdi-Pistazien vor die Nase hielt. »Umso fürsorglicher sollten Sie mit ihrer Gesundheit umgehen, Biba«, mahnte ihn der Chefinspektor wohlwollend. »Zumal es sich hier letzten Endes um Beweisstücke handelt«, fügte er etwas strenger hinzu und forderte mit einem nachdrücklichen Kopfnicken den Gruppeninspektor auf, auch den Inhalt der linken Tasche seiner Uniform auszuleeren. Die fünf weißen Beethoven-Würfel, die Biba zähneknirschend herausholte, landeten zusammen mit den grünen Verdi-Pistazien in einem Plastikbeutel, den sich der Chefinspektor in die Tasche seines Parkas steckte. »Nächstes Mal bringen Sie

Kaffeeplätzchen mit, Biba!«, verabschiedete er sich von seinem Assistenten und verließ mit seinem Hund das Klostergebäude.

82

Draußen wütete der Schneesturm unaufhaltsam weiter, doch die eisigen Schneewirbel, die Stiller um die Ohren pfiffen und gegen das Gesicht peitschten, schienen ihm nichts anzuhaben, so heftig dröhnte ihm der Kopf beim Gedanken an die letzte Lagebesprechung. Er war sich absolut sicher, bei der Diskussion im Kloster der Lösung des Falls ganz nahe gekommen zu sein. Nur ein letzter entscheidender Baustein, davon war er felsenfest überzeugt, fehlte ihm noch. So unwahrscheinlich, ja undenkbar es anmuten mochte: Jemand versuchte gerade – Mozarts Idee eines todbringenden Requiems wörtlich nehmend –, den Tod durch die Musik zu verbreiten. Jemand, der das Salzburger Musikgenie und dessen Schöpfungen auf wahnhafte, psychopathologische Weise vergötterte. Jemand, der den Inhalt seines Schreibens wohl kannte und seinen ursprünglichen Todesgedanken zu seinem eigenen gemacht hatte. Jemand, der vom rätselhaften unbekannten Manuskript des Requiems wusste, ja dieses sehr wahrscheinlich in Händen hielt und als Köder für seine Mordserie einsetzte. Die dunklen Worte von Pater Ägidius – »die Musik ist es, die Musik!« – fingen langsam an, einen tieferen, wenn auch noch nicht ganz klaren Sinn zu ergeben.

Am Petersbrunnen angelangt, hielt er abrupt inne. Wie als bestünde ein unheimlicher Zusammenhang der Ereignisse, schien es ihm, als hörte er mitten im Heulen des Sturmes seltsame Klänge. War es wirklich Musik oder nur eine durch den wütenden Sturm und die Müdigkeit hervorgerufene Sinnestäuschung? Er drehte sich um die eigene Achse und lauschte angestrengt, bis er die Quelle der unwirklichen Töne aufgespürt hatte: Aus der Peterskirche neben dem Kloster drang der ferne, dumpfe Klang einer Orgel durch das tobende Schneetreiben. Jemand spielte sie wohl – mitten in der Nacht. Ohne zu zögern, stapfte er zur Vorhalle der Stiftskirche und betrat durch das schwere Holztor zusammen mit Zeus das altehrwürdige Gotteshaus. Das Heulen des Schneegestöbers brach ab, sobald das Kirchentor hinter ihnen zufiel. Umso überwältigender traf sie in der finsteren Turmhalle der brausende, betäubende Schall der mächtigen Hauptorgel mit der vollen Wucht all ihrer Register. Herr und Hund blieben kurz stehen, um die dissonanten, ohrenzerreißenden, erschütternden Zusammenklänge aufzufangen, dann durchquerten sie entschlossen das Mittelschiff bis zum Presbyterium vor dem prächtigen Hochaltar. Stiller war bewusst, dass sie jetzt vom Organisten auf der gegenüberliegenden Empore durch den Spiegel gesehen werden konnten, der üblicherweise dazu dient, von der Orgel aus den Zelebranten oder den Chor während des Gottesdienstes im Blick zu haben. Doch der mysteriöse Organist spielte seine dämonische Musik weiter, als wäre niemand da. War er nur in sein Tastenspiel vertieft oder ignorierte er absichtlich die eingetroffenen Kirchenbesucher? Stiller ging mit Zeus zurück zur Wendeltreppe, die am Anfang des linken Seitenschiffs zur Empore des Orgelgehäuses führte. Er befahl seinem Hund, hier auf ihn zu warten, und nahm allein die engen Stufen der Stiege.

Als er oben ankam, war er aus irgendeinem Grund überhaupt nicht überrascht, an der prachtvollen, mit den Statuen der Heiligen Rupert, Vitalis und Petrus ausgestatteten Orgel Pater Ägidius, den Erzabt des Stiftes, vorzufinden. Der alte, halbblinde Mönch, das entstellte Gesicht unter der spitzen Kapuze seiner schwarzen Benediktinerkukulle verborgen, Hände und Füße treffsicher hin und her auf den Tasten und Pedalen bewegend, spielte unerschütterlich weiter, über die Tastatur gebeugt und ohne die geschlossene schwere Partitur am Notenpult eines Blickes zu würdigen. Stiller näherte sich der Orgel und wartete geduldig den Abschluss der Improvisation ab. Doch kaum war der letzte Ton der dröhnenden, akkordreichen Toccata in den Kirchenschiffen verklungen, setzte der Benediktiner rastlos sein Spiel mit einer weiteren, noch klanggewaltigeren, ohrenbetäubenderen Improvisation fort, die kein Ende zu finden schien. In einer kurzen Pause räusperte sich Stiller vernehmlich, ohne die Aufmerksamkeit des Klerikers auf sich lenken zu können. Offenbar missachtete ihn der Mönch mit voller Absicht. Der Chefinspektor wartete noch einige Zeit, dann stellte er sich neben die Registratur der Orgel, beugte sich nach vorne und sagte laut: »Ganz schön modern, unser Mozart, nicht wahr?« Pater Ägidius kam nach ein paar Takten zur volltönenden, langen Schlusskadenz, hob schwungvoll Hände und Füße von Tastatur und Pedalklaviatur und wartete angespannt, bis der Nachhall des letzten langen Akkords verklungen war. »Das ist nicht Mozart, das ist Messiaen. Olivier Messiaen, *Meditationen*«, erwiderte er kühl in der plötzlich eingetretenen Stille. Dann begann er, noch verbissener eine weitere virtuose Meditation anzuschlagen. Stiller gab nicht auf. »Mozart hin oder her«, sprach er noch lauter, um sich gegen die schwingenden Orgelpfeifen durchsetzen zu können, »Sie hatten recht, Pater Ägidius: Es war die Musik – es *ist* die Musik …« Der Mönch spielte unablässig weiter, als sei die Bemerkung Stillers im Orgelklang untergegangen. »Ich würde gerne wissen, was Sie mit Ihren Worten genau meinten, Pater!«, rief ihm der Chefinspektor entgegen. Eine bravourös ausgeführte chromatische Passage über abgrundtiefen, markerschütternden Haltetönen war die Antwort des Mönchs. »Mozarts Requiem?«, schrie Stiller mit voller Kraft. Eine Kaskade ohrenzerreißender Dissonanzen schnitt ihm das Wort ab. »Ich meine Mozarts echtes Requiem, nicht das von Süßmayr!«, brüllte der Chefinspektor so laut, dass es ihm fast die Stimmbänder zerriss. »Das originale Manuskript des Requiems, verstehen Sie?« Doch der Benediktiner schien sich nur auf das dichte Notengewirr seines fantasierenden Spiels konzentrieren zu wollen. Stiller riss langsam der Geduldsfaden. »Sie können meinetwegen auch das komplette Œuvre von Messiaen heute Nacht durchspielen, ich werde nicht lockerlassen, Pater!«, schrie er dem Mönch mit rauer Stimme ins Gesicht und verschränkte demonstrativ die Arme vor der Brust.

Die letzte Drohung schien Wirkung zu zeigen. Pater Ägidius spielte die Meditation zu Ende und ließ den Schlussakkord mit aufgehobenen Händen in der Kirche nachhallen. Er blieb lange still in angespannter Haltung sitzen. Schließlich murmelte er mit furchterregender Stimme vor sich hin, ohne sich zum Chefinspektor zu wenden:

Liber scriptus proferetur,
in quo totum continetur,
unde mundus iudicetur.

Noch bevor Stiller fragen konnte, was das neue Rätsel bedeuten sollte, nahm Pater Ägidius wie ein Besessener sein Orgelspiel mit einer weiteren, noch dämonischeren Improvisation wieder auf. Stiller wurde klar, dass bei dem störrischen Alten nichts mehr zu holen war. Er blieb noch eine Weile vor der Orgel stehen, dann stieg er die Wendeltreppe wieder hinunter, zog die Kapuze seines Parkas über und verließ mit Zeus das unheimliche Konzert.

83

Um der Wut des Schneesturms zu entfliehen, flüchtete sich der Chefinspektor schutzsuchend unter den Torbogen des Durchgangs zum Petersfriedhof. Nach der denkwürdigen Begegnung mit Pater Ägidius war er noch mehr davon überzeugt, der Lösung des Falls ganz nahe zu sein. Sie schlummerte tief in seinem Innern wie eine dunkle Ahnung, ein flüchtiges Bild ohne klare Konturen, versunken im Meer abertausender Ermittlungsdetails, die in seinem Kopf immer wieder neue Verbindungen eingingen. Er musste sie nur aus den Tiefen seines Unterbewusstseins an die Oberfläche steigen lassen. Und er glaubte auch einen Weg zu wissen, wie dies geschehen könnte. Genauer gesagt, er kannte jemanden – wenn man ihn überhaupt so nennen durfte –, der ihm helfen würde, das Wesentliche aus dem Chaos seiner Gedanken herauszufiltern. Er musste ihn nicht einmal treffen oder anrufen, es reichte, ihn wie einen bösen Geist heraufzubeschwören.

Er lehnte sich an die feuchte Wand des finsteren Durchgangs, steckte die Hände in die Taschen seines Parkas, schloss die Augen und versuchte, sich zu konzentrieren. Er atmete tief die eisige Nachtluft ein und verharrte lange Zeit ganz in sich gekehrt. »Na komm endlich heraus, du verdammter Genius!«, fluchte er leise vor sich hin, die Augen noch fester zudrückend. Doch als er sie nach einer Weile wieder aufschlug, fand er vor sich nur seinen Hund, der ihn mit heraushängender, sabbernder Zunge anschaute. »Leider habe ich nichts zum Essen, Zeus«, sagte er und zog die Schultern bedauernd hoch. »Bis auf die Pralinen von Biba, die nun mal wirklich nichts für dich sind …« Eine plötzliche Idee durchzuckte ihn. Er drückte sich von der Wand, ohne die Hände aus den Taschen herauszuziehen, und vergewisserte sich, dass niemand von rechts oder links kam. Dann öffnete er in der einsamen Dunkelheit der Passage den kleinen Plastikbeutel in der linken Tasche seines Parkas, wickelte gleich zwei der Verdi-Pistazien aus und steckte sie sich verstohlen in den Mund. »Jetzt wollen wir mal schauen, ob du endlich erscheinst, mein Lieber«, flüsterte er vor sich hinmümmelnd und machte sich mit Zeus durch das Gräberfeld des Petersfriedhofs auf den Weg zu seinem Büro.

Mühsam kämpfte er sich in dem tiefen Schnee an den Grabsteinen vorbei und naschte dabei weitere Pralinen, mal einen weißen Beethoven-Würfel, mal eine grüne Verdi-Pistazie, die riskante Kombination bewusst in Kauf nehmend. Ab und zu schaute er gespannt um sich, ob aus einem Grab oder aus dem Schatten einer Arkade der erwartete Besuch auftauchen würde, doch die süßen Pillen schienen noch keine Wirkung zu zeigen. Bis zur Polizeiinspektion diesseits der Salzach zeigte sich in der verschneiten Nacht keine Seele. Selbst in seinem Büro schien niemand auf ihn zu warten: Der silbern angestaubte Mozart im Bild über dem Schlafsofa blickte ihn zwar unverwandt an, machte aber keine Anstalten, aus dem Rahmen herauszutreten. Um die Zeit zu überbrücken, zog Stiller aus der rechten Tasche seines Parkas das Programmheft mit dem Text des Requiems, das ihm Frau Goldschmid gegeben hatte. Er setzte sich an den Schreibtisch und fing an, die berühmte Totensequenz mit paralleler deutscher Übersetzung durchzulesen, während Zeus bereits auf dem Sofa eingeschlafen war.

Zwar erzielten die Pralinen nicht den gewünschten Effekt, doch waren sie nichtsdestotrotz durchaus inspirierend. Je tiefer er in den obskuren Sinn der Sequenz versank, umso festere Umrisse nahm die Spur in den Abgründen seiner Gedanken an. Und, wie in einer glücklichen Fügung des Schicksals, fand er es plötzlich wieder – Pater Ägidius' rätselhaftes Zitat, mitten in der Totensequenz des Requiems:

Ein beschriebenes Buch wird hervorgeholt,
in dem alles beinhaltet ist,
weswegen die Welt gerichtet wird.

Liber scriptus … in quo totum continetur … Was konnte hier gemeint sein? Was für ein beschriebenes Buch sollte hervorgeholt worden? Vielleicht … ein Manuskript? »Die Musik ist es, die Musik«, hörte er die Worte des Erzabtes. Wie ein Blitz traf es ihn. Mozarts mysteriöses Autograph des Requiems – das war das *liber scriptus*! Nicht irgendein Manuskript, sondern das Musikmanuskript schlechthin! Stiller rieb sich kräftig seinen wilden Bart und grübelte eine Weile vor sich hin. Wenn nun das Requiem selbst das beschriebene Buch war, »in dem alles beinhaltet ist, weswegen die Welt gerichtet wird«, musste nicht auch die Lösung des Falls zwischen den Zeilen seines Textes irgendwie verborgen sein? Fiebrig stürzte er sich auf die Lektüre des Programmhefts und ließ jeden Abschnitt der Totensequenz mehrmals Revue passieren: *Dies irae* … Tag des Zornes … *Tuba mirum spargens sonum* … Die Posaune wundertönend … *Rex tremendae majestatis* … König schrecklicher Gewalten … *Qui Mariam absolvisti* … Du hast Maria Magdalena vergeben … *Et latronem exaudisti* … Und den Räuber hast Du erhört …

Der glockenhelle Klang eines Hammerklaviers traf ihn wie eine Erleuchtung. Er sah überrascht vom Text auf. An einem alten Fortepiano in der Mitte des Büros vollführte der lang erwartete Besuch in silbrig glänzender Montur eine tollkühne, atemberaubende Akrobatik mit fliegenden Händen über der Tastatur. Stiller ließ sich von der plötzlichen Erscheinung genauso wenig beeindrucken wie von der pianistischen Fingerfertigkeit. »Na endlich, ich habe schon so lange auf dich gewartet, Mozart!«

84

»Vorher, unter den Dombögen, wolltest du mich nicht – jetzt tust du alles, um mich heraufzubeschwören«, bemerkte die lebende Statue sarkastisch, ohne die flinken Finger von der schwarzweißen Tastatur des Hammerklaviers zu lösen. Stiller tippte mit dem Zeigefinger an die Stirn. »Ich weiß mit Sicherheit, dass die Lösung tief in mir selbst liegt«, erklärte er gelassen. »Ich muss mir nur den verborgensten Teil meines Selbst, mein Alter Ego sozusagen, vor Augen führen, um sie klarer fassen zu können.« »Da sind wir wieder bei der alten Frage!«, unterbrach ihn die silberhelle Figur erbost und entlud ihre Entrüstung in einem bravourösen Tonlauf. »Ich bin also nur ein Teil von dir? Immer noch zweifelst du an meiner Existenz, Chefinspektor …« »Die Logik ist es, die zweifelt, Mozart, nicht ich. Um nur ein Beispiel zu nennen: Wie könnte dein wohlklingender Flügel in meinem Büro gelandet sein, das ist doch unwahrscheinlich!« Die Gestalt lächelte verschmitzt. »So ein altes Fortepiano aus Nussbaumholz ist nur etwa 85 Kilogramm schwer und kann locker von zwei kräftigen Männern getragen werden, sagen wir mal, von Gruppeninspektor Biba und mir. Und – falls dein logisches Denken noch etwas einzuwenden hat – die fünf Beine kann man problemlos an- und abmontieren, damit es durch die Tür passt.« Stiller blieb unerschütterlich. »Ich hätte es doch sofort bemerkt, wenn so ein Flügel in mein kleines Büro hereingebracht worden wäre, denkst du nicht?« »Nicht, wenn eine gehörige Dosis Wunderpralinen einem die Sinne vernebelt, Chefinspektor«, konterte sein Gegenüber nicht weniger schlagfertig. Stiller verlor langsam die Geduld. »Erst dank der Wirkung der Pralinen konntest du hier mit deinem Klimperkasten vor mir erscheinen, nicht umgekehrt!« Mozart hämmerte ein Paar wütende Akkorde auf dem kleinen Flügel. »Wie schön, jetzt bin ich nur noch das Nebenprodukt deiner ausschweifenden Nascherei! Der Pralinengenius! Und ich soll dir helfen, den Fall zu lösen?« Er verschränkte gekränkt die Arme vor der Brust und kehrte dem Chefinspektor den Rücken zu.

Stiller ließ ihn eine Weile schmollen, dann bemühte er sich, die Erscheinung versöhnlicher zu stimmen. »Ehrlich gesagt, ich verstehe wirklich nicht, warum dir so viel daran liegt, überhaupt real zu sein …« »Gerade deswegen tust du dir so schwer, die Lösung des Falls zu finden, auch wenn sie bereits in dir – allerdings noch tiefer als du glaubst – schlummert«, erwiderte der silbrige Genius, ohne sich ihm zuzuwenden. »Dann hilf mir, zu verstehen, Mozart«, konterte Stiller. Der Genius kehrte ihm noch längere Zeit still den Rücken zu. Dann drehte er sich abrupt um und stürzte sich mit beiden silbrigen Händen auf den Hammerflügel. Mit dämonischem Schwung ließ er eine atemberaubende Serie rasanter Läufe, klangvoller Akkorde und unwahrscheinlicher Sprünge am Fortepiano ertönen. Stiller starrte ihn wie hypnotisiert an. So eine fesselnde Musik hatte er noch nie im Leben gehört – glaubte er wenigstens. Er blieb lange im Bann der unerhörten, berauschenden Klangfolge, bis der silbrig schimmernde Tastenvirtuose mit einem letzten, plakativen Gestus die Hände von seinem Flügel hob. Vor Spannung knisternde Stille machte sich im Raum breit. Ein mephistophelisches Lächeln überzog das silberne Gesicht der lebenden Statue. Sie drehte langsam den Kopf zu Stiller hin und schaute ihn schief aus unwirklich funkelnden Augenwinkeln an. »Ich bin realer, als du denkst, Chefinspektor«, schloss sie mit steinerner Miene.

Ein schwerer, unheimlich finsterer Verdacht ließ Stiller heftig zittern. Könnte es tatsächlich sein, dass Mozart, auf irgendeine mysteriöse Art und Weise, die ihm noch verschleiert blieb, wirklich existierte? Könnte gerade das Irrealste, was ihm überhaupt begegnen konnte, das reine Produkt seiner Fantasie, eine lächerliche Halluzination, böses Wahnbild eines Irren, wie er nun einmal geworden war, am Ende doch, quasi wie im Wechselspiel eines bizarren Umkehrbilds, das Realste sein, was ihm bei seinen Ermittlungen widerfahren konnte? Könnte das närrische Trugbild vielleicht gar nicht so trügerisch sein? Verbarg sich also hinter dieser romanwürdigen Wahnvorstellung tatsächlich die Lösung des Falls? Wenn dem so war, wie konnte aber eine Erscheinung, die so stark fiktional anmutete, dass sie nicht einmal als schlechter erzählerischer Kunstgriff in einem belletristischen Werk taugen würde, alles andere als bloß literarisch sein – und als solcher vielleicht wiederum kein so schlechter Einfall? Ein Phantom, das durch seine absurde Unwirklichkeit den Leser eines Romans dermaßen irritieren würde, dass dieser sehr wahrscheinlich die Lektüre auf der Stelle abbrechen und das Buch aus Überdruss beiseitelegen würde? Eine Phantasmagorie, über die jeder halbwegs gescheite Schriftsteller ohne zu zögern den Mantel des Schweigens gebreitet hätte, wenn er das Ganze nicht viel trivialer, aber für ihn bequemer und leichter in einen inneren Monolog oder in einen Dialog mit anderen Personen gepackt hätte, um wenigstens die literarische Glaubwürdigkeit und den Pseudorealismus seiner Story zu retten? Eine Geisterbeschwörung, deren komplette Streichung jeglicher einigermaßen vernünftige Verleger zur unerlässlichen Bedingung für die Publikation des Buchs gemacht hätte? Vor allem aber: Wenn Mozart im wahrsten Sinne des Wortes eine Kippfigur zwischen Fantasie und Realität, Trug und Echtheit, Wahn und Wahrheit war, von der er lediglich das unwirkliche, imaginäre Bild wahrnehmen konnte – eine lebende Statue, die in Wirklichkeit weder lebendig noch eine Statue war –, wie hätte er die andere, die reale Gestalt, das wahre Gesicht von Mozart zu sehen bekommen können? Wenn er hier tatsächlich vor einem janusköpfigen Vexierbild stand, in dem Traum und Wirklichkeit zwei Seiten der gleichen Medaille waren, wie konnte er die Medaille umdrehen, um auch ihre Kehrseite aufzudecken? Wie konnte er das Kippbild auf den Kopf stellen und endlich den Wald trotz lauter Bäumen sehen? Dass er ganz anders als üblich denken und handeln musste, war ihm vollkommen klar. Genauso klar war, dass er, wenn er die Realität hinter der Illusion erspähen wollte, mindestens nicht ganz bei Verstand sein musste. Würde es aber reichen, in Rausch und Wahn zu verfallen – was er eben gerade tat –, damit das Delirium ihn das als real glauben ließ, was nur ein böser Traum zu sein schien? Würde es genügen, Mozarts Erscheinung als Vexierbild einer verborgenen Wirklichkeit zu betrachten, um diese tatsächlich hinter der Wahnvorstellung zu erfassen? Und wenn er die Existenz einer realen Dimension hinter dem Bild wirklich akzeptierte, würde sich diese ihm dann offenbaren? Einen Versuch war es auf jeden Fall wert: Jetzt, wo er durch die Spezialpralinen völlig zugedröhnt war, kostete es ihn auch nichts, wie ein Irrer zu glauben, der Traum sei Wirklichkeit. Entschlossen wandte er sich nun daher Mozart zu, zum ersten Mal jedoch nicht wie einem geisterhaften Hirngespinst, sondern wie einem real existierenden Menschen, mit der festen Überzeugung, das Genie stünde leibhaftig vor ihm. Und er sprach zu ihm wie zu jemandem, der aus Fleisch und Blut auf dem Schemel eines echten Fortepianos sitzt: »Dann zeig mir die Lösung, Mozart, wenn du sie kennst.«

85

Die lebende Statue auf dem Klavierschemel schlug gemächlich die Beine übereinander, verschränkte die Hände auf den Knien und starrte Stiller mit einem silbrig leuchtenden, undurchsichtigen Lächeln an. »Du warst bei der Totensequenz des Requiems schon auf dem richtigen Weg, Kommissär«, sagte sie bedeutsam und begann an den Fingern aufzuzählen: »*Dies irae ... Tuba mirum ... Rex tremendae ...*« Stiller hörte versunken zu, die Hände an der Stuhllehne festgeklammert, als ob er seine innere Spannung zurückhalten müsse. Der Silbergenius spürte sie und versuchte, sie zum Ausbruch zu bringen. Er sah ihn mit einem durchbohrenden Blick an und zwinkerte vielsagend mit dem linken Auge. »Oder sollte ich lieber wie die Antiquarin sagen: ›Totenfolge‹?«

Ein kurzer Moment spannungsgeladener Stille trat ein. Dann sprang der Chefinspektor ungestüm vom Stuhl auf und schlug mit der Faust krachend auf den Tisch. Das, was ihm noch wie eine abenteuerliche Hypothese vorkam, verdichtete sich plötzlich zur klaren, felsenfesten Gewissheit. »Das ist es! Die Totensequenz ist die Totenfolge!«, schrie er wie berauscht. »*Dies irae* – Tag des Zornes – für den Wüterich Isaac Löwenstein, *Tuba mirum* – Die Posaune wundertönend – für den Posaunisten Samuel Libeskind, *Rex tremendae majestatis* – König schrecklicher Gewalten – für Theodor König alias ›König von Salzburg‹ ... Die Abschnitte der Totensequenz in deinem Requiem entsprechen der Serie der Opfer! Wie konnte ich dies nur übersehen ...« Mozart führte eine Hand zum Kinn und betrachtete Stiller mit amüsiertem Interesse. »Schon erstaunlich, was der Zufall manchmal bewirken mag ...« Stiller sah ihn verdattert an. »Du zweifelst? Soeben hast du aber doch selber die Totensequenz mit der Totenfolge gleichgesetzt!« »Stimmt, Chefinspektor. Und ich finde die Korrelation zwischen den ersten drei Opfern der Mordserie und den ersten drei Sätzen der Totensequenz durchaus frappierend. Nicht, dass ich immer wieder den Advocatus Diaboli spielen will, glaube mir – so sehr mir die Rolle auch zu Gesicht stehen mag: Ich frage mich nur, welche Verbindung zur Mordserie beim nächsten Satz bestehen soll …?« Stiller nahm das Programmheft des Requiems in die Hand und zitierte sicher aus dem *Recordare*: »*Qui Mariam absolvisti* – Du, der Maria Magdalena erlöst hat – für die Verführerin Magdalena Rosenthal; *et latronem exaudisti* – und den Räuber erhört hat – für den Nazi-Kunsträuber Martin Heinrich Schneiderhahn. Alles passt perfekt zusammen. Was gibt es noch einzuwenden?« Mozart kratzte sich nachdenklich unter der silbergrauen, etwas schief sitzenden Lockenperücke die Stirn. »Ich wollte nur sagen …« Doch Stiller ließ ihn nicht zu Wort kommen und redete wie im Rausch weiter: »Und entsprechend den Sätzen der Totensequenz in deinem Requiem sind die Opfer auch gestorben! Löwenstein beim Dirigieren des *Dies irae*, Libeskind beim Posaunensolo im *Tuba mirum*, König beim Hören des *Rex tremendae majestatis* in seinem Geheimkabinett im Peterskeller, und bei Rosenthal und Schneiderhahn war die Partitur des Requiems mit den passenden Stellen des *Recordare* aufgeschlagen!« »Gerade bei letzten beiden …«, versuchte Mozart einzuwerfen. Stiller aber hörte nicht zu. »Das war die Botschaft, die der Serienmörder uns senden wollte!«, rief er überspannt aus. »Das war der *Liber scriptus, in quo totum continetur, unde mundus iudicetur*!« zitierte er wie ein erfahrener Lateiner. »Wie blind sind wir gewesen!«, stöhnte er und schlug mehrmals auf den Tisch. Dann hielt er kurz inne und schaute entgeistert zur lebenden Statue. »Und weißt du was, Mozart? Es gibt nur eine Person, die das alles wissen konnte. Ich kenne sie … ja, stell dir mal vor, ich habe sie zufällig gerade heute Nacht auf dem Weg in die Polizeistation getroffen! Ich muss zurück zur Peterskirche …«

Er wollte zur Tür, doch der silberne Mozart hielt ihn mit einer sonoren Notenkaskade auf dem Hammerklavier auf. »Da du mich nicht reden lässt«, sagte er mit einem verschlagenen Gesichtsausdruck. Stiller verdrehte ungeduldig die Augen. »Bist du immer noch da? Ich will wieder aufwachen, Mozart!« »Wie undankbar«, murmelte die Statue pikiert und tobte verbissen weiter am antiken Hammerflügel. »Dann sag endlich mal was, statt ständig nur auf dein verfluchtes Pianoforte einzuhämmern!«, brüllte Stiller aufgebracht. Ohne sein virtuoses Spiel zu unterbrechen, drehte Mozart den Kopf langsam zum Chefinspektor, fixierte ihn mit einem unheimlich silbern funkelnden Blick und sagte bissig: »Wärest du nicht so fest in deinem Delirium gefangen und hättest du dich mit der Wirklichkeit vor deinen Augen auseinandergesetzt, hättest du vielleicht schon bemerkt, dass mit dem vierten Satz der Totensequenz, dem *Recordare Jesu pie*, nicht mehr eines, sondern gleich zwei Opfer zusammenfallen. Eine erhebliche Diskrepanz für eine so akribisch geplante und systematisch ausgeführte Mordserie, findest du nicht, Chefinspektor?« Stiller blieb verwirrt stehen, dann setzte er sich enttäuscht zurück an seinen Arbeitstisch, schlug das Programmheft des Requiems wieder auf und las den Text der Sequenz noch einmal durch. Der Silbermozart wirbelte inzwischen immer schneller mit den Fingern auf den Tasten und erreichte in einem stürmischen Accelerando Tempi von unerhörter Geschwindigkeit. Von der surrealen Beschleunigung des Tastenspiels überrascht, hob Stiller den Blick und beobachtete eine Weile den unbändig herumwütenden Klaviervirtuosen, bis ihm plötzlich ein Einfall kam. »Ach, jetzt hab ich's!«, rief er ungestüm und schlug sich wiederholt auf die Stirn. »Der Täter hat schlicht und einfach das Tempo der Mordserie erhöht! Ihm reicht jetzt nicht mehr nur ein einziges Opfer für jeden Satz der Totensequenz, sondern es müssen gleich zwei sein! Verdammt, wenn wir uns nicht beeilen, könnten es beim nächsten Satz bereits drei Tote werden!«

Er wollte wieder zur Tür, doch er konnte zu seinem Erstaunen weder die Hände noch die Beine bewegen, sein ganzer Körper war plötzlich wie versteinert. Er konnte nur noch die Silberstatue am Hammerklavier vor sich sehen, wie sie, seine innere

Unruhe weiter hochtreibend, noch rasanter mit den Fingern über die Tastatur preschte. »Was ist das für ein Trick, Mozart?«, schrie Stiller entnervt. »Ich muss den Täter fassen, bevor er weitere Morde begeht!« »Dann solltest du vielleicht vorher wenigstens im nächsten Satz der Totensequenz nachschauen, ob sie Hinweise auf das nächste – beziehungsweise, wie du meinst, die nächsten – Opfer enthält«, riet ihm die lebende Statue und steigerte das Tempo ihrer Darbietung bis fast ins Unmögliche. Stiller warf einen Blick auf das aufgeschlagene Programmheft vor sich und las nach:

Confutatis maledictis,	Wenn die Verdammten überführt sind
flammis acribus addictis:	und den wilden Flammen überlassen,
voca me cum benedictis.	rufe mich mit den Gesegneten!
Oro supplex et acclinis,	Ich bitte demütig und tief geneigt,
cor contritum quasi cinis:	das Herz aufgerieben wie Asche:
gere curam mei finis.	Trage Sorge für mein Ende!

»Gottverdammt! Der Mörder will sich am Ende der Totensequenz selbst umbringen!«, rief er außer sich und versuchte vergeblich mit all seinen Kräften aufzustehen. Von seiner pianistischen Improvisation völlig besessen, kadenzierte Mozart zu einem endlosen Triller im höchsten Register des Hammerflügels. »Hör endlich auf, auf meinen Nerven Klavier zu spielen, und hau ein für allemal ab mit deinem verfluchten Klimperkasten, Mozart!«, brüllte der Chefinspektor, vor Wut kochend. »Ich muss aufwachen, verstehst du nicht?« Mit ausgestreckten Armen über die Tastatur gebeugt, bis er sie fast mit der markanten silbrig glänzenden Nase berührte, erweiterte der Genius den Triller gekonnt zu einem durchdringenden Tremolo über dem gesamten Ambitus der Klaviatur. »Wäre ich, wie du denkst, bloß eine Projektion von dir«, erwiderte er währenddessen nonchalant, »solltest du in der Lage sein, mich samt meiner Musik verschwinden zu lassen, wann immer du willst, Chefinspektor …« »Meinetwegen kannst du hier bleiben und weiter auf dein Piano dreschen, um deine Existenz nachzuweisen«, schrie Stiller zornig, »aber lass mich wenigstens von hier weg. Ich habe einen Fall zu lösen, und es gibt nichts Schlimmeres, als wenn der Täter nicht mehr überführt werden kann, weil er sich davor selbst umgebracht hat!« Mozart unterbrach abrupt sein Spiel und seufzte schwer. »Eigentlich hätte ich gedacht, mein brillantes Prestissimissimo für Klavier würde dir helfen, aus deinem Delirium zu erwachen. Ich hatte aber nicht damit gerechnet, vor einem solchen Kulturbanausen zu stehen, dem wohl der Klingelton des eigenen Telefons mehr zusagt als jede Musik«, sagte er mit gespielter Resignation und wies mit einem Kopfnicken auf das klingelnde Telefon auf dem Schreibtisch. Stiller drehte hastig den Kopf und schaute verblüfft auf den Apparat zu seiner Rechten. Bei jedem neuen Läuten hüpfte das Telefon wie in einem Zeichentrickfilm in die Luft und kam scheppernd wieder auf dem Tisch auf. »Was ist das schon wieder für ein Gaukelspiel, Mozart?«, rief er entgeistert. »Das Telefon kann unmöglich so hüpfen!« »Ich bin nicht derjenige, der hier halluziniert, Chefinspektor«, erwiderte Mozart schneidend. »Ist das alles also nur ein böser Traum?«, fragte sich Stiller verstört und schaute die lebende Statue fragend an, offenbar eine Antwort von Seiten des Genius erwartend. Dieser stand vom Klavierschemel auf und machte eine akrobatische Pirouette in den Raum. »Um das zu wissen, musst du nur den Hörer abnehmen, Chefinspektor!«, forderte er ihn mit seinem Silberlächeln auf. »Manchmal ist ein Traum wirklicher als die äußerlich greifbaren Dinge«, fügte er abschließend hinzu und verbeugte sich theatralisch. »Aber das wirst du bald selbst erfahren …« Stiller zögerte einen Moment, dann nahm er ab.

86

Er erkannte sofort die samtene, elegische, bewegte Gesangsstimme am Telefon:

Parto, m'affretto; ma nel partire
il cor si spezza, mi manca l'anima.
Morir mi sento, né so morire;
e smanio e gelo, e piango e peno.
Ah se potessi, potessi almeno
fra tanti spasimi morir così!

Ma, per maggior mio duolo,
verso un'amante oppressa
divien la morte istessa
pietosa in questo dì.

Sein Herz hämmerte bis zum Hals. »Cecilia! Bist du es, oder träume ich immer noch?«, rief er verwirrt. Der betörende Canto vom anderen Ende der Leitung ließ seine Frage in der Schwebe: »*È sogno il mio, o vegliando vaneggio?*« Er rieb sich ungläubig die Augen, ohne ein Wort über die Lippen zu bringen. Cecilia wartete still. »Entschuldige, wenn ich dich mitten in der Nacht aus dem Schlaf gerissen habe, Nathan«, sagte sie schließlich mit einem Anflug von Enttäuschung. »Ich sehe erst jetzt, wie töricht es gewesen ist, dich um diese Uhrzeit anzurufen …« Stiller fürchtete, sie würde wieder auflegen. »Nein, nein! Ich war doch schon wach – so glaube ich wenigstens …«, sagte er unsicher und drehte sich mit dem Telefon in der Hand zu Mozart um. Doch die lebende Statue und der Hammerflügel waren spurlos verschwunden, nur sein treuer Labrador schlief friedlich, als ob nichts gewesen wäre. »Es ist nur so, dass alles so unwirklich klingt«, rechtfertigte er sich. »Ich hatte gerade einen seltsamen Besuch – nicht der Rede wert … Und jetzt plötzlich deine Stimme zu hören …« Ein kurzer Moment knisternder Stille trat ein, dann strömte aus dem Telefonhörer die verführerische Melancholie eines sanften Trauergesangs:

Dalla sponda tenebrosa
vieni, o padre, o sposo amato,
d'una figlia e d'una sposa
a raccor l'estremo fiato.

Stiller schloss die Augen und lauschte hingegeben dem seltsam verlockenden Klagelied. Etwas Unheilvolles schwang in den obskuren Worten des Soprans mit. »*Vieni … o sposo amato … a raccor l'estremo fiato* … Ich möchte … Ich will dich … Ich muss dich sehen … mich verabschieden«, stammelte sie schließlich etwas zögernd. Eine böse Ahnung beschlich ihn. »Jetzt?«, fragte er mit Herzklopfen. »Ich glaube, die Lösung gerade gefunden zu haben, Nathan«, bekräftigte sie vielsagend ihre seltsame Einladung. »Welche Lösung?«, fragte er überrascht, gleich an seinen Fall denkend. »Erinnerst du dich noch an den Brief von Mozart, den ich dir bei unserer Begegnung im Café *Papageno* vorgelesen hatte? *Da der Tod … der wahre Endzweck unseres Lebens ist … der Schlüssel zu unserer wahren Glückseligkeit …*«, zitierte sie bruchstückhaft mit vor Ergriffenheit bebender Stimme. Stiller wurde noch unruhiger. »Ich hatte damals den Schluss seines Gedankengangs absichtlich in der Schwebe gelassen«, gestand sie etwas betreten. »Doch jetzt ist der Zeitpunkt gekommen, ihn nachzuholen: *Und für diese Glückseligkeit*, heißt es dort einige Zeilen später, *danke ich alle Tage meinem Schöpfer und wünsche sie von Herzen jedem meiner Mitmenschen.*« Stiller schwieg, immer besorgter. »Verstehst du, Nathan?«, fuhr sie mit fiebrig vibrierender Stimme fort. »Er hat sie jedem von uns gewünscht! Und diesen Wunsch, diesen inneren Drang nach Erlösung, diese – wie soll ich sie nennen – Todes … sehnsucht hat er mit seiner Tonkunst für jeden von uns zu erfüllen versucht.« Sie machte eine bedeutungsvolle Pause, dann rief sie außer sich: »Ich habe durch seine Musik endlich diese Glückseligkeit gefunden, Nathan!« Stiller fuhr erschreckt hoch und eilte noch mit dem Telefonhörer in der Hand zur Tür. »Eigentlich war ich gerade auf dem Sprung, den Täter zu fassen«, sprach er hastig, »aber vorher kann ich dich vielleicht kurz …« »Siehst du? Alles passt wunderbar zusammen!«, unterbrach sie ihn wie im Rausch. »Wir hatten uns gegenseitig beschworen, abzuwarten, bis der Mörder meines Vaters überführt ist, und jetzt ist es soweit! Erst die Lösung, dann die Erlösung.« »Noch nicht ganz, Cecilia: Wenn ich ihn nicht gleich fange, könnte es zu spät sein … Denn auch er scheint wie du …« Stiller brachte es nicht über sich, seine Befürchtungen ganz auszusprechen. »Weißt du, Nathan, ich glaube, alles hängt irgendwie zusammen … Und ich fürchte, dass es sowieso zu spät ist … *Vieni, o padre, o sposo amato … a raccor l'estremo fiato …*« »Wo bist du?«, schrie Stiller bestürzt auf. Draußen heulte der Schneesturm. »Auf dem Petersfriedhof, vor dem offenen Grab meines Vaters.«

87

Als Biba schlaftrunken Stillers Anruf entgegennahm, war der Chefinspektor schon ans Ende der Treppe zum Notausgang hinuntergerannt. »Wach auf und hör gut zu«, brüllte er in sein Handy, während er sich durch die schwere Metallhintertür hinaus in den wütenden Schneesturm stürzte. »Geh sofort zum Kloster. Nimm Pater Ägidius fest, bevor es zu spät ist. Vielleicht hält er sich noch in der Peterskirche auf. Rufe unterwegs Verstärkung. Ich muss nur einen kleinen Umweg machen, bin aber gleich da.«

Ohne das dichte Schneegestöber in der eiskalten Nacht zu spüren, hetzte Stiller im tiefen Schnee durch die menschenleeren Gassen zum Domplatz. Seine Gedanken irrten fieberhaft zwischen Petersfriedhof und Peterskirche hin und her. Es war ihm bewusst, wie riskant der kurze Abstecher zum Friedhof war – dass er damit die ganze Ermittlungsarbeit aufs Spiel setzte. Aber hatte er wirklich eine andere Wahl? Wenn das Schicksal es unbedingt wollte, war er bereit, Vabanque zu spielen.

»Cecilia!«, schrie er am hinteren Eingang des Peterfriedhofs, »Cecilia!« Sein Ruf verwehte im Heulen des Schneesturms. Nach Atem ringend stapfte er durch das vom Schneetreiben umwirbelte Gräberfeld. In dessen Mitte glaubte er durch den Flockenvorhang den Umriss einer Frau zu erkennen. Sie stand vor einem offenen, leeren Grab, starr, stumm, eine schwarze Silhouette im weißen, irrlichternden Hintergrund des Schneesturmes. »Cecilia!«

Als er aus dem Schneewirbel vor ihr auftauchte, wandte sie ihm langsam das kreidebleiche, von sturmzersausten Haarsträhnen überzogene Gesicht zu, ihre vor Erregung flackernden schwarzen Augen weiteten sich und sie legte wie in Zeitlupe den Zeigefinger langsam auf die dunkelvioletten Lippen. Er blieb wie versteinert vor ihr stehen. Er wusste nicht, ob es wieder eine Sinnestäuschung war, aber er hatte den Eindruck, eine ferne, undefinierbare Musik, eine Art überirdischen Engelsgesang inmitten des wütenden Sturms wahrzunehmen. Er konnte auch nicht sagen, ob die wundersamen, unwirklichen Töne, wenn es überhaupt welche waren, von ihr stammten. Denn ihre schmalen, wohlgeformten Lippen hinter dem gestreckten Zeigefinger bewegten sich nicht, als ob sie stumm summte. Er war nicht einmal sicher, ob sie tatsächlich vor ihm stand oder ob ihn vielleicht doch nur ein Trugbild, ja gar eine Geistererscheinung narrte. Was er zu vernehmen glaubte, war auf jeden Fall kein Klang von dieser Welt – bis auf die wenigen Gesangsfetzen, die er dabei herauszuhören glaubte und die wohl nur noch das wirre Echo seiner letzten wahnhaften Begegnung mit dem Genius Mozarts sein konnten: *Voca me cum … maledictis … finis …*

Als sie ihre Rechte langsam nach ihm ausstreckte und seine Linke drückte, rieselten wahre Schauder der Erschütterung durch seine Glieder. Ihre Hand war so eisig kalt, dass seine wie in Flammen brannte, alte Wunden auf einmal wieder aufreißend. Durch die sengende Wahrnehmung eisiger Hitze endgültig in den Wahn getrieben, erinnerte er sich plötzlich an ihre seltsamen, fernen Worte: »Nicht zufällig unterscheiden sich *amor* und *mors* im Lateinischen nur durch einen einzigen Buchstaben.« Und eine so einfache wie absurde Frage kam ihm plötzlich in den Sinn: Konnte man den Tod lieben? Dann sah er aus dem Grund ihrer tiefschwarzen Augen den flehentlichen Blick seiner Schwester Dorothee auftauchen, bevor sie vor ihm in den Fluten für immer untergetaucht war. Und alle schmerzlichen Erinnerungen loderten auf einmal in ihm empor. »Lass nicht los!«, hallten die letzten Worte der Schwester in ihm nach.

Dieses Mal ließ er nicht los. Während sie ihn in einem freien, endlos scheinenden Fall in die tiefe Grube ihres Vaters mit sich zog, trafen sich ihre Lippen. In stürmischer Umarmung wirbelten ihre Körper ins Leere, bis sie sanft auf dem weichen Schneebett des Grabes landeten. Dann war alles Musik.

88

Er wusste nicht, wie viel Zeit vergangen war, als ihn ein höllischer, markerschütternder und anhaltender Missklang aus der wonnigen Trance aufrüttelte. Soweit er aus dem feuchtkalten, modrigen Boden unter ihm und den hohen, beklemmend engen Eiswänden um sich herum schließen konnte, lag er auf dem Grund eines noch offenen Grabes, ganz allein und von einem dünnen Schneemantel bedeckt. Wo war Cecilia? Hatte sie sich zu den mysteriösen Engelsklängen aus der Grube hinausgestohlen, während er noch liebestrunken und todesdurstig dalag? Oder hatte er sich alles in seinem Delirium nur eingebildet?

Jemand, den er nicht sehen konnte, schien gerade von außen Erde in die Grube zu werfen, denn immer wieder, so war zumindest seine Wahrnehmung, fielen von oben kleine Häufchen von kaltem Matsch auf ihn herab. Oder waren es nur Schneeflocken? – In seinem Pralinenrausch wusste er nicht mehr, ob er halluzinierte oder ob das alles real war. Wurde er gerade beerdigt? Oder sein Grab gar zugeschaufelt? Wenn er aber schon tot war, wie konnte er all das wahrnehmen? Wurde er etwa lebendig begraben? Oder war es vielleicht – er erbebte bei dem Gedanken – seine Seele, die sich bereits von seinem Körper gelöst hatte?

Als er die verstrubbelten Rollmopslöckchen einer silbergrauen Haarbeutelperücke über dem Rand des Grabes sah, schlug seine Verwirrung in Wahn um. »Bist du es wieder, Mozart?«, schrie er wie von Sinnen. Von der Kante der Grube aus streckte der Genius seinen silbrigen Kopf zu ihm, zeigte seine silberweiß leuchtenden Zähne in einem breiten Grinsen und warf ihm keck von oben herab einen Schneeball ins Gesicht. »Erde zu Erde, Asche zu Asche, Schnee zu Schnee«, flüsterte er in gespielter Trauer und setzte sich mit einem plötzlichen Schwung auf die Grabkante. »Bin ich etwa tot, Mozart?«, fragte

Stiller völlig verstört von unten. Der Silbergeist schlug gemütlich die Beine übereinander, führte die Rechte zum Kinn und blickte entrückt in die Ferne, als erfordere die bizarre Frage ein langes, gründliches Nachdenken. »Schwer zu sagen, Chefinspektor«, antwortete er schließlich mit einem verschlagenen Lächeln. »In deinem Fall könnte man zum Beispiel durchaus mit Descartes dagegen argumentieren: *Deliro ergo sum* …« Stiller lachte laut auf. »Ah, ah! Ich wusste nicht, dass ich in meinem Unterbewusstsein so gut Latein kann«, bemerkte er mit einem Anflug bitterer Selbstironie. »Aber vielleicht kann mir mein eigenes Unterbewusstsein sogar erklären, was der lateinische Spruch heißt.« Mozart verschränkte die Arme beleidigt vor der Brust und schnaubte grimmig: »Er heißt: Ist es nicht irre, sich die eigene Existenz durch jemanden bestätigen zu lassen, den man selbst für nicht existent hält?« »Ich dachte nur, du solltest dich mit dem Tot- oder Nicht-tot-Sein schon gut auskennen, immerhin bist du vor mehr als zwei Jahrhunderten gestorben«, rechtfertigte sich Stiller sarkastisch. »Wie nett: Entweder ein Hirngespinst oder ein Toter, ich habe nur die Qual der Wahl!«, rief das silberhelle Genie bitter aus und warf eine Handvoll Schnee auf den Chefinspektor. »Wenn das die einzige Alternative ist, dann wäre es mir lieber, eine Halluzination zu sein«, fügte er mit schwarzem Humor hinzu und sprang mit einem doppelten Salto zur anderen Kante der Grube. »Denn die ist wenigstens lebendig!« »Mir wäre es auch lieber, das Ganze wäre nur eine Halluzination und ich bildete mir nur ein, tot zu sein«, gestand Stiller. Mozart zwinkerte verschmitzt mit einem Auge. »Also lieber geistesgestört als tot, wenn ich es auf den Punkt bringen darf«, kommentierte er mit unverhohlener Schadenfreude. »Wenn es unbedingt so sein muss, Mozart …« Ein diabolisches Lächeln überflog das Silbergesicht des musikalischen Jahrhundertgenies. »Andererseits«, spöttelte es weiter, »wäre es auch durchaus denkbar, du bildest dir wiederum nur ein, dein

Tod sei eine Halluzination. Dann wärest du sowohl geistesgestört als auch tot …« »Oder auch«, konterte Stiller angriffslustig und schickte sich an, sich vom Grabesgrund aufzurappeln, »ich würde mir einbilden, mir einzubilden, dass mein Tod eine Halluzination sei – und so weiter und so weiter. Nur habe ich jetzt für diese philosophischen Sprachspielchen wirklich keine Zeit, Mozart. Ich muss einen Fall lösen, wenn du gestattest …«

Er versuchte, sich zu erheben, doch er konnte zu seiner Verblüffung kein Glied rühren, als sei er vollständig gelähmt. »Schon wieder«, schrie er aufgebracht. »Wenn ich noch länger in dieser verfluchten Gruft feststecke, werde ich bald erfrieren! Ich muss aus dem Delirium erwachen, verdammt noch mal!« »*Deliro ergo morior*«, deklamierte der Genius lapidar. »Hör auf mit deinem vermaledeiten Latein und lass mich wieder zu mir kommen!« Mozart breitete die Arme aus, hob die Schultern und setzte eine unschuldige Miene auf. »Wie soll ich das bitte sehr machen, Chefinspektor, wenn ich deiner Meinung nach nicht existiere? Auch wenn ich dir hundertmal sage, wie entscheidend dies für die Lösung des Falls ist, beharrst du immer noch darauf, nicht an meine Existenz zu glauben. Meine Musik geht dir zum einen Ohr hinein und zum anderen wieder hinaus, und ein Telefon wie in deinem Büro, das dich mit seinem schrillen Klingelton aus dem Rausch rütteln könnte, haben wir auf diesem gottverlassenen Friedhof nicht. Selbst das unerträgliche Gedröhne um uns herum stößt bei dir auf taube Ohren …« Während sich der mondhelle Genius mit gerunzelter Stirn fest die Ohren zuhielt, richtete Stiller seine Aufmerksamkeit auf die anhaltende Dissonanz, die seit seinem Erwachen immer noch ununterbrochen durch den tosenden Schneesturm bis ins Grab hinabdrang. Allem Anschein nach war die überirdische Engelsmusik, die bei seiner Begegnung mit Cecilia auf dem Friedhof erklungen war, inzwischen in eine unterirdische Kakophonie umgeschlagen. »Wo kommt das her?«, rief der Chefinspektor laut. »Von mir sicher nicht!«, schrie ihm Mozart entgegen, ohne die Hände von den Ohren zu nehmen. Stiller lauschte angespannt weiter. Plötzlich glaubte er, mitten im Dröhnen ein vertrautes Bellen aus weiter Ferne herauszuhören. »Und das Gebell?« Mozart machte große Augen und drehte sich um. »Vielleicht kann dich wenigstens dein Hund aufwecken, Chefinspektor.« Kurz danach sprang Zeus aus einem dichten Schneewirbel dem Silbergeist wedelnd in die Arme. Wie ein wahrer Hundefreund kraulte dieser ihn zärtlich zwischen den Ohren und flüsterte ihm beschwichtigende Worte zu. »Ganz ruhig, Zeus! Braver Hund …« Der Labrador schien an den Liebkosungen des Genius Gefallen zu finden. »He, das ist mein Hund, Mozart!«, schrie Stiller erbost von unten. Das Genie streichelte dem Labrador über den Kopf. »Dein Herrchen weiß nicht, ob er tot oder noch am Leben ist, Zeus«, erklärte er ihm in vertraulichem Tonfall. Ohne den Schoß Mozarts zu verlassen, schaute Zeus mit einem bedauernden Blick nach unten und winselte den Chefinspektor mitleidig an. »Komm zu Herrchen, Zeus!«, lockte ihn Stiller. »Lass dich nicht von dem Spuk in die Irre führen!« Doch der Hund machte keine Anstalten, den warmen Unterschlupf unter dem silbernen Rock des Musikgenies mit dem eisigen, verschneiten Grab zu tauschen. »Schick ihn herunter, Mozart!«, bat Stiller nach einer Weile verzweifelt. Zeus und Mozart sahen sich in die Augen. »Was machen wir, wollen wir dein armes Herrchen von den Toten wiederauferstehen lassen, damit er endlich den Fall lösen kann?«, fragte der Genius den Vierbeiner und nickte mit dem Kopf in Richtung des Chefinspektors. Zeus folgte gehorsam seinem Wink, schnellte hoch und sprang in das Grab, eine dichte Schneewolke aufwirbelnd.

Stiller hörte den schnellen, hechelnden Atem seines Hundes herankommen und spürte dessen raue und feuchte Zunge auf der Wange. Er umarmte den kräftigen Hals des Rüden mit beiden Händen und richtete sich mühsam wieder auf. Dann schüttelte er hastig den Schnee von sich ab und kletterte langsam aus der Grube heraus. Hinter ihm sprang Zeus flink auf die Kante herauf und fing gleich an, emsig im tiefen Schnee um das klaffende Grab herum zu schnüffeln. Vom Genius fehlte jede Spur. – Nur wenige, vom heftigen Schneesturm fast völlig verwischte Fußstapfen waren noch zu sehen, die direkt in Richtung der Gruftarkaden an der dunkelgrauen Felswand des Mönchsbergs verliefen.

89

In stillschweigender Übereinkunft mit Stiller nahm Zeus die Fährte der im Schneetreiben dahinschwindenden Fußabdrücke auf und witterte durch den Sturm bis hin zu den Gruftarkaden, dicht gefolgt von seinem Herrn. Je näher sie den dunklen Arkaden kamen, umso lauter wurde der Schall des dröhnenden Missklangs, der über dem Gräberfeld im pfeifenden Heulen des Sturmwindes aufging – wie es schien, näherten sie sich langsam dessen Quelle. Vor einer finsteren Gruft, bei der die Fußspuren im Schnee plötzlich aufhörten, machte Zeus Halt und bellte mehrmals laut. Am grotesk entstellten, sardonisch feixenden Schädel mit Gebeinen im Hochrelief des im Konglomeratfelsen eingebetteten Grabsteins erkannte der Chefinspektor in der Finsternis der Nacht sofort die Stelle wieder, an der Pater Ägidius mysteriös verschwunden und er selbst später Cecilia begegnet war. Die anhaltende, unerträgliche Dissonanz kam eindeutig von dort, als entströmte sie dem grässlich verzerrten Mund und den tiefen Augenhöhlen des marmornen Totenkopfes. »Die Musik, die Musik ist es!«, erklangen die dunklen

Worte des Mönchs wieder in Stillers Gedächtnis. Was aus dem gräulichen Marmorschädel herausklang, war jedoch keine Musik mehr, sondern unerträglicher Lärm.

Zeus begann emsig an den im Relief des Grabsteins gemeißelten Gebeinen unter dem Schädel zu schnuppern. Mit den Vorderpfoten kratzte er winselnd am Marmorrelief, als wolle er sich durch die Stele einen Weg in den Mönchsberg bahnen. Der blinde Eifer seines Hundes brachte Stiller auf eine Idee. Er beugte sich zum Grabstein und fing an, die Oberfläche des Reliefs gründlich abzutasten. Doch zu seiner Enttäuschung konnten die Marmorgebeine weder gedrückt noch verrückt werden. Er dachte schon ans Aufgeben, als sein Blick auf die verwitterte Inschrift unter den Gebeinen des marmornen Totenkopfs fiel. »*Was grinsest du mir, hohler Schädel, her*«, las er die im Nachtdunkel golden schimmernden Buchstaben der besinnlichen Verse. »*Als daß dein Hirn …*« Ein schiefes Lächeln ging über sein Gesicht, als ob er das erstarrte Grinsen seines Gegenübers erwidern wollte. »Wo hast du denn dein Hirn gelassen, Hohlkopf?«, flüsterte er, ohne selbst zu wissen, ob er die Frage an sich oder eher an sein marmornes Gegenstück richtete. Dann steckte er vorsichtig zwei Finger in die dunklen Augenhöhlen des Schädels und tastete dessen kaltes Inneres ab, als ob er tatsächlich dessen Hirnmasse suchen würde. Er lachte triumphierend auf, als er mit seinen Fingerkuppen einen kleinen Hebel erspürte. »Wie in einer schlechten Gruselgeschichte«, murmelte er nicht ohne eine gewisse Ironie und betätigte entschlossen den Hebel. Mit einem – wie hätte es anders sein können – schauerlich knarrenden Geräusch öffnete sich der Grabstein einen Spalt breit. Unermüdlich weiter schnüffelnd, schlüpfte Zeus sogleich durch die Öffnung hinein. Stiller nahm eine der rot umhüllten Andachtskerzen am Sockel des Grabes, zog ein Feuerzeug aus der Innentasche seines Parkas, zündete sie mit etwas Mühe an und folgte seinem Hund.

90

Hinter dem marmornen Grabstein führte eine in den Felsen gehauene, enge Steintreppe tief nach unten in den Mönchsberg hinein. Mit der Andachtskerze in der einen Hand und sich mit der anderen an den kantigen Wänden abstützend, stieg Stiller hinter Zeus vorsichtig die unregelmäßigen, rutschigen Stufen hinab. Ihre Gestalten warfen im spärlichen, rötlich schimmernden Licht monströse Schatten, die sich auf den rissigen Wänden hinter ihnen desto gespenstischer in die Länge zogen, je tiefer sie vordrangen. Am Ende der Treppe tat sich, von unzähligen, von oben und von unten bedrohlich hervorstehenden, bläulich schimmernden Tropfsteinen durchzogen, ein tiefer, dunkler Schlund auf. Außer der berühmten Einsiedelei mit den in den Mönchsberg gehauenen Kapellen barg der Petersfriedhof allem Anschein nach auch unterirdisch eine unbekannte natürliche Höhle unter seinem Gräberfeld.

Hinter seinem Labrador, der zielstrebig eine Spur weiterverfolgte, schlängelte sich Stiller vorbei an spitzen Stalaktiten, klobigen Stalagmiten und transparenten Eiszapfen durch den weiten und tiefen Hohlraum. Aus den unebenen, zerklüfteten Wölbungen der Höhle ragten über ihren Köpfen fossile Gebeine in wirrem Durcheinander in den Raum, als hätten die Toten des darüberliegenden Friedhofs im Lauf der Jahrhunderte mit ihren sterblichen Überresten nach unten auszubrechen versucht. Ihre grässlichen Umrisse, die in alle Richtungen spähenden Augenhöhlen, die auf- und auseinandergerissenen Kiefer, die gebrochenen und gekrümmten Rippen und verstreuten Knochen zitterten unruhig im flackernden Kerzenschein und erweckten den unheimlichen Eindruck, sich in einem wilden Totentanz von oben herab auf den Besucher stürzen zu wollen, der sie zufällig bei ihrem jahrhundertelangen Fluchtversuch ertappt hatte.

Das Heulen des draußen tosenden Schneesturms hallte nur mehr gedämpft nach, als sei das Unwetter in weite Ferne gezogen. Umso heftiger ließ der anhaltende Missklang von der anderen Seite der Höhle die Tropfsteine und die petrifizierten Knochen wie die Pfeifen einer gigantischen Steinorgel gefährlich vibrieren. Erst jetzt, als die Kaverne unter dem Petersfriedhof die mysteriöse Dissonanz wie der Resonanzkörper einer kolossalen Kathedrale der Unterwelt verstärkt wiedergab, erkannte Stiller ihre Klangquelle. »Schnell, Zeus! Weiter!«, spornte er seinen schnaubenden Hund an. »Wir müssen den Ausgang finden!«

In entschlossenem Gleichschritt stießen Zeus und Stiller zum Ursprung der schauerlichen Misstöne vor, Ersterer mit seiner feuchten schwarzen Nase am steinigen Boden, Letzterer mit wachen Ohren und vorsichtigen Schritten. Am anderen Ende der Höhle, hinter einem unförmigen, säulenähnlichen Tropfstein, trafen sie auf eine schmale, in den Fels gemeißelte Treppe, die wieder zur Oberfläche führte. Zwei Stufen auf einmal nehmend, hetzte der Chefinspektor hinauf.

Doch Zeus schien dieses Mal seinem Herrchen nicht folgen zu wollen. Der Labrador blieb plötzlich angespannt am Fuß der Treppe stehen, drehte den Kopf nach rechts, wedelte mit dem langen Schwanz kräftig und bellte kurz in Richtung einer der vielen finsteren Vertiefungen der Höhle. »Hier ist der Ausgang, Zeus! Komm!«, rief ihn Stiller zu sich und wies mit der Hand auf einen fahlen Lichtstrahl, der von oben herab über die Stufen fiel. Ohne sich zu bewegen, schaute Zeus hoch zu seinem Herrchen und drückte winselnd seinen Unwillen aus. Stiller ging einige Stufen zurück und erleuchtete von der Treppe aus das Dunkel der Höhle noch einmal mit dem spärlichen Schein seiner Kerze. Bis auf wenige unheimlich schimmernde Stalaktiten und die zahllosen Skelettreste des unterirdischen Beinhauses, deren unruhige Schatten sich in der Finsternis der Einbuchtungen verloren, konnte er im Kerzenlicht nichts Verdächtiges bemerken. Sollte er dem Hinweis seines Hundes gründlicher nachgehen und die ganze Höhle nach möglichen Verstecken durchsuchen? Seine Kerze war bis auf einen kurzen Stummel heruntergebrannt und brachte nur noch eine schwache, kraftlos züngelnde Flamme hervor, die auch gleich in einer weißen, nach Wachs riechenden Rauchfahne erlosch. In der plötzlichen Dunkelheit wirkte die ununterbrochene, dröhnende Dissonanz von der Steintreppe herab noch durchdringender. »Wir haben jetzt keine Zeit, Zeus, komm!«, rief Stiller ungeduldig seinen Hund. Er kehrte wieder um und tastete sich an den rauen Felswänden der Steintreppe bis zu dem schmalen Spalt durch, von dem der schwache Lichtstrahl herkam. Es sollte keine Entscheidung in seinem Leben geben, die er bitterer bereuen würde.

91

Am oberen Ende der Treppe erreichte Stiller eine schmale und niedrige, einen Spalt breit offene Holztür. Er schob sie langsam auf, duckte den Kopf und schlüpfte vorsichtig hindurch. Zu seiner Überraschung befand er sich in einer engen, vollständig holzvertäfelten Kammer. An der zugezogenen grauvioletten Leinengardine gegenüber sowie an den zwei kleinen metallenen Sprechgittern mit Rautenlöchern links und rechts und an der auf der Rückseite des Türchens angebrachten Sitzbank erkannte er den Raum sofort wieder: Offenbar führte der Geheimgang durch die unterirdische Höhle unter dem Petersfriedhof von den Gruftarkaden am Mönchsberg direkt zur Mittelkabine eines der sechs Beichtstühle im linken Seitenschiff der Peterskirche.

Ein verstohlener Blick durch das verdunkelte Glasfenster hinter der Gardine genügte dem Chefinspektor, um sich zu orientieren: Nach der Position des Beichtstuhls gegenüber dem Bogendurchgang zum Mittelschiff rechts des Benediktus-Altars zu urteilen – er konnte von dort sogar das leidende Gesicht des kreuztragenden Christus im großen Ölbild der *Via crucis* an der gegenüberliegenden Wand des Mittelschiffes erblicken –, dürfte er sich gerade in dem dritten der sechs Beichtstühle befinden – dem Beichtstuhl des Erzabtes. Er erinnerte sich ganz genau: Hier hatte er in der Nacht unmittelbar nach dem Tod von Isaac Löwenstein seine ersten Verhöre durchgeführt und war dann in der frühen Morgendämmerung zum ersten Mal Pater Ägidius begegnet. Hier hatte der Mönch später wohl auch Zuflucht gesucht, als er nach dem Tod von Chorleiter Samuel Libeskind unter den Gruftarkaden des Petersfriedhofs spurlos entschwunden war. Und sehr wahrscheinlich hatte auch das dritte Opfer der Mordserie, der Logenmeister Theodor König, den Geheimstollen benutzt, um die Kirche trotz der polizeilichen Sperrung aller Ausgänge nach dem Tod von Isaac Löwenstein ungesehen zu verlassen. Stiller überlegte fieberhaft: Wer konnte noch von der unterirdischen Passage wissen? Cecilia hatte einmal von den vielen Geheimnissen der Stadt Salzburg gesprochen, die sie ihm offenbaren wollte …

Die laut in den Beichtstuhl hineindringende Dissonanz riss ihn aus seinen Gedanken. Durch das mehrfache Echo in den Schiffen der Peterskirche konnte der unerträgliche Missklang jetzt in aller Deutlichkeit wahrgenommen werden: Er hörte sich an, als schlüge jemand alle Tasten in allen Registern der Hauptorgel gleichzeitig. Stiller erinnerte sich an die Begegnung mit Pater Ägidius an der Hauptorgel, und eine böse Vorahnung beschlich ihn. Er öffnete die gewölbte Holztür des Beichtstuhls und eilte zur gewundenen, mit einem schmiedeeisernen Geländer ausgestatteten Stiege, die am Anfang des linken

Seitenschiffes seitlich zur Orgelempore hinaufführte. Doch als er dort angelangt war, hielt ihn Zeus durch sein kräftiges Bellen auf. Der flinke Rüde schnupperte vor dem dritten Beichtstuhl mit der feuchten Schnauze an etwas, das auf dem Boden lag. Dieses Mal folgte Stiller dem Hinweis seines Hundes und kehrte schnell zurück. Er beugte sich zu Zeus hinunter und fand am Fuß des Beichtstuhls, unter dessen Holzsockel hineingerutscht, ein vergilbtes, kurrent geschriebenes Doppelblatt. Er fischte einen Latexhandschuh aus einer Tasche seines Parkas heraus, hob die alte Handschrift vorsichtig auf und hielt sie offen vor die Glühbirnen der zwei barocken Kandelaber am Presbyterium, wie es die Antiquarin Edeltraut Goldschmid gemacht hatte. »Bravo, Zeus!«, rief er nach einer Weile, gab seinem Hund einen kräftigen Klaps, eilte mit dem Blatt in der Hand zur Wendeltreppe weiter und stieg entschlossen zur Orgelempore hinauf.

Pater Ägidius saß noch an der Orgel, das unter der spitzen Kapuze verdeckte Gesicht in das obere Manual gedrückt, beide Arme wie weite Adlerfittiche links und rechts über dem unteren Manual ausgestreckt und mit den nackten Füßen in schlichten Sandalen auf den Pedalen, als wollte er das erbrausende, monumentale Instrument in einer letzten tödlichen Umarmung samt all seinen Registern mit sich ins Jenseits nehmen. Neben ihm stand, in seinem gewohnten weißen Kittel und mit ungewöhnlich ernster Miene, der Leiter der rechtsmedizinischen Abteilung, Dr. Horvath. Er besprühte gerade das Orgelpult sorgfältig mit dem *Detector arsenici*, immer darauf achtend, den Toten nicht zu berühren. Etwas abseits, sich mit vor Bestürzung halb offenem Mund die Ohren fest zuhaltend, beobachtete die Antiquarin Edeltraut Goldschmid sichtlich erschüttert die Arbeit des Gerichtsmediziners. Neben ihr schließlich kritzelte der Gerichtsreporter, an die Balustrade der Empore gelehnt, nervös in seinem Notizbuch, auf der verzweifelten Suche nach irgendeinem durch Worte zu fassendem Sinn der immer rätselhafter werdenden Mordserie. Der Einzige, der mit einem ekstatischen Lächeln auf den Lippen in seliger Ruhe verharrte, war der Erzabt des Stifts Sankt Peter.

Mitnichten von der plötzlichen Ankunft des Chefinspektors überrascht, reichte ihm Dr. Horvath gleich die Filterbrille des *Detector arsenici.* Stiller gab wiederum das handschriftliche Doppelblatt wortlos an Frau Goldschmid weiter, setzte sich die Brille auf und knurrte missmutig Richtung Gerichtsmediziner: »Kann man die Orgelmusik stummschalten, ohne den Toten zu bewegen?« Horvath zog sich einen Wachsstöpsel aus dem linken Ohr und schaute ihn fragend an. »Kann man das unerträgliche Gebrause abwürgen?«, brüllte Stiller noch lauter. »Der verehrte Kollege Biba versucht gerade, das Orgelventil über den Notschalter am Sicherheitskasten in der Sakristei abzustellen«, schrie Horvath zurück. Kaum hatte der Mediziner zu Ende gesprochen, brach über sie völlige Dunkelheit und absolute Stille herein.

Durch die Filterbrille sah Stiller im plötzlichen Dunkel die fluoreszierenden Spuren des Arsens am Orgelpult. Sie bildeten einen rechteckigen, an den Außenrändern leicht verwischten Rahmen auf der breiten, etwas nach hinten geneigten Holzplatte des Pults, ähnlich wie früher auf dem Tisch des Chorleiters Samuel Libeskind. Dieses Mal konnte Stiller aber genau erraten, was darauf gelegen hatte: Mozarts ominöses Autograph des Requiems. Und auf einmal wurde ihm klar, dass Pater Ägidius keinen Selbstmord begangen hatte, wie er zunächst vermutet hatte. Abgesehen davon, dass sein Tod offensichtlich das gleiche Muster wie die anderen Morde der Serie aufwies, hätte die Handschrift des Requiems am Orgelpult aufgefunden werden müssen, wenn er sich selbst umgebracht hätte. Jemand anderer hatte sie mitgenommen. Wieder war ihm der Serienmörder zusammen mit seiner todbringenden Musik knapp entwischt. Noch einmal war er zu spät gekommen.

92

»Man kann wohl sagen, dieses Mal tappen wir buchstäblich im Dunkeln«, brach ich als Erster das Schweigen. Eigentlich wollte ich nur die angespannte Atmosphäre in der stillen Dunkelheit der Kirche mit Humor etwas lockern, doch ich erreichte genau das Gegenteil. »Unser großer Literat hat bereits ein geistreiches Bonmot für seinen Roman gefunden, Respekt!«, bemerkte Stiller höhnisch. Ich spürte förmlich, wie er mich durch die Filterbrille böse anstarrte. Frau Goldschmid beschwichtigte: »Immer mit der Ruhe, meine Herren! Ein bisserl Licht kommt schon gerade«, sagte sie energisch und zeigte über die Balustrade nach unten, wo sich der schwache Lichtschein einer Kerze näherte. Gruppeninspektor Biba eilte dort, ausgerüstet mit einigen Kerzen unterschiedlicher Länge, von der Sakristei durch das linke Seitenschiff hinauf zur Empore. – Offenbar hatte das Orgelventil nur durch das Ausschalten der gesamten Stromanlage der Kirche stillgelegt werden können. Stiller lief gereizt hin und her. »Wie kann man dabei ruhig bleiben?«, schnaubte er finster, den Blick auf den Rücken des toten Geistlichen gerichtet. »Uns sterben die Verdächtigen wie die Fliegen vor der Nase weg!« »Das hat doch auch sein Gutes, Chef«, schnaufte Biba von der Wendeltreppe herauf. »Immerhin verringert sich dadurch der Kreis der Verdächtigen.« Der Chefinspektor sah verärgert seinem keuchenden Assistenten entgegen. »Das ist höchstens für unseren Möchtegern-Krimiautor gut, Biba, der so seine Leser immer wieder mit einer unerwarteten Wendung auf die Folter spannen kann«, sagte er mürrisch und riss dem Gruppeninspektor schroff eine Kerze aus der Hand. »Sie irren sich, Herr Chefinspektor«, wehrte ich mich vehement, während Biba die übrigen Kerzen verteilte. »Eine so ungewöhnliche, scheinbar unaufhaltsame Mordserie wie diese wird nicht nur die Geduld des Lesers auf eine harte Probe stellen, wie ich Ihnen schon mehrmals zu erklären versucht habe, sondern ihn vor allem auch am Schluss unvermeidlich enttäuschen, wenn der Täter überführt wird. Denn keine Person, die sich als Täter entpuppen wird, und sei es auch die interessanteste, geheimnisvollste, ja originellste Figur eines Romans, wird jemals das Format haben, das mit der Größe einer so genialen Mordserie vergleichbar ist. Jeder erdenkliche Täter, möge er fiktiv oder real sein, wird gegenüber dem ungeheuren Ausmaß dieser Tat verblassen und als inadäquat wahrgenommen werden. Die Enttäuschung ist also schon jetzt vorprogrammiert: Je länger, je rätselhafter die Serie wird, umso unbefriedigter wird der Leser sein, wenn der Fall aufgeklärt wird, da keine Lösung je an die Dimensionen dieses mysteriösen Verbrechens heranreichen kann. Bei einer solchen Mordserie sind also letzten Endes nicht nur Sie als Ermittler gescheitert, sondern auch ich bin als Krimiautor weit über das Ziel hinausgeschossen.«

Ohne meine Erwiderung zu beachten, hatte sich Stiller mit seiner Kerze und der Filterbrille wortlos der Beobachtung der Arsenspuren auf dem Orgelpult zugewandt. Doch gerade Dr. Horvath, der sich bis dahin ganz still mit der Untersuchung der Leiche befasst hatte, griff mit einem berechtigten Einwand überraschend in das Gespräch ein. »Bei Ihrer zweifelsohne stichhaltigen Argumentation unterschätzen Sie, verehrter Kollege, welche Genugtuung man empfinden kann, wenn man einen Fall, und umso mehr einen so vertrackten wie diesen, am Ende löst«, warf er ein, während er die Pedale der Orgel sorgfältig mit dem *Detector arsenici* besprühte. »Ich würde Ihre These mit Verlaub sogar in ihr Gegenteil wenden: Je länger, je unerklärlicher die Mordserie ist, desto tiefer wird die Befriedigung für denjenigen sein, der sie aufklärt.« »Sie haben es eben gesagt: nur für denjenigen, der den Fall löst«, versuchte ich einzuwerfen, von der Schlagkraft seines Arguments verblüfft. Horvath grinste, als habe er den Einspruch erwartet. »Und warum könnte nicht der Leser selbst gerade derjenige sein, verehrter Kollege?«, erwiderte er scharfsinnig, ohne den Blick von den auf den Pedalen ruhenden Füßen des Toten abzuwenden. Ich begann langsam zu begreifen, worauf der Leichenbeschauer hinauswollte. »Sie meinen, der Leser sollte in die Lage versetzt werden, die Serie aufzuklären, bevor wir es tun, Doktor ...« »Es gibt keine größere Genugtuung für den Leser eines Kriminalromans, als wenn er beweisen kann, klüger als der Kommissär zu sein«, nickte der Mediziner bekräftigend und blickte verschmitzt zu Stiller hin. »Bis auf die Freude, gescheiter als der Krimiautor selbst zu sein«, konterte dieser grantig, während er die Orgeltastatur mit Hilfe der Filterbrille inspizierte. »Richtig«, pflichtete ihm Dr. Horvath mit einem verschlagenen Lächeln bei und wandte sich wieder zu mir. »Wenn Sie es dem Leser irgendwie ermöglichen, den Täter alleine zu finden, bevor dieser im Buch enthüllt wird, dann wird er sich über jede Lösung freuen, denn es gibt nichts, was einen Leser glücklicher machen würde, als am Ende des Krimis voller Stolz behaupten zu können: ›Ich wusste es! Ich habe es doch von Anfang an gesagt! Wie konnten die anderen es nur übersehen?‹«

»Ich frage mich nur, wie ich dies am besten erreichen könnte«, sagte ich nach kurzer Überlegung etwas perplex. Horvath räusperte sich vernehmlich. »Nun«, sagte er schmunzelnd und richtete sich wieder auf, »der verehrte Chefinspektor hat es vorhin bereits auf den Punkt gebracht: Uns sterben die Verdächtigen nacheinander wie die Fliegen weg. Sobald sich der Verdacht auf eine bestimmte Person verdichtet hat, fällt diese, wie aus einer bizarren Laune des Zufalls heraus, als nächste der Mordserie zum Opfer – übrigens ein für die Handlung eines Kriminalromans durchaus typischer erzählerischer Kunstgriff.« »Und?«, hakte ich ungeduldig nach. Horvath lächelte jovial und ließ uns eine Weile auf eine Antwort warten, während er seine ganze

Aufmerksamkeit dem Gesicht des Toten unter der Kapuze widmete. »Wie wäre es«, sagte er schließlich, »wenn man den Mörder zusammen mit den Namen aller anderen Verdächtigen, die dann im Laufe der Handlung seiner Mordserie zum Opfer fallen sollen, zu Beginn der Handlung selbst erwähnt? Dann würde sich der Kreis der Verdächtigen tatsächlich bei jedem neuen Mord immer mehr verringern. Je länger die Mordserie wird, umso kurzer wird die Liste der potenziellen Täter. So kommt der Leser immer näher an die Lösung des Falls heran, je weiter er in seiner Lektüre fortschreitet.« »Und am Schluss, nach dem letzten Opfer der Mordserie«, führte Biba das Gedankenspiel des Arztes begeistert zu Ende, »bliebe auf der Liste von all den Verdächtigen nur noch ein einziger – der wahre Mörder – übrig!«

Ich fand zunehmend Gefallen an der Idee. »Ich könnte zum Beispiel die Namen der zukünftigen Verdächtigen im allerersten Kapitel auflisten«, versuchte ich, den Vorschlag zu konkretisieren, »am besten vielleicht schon auf der ersten Seite und eventuell von einer möglichst kurzen Vorstellung der jeweiligen Person begleitet. So könnte der Leser bei jedem neuen Mord zu dieser Art schwarzer Liste zurückfinden, ohne lange zurückblättern zu müssen: Ihm würde es reichen, die Stelle im Buch, an der er beim Lesen angekommen ist, mit dem Daumen der rechten Hand festzuhalten und die erste Seite des Buchs mit der linken Hand aufzublättern …« »Es gibt nur ein kleines Problem«, gab Biba zu bedenken. »Wie kann der Leser wissen, dass im ersten Kapitel alle späteren Verdächtigen zusammen mit dem Mörder genannt werden?« »Vielleicht wird er es intuitiv begreifen«, antwortete ich wenig überzeugt. »Wenn Sie wirklich sicher sein wollen«, sagte Horvath mit einem besserwisserischen Lächeln, »haben Sie nur eine Möglichkeit: Sie müssen dieses Gespräch früher oder später in ein Kapitel des Buchs einarbeiten.« Ich wog den Vorschlag kurz ab. »Keine schlechte

Idee, aber wird es reichen, den Leser dazu zu bewegen, zurück zum ersten Kapitel zu springen?«, fragte ich etwas skeptisch. »Es könnte sein, dass er trotzdem seine Lektüre nicht mehr unterbrechen will, wenn der Fall zu spannend geworden ist.«
»Wohl nicht, wenn Sie diese surreale Konversation dazwischenschieben«, bemerkte Stiller bissig, womit er seinen Unmut über die Debatte offen zeigte. »Glauben Sie mir«, fügte er mit der festen Absicht hinzu, ihr ein Ende zu setzen, »der ganze literarische Meinungsaustausch wird, außer unsere Ermittlungen zu bremsen – was an und für sich schon bedauerlich genug ist –, auch jede Spannung in Ihrer Story töten. Und jetzt, meine Damen und Herren, kehren wir …« »Dann sollte ich am besten das Kapitel, in dem auf die Auflistung der Verdächtigen hingewiesen wird, gleich mit diesem Gespräch enden lassen«, fiel ich ihm ins Wort, »bevor sich der Leser wieder in den Fall vertiefen kann und, mitgerissen von der Fortsetzung der Geschichte, die Chance verpassen wird, seine Lösung allein zu finden. So wird es ihn nichts weiter als eine Handbewegung kosten, kurz zum ersten Kapitel zurückzuspringen und ganz schnell noch einmal die dort erwähnten Personen Revue passieren zu lassen, bevor er zum nächsten Kapitel weiterblättert. Der Versuchung wird er nicht mehr widerstehen können …«

93

»Genug der Worte, konzentrieren wir uns jetzt auf den letzten Mord!«, forderte uns Stiller streng auf. »Wenn es Ihnen hilft, denken Sie daran, Kollegen: Finden wir den Mörder nicht, wird ihn auch der Leser nicht finden können …« Alle blickten etwas hilflos zum Chefinspektor. »Wir können zum Beispiel mit der alten Handschrift beginnen, die unter dem Sockel des Beichtstuhls lag und die ich von dort mitgenommen habe, gerade als ich hierher geeilt bin«, schlug er vor und nickte Frau Goldschmid zu, die das Doppelblatt, das ihr Stiller bei seiner Ankunft gegeben hatte, noch in ihrer Rechten hielt. Die Antiquarin reichte ohne Zögern Gruppeninspektor Biba ihre Kerze, setzte sich ihre randlose Lesebrille auf und hielt das Doppelblatt behutsam in ihren glacébehandschuhten Händen vor sich. Ein vielsagendes Lächeln huschte über ihr Gesicht, während sie rasch die erste Seite der Handschrift überflog. Vorsichtig schlug sie das große querformatige Doppelblatt auf und hielt es mit beiden Händen an den oberen Ecken in gebührendem Abstand offen vor Bibas Kerze, sodass deren zittriges Licht durch das vergilbte Papier hindurch schien. Eine düstere Ahnung beschlich mich, als ich die hellen Konturen des Wasserzeichens hinter der kleinen, krakeligen und verblassten Kurrentschrift des Manuskripts hindurchschimmern sah: auf der einen Seite der obere Teil eines offenen Buches, kopfüber zwischen den von der Oberkante fallenden Zacken eines in der Mitte abgeschnittenen M-förmigen Pultes, und auf der anderen Seite die im Kerzenschein unruhig flatternden Augenhöhlen eines ebenfalls vom oberen Blattrand kopfüber hervorblickenden Halbschädels. »Was wir hier vor uns haben, wie die Quadranten 2a und 3a des Wasserzeichens belegen«, erklärte Edeltraud Goldschmid ganz aufgeregt, »ist mit an Sicherheit grenzender Wahrscheinlichkeit das innere Doppelblatt von Mozarts originalem, bislang unbekanntem Schreiben, von dem wir bereits das vorangehende, erste Blatt mit der Anrede an den Boten des Todes und das nachfolgende letzte, beziehungsweise vierte Blatt mit der Signatur des Komponisten gefunden hatten – jenes Doppelblatt also, das Professor Schneiderhahn vor seiner Ermordung abzuschreiben begonnen hatte. Wir können wohl sagen, dass wir jetzt zumindest die erste Lage des unbekannten autographen Manuskripts – ein Abschiedsbrief vielleicht? Ein Vorwort vor der eigentlichen Niederschrift des Requiems? – in ihrer Vollständigkeit besitzen.«

Unsere bangen Blicke hafteten lange auf dem geheimnisvollen, durch den flattrigen Lichtschein der Kerze unheimlich flirrenden Wasserzeichen des *Memento moreris*, bis Stiller als Erster die tiefe, ahnungsvolle Stille brach. »Können Sie uns bitte den Teil des Doppelblattes vorlesen, den Professor Schneiderhahn nicht mehr abschreiben konnte, Frau Goldschmid? Vielleicht wirft er ein neues Licht auf die Mordfälle.« Die Antiquarin näherte ihr Gesicht mit zittrigen Händen dem Doppelblatt und ließ ihren unruhigen Blick fieberhaft von Zeile zu Zeile springen, während Biba andächtig die Kerze neben die Handschrift hielt. Die Zeit, die sie brauchte, um im vollgeschriebenen Doppelblatt die entsprechende Stelle zu finden, an der der Professor seine Abschrift abgebrochen hatte, kam uns wie eine Ewigkeit vor. Was sie schließlich beim schwachen Kerzenschein mit bebender Stimme, das bis zu den Rändern dicht beschriebene Manuskript fast mit der Nasenspitze berührend, vorlas, brachte aber endgültig Licht in den Fall.

94

… Mit Hilfe meines liebsten Freundes und höchstgeschätzten Mentors, dem Baron Van Swieten, einem wahren Kenner der Natur und ihrer tiefsten Geheimnisse, ist es mir gelungen, einen relativ einfachen Weg zu finden, in meinem Requiem den Tod durch den Ton zu verwirklichen.

Es war eigentlich ein gescheitertes Experiment, das uns wie durch Zufall dahin führte. Der Baron hatte in Geheimauftrag des Kaisers, dank seiner tiefen Kenntnisse der chemischen Prozesse, eine Tinte entwickelt, die als tödliches Gift in schriftlichen Botschaften an anderen Höfen in Europa eingesetzt werden sollte, eine Art sympathetische Tinte, die, ohne Giftspuren zu hinterlassen, den Adressaten der Botschaft beim Lesen vergiften konnte. – So unwahrscheinlich, ja an den Haaren herbeigezogen die ganze Geschichte klingen mag: Auch so lenkt man die Geschicke Europas in der mächtigsten Monarchie der Zeit. Nach zahlreichen Versuchen gelang es dem Baron durch eine kühne Zusammensetzung der Naturelemente – ich weiß nur, dass den zerstampften und zerkochten Galläpfeln, die zusammen mit Eisenvitriol, Blauholz, Gummi arabicum und Kandiszucker für die Gallustinte üblicherweise benutzt werden, eine gehörige Portion der berüchtigten arsenhaltigen Aqua toffana beigemischt worden war –, eine besondere Tusche zu brauen, die, einmal mit der Luft in Kontakt gekommen, ein tödliches Gift in den Äther freisetzt. Der Empfänger musste nur das Billett aufmachen, und schon fing die Tinte an, langsam ihren unsichtbaren todbringenden Dunst abzulassen. Je mehr er sich in die Lektüre der Botschaft vertiefte, umso länger atmete er den schädlichen Dampf ein, bis dieser seine tödliche Wirkung völlig entfalten konnte.

Die gefährliche Mixtur hatte noch eine Eigenschaft, die sie geradezu für diesen Zweck zu prädestinieren schien: Bei der Freisetzung des tödlichen Giftgases zerfloss sie allmählich, als ob sie mit den verflüchtigten Substanzen auch ihren inneren chemischen Zusammenhalt verlieren würde. Am Ende des Oxidationsprozesses – wenn ich richtig verstanden habe, meinte der Baron hiermit einen geheimnisvollen Vorgang der Natur, wodurch die drei Elemente Feuer, Wasser und Erde durch das vierte, die Luft, eine Art Metamorphose durchmachen und völlig neue Eigenschaften erwerben – blieb von der ursprünglichen Schrift nur noch ein kohlschwarzer, diffuser Flecken übrig. Somit war nicht nur vom tödlichen, sich in der Luft aufgelösten Gift, sondern auch von der ursprünglichen Botschaft des Billetts jede Spur beseitigt. Selbst wenn man die eigene Unterschrift mit der Geheimtinte unter die Botschaft gesetzt hätte, niemand – bis auf das Opfer natürlich, das aber nicht mehr würde reden können – hätte dem Autor der todbringenden Nachricht auf die Schliche kommen können.

Die sympathetische Tinte hatte leider einen Haken – ja, genau genommen sogar zwei. Da sie ihr giftiges Gas bei der Oxidation nur in relativ geringen Mengen freisetzen konnte, war eine lange Exposition vor der arsengeladenen Schrift erforderlich, damit sie tödlich wirken konnte. Für eine letale Dosis bedurfte es also eines langen Schreibens – am besten mit möglichst dicker Tinte aufgetragen oder gar mit einer oder mehreren Federzeichnungen versehen, die mehr Tinte in Anspruch nahmen und daher das Papier mit mehr Aqua toffana imprägnierten –, eine möglichst ausführliche Botschaft, die in der Lage sein würde, ihren Leser so zu fesseln, dass er nicht mehr davon lassen wollte.

Nun fehlte es dem kaiserlichen Hofe sicherlich nicht an talentierten Hofpoeten, die, mit Geld und Vergünstigungen angemessen honoriert, diese Aufgabe meistern konnten. Der Einsatz der Geheimtinte erforderte allerdings mehr als nur geistig-literarischen Einfallsreichtum. Denn sie war – und diese zweite Eigenschaft war nach Auffassung des Barons der wahre Haken an der ganzen Sache – für den Verfasser der Botschaft leider genauso lebensgefährlich wie für deren Empfänger: Nicht nur beim Lesen des Schreibens setzte die tückische Tusche ihr ungreifbares Gift frei, sondern auch beim Niederschreiben aufs Papier. So sehr der Schreiber sich auch bemühte, Feder, Papier und Tintenhalter möglichst weit von sich zu halten, ein Teil des tödlichen Giftgases, wenn auch durch die Entfernung in etwas reduzierter Konzentration, gelangte immer durch die Luft in seinen Körper. Nur wenn er am Schreibpult ganz aufhörte zu atmen, konnte er der Vergiftung entgehen – aber das hätte er wiederum erst tun können, nachdem er endgültig vergiftet worden war.

Um die geistigen Kräfte des kaiserlichen Hofes vor der unerwünschten Nebenwirkung zu schützen, dachte man zunächst, Hofkopisten einzusetzen, die das einmal mit herkömmlicher Tinte verfasste Schreiben eins zu eins mit der Geheimtinte auf das Papier der Botschaft abschreiben sollten. Doch die hohe Sterblichkeit der Hofdiener – die Armen schieden regelrecht wie die Fliegen dahin –, vor allem aber ihre Unersetzlichkeit für die Hofkanzlei – gute, zuverlässige Abschreiber waren für die gewaltigen Verwaltungsaufgaben der k. k. Monarchie noch unentbehrlicher als eifrige Literaten –, ließen es geraten sein, das Experiment vorerst abzubrechen. Der Baron versuchte vergeblich, durch mannigfache Änderungen an der Geheimformel der Tinte den Prozess der Oxidation möglichst weit hinauszuzögern, damit dieser erst beim Empfang der Botschaft eintreten konnte. Zwar gelang es ihm durchaus, die Oxidation beim Auftragen der Tinte aufs Papier zu bremsen, sodass das Gift beim Schreiben seine tödliche Wirkung deutlich langsamer als beim Lesen entfaltete. Eine Vergiftung mit tödlichem Ausgang blieb aber beim Verfassen längerer Schriftstücke unvermeidlich. Ob er die Konzentration der Aqua toffana variierte, die Farbtinte aus einer neuen, seltenen Art von Pflanzengallen extrahieren ließ oder der teuflischen Tinktur gar neue Substanzen in immer gewagteren alchemistischen Kombinationen beimengte – Chrom, Badesalz, Salamanderblut –, es gelang ihm nicht, die Freisetzung des Gifts ganz unter Kontrolle zu bringen. Nach Jahren erfolgloser Forschungen und gescheiterter Versuche gab der Baron schließlich auf.

Als ich bei einer unserer wie immer sehr geistreichen Konversationen meine Requiem-Idee nebenbei zur Sprache brachte – zunächst freilich nur in ganz allgemeinen Andeutungen und ohne meine Person direkt zu erwähnen –, flackerte plötzlich etwas in seinen Augen auf, und er erzählte mir in einem Anfall von Begeisterung – nachdem ich ihm natürlich absolute Geheimhaltung versprochen hatte – die Geschichte seines ungewöhnlichen Experimentes. Kaum war er mit der Beschreibung seiner kuriosen Erfindung fertig, hatte ich schon begonnen, mir in Gedanken auszumalen, wie ich sie für mein letztes Opus einsetzen konnte. Eine Tinte, welche, im dichten Geflecht der Notenköpfe, Fähnchen, Querbalken und Akzidenzien einer Musikpartitur zum höchsten Konzentrationsgrad gebracht, den Tondichter beim Komponieren langsam den wahren Tod durchleben ließ, damit er ihn wahrhaftig in Töne fassen konnte; eine Tinte, welche das daraus entstandene Werk über den Tod – eine wahre Missa pro defunctis – zu einem definitiven Werk des Todes machte, das auch jeden, der in Berührung mit dessen Musik kam, den Tod durch den Ton erleben ließ; eine Tinte schließlich, die das musikalische Todeswerk selbst zum Tode verurteilte, indem sie, sobald es seine todbringende Klangwelt offenbart hatte, dessen Notenschrift zu einem unkenntlichen, auf dem ganzen Papier ausgebreiteten schwarzen Tintenklecks zerfließen ließ: Das war genau das, was ich brauchte.

Natürlich versuchte der Baron zuallererst – die Freundschaft großzügig über sein wissenschaftliches Interesse stellend –, mich von meinem – ihm zugegeben nicht ganz geheuren – Vorhaben abzubringen. Meine Entschlossenheit und Überzeugungskraft aber ließen ihm keine Wahl. Nachdem er eingesehen hatte, dass meine Entscheidung endgültig war, lenkte er schließlich ein – nicht ohne sein Unbehagen nochmals zum Ausdruck gebracht zu haben – und erklärte sich bereit, mir die Geheimtinte für die Komposition des Requiems zur Verfügung zu stellen. Wir waren uns sofort einig, dass er auch das Werk nach meinem Ableben bei sich in seiner Villa in Wien gut versteckt aufbewahren sollte: Als Erfinder der Tinte und tiefer Kenner meiner Musik konnte er besser als jeder andere die Gefahr einschätzen, die von einem derartigen Todeswerk ausgehen würde; er wäre daher am wenigsten in Versuchung geraten, die Partitur des Requiems auch nur für einen kurzen Moment aus reiner Neugier aufzuschlagen. Als einzige Bedingung verlangte er, dass in der Partitur selbst eine ausdrückliche Warnung gegeben werde, in der auf die Gefährlichkeit der Musik – ja auf die sichere Todesgefahr, die bei Lektüre dieser so fesselnden Vertonung drohte – hingewiesen werden sollte, was ich mit diesem Schreiben gerade tue.

So bleibt mir am Ende dieser langen Mitteilung, welche hoffentlich bis zum Schluss gelesen werden wird, nichts anderes übrig, als den Mahnruf, der im Muster des Wasserzeichens auf dem Papier dieser tödlichen Komposition unauflöslich geprägt ist, für all diejenigen zu wiederholen, in deren Hände dieses Manuskript geraten sollte – denn ihr seid die wahren Adressaten dieses Briefes, mehr noch als der Bote des Todes, dessen gnädigem Herrn ich bald persönlich begegnen werde: Memento moreris! *Gedenke, dass es kein Zurück mehr geben wird, sobald du die erste Seite dieses Requiems aufgeschlagen hast!* Memento moreris! *Gedenke um Gottes willen, dass du gerade dabei bist zu sterben, wenn du jetzt – trotz dieser Warnung, die ausnahmsweise in ganz gewöhnlicher Tinte geschrieben worden ist, um dir noch eine letzte Chance zu gewähren, dich rechtzeitig zu retten – hier weiterblätterst!* Memento moreris! *Gedenke, liebster Freund der Tonkunst, dass diese Todesmusik – solltest du wirklich glauben, auch nur einen kurzen, verstohlenen Blick in ihre Welt riskieren zu können – dich wie ein unwiderstehlicher Sirenengesang zu Tode fesseln wird, sobald du ihren ersten Ton wahrgenommen hast!*

Liegt dir also noch etwas an deinem Leben auf dieser Welt, teurer Leser dieses Schreibens, so sollst du diese Partitur gleich beiseitelegen und sie ein für alle Mal vergessen. Willst du aber doch hinter das Rätsel des Todes kommen – aus einem wahnwitzigen Wissensdrang heraus, der nach dieser Mahnung wohl nur als pure Todessehnsucht gedeutet werden darf –, so kann ich nicht leugnen, dass die Musik, die auf diesen Blättern für einen flüchtigen Moment aufgehen wird, um gleich für immer im Nichts zu vergehen, vielleicht der beste Weg dahin ist. Sie wird das Unmögliche möglich machen: den Tod zum Leben erwecken und dich dadurch etwas erleben lassen, was du im Leben nie hättest erfahren können. Noch mehr, sie wird im Tod den wahren Sinn des Lebens offenbaren, das, was das Leben überhaupt lebenswert macht. Und es wird ein Erlebnis sein – ich ahne es schon jetzt, da die Ampulle mit der Geheimtinte noch verschlossen vor mir auf dem Schreibpult liegt –, das alles transzendieren wird, was dir auf dieser Erde überhaupt widerfahren kann – Liebe und Hass, Schmerz und Freude, Leben und Tod. Denn sie wird dir etwas schenken, was dir kein Leben dieser Welt geben kann: die Ruhe der ewigen Glückseligkeit.

Edeltraut Goldschmid machte eine kurze Pause, dann zitierte sie aus dem Gedächtnis den Schluss des Briefs aus dem letzten Blatt, das in Libeskinds Wohnung gefunden worden war, und auf einmal wurden die Botschaft des *Memento moreris* und vor allem die fatale Tragweite des mysteriösen Postskriptums am Ende des Schreibens in ihrer ganzen Ungeheuerlichkeit manifest:

Nun ist es soweit: Den Worten soll jetzt die Musik folgen.

Memento moreris!

Wolfgang Amadé Mozart [mp]

PS: Um sicherzugehen, dass mein Werk restlos gelingt, habe ich dieses Schreiben nun ans Ende gestellt.

95

Atemlose Stille machte sich nach diesen Worten in der Runde breit. »Wo ist nun das Requiem?«, ergriff Dr. Horvath als Erster das Wort. Unsere Blicke gingen zunächst hin zum leeren Orgelpult. Dann wandten wir uns fragend an Stiller. Doch der Chefinspektor hatte sich in Luft aufgelöst. »Und wo ist Stiller?«, fragte Horvath verstört. Im Augenwinkel sah ich von der Balustrade der Orgelempore den heftig zitternden Lichtschein einer Kerze im dritten Beichtstuhl des linken Seitenschiffs entschwinden. Stiller musste, wohl noch bevor Frau Goldschmid das Schreiben zu Ende vorgelesen hatte, über die Wendeltreppe und das Seitenschiff zum Beichtstuhl zurückgerannt sein, während wir noch gebannt den letzten Worten Mozarts zuhörten. Nur sein Hund zerrte leise winselnd an der Leine, mit der der Chefinspektor ihn an einem Bein der Orgelbank angebunden zurückgelassen hatte.

»Cecilia!«, rief Stiller wie von Sinnen, während er über die steinerne Stiege hinter der Rückwand des Beichtstuhls in die Geheimhöhle unter dem Petersfriedhof eilte. »Cecilia!« Bei jeder neuen Stufe, die er in rasender Hast nahm, bei jedem spitzen Vorsprung der Felswände, an dem er sich die wild tastenden Hände blutig schürfte, bei jedem Tropfstein der dunklen, vom Schein seiner Kerze nur spärlich beleuchteten Kaverne, gegen den er blindwütig stieß, bei jedem Schädel des unterirdischen Beinhauses, dessen erstarrtes Grinsen er im Vorbeieilen erhaschte, fügte sich ein weiterer Beweis, ein nur scheinbar unbedeutendes Indiz, ein vergessener Eindruck aus den Ermittlungen wie im Zeitraffer zu einem immer vollständigeren Bild zusammen. Und dieses Mal waren es nicht mehr die sich stets in neuen Geometrien auflösenden Glasstückchen eines irrlichternden Kaleidoskops, sondern die festen Steine eines klar umrissenen Mosaiks, das nunmehr in jedem Detail und aller Deutlichkeit vor seinen Augen schwebte.

Er sah vor sich den Leiter der Salzburger Philharmoniker, Isaac Löwenstein, bei der Aufführung des *Dies Irae* in der Peterskirche auf dem Podium tot umfallen, und wusste auf einmal mit absoluter Sicherheit, was der altehrwürdige Maestro mit der schlohweißen Mähne versteckt im weinroten Umschlag der Neuen Mozart-Ausgabe auf seinem Dirigentenpult aufgeschlagen hielt: Mozarts originales Autograph des Requiems, das der Kapellmeister wohl zufällig während der Restaurierungsarbeiten in der Wiener Ex-Villa des Barons Van Swieten gefunden und mit verwegener Kühnheit nach Salzburg zum Konzert am Gedenktag des Komponisten mitgenommen hatte – wo ihm dann der sensationelle Fund, seine letale Wirkung schon beim ersten Satz der Totensequenz nach Introitus und Kyrie voll entfaltend, zum Verhängnis geworden war. Und auch die seltsamen Berichte der Mitglieder der Salzburger Philharmoniker über die Wutausbrüche des zornigen Stardirigenten bei der Generalprobe – als dieser, schon in Gedanken bei dem Manuskript des originalen Requiems, das er im Konzert auf seinem Pult aufschlagen würde, bei jedem Takt das Spiel unterbrochen und jedem seiner Kollegen mit unverständlicher Schadenfreude vorgehalten hatte, »die falschen Töne« aufzuführen, wohingegen er nach Auffassung der Orchestermusiker selbst es war, der im Konzert dann »alles falsch dirigierte« – erschienen nunmehr in einem neuen, alles erhellenden Licht. Keiner spielte hier »falsch«, sondern es wurden während des Konzerts einfach zwei unterschiedliche Werke gegeneinander aufgeführt: das gängige, von Süßmayr auskomponierte Requiem auf den Notenständern der Orchester- und Chormitglieder und das echte, bis dahin noch völlig unbekannte Requiem von Mozart auf dem Dirigentenpult.

Das geheimnisvolle Manuskript des Requiems mit seiner tödlichen Tinte und seiner zu Tode fesselnden Musik wurde so in Stillers Geist zum roten Faden, den er in Gedanken aus dem verworrenen Knäuel der Mordserie, von Satz zu Satz der mozartschen Totensequenz, von Namen zu Namen der Verdächtigen, von Hand zu Hand der Opfer allmählich entspann, entlang der in Löwensteins Agenda unter dem Stichwort »Requiem« notierten Liste mit den Initialen derjenigen, denen der Dirigent vor seinem Tod die erstaunliche Entdeckung des Manuskripts anvertraut hatte: seinem Assistenten Samuel Libeskind, dem Präsidenten des Mozartianums, Theodor König, dessen Sekretärin Magdalena Rosenthal und dem Mozartexperten Martin Heinrich Schneiderhahn – den Eingeweihten, die später, auf der gierigen Suche nach dem unschätzbaren Autograph, zugleich mit diesem den Tod finden sollten. Und selbst ein scheinbar unbegreifliches Detail wie die mit Bleistift eingetragenen Aufführungshinweise für den Chor in dem Druck des Requiems, der neben dem toten Dirigenten lag, fand plötzlich eine einfache, einleuchtende Erklärung: Was Stillers Ermittlungsteam dort aufgefunden hatte, war nicht das originale Autograph des Requiems, das Löwenstein bei seinem Zusammenbruch vom Dirigentenpult mit sich nach unten gerissen hatte, sondern die gedruckte Partitur von Samuel Libeskind, der als Erster zu Löwenstein geeilt war und, als er mit seinem Expertenauge sofort das wertvolle Manuskript am Boden erkannt hatte, dieses heimlich vertauscht und unbemerkt mit sich in die Sakristei in Sicherheit gebracht hatte – was wiederum das seltsame Verhalten des Chorleiters, welcher, ohne Erste Hilfe zu leisten, gleich heimlich geflohen war, durchaus verständlich machte.

Wie die tödliche Arsenmischung der *Aqua toffana* später in Libeskinds Posaune gelangen konnte und dessen Tod bei der Aufführung des *Tuba mirum* während der Beerdigung von Isaac Löwenstein in der Margarethenkapelle verursacht hatte, ließ sich ebenfalls leicht erklären: Auch der Chorleiter und ehemalige Posaunist der Salzburger Philharmoniker hatte der Versuchung nicht widerstehen können, das echte Requiem von Mozart in seiner Tasche mit ins Konzert zu nehmen und auf dem Notenpult offen vor sich zu legen. Nur das letzte, am Rand ausgefranste Blatt des Manuskripts mit Mozarts Signatur – jenes Blatt, das vom äußeren gefalteten Blatt des Schreibens an den Vorboten des Todes lose übriggeblieben war, nachdem Malko dessen erstes Blatt beim versuchten Diebstahl des Manuskripts in der Van-Swieten-Villa herausgerissen hatte – hatte der Chorleiter versteckt in seiner Wohnung zurückgelassen, um den Beleg der Autorschaft Mozarts für alle Fälle bei sich zu behalten. Hätte er sich weniger um den Nachweis der Echtheit von Mozarts Requiem als vielmehr um die Warnung des *Memento moreris* gekümmert, die in dem Blatt schwarz auf weiß stand, hätte er vielleicht einen Blick auf den Rest des Schreibens geworfen, das Mozart in einem Gipfel letaler Luzidität ans Ende seiner todbringenden Komposition gestellt hatte. Vollblutmusiker, wie er war, hatte sich Libeskind stattdessen sogleich auf die Noten gestürzt – und somit zugleich auch ahnungslos in den Tod.

Sehr wahrscheinlich hatte der Chorleiter bereits zu Hause, wie vor ihm wohl auch Isaac Löwenstein, zunächst *Introitus* und *Kyrie* – die ersten beiden Teile des Requiems, die Mozart vor der Totensequenz mit gewöhnlicher Tinte niedergeschrieben hatte – ohne jegliche Folgen nachgeschlagen. Beim raschen Weiterblättern in der Handschrift hatte er sich dann – wie die winzigen Arsenspuren auf dem Tisch seiner Wohnung bewiesen – flüchtig der giftigen Wirkung der *Aqua toffana* ausgesetzt, wenn auch wie bei Löwenstein vorerst ohne letalen Ausgang – die Mees'schen Nagelbänder an den Händen beider Opfer deuteten, wie Dr. Horvath bei der Leichenbeschau konstatiert hatte, auf eine länger zurückliegende, jedoch nicht unmittelbar tödliche Expositionszeit. Schließlich konnte das Gift beim intensiven Spiel auf der Posaune im Konzert aus der aufgeschlagenen Partitur auf dem Notenpult, ähnlich wie bei Löwenstein am Dirigentenpult, in höchst konzentrierter Form seine todbringende Wirkung völlig entfalten. Da die Notenschrift des *Dies Irae* nach Löwensteins Tod durch die Oxidation der Geheimtinte nunmehr zu einem unleserlichen schwarzen Tintenklecks zerschmolzen war, hatte Libeskind im Konzert mit seiner Posaune direkt bei den nachfolgenden, noch intakten und giftgeladenen Noten des *Tuba mirum* angesetzt – ohne zu wissen, dass er dadurch Löwensteins Totenmesse gerade zu seiner eigenen Totenmesse machte. Niemand hatte also das Gift in seine Posaune eingeführt, um ihn zu ermorden, sondern dieses war erst bei seinem Posaunensolo im zweiten Satz der Totensequenz aus dem gefährlichen Manuskript freigesetzt worden und so beim Ein- und Ausatmen durch die Posaune in seinen Körper gelangt. Es gab keinen Serientäter, den man hätte überführen können, keinen Giftmischer, dem man das Handwerk hätte legen können. Der Mörder war von Anfang an nicht mehr zu fassen, nur sein tödliches musikalisches Erbe war geblieben.

Das dritte Opfer der Totensequenz, der Logenmeister Theodor König, war bei der Beerdigung Löwensteins in der Margarethenkapelle nicht nur in der ersten Reihe gesessen; er war auch der Erste, der, als Libeskind mit seiner vergifteten Posaune tot zusammengebrochen war und Cecilia Vinci vergeblich versuchte, ihn wiederzubeleben, zum Altar geeilt war, um dann – nunmehr mit dem todbringenden Manuskript des Requiems in Händen – gleich die Kapelle zu verlassen, bevor Gruppeninspektor Biba in das Geschehen eingreifen konnte. Der Logenmeister und Präsident des Mozartianums, immer wieder auf der Suche nach Barem für seine Machenschaften, hatte sich die Gelegenheit nicht entgehen lassen, nach einem weiteren Mozartschatz zu greifen, der für sich allein den gesamten Wert des Autographenkellers bei Weitem übertreffen würde. Doch Mozart selbst hatte ihm gerade mit seinem Requiem einen Strich durch die Rechnung gemacht: Als König während des Mozartballs in seiner Geheimkammer im Peterskeller den nächsten, noch nicht zum unleserlichen Notenklumpen oxidierten Satz der Totensequenz, das *Rex tremendae majestatis*, in einer alten Plattenaufnahme anhören wollte, um die von Süßmayr auskomponierte Fassung mit dem unbekannten Originalen in Mozarts Handschrift zu vergleichen, hatte das wahre Requiem auch ihn in seinen Todesbann gezogen.

Als Magdalena Rosenthal kurz danach mit der unwiderstehlichen Anziehungskraft einer Königin der Nacht vor mir am Ausgang des Peterskellers erschienen war, hatte sie hinter ihrem Rücken Mozarts begehrtes Todeswerk versteckt, das sie mit sich genommen hatte, als sie, den Rufen des *Rex tremendae majestatis* folgend, den toten Logenmeister vor der Ankunft des Chefinspektors in der Geheimkammer aufgefunden hatte – das lange blonde Haar am Tatort bewies dort ihre Anwesenheit, nicht aber, dass sie König ermordet hatte. Hätte ich sie nicht am Ausgang des Peterskellers passieren lassen, hätte die Mordserie wohl vor dem vierten, noch unberührten Satz der Totensequenz, dem *Recordare Jesu pie*, beendet werden können. Durch meine Verblendung konnte die Sekretärin des Mozartianums hingegen ungestört in den Autographenkeller fliehen, um Mozarts echtes Requiem am sichersten Zufluchtsort der Stadt mit der dort verfügbaren Taschenpartitur von Süßmayrs Requiem zu vergleichen und in seiner unübertroffenen Einzigartigkeit unbehelligt zu bewundern. Das lose Blatt mit der Nachzeichnung des *Memento moreris*, das Stiller neben ihrer Leiche in der Taschenpartitur des Requiems auf dem Lesetisch des Autographenkellers gefunden hatte, war also keine Botschaft des Serienmörders, sondern stammte aus der Hand der Sekretärin selbst: Wie Löwenstein auf dem Seidentuch in seinem Frack, hatte sie das Wasserzeichen auf dem Blatt nachgebildet, um Ursprung und Echtheit des Manuskripts später überprüfen zu können. In ihrem quellenkundlichen Eifer hatte sie aber wie

Löwenstein Mozarts wirklich tödliche Botschaft hinter dem Wasserzeichen des *Memento moreris* verkannt. Und so hatte sie sich selbst in den unterirdischen Räumen des Autographenkellers in eine Falle gelockt, aus der sie nicht mehr lebend herauskommen sollte.

In den Autographenkeller war ihr Martin Heinrich Schneiderhahn gefolgt, nachdem er vom Fenster seiner Klosterzelle zufällig gesehen hatte, wie sie den Hof mit dem Manuskript in der Hand verlassen hatte. Der alte Professor war also tatsächlich vor Ort gewesen, als Magdalena Rosenthal den Tod gefunden hatte. Er hatte sie aber nicht ermordet, wie zunächst vermutet, sondern sie nur ihrer unschätzbaren Beute beraubt, nachdem sie bereits tot im Keller lag. Das war auch die »Maus«, die der Professor mit seinem Katz- und Mausspiel gemeint hatte: Nicht ein weiteres Opfer der Mordserie, sondern das Autograph des Requiems, hinter dem der große Mozartexperte selbst her war. In seinem arroganten Übermut hatte Schneiderhahn allerdings nicht damit gerechnet, dass die vergiftete Maus selbst die Katze in den Tod treiben würde, sobald diese ihren Fang gefasst hatte. Als der Professor, mit dem gefährlichen Manuskript in seine Klosterzelle zurückgekehrt, den zweiten, noch lesbaren Teil des *Recordare Jesu pie* auf seinem Wandklavier zu spielen versucht hatte, war er selbst Opfer der todbringenden Musik seines Idols geworden.

Noch bevor Chefinspektor Stiller den alten Emeritus in seiner Zelle tot aufgefunden hatte, war das Autograph des Requiems in die Hände von Schneiderhahns Zellennachbarn Pater Ägidius geraten, vom Klavierpult in der Klosterzelle zum Orgelpult in der Peterskirche gewandert, wo der halbblinde Benediktiner es, nunmehr beim fünften, noch nicht oxidierten Satz der Totensequenz, dem *Confutatis maledictis*, aufgeschlagen und auf der monumentalen Hauptorgel zu Tode angeschlagen hatte. So hatte sich zum Schluss die düstere Prophezeiung des Klerikers, dass die Musik hinter der Mordserie stecke, für dessen Propheten selbst bewahrheitet.

Hätte Mozart die erste Lage seines Musikmanuskripts mit dem Brief an den Vorboten des Todes, den er wohl ursprünglich als Vorwarnung am Anfang des Requiems niedergeschrieben hatte, nicht ans Ende der Partitur geschoben, hätten die Opfer vielleicht eine Chance gehabt, der todbringenden Musik zu entrinnen. Mozarts musikalisches Todeswerk – die absolute Vertonung des Todes – konnte aber erst dann gänzlich vollbracht werden, wenn die letale Wirkung seiner Klangwelt im Dunkeln bleiben würde, verborgen in den Noten seiner Partitur und gefangen im unwiderstehlichen Bann der Musik. Denn nur so hatte der sterbende Komponist sicherstellen können, dass niemand später Gegenmaßnahmen treffen würde, um sich selbst vor dem Tod oder auch nur das Werk vor der unvermeidlichen Auslöschung zu retten. Nur so hatte jenes unvorstellbare musikalische Dreieck des Todes im Requiem vollendet werden können, demzufolge neben dem Schöpfer auch Schöpfung und Geschöpfe durch die Musik im absoluten Nichts vergehen sollten. Nur so hatte der Tod in Tönen vollständig verwirklicht werden können.

Einige der Opfer, Musiker wie der Dirigent Löwenstein und der Chorleiter Libeskind, möglicherweise auch der Orgeldilettant Pater Ägidius, hätten das Schreiben, wenn es am Anfang platziert gewesen wäre, wahrscheinlich trotzdem nur rasch überflogen oder gar übersprungen, um nichtsahnend ganz in der Musik zu Tode aufzugehen. Manch andere wie der Präsident des Mozartianums, Theodor König, oder dessen Sekretärin Magdalena Rosenthal wären vielleicht sogar vor der alten, kaum lesbaren Kurrentschrift des Briefes zurückgeschreckt und hätten noch blinder ihren gierigen Blick direkt auf die Noten und damit in den Tod gerichtet. So hatte sich letztlich nur der greise Emeritus und Mozartexperte Martin Heinrich

Schneiderhahn, erfahren im Umgang mit historischen Handschriften und in der philologischen Quellenerfassung, die Mühe gemacht, Mozarts Botschaft im übriggebliebenen Doppelblatt am Ende des Requiems abzuschreiben, um ein Zeugnis des mozartschen Autographs abzulegen. Doch auch er, sei es aus reiner Neugier und aus Wissensdrang, oder auch nur um eine kurze Pause beim anstrengenden Kopieren der dichten, nicht leicht zu entziffernden Schrift einzulegen, hatte sich nicht enthalten können, einen Blick in die Partitur zu werfen und sich die mysteriöse Musik am Wandklavier in seiner Klosterzelle anzuhören. So blieb fatalerweise auch ihm gerade jener entscheidende Schlussteil des Schreibens an den Vorboten des Todes, in dem Mozart auf die tödliche Wirkung der Geheimtinte hingewiesen hatte, verborgen. Das Todeszeichen des *Memento moreris* bedeutete wohl auch für den alten Professor wie für Isaac Löwenstein und Magdalena Rosenthal nur ein Wasserzeichen. Seine Mahnung ging, wie von Mozart selbst im Grunde genommen genau geplant, völlig ins Leere, sie verfehlte gewissermaßen gezielt ihre Wirkung, in den Schatten gestellt vom nur scheinbar gewichtigeren Echtheitsnachweis des Wasserzeichens.

Blind für diese Warnung war schließlich wohl auch Erzabt Pater Ägidius gewesen, der, ähnlich wie Löwenstein das *Dies Irae* mit seinem Orchester, Libeskind das *Tuba mirum* mit seiner Posaune oder Schneiderhahn den zweiten Teil des *Recordare* an seinem Wandklavier, den vorletzten Satz der Totensequenz, das *Confutatis maledictis*, erst einmal an der monumentalen Orgel seiner Kirche ertönen lassen wollte, um das echte Requiem von Mozart, oder was nach der Oxidation der ersten fünf Sätze der Totensequenz noch davon übriggeblieben war, mit eigenen Ohren zu hören. Mit seiner dunklen Vorahnung, dass die Musik etwas mit den Morden zu tun haben könnte, war er zwar von allen am nächsten an das Todesrätsel des Requiems herangekommen, doch ohne den Schlüssel seiner

Geheimschrift am Ende der Partitur zu kennen, hatte er selbst nicht ahnen können – aber wer hätte das ansonsten überhaupt auch nur für denkbar gehalten? –, dass die fesselnden Noten des Requiems tatsächlich töten konnten. So war Mozarts letale Rechnung beinahe voll – zumindest bis zum vorletzten Satz der Totensequenz – aufgegangen.

Nur noch ein Satz der Totensequenz fehlte: das *Lacrimosa*. Und nur eine einzige Person konnte noch vom Requiem wissen. Sie hatte vor dem Grab ihres Vaters, zusammen mit Stiller selbst, das *Confutatis maledictis* mit angehört, als es mitten im Schneesturm von der Hauptorgel der Peterskirche wie ein ferner, überirdischer Engelsgesang in den Petersfriedhof nachgeklungen war. Und sie hatte das neue, das echte Requiem sofort erkannt, vielleicht gar seine todbringende Botschaft verstanden. Während der Chefinspektor noch in ihrem Bann und in seinem Rausch auf dem Grund von Löwensteins verschneitem Grab lag, hatte sie sich, dem unwiderstehlichen Todesklang des Requiems folgend, durch den Geheimgang unter dem Friedhof in die Kirche eingeschlichen und war bis zur Orgelempore gestiegen, wo sie an der Orgel den leblosen Körper von Pater Ägidius vor Mozarts Todeswerk aufgefunden hatte. Endlich im Besitz des ersehnten Manuskripts, hatte sie bei der Ankunft von Gruppeninspektor Biba wieder durch den dritten Beichtstuhl den Ausgang ins unterirdische Beinhaus genommen. Am Holzsockel des Beichtstuhls hatte sie die einzige Spur ihrer Gegenwart hinterlassen, das übriggebliebene Doppelblatt aus Mozarts Brief an den Vorboten des Todes, das Stiller später – vielleicht zu spät? – mit Hilfe seines Hundes aufgefunden und mit sich zur Orgelempore genommen hatte. Wahrscheinlich war ihr das lose Doppelblatt in der Eile der Flucht aus der Partitur herausgerutscht – wenn sie es nicht selbst absichtlich herausgenommen hatte, um sich ungehemmt in Mozarts tödliche Musik zu stürzen. Wieder in der Geheimhöhle unter dem Friedhof angelangt, konnte sie sich gerade noch rechtzeitig vor dem inzwischen mit seinem Hund vom Friedhof hastig heraneilenden Chefinspektor verstecken, um ihre Erlösungssehnsucht direkt an der Quelle der wundersamen Todesmusik zu stillen. Nur um wenige verhängnisvolle Sekunden war ihr Stiller zusammen mit Zeus, welcher sie in ihrem Versteck unweit der Steintreppe gewittert hatte, nicht begegnet. So knapp war sie ihm entkommen. »Cecilia!«

96

Er konnte nicht sagen, was es war und woher es kam, aber ein unwirklicher, entsinnlichter, lautloser Klang schwang wie ein selig dahinschwebender Schwanengesang durch die Höhle und ließ die schwache Flamme seiner Kerze sanft zittern:

Lacrimosa dies illa,
qua resurget ex favilla
iudicandus homo reus.

Huic ergo parce, Deus.
Pie Jesu Domine,
dona eis requiem. Amen.

Stiller wurde von einem überraschend angenehmen Frösteln ergriffen. Er blieb wie gebannt stehen und lauschte entrückt der überirdischen, diamantenen Stimme, ohne ihre Quelle ausfindig machen zu können.

Lacrimosa dies illa … Wie hypnotisiert taumelte Stiller durch die Höhle, sich mit blutig aufgerissenen Händen einen

Weg durch die scharfen Tropfsteingebilde und Gebeinspitzen bahnend. Doch welche Richtung er auch wählte, es gelang ihm nicht, sich der Klangquelle zu nähern. Das mehrfache Echo der Kaverne ließ die stille Schwingung wie einen allgegenwärtigen, raum- und zeitlosen Todeshauch allüberall widerhallen und verbarg ihren Ursprung in einem unsichtbaren Meer vielfältiger, ineinander aufgehender Klangwellen. Stiller wechselte mehrmals seinen schwankenden, ruhelosen Kurs, stolperte über Stalagmiten, stieß sich Kopf, Schulter und Handrücken wund, bis er die Orientierung endgültig verlor.

Außer Atem hielt er mitten in der Höhle inne, schloss für einen Moment die Augen und hörte hingegeben der unnahbaren Engelsmusik zu. Wie konnte er nur die Quelle des allgegenwärtigen Sirenengesanges erreichen, ohne sich in dessen berückendem Todesklang zu verlieren? *Qua resurget ex favilla ...* Ein Funken Hoffnung blitzte plötzlich in ihm auf. Er schlug die Augen wieder auf, hielt die flackernde Kerze an seine Lippen und blies ihre Flamme mit einem kräftigen Atemstoß aus. Dann warf er den Kerzenstumpf auf den Boden und presste beide Hände auf seine Ohren.

Im dumpfen Dunkel der Höhle erkannte er in weiter Ferne den zitternden Widerschein einer Kerze. Wie gegen mächtige unsichtbare Wogen kämpfend, näherte er sich der fernen Lichtquelle mit unsicherem Schritt, wobei er sich die Ohren weiter standhaft zuhielt. Nach einem langen, mühsamen Marsch durch eine unwegsame Landschaft aus monströsen Tropfsteinen unter bedrohlich funkelnden Gebeinen erreichte er das Licht. Hinter einem veilchenblau schimmernden, sich in der Mitte verjüngenden Stalagnaten in Form einer monumentalen Sanduhr fand er sie endlich: Sie stand neben einer fast zu einem Stummel heruntergebrannten Kerze wie der Schattenriss eines zu einer gewundenen Säule herangewachsenen Tropfsteins, als sei sie Teil der unterirdischen, finsteren Kaverne. Ihre violetten schmalen Lippen waren zu einem genau abgezirkelten, unmerklich vibrierenden Kringel geschürzt. Die Augen hafteten in ekstatischer Verzückung fest an einem alten staubigen voluminösen Musikmanuskript, das sie vor sich aufgeschlagen hielt. In ihrem flackernden Blick spiegelte sich das unstete, immer wieder in neue Schwärze zerfließende Notengespinst der Partitur von Mozarts Requiem wider.

»Cecilia, nein!«, schrie Stiller aus Leibeskräften, ohne die Hände von seinen Ohren zu lassen. Doch sie nahm in ihrer wahnhaften Ekstase weder seine Rufe noch seine Anwesenheit wahr und ließ die himmlisch lautlosen, verhängnisvoll fesselnden Töne weiter aus ihrem gekräuselten Mund quellen. *Iudicandus* … Stiller zögerte einen kurzen Augenblick, dann riss er ihr das Manuskript mit Gewalt aus den Händen und warf es weit weg. Während Mozarts Requiem in einem hohen, weiten Bogen durch die eisige Luft der Höhle gegen den Sanduhrstein flatterte, sackte Cecilia langsam in sich zusammen. Stiller fing sie in seinen Armen auf, gerade bevor sie den harten Boden berühren konnte.

Ein mildes, seliges Lächeln flog über ihr blasses Gesicht. … *homo reus* … Stiller wollte sie bitten, Atem zu schöpfen und ihre Kräfte zu sparen, doch sie kam ihm zuvor. »Es ist zu spät, Nathan«, flüsterte sie mit samtener Stimme, »und es ist gut so …« Er drückte sie sachte an sich. »Es ist alles nur meine Schuld, Cecilia«, stammelte er trostlos. Eine Flamme loderte in der immer trüber werdenden Schwärze ihrer Augen. »Ich bin hier die Schuldige, Nathan: Ich wusste von Anfang an durch meinen Vater von der Existenz des Requiems, ich hatte dessen Todesspur erkannt und war sicher, sie würde auch mir den Weg zeigen, die Lösung, die Erlösung … und doch habe ich dir alles verschwiegen, weil ich hoffte, durch dich an das verschollene Manuskript herankommen zu können … Wirst du es mir jemals verzeihen können, Nathan?« Ein bleierner Schatten breitete sich allmählich in ihren schwach flimmernden dunklen Augen aus. *Huic ergo parce, Deus …* Stiller strich ihr zärtlich eine lose Haarsträhne aus dem Gesicht, und ein letzter Funken Leben sprühte aus ihrem verzückten Blick. »Nachdem sich unsere Wege gekreuzt hatten«, setzte sie mit leicht bebender, kaum noch vernehmbarer Stimme fort, »wuchs in mir die Hoffnung, eine neue, wahre Liebe könnte mich vielleicht davor retten – bis ich heute Nacht das *Confutatis* auf dem Petersfriedhof hörte.« Sie machte eine kurze, vielsagende Pause und schaute dem Chefinspektor mit dem gleichen wunderbar sanftmütigen Blick seiner Schwester Dorothee in die Augen. »Vergib mir, die Liebe zum Tode war am Ende doch mächtiger …« Ihre Lippen formten sich zu einem ekstatischen Lächeln unsäglicher Schönheit. *Pie Jesus Domine, dona eis requiem …* Dann erlosch das Licht langsam in ihren Augen. Während sie mit den zitternden Fingern ihrer zierlichen Hand die Träne auf seiner Wange wegwischte, stieg aus ihrem Mund ein weißer, schwanenförmiger Hauch empor und entschwand in den dunklen Wölbungen der Höhle. »Weine nicht, Nathan: Du hast den Fall gelöst – und ich das Rätsel des Todes.«

97

Ein unsagbares Grauen erfasste mich, als ich hinter Zeus durch den Geheimgang unter dem Beichtstuhl am letzten tragischen Tatort der Mordserie angelangt war und das voluminöse Musikmanuskript am Fuße der massiven Sanduhr aus Kalkstein erblickte. Während der Labrador winselnd zu seinem Herrchen eilte, legte ich meine Kerze auf einem kleinen, klobigen Stalagmiten ab und hob vorsichtig die schwere Partitur auf. In der

Mitte des schwarzen, stark verschlissenen Einbands schimmerte im zitternden Kerzenschein das in Silber eingeprägte Wasserzeichen des *Memento moreris* mit dem charakteristischen Doppel-M in Form eines Lesepults unter einem aufgeschlagenen Buch und eines breiten Grinsens inmitten eines Totenkopfes. Kein Zweifel: In meinen Händen lag das originale Manuskript der letzten Schöpfung Mozarts, die bislang unbekannte, wahre Krönung seines gesamten Œuvres, der definitive Geniestreich des genialsten Tonkünstlers aller Zeiten, kurz: das echte Requiem von Mozart – zugleich Ursprung, Motiv und Tatwaffe der schrecklichen Vorkommnisse, die unsere Stadt erschüttert hatten.

Sollte ich es lieber geschlossen lassen? »Gedenke, dass du gerade dabei bist zu sterben«, mahnte mich das silbern leuchtende Zeichen des *Memento moreris* auf dem Einband. Ich ließ die Menschen Revue passieren, durch deren Hände das Manuskript gegangen war, bevor es in meine gelangte: den altehrwürdigen Kapellmeister Isaac Löwenstein, der es als Erster beim *Dies Irae* auf seinem Dirigentenpult aufgeschlagen hatte und so sein letztes Dirigat endgültig besiegelt hatte; den ehemaligen Posaunisten der Salzburger Philharmoniker Samuel Libeskind, der es für sein fatales Posaunensolo beim *Tuba mirum* weiter geblättert hatte; Theodor König, der mächtige Logenmeister auf der Suche nach seinem Spiegelbild im *Rex tremendae majestatis*; Magdalena Rosenthal – meine teure Magdalena –, die im Autographenkeller beim *Recordare* sich und mich völlig vergessen hatte; Professor Schneiderhahn vor seinem letzten, ihm zum Verhängnis gewordenen Kunstraub; Pater Ägidius, der die wundersamen Töne des *Confutatis maledictis* an der Orgel angeschlagen hatte; zuletzt Cecilia Vinci, die mit ihrer engelsgleichen Stimme die mysteriösen Tonzeichen des *Lacrimosa* zu trauernden Tränen hatte zerfließen lassen. Allesamt waren sie tot: Keiner hatte der Versuchung widerstehen können, die todbringende Handschrift aufzublättern, keiner hatte es überlebt.

»Würde auch ich daran sterben?«, fragte ich mich, obwohl ich die Antwort schon kannte. Eine mysteriöse Anziehungskraft schien von dem schweren Manuskript auszugehen. »Sollte ich doch lieber mein Leben nicht gerade jetzt aufs Spiel setzen, wo mein Kriminalroman eine Lösung, wenn man sie so nennen kann, gefunden hat?«, dachte ich beim schwachen Versuch, dem mächtigen Drang zu widerstehen. Ein anderes Argument schien mir – vielleicht nur, weil die Verlockung doch zu stark war – überzeugender: »Wenn ich es geschlossen ließe, würde ich nicht doch auch dem Leser des Krimis die Chance nehmen, durch meinen Roman zu erfahren, wie das Manuskript wirklich aussieht?« Auch mein letzter Gedanke galt dem Leser meines noch zu verfassenden Buchs: »Wenn er diesen Satz wird lesen können, wird er – anders als ich – bereits wissen, ob ich es überlebt habe.« Ich murmelte quasi wie ein Stoßgebet vor mich hin: *Memento moreris*. Dann schlug ich das Manuskript auf.

Und ich sah …

98

… schwarz.
Tintenschwarz.
Ein tintenschwarzer Punkt.
Ein winziger tintenschwarzer Punkt, der sich ins Unendliche ausdehnt, bis die Tintenschwärze in Nachtschwärze aufgeht.

Schwarz.
Schwarz wie die Finsternis der Nacht.
Ein schwarzes Loch in der Finsternis der Nacht.
Ein winziges schwarzes Loch in der Finsternis der Nacht,
das zum unermesslichen lichtlosen All heranwächst.

Schwarz.
Schwarz wie ein Satz schwarz auf weiß:
Ist die schwarze Köchin da? Ja – Ja – Ja!
Ein schwarz auf weißer Satz ohne jeglichen Sinn.
Was nicht einmal den Sinn hat, keinen Sinn zu haben.

Schwarz.
Schwarz wie die Schwärze des Nichts.
Ein schwarzes Nichts, das nicht einmal mehr schwarz ist.
Ein nicht einmal mehr schwarzes Nichts, das nur noch nichtet.
Ein nicht einmal nichtendes Nichts.

99

Ein schmerzlich blendendes Licht hinderte mich daran, die Lider wieder aufzuschlagen. Ich hielt die Augen geschlossen und versuchte, mich zu sammeln und auf meine Umgebung zu konzentrieren. Zunächst hörte ich eine sanfte, mir irgendwie bekannte Trauermusik im Hintergrund klingen. Etwas näher nahm ich dann einige gedämpfte Stimmen wahr:

»So ein herber Verlust …«

»Kann man wirklich nichts mehr tun?«

»Glauben Sie mir, ich habe alles Menschenmögliche versucht …«

»Zu spät …«

»Wie es mir leidtut …«

»Die Zeit kann man nicht zurückdrehen …«

Ging es da gerade um mich? War es also vielleicht göttliches Licht, das mein Blick nicht ertragen konnte? Und wahre Himmelmusik, die ich vernahm? Ich wollte aufstehen, aber ich konnte vor Schreck kein Glied rühren. Vorsichtig öffnete ich die Augenlider zu möglichst schmalen Schlitzen und bemühte mich, hinweg vom grellen Licht über mir seitlich nach links zu schauen. Ich erkannte zuerst meinen linken Arm und meine linke Hand, leblos auf dem ruhend, was wohl der erhöhte Rand eines stählernen Seziertisches sein musste. Weiter nach links blickend sah ich das edle Profil des bleichen Antlitzes von Cecilia Vinci. Sie lag ebenfalls auf einem Obduktionstisch, bis auf das ekstatische Gesicht mit einem weißen Laken bedeckt. Hinter ihr stand mit gesenktem Kopf, die Schultern mir zugewandt, Chefinspektor Stiller in seinem unverwechselbaren militärgrünen Parka. Noch weiter links glaubte ich weitere Bahren mit gänzlich zugedeckten Leichen zu sehen. Ich zählte, wenn ich mich recht erinnere, sogar sechs davon, bis mein Blick gegen die hellgraue Kalksteinwand der Halle stieß. Allem Anschein nach befand ich mich auf einem Obduktionstisch der Leichenhalle unter dem Kapuzinerberg.

Sollte meine Leiche etwa seziert werden? Ich fuhr erschrocken hoch. Etwas abseits sah ich einen kleinen Kreis von Personen mit dem Rücken zu mir. Sie standen um einen würfelförmigen, an einer elektrischen Pumpe angeschlossenen Glaskasten herum, der sich auf einem kleinen Tisch befand. Auf einem Metallgestell innerhalb des Glaswürfels erspähte ich, soweit ich zwischen ihnen hindurchsehen konnte, einen schwarzen voluminösen Gegenstand, den ich nicht näher definieren konnte. Nachdem ich den anfänglichen Schrecken überstanden hatte, wartete ich noch kurz, dann stand ich auf und schlich mich still an den Glaskasten heran. Erst als ich nähergekommen war, erkannte ich die Personen. Der erste, der meine Ankunft bemerkte, war Gruppeninspektor Biba. »Unser toter Autor ist auferstanden!«, rief er mit einem Anflug von Ironie, ohne die Augen vom mysteriösen Objekt hinter dem Glas abzuwenden. »*Deo gratias*! Ich habe mir solche Sorgen gemacht, sagte Frau Goldschmid in mütterlich liebevollem Ton und drückte, ebenfalls ohne ihren Blick von der quadratischen Vitrine zu lassen, meinen Unterarm kurz mit ihrer zierlichen Hand. »Die Schockstarre hat sich offenbar gelöst«, stellte Dr. Horvath etwas sachlicher fest und zog, die Augen immer noch auf den Glaskubus gerichtet, ein Paar kobaltblaue Latexhandschuhe sowie eine kleine Taschenlampe aus seinem knappen weißen Kittel. »Schockstarre?«, fragte ich bestürzt. »Ich bin vor Schreck fast gestorben! Warum haben Sie mich nicht sofort ins Spital einliefern lassen?« »Um Ihnen einen Gefallen zu tun«, antwortete Dr. Horvath seelenruhig, streifte routiniert die Handschuhe über, drehte die Taschenlampe an und richtete ihren grellen Lichtstrahl abrupt auf meine Augen. Ich wandte verärgert den Kopf ab. »Mich auf der Bahre einer Leichenhalle zu deponieren, anstatt mich unverzüglich in die nächste toxikologische Intensivstation einzuweisen! Das nennen Sie einen Gefallen, Doktor?« »Ich meinte um des Romans willen«, erwiderte der Gerichtsmediziner mit unerschütterlicher Ruhe, nahm mein Handgelenk in seine Rechte und fühlte meinen Puls. »Eine Szene, in der Sie plötzlich auf dem Seziertisch eines Leichenhauses aufwachen und glauben, tot zu sein«, erklärte er leicht grinsend, »ist viel amüsanter zu erzählen, als wenn Sie im geisttötenden Bett eines Krankenhauses gelandet wären.« Ich riss mein Handgelenk schroff von seiner Rechten los. »Ganz abgesehen davon, dass das mein Roman ist, und nicht Ihrer – und ich entscheide, was darin mit meiner eigenen Figur geschieht«, sagte ich pikiert, »haben Sie nicht daran gedacht, Doktor, dass ich das Buch nie hätte schreiben können, wenn ich davor an einer Vergiftung gestorben wäre? Und vor allem: Wo bliebe denn die erzählerische Glaubwürdigkeit des Romans, wenn der in den Fall involvierte Mediziner einen Patienten mit einer lebensgefährlichen Vergiftung ins Leichen- statt ins Krankenhaus schickt? Eine solche Wendung in der Story ist völlig unrealistisch!« »Nicht, wenn einer weder tot noch vergiftet ist«, konterte Horvath knapp. Mir blieb vor Überraschung der Mund offen. »Ich dachte …« Der Doktor richtete noch schnell den Lichtstrahl der Taschenlampe auf meine Kehle und erklärte so nebenbei: »Dank des beherzten Eingreifens des verehrten Kollegen Stiller, der Ihnen das Manuskript des Requiems gleich aus den Händen gerissen hat, sind Sie von der Vergiftung verschont geblieben und brauchten daher auch keine entsprechende Behandlung.« »Und was war dann mit mir?«, fragte ich noch etwas ungläubig. »Sie sind einfach vor Aufregung in Ohnmacht gefallen«, antwortete Horvath nüchtern und klopfte mir jovial auf die Schulter. »Ein schwerer, aber letztlich harmloser Schock kann unter solchen Umständen jedem passieren, glauben Sie mir. Aber wenn Ihnen dies zu peinlich ist und Sie möchten, dass Ihre Leser nichts davon erfahren, können Sie meinetwegen in Ihrem Roman schreiben, ich habe Sie direkt ins Krankenhaus zur Entgiftung fahren lassen – diese Entscheidung überlassen wir natürlich gerne Ihnen.« »Kommen Sie«, stand Inspektor Biba überraschend dem Forensiker bei, »auch wenn wir Sie tatsächlich ins Spital eingeliefert hätten, hätten Sie die Geschichte mit dem Erwachen in der Leichenhalle einfach frei erfunden: So einen Schwank würde sich ein guter Erzähler wie Sie kaum entgehen lassen …« »So können Sie hingegen zwei Fliegen mit einer Klappe schlagen«, schloss Horvath den Gedankengang des Gruppeninspektors und begann, mit den Fingern beider Hände neben meinen beiden Ohren laut zu schnippen, »Sie brauchen keine Fiktion mehr und können den Lesern alles als absolut realistisch verkaufen.«

Die ärztliche Untersuchung ging mir langsam auf die Nerven. »Jawohl, Herr Doktor, mir geht es blendend und ich höre gut: Ich vernehme sogar die Musik Ihres Gustav Mahler im Hintergrund, wenn Sie es wissen wollen«, wehrte ich mich ruppig, mich an das Faible des Arztes für den spätromantischen Komponisten erinnernd. Horvath wurde plötzlich ganz ernst. »Mahler?«, erwiderte er empört, als ob ich ihn persönlich beleidigt hätte. »Um Gottes willen! Das ist kein Mahler, verehrter Kollege, das ist Mozart, Wolfgang Amadé: *Qui tollis peccata mundi* aus der großen c-Moll-Messe Köchel-Verzeichnis 427.«

»Ich dachte, Sie mögen Mozart nicht …«

»Die Zeiten haben sich geändert, mein lieber Musikfreund«, erklärte er karg. Dann wandte er sich wieder von mir ab hin zum Glaskasten und betrachtete mit unverhohlener Bewunderung den dunklen Klumpen in der Vitrine. »Früher wusste ich auch nicht, welch ein Genie des Verbrechens er war …«

Ein Anflug schmerzlicher Enttäuschung zeigte sich im Gesicht des Mediziners. »Ich habe alles versucht, um seinen letzten Geniestreich zu retten«, erklärte er und rieb sich bedauernd die Glatze. »Als ich aber die Handschrift in die Vakuumkammer eingeschlossen habe, um den Oxidationsprozess der Tinte zu stoppen, war es schon zu spät.« Ich näherte mich neugierig dem Glaskasten und sah genauer hinein. Sollte der Gegenstand in der Vakuumkammer das originale Manuskript des Requiems von Mozart sein, so war es auch bei näherem Hinschauen nicht mehr zu erkennen. Die korrosive Tinte hatte mit ihrer Schwärze nicht nur jede Seite der Partitur bis zum Rande durchgefärbt, sondern sie hatte die feinen Blätter der alten Handschrift regelrecht zerfressen, sodass nur noch ein schwarzer, unkenntlich gewordener Klumpen Papier zurückgeblieben war. »Alles unwiederbringlich verloren«, seufzte Frau Goldschmid und schüttelte traurig den Kopf. »Wir werden nie wissen können, wie das originale Requiem von Mozart geklungen hätte …« »Immerhin können wir jetzt mit Sicherheit sagen, dass es existiert hat«, versuchte ich, sie zu trösten. »Das ist doch ein beachtenswerter Erkenntnisgewinn im Vergleich zu bisher, da die Forschung davon ausging, dass Mozart vor seinem Tod nur wenige fragmentarische Entwürfe schaffen konnte.« »Das macht die Sache nur noch schlimmer«, erwiderte die Antiquarin bitter. »Denn jetzt wissen wir um unseren Verlust.« »Wenigstens bleibt uns das Requiem von Süßmayr«, bemerkte Biba in einem schwachen Versuch, die trübe Stimmung etwas aufzuheitern. »… das uns noch deutlicher vor Augen führt, was wir alles verloren haben«, ergänzte Frau Goldschmid untröstlich. »Aber vielleicht erinnern *Sie* sich an die Noten des Manuskripts«, fragte sie mich in der Hoffnung, doch etwas mehr über Mozarts rätselhaftes Todeswerk zu erfahren. »Immerhin sind Sie der Einzige, der sie überlebt hat.« Eine tiefe Erinnerungslücke klaffte in meinem Gedächtnis. Ich schüttelte verneinend den Kopf und breitete trostlos die Arme aus. »Die Tinte der Notenschrift war bereits bis zur Unkenntlichkeit oxidiert und völlig wirkungslos, als der verehrte Kollege das Manuskript aufgeschlagen hat, sonst wäre er wohl nicht mehr hier«, stellte Dr. Horvath mit seiner üblichen entwaffnenden Sachlichkeit fest. »Ich meine natürlich noch am Leben«, beeilte er sich hinzuzufügen, nachdem ich einen bangen Blick auf die Leichen hinter mir geworfen hatte. »Ganz abgesehen davon, dass der Chef ihm das Manuskript geistesgegenwärtig aus den Händen gerissen hat, noch bevor er einen Blick hineinwerfen konnte«, flüsterte Biba nicht ohne Stolz und wies mit einer nachdrücklichen Kopfbewegung in Richtung von Chefinspektor Stiller, der immer noch mit dem Rücken zu uns gewandt still neben der Leiche von Cecilia Vinci stand und sich von der ganzen Welt abgeschottet zu haben schien. Frau Goldschmid schaute zur Leiche der Sängerin hinter Stillers Rücken und schüttelte ihren schlohweißen Pagenkopf noch heftiger als vorher. »Der arme Chefinspektor«, raunte sie und stützte sich mit ihrer zierlichen Hand auf meinen Arm. »Er konnte Sie noch retten, aber für sie war es schon zu spät.« »Und das Schlimmste ist«, setzte Biba noch leiser hinzu, »dass er nicht einmal den Verantwortlichen für all dies fassen kann, obwohl er ihn eigentlich überführt hat …« Horvath streifte sich beide Latexhandschuhe ab und warf sie resigniert in den Mülleimer. »Nun ja, es ist nicht leicht, wenn der Täter ein Toter ist …«

100

Stiller blieb lange in stiller Andacht neben dem Leichnam der Sängerin stehen. Schließlich hob er seine rechte Hand und drückte ihr die in ewiger Ekstase erstarrten Augen zu. Er wartete noch eine Weile, dann küsste er sie sanft auf die Stirn und drehte sich um. Wie ein Blinder taumelte er an uns und der Vakuumkammer vorbei, sein Blick in einem endlosen Trauermeer versunken. Zeus, der geduldig in einer Ecke auf ihn gewartet hatte, trottete leise winselnd hinter ihm her.

Ich machte Anstalten, ihm zu folgen – um mich wenigstens bei ihm zu bedanken, dass er mir das Leben gerettet hatte. Doch Frau Goldschmid hielt mich sachte am Arm zurück. »Gehen Sie milde mit ihm um in Ihrem Kriminalroman«, bat sie mich besorgt, nachdem der Chefinspektor die Tür der Leichenhalle hinter sich geschlossen hatte. »Kriminalroman? Ich glaube nicht, dass etwas daraus wird …«, erwiderte ich, ohne meine Enttäuschung zu verbergen. »Wieso?«, fragte Biba verwundert. »Ihre Lösung haben Sie am Ende doch bekommen.« »Und Sie nennen das eine ›Lösung‹?«, rief ich in einem Anfall von Bitterkeit aus. »Den Täter haben wir doch gefunden«, wollte Biba entgegnen, doch ich ließ ihn nicht zu Ende reden. »Den Täter! Und wer würde diese Lösung, diesen Täter, diese Story jemals glauben? Alle würden nur denken, ich hätte die ganze Geschichte frei erfunden, bloß um den Lesern zu imponieren! Keiner wird glauben, dass sie wirklich stattgefunden hat …« »Nun ja, Sie könnten immer noch im Roman diskret darauf hinweisen, dass manchmal die Wirklichkeit die Fantasie übertreffen kann, verehrter Kollege«, schlug Horvath beschwichtigend vor. »Ein kurzer Satz gegen Ende, geschickt in den Mund einer der Romanfiguren gelegt, würde vielleicht reichen …« »Die Wirklichkeit mag wohl die Fantasie übertreffen, Herr Doktor«, erwiderte ich, »aber völlig absurd darf sie auch nicht sein! Der Leser wird sich über eine so unwahrscheinliche Story bestimmt ärgern, unabhängig davon, ob sie tatsächlich stattgefunden hat oder nur dem kranken Geist eines eingebildeten Journalisten entsprungen ist – falls er natürlich so weit lesen würde, was ich bei so vielen wilden Fantastereien, mögen sie auch wahr sein, ernsthaft bezweifle. Ich kann mir schon die Rezensionen in den Zeitungen vorstellen: Man wird dort schreiben, der Autor habe für eine reine Fiktion die überlieferten Quellen und wahren Fakten missachtet, die historische Wahrheit verdreht, den Namen Mozarts missbraucht, verleumdet, in den Schmutz gezogen, nur um die Auflage zu erhöhen und Geld damit zu verdienen. Sie werden kommentieren, das Ganze sei historisch unglaubwürdig, wissenschaftlich unhaltbar, literarisch minderwertig, schlecht recherchiert und moralisch bedenklich, wenn nicht, was heutzutage für noch schlimmer gehalten wird, ganz und gar amoralisch – und wer würde den Kritikern Unrecht geben? Sie werden das Buch gnadenlos verreißen. Und was habe ich vorzuweisen, um dagegenzuhalten? Einen schwarzen, unförmigen Klumpen in der Vakuumkammer einer Leichenhalle, der alles Mögliche sein kann außer überirdische Musik! Nein, liebe Freunde, dieser Krimi hat für dessen Autor genauso wenig wie für den Hauptermittler ein Happy End!«

Thilo Horvath kam zu mir und klopfte mir verständnisvoll auf die Schulter. »Kommen Sie, verehrter Kollege, seien Sie nicht so kritisch mit sich selbst«, sprach er mir tröstend zu. »Sie tragen doch keine Schuld daran, dass der Fall diese Lösung gefunden hat.« »Vielleicht haben Sie schon einen Titel für Ihr Erstlingswerk«, schlug Biba vor. »Fangen Sie mit dem Titel an! Ich bin sicher: Wenn Sie den Titel gefunden haben werden, wird auch der Rest nur so heraussprudeln …« Ich sah ihn verblüfft an. »Der Titel ist tatsächlich so ziemlich alles, was ich im Moment habe«, gab ich zu. »Und der wäre?«, fragte Frau Goldschmid neugierig. Ich lächelte zum ersten Mal seit meinem Erwachen in der Leichenhalle. »*Mozarts letztes Requiem* – was sonst?« Noch bevor ich die unterirdische Grotte hinter dem Chefinspektor verließ, konnte ich den aufmunternden Kommentar von Biba hören: »Respekt! Das wird wohl der erste Kriminalroman sein, in dem der Name des Täters bereits im Titel verraten wird.«

Epilog

Ein eisiger Nachtsturm wehte durch die altehrwürdige Stadt. Ich beschirmte die Augen mit einer Hand und warf einen Blick von der Türschwelle der Leichenhalle über das metallene Geländer der erhöhten Steingasse hinüber auf die Uferpromenade. Kein Mensch hatte sich bei dem Wetter auf die Straße gewagt, sodass ich sofort im Schneegestöber die ungleichen Schattenrisse von Chefinspektor Stiller und seinem Hund Zeus erkennen konnte, als sie im tiefen Schnee unter dem flackernden Neonlicht einer Straßenlaterne in Richtung des Mozartsteges vorbeiwateten. Ich rannte entlang der parallel laufenden Steingasse zur Promenade hin, konnte sie aber nicht einholen, so rastlos, so rasend hetzten sie durch das Schneetreiben.

Von der Promenade her beobachtete ich mit Besorgnis, wie Herr und Hund den schmalen, über den dunklen Wasserfluten der Salzach im dichten Schneesturm unwirklich schwebenden Mozartsteg passierten. Wie in einen heftigen Disput vertieft, fuchtelte Nathan Stiller immer wieder mit den Händen. Er redete jedoch weder mit seinem vierbeinigen Begleiter noch mit sich selbst, sondern er schrie in den Wind, als streite er sich mit einem unsichtbaren Dämon. In der Mitte der Brücke angelangt, sprang er plötzlich auf die Balustrade und balancierte mit beiden Füßen auf dem eisernen, vereisten Geländer, gefährlich über die Fluten nach vorne gebeugt. Sein Hund winselte kläglich hinter ihm, doch der Chefinspektor beachtete ihn nicht. In seinem Delirium wandte er sich dem schwarzen Abgrund vor sich zu und brüllte in die Finsternis der stürmischen Nacht, das unsichtbare, ihm den Weg versperrende Wahnbild mit wild rudernden Armbewegungen verscheuchend: »Verschwinde, Mozart! Verschwinde, Mörder!«

Anhang

REQUIEM
Text und wortgetreue Übersetzung
(im Roman zitierte Stellen fett geschrieben)

I. INTROITUS

Requiem aeternam dona eis, Domine,	Ewige Ruhe schenke ihnen, Herr,
et lux perpetua luceat eis.	und fortwährendes Licht leuchte ihnen.
Te decet hymnus, Deus, in Sion,	Dir gebührt Lobgesang, Gott, in Zion,
et tibi reddetur votum in Ierusalem.	und dir soll das Gelübde erfüllt werden in Jerusalem.
Exaudi orationem meam.	Erhöre mein Gebet.
Ad te omnis caro veniet.	Zu dir wird alles Fleisch kommen.
Requiem aeternam dona eis, Domine,	Ewige Ruhe schenke ihnen, Herr,
et lux perpetua luceat eis.	und fortwährendes Licht leuchte ihnen.

II. KYRIE

Kyrie, eleison.	Herr, erbarme dich.
Christe, eleison.	Christus, erbarme dich.
Kyrie, eleison.	Herr, erbarme dich.

III. TOTENSEQUENZ

DIES IRAE

Dies irae, dies illa	Der Tag des Zorns, jener Tag
solvet saeclum in favilla	wird die Welt in Asche auflösen,
teste David cum Sibylla.	wie David bezeugt zusammen mit der Sibylle.
Quantus tremor est futurus,	Welch ein Zittern wird es geben,
quando iudex est venturus	wenn der Richter erscheinen wird,
cuncta stricte discussurus.	um alles streng zu prüfen!

TUBA MIRUM

Tuba mirum spargens sonum	Eine Posaune, wunderlichen Klang verbreitend
per sepulcra regionum	über die Gräber der Weltgegenden,
coget omnes ante thronum.	wird alle vor den Thron zwingen.
Mors stupebit et natura,	Der Tod wird staunen und die Natur,
cum resurget creatura	wenn die Kreatur auferstehen wird,
iudicanti responsura.	um dem Richtenden Rechenschaft zu geben.
Liber scriptus proferetur,	Ein geschriebenes Buch wird hervorgeholt werden,
in quo totum continetur,	in dem alles enthalten ist,
unde mundus iudicetur.	aufgrund dessen die Welt beurteilt werden soll.
Iudex ergo, cum sedebit,	Sobald der Richter sich hinsetzen wird,
quidquid latet, apparebit.	wird, was auch immer verborgen ist, zum Vorschein kommen.
Nil inultum remanebit.	Nichts wird ungestraft bleiben.
Quid sum miser tunc dicturus,	Was werde ich Elender dann sagen,
quem patronum rogaturus,	welchen Patron werde ich erbitten,
cum vix iustus sit securus?	wenn kaum ein Gerechter sicher sein wird?

REX TREMENDAE MAIESTATIS

Rex tremendae maiestatis,	König von erzittern lassender Majestät,
qui salvandos salvas gratis,	der du die zur Rettung Bestimmten rettest ohne Gegenleistung,
salva me, fons pietatis.	rette mich, du Quelle der Gnade.

RECORDARE

Recordare, Iesu pie,	Gedenke, gnädiger Jesus,
quod sum causa tuae viae,	dass ich der Grund bin für deinen Weg,
ne me perdas illa die.	damit du mich nicht zugrunde richtest an jenem Tag.
Quaerens me sedisti lassus,	Mich suchend hast du dich müde niedergesetzt,
redemisti crucem passus.	hast mich erlöst, indem du das Kreuz erlittest.
Tantus labor non sit cassus.	So große Mühe sei nicht vergeblich.
Iuste iudex ultionis,	Gerechter Richter der Vergeltung,
donum fac remissionis	mach das Geschenk der Vergebung
ante diem rationis.	vor dem Tag der Abrechnung.

Ingemisco tamquam reus,	Ich seufze als ein Schuldiger,
culpa rubet vultus meus.	die Schuld rötet mein Gesicht.
Supplicanti parce, Deus.	Den demütig Bittenden verschone, Gott.
Qui Mariam absolvisti	Der du Maria Magdalena freigesprochen
et latronem exaudisti,	und den Räuber erhört hast,
mihi quoque spem dedisti.	hast du auch mir Hoffnung gegeben.
Preces meae non sunt dignae,	Meine Bitten sind es nicht wert,
sed tu, bonus, fac benigne,	aber du, Guter, erweise dich gütig,
ne perenni cremer igne.	damit ich nicht im immerwährenden Feuer verbrenne.
Inter oves locum praesta	Unter den Schafen gewähre mir einen Platz
et ab haedis me sequestra	und von den Böcken sondere mich ab,
statuens in parte dextra.	indem du mich auf die rechte Seite stellst.

CONFUTATIS MALEDICTIS

Confutatis maledictis,	Wenn die Verdammten überführt sind
flammis acribus addictis	und den beißenden Flammen überlassen,
voca me cum benedictis.	rufe mich mit den Gesegneten.
Oro supplex et acclinis,	Ich bitte demütig und tief geneigt,
cor contritum quasi cinis,	das Herz aufgerieben wie Asche:
gere curam mei finis.	Trage Sorge für mein Ende.

LACRIMOSA

Lacrimosa dies illa,	Tränenreich ist jener Tag,
qua resurget ex favilla	an dem auferstehen wird aus der Asche
iudicandus homo reus.	zum Gericht der schuldige Mensch.
Huic ergo parce, Deus.	Diesen dann verschone, Gott.
Pie Iesu Domine,	Gnädiger Herr Jesus,
dona eis requiem. Amen.	schenke ihnen Ruhe. Amen.

IV. OFFERTORIUM

DOMINE IESU

Domine Iesu Christe, rex gloriae,	Herr Jesus Christus, König der Herrlichkeit,
libera animas omnium fidelium defunctorum	befreie die Seelen aller verstorbenen Gläubigen
de poenis inferni et de profundo lacu.	von den Höllenstrafen und dem tiefen See.
Libera eas de ore leonis,	Befreie sie aus dem Rachen des Löwen,
ne absorbeat eas tartarus,	damit sie die Unterwelt nicht verschlinge,
ne cadant in obscurum,	damit sie nicht in die Finsternis hinabsinken,
sed signifer sanctus Michael	sondern der Bannerträger, der heilige Michael,
repraesentet eas in lucem sanctam,	sie stellvertretend begleite in das heilige Licht,
quam olim Abrahae promisisti	wie du einst Abraham verheißen hast
et semini eius.	und seinem Samen.

HOSTIAS

Hostias et preces tibi,	Opfer und Bitten, Herr,
Domine, laudis offerimus.	bringen wir dir zum Lob dar.
Tu suscipe pro animabus illis,	Nimm du sie entgegen für jene Seelen,
quarum hodie memoriam facimus.	derer wir heute gedenken.
Fac eas, domine, de morte transire ad vitam,	Lass sie, Herr, vom Tod hinübergehen zum Leben,
quam olim Abrahae promisisti	wie du einst Abraham verheißen hast
et semini eius.	und seinem Samen.

V. SANCTUS

Sanctus, sanctus, sanctus,	Heilig, heilig, heilig
Dominus Deus Sabaoth.	ist der Herr, Gott der Heerscharen.
Pleni sunt coeli et terra gloria tua.	Voll sind Himmel und Erde von deiner Herrlichkeit.
Hosanna in excelsis.	Hosanna in der Höhe.

VI. BENEDICTUS

Benedictus, qui venit in nomine Domini.
Hosanna in excelsis.

Gesegnet sei, der kommt im Namen des Herrn.
Hosanna in der Höhe.

VII. AGNUS DEI

Agnus Dei, qui tollis peccata mundi,
dona eis requiem.
Agnus Dei, qui tollis peccata mundi,
dona eis requiem.
Agnus Dei, qui tollis peccata mundi,
dona eis requiem sempiternam.

Lamm Gottes, das du trägst die Sünden der Welt,
schenke ihnen Ruhe.
Lamm Gottes, das du trägst die Sünden der Welt,
schenke ihnen Ruhe.
Lamm Gottes, das du trägst die Sünden der Welt,
schenke ihnen immerwährende Ruhe.

VIII. COMMUNIO

Lux aeterna luceat eis, Domine,
cum sanctis tuis in aeternum,
quia pius es.
Requiem aeternam dona eis, Domine,
et lux perpetua luceat eis.

Ewiges Licht leuchte ihnen, Herr,
mit deinen Heiligen in Ewigkeit,
denn du bist fromm.
Ewige Ruhe schenke ihnen, Herr,
und fortwährendes Licht leuchte ihnen.

Übersetzung der lateinischen und italienischen Zitate

Kapitel 3

Donn'Anna	**Donn'Anna**
Ei non respira più …	Er atmet nicht mehr …
fredde ha le membra …	kalt sind seine Glieder …
Padre mio … caro padre …	Mein Vater … teurer Vater …
padre amato … io manco …	geliebter Vater … mir schwindelt …
io moro …	ich sterbe …

Aus: Wolfgang Amadé Mozart / Lorenzo Da Ponte, *Don Giovanni* KV 527, I/2, N° 2 Recitativo strumentato e Duetto, v. 71–72.

Kapitel 11

Leporello	**Leporello**
V'han fra queste contadine,	Darunter sind Bäuerinnen,
cameriere, cittadine,	Zimmermädchen, Bürgerinnen,
v'han contesse, baronesse,	darunter sind Gräfinnen, Baronessen,
marchesine, principesse …	Markgräfinnen, Prinzessinnen …

Aus: Wolfgang Amadé Mozart / Lorenzo Da Ponte, *Don Giovanni* KV 527, I/5, N° 3 Aria (»Registerarie«), v. 204–207.

Kapitel 13

Ilia	**Ilia**
Padre, germani, addio!	Vater, Brüder, lebt wohl!

Aus: Wolfgang Amadé Mozart / Giambattista Varesco, *Idomeneo* KV 366, I/1, N° 1 Aria, v. 34.

Donn'Anna, Don Ottavio, Donna Elvira, Leporello, Masetto, Zerlina	**Donn'Anna, Don Ottavio, Donna Elvira, Leporello, Masetto, Zerlina**
Questo è il fin di chi fa mal: e de' perfidi la morte alla vita è sempre ugual.	Das ist das Ende dessen, der Böses tut: Und der Tod der Bösewichte ist immer wie ihr Leben.

Aus: Wolfgang Amadé Mozart / Lorenzo Da Ponte, *Don Giovanni* KV 527 (Prager Fassung, Finale), II/Scena ultima, v. 1452–1454.

Il Commendatore	**Der Komtur**
Pentiti, cangia vita: è l'ultimo momento!	Bereue, ändere dein Leben: Es ist der letzte Augenblick!
Don Giovanni	**Don Giovanni**
No no, ch' io non mi pento; vanne lontan da me!	Nein, nein, ich bereue nicht; entferne dich von mir!
Il Commendatore	**Der Komtur**
Pentiti, scellerato!	Bereue, Frevler!
Don Giovanni	**Don Giovanni**
No, vecchio infatuato!	Nein, alberner Alter!
Il Commendatore	**Der Komtur**
Pentiti!	Bereue!
Don Giovanni	**Don Giovanni**
No.	Nein.
Il Commendatore, Leporello	**Der Komtur, Leporello**
Sì.	Doch.
Don Giovanni	**Don Giovanni**
No.	Nein.

Aus: Wolfgang Amadé Mozart / Lorenzo Da Ponte, *Don Giovanni* KV 527 (Wiener Fassung, Finale), II/18, v. 1479–1485.

Kapitel 21

Idamante	**Idamante**
Il padre adorato	Den geliebten Vater
ritrovo, e lo perdo.	finde ich wieder, und ich verliere ihn.
[...]	[...]
Morire credei	Ich meinte zu sterben
di gioia e d'amore:	vor Freude und Liebe:
or, barbari dèi!	Jetzt – grausame Götter! –
m'uccide il dolor.	tötet mich der Schmerz.

Aus: Wolfgang Amadé Mozart / Giambattista Varesco, *Idomeneo* KV 366, I/10, N° 7 Aria, v. 327–328, 331–334.

Kapitel 28 und 36

Idamante	**Idamante**
No, la morte io non pavento ...	Nein, den Tod fürchte ich nicht ...

Aus: Wolfgang Amadé Mozart / Giambattista Varesco, *Idomeneo* KV 366, I/9, N° 27a Aria, v. 913.

Kapitel 29

Repetita iuvant.	Wiederholungen helfen.
Repetita non iuvant.	Wiederholungen helfen nicht.

Kapitel 34

Terminus post quem	»Zeitpunkt nach dem«: Zeitpunkt, nach dem das gesuchte Ereignis passiert sein muss. Vgl. Glossar.

Kapitel 35

Lentum venenum, quo famosa in carceribus Neapolitanis adhuc vivens, in sexcentorum perniciem usa est, nil aliud est, quam arsenicum crystallinum in larga aquae copia per simplicem decoctionem soluta, addita, nescio in quem finem, cymbalaria herba. Hoc mihi communicavit Augustissimus Imperator, cui transmissus est processus criminalis propria veneficae confessione confirmatus.

Das schleichende Gift, das eine berühmte, immer noch im Kerker Neapels lebende Frau zum Verderben von sechshundert Menschen gebraucht hat, ist nichts anderes als Arsenkristall, in einer großen Menge Wasser durch einfaches Abkochen aufgelöst, mit dem Zusatz, ich weiß nicht zu welchem Zweck, von Zimbelkraut. Dies teilte mir der Erhabenste Kaiser mit, dem der durch das eigene Geständnis der Giftmischerin bestätigte Strafprozess vorgelegt worden ist.

Zitiert nach: Karl Friedrich Marx, *Die Lehre von den Giften in medizinischer, gerichtlicher und polizeylicher Hinsicht,* Göttingen 1827, S. 171.

Kapitel 37

Donn'Anna
Tu sei ... perdon ... mio bene ...
l'affanno mio, le pene ...
Ah, il padre mio dov'è?
[...]
Ah! Vendicar, se il puoi,
giura quel sangue ognor.

Donn'Anna
Du bist es ... verzeih ... mein Alles ...
meine Qualen, die Schmerzen ...
Ach, wo ist mein Vater?
[...]
Ach! Schwöre, dieses Blut jederzeit,
wenn du kannst, zu rächen.

Aus: Wolfgang Amadé Mozart / Lorenzo Da Ponte, *Don Giovanni* KV 527, I/3, N° 2 Recitativo strumentato e Duetto, v. 90–92, 96–97.

Leporello
Venite pur avanti,
vezzose mascherette.

Don Giovanni
È aperto a tutti quanti,
viva la libertà!

Leporello
Kommt doch nach vorn,
liebliche Masken.

Don Giovanni
Es ist für alle offen,
es lebe die Freiheit!

Aus: Wolfgang Amadé Mozart / Lorenzo Da Ponte, *Don Giovanni* KV 527, N° 13 Finale, I/20, v. 713–716.

Kapitel 40

Leporello
Notte e giorno faticar
per chi nulla sa gradir,
piova e vento sopportar,
mangiar male e mal dormir …
Voglio far il gentiluomo
e non voglio più servir.
Oh che caro galantuomo!
Voi star dentro colla bella,
ed io far la sentinella! …

Leporello
Nacht und Tag sich abzumühen
für einen, der nichts zu schätzen weiß,
Regen und Wind zu ertragen,
schlecht zu essen und schlecht zu schlafen …
Ich möchte den Edelmann spielen
und ich möchte nicht mehr dienen.
O welch lieber Ehrenmann!
Ihr seid drinnen bei der Schönen,
und ich muss Wache halten! …

Aus: Wolfgang Amadé Mozart / Lorenzo Da Ponte, *Don Giovanni* KV 527, I/1, N° 1 Introduzione, v. 1–9.

Susanna
(Prende Cherubino e se lo fa inginocchiare davanti poco discosto dalla Contessa che siede.)
Venite, inginocchiatevi:
restate fermo lì.
(Lo pettina da un lato, poi lo prende pel mento e lo volge a suo piacere.)
Pian piano, or via, giratevi:
bravo, va ben così.
(Cherubino, mentre Susanna lo sta acconciando, guarda la Contessa teneramente.)
La faccia ora volgetemi:
olà, quegli occhi a me.
(Seguita ad acconciarlo e a porgli la cuffia.)
Drittissimo: guardatemi …
[…]
Mirate il bricconcello!
Mirate quanto è bello!
Che furba guardatura!
Che vezzo, che figura!
Se l'amano le femmine
han certo il lor perché.

Susanna
(nimmt Cherubino und lässt ihn vor sich niederknien, wenig entfernt von der Gräfin, die sitzt.)
Kommt, kniet Euch hin:
Bleibt dort stehen.
(Sie kämmt ihn auf einer Seite, dann nimmt sie ihn beim Kinn und wendet ihn nach Belieben.)
Ganz langsam, los jetzt, dreht Euch herum:
Brav, so ist es recht.
(Cherubino sieht die Gräfin zärtlich an, während Susanna ihn zurechtmacht.)
Wendet jetzt das Gesicht mir zu:
Holla, diese Augen zu mir.
(Sie macht ihn weiter zurecht und setzt ihm dabei die Haube auf.)
Ganz geradeaus: Seht mich an …
[…]
Seht den kleinen Schelm an!
Seht, wie schön er ist!
Was für ein durchtriebener Blick!
Was für eine Anmut, was für eine Gestalt!
Wenn ihn die Frauen lieben,
haben sie gewiss ihren Grund.

Aus: Wolfgang Amadé Mozart / Lorenzo Da Ponte, *Le nozze di Figaro* KV 492, II/2, N° 13 Aria, v. 619–625 und 632–637.

Kapitel 41

Leporello
Ah, che barbaro appetito!

Leporello
Ah, welch barbarischer Appetit!

Aus: Wolfgang Amadé Mozart / Lorenzo Da Ponte, *Don Giovanni* KV 527, N° 24 Finale, II/12, v. 1264.

Don Giovanni
Eccellente marzemino!

Don Giovanni
Ausgezeichneter Marzimino!

Aus: Wolfgang Amadé Mozart / Lorenzo Da Ponte, *Don Giovanni* KV 527, N° 24 Finale, II/12, v. 1272.

Despina
Cospettaccio! Com'è buono!

Despina
Potztausend! Wie gut schmeckt es!

Aus: Wolfgang Amadé Mozart / Lorenzo Da Ponte, *Così fan tutte* KV 588, Erstdruck des Librettos, I/8, v. 280–281.

Don Giovanni Andiam, andiam.	**Don Giovanni** Gehen wir, gehen wir!
Zerlina Andiam. […] *(Vanno verso il casino di Don Giovanni abbracciati etc.)*	**Zerlina** Gehen wir! […] *(Umschlungen wenden sie sich Don Giovannis Schlösschen zu usw.)*
SCENA X	**SZENE X.**
I suddetti e Donna Elvira che ferma con atti disperatissimi Don Giovanni etc.	*Die Vorigen und Donna Elvira, die mit verzweifelten Gebärden Don Giovanni aufzuhalten versucht usw.*
Recitativo **Donna Elvira** Fermati, scellerato: il ciel mi fece udir le tue perfidie; io sono a tempo di salvar questa misera innocente dal tuo barbaro artiglio.	**Rezitativ** **Donna Elvira** Halt, Schändlicher: Der Himmel ließ mich deine Abgefeimtheiten hören; ich bin rechtzeitig da, diese elende Unschuldige vor deinen barbarischen Krallen zu schützen.

Aus: Wolfgang Amadé Mozart / Lorenzo Da Ponte, *Don Giovanni* KV 527, I/9–10, N° 7 Duettino (Ende) / Recitativo, v. 347, 351–354.

Leporello Bravo: due imprese leggiadre! Sforzar la figlia ed ammazzar il padre.	**Leporello** Bravo: zwei großartige Taten! Die Tochter vergewaltigen und den Vater umbringen.

Aus: Wolfgang Amadé Mozart / Lorenzo Da Ponte, *Don Giovanni* KV 527, I/2, v. 52–53.

Donn'Anna
Alfine il duol, l'orrore
dell'infame attentato
accrebbe sì la lena mia, che a forza
di [s]vincolarmi, torcermi e piegarmi
da lui mi sciolsi.

Donn'Anna
Am Ende erhöhte der Schmerz, die Abscheu
vor dem schändlichen Überfall
so meine Kräfte, dass ich mich nach langem
Winden, Drehen und Beugen
von ihm löste.

Aus: Wolfgang Amadé Mozart / Lorenzo Da Ponte, *Don Giovanni* KV 527, I/13,
N° 10 Recitativo strumentato ed Aria, v. 474–478.

Donn'Anna
Non sperar, se non m'uccidi,
ch'io ti lasci fuggir mai.

Donn'Anna
Hoffe nicht, außer wenn du mich umbringst,
dass ich dich jemals weggehen lasse.

Aus: Wolfgang Amadé Mozart / Lorenzo Da Ponte, *Don Giovanni* KV 527, I/1,
N° 1 Introduzione, v. 12–13.

Kapitel 44

Leporello
Don Giovannino mio, va tutto male!

Leporello
Mein Herr Giovannino, es geht alles schlecht!

Aus: Wolfgang Amadé Mozart / Lorenzo Da Ponte, *Don Giovanni* KV 527, I/15, v. 511.

Leporello
Qui nasce una ruina.

Leporello
Hier entsteht ein Unheil.

Aus: Wolfgang Amadé Mozart / Lorenzo Da Ponte, *Don Giovanni* KV 527,
N° 13 Finale, I/20, v. 745.

Leporello	Leporello
Confetti!	Zuckermandeln!

Aus: Wolfgang Amadé Mozart / Lorenzo Da Ponte, *Don Giovanni* KV 527, N° 13 Finale, I/20, v. 700.

Leporello	Leporello
[. . .]	[. . .]
ma in Ispagna son già mille e tre.	aber in Spanien sind es schon tausend und drei.

Aus: Wolfgang Amadé Mozart / Lorenzo Da Ponte, *Don Giovanni* KV 527, I/5, N° 4 Aria (»Registerarie«), v. 203.

Don Giovanni	Don Giovanni
I congiunti, i parenti,	All meine Verwandten,
questa man, questo ferro, i beni, il sangue	diese Hand, dieses Eisen, meine Güter, mein Blut
spenderò per servirvi.	opfre ich, um Euch zu dienen.

Aus: Wolfgang Amadé Mozart / Lorenzo Da Ponte, *Don Giovanni* KV 527, I/11, v. 386–388.

Kapitel 49

Dux femina facti.	Anführer der Tat war eine Frau.

Aus: Vergil, *Aeneis*, I, v. 364.

Kapitel 51

Ubi maior, minor cessat.	Geringeres weicht Größerem.

Kapitel 71

Giunia
Stelle! … Io tremo! … Che veggio?
Tu sei? … Forse vaneggio? …
Forse una larva, o pur tu stesso? …
Oh numi!
M'ingannate, o miei lumi? …
Ah, non so ancora se alla dolce
illusion io m'abbandono! …
Dunque … dunque tu sei? …

Giunia
Himmel! … Ich zittere! … Was sehe ich?
Du bist es? … Fantasiere ich vielleicht? …
Vielleicht ein Schatten, oder doch du selber?
… O Götter!
Täuschst du mich, mein Augenlicht? …
Ach, noch weiß ich nicht, ob ich mich der süßen
Illusion hingeben kann! …
Also … also bist du es? …

Aus: Wolfgang Amadé Mozart / Giovanni De Gamerra, *Lucio Silla* KV 135, I/9, v. 315–321.

Giunia
D'Elisio in sen m'attendi,
ombra dell'idol mio,
che a te ben presto, oh dio!
fia che m'unisca il ciel.
[…]
Or che al mio seno,
caro, tu sei,
m'insegna il pianto
degl'occhi miei
che ha le sue lagrime
anche il piacer.

Giunia
Im Herzen des Elysiums erwarte mich,
Schatten meines Geliebten,
dass – o Gott! – der Himmel mich bald
mit dir vereine.
[…]
Nun, da du, Liebster,
an meiner Brust liegst,
lehrt mich das Weinen
in meinen Augen,
dass auch die Freude
ihre Tränen hat.

Aus: Wolfgang Amadé Mozart / Giovanni De Gamerra, *Lucio Silla* KV 135, I/9, N° 7 Duetto, v. 322-325, 335-340.

Kapitel 81

Invidia prima scelerum mater.

Neid ist die Mutter aller Verbrechen.

Qui sine peccato est vestrum,
primus in illam lapidem mittat.

Wer unter euch ohne Sünde ist,
der werfe als Erster einen Stein auf sie.

Kapitel 86

Giunia
Parto, m'affretto; ma nel partire
il cor si spezza, mi manca l'anima.
Morir mi sento, né so morire;
e smanio e gelo, e piango e peno.
Ah, se potessi, potessi almeno
fra tanti spasimi morir così!
Ma, per maggior mio duolo,
verso un'amante oppressa
divien la morte istessa
pietosa in questo dì.

Giunia
Ich gehe ab, ich eile; doch beim Abgehen
bricht mein Herz, die Seele schwindet hin.
Nah fühl ich den Tod und kann nicht sterben;
ich tobe und erstarre, weine und quäle mich.
Ach, wenn ich doch
in solchen Qualen nur sterben könnte!
Doch, zu meinem noch größeren Bedauern,
wird für eine unglückliche Liebende
der Tod selbst
an einem solchen Tag barmherzig.

Aus: Wolfgang Amadé Mozart / Giovanni De Gamerra, *Lucio Silla* KV 135, II/11, N° 16 Aria, v. 848–857.

Farnace
[…] È sogno il mio,
o vegliando vaneggio?

Farnace
[…] Ist dies ein Traum,
oder fantasiere ich im Wachen?

Aus: Wolfgang Amadé Mozart / Amadeo Cigna-Santi, *Mitridate, re di Ponto* KV 87, III/7, v. 921–922.

Giunia
Dalla sponda tenebrosa
vieni, o padre, o sposo amato,
d'una figlia e d'una sposa
a raccor l'estremo fiato.

Giunia
Vom düsteren Gestade,
komm, o Vater, o geliebter Bräutigam,
der Tochter und der Braut
letzten Atemzug entgegenzunehmen.

Aus: Wolfgang Amadé Mozart / Giovanni De Gamerra, *Lucio Silla* KV 135, I/5, N° 4 Aria, v. 241–244.

Kapitel 88

Cogito ergo sum.

Ich denke, also bin ich.

Aus: René Descartes, *Meditationes de prima philosophia,* (1641).

Deliro ergo sum.
Deliro ergo morior.

Ich deliriere, also bin ich.
Ich deliriere, also sterbe ich.

Texte der italienischen Opern Mozarts zitiert nach: *Mozart-Libretti – Online-Edition,* herausgegeben von der Internationalen Stiftung Mozarteum, Salzburg (http//dme. mozarteum.at/text-editions/librettos/, 3.3.2020)

Glossar

Abati
Plural von Abate (von italienisch *abate*, »Abt«): Weltgeistlicher in Italien.

Agogische Zeichen (siehe dynamische Zeichen)

Ariseure
Vollstrecker und Nutznießer der sogenannten Arisierung, durch welche jüdischer Besitz zur Zeit der nationalsozialistischen Herrschaft durch Enteignung oder Zwangsverkauf in arischen Besitz überführt wurde.

Bäsle-Briefe
Briefwechsel zwischen Wolfgang Amadé Mozart und seiner Cousine Maria Anna Thekla Mozart, der von Schnabernack, Anarchie und derben Tönen, nicht selten auch von plumpen Fäkalwörtern durchzogen ist.

Bauta (mit Betonung auf »u«)
Typische Maske des venezianischen Karnevals im 18. Jahrhundert: weiß und ohne Mund, bedeckt sie das gesamte Gesicht. Dank ihrer charakteristischen vorgewölbten Kinnpartie ist es möglich, trotz Maskerade zu essen und zu trinken. Ursprünglich war die Bauta ein kurzer, durch Spitzenstickerei verzierter Umhang mit einer schwarzen Seidenkapuze und einer weißen Maske, die das Gesicht fast verdeckte. Später wurde die Bezeichnung Bauta fast ausschließlich auf die Gesichtsmaske bezogen.

Bronte-Pistazien
Feine und rare Pistaziensorte aus der kleinen Ortschaft Bronte am Westhang des Ätnas in Sizilien (Italien).

Confutatis maledictis
Fünfter Teil der Totensequenz in Wolfgang Amadé Mozarts Requiem KV 626, in dem die Sequenzstrophen 16 (beginnend mit dem Vers *Confutatis maledictis*) bis 17 vertont werden. (Text siehe Seite 484.)

Cul de Paris

Von französisch *Cul* (»Gesäß«): unter dem Damenkleid auf dem Gesäß getragenes Polster, ab etwa 1700 mehrfach in Mode.

Culotte

Von französisch *Cul* (»Gesäß«): im späten 17. und im 18. Jahrhundert in ganz Europa in allen Bevölkerungsschichten getragene Kniebundhose.

Daktylisches Ostinato

Ein sich wiederholender Rhythmus (Ostinato) mit einer langen und zwei kurzen Notenwerten (daktylisch).

Dies Irae

Lateinisch für »Tag des Zornes«: Anfang eines mittelalterlichen Hymnus über das Jüngste Gericht, der vom 14. Jahrhundert bis zum Zweiten Vatikanischen Konzil im römischen Ritus als Sequenz der Totenmesse gesungen wurde. Nach dem Zweiten Vatikanischen Konzil wurde er aus der Totenmesse gestrichen und ist nur noch im Stundengebet von Allerseelen erhalten. Gelegentlich einfach als Totensequenz bezeichnet, besteht das Dies Irae aus 17 dreizeiligen und drei zweizeiligen Strophen mit einem alternierenden, akzentuierenden trochäischen Versmaß. In Wolfgang Amadé Mozarts Requiem KV 626 wird die Totensequenz (nach dem Introitus und dem Kyrie) in sechs Teile untergliedert:
1. *Dies irae* 2. *Tuba mirum* 3. *Rex tremendae majestatis* 4. *Recordare* 5. *Confutatis maledictis* 6. *Lacrimosa*. *Dies Irae* bezeichnet hier also den ersten Teil der Totensequenz, in dem die ersten beiden Strophen vertont werden. (Text siehe Seite 482.)

Dynamische und agogische Zeichen

Musikalische Vortragsanweisungen in einer Partitur zur Differenzierung der Tonstärke (dynamisch) beziehungsweise des Tempos (agogisch).

Falbel

Gefältelter oder gekrauster Besatz an Kleidern; Rüsche.

Fandango

Spanischer Paartanz im 3/4- oder 6/8-Takt, meist von Kastagnetten und Gitarre sowie mit Fußstampfen und Fingerschnalzen der Tanzenden begleitet. Der Fandango war besonders im 18. Jahrhundert in Europa beliebt und für seine als erotisch empfundenen Bewegungen als unzüchtig verschrien.

Genius Loci
Von Lateinisch *locus* (»Ort«): Schutzgeist eines Ortes. In übertragenem Sinn kann es auch das geistige Klima eines Ortes bedeuten.

Habit à la française
Französisch für »Anzug im französischen Stil«: festlicher dreiteiliger Herrenanzug des Rokokos, der aus einem Rock, einem Gilet und einer Culotte bestand.

In Sordino
Von Italienisch *sordino* (»Dämpfer«): gespielt mit Dämpfer, einer Vorrichtung zur Abschwächung des Tons beziehungsweise zur Veränderung der Klangfarbe bei bestimmten Musikinstrumenten.

Introitus
Lateinisch für »Einzug«: Eingangsgesang zum Einzug bei der heiligen Messe. Sein Text variiert nach Anlass der Messfeier oder nach der Zeit im Kirchenjahr. In der *Missa pro defunctis* (»Messe für die Verstorbenen«) beginnt er mit den Worten *Requiem aeternam dona eis, Domine* (»Ewige Ruhe schenke ihnen, Herr«), woraus sich der Name *Requiem* für die Totenmesse herleitet. (Text siehe Seite 482.)

Justaucorps
Von Französisch *juste au corps* (»nah am/direkt auf dem Körper«): Herrenrock aus dem späten 17. und frühen 18. Jahrhundert, der in verschiedenen Formen bis zur Mitte des 18. Jahrhunderts getragen wurde.

Kontrapunktische Entfaltung
Fortspinnung der Themen eines Musikstücks mit der Technik des Kontrapunkts, in der mehrere Stimmen gleichberechtigt nebeneinanderher geführt werden.

Kukulle
Von Lateinisch *cucullus* (»Tüte«): Teil des Habits bestimmter Ordensgemeinschaften, meistens bestehend aus einem faltenreichen, knöchellangen Übergewand mit sehr weiten Ärmeln.

Kurrent geschrieben
In der früher benutzten deutschen Schreibschrift (»Kurrentschrift«) geschrieben.

KV

Abkürzung für das sogenannte Köchelverzeichnis: chronologisches Verzeichnis der Werke von Wolfgang Amadé Mozart, das Ludwig von Köchel 1862 erstmals publiziert hat und seitdem von namhaften Musikwissenschaftlern in weiteren Auflagen auf den jeweils neuesten Stand der Forschung gebracht wurde. Das *Requiem* in d-Moll trägt dort die letzte Nummer 626 (»Requiem KV 626«). Die KV-Nummer ist die Nummer des Werkes im Köchelverzeichnis.

Kyrie (»Kyrie eleison«)

Mittelgriechisch für »Herr, erbarme dich!«: Anfang einer kurzen, in der Regel dreigliedrigen Litanei, die zu verschiedenen liturgischen Anlässen gesungen wird und zu den gleichbleibenden Teilen der heiligen Messe (*Ordinarium Missae*) gehört. In Vertonungen des Requiems (Totenmesse) steht das Kyrie meist an zweiter Stelle nach dem Introitus (Text siehe Seite 482.)

Lacrimosa

Sechster Teil der Totensequenz in Wolfgang Amadé Mozarts Requiem KV 626, in dem die letzten drei zweizeiligen Sequenzstrophen (beginnend mit dem Vers *Lacrimosa dies illa*) vertont werden. (Text siehe Seite 484.)

Leporello

Harmonikaartig gefalteter, breiter und längerer Streifen Papier (Verlagswesen, besonders Leporellobuch), benannt nach der langen Liste der Geliebten des Don Giovanni, die sein Diener Leporello in Mozarts Oper *Don Giovanni* angelegt hat.

Luminol

In der Kriminalistik verwendete chemische Verbindung zur Spurensicherung, mit der selbst geringste Mengen von Blut nachgewiesen werden können. Der Nachweis beruht darauf, dass Luminol in Reaktion mit Oxidationsmitteln bläuliches Licht abgibt (Chemolumineszenz).

Madrigal

Vier- oder mehrstimmiges Vokalstück meist weltlichen Inhalts mit reichen tonmalerischen Klangeffekten, das vor allem in der Renaissance und im Frühbarock seine Blüte erlebte.

Manu-Propria-Kürzel

Aus dem Lateinischen *manu propria* (»mit eigener Hand«): Abkürzungszeichen (meist mp oder hochgestellt ^{mp}) am Ende der eigenen Unterschrift.

Marianne (Eugène Delacroix)
Gemälde von Eugène Delacroix mit dem Titel *La Liberté guidant le pouple* (»Die Freiheit führt das Volk«), das die Barrikaden der Revolution vom Juli 1830 in Paris darstellt. Delacroix gibt dem revoltierenden Volk im Gemälde eine Anführerin, die unter dem Namen Marianne die Nationalfigur der Französischen Republik bildet und die Symbolgestalt für die Freiheit darstellt. Barbusig und barfuß stürmt sie über die Barrikade, auf dem Kopf die Freiheitsmütze der Jakobiner, in der Hand die von den Bourbonen verbotene Trikolore.

Moai
Aus dem Polynesischen *moai/maea* (»steinerne Figur«): kolossale männliche Steinstatuen auf der Osterinsel mit übergroßem Kopf, langer Nase und breitem vorgeschobenen Kinn.

Mozzetta
Von Italienisch *mozzo* (»abgeschnitten«): ein bis zu den Ellenbogen reichender, vorn geknöpfter Schulterkragen für höhere Geistliche der katholischen Kirche. Kardinäle tragen eine scharlachrote Mozzetta mit scharlachroten Knöpfen (Kardinalspurpur); auch der Erzbischof von Salzburg trägt als *legatus natus* solch eine rote Mozzetta, auch wenn er kein Kardinal ist.

Ombra-Szenen
Von Italienisch *ombra* (»Schatten«): dramatische Gesangsszenen in einer Oper, bei denen, meist auf dem Friedhof oder an der Schwelle zum Schattenreich, die Geister der Toten beschworen werden. *Ombra* bezeichnet die Form, in der nach der heidnisch-vorchristlichen Vorstellungswelt der Opera seria die Toten in der Nähe ihrer Gräber fortexistieren und auch die Lebenden rächend heimsuchen oder liebevoll schützend umschweben können.

Osmin
Aufseher über das Landhaus des Bassa Selim (Bass) in Wolfgang Amadé Mozarts Singspiel *Die Entführung aus dem Serail* KV 384.

Pierrot-Träne
Stilisierte, geschminkte schwarze Träne auf der weißgepuderten Wange der gleichnamigen Maske aus der französischen Pantomime (Pierrot).

Pikee
Ausdruck aus der Textilindustrie, von Französisch *piqué* (»pikiert«): Doppelgewebe mit erhabenem Waben- oder Waffelmuster.

Pizzicato
Mit den Fingern gezupfte Begleitung der Streichinstrumente.

Postmodern
Von Lateinisch *post* (»nach«) und »modern«: der Stilrichtung der Postmoderne (»nach der Moderne«) angehörend, einer politischen, wissenschaftlichen und künstlerischen Richtung, die sich gegen bestimmte Institutionen, Methoden und Begriffe der Moderne wendet und diese aufzulösen und zu überwinden versucht. Zur musikalischen Postmoderne werden Techniken wie Collage, Crossover, Montage und Pasticcio sowie der Bruch mit kompositorischen Traditionen wie Atonalität, Serialismus und Zwölftontechnik gerechnet.

Prima-Vista-Spiel
Von Italienisch *a prima vista* (»auf den ersten Blick«): vom Blatt spielen, das heißt einen Notentext spielen, ohne ihn vorher zu kennen.

Pulcinella
Vermutlich aus dem Italienischen *pulcino* (»Küken«) mit dem verniedlichenden Suffix *-ella* (»kleines Küken«), in Verbindung mit *pullo* (»dunkel, schwarz«): Figur des süditalienischen und insbesondere des neapolitanischen Volkstheaters, die sich durch Wandertruppen als Maske der *Commedia dell'arte* und des Venezianischen Karnevals nach Norden verbreitete. Seit der Zeit der Renaissance ist die Figur als zumeist schlauer, listiger, grober und zugleich einfältiger und tölpelhafter, gefräßiger Diener bäuerlicher Herkunft zu finden. Die Gestalt hatte zumeist einen Buckel und häufig eine lange Vogelnase. Ihr ursprüngliches Kostüm war aus grobem Stoff in grünen, braunen oder roten Farben gehalten. Dieses wandelte sich allmählich zu einem weißen Kostüm mit weiten Ärmeln, einer schwarzen Halbmaske mit Hakennase und einem spitzen Hut.

Rallentando
Von Italienisch *rallentando* (»verlangsamend«): musikalische Vortragsanweisung in einer Partitur zum allmählichen Langsamwerden des Tempos.

Rastriertes Notenpapier
Notenpapier, bei dem die Linien der Notensysteme mit einem Rastral gezogen wurden. Letzteres (von Mittellateinisch *rastrum*: »Harke«, »Rechen«) war ein Werkzeug der Papierhersteller und Notendrucker in Form einer Gabel mit meist fünf Zinken, mit der die Notenlinien auf dem Papier vorgezeichnet wurden.

Recordare
Vierter Teil der Totensequenz in Wolfgang Amadé Mozarts Requiem KV 626, in dem die Sequenzstrophen 9 (beginnend mit dem Vers *Recordare, Jesu pie*) bis 15 vertont werden. (Text siehe Seite 483–484.)

Rex tremendae majestatis
Dritter Teil der Totensequenz in Wolfgang Amadé Mozarts Requiem KV 626, in dem die achte Sequenzstrophe (beginnend mit dem Vers *Rex tremendae majestatis*) vertont wird. (Text siehe Seite 483)

Ritardando
Von Italienisch *ritardando* (»hinauszögernd«): musikalische Vortragsanweisung in einer Partitur zur Verzögerung des Tempos.

Robe à l'anglaise
Aus dem Französischen (»Kleid im englischen Stil«), auch kurz Anglaise: Festliches langes Damenkleid des späten Rokokos. Die Anglaise war ursprünglich in England eine Robe mit einem sehr stoffreichen, von Schulter bis Boden reichenden gefalteten Rückenteil. Im Lauf der Entwicklung wurde das ursprünglich aus einem Stück bestehende Rückenteil entlang der Taille eingeschnitten, um mehr Stoff im hinteren Bereich des Rockes unterbringen zu können, der sich über dem *Cul de Paris* bauschte. Schließlich wurden Ober- und Unterteil getrennt geschnitten. Im Zuge der »englischen Mode« verbreitete sich die Anglaise ab etwa 1770 über Frankreich in ganz Europa.

Rossinisches Crescendo (Kap. 2)
Von Italienisch *crescendo rossiniano* (»rossinisches Crescendo«): allmähliches Anwachsen der Tonstärke (»Crescendo«), das besonders von dem italienischen Opernkomponisten Gioacchino Rossini technisch verfeinert und effektvoll verwendet wurde (»rossinisch«).

Siore maschere
Plural von Italienisch *siora maschera* (»Herrin Maske«): Offizielle, geschlechtsneutrale Anrede für einen Maskenträger oder eine Maskenträgerin in Venedig.

Spitzenjabot
Von Französisch *jabot* (»Kropf«): mit Spitzen verzierter Volant, der im 17. und 18. Jahrhundert zur Uniform beziehungsweise zum Herrenrock unterhalb des Halses und über dem Hemd getragen wurde und an den Vorderkanten der Weste hervorschaute

Sympathetische Tinte

Früher auch als »chemische« bezeichnete Tinten, die entweder nicht sichtbar sind oder ihre Eigenschaften nach einiger Zeit ändern. Besonders im 17. und 18. Jahrhundert waren Geheimtinten sehr beliebt. Aus dieser Zeit stammt auch die Bezeichnung »sympathetische Tinte« (von Griechisch *sympatheia*: »Zuneigung«), da sie häufig zum Verfassen von Liebesbriefen genutzt wurden.

Tabatière

Schnupftabakdose. Auf dem Deckel einer Tabatière aus Schildpatt hat Joseph Maria Grassi 1783 ein Miniaturporträt von Wolfgang Amadé Mozart gemalt. Vgl. Christoph Großpietsch, *Mozart-Bilder – Bilder Mozarts,* hrsg. von der Internationalen Stiftung Mozarteum, Salzburg: Anton Pustet Verlag 2013, S. 96.

Terminus post quem

Aus dem Lateinischen (»Zeitpunkt nach dem«): Fachausdruck der Geschichtswissenschaft zur Datierung einer Quelle. Der *Terminus post quem* benennt den Zeitpunkt, nach dem ein bestimmtes Ereignis aufgrund eines bestimmten Fundes geschehen sein muss. So liefert eine in einer archäologischen Ausgrabungsstätte geborgene Münze den Terminus post quem für den Fundkomplex, da dieser nicht vor der Prägung des Geldes in die Erde gelangt sein kann.

Tuba mirum

Zweiter Teil der Totensequenz in Wolfgang Amadé Mozarts Requiem KV 626, in dem die Sequenzstrophen 3 (beginnend mit dem Vers *Tuba mirum spargens sonum*) bis 7 vertont werden. (Text siehe Seite 483.)

Wolfganggangerl

Kosename, mit dem Leopold Mozart in seinem Brief an Lorenz Hagenauer vom 22. September 1767 seinen Sohn Wolfgang Amadé meint.

Zingulum

Von Lateinisch *cingulum* (»Gürtel«): breite, von katholischen Geistlichen zum Talar oder zur Soutane um die Taille getragene Binde, deren Farbe dem Rang des Trägers entspricht.

Zum Autor
Über Jago Prinz ist wenig bekannt. Er lebt mit seinem Hund zurückgezogen im Salzburger Raum. *Mozarts letztes Requiem* ist sein Debütroman.